YVY KAZI

A Spell Unspoken

Die Romane von Yvy Kazi bei LYX:

Die *St. Clair Campus*-Reihe:
1. The Dream Of Us
2. The Reason Of Love
3. The Feeling Of Forever

Magic & Moonlight:
1. A Curse Unbroken
2. A Spell Unspoken
3. A Song Unnamed *(erscheint im März 2024)*
4. A Soul Untamed *(erscheint im August 2024)*

Weitere Bücher der Autorin sind bei LYX in Vorbereitung.

Yvy Kazi

A Spell Unspoken

Roman

LYX

LYX in der Bastei Lübbe AG

Die Bastei Lübbe AG verfolgt eine nachhaltige Buchproduktion. Wir verwenden Papiere aus nachhaltiger Forstwirtschaft und verzichten darauf, Bücher einzeln in Folie zu verpacken. Wir stellen unsere Bücher in Deutschland und Europa (EU) her und arbeiten mit den Druckereien kontinuierlich an einer positiven Ökobilanz.

FSC
www.fsc.org
MIX
Papier | Fördert gute Waldnutzung
FSC® C014496

Originalausgabe:

Dieses Werk wurde vermittelt durch die Literarische Agentur Thomas Schlück GmbH, 30161 Hannover.

Textredaktion: Ulrike Gerstner
Umschlaggestaltung: © Alexander Kopainski unter Verwendung von Motiven von © Murhena / Shutterstock; Thammanoon Khamchalee / Shutterstock; SWEviL / Shutterstock; maximmmmum / Shutterstock; kaisorn / Shutterstock; APM STOCK / Shutterstock; LuFeeTheBear / Shutterstock; Gurov / Shutterstock
Gestaltung Innenklappen: © Guter Punkt, München | www.guter-punkt.de
Satz: Greiner & Reichel, Köln
Gesetzt aus der Adobe Caslon
Druck und Verarbeitung: GGP Media GmbH, Pößneck

Printed in Germany
ISBN 978-3-7363-1985-1

1 3 5 7 6 4 2

Weitere Informationen unter:
lyx-verlag.de
luebbe.de | lesejury.de

Liebe Leser:innen,

wir möchten darauf hinweisen,
dass dieses Buch folgende Themen enthält:

*Mord, Schilderungen von schweren Erkrankungen
und Tod von Familienmitgliedern, Erinnerungen an Mobbing,
Pandemie (in der Vergangenheit liegend).*

Wir wünschen uns für euch alle
das bestmögliche Leseerlebnis.

Eure Yvy und euer LYX-Verlag

Für Shehla und für alle,
die heute ein Licht in der Dunkelheit brauchen

Ein Kuss ist die kürzeste Verbindung
zwischen zwei Seelen.
Gemma Stone

PLAYLIST

I Love You (Acoustic) *– Woodkid*
Someone Else *– ClockClock*
Unholy *– Tomi P*
W.I.T.C.H. *– Annapantsu*
Secret *– Louane*
WDIA (Would Do It Again) *– Rosa Linn*
Bad Memories *– MEDUZA, James Carter,*
Elley Duhé, FAST BOY
How Do I Say Goodbye? *– Dean Lewis*
Rule #27 *– Drunk on Pride – Fish in a Birdcage, Philip Bowen*
Batshit *– Sofi Tukker*
Mostly *– Vian Izak, Juniper Vale*
Once Upon A Dream *– Anica Russo*
Live Forever *– Ely Eira*
Keep Me Warm *– Juniper Vale, Vian Izak, Ben Laver*
Dance with the Fire *– Karliene, Roxane Genot*
The Good Witch *– Maisie Peters*

PROLOG
HAZEL

Mittwoch, 23. 11.

Hazel Birds, du bist eine elendige Verräterin, hallt es in meinen Gedanken in Dauerschleife wider. Und obwohl ich mir dieser Tatsache durchaus bewusst bin, schleiche ich mich nachts aus Taros Wohnung und husche im Schutz der Dunkelheit in die nächste Seitengasse.

Dort ziehe ich den Kragen meines Mantels höher und vergrabe die Hände in den Manteltaschen. Der Novemberregen ist unangenehm auf meinen Wangen, und die Kühle der Nacht kriecht selbst durch die Kleidung bis auf meine Haut. Es fühlt sich an, als würden eisige Finger nach mir tasten. Nicht auf dieselbe liebevolle Art, wie Taro in den letzten Stunden meinen Körper erkundet hat, sondern als wollte die Kälte sich bis in meine Knochen graben. Seufzend lasse ich mich gegen eine Backsteinwand sinken und ignoriere den Gestank der nahen Mülltonnen. Vielleicht ist es nicht allzu klug, mich mitten in der Nacht, in einer dunklen Gasse, mit einer Person zu treffen, der ich besser aus dem Weg gehen sollte. Aber wie hätte ich ihre Nachricht ignorieren können?

Es geht um Leben und Tod. – Sechs Worte, die mich bis ins Mark getroffen haben. Eine beängstigende Botschaft – und das so kurz nachdem mir auch meine beste Freundin Gemma eine kryptische Mitteilung geschickt hat, nun in den Medien als vermeintliche Attentäterin gesucht wird und spurlos verschwunden ist.

Vertraut vorerst niemandem – außer einander. So lauteten ihre letzten Worte, bevor unser Kontakt abbrach.

Ich habe irgendwann damit aufgehört, zu zählen, wie oft ihr Bruder Taro und ich versucht haben, sie in den vergangenen Stunden anzurufen. Es waren unzählige Male. Aber weder Gemma noch Darren reagieren auf Anrufe, Textnachrichten oder E-Mails. Es gefällt mir nicht, Taro in dem Punkt Recht geben zu müssen, doch sie scheinen tatsächlich untergetaucht zu sein – und ich weiß nicht einmal genau weswegen. Auch wenn Taro mir in den letzten Stunden körperlich so nahe war wie noch nie zuvor, ist er nicht dazu bereit, mir zu erzählen, was er über die Hintergründe von Gemmas Verschwinden weiß. Dabei merke ich ihm doch an, dass es irgendetwas gibt, über das er gern mit mir reden würde. Er war es, der mich die vergangenen Monate immer auf Abstand gehalten hat. Und nun? Sucht er meine Nähe. Allein wenn ich daran denke, was wir in den letzten Stunden miteinander getan haben, zieht sich mein Inneres sehnsuchtsvoll zusammen und drängt mich dazu, wieder reinzugehen und zu ihm ins Bett zu steigen.

Ein kalter Windstoß lässt mich erneut frösteln und holt mich auf den nasskalten Boden der Tatsachen zurück. Das hier ist definitiv nicht der richtige Moment für sexy Flashbacks. Ich schließe die Augen, atme tief durch und unterdrücke das leichte Schwindelgefühl, das mich schon den ganzen Tag über begleitet. Vermutlich ist es der dezente Hinweis meines Körpers, dass er neben Taros Nähe auch nach etwas zu essen verlangt.

Erschrocken fahre ich auf, als es neben mir scheppert. Mit viel zu schnell schlagendem Herzen zerre ich mein Handy aus der Manteltasche und schalte die Taschenlampenfunktion ein. Der Lichtkegel tanzt unruhig über die Mülltonnen, spiegelt sich auf der regennassen Straße, aber ich kann nichts Verdächtiges entdecken.

»Hallo?«, rufe ich und klinge selbstbewusster, als ich mich fühle. Da nehme ich aus dem Augenwinkel eine Bewegung wahr, und mir rutscht das Herz in die Hose. Das Licht meines Handys zuckt in die Richtung, aber alles, was ich sehe, sind zwei grüne Punkte, die mir aus der Dunkelheit entgegenleuchten. Sie verschwinden kurz, nur um dann wieder aufzutauchen. War das ein Blinzeln? Erleichtert atme ich auf, als sich eine große, schwarze Katze aus den Schatten löst. Obwohl es der imposanten Erscheinung nach wohl eher ein Kater ist. Mit geschmeidigen Bewegungen schreitet er auf mich zu und maunzt leise. Er ist ein hübsches Tier, viel zu gepflegt für eine Straßenkatze, denn sein seidiges Fell glänzt selbst in der schwachen Beleuchtung meines Telefons.

Es ist eine komische Empfindung, doch irgendwie hilft mir seine Anwesenheit dabei, mich ein wenig zu entspannen.

»Hey, du Schönheit.« Langsam sinke ich in die Hocke, strecke vorsichtig eine Hand in Richtung des Tieres aus und lasse es selbst wählen, ob es gestreichelt werden oder fliehen möchte. Es entscheidet sich für Ersteres und schmiegt sich schnurrend an meine Beine. Behutsam streichle ich über sein weiches Fell und spüre, wie sich mein Herzschlag beruhigt. Seine Wärme und sein behagliches Schnurren erden mich sofort, dennoch irritiert mich etwas an ihm. Erneut kraule ich ihn an einem Ohr, dann seinem Hals. Es dauert einen Moment, bis ich das Gefühl einordnen kann.

»Hast du irgendwo dein Halsband verloren?«, frage ich besorgt und taste erneut danach, aber er trägt keines. Der Kater sieht sauber aus, wohlgenährt und athletisch. Wie ein Freigänger, der zu Hause von seiner Familie erwartet wird. »Sag mir, dass man dich wenigstens kastriert hat, bevor deine Menschen dich rausgelassen haben«, bemerke ich. Die Tierarzttochter in mir kann nicht anders, als das zu überprüfen. Ich spüre, wie sich das Tier unter meinem Griff versteift. Der Blick, den es mir zuwirft, wirkt beinahe vorwurfsvoll. »Entschuldige, Mister, aber deine Familie erscheint mir etwas verantwortungslos zu sein, dich so auf die Straße zu lassen. Lass dich bloß nicht von Tierfängern erwischen.«

Da erklingen schnelle Schritte auf dem Asphalt. Ich hebe den Kopf und blicke die Straße hinunter. Hastig erhebe ich mich, als eine Person in die Gasse einbiegt. Selbst in der spärlichen Beleuchtung erkenne ich ihre Lockenmähne sofort: Beryl.

Ein Fauchen ertönt, als sie sich mir nähert. Mit gesträubtem Fell und erhobenem Schwanz schiebt sich die Katze vor mich. Es wirkt, als würde sie Beryl kennen und könnte sie nicht leiden – oder als hätte sie soeben beschlossen, mich zu beschützen.

Beryl respektiert die Warnung und verharrt in einer Armlänge Entfernung. »Du bist gekommen«, stellt sie in einem Tonfall fest, der für mich nicht zu deuten ist.

»Du hast in deiner WhatsApp-Nachricht behauptet, es ginge um Leben und Tod«, erwidere ich. »Es fällt mir schwer, so etwas zu ignorieren. Du kannst übrigens froh sein, dass Taro gerade im Bad war, als sie eintraf. Er wäre nicht sehr begeistert davon, wenn er wüsste, dass ich deine Nummer noch nicht blockiert habe, obwohl er mich mehrfach darum gebeten hat. Weswegen auch immer. Mir erzählt ja niemand etwas.«

Mit einem letzten warnenden Fauchen in Beryls Richtung wendet sich die Katze von uns ab, springt auf eine der Mülltonnen und bleibt dort sitzen, als wollte sie uns belauschen. Ihr Schwanz zuckt unruhig von einer Seite zur anderen, während sie Beryl nicht aus den Augen lässt. Ein eigenartiges Tier.

»Bist du allein?«, fragt Beryl ohne Umschweife.

»Von der streunenden Katze abgesehen, ja. Ich nehme an, für dich gilt das nicht?« Ich habe nicht vergessen, dass Beryl mit Geistern reden kann und angeblich permanente Begleitung von ihrer verstorbenen Grandma hat. Ich weiß zwar nicht so recht, wie ich mir das vorstellen soll, aber ich glaube Gemma, dass dem so ist. Seitdem ich Gemma getroffen habe, habe ich vieles kennen und akzeptieren gelernt, das ich davor für unvorstellbar hielt. »Taro schläft tief und fest, er wird uns hier also nicht überraschen. Trotzdem wird ihm früher oder später auffallen, dass ich nicht mehr in seinem Bett liege. Also komm zum Punkt«, dränge ich.

»Unter anderen Umständen hättest du dir für die Eroberung des Unnahbaren ein Highfive von mir verdient, aber wie du wünschst: Weißt du, wo Gemma und Darren sich aufhalten?«

»Wenig subtile Frage, aber nein.« Es ist keine Lüge, ich hatte seit Tagen keinen Kontakt zu ihnen. Ich habe allenfalls eine Vermutung darüber, wohin sie verschwunden sein könnten, da jedoch keiner von beiden erreichbar ist, bin ich so ahnungslos wie Beryl. »Ich weiß nicht, wo sie sich versteckt halten. Ich weiß nicht mal, ob sie zurzeit noch in New York oder überhaupt den USA sind. Darrens Dad hat so verdammt viel Geld, dass er bestimmt einen Privatjet besitzt, der sie außer Landes bringen könnte.«

»Den hat er. Und er ist unangetastet.«

»Dann bist du offensichtlich besser informiert als ich. Warum also dieses mysteriöse Treffen? Allein, um ein Uhr nachts.«

Beryl zieht etwas aus ihrer Jackentasche. Wenn mich nicht alles täuscht, ist es ein zusammengefalteter Zettel. »Weil du mit dieser ganzen Sache eigentlich nichts zu tun hast, habe ich dir etwas mitgebracht. Ich mag dich. Ich meine, sieh dich an:

Du bist zauberhaft, und die Menschheit hat es nicht verdient, jemanden wie dich zu verlieren, nur weil du mit den falschen Leuten befreundet bist.«

»Wie meinst du das?«, frage ich verwundert. Ich höre ihre Worte, kann aber nicht behaupten, dass ich sie begreife. Was sollte an Gemma und Darren falsch sein?

»Nimm das. Und halte Abstand von Taro.« Sie zögert, bevor sie mir das Blatt Papier hinhält.

Vollkommen durcheinander nehme ich es entgegen. »Ich verstehe gar nichts.«

Noch immer halte ich mein Handy in einer Hand und falte mit der anderen umständlich den Zettel auseinander. Jemand hat eine Zeichnung darauf gekritzelt, die ich nicht deuten kann. Sie wirkt wie eine Kreuzung aus Kleeblatt und Pik-Symbol. Ich sehe außerdem das Logo der *Less-Homeless*-Foundation und eine Art tabellarische Auflistung.

Am unteren Ende wurde eine Zeile farbig markiert: *Genetische Disposition vorhanden. Genomische DNA: Typ S2.*

»Was soll das heißen?«, frage ich irritiert. Wobei soll mir dieser Zettel weiterhelfen?

»Das da ist der Beleg dafür, dass du auf dich aufpassen solltest. Und vor allem auf dein Herz«, lautet ihre schlichte Antwort.

Bevor ich etwas erwidern kann, wendet sie sich bereits zum Gehen.

Blinzelnd sehe ich ihr nach und versuche, diese Begegnung zu rekapitulieren. Was für ein eigenartiges Treffen war das bitte? Statt mich klüger zu fühlen, bin ich einfach nur verwirrt.

Ich stecke den mysteriösen Zettel in meine Manteltasche und drehe mich zu der Katze herum, doch sie ist verschwunden.

Vermutlich ist es so besser für sie. Ich war kurz davor, sie einzupacken und im Rahmen des Streuner-Prävention-Programms meiner Mom kastrieren zu lassen.

Mir ist kalt, und trotz Beryls eigenartiger Warnung kann ich es nicht erwarten, mich wieder in Taros Bett zu kuscheln.

1. KAPITEL
GEMMA

Dienstag, 22.11.

Mein Kopf, er pulsiert im Takt dumpfer Schmerzen.

Die Umgebung kommt mir gedämpft vor, zu fern und gleichzeitig zu laut. Mir ist, als wäre ich in warme Watte gehüllt. In einen Kokon, der mich ebenso schützt wie lähmt. Erst einen Moment später begreife ich, dass ich tatsächlich in eine Wolldecke eingewickelt bin, die mir jemand um die Schultern gelegt hat. Schwerfällig befreie ich meine zitternde, eiskalte Hand daraus und reibe mir über die pochende Schläfe. Ich fühle mich, als hätte ich den schlimmsten Kater meines Lebens. Alles tut mir weh, meine Zunge ist trocken, mein Körper träge und eine unterschwellige Übelkeit breitet sich in meiner Magengrube aus. Es ist nicht die beste Voraussetzung, um in einem fahrenden Auto zu sitzen, aber die Mischung aus Motorengeräuschen, dem Rauschen der Lüftung und dem leichten Geschaukel lässt kaum Interpretationsspielraum, was meinen Aufenthaltsort betrifft.

»Gem?«

Es ist nur ein kurzes Wort, aber ich erkenne seine Stimme sofort: *Darren.* Mein Herz legt bei diesem Klang einen erleichterten Hüpfer ein. Zu wissen, dass er in der Nähe ist, macht meine Kopfschmerzen zumindest minimal erträglicher.

»Sag mir, dass wir noch leben«, bitte ich. Oder versuche es, doch meine Stimme ist kaum mehr als ein heiseres Krächzen. Ich öffne die Augen und blinzele mehrfach, bevor sich der trübe Schleier von meinen Augen hebt. Mein Kopf lehnt an der Beifahrertür eines Autos, das mir nicht bekannt vorkommt. Wir sitzen definitiv nicht in Darrens Tesla. Dem Stand des Mondes nach scheint es mitten in der Nacht zu sein. War es nicht eben noch Morgen? Hatte nicht gerade erst ein neuer Tag begonnen? Der Tag, an dem ich mit gestohlenen Beweisen in das Büro des Bürgermeisters gegangen bin. Es war der Morgen, an dem alles so entsetzlich schiefgelaufen ist, als man Darrens Eltern ermordet hat. Der Morgen, an dem ich Blutmagie einsetzen musste, um uns zu retten.

Ich erinnere mich.

Schweigend betrachte ich meine Hand, das sorgsam angebrachte Pflaster über dem Schnitt an meinem Zeigefinger und die Spuren der feinen Brandbläschen auf der geröteten Haut meines Unterarms. Zeichen für das eindeutige Überschreiten einer Grenze. Ich kneife leicht die Augen zusammen, betrachte die schillernde Aura, die meine Finger umgibt. Vielleicht hat sie unter meiner Verzweiflungstat gelitten, ist aber noch immer sehr viel kräftiger als Darrens. Der Preis für unsere Flucht war offensichtlich nicht allzu hoch – zumindest, wenn ich von dem Stich meines schlechten Gewissens absehe, das mich daran erinnert, dass ich wissentlich und willentlich einem anderen Menschen geschadet habe. Er war zwar ein Hexer der dunklen Künste, aber ein Mensch bleibt immer noch ein Mensch.

»Wie geht es dir?«, fragt Darren besorgt und schenkt mir einen flüchtigen Seitenblick, während ich sein Profil mustere.

In einer der letzten Erinnerungen vor meiner Bewusstlosigkeit liegt er vor Schmerzen gekrümmt auf dem Fußboden.

Mich fröstelt, wenn ich nur daran denke, dass ich ihn hätte verlieren können. So wie er seine Eltern verloren hat. Er hätte tot sein können, denn unsere Feinde schrecken vor nichts zurück.

Ihr beide hättet tot sein können, korrigiert mich das Dröhnen in meinem Kopf.

Wenn ich ehrlich wäre, müsste ich wohl gestehen, dass ich mich so miserabel fühle, dass eine erneute Ohnmacht mir gerade sehr verlockend erscheint, aber damit werde ich Darren sicher nicht belasten. Ich will nicht, dass er sich Sorgen um mich macht. Er hat genug eigene Probleme.

»Alles okay bei dir?«, fragt er erneut, da ich noch immer nicht geantwortet habe. »Du siehst blass aus.«

»Ich bin nur müde, obwohl ich offensichtlich einen ganzen Tag verschlafen habe.« Ich sehe aus dem Fenster zum Mond hinauf. Seine Sichel ist der Beweis dafür, dass es tatsächlich nur ein Tag gewesen sein kann. Schwacher Trost. »Wohin fahren wir?«

»Nach Michigan, zu deinen Moms. Zumindest mehr oder weniger. Ich weiß durch deine alten *TikTok*-Videos zwar ungefähr, wo ihr gewohnt habt, und dass euer Haus ein ehemaliges Kinderheim in der Nähe von Bay City ist, aber ehrlich gesagt nehmen wir diesen Umweg nicht aus taktischen Gründen, sondern weil ich mich irgendwo verfahren habe. Nachdem ich herausgefunden hatte, wie man die Ortungsdienste in diesem Fahrzeug ausstellen kann, habe ich unsere Handys …«, er zögert, als würde er nach dem richtigen Wort suchen, »entsorgt. Seitdem frage ich mich minütlich, wie die Menschen früher zurechtgekommen sind.«

»Kompass und Landkarte?«, erwidere ich.

»Hab's versucht. Bin gescheitert.« Darren deutet mit einer fahrigen Geste hinter uns.

Mein Kopf protestiert unter erneuten Schmerzen, als ich mich zu schnell herumdrehe. Mit etwas Fantasie war das zusammengeknüllte Stück Papier auf der Rückbank mal eine Straßenkarte, die sich geweigert hat, sich wieder ordentlich zusammenfalten zu lassen.

»Irgendwie tröstlich zu sehen, dass selbst du nicht perfekt bist«, murmle ich schmunzelnd und lasse mich zurück in meinen Sitz sinken.

»Falls ich diese Illusion bis eben aufrechterhalten konnte, sollte ich vielleicht auch darstellendes Spiel studieren«, schlägt er vor und bringt mich damit zum Lachen.

Ich bereue meinen kurzen Gefühlsausbruch, da sich mein Kopf anfühlt, als würde er zerspringen. Auch wenn ich es hasse, es mir eingestehen zu müssen: Ich bin alles andere als fit.

Darren streicht unruhig mit den Händen über das Lenkrad, als würde ihn etwas beschäftigen. Es dauert einige Sekunden, bis er mit der Sprache herausrückt. »Denkst du denn, es ist okay, wenn wir zu deinen Moms fahren? Oder soll ich umdrehen, um sie keiner Gefahr auszusetzen? Vielleicht wäre es besser, sie nicht in diese Sache hineinzuziehen, aber ich wusste nicht, wohin wir sonst können.«

»Ist okay«, antworte ich matt. »Ich wäre auch zu ihnen gefahren. Meine Moms kennen die besten Schutzzauber der Welt. Für ein paar Tage sollten wir dort sicher sein.«

»Ich dachte nicht unbedingt nur an unsere Sicherheit«, wirft er ein.

Das weiß ich, doch mir ist auch bewusst, dass meine Moms darauf bestehen würden, uns zu helfen.

»Du hast nicht zufällig gesehen, ob Taro mir als Reaktion auf meine Warnung noch irgendwas geantwortet hatte, bevor du mein Handy entsorgt hast?«, wechsle ich das Thema und ziehe mir die Wolldecke bis zu den Ohren hoch, weil ich erbärmlich friere, obwohl die Wagenheizung ihr Bestes gibt.

»Er hat ein Emoji geschickt. Ich vermute, die Botschaft sollte heißen: Ich habe es euch gleich gesagt, es war eine dumme Idee, aber ich habe hier alles im Griff, also bringt euch in Sicherheit.«

»Alle Achtung. Das hast du aus einem einzigen Smiley erkannt?«, ziehe ich ihn auf und drehe meinen Kopf so, dass ich meine Stirn gegen die kühle Fensterscheibe lehnen kann.

»Es war der Smiley von dem Typen, der sich vor den Kopf schlägt. Der bietet nicht allzu viel Interpretationsspielraum. Davon abgesehen kenne ich Taro und Hazel nicht annähernd so gut wie du und bin mir trotzdem sicher, dass sie auch ohne uns zurechtkommen.« Er schenkt mir einen erneuten Seitenblick, der warm auf meiner Haut kribbelt. Ich muss ihn nicht erwidern, um zu wissen, dass Darren besorgt die Stirn runzelt. »Du siehst wirklich nicht gut aus. Wir sollten dir irgendwo etwas zu trinken besorgen. Am besten an einer Tankstelle, denn ich fürchte, der Sprit wird nicht mehr bis zu deinen Moms reichen, und ich würde ungern mitten im Nirgendwo liegenbleiben.«

»Wessen Auto ist das eigentlich?«

»Wieso klingt es schon wieder, als würdest du mir zutrauen, Autos zu stehlen?«, beschwert er sich halbherzig, aber ich bin zu erschöpft, um auf seinen Witz einzusteigen. »Falls es dich beruhigt: Der Wagen gehört mir. Ich hatte ihn in Dads Tiefgarage unter dem Haus gelassen, weil es in New York schon mühsam genug war, für das eine einen Parkplatz zu finden. Glücklicherweise ist es sofort angesprungen, aber der Tank war nur noch halb voll.«

»Wird schwierig, irgendwo anzuhalten, das Auto aufzutanken und einkaufen zu gehen, wenn man in den landesweiten

Medien gesucht wird«, werfe ich ein. Obwohl ich meine Haarfarbe sehr liebe, macht sie es auch nicht unbedingt einfacher, unerkannt zu bleiben. Ich taste nach den Kettenanhängern um meinen Hals. Der Turmalin ist durch den Faszinationszauber beim Abendevent in der L.I.F.E. Inc. komplett entladen, aber der Bergkristall verfügt noch über ein wenig Restenergie. Leider ist Neumond erst morgen, sonst hätte ich uns spontan noch etwas Mondwasser herstellen können, um einen improvisierten Tarnzauber zu stärken, aber so habe ich nur ausreichend Mittel für eine sehr kurzfristige Täuschung zur Hand. Wir werden wohl oder übel eine eher abgelegene Tankstelle aufsuchen müssen, bei der mich nur wenige Menschen zu Gesicht bekommen. Denn je stärker die Realität manipuliert werden muss, umso mehr Energie wird dafür verbraucht und desto schneller verfliegt auch die tarnende Wirkung des Zaubers. Wenn mir denn überhaupt ein Spruch mit einer Bitte an die Magie einfällt. Momentan bin ich so erledigt, dass selbst Denken anstrengend ist.

»Hast du vielleicht eine Idee, wie ich die Magie um Hilfe bitten könnte, damit ich unerkannt bleibe? Mein Kopf fühlt sich noch immer wie leer gefegt an«, gestehe ich.

»Was kein Wunder ist, du warst stundenlang bewusstlos.« Darren schenkt mir erneut einen flüchtigen Seitenblick, als wollte er meine Reaktion abchecken, doch ich bin zu erschöpft, um irgendetwas außer Müdigkeit und Schmerz zu empfinden. »Ehrlich, Gem. Ich hätte dich am liebsten gepackt und sofort ins Krankenhaus geschafft. Ich will dir keine Vorwürfe machen, aber mit dieser Art der dunklen Magie ist nicht zu spaßen. Vor allem, wenn man sich damit nicht auskennt. Ich weiß, dass ich Blutmagie schon selbst angewendet habe. Doch die Flüche, die ich mit ihrer Hilfe gewirkt habe, waren sehr viel harmloser als dein Zauber und haben mich trotzdem einiges an

Lebensenergie gekostet. Wenn du nicht so ein herausragendes Magiemedium wärst … Du hättest tot sein können, Gem. Diesen Hexer ins Land der ewigen Träume zu schicken war eine gute Idee, aber auch verdammt riskant.«

»Es wäre noch riskanter gewesen, nichts zu unternehmen«, halte ich dagegen. »Oder wäre es dir lieber gewesen, hätte ich einfach nur neben dir gestanden und ihn dich umbringen lassen? Das wäre nämlich die Alternative gewesen. Er hätte erst dich und dann mich getötet. Und uns vorher gequält, einfach nur, weil es ihm Spaß zu machen schien.«

»Das weiß ich. Und ich will wirklich nicht klingen, als wäre ich undankbar. Ich möchte einfach nur, dass du ein wenig auf dich aufpasst. Das ist alles.« Er zögert, bevor er eine Hand in meine Richtung ausstreckt, als wollte er meine Decke richten, stattdessen befreie ich mich daraus und schiebe meine Finger zwischen seine. Seine Haut auf meiner zu spüren schenkt mir ein wärmeres Gefühl als die Heizung. »Ich …« Darren verstummt, atmet tief durch und streicht mit seinem Daumen über meinen Handrücken. Es wirkt, als wollte er noch etwas ergänzen, atmet stattdessen tief durch und festigt seinen Griff. »Ich will dich einfach nicht auch noch verlieren. Das ist alles«, erklärt er so schlicht, als wäre er bemüht, jede Emotionalität zurückzuhalten.

Nickend hebe ich den Kopf von der Scheibe und betrachte Darren erneut. Die Ereignisse sind auch an ihm nicht spurlos vorbeigegangen. Er sieht müde aus, blass, tiefe Schatten liegen unter seinen Augen, und seine Haare sind so zerzaust, als hätte er sie mehrfach aus Verzweiflung gerauft.

Vermutlich sind wir schon seit Stunden unterwegs. Stunden, in denen er weder geschlafen noch sich eine Pause gegönnt hat.

»Wie geht es dir?«, frage ich leise, ziehe die Beine an und lege meinen freien Arm darum. Seine Eltern sind gestorben, auch er wird von den Medien gesucht, man hat ihn gefoltert, und ich habe keine Erinnerungen daran, wie er meine Wunde versorgt oder mich in dieses Auto geschafft hat.

»Ich komme zurecht«, verspricht er. Das mag stimmen, aber vermutlich ist es nicht mehr als das: Er funktioniert, weil er es muss. Weil wir in diesem Moment keine andere Wahl haben, als uns zusammenzureißen, wenn wir nicht gefasst werden wollen.

Denn Fakt ist: Dies ist kein romantischer Pärchenausflug. Wir sind auf der Flucht, weil ich Daten geklaut und ausgehändigt habe, die Darrens Dad überflüssig gemacht haben. Mein Verrat hat dafür gesorgt, dass er leicht zu ersetzen war. Jetzt sind Darrens Eltern tot. Und wir? Wissen zu viel.

»Der Hexer«, beginne ich zögerlich, da sich mit meinen erwachenden Sinnen auch mein moralischer Kompass zurückmeldet. »Hat er überlebt?«

Darren nickt. »Hat er. Er ist in einem magischen Schlaf gefangen – oder er war es. Es gibt in seinem Zirkel sicher ausreichend fähige Hexende, um ihn daraus wieder zu befreien.«

»Das ist gut. Ich wollte ihm nicht wirklich schaden. Ich wollte nur, dass … Keine Ahnung. Dass wir die Möglichkeit haben, zu entkommen.«

»Das weiß ich«, versichert Darren, drückt leicht meine Hand und reibt erneut mit dem Daumen darüber. »Du bist noch immer eiskalt. Wir sollten dir dringend etwas zu essen besorgen, damit du wieder zu Kräften kommst. Kannst du mir dabei helfen, die Augen nach einer Tankstelle offen zu halten?«

Ich nicke und sehe aus dem Fenster, aber in der Dunkelheit fällt es auch mir schwer, mich zu orientieren.

»Wie wäre es mit: *Magic of life and destiny, don't let the people recognize me*«, schlägt Darren nach einer Weile vor.

Es dauert ein paar Sekunden, bis ich begreife, dass das sein Vorschlag für die Formulierung des Tarnzaubers ist. Der

Spruch klingt gut und könnte funktionieren. Auch wenn es mir etwas ironisch erscheint, einen Bergkristall um eine Art Verschleierungszauber zu bitten, wo er doch ursprünglich für Weitsicht und Klarheit steht. Aber so ist das mit der Magie: Sie funktioniert immer in beide Richtungen.

»Findest du, wir sollten Kristen und dem magischen Zirkel, der sie unterstützt, einen Spitznamen geben?«, fragt Darren unvermittelt. »*Gestaltwandelnde und Hexende, die gemeinsam New York unterwandert haben und zur Erreichung ihrer Ziele über Leichen gehen* ist in Gesprächen etwas sperrig.«

»Guter Einwand«, murmle ich, aber meine Kopfschmerzen lenken mich zu sehr ab, um mir etwas einfallen zu lassen. »Hast du eine Idee?«

»Wie wäre es einfach mit *Crow Coven?*«, schlägt Darren vor.

»Weil die Seelen der Mitglieder so nachtschwarz wie Krähenfedern sind?«, vermute ich. Vielleicht steht *DarkDuke*-Darren aber auch einfach auf Alliterationen. Wenn ich ehrlich sein soll, ist mir vollkommen egal, wie wir Kristens Leute nennen, denn im Grunde ist jeder Name zu schön für deren ekelhafte Machenschaften. Eigentlich habe ich auch gar nichts gegen Krähen, aber ein Schwarm Aasfresser ist dennoch ein passendes Bild für Kristens finstere Gemeinschaft.

Mit Darrens Schulterzucken ist es besiegelt: Von nun an nennen wir Kristen und ihre Verbündeten *Crow Coven.*

2. KAPITEL
GEMMA

Als Darrens Blick immer häufiger zur Füllstandsanzeige des Tanks zuckt, kann ich nicht anders, als das Universum um ein wenig Beistand zu bitten. Mag sein, dass es nur ein Zufall ist, dass uns kurz darauf die Leuchtreklame einer etwas abseits gelegenen Tankstelle auffällt. Aber wer glaubt noch an Zufälle?

Kaum hat Darren an einer der Zapfsäulen geparkt, mustert er mich mit einem Ausdruck, den ich nicht deuten kann. Als hätte er Angst, dass ich erneut bewusstlos werden könnte, oder als wäre er sich noch immer unsicher, ob der von ihm ausgedachte Zauberspruch wirklich dafür geeignet ist, mich vor den aufmerksamen Blicken unserer Mitmenschen zu schützen. Doch ich bin davon überzeugt, dass es funktionieren wird. Ich vertraue ihm und der Magie.

Er holt tief Luft. »Auf einer Skala von eins bis zehn: Wie nervig ist es, wenn ich dich erneut bitte, auf dich aufzupassen?«

»Dreikommafünf«, antworte ich und schaffe es, ihn anzuzwinkern.

»Und du bist dir ganz sicher, dass du gehen willst?«, hakt er nach. »Ich könnte …«

»Du könntest den Zauber selbst übernehmen und noch mehr deiner Lebensenergie opfern, um dich an meiner Stelle in Gefahr zu bringen«, falle ich ihm ins Wort. »Wolltest du das vorschlagen? Bedaure, *DarkDuke*. Wenn ich die Wahl zwischen der Intaktheit meines moralischen Kompasses und deiner Gesundheit habe, gewinnt Letztere.«

Vor gar nicht allzu langer Zeit habe ich Darren einmal gesagt, dass das Täuschen von Menschen nicht mit der Lehre der weißen Magie vereinbar ist. Prinzipiell glaube ich das auch immer noch, hier steht allerdings sehr viel mehr als die Reinheit meiner Seele auf dem Spiel. Unzähligen Menschen soll die Lebensenergie entzogen werden, um sie in einer Art Medizin zu konzentrieren, die Darrens Dad mithilfe schwarzer Magie entwickelt hat. Er hat für deren Herstellung die Obdachlosen New York Citys geopfert und behauptet, dass er der Stadt damit einen Gefallen tun würde. Widerlich. Doch wer weiß, was Kristens Leute nun vorhaben? Nachdem ich ihnen aus purer Naivität die Unterlagen mit der Anleitung zur Herstellung der Medizin ausgehändigt habe, war Darrens Dad überflüssig. Sie konnten ihn umbringen und durch einen Gestaltwandler ersetzen, um so die Geschäfte der L.I.F.E. Inc. zu übernehmen. Als wäre das verbotene Allheilmittel an und für sich nicht schon abartig genug, kann man es sogar noch anderweitig missbrauchen. Dank dem hochgradigen Magieanteil der Mixtur ist sie auch für Hexende wertvoll und als Instantmagie nutzbar. Ein Shot verleiht einen kurzen Energieschub für einen spontanen Zauber der dunklen Künste – keine Kristalle benötigt. Ich frage mich noch immer, wer als Erster auf die Idee gekommen sein mag, die Medizin als Energiequelle zu nutzen. Nicht einmal in der Theorie klingt es verlockend, für eine Allmachtsfantasie Menschen zu opfern. Zumindest nicht für mich. Statt die Naturgesetze derart zu pervertieren, bevorzuge ich die klassische Energielehre. Und so umfasse ich den Bergkristall, um den Tarnzauber zu wirken. Ich schließe die Augen und atme tief durch. Die Energie des Kristalls streichelt sacht über meine Handfläche, als wollte sie mich begrüßen. Es ist nur eine zaghafte Berührung, kein kräftiger Händedruck. Eine erneute Bestätigung dafür, dass die Ladung schwach ist und den Zauber nicht lang aufrechterhalten wird. Aber ein Versuch ist besser als keiner, also murmle ich den von Darren erdachten Spruch und spüre, wie meine Finger wärmer werden. Ein untrügliches Zeichen dafür, dass die Magie ihre Wirkung entfaltet. Der Tarnzauber wird allerdings augenblicklich verfliegen, sobald die Energie des Kristalls verbraucht ist – was vermutlich nicht allzu lange dauern wird. Die Realität permanent zu verzerren braucht für gewöhnlich mehr Energie, als sie ein so kleiner Kristall beherbergt.

»Es sollte funktionieren«, sage ich entschieden und sehe Darren an, der mich besorgt mustert.

»Okay, aber wenn du den Eindruck hast, dass der Zauber versagt, komm sofort zurück«, drängt er.

»Ich kriege das schon hin, Mr Der-Zweck-heiligt-die-Mittel«, ziehe ich ihn auf. »Wenn ich in zehn Minuten nicht wieder da bin, fahr ohne mich weiter«, sage ich und öffne die Beifahrertür von Darrens Auto.

»Sehr amüsant.«

»Das war kein Scherz«, versichere ich, versuche, meine Müdigkeit niederzuringen, und schenke ihm ein Lächeln. Kurz überlege ich, ihm einen Abschiedskuss zu geben, aber unterdrücke den Impuls. Das hier soll kein Abschied werden, also ist kein Kuss nötig. »Ehrlich, Hunter. Wenn ich nicht zurückkomme, gönne mir wenigstens einen heroischen Filmmoment. Du weißt schon: Lass mich hier allein zurück. Fahr ohne mich und drehe dich nicht mehr nach mir um.«

Darren rümpft die Nase, als würde ihm meine Antwort missfallen, doch ich meine es ernst. Man hat mehrfach damit gedroht, ihn umzubringen, sollte man ihn erwischen. Daran kann ich nichts Witziges finden. Es ist mir bedeutend lieber, wenn er allein entkommt, als dass sie uns beide festnehmen.

»Du solltest mich gut genug kennen, um zu wissen, dass ich niemals ohne dich fahren würde«, erwidert er trocken und überreicht mir zwei Geldscheine.

»Lass uns wann anders über die Bedeutung des Wortes *niemals* diskutieren. Drück mir lieber die Daumen, dass alles gut geht und bis gleich«, sage ich so entschieden, als wollte ich ihn, mich und unser Schicksal gleichermaßen davon überzeugen, dass ich wiederkomme.

Kaum bin ich ausgestiegen, werde ich von kaltem Regen und einem nachtschwarzen, sternenlosen Himmel begrüßt, der hervorragend zu unserer bedrückenden Situation passt. Noch immer trage ich das dünne Unterkleid des Kostüms, in dem ich schon die Theateraufführung in der L.I.F.E. Inc. fluchtartig verlassen habe. Darüber habe ich Darrens Lederjacke gezogen, deren Kragen ich mir bis zum Kinn hochschlage, als der Novemberwind über den abgelegenen Parkplatz der Tankstelle bläst. Auf der Suche nach Schutz vergrabe ich meine Hände in den Jackentaschen. Auch wenn ich mich bemühe, der Magie zu vertrauen, bin ich unterschwellig nervös. Theoretisch trennen uns nur noch ein paar Stunden von unserem vorläufigen Ziel, aber was hilft es, wenn man uns hier erwischt? Wie auf ein Kommando hin rebelliert mein Magen lautstark. Fast so, als wollte er mit dem plötzlich einsetzenden Donner konkurrieren und mich daran erinnern, dass wir unsere Energiereserven ebenfalls zwischendurch auffüllen müssen.

»Ganz ruhig, vertrau der Magie. Alles wird gut«, murmle ich mir selbst zu und nähere mich dem Eingang des der Tankstelle angeschlossenen Supermarkts.

Wenn ich nicht den Schein mehrerer schwacher Lampen hinter der großen Fensterfront erahnen würde, käme er mir verlassen vor. Vielleicht hat das miese Wetter also etwas Gutes: Es ist so wenig einladend, dass sich kaum jemand die Mühe gemacht hat, hier rauszufahren. Auf dem Parkplatz stehen neben unserem nur zwei in die Jahre gekommene Autos mit hiesigem Kennzeichen. Normalerweise wäre diese Tankstelle nicht meine erste Wahl, um mir einen Snack zu besorgen, aber gerade die Abgeschiedenheit macht sie perfekt, um die Wirksamkeit des Tarnzaubers zu testen. Weniger Augenzeugen bedeuten auch weniger Energie, die zum Aufrechterhalten des Zaubers aufgewendet werden muss.

Der Takt meines Herzens ist sicher dreimal schneller als der meiner Schritte, während ich durch den Regen in Richtung der Eingangstür husche. Schon nach wenigen Metern bin ich bis auf die Socken durchnässt, aber das ist nicht der Grund für meine eiskalten Finger und Zehen. Ich brauche dringend etwas zu essen und eine Runde Schlaf. Auch wenn ich versuche, es mir vor Darren nicht anmerken zu lassen: Mir geht es noch immer miserabel. Doch es hilft nichts, ich muss die Zähne zusammenbeißen.

Es wird schon werden. Es muss einfach, wiederholen meine Gedanken in Dauerschleife.

Als die Schiebetür vor mir aufgleitet, betrachte ich flüchtig mein verschwommenes Spiegelbild auf der regennassen Glasscheibe. Ob das wohl in etwa dem entspricht, was die übrigen Menschen erblicken, wenn sie mich betrachten? Ich sehe mich, wie ich hier stehe. Unweigerlich real und ziemlich durchnässt. Aber das doppelte Glas, die schummrige Innenbeleuchtung und die feuchte Oberfläche lassen die Details verschwimmen. Meine Haar- oder Augenfarbe? Unmöglich zu bestimmen.

Ich atme ein letztes Mal tief durch und betrete den Supermarkt. Meine Schuhe quietschen unangenehm laut auf dem

Linoleumboden in Schachbrettmuster und untermalen jeden meiner Schritte in Richtung einer Kühltheke, als wollten sie sichergehen, dass man mich auch ja zur Kenntnis nimmt. Zum Glück vergeblich. Ein Mann steht vor dem Zeitschriftenregal und beachtet mich gar nicht. Er blättert durch irgendein Magazin, während die Bedienung hinter dem Tresen kaugummikauend zu einem Fernseher an der Wand aufsieht, dann eine Nachricht auf ihrem Smartphone beantwortet.

Ich greife schnell je zwei abgepackte Käsesandwiches und Wasserflaschen aus der Kühlung.

Dann wollen wir mal hoffen, dass der Tarnzauber wirkt. Bitte funktioniere, wiederhole ich mein Mantra, unterdrücke den Impuls, meinen Kettenanhänger schon wieder prüfend anzufassen, und trete an den Tresen heran.

Es dauert einen Moment, bis die Kassiererin mich bemerkt. Gelangweilt blickt sie von ihrem Handy auf – stutzt und blinzelt. Sie mustert mich, hebt eine Augenbraue.

Warum sieht sie mich so aufmerksam an?

Augenblicklich rutscht mir das Herz in die Hose. Wir haben extra einen recht frühen Stopp eingelegt, um auch ohne diese Tankladung noch ein paar Kilometer von hier fliehen zu können, sollte der Tarnzauber versagen und man uns erkennen … Aber was dann? Wie weit sollen wir kommen? Wir befinden uns hier mitten im Nirgendwo. Ohne Handys. Ohne Notproviant. Nur mit einer vollkommen zerknickten Landkarte im Gepäck. Meine Hände werden feucht; alles in mir macht sich dafür bereit, herumzuspringen und aus dem Laden zu stürmen.

Die Bedienung mustert mich noch immer, lässt den Blick zum Fenster hinausschweifen und seufzt. »Bist ganz schön nass geworden, hm? Sie hatten für heute gar keinen Regen angesagt. Was für ein bescheidenes Wetter.«

Das Wetter? Sie spricht ernsthaft mit mir über das Wetter?

Der Magie sei gedankt.

Nur mit Mühe kann ich ein erleichtertes Seufzen unterdrücken, aber das eintretende Schweigen ist auch nicht viel angenehmer, und noch immer schreit ein Teil von mir nach Flucht. Ich sollte an dieser Stelle wohl etwas Unverfängliches erwidern, doch die Anspannung in meinem Inneren hindert mich daran. Was ist, wenn sie mich trotzdem noch erkennt? Oder wenn der Typ hinter meinem Rücken längst die Polizei informiert hat? Auch wenn es unangenehm in meinem Nacken prickelt, unterdrücke ich das Verlangen, mich zu ihm herumzudrehen, um das zu überprüfen.

Räuspernd straffe ich die Schultern, als würde das bei irgendetwas helfen.

»Ich würde gern für vierzig Dollar an Zapfsäule eins tanken, diese Sachen zahlen und dann noch zwei große Cappuccino mitnehmen, bitte«, bestelle ich mit zittriger Stimme, lege meine übrigen Einkäufe ab und gehe im Kopf sämtliche Techniken durch, die wir während des Schauspielstudiums gelernt haben, um unsere Nervosität zu überspielen und selbstbewusst zu wirken. Es fällt mir allerdings schwer, da mein Herz einen erschrockenen Stolperer einlegt. Denn just in dieser Sekunde wird auf dem Fernseher hinter dem Tresen in Großaufnahme der Fahndungsaufruf nach Darren und mir angezeigt.

Was für ein Timing! Das darf doch echt nicht wahr sein!

Ich wünschte, ich hätte einen beruhigenden Handschmeichler dabei, aber in den Taschen von Darrens Lederjacke befindet sich nichts. Nicht einmal ein zerknüllter Kassenbon, den ich zur Ablenkung zwischen den Fingern falten könnte. Es ist zu bizarr, wie mein Gesicht in Überlebensgröße in den Medien gezeigt wird, während zur Hintergrundberieselung die Musik einer quirligen 1990er-Girlband aus den Lautsprechern ertönt. Ich verfluche mich innerlich dafür, zum Fernseher hinaufgestarrt zu haben, als die Kassiererin meinem Blick folgt.

»Ach, die zwei schon wieder.« Sie macht eine wegwerfende Handbewegung und widmet sich der Kaffeemaschine. »Kaum drehen da zwei verwöhnte Rich Kids der New Yorker Upper Class durch und machen einen auf Ökoterrorismus, sind alle aus dem Häuschen. Als hätten wir keine anderen Probleme auf der Welt. Richtige Probleme. Fehlt nur noch, dass sie sich mit Sekundenkleber an ein Bild im MoMA festkleben und *Rettet die Wale!* rufen. Zwei Cappuccino sagtest du?«

Ich nicke, ohne den Fernseher aus den Augen zu lassen. Hier zu stehen und meinen Fahndungsaufruf auf dem Bildschirm zu verfolgen erzeugt die widersprüchlichsten Gefühle in mir. Bereue ich es, mich auf diese Sache eingelassen zu haben? Vielleicht. Manchmal. Flüchtig. Aber ich bin noch immer der Überzeugung, dass es wichtig ist, die Arbeit der L.I.F.E. Inc. zu stoppen. Sie spielen erneut die rauschigen Aufnahmen von Darren und mir ein, wie wir Seite an Seite an der Demo gegen die Firma seines Dads teilnehmen. Mir läuft es heiß und kalt den Rücken hinab, als sie meinen Bruder Taro zeigen, wie er unser Wohnhaus in Williamsburg verlässt. Es muss eine aktuelle Aufnahme sein, denn sofort bedrängt ihn eine Menschenmenge mit Kameras, Mikrofonen und Fragen. Da der Ton des Fernsehers ausgeschaltet ist, höre ich nicht, was er sagt, aber die zwei Worte, die er sich herauspresst, sehen verdächtig aus wie: »Kein Kommentar.« Er wirkt blass und vollkommen übernächtigt, dabei ist er es als Studierender der Reportagefotografie gewohnt, mit wenig Schlaf und schwierigen Situationen umzugehen. Die tiefen Sorgenfalten auf seiner Stirn sind mir jedenfalls neu. Es bricht mir das Herz, ihn so zu sehen und auch noch der Grund für seinen Kummer zu sein. Taro ist der Einzige, der von unserem Plan wusste. Doch dass diese Sache dermaßen aus dem Ruder laufen würde, hat keiner von uns geahnt.

»Darf es sonst noch etwas sein?«, reißt mich die Bedienung aus meinen finsteren Gedanken, während sie die Becher in einem Papptablett auf den Tresen stellt.

Ich verneine dankend, zahle bar, klemme mir die Wasserflaschen unter einen Arm, greife die Snacks und das Tablett mit Kaffeebechern vom Tresen und wende mich zum Gehen. Erleichtert stoße ich den Atem aus. Der Zauber wirkt. Ich habe es tatsächlich geschafft. Mir wird fast schwindelig vor Glück.

Gerade als ein Teil meiner inneren Anspannung von mir abfällt, ertönt erneut die Stimme der Kassiererin hinter mir.

»Eine Sekunde mal!«

Verdammt!

Zu früh gefreut! Ich sollte einfach weitergehen, doch das Gegenteil passiert. Vor Schreck verkrampfen sich alle Muskeln in meinem Körper, und ich bleibe wie angewurzelt stehen.

Nur aus dem Augenwinkel sehe ich, dass auch der Mann den Kopf gehoben hat und mich so argwöhnisch mustert, als wäre ich soeben beim Klauen erwischt worden. Oder aber aufgeflogen.

Was tust du denn? Du musst hier weg!, ermahne ich mich, doch es hilft nicht. Statt meinen Weg fortzusetzen, drehe ich mich herum und starre die Bedienung an, als wäre ich ein Reh im Scheinwerferlicht. »Ja?« Meine Stimme klingt selbst in meinen Ohren unangenehm hoch und piepsig. Keine Spur von Souveränität.

Mit hochgezogener Augenbraue sieht sie mich an, deutet dann zum Fenster hinaus. »Es schüttet noch immer. Möchtest du vielleicht eine Mülltüte haben? Als Schirmersatz, damit du nicht noch nasser wirst.«

Irritiert blinzle ich sie an. Ist das ihr Ernst? Davon mal ganz abgesehen, dass ich ohnehin schon pitschnass bin, könnten mir meine Haare momentan nicht egaler sein.

»Alles gut. Es ist doch nur Wasser, das trocknet wieder. Aber vielen Dank für das Angebot«, antworte ich rasch und eile aus dem Supermarkt, kaum dass meine Beine sich wieder daran erinnern, wie man läuft.

Auf dem Parkplatz angekommen finde ich die eiskalten Tropfen auf meiner Haut sogar beruhigend, denn in diesem Moment bedeuten sie für mich vor allem eines: Freiheit.

Ich beeile mich, durch den Regen zu kommen, tanke das Auto auf und lasse mich anschließend seufzend auf den Beifahrersitz fallen. *Geschafft.*

Die gute Nachricht ist: Der Tarnzauber scheint zu wirken, man hat mich nicht erkannt.

Die Schlechte ist: Obwohl mein Ausflug recht kurz war und mich dabei nur zwei Menschen gesehen haben, ist die Ladung des Bergkristalls fast aufgebraucht. Das verheißt nichts Gutes für die nächsten Tage, denn je mehr Menschen ich täuschen will, umso mehr Energie muss ich aufwenden. Auch wenn ich es liebe, verschiedene Schmuckstücke miteinander zu kombinieren: Es muss eine wirkungsvollere Lösung geben. Vermutlich benötigt es ein komplexeres Ritual. Und wo könnte ich so was besser zusammenstellen und abhalten als im Hause meiner Moms?

Ich habe Darren vorhin nicht belogen: Ich weiß einfach, dass meine Moms uns trotz aller Gefahren mit offenen Armen empfangen werden. Mehr noch: Meine Intuition führt mich genau dorthin. Es fühlt sich an, als läge ein unsichtbarer Faden an meiner Seele, der mich sacht, aber bestimmt nach Michigan lotst. Als hätte ich dort eine Aufgabe zu erfüllen.

Ich überreiche Darren einen der Kaffeebecher, doch er stellt ihn lediglich im Getränkehalter der Mittelkonsole ab und betrachtet mich mit Stolz. Aber da liegt noch etwas anderes in seinem Blick. Wenn ich es nicht besser wüsste, würde ich sagen, dass es Trotz ist.

»Während du weg warst, habe ich über die Bedeutung des Wortes *niemals* nachgedacht. Vielleicht war es tatsächlich etwas unpräzise«, sagt er mit einer Mischung aus vorwurfsvoll hochgezogener Augenbraue und Schmunzeln, während er sich von mir abwendet und den Motor startet. »Ich meinte damit: Nur über meine Leiche würde ich ohne dich fliehen.«

Ich öffne den Mund, um etwas zu erwidern, und weiß dann doch nicht, was.

3. KAPITEL
DARREN

Mittwoch, 23.11.

Dass Gemma mich seit Stunden anschweigt, ist so untypisch für sie, dass ich mich ständig dabei ertappe, zu ihr hinüberzusehen, um zu prüfen, ob sie noch bei Bewusstsein ist. Vermutlich hat mein Vertrauen in die Welt durch ihre Ohnmacht einen weiteren Knacks erhalten, anders kann ich mir meine Paranoia auch nicht erklären.

Der Stoff ihres Kleides ist nicht viel dicker als ein Nachthemd. Mittlerweile ist der Saum graubraun vom Spritzwasser der Pfützen. Sie hat sich aus der nassen Lederjacke geschält und einen von mir geliehenen Hoodie übergezogen, in dem sie ebenso verloren wie beschützenswert aussieht. Es ist egal, wie oft sie mir sagt, dass sie allein zurechtkommt, und wie sehr ich weiß, dass sie das auch könnte: Da wird immer dieser Teil in mir sein, der sie einfach nur im Arm halten will. Ich bin froh, dass ich trotz meines chaotischen Aufbruchs wenigstens daran gedacht habe, noch ein paar Sachen wie den Pulli und die Wolldecke im Auto zu verstauen, wenn ich es schon versäumt habe, uns Proviant einzupacken.

Erneut werfe ich einen flüchtigen Blick auf Gemma, die ihr Sandwich mittlerweile aufgegessen hat. Mit dem Daumen streicht sie über den Coffee-to-go-Becher in ihrer Hand und öffnet den Mund, als wollte sie etwas loswerden, wendet sich dann jedoch kopfschüttelnd von mir ab und starrt aus dem Autofenster in die Dunkelheit der Nacht.

»Sag es«, fordere ich.

»Kann ich nicht«, gesteht sie nach einem Moment, in dem nur die auf das Autodach prasselnden Regentropfen und das gelegentliche Quietschen der Scheibenwischer zu hören sind. »Es wäre nicht fair, Dinge von dir zu fordern, die ich selbst nicht halten kann.« Sie betrachtet noch immer die Regentropfen, die gegen die Fensterscheibe schlagen, atmet tief durch und führt den Becher zum Mund, doch statt einen Schluck zu trinken, fährt sie auf. »Wenn wir zu meinen Moms wollen, müssen wir dort vorn von der Interstate.«

Meine Gedanken zucken unwillkürlich zu meiner eigenen Mom.

Sie ist tot, schießt es mir durch den Kopf. Es sind nur drei Worte, aber für einen Moment verkrampft sich mein gesamtes Inneres. Sofort treibt mein schlechtes Gewissen seine Klauen in mich und drückt meine Lunge zusammen. Schmerzhaft und unbarmherzig.

Sie ist tot. Und es ist meine Schuld. Ich wollte Dad so unbedingt das Handwerk legen – egal, was es koste. Und sie musste dafür bezahlen.

Ich schnappe erschrocken nach Luft, als Gemma ihre freie Hand auf meine legt und sie sacht drückt. Die kleine Geste hilft mir dabei, dass ich meine Gewissensbisse für einen Moment verdrängen kann.

»Entschuldige«, murmelt sie. »Ich wollte dich nicht … Deine Mom … Es tut mir leid.«

»Schon gut«, versichere ich und habe das Gefühl, dass meine Beteuerung so hohl klingt, wie Gemmas Versicherung darüber, dass es ihr gut geht.

Obwohl Mom quasi mein ganzes Leben lang im Sterben lag – und ich weiß, dass der Preis für ihre Medizin zu hoch war –, kommt es mir falsch vor, dass sie plötzlich nicht mehr da ist. Ich habe keine Ahnung, ob Dad bei ihr war und ihre Hand gehalten hat, während sie starb, oder ob man ihn zum Zeitpunkt ihres Todes bereits ermordet hatte. Bekam sie noch mit, wie man ihn umbrachte, und hat man sie danach vor die Wahl gestellt, ihm zu folgen oder sich von diesen skrupellosen Monstern entführen zu lassen, um Teil ihrer ekelhaften Experimente zu werden? Allein, wenn ich daran denke, wird mir hundeelend. Ich zwinge mich dazu, die Übelkeit erregende Mischung aus Wut und Schuldgefühlen zusammen mit dem Dämon meines schlechten Gewissens zu verdrängen und mich auf das Hier und Jetzt zu konzentrieren. Gemma braucht mich. Für alles andere ist später noch Zeit. Und mit *alles andere* meine ich vor allem: Rache.

Gemmas Anweisung folgend verlassen wir die Schnellstraße.

»Magst du mir etwas von deinen Moms erzählen?«, frage ich. »Nur damit ich mich seelisch darauf vorbereiten kann, sie kennenzulernen.«

Gemma nickt, zieht ein Bein an und legt den Arm darum. Gedankenverloren spielt sie mit einer Schnalle ihrer Stiefelette, bis sie kurz stutzt. So als würde ihr erst jetzt bewusst, dass sie den Sitz dreckig macht, schlüpft sie aus ihren Schuhen, zieht ihre nassen Socken aus und schlägt die Beine unter. »Ich weiß nicht, ob ich dir das erzählt habe, aber das Haus meiner Moms war schon immer ein Safe Space. In jeglicher Hinsicht. Wenn sie die Nachrichten gesehen haben – und es wäre ein echtes Wunder, wenn nicht –, werden sie alles dafür tun, das Haus so mit Zaubern abzusichern, dass ich jederzeit zu ihnen kommen kann. Ich muss sie nicht anrufen, um das zu wissen. So sind sie eben. Sie würden mich selbst dann noch hereinbitten und in Schutz nehmen, wenn ich tatsächlich mit dem abgetrennten Kopf des Bürgermeisters vor ihrer Tür stehen würde. Ihre Liebe ist bedingungslos.«

»Mhm«, ist alles, was mir dazu einfällt.

»Mach dir keine Sorgen. Wenn ich ein gutes Wort für dich einlege, werden sie dich ebenfalls hereinlassen. Selbst mit blutigen Händen«, zieht sie mich auf und schenkt mir das erste ehrliche Lächeln seit Beginn unserer Flucht. Es ist diese provozierende Art von Lächeln, bei dem mir warm und kalt zugleich wird. Sie zieht eine Augenbraue hoch, als würde sie eine Reaktion erwarten. Dem schelmischen Funkeln ihrer Augen nach erhofft sie sich eine schlagfertige Antwort. Und ich wünschte, ich hätte sie, aber im Moment fühle ich mich auf zu viele Arten müde, um auf meiner internen Festplatte die richtigen Worte zu finden. Der finstere Zauber, der mich zum Schweigen verurteilt hat, ist gebrochen. Aber all die Dinge, die wir auf dem Weg dorthin in Erfahrung gebracht haben, sind fast noch schlimmer, als ich befürchtet habe. Die Abgründe der menschlichen Seelen reichen tiefer, als ich es mir ausmalen konnte. Ich weiß nicht, ob wir dazu in der Lage sind, die Machenschaften rund um die L.I.F.E. Inc. zu beenden. Aber die Augen davor zu verschließen, dass Magie dafür missbraucht wird, dass angeblich nutzlose Menschen getötet werden, nur um Mitgliedern des Crow Covens die Leben zu verlängern oder ihnen eine praktische Energiequelle zur Verfügung zu stellen? Das kann ich nicht.

Gemmas Blick zuckt zu meinen Lippen, als würde sie darüber nachdenken, mich zu küssen, doch sie entscheidet sich dagegen und wendet sich endgültig von mir ab. Seitdem der Fluch gebrochen ist, der es uns unmöglich gemacht hat, uns zu küssen, haben wir es genau ein Mal getan – und dann nicht wieder. Wahrscheinlich, weil dies keine passende Situation für den Austausch von Zärtlichkeiten ist, doch wenn ich in etwas richtig gut bin, dann darin, Sachen kaputtzudenken. Gerade wenn es um Gemma Stone geht, mutiere ich zum verdammten König der Selbstzweifel. Es nervt mich selbst, aber ändern kann ich es nicht. Wie war das mit Achilles und der Ferse? Jeder Mensch hat seine wunden Punkte. Und meiner nippt gerade lustlos an einem Cappuccino, der mittlerweile höchstens noch lauwarm sein kann.

»Soll ich dich vielleicht beim Fahren ablösen?«, bietet sie unvermittelt an.

Wahrscheinlich sollte ich ihr Angebot annehmen und eine Runde schlafen, aber ich kann es nicht. Denn das Fahren lenkt mich zumindest kurzfristig von meinen finsteren Gedanken ab. Sobald ich die Augen schließe, drängen all die unschönen Emotionen der letzten Stunden an die Oberfläche zurück. Da ist mehr als nur die Erinnerung daran, dass man meine Eltern ermordet hat. Immer wieder sehe ich vor meinem geistigen Auge, wie Gemma bewusstlos zu Boden sackt. Wie ich zu ihr hinübergekrochen bin, sie an der Schulter berührt und angefleht habe, aufzuwachen. Nichts geschah. Für einen scheinbar endlosen Moment dachte ich, ich hätte auch sie verloren. Ein Albtraum im Wachzustand. Aber sie hat überlebt.

Ich kann auf jeden Fall getrost darauf verzichten, mich jetzt schlafen zu legen, nur um die Erlebnisse der letzten Stunden auch noch von meinem Unterbewusstsein unter die Nase gerieben zu bekommen. Mein Plan ist es, so lange wach zu bleiben, bis ich in einen traumlosen Schlaf falle. So lange halte ich jetzt durch.

Da ich unsere Handys zerstört und alle GPS-Systeme des Autos deaktiviert habe, navigiert uns Gemma den Rest des Weges. Das Haus ihrer Moms befindet sich ziemlich weit außerhalb von Bay City, Michigan, in einer Gegend, in der es offensichtlich mehr Kühe als Einwohner gibt. Vielleicht liegt es am noch fahlen Licht des gerade beginnenden Tages, am miesen Wetter oder der Tatsache, dass ich dem November generell nichts abgewinnen kann, aber je weiter wir uns von der Zivilisation entfernen, umso deprimierender wirkt die triste Landschaft auf mich. Wir fahren unter einer Allee aus blattlosen Bäumen hindurch, deren knorrige Äste wie gierige Finger wirken, die nach uns greifen. Die Zufahrt, auf die Gemma mich schließlich lotst, verdient nicht einmal den Namen *Feldweg*, so schmal und verwildert ist der Pfad, dem wir folgen. Braunes Pfützenwasser spritzt gegen die Scheiben, Äste kratzen über den Lack und erinnern mich viel zu sehr an das Geräusch von Kreide, die man quietschend über eine Tafel zieht. Gemma sagte zwar mal, sie wäre eher ländlich aufgewachsen, mir war allerdings nicht bewusst, dass es ein Euphemismus war. Denn das hier sieht wie das sprichwörtliche Ende der Welt aus. Wenn man den klischeehaftesten Ort googelt, um irgendwo unterzutauchen, werden einem sicherlich Bilder dieser Gegend präsentiert.

Der uns umgebende Wald öffnet sich zu einer Lichtung, und vielleicht wäre die Szenerie mit dem taubenblauen Holzhaus am See unter anderen Umständen tatsächlich idyllisch. Heute spüre ich beim Anblick des einsamen Hauses mit regennasser Veranda nur ein latentes Unwohlsein. Nicht allein wegen der Aussicht darauf, mir beim Aussteigen nasse Füße zu holen, sondern auch weil ich zum ersten Mal Gemmas Moms treffe. – Was mir selbst mit trockenen Socken kältere Füße beschert, als ich mir eingestehen will. Denn wenn wir ehrlich sind, ist uns allen bewusst, dass Gemma nur meinetwegen in diesen Schwierigkeiten steckt.

Wir fahren über einen Kiesweg, der offensichtlich schon vor längerer Zeit von der Natur zurückerobert wurde und in einem breiten Parkplatz mündet. Am Rande des Platzes, gleich neben der Treppe zur Veranda, steht ein verwittertes und halb von Efeu verschlungenes Schild. Das einzige Wort, das ich unter den Pflanzenranken erahnen kann, lautet *Hatty*.

»Ist Hatty ein Name? Er klingt ungewöhnlich.«

»Ja, und damit passte er perfekt zu Tante Hatty«, sagt Gemma lächelnd. »Sie war die Schwester meiner Grandma. Sie hatte keine eigenen Kinder, aber ein großes Herz und hat alle bei sich aufgenommen, die Hilfe brauchten. Egal, weswegen. Egal, woher sie kamen. Mittlerweile ist sie verstorben, und all die Kinder von damals sind längst erwachsen. Meine Moms sorgen dafür, dass sie immer noch jederzeit hierher zurückkehren können, wenn sie es wollen. Sie oder ihre Kinder und auch jeder andere Mensch, der für eine Weile ein sicheres Dach über dem Kopf braucht. Meist sind es Frauen, die sich gerade von ihren gewalttätigen Männern getrennt haben und nicht wissen, wohin sie sich wenden sollen. Meine Familie ist vermutlich etwas schräg, aber …« Gemma zögert, bevor sie leise lacht. »Wahrscheinlich hast du nichts anderes erwartet. Der ganze Dachboden sieht aus wie eine Mischung aus Hexenladen und Bibliothek.«

»Es klingt nicht schräg, sondern nach einer warmherzigen und hilfsbereiten Familie, die zu dir passt«, korrigiere ich. »Außerdem wäre ich wohl kaum in der Position dafür, irgendwen für seine Herkunft zu verurteilen. Im Gegenteil: Deine Familie hilft Menschen in Not; meine bringt sie um. – Hat sie umgebracht, bevor sich jemand anders dazu berufen fühlte, Dads Mission weiterzuführen.«

Wofür Dad vermutlich die gerechte Strafe ereilt hat, wenn man an so etwas wie Karma glauben mag.

Dad. Mein Leben lang hat er mir zu verstehen gegeben, dass er mit meinen Entscheidungen und Ansichten nicht zufrieden ist. Er hat mich beleidigt. Mich verflucht. Und trotzdem habe ich es nie geschafft, ihn zu hassen. Sein Verlust ist nicht annähernd so schmerzhaft wie Moms. Ich kann allerdings nicht behaupten, dass es sich gut anfühlt, ihn auf diese Art gestoppt zu haben.

Ich parke auf dem von Unkraut überwucherten Parkplatz direkt vor dem Haus und werfe einen letzten Blick in den Spiegel der Sonnenblende. Tiefe Schatten liegen unter meinen Augen, und meine Haare bräuchten dringend eine andere Bürste als meine Finger. Aber was soll's? Nach dem, was sie in den Nachrichten über mich erzählen, würde mir vermutlich nicht einmal einer meiner Maßanzüge bei diesem Kennenlernen weiterhelfen.

Ich habe kaum den Motor abgestellt, da öffnet sich die Haustür und eine Frau betritt die Veranda. Da ich zu wenig über Gemmas Moms weiß, ist es mir unmöglich zu erraten, ob sie wohl Laura oder Viola ist, aber ihr bodenlanges Kleid mit Blumenmuster und das orangefarbene Band in ihren Haaren leuchten so fröhlich, als wollten sie das miese Wetter vertreiben. Sie passt zu Gemma.

Diese rührt sich nicht, starrt lediglich durch die regennasse Scheibe zu ihrer Mom hinüber.

»Ist alles in Ordnung?«, frage ich besorgt.

»Sicher. Es fühlt sich nur komisch an, nach über einem Jahr in New York das erste Mal wieder hier zu sein«, bringt sie stockend hervor. »Wenn wir Glück haben, ist Laura noch bei ihrer Schicht im Krankenhaus.« Mit fahrigen Bewegungen löst sie den Sicherheitsgurt, öffnet die Tür und steigt aus – ohne sich zuvor ihre Stiefeletten wieder anzuziehen. »Komm mit. Ich stelle dir Viola vor.« Nach einem letzten Lächeln wendet sie sich von mir ab, schlägt die Beifahrertür zu und geht über das feuchte Gras in Richtung des Hauses.

Ich komme nicht einmal mehr dazu, meine Bedenken bezüglich des Barfußlaufens im Novemberregen kundzutun. Aber Gemma ist Gemma. Sie tut ohnehin, was sie will.

Ihre Mom zögert keine Sekunde, schreitet die Treppe herunter, läuft auf sie zu und schließt Gemma so energisch in die Arme, dass die kurz ins Straucheln gerät. Eines steht fest: Gemma hat nicht gelogen. Ihre Mom freut sich darüber, sie zu sehen, und wirkt nicht, als wollte sie uns vom Grundstück jagen oder die Polizei rufen.

Ein letztes Mal atme ich tief durch und wage mich in den Nieselregen hinaus, während Gemma und ihre Mom sich noch immer begrüßen. Die beiden so vertraut miteinander zu sehen weckt erneut dieses Ungeheuer in mir, das ich zu unterdrücken versuche. Eine unangebrachte Mischung aus Trauer, Neid und schlechtem Gewissen frisst sich durch meine Eingeweide, während ich Gemma in einer so innigen Umarmung mit ihrer Mom sehe und dabei an meine eigene denke.

Auch wenn nicht alle in der magischen Gemeinde die biochemischen Hintergründe kennen, gibt es etwas, was alle über Sirenen und Tritonen wissen: Sie sind nicht für die Liebe geschaffen. Nicht auf Dauer. Sobald sie ihr Herz verschenken, sterben die meisten von ihnen.

Als Kind war ich oft eifersüchtig auf andere, weil meine Mom selbst in ihren besten Jahren eher zurückhaltend mit ihren Liebesbekundungen war. Da jede wiederkehrende körperliche Nähe ihre Krankheit beschleunigt hätte, habe ich von klein auf gelernt, mich damit abzufinden, nicht umarmt oder geküsst zu werden. Nicht wenn ich Trost brauchte, nicht einmal zum Geburtstag. Bis eben dachte ich, ich hätte diesen Neid irgendwann im Laufe meines Lebens hinter mir zurückgelassen. Aber in Momenten wie diesen, wenn ich Gemma und ihre Mom zusammen sehe, erinnere ich mich daran, dass es eine Zeit gab, in der mir die Zuneigung meiner Eltern lieber gewesen wäre als der Besuch der teuren Privatschulen, maßangefertigte Kleidung oder Luxusautos.

Um mein Unwohlsein zu kaschieren, betrachte ich das Haus: Holzständerbauweise, abblätternder Anstrich, der mal erneuert werden könnte, weiße Veranda mit Blumentöpfen voller Pflanzen, die jetzt, im Herbst, eher tot und traurig als einladend aussehen. Aber je länger ich mich umsehe, desto deutlicher erkenne ich die Handschrift von Gemmas Moms. Denn dieses Haus verkörpert das, was Gemma mir immer wieder zu verstehen gibt: *Man soll zu sich und der Magie stehen.* – Es sind die Details, die dieses Heim von anderen unterscheiden. Ein Windstoß lässt ein melodiöses Windspiel erklingen, das unter dem Verandadach befestigt wurde. Ein Traumfänger aus Naturgarn, verziert mit braunen Vogelfedern und klaren Kristallen, dreht sich im Luftzug. An der Haustür hängt ein Kranz aus getrockneten Pflanzen, die schon von Weitem wie Lavendel und Salbei aussehen – klassische Bestandteile von Schutz- oder Reinigungszaubern. Unzählige Kerzen verschiedener Farben stehen überall: auf einem Beistelltischchen, der Verandaumrandung, den Fensterbänken.

Ich höre, dass Viola Gemma fragt, ob es ihr gut geht, sehe, wie sie ihr durch die feuchten Haare streicht und forschend ihr Gesicht betrachtet. Der Moment erscheint mir so intim, dass ich mich wie ein Eindringling fühle.

Erschrocken fahre ich auf, als ihre Mom mich unverwandt ansieht und von Gemma zurücktritt.

»Du bist also Darren Hunter?«

Vermutlich sollte ich etwas sagen, doch das Lächeln in Violas Gesicht weicht einer unverhohlenen Skepsis, während sie mich mustert. Ich kann ihr keinen Vorwurf machen, immerhin bin ich es, der Gemma in diesen Schlamassel navigiert hat – und ich bin mir dessen bewusst. Wie lautet wohl die passende Begrüßung in so einem Fall?

»Mom, könntest du damit aufhören, ihn so anzustarren?«, bittet Gemma und verdreht amüsiert die Augen.

»Sicher.« Ihre Mom zuckt mit den Schultern. »Ich bin nur irritiert. Ich meine, er ist … blond. Seit wann stehst du auf blond?«

»Seit wann beurteilen wir Menschen anhand ihres Aussehens?«, gibt Gemma zurück.

Es dauert einen Moment und ein Zwinkern von Viola, bis ich begreife, dass es nur ein Scherz sein sollte. In der nächsten Sekunde schließt Gemmas Mom mich so fest in die Arme, dass ein Teil der Anspannung von mir abfällt.

»Es tut mir leid«, ist schließlich das Erste, was ich hervorbringe, während ich ihre Geste erwidere.

Statt mich loszulassen, festigt Viola ihren Griff. »Es gibt nichts, was dir leidtun muss«, versichert sie mit sanfter Stimme. Lächelnd tritt sie zurück, greift nach meiner Hand und drückt sie leicht. »Wir sind gespannt auf euren Bericht darüber, was in New York passiert ist, aber wir kennen Gemma gut genug, um zu wissen, dass niemand sie zu Dingen überreden kann, die sie nicht möchte. Und im Gegenzug ist es unmöglich, sie von Dingen abzuhalten, die sie sich einmal in den Kopf gesetzt hat. Sie ist ein typischer kleiner Stier. Gegen ihren Sturschädel ist kein Kraut gewachsen.«

»Das ist mir auch schon aufgefallen, Mrs Stone«, murmle ich mit Gedanken an Gemmas *Im-Dienste-der-Wissenschaft-*Momente, die mich jedes Mal an den Rand des Wahnsinns treiben, weil sie damit regelmäßig wissentlich und willentlich ihr Leben riskiert.

»Mrs Stone?«, fragt sie amüsiert. »Bestehst du darauf, dass ich dich Mr Hunter nenne, oder können wir uns auf Viola einigen? Und jetzt kommt rein. Wir wollen den Tarnzauber doch nicht unnötig strapazieren. Es hat uns die gesamte letzte Nacht gekostet, um ihn zu erneuern. Abnehmender Mond mit Übergang in den Neumond, du verstehst? Die perfekte Mondphase, um Altes loszulassen und Neues zu erschaffen.« Sie bedeutet uns, ihr zu folgen.

Kopfschüttelnd, aber breit grinsend, geht Gemma neben mir her. Vielleicht ist es die Wirkung irgendwelcher Schutzrunen oder der offenen Art von Gemmas Mom, doch kaum setze ich einen Fuß auf die unterste Verandastufe, fällt die Last der letzten Stunden von mir ab. Ich fühle mich sicher – und unfassbar müde.

4. KAPITEL
GEMMA

Im Haus meiner Moms hat sich seit meinem Auszug nichts verändert. Der hölzerne Boden knarzt noch immer unter den Füßen und ausnahmslos jeder Quadratzentimeter ist mit irgendwelchen Dingen dekoriert, die teilweise hübsch, teilweise nützlich und manchmal sogar beides sind: Bilder, Kerzen, Kristalle, Pflanzen, Flickenteppiche, Makramees. Ironischerweise sind die Makramees an den Wänden mitunter die sinnvollsten Gegenstände. Nicht, weil sie sich so hervorragend als Staubfänger eignen, sondern weil das Knüpfen der Wandbehänge Laura entspannt. Bei ihrem aufbrausenden Temperament sollte man die Nützlichkeit der beruhigenden Wirkung definitiv nicht unterschätzen. Irgendwie bin ich insgeheim ganz froh, dass sie noch bei ihrer Nachtschicht im Krankenhaus sein dürfte, denn andernfalls wäre unsere Ankunft bestimmt weniger harmonisch verlaufen. Ich kann mir ihren vorwurfsvollen Tonfall lebhaft vorstellen: *Gemma Stone! Was hast du wieder angestellt?*

Darren hat in den letzten Stunden schon genug durchgemacht und es nicht verdient, auch noch von einer ihrer Schimpftiraden begrüßt zu werden.

Während wir durch den Flur gehen und ich versuche, alles mit Darrens Augen zu sehen, wird mir zum ersten Mal bewusst, dass mein Zimmer in New York wie eine Miniaturausgabe dieses Hauses wirkt. Nichts hieran ist auch nur im Entferntesten mit der Villa von Darrens Eltern zu vergleichen – außer vielleicht der Lage an einem Waldrand. Dieses Haus ist nicht offen und gläsern oder schreit nach einem Besitzer auf der Forbes-Liste. Es wurde im Lauf der Jahre zwar immerzu liebevoll geflickt, könnte an manchen Stellen allerdings mal wieder einen neuen Anstrich oder kleinere Reparaturmaßnahmen vertragen. Wenn unter all den Einrichtungsgegenständen auch nur ein Designermöbel versteckt sein sollte, dann definitiv aus dem vorherigen Jahrhundert und vom Trödel. Wahrscheinlich schon dreimal überlackiert und nicht im Entferntesten mit den Kunstgegenständen im Haus seiner Eltern zu vergleichen.

Darren betrachtet aufmerksam die Bilder an den Wänden, die rankenden Grünpflanzen, die in jedem Winkel zu wachsen scheinen, und schließlich ein hölzernes Kreuz, das über dem Durchgang zur Küche hängt.

»Holzkreuze, Traumfänger, Hufeisen – du wirst hier alles finden, was nach irgendeiner Überlieferung Glück bringt«, erkläre ich.

»Alles, was Unglück fernhält«, korrigiert Viola. Ihr Tonfall gleicht einem Singsang. So klingt sie immer, wenn sie gute Laune hat. Auch wenn wir mehr als genug gute Gründe hätten, um angespannt oder ängstlich zu sein, steckt mich die optimistische Stimmung augenblicklich an. Im Moment habe ich das Gefühl, *alles* schaffen zu können, solange ich die richtigen Menschen an meiner Seite habe. Viola und Darren gehören definitiv dazu.

Wir folgen Mom in die Küche hinüber, wo es nach frischem Kaffee, warmen Cookies und den Herbstblumen duftet, die zu Sträußen gebunden zum Trocknen von der Zimmerdecke herabhängen. Eigentlich ist unsere Küche recht groß, tatsächlich jedoch so voll, dass es kaum auffällt. Ein massiver Esstisch aus ehemaligen Bodendielen und die Kücheninsel in der Zimmermitte kämpfen um die Vorherrschaft in diesem Raum, werden aber vom Schnickschnack übertrumpft, der in den unzähligen Regalen gelagert ist. Getrocknete Kräuter, verschiedenfarbige Salze, Einmachgläser voller Obst und konservierter Körperteile kleiner Tiere, die mal irgendeine Vorfahrin besorgt hat. … Vermutlich könnte man ein Jahr in diesem Raum stehen, alles bestaunen und würde immer noch etwas Neues entdecken. Wenn man denn will. In irgendeinem der Gläser schwimmt ein gut erhaltenes Vogelküken. Das hat mich in meiner Kindheit dazu gebracht, vollkommen verwirrt nachzufragen, ob es nicht in den Bereich der dunklen Künste fällt, wenn man Energien von ehemals lebenden Dingen verwendet. Aber ähnlich wie die Dauerdiskussion darüber, ob es unethisch ist, Tiere zu essen, gilt Gleiches für das Zaubern. Das Verwenden menschlicher Körperteile fällt in den Bereich der schwarzen Magie. Tiere oder deren Körperteile in die Waagschale werfen? Stellt eine Grauzone dar.

Viola bedeutet uns, dass wir es uns irgendwo gemütlich machen sollen, während sie drei Steingutbecher aus einem der Oberschränke nimmt.

»Fühl dich wie zu Hause«, sage ich an Darren gewandt und greife nach seiner Hand. Vorsichtig lasse ich meine Fingerspitzen über das schwarze Mal an seinem Handgelenk gleiten, bis er erschaudert. Als er zu mir hinabsieht, würde ich ihn am liebsten küssen, doch es fühlt sich nicht an, als wäre es der richtige Moment für ausschweifende Zärtlichkeiten. Also reiße ich mich zusammen. Die letzten Tage müssen auch für ihn hart gewesen sein. Gerade für ihn. Er mag kein gutes Verhältnis zu seinem Dad gehabt haben, dennoch bin ich mir sicher, dass er sich für alles Geschehene mindestens so verantwortlich fühlt wie ich. Einer seiner Lieblingssprüche lautet zwar *Der*

Zweck heiligt die Mittel, und ich weiß, dass er seinen Dad um jeden Preis aufhalten wollte, aber wir haben beide gehofft, dass der nicht sein Leben kosten würde. Wenn ich daran denke, dass wir Mitschuld an einem Doppelmord tragen, fühlt es sich an, als würde sich ein Leichentuch über meine Seele legen. Ich fühle mich dreckig, verdorben. Allein die Erinnerung daran, wie gefühlskalt der Hexer über den Tod von Darrens Eltern gesprochen hat, sorgt dafür, dass sich mein Magen verknotet. Wie kann man nur so skrupellos sein?

»Kaffee oder Tee?«, fragt Viola fröhlich und reißt mich vollkommen aus meinen finsteren Gedanken. Ihr Blick gilt Darren, der sich mir entzieht, indem er die Hände in die Hosentaschen seiner Jeans schiebt und sich in der Küche umsieht, als wüsste er gerade mit sich selbst nichts anzufangen.

Er zieht kaum merklich die Schultern hoch, als würde er Schutz suchen oder als wäre ihm kalt. Es ist nur eine kleine Geste, die verrät, dass er vermutlich so müde ist, wie er aussieht. »Kaffee, bitte.«

Mit einem Nicken gibt Mom Kaffeebohnen in eine Handmühle, die sie schon benutzt, solange ich denken kann. Das frisch gemahlene Pulver kippt sie anschließend mit heißem Wasser in eine French Press. Meine Moms besitzen zwar auch einen Kaffeevollautomaten, den Laura vor ein paar Jahren aus Gründen der Zeitersparnis gekauft hat, aber Viola ignoriert seine Existenz auf dem Küchentresen bis heute geflissentlich. Genauso wie sie stets Laura die Videotelefonate führen lässt, als wären Smartphones und Tablet-PCs echtes Hexenwerk.

»Hund oder Katze?«, setzt Viola ihr Verhör fort, während der Kaffee durchzieht.

»Keine Ahnung, ob das eine Fangfrage sein soll, aber ich halte mich eher für einen Hundemenschen«, antwortet Darren nach kurzem Zögern und sieht mich fragend an.

Es ist keine Anspielung auf Taros monatliche Unpässlichkeit, denn neben mir und Darren gibt es kaum Menschen, die wissen, dass sich mein Bruder an Vollmond in eine Katze verwandelt.

»Milch oder Zucker?«, fragt Viola, stellt die Eieruhr auf vier Minuten und sieht Darren auffordernd an.

»Beides nicht, danke«, antwortet er knapp.

»Ein Purist also?«

»Zumindest beim Kaffee«, stimmt er zu, beginnt, durch die Küche zu streifen und die handbeschrifteten Gewürz- und Einmachgläser zu studieren. »Ich glaube, ich bin einfach altmodisch«, murmelt er. »Ich mag Bücher lieber als Filme, höre gern klassische Musik und mache meine Lernnotizen noch immer von Hand.«

Viola schmunzelt, aber verkneift sich jeden Kommentar. Wahrscheinlich ist es besser so, denn ich ahne, was sie sagen würde: Dass ich als Teenie quasi mit meinem Laptop verheiratet war, mit Musik nichts am Hut habe und die Notizen in meinen Grimoires kaum leserlich sind. Aber es sind genau solche Kleinigkeiten, die ich an Darren bewundere: seine saubere Handschrift. Sein Talent zum Musizieren. Und obwohl es mich zeitweise beinahe verrückt gemacht hätte, weil ich sie nicht einzuschätzen wusste, auch seine Zurückhaltung und Selbstbeherrschung.

Als Mom meinen mahnenden Blick bemerkt, hebt sie abwehrend die Hände und gießt beim Klingeln der Eieruhr Kaffee in die drei Becher. Zwei davon stellt sie für uns auf der Kücheninsel ab. Sie selbst stützt die Unterarme auf die Arbeitsplatte, schließt die Hände um ihren eigenen Becher und betrachtet Darren aufmerksam. Mit zusammengekniffenen Augen neigt sie leicht den Kopf zur Seite. »Magst du mir vielleicht noch verraten, was mit deiner Aura passiert ist? Selbst für einen erschöpften jungen Mann auf der Flucht wirkt sie mir etwas zu schwach.«

Darren zuckt mit einer Schulter, kommt zu uns herüber geschlendert und greift nach dem Becher. »Ich habe eventuell ein wenig meiner Lebensenergie für ein paar Flüche geopfert«, brummt er, bevor er einen großen Schluck nimmt.

»Tatsächlich?« Viola blinzelt irritiert und neigt den Kopf zur anderen Seite. »Ich bin in diesen Dingen nicht ganz so bewandert, weil ich es vorziehe, meine Lebensenergie zu behalten, aber wenn du mich fragst, scheinen es ein paar mehr Flüche gewesen zu sein.«

»Ich hatte keine andere Wahl. Mein Dad ist – *war* – ein herausragender Hexer, meine Mom eine Sirene. Ich bin nichts davon«, gesteht er, schaut zum Küchenfenster hinaus und stutzt, bevor er ergänzt. »Klang das wehleidig? Ich wollte nur sagen, ich bin nicht talentiert genug dafür, mit etwas anderem als meiner eigenen Lebensenergie zu arbeiten.«

»Sagt wer?« Mom sieht ihn aufrichtig interessiert an. »Wer hat dieses düstere Bild von dir gemalt?«

So wie Darren erneut an seinem Getränk nippt, statt ihr zu antworten, scheint ihm dieses Thema unangenehm zu sein, aber ich kenne Mom gut genug, um zu wissen, dass sie nicht nachgeben wird. So leicht lässt sie niemanden vom Haken, wenn sie eine Chance dazu sieht, eine ihrer Lebensphilosophien weiterzugeben.

»Deine Antwort lautet also: du selbst«, schlussfolgert sie. »Und was hat dich dazu gebracht, Menschen zu verfluchen und dafür mit deinem eigenen Leben zu bezahlen? Was war dir so überaus wichtig, dass du dazu bereit gewesen bist, dieses Opfer billigend in Kauf zu nehmen?«

»Nicht was, sondern *wer*«, korrigiert Darren. »Ich hätte mich nie nach Verbündeten umgeschaut, wenn ich mich nicht dazu gezwungen gesehen hätte, Dad aufzuhalten. Es war eher Zufall, dass ich während meiner Suche nach Hilfe über diverse Leute gestolpert bin, die Geld damit verdient haben, ihren Mitmenschen zu schaden. Sicher hätte ich sie auch ignorieren und mit ihren zwielichtigen Geschäften weitermachen lassen können, doch ich konnte es nicht mit meinem Gewissen vereinbaren, so zu tun, als wüsste ich von nichts.«

Viola seufzt. »Ja, manchmal wünscht man sich, es gäbe in der arkanen Welt nicht nur einen Ehrenkodex, sondern auch Regeln und Wächter, die deren Einhaltung kontrollieren.«

»Die hätten nichts bewirkt. Diese Hochstapler waren keine Hexenden, sondern einfach nur Schwindler, die Magie nicht einmal dann erkannt haben, als ich sie dafür eingesetzt habe, ihnen das Handwerk zu legen.«

»Und das hättest du auf keine Weise klären können, für die du nicht mit Lebensenergie zahlen musst?«, fragt Viola in ihrem typischen Mom-Tonfall, der mich vermuten lässt, dass sie Darren mag.

Schulterzuckend nimmt Darren einen weiteren Schluck von seinem Kaffee.

Viola hingegen zeigt den Ansatz eines Kopfschüttelns. Es ist ihr Zeichen höchsten Unmuts.

Die Stimmung in der Küche ist so betrübt wie das fahle Tageslicht, das durch die dreckigen Fenster fällt. Wenn Taro sich je gewundert hat, von wem ich den Hang zur Unordnung habe – vermutlich würde ein Besuch hier all seine Fragen mit einem Mal beantworten.

»Wann kommt Laura heute zurück?«, wechsle ich das Thema, während Darren erneut den Inhalt der Küchenregale betrachtet, als bräuchte er eine Beschäftigung, solange er seinen Gedanken nachhängt.

»Später«, antwortet Viola und folgt Darren mit dem Blick,

als wäre sie sich noch nicht ganz sicher, ob sie mit ihrer Befragung schon fertig ist. Schließlich gibt sie seufzend nach. »Sie möchte nach ihrer Nachtschicht in der Stadt noch ein paar Besorgungen erledigen. Wir haben zwar gehofft, dass du irgendwann herkommst und dich uns anvertraust, aber wir wussten nicht, wann und in welchem Zustand du hier eintriffst, also wollte eine von uns hierbleiben. Offensichtlich war es eine gute Entscheidung. Ihr beide seht ziemlich erschöpft aus. Wie wäre es, wenn ihr euch ein wenig ausruht, bis Laura zurückkehrt? Und dann erzählt ihr uns eure Version der Geschichte, die durch die Medien geistert. Laura wird es sicher auch brennend interessieren, was mit deiner Hand passiert ist. Und dieses Verhör wollt ihr nicht übermüdet antreten.«

»Gute Idee«, stimme ich widerwillig zu und betrachte das Todesmal. Wie ein schwarzer Handschuh hat es meine Finger überzogen; feine Verästelungen ranken sich den halben Unterarm hinauf und schlängeln sich um mein Tattoo. Vor ein paar Jahren habe ich mir den Schriftzug *radical delicacy* auf die Innenseite meines Arms stechen lassen. *Radikale Zartheit* wirkt auf diese Weise ungewollt zynisch. Frei nach dem Motto: *Sei sanft zu dir, der Tod hat dich ohnehin schon auf der Abschussliste.*

Und Viola hat recht: Lauras Art, sich um einen zu sorgen, hat die Tendenz, sehr unangenehm zu werden. Nicht umsonst hatte ich einige Male die Befürchtung, dass meine Moms mich in New York aufsuchen und notfalls an den Ohren hierherziehen würden, wenn sie herausfinden, was ich dort treibe. Vieles von dem, was ich in den letzten Wochen getan habe, dürfte ihnen nicht gefallen.

»Soll ich Darren ein Bett in einem der Gästezimmer beziehen, oder habt ihr vor, euch deines zu teilen?«, hakt Viola bemüht gleichgültig nach, obwohl ich ahne, dass sie das Thema brennend interessiert. »Da du uns so gut wie gar nichts über ihn erzählt hast, fällt es mir etwas schwer, einzuschätzen, ob euch mehr als nur ein Todesmal miteinander verbindet.«

»Ich bin schon groß, Mom. Ich kann durchaus Betten beziehen und weiß, wo ich alles Nötige finde«, versichere ich, obwohl ein Blick in Darrens müdes Gesicht reicht, um zu erkennen, dass er notfalls auch im Stehen einschlafen könnte. Er hat seit Tagen schon kein Auge mehr zugetan und hatte bisher keine ruhige Minute, um das Geschehene zu verarbeiten. Wenn jemand einen Rückzugsort brauchen kann, dann er.

»Möchtest du ein eigenes Zimmer?«, biete ich an und ernte sein Kopfschütteln.

»Ich will euch wirklich keine Umstände bereiten«, erwidert er. »Nicht noch mehr als ohnehin schon.«

»Das tust du nicht, indem du dir eine kurze Pause gönnst«, insistiere ich und wende mich an Viola. »Weck uns, sobald Laura zurück ist, ja?«

Ich hole uns noch zwei Wasserflaschen aus dem Kühlschrank und greife nach Darrens Hand. Es ist die stumme Bitte, mit in mein Zimmer hinaufzukommen. Wir müssen dafür durch den schmalen Flur, die knarzende Treppe hinauf und in den ersten Stock.

Mein ehemaliges Kinderzimmer ist das letzte auf der rechten Seite und als ich die Tür öffne, sieht es noch immer so aus, wie ich es vor etwas mehr als einem Jahr zurückgelassen habe. So, wie es auf all den *TikTok*-Videos meiner Vergangenheit verewigt ist. Die Einrichtung ist rosafarbener und kitschiger als in meinem New Yorker Zimmer. An vielen Ecken habe ich damals Kunstblumen und Lichterketten untergebracht, weil sie für mich der Inbegriff von Gemütlichkeit waren. Lichterketten mag ich bis heute, doch meine Faszination für Plastikblumen habe ich bei meinem Umzug hier zurückgelassen. Zusammen mit den grenzwertig peinlichen Partyfotos aus meiner Highschool-Zeit, die noch immer an einer mit Stoff bezogenen Pinnwand über dem Schreibtisch hängen und langsam verblassen. Alles wirkt unberührt, wenn auch unwesentlich staubiger, als ich es in Erinnerung habe. Es ist seltsam: Ich wohne mittlerweile seit etwas über einem Jahr in New York, aber erst beim Betreten meines ehemaligen Kinderzimmers spüre ich bewusst, wie sehr ich mich im Laufe der Zeit verändert habe. Die Erkenntnis trifft mich mit ganzer Wucht: Die Gemma, die diesen Raum voller Feuereifer in den Traum eines von *Pinterest* inspirierten Mädchenzimmers verwandelt hat, existiert nicht mehr. Ich kann vielleicht stets hierher zurückkommen, aber die Zeit lässt sich nicht zurückdrehen. Meine Kindheit ist unwiderruflich vorbei. Obwohl ich für jeden Tag meines Lebens dankbar bin, erfüllt mich der Gedanke mit ein wenig Wehmut.

»Home, sweet Home«, murmle ich an mich selbst gewandt, schlüpfe in ein paar warme Puschen und ziehe Darrens Hoodie aus, während er zum Fenster hinübergeht und einen Blick hinauswirft, als wollte er sichergehen, dass uns niemand gefolgt ist.

»Ihr habt ein Haus am See, und dein Zimmer geht zum Parkplatz hinaus?«, fragt er überrascht.

»Lange Geschichte«, gestehe ich und kann ein Seufzen nicht unterdrücken. »Ich hatte mal ein Zimmer mit Seeblick auf der anderen Seite des Hauses, aber … Ein paar Kinder aus meiner Schule fanden es damals ungeheuer lustig, mich immer wieder in den See zu schubsen, um mir den Kopf zu waschen. Irgendwann habe ich seinen Anblick vor allem mit Hilflosigkeit, kaltem Wasser und hämischem Gelächter verbunden. – Außerdem bin ich von Natur aus neugierig und wusste dank der Sicht auf den Parkplatz immer als Erste, wer uns besuchen kommt.«

Darren dreht sich zu mir herum, betrachtet mich und zieht eine Augenbraue hoch. »Das klingt grausam. Also der Teil mit dem See. Wer tut so etwas?«

»Kinder«, antworte ich schulterzuckend und deute auf die Fotowand über meinem Schreibtisch. »Ein paar von ihnen haben sich später dafür entschuldigt, aber manche meiner ehemaligen Mitschülerinnen können mich bis heute nicht leiden. Wie dir sicher aufgefallen ist, ist diese Gegend recht ländlich. Hier kennt jeder jeden, und die Leute reden über einen. Alle meine Mitschüler wussten, dass meine Moms sich als Hexen bezeichnen und eine merkwürdige Art von Hotel führen. Ich nehme an, deine Fantasie reicht aus, um dir das Gerede vorstellen zu können.«

»Ich weiß gerade nicht, ob ich dich bitten will, nie wieder darüber zu reden, um keine unschönen Erinnerungen aufzuwühlen, oder mir alle Details anzuvertrauen«, gesteht Darren.

Ich lege den Kopf in den Nacken, als er zu mir herüberkommt, eine Hand an meine Wange legt und mit dem Daumen darüberstreicht. Ein warmes Kribbeln überzieht meine Haut, wo auch immer Darren sie berührt. In seinem Blick wechseln sich Wut und Sorge ab, ich hingegen fühle mich in seiner Nähe so geborgen, dass ich ihm ein Lächeln schenke.

»Weißt du, was mich gerade wirklich anwidert?«, fragt Darren leise. »Ich war nie etwas Besonderes. Der einzige Grund dafür, dass ich gut durch mein bisheriges Leben gekommen bin, ist mein Dad. Der hatte ab dem richtigen Moment so viel Geld, dass die Menschen mich allein beim Klang meines Nachnamens ehrfürchtig angesehen haben. Wenn ich mir vorstelle, was sie dir zur gleichen Zeit angetan haben ... Ich ...« Er bricht den Satz ab und ballt die Hand zur Faust.

»Es ist okay«, versichere ich. »Wie du siehst, habe ich überlebt. Und zumindest für mich hatte die Pandemie auch etwas

Gutes. Nach der gesellschaftlichen Zwangspause war ich in den sozialen Medien bekannt genug, um neu anzufangen.« Flüchtig deute ich erneut auf die Pinnwand. »Für die letzten Schuljahre hatte ich so etwas wie Freunde und virtuell hatte ich sie dank meines Zirkels die ganze Zeit.«

Darren mustert mich, und ich ahne, was er sagen will.

»Ich weiß, du denkst, dass die sozialen Medien nur eine Scheinwelt sind, aber hinter jeder Internetpräsenz steckt ein realer Mensch. Einige dieser Personen haben mir damals Kraft und Halt gespendet – und im Gegenzug gebe ich ihnen jetzt etwas zurück, sofern es im wahrsten Sinne des Wortes in meiner Macht liegt. Zumindest wenn ich nicht gerade auf der Flucht bin.«

Es wirkt, als wollte er etwas erwidern, stattdessen legt er die Arme um mich und zieht mich vorsichtig an seine Brust. Eine seiner Hände ruht an meinem Hinterkopf, als wollte er mich vor der Welt beschützen. Ich höre seinen Herzschlag an meinem Ohr, viel zu schnell. Seine ganze Körperhaltung wirkt, als wollte er für mich stark sein, obwohl ihn meine Worte aufwühlen. »Das ist nicht annähernd, was ich sagen wollte«, murmelt er an meinen Haaren und küsst mich auf den Scheitel. »Wenn wir das hier überstehen – *falls* –, möchte ich nicht, dass du jemals wieder dazu gezwungen bist, irgendetwas einfach nur zu überleben. Hast du verstanden?«

Ich weiß nicht, ob es an seinen Worten oder seinem mühsam beherrschten Tonfall liegt, aber eines von beidem lässt eine Gänsehaut meinen Rücken hinabrieseln. Mir gefällt es, wenn er von der Zukunft spricht. Sehr sogar. Was ich allerdings noch immer nicht leiden kann, ist sein Bedürfnis, mich zu beschützen. Ich bin eine selbstständige Frau, die allein zurechtkommt.

»Weißt du, was ich vor allem verstanden habe?«, ziehe ich ihn auf und befreie mich vorsichtig aus seinen Armen, um besser zu ihm aufsehen zu können. »Wenn du gerade mal nicht verflucht wurdest, bist du so unfassbar süß, dass du eigentlich mit Zahnbürste und Zahnpasta ausgeliefert werden solltest.«

Er leckt sich über die Zähne. »Bevor ich dir zeige, wie süß ich wirklich sein kann: Deine Moms haben nicht zufällig eine Zahnbürste übrig? Ich fühle mich, als wäre ich es meinen Zähnen und Mitmenschen schuldig, mich frisch zu machen.«

Darüber braucht sich Darren keine Sorgen zu machen. In den Gästebadezimmern bewahren meine Moms alles auf, was Menschen an einem Rückzugsort brauchen können. Dinge wie Zahnbürsten, Tampons oder auch Kondome liegen dort für gewöhnlich in ausreichender Menge in diversen Körbchen bereit.

Also versorge ich Darren mit ein paar Kosmetika und weise ihm den Weg zum nächsten Bad.

Während er duscht, nutze ich eines der anderen Badezimmer, um mich ebenfalls frisch zu machen, und ziehe mich wieder in mein Zimmer zurück. Achtlos entledige ich mich des dreckigen Kleids, das ich die letzten Tage anhatte, und spüre sofort mein schlechtes Gewissen. Es tut mir leid für die Designerin, die es mit viel Hingabe von Hand genäht hat, aber ich bin mir nicht sicher, ob dieses Ding jemals wieder weiß wird. Falls nicht, wird Viola es bestimmt mit Freuden einfärben. Ich gehe zum Schrank hinüber und greife einen dicken Strickpulli und eine Leggings heraus, die ich auf mein Bett werfe.

Als Darren in mein Zimmer zurückkommt, suche ich gerade saubere Unterwäsche aus meiner Kommode und drehe mich zu ihm herum.

»Wenn du noch irgendwas brauchst, sagst du Bescheid?«, sage ich, als ich Darrens Blick auf meiner nackten Haut prickeln spüre.

»Was meine Bedürfnisse angeht, schwanke ich gerade noch«, gesteht er.

»Zwischen was?«, hake ich nach und streife meinen BH ab.

»Zwischen: Ich sollte dringend eine Runde schlafen. Und: Vielleicht tun es auch noch mehr Koffein, viel Zucker und ein Kondom.«

Verdutzt sehe ich ihn an und kann ein Lachen nicht unterdrücken. »Deine offensiv charmante Art hat mir in den letzten Tagen echt gefehlt.« Schmunzelnd schüttle ich den Kopf und gehe zu ihm hinüber. »Und auch wenn ich sehr versucht bin, dich auf der Stelle all deiner Kleidung zu entledigen, ist da diese leise Stimme der Vernunft, die dich beim Anblick deiner Augenringe lieber ins Bett schicken möchte.« Ich zögere, bevor ich meine Unterarme auf seinen Schultern ablege. Noch immer spüre ich das Verlangen, ihn zu küssen, doch die Müdigkeit in seinen Augen hält mich davon ab, den ersten Schritt zu übernehmen. »Wir wissen beide, dass unsere Reise nicht hier endet. Lass uns ein wenig ausruhen. Wenn du aufwachst, bin ich noch immer an deiner Seite. Okay?«

Darren legt seine warmen Hände an meine Wangen, streicht mit den Daumen darüber und neigt leicht den Kopf zur Seite. »Mehr als okay«, haucht er gegen meine Lippen, bevor er sie mit seinen berührt. Erst sacht und sanft, dann innig, als ich seinen Kuss erwidere.

Endlich. Mir entfährt ein leises Seufzen, da sich mein Körper anfühlt, als würde er schmelzen. Das hier hat mir mindestens ebenso gefehlt wie sein Humor. Ich öffne meinen Mund und vergrabe meine Finger in den Haaren an seinem Hinterkopf, während seine Hände von meinem Rücken auf meinen Po gleiten.

Schlagartig wird aus innig fordernd. Aufregend. Leidenschaftlich.

Leise stöhnt Darren in meinen Mund und lässt mich spüren, wie sehr auch ihm diese Art von Nähe gefehlt hat. Es beruht definitiv auf Gegenseitigkeit.

Von einer Sekunde zur anderen hat mein Körper vergessen, dass er eben noch um Schlaf gebeten hat. Darren scheint es ähnlich zu gehen. Mühelos hebt er mich hoch und trägt mich zum Bett hinüber, das quietschend protestiert, als er mich darauf absetzt und meinen Hals mit federnden Küssen übersät. Zumindest bis er plötzlich innehält und ein Gähnen nicht länger unterdrücken kann. Eine Entschuldigung murmelnd reibt er sich über die Augen.

Mir fällt jetzt erst auf, dass er am ganzen Körper zittert – und das sicher nicht vor Erregung. Er wirkt durch und durch erschöpft.

»Wie wäre es, wenn du dich ausruhst?«, schlage ich erneut vor.

»Wahrscheinlich hast du recht, und ich sollte kurz die Augen zumachen. Nach all den Katastrophen der letzten Zeit kann ich es mir nicht auch noch erlauben, beim Sex einzuschlafen. Immerhin habe ich dir im Moment nicht allzu viel zu bieten, außer mir selbst.«

»Darren Hunter, dieser Satz klang so unfassbar falsch«, versichere ich. »Du musst mir nichts *bieten*.«

Mit steifen Bewegungen entledigt er sich fast aller Kleidung, bis auf die Boxershorts, und klettert zu mir ins Bett.

»Du musst mir nichts bieten«, wiederhole ich. »Außer deiner ehrlichen und unendlichen Liebe natürlich«, ziehe ich ihn auf und klinge sehr viel weniger sarkastisch als beabsichtigt.

»Natürlich«, murmelt Darren schmunzelnd und legt seinen Arm um mich, während ich mich an seine Schulter schmiege. »Wie konnte ich davon ausgehen, dass sich Gemma Stone mit Schmuck zufriedengibt, wenn sie es doch auf mein Herz und meine Seele abgesehen hat.«

»Eben.« Meine Finger finden wie von selbst den Weg auf seine Brust. Auf die Stelle, unter der sein Herz schlägt.

Ohne darüber nachzudenken, hauche ich einen Kuss auf seine nackte Haut und bette meinen Kopf wieder an seiner Schulter. Erst jetzt, als ich in seine Wärme und seinen unverwechselbaren Duft gehüllt bin, habe ich das Gefühl, wirklich angekommen zu sein. Sicher zu sein. Ich brauche einen Moment, um dieses verwirrende Unwohlsein einzuordnen, das mich seit zwei Tagen verfolgt hat, denn es ist mehr als nur die Angst, von jemandem erkannt und verhaftet zu werden. Es ist eine völlig neue Art von Misstrauen in die Welt um mich herum.

»Darren? Nur mal angenommen, wir finden einen effektiveren Tarnzauber als meine Improvisation und schaffen es unerkannt nach New York zurück. Wenn die ganze Stadt von Gestaltwandlern unterwandert sein könnte, woher sollen wir dann wissen, wem wir noch vertrauen können?«, spreche ich aus, was mich beschäftigt.

»Gute Frage«, murmelt Darren und streicht mit seinen Fingerspitzen über meinen Oberarm.

Gegen meine Müdigkeit ankämpfend drehe ich mich zu Darren herum und stütze mich auf meine Unterarme, um ihn besser ansehen zu können. »Vielleicht klingt es vollkommen paranoid, aber als ich aus dem Büro des Bürgermeisters geflohen bin, hatte ich kurz Angst, dass dich Kristens Zirkel in der Zwischenzeit auch ersetzt haben könnte. Dein Fluch war der einzige Grund, aus dem ich mir sicher war, dass du es bist. Und jetzt ist er aufgehoben.«

Schmunzelnd streckt Darren die Hand nach mir aus und streichelt mir vorsichtig über die Wange. Es scheint sein neuer Tick zu werden, aber ich kann nicht behaupten, dass er mich stören würde. Im Gegenteil: Mir gefällt die sanfte Faszination, mit der Darren mich betrachtet. »Wer hätte gedacht, dass jemals der Moment kommen würde, in dem einer von uns den Nebenwirkungen des Fluchs nachtrauert?«

»Nur aus Gründen der Identifikation«, versichere ich.

Die Art und Weise, wie er spöttisch einen Mundwinkel höher zieht, lässt mein Herz schneller schlagen. Es ist albern, aber unsere Neckereien haben mir wirklich gefehlt.

Das warme Kribbeln, das sich bei Darrens Anblick in meinem ganzen Körper ausbreitet, versichert mir, dass Darren gar nicht zu ersetzen ist. Dass ich ihn immer erkennen würde. Weil zwischen uns von Anfang an irgendetwas in der Luft lag, das mich gleich bei unserer ersten Begegnung davon überzeugen wollte, wie umwerfend es wäre, ihn zu küssen.

Ich habe bisher nie so wirklich darüber nachgedacht, was Liebe ist – geschweige denn Liebe auf den ersten Blick. Doch wenn mir in diesem Moment jemand sagen würde, dass sie eine Form der weißen Magie darstellt – ich würde es glauben. Denn dieses warme, kribbelnde Gefühl, das ich in Darrens Nähe spüre – die Mischung aus Anziehung und Vertrauen –, ist genauso unfassbar wie das, was mich beim Wirken eines Zaubers erfüllt.

Mit den Fingerspitzen fahre ich das schwarze Mal an Darrens Handgelenk nach. Es ist die Erinnerung daran, dass der Versuch, mich in seine Geheimnisse einzuweihen, ihn beinahe das Leben gekostet hätte. Augenblicklich verstummt das aufregende Prickeln in meinem Körper und weicht etwas Anderem, Düsterem, das ich nicht einzuordnen weiß. Vielleicht ist es die Angst davor, dass man ihn tatsächlich fassen und ermorden könnte.

»Apropos Gestaltwandler«, sagt Darren leise. »Vertraust du darauf, dass man deine Moms nicht ausgetauscht hat? Es war schließlich davon auszugehen, dass wir herkommen würden.«

»Als ich Viola vorhin zur Begrüßung umarmt habe, habe ich sie gebeten, mir etwas zu sagen, das nur sie über mich wissen kann. Und sie hat den Test bestanden.« Weil es Dinge gibt, die eben nur Moms über einen wissen.

»Dann ist ja gut«, murmelt er so leise, als wäre er bereits dabei, einzunicken. Als hätte er eine letzte Rückversicherung gebraucht, um sich diese Pause zu erlauben, geht sein Atem immer ruhiger. Nach wenigen Sekunden bin ich sicher, dass er eingeschlafen ist.

Auch mir fällt es immer schwerer, die Augen noch offenzuhalten.

Ich bin zu Hause, lautet mein letzter Gedanke, bevor der Schlaf das Duell um meinen Körper gewinnt.

Zu Hause bei meinen Moms. In Darrens Wärme gehüllt. In Sicherheit.

Und zumindest für diesen winzigen Augenblick erlaube ich es mir, mich geborgen zu fühlen.

5. KAPITEL
GEMMA

»Gemma?« – Jemand berührt mich am Arm.

Noch im Halbschlaf schmiege ich meine Wange an Darrens warme Brust, bis eine unumstößliche Erkenntnis in mein Bewusstsein sickert: Es war Violas Stimme, die mich geweckt hat. Mom steht neben meinem Bett!

Ich bin sofort hellwach.

Erschrocken setze ich mich auf, ziehe mir die Bettdecke bis zu den Schultern hoch und spüre das Verlangen, mich vor ihr zu rechtfertigen. Eigentlich albern, aber offensichtlich reicht es aus, mich wieder in meinem ehemaligen Kinderzimmer zu befinden, um mich wie ein Schulkind zu fühlen.

»Bin wach«, ist alles, was mir spontan einfällt, obwohl es mehr als offensichtlich ist. Hastig verdränge ich den Gedanken daran, dass Darren und ich so gut wie nackt sind. Was mir wohl ebenfalls unangenehmer ist, als es sein müsste, denn Violas Blick ruht ohnehin auf seinem Gesicht. Sie betrachtet ihn, als wäre er ein besonders interessantes Gemälde in einem Museum; nachdenklich und analysierend. Erst als ich mich leise räuspere, schenkt sie mir ein flüchtiges Lächeln.

»Du hast mich vorhin darum gebeten, euch zu wecken, sobald Laura zurück ist. Ich habe uns in der Zwischenzeit ein paar Cookies gebacken und den Kaminofen in der Küche angezündet, um es uns bei dem Wetter ein wenig gemütlicher zu machen. Mögt ihr mit runterkommen? Es ist nicht so, dass ich euch euren Schlaf nicht gönnen würde, aber niemand von uns weiß, wie viel Zeit euch bleibt, bevor ihr wieder aufbrechen müsst.« Sie sagt es nicht, doch uns allen ist klar, dass wir uns nicht ewig hier verstecken können. Auch wenn ich wünschte, dass es anders wäre: Dies ist kein Familienurlaub, sondern ein kurzer Zwischenstopp unserer Flucht. Eine Verschnaufpause, die für meine Moms hoffentlich keine ungeahnten Konsequenzen haben wird. Natürlich vertraue ich ihrem Schutzzauber, aber auch Darrens Dad war ein mächtiger Hexer – und hatte am Ende keine Chance gegen den Zirkel, mit dem Kristen kooperiert.

»Wir kommen runter«, antworte ich rasch, verdränge all die finsteren Gedanken und atme vielleicht eine Spur zu erleichtert auf, als Viola sich zum Gehen wendet.

Als hätte sie es gehört, verharrt sie in der Bewegung und dreht sich noch einmal zu mir herum. »Man sagt, im Schlaf zeigen die Menschen ihr wahres Gesicht.«

»Tatsächlich? Und was hast du gesehen, während du Darren angestarrt hast, als wäre er ein Alien?«, witzele ich, weil es meine Art ist, die Anspannung in meinem Inneren zu überspielen.

»Die Frage lautet wohl eher, was du in ihm siehst. Hast du ihn eigentlich mal nach seinem Sternzeichen gefragt?«

Das ist eine typische Viola-Antwort: nämlich gar keine. Und im Gegensatz zu ihr glaube ich nur bedingt an Astrologie.

Nach einem Schulterzucken schreitet sie aus dem Zimmer und schließt mit einem leisen Klicken die Tür hinter sich.

Mit den Gedanken noch immer bei Violas Worten mustere ich Darrens Gesicht. Was sehe ich, während er schläft?

Meine halbwegs objektive Bestandsaufnahme würde lauten: einen unverkennbar attraktiven jungen Mann, dessen blonde Haare schon wieder vollkommen zerzaust sind. Einen erschöpften jungen Mann wohlgemerkt, denn seinen dunkelblauen Augenringen nach könnte er noch einige Stunden Schlaf vertragen. Aber all das sind nur unbedeutende Oberflächlichkeiten. Denn während ich Darren betrachte, spüre ich vor allem Wärme, Geborgenheit und die unumstößliche Gewissheit, dass unsere Mission all den Stress und die Gefahr wert ist.

Wie magisch angezogen beuge ich mich zu ihm hinab und wecke Darren mit einem Kuss, den er so leidenschaftlich erwidert, dass ich die Vermutung habe, dass er sich nur schlafend gestellt hat. Ich liebe das Gefühl seiner warmen, weichen Lippen auf meinen und öffne meinen Mund für ihn, als seine Zungenspitze sachte über meine Unterlippe streicht. Sein kehliges Stöhnen rauscht wie ein elektrisierendes Kribbeln durch meinen ganzen Körper und lässt all meine Nervenenden kitzeln.

Es ist noch immer ungewohnt, ihm auf diese Weise nahe zu sein. Aber auch unfassbar schön. Schöner, als ich es mir erträumt habe. Natürlich habe ich schon andere Männer vor Darren geküsst, doch nie zuvor hat es sich angefühlt, als wäre ein Kuss die kürzeste Verbindung zwischen zwei Seelen.

Darren schlägt die Augen auf, und allein sein intensiver Blick reicht aus, damit sich alles in mir sehnsuchtsvoll zusammenzieht. Räuspernd legt er mir den Zeigefinger unter das Kinn, als wollte er sichergehen, dass ich ihm zuhöre, statt meine Lippen erneut auf seine zu senken.

»Ich bin neu im Kuss-Business. Wenn es also irgendetwas geben sollte, woran ich arbeiten kann, dann sag es«, fordert er.

»Du bist ein Naturtalent.«

Darren öffnet den Mund, als wollte er etwas erwidern, doch er zögert.

»Was?« Lächelnd neige ich den Kopf zur Seite. »Sprich dich aus.«

Erneut räuspernd lässt er die Hand sinken und weicht meinem Blick aus, seine ohnehin schon tiefe Stimme klingt verräterisch rau. »Es gibt noch ein paar andere Dinge, die ich aufgrund des Fluches bisher nie ausprobieren konnte.«

»Dinge, die du mit deinen Lippen anstellen möchtest?«, versichere ich mich und nehme zur Kenntnis, dass er dezent rot anläuft. Ich kann mich nicht daran erinnern, ihn jemals derart verlegen gesehen zu haben, aber irgendwie gefällt es mir. »Du machst mich neugierig, Darren Hunter. Und ich biete mich hiermit gern als dein Versuchskaninchen für alle Arten von Lippenbekenntnissen an, nur vielleicht könnten wir die auf später verschieben? Meine Moms erwarten uns in der Küche.«

Glücklicherweise klinge ich gefasster, als ich mich fühle, denn etwas in meinem Inneren schreit: *Ich will dir nahe sein. Auf welche Art und Weise auch immer. Hauptsache es passiert. Jetzt.*

»Wir sollten sie wohl nicht warten lassen«, antwortet er unbestimmt.

Ich nicke und lasse den Blick dennoch über seinen perfekten Körper bis zu seiner Boxershorts wandern. Schwerer Fehler. Zu sehen, wie eindeutig er auf meine Nähe reagiert, macht mich jedes Mal wieder schwach.

Es kostet mich all meine Selbstbeherrschung, mich zusammenzureißen, aus dem Bett zu steigen und mir meine bereitgelegte Kleidung überzuziehen.

»Wenn du etwas brauchst, sagst du Bescheid?«, erkundige ich mich erneut und ziehe die Haare aus dem Kragen meines Pullovers, während Darren noch immer im Bett liegt und an die Zimmerdecke starrt.

»Du kennst meine Antwort.«

»Und sie lautet nicht zufällig: Dich, nackt auf mir, jetzt«, ziehe ich ihn auf.

Statt etwas zu erwidern, reibt er sich mit der flachen Hand über die Stirn, als wollte er sagen: *Das war nicht hilfreich.*

Also höre ich auf, ihn damit zu necken. Vorerst.

»Ich weiß nicht, ob du an Astrologie glaubst, aber Viola interessiert sich für solche Dinge wie Sternzeichen. Verrätst du mir deines?«, wechsle ich das Thema, gehe zur Kommode hinüber und bürste mir schnell die Haare durch. Vor allen Dingen, um etwas zu tun, was mich auf andere Gedanken bringt.

Darren dreht sich auf die Seite und stützt seinen Kopf auf der Hand ab. Schmunzelnd zieht er eine Augenbraue hoch. »Ist die Frage nach meinem Sternzeichen deine Art, dich unauffällig nach meinem Geburtstag zu erkundigen?«

»Dass du älter als ich bist, war mir irgendwie klar, als du von deiner Bachelorarbeit erzählt hast. Es ist eher Violas Art, sich zu vergewissern, ob wir überhaupt zusammenpassen.«

Theatralisch seufzend presst er seine Hand auf die durchtrainierte Brust. »Und ich dachte, ich hätte dir beim letzten Vollmond ausreichend bewiesen, wie hervorragend wir uns ergänzen. Aber um deine Frage zu beantworten: Ich werde am fünfzehnten März dreiundzwanzig und bin damit Sternzeichen Fische. Ein Wasserzeichen für den Sohn einer Sirene. Überrascht es dich?«

»Allerdings. Sehr sogar. Sagt man nicht, Fische wären immer gut gelaunt?«

Ich kann gar nicht so schnell gucken, wie Darren nach meinem Kissen greift und es mir spielerisch gegen den Kopf wirft.

»Du bist ganz schön frech, Gemma Stone«, tadelt er grinsend.

»Und du stehst drauf, Darren Hunter.« Halbherzig werfe ich das Kissen zurück auf mein Bett. Für ein paar Sekunden fühlt sich zwischen uns alles unbeschwert und leicht an. Aber natürlich ist es eine Illusion – und ich frage mich, ob es vielleicht irgendwo ein Paralleluniversum gibt, in dem wir gerade einfach nur zusammen und glücklich sind. Denn nach allem, was ich von Viola über Sternzeichen gelernt habe, ergänzen sich Stiere und Fische tatsächlich hervorragend. Wenn wir nicht in diesem gewaltigen Schlamassel stecken würden, hätten wir vielleicht eine Chance, gemeinsam glücklich zu werden.

· · ✦ · ·

»Schau, wer hier ist«, ruft Viola fröhlich, als Darren und ich die Küche betreten, in der es mittlerweile verführerisch nach ofenfrischen Keksen und heißer Schokolade duftet. Das knisternde Kaminfeuer taucht alles in eine Woge der Behaglichkeit – bis Lauras eisiger Blick uns trifft und jedes Gefühl von Wärme im Keim erstickt. Sofort scheint die Raumtemperatur um einige Grad zu fallen. Im Gegensatz zu Viola ist Laura nicht der Typ für bodenlange Kleider, hölzerne Armreifen oder gemusterte Bänder in den Haaren. Ich glaube auch nicht, dass sie der Mensch dafür gewesen wäre, Dad nach zweistündiger Kennenlernzeit in Las Vegas – aus einer Laune heraus – spontan zu heiraten. Oder das Risiko einzugehen, in besagter Hochzeitsnacht ein Kind mit ihm zu zeugen. Viola glücklicherweise schon, sonst stünde ich jetzt nicht hier und könnte mich von den Tentakeln Lauras aktuell sehr finsterer Aura einschüchtern lassen. Sie sitzt am Esstisch, sieht uns über den silbernen Rand ihrer Brille hinweg abwechselnd an und schürzt leicht die Lippen.

»Beim Anblick des Sportwagens auf unserer Auffahrt konnte ich mir beinahe denken, dass wir Besuch haben.« Lauras Tonfall bestätigt meine Vorahnung, dass dieses Gespräch unangenehm wird.

Noch bevor wir die Gelegenheit dazu bekommen, irgendetwas zu erwidern, überreicht uns Viola je einen Becher mit

Hafermilchkakao und bedeutet uns, vorsichtig zu sein. Ob sie damit auf Lauras offensichtlich schlechte Laune oder aber die Temperatur unserer Heißgetränke abzielt, bleibt wohl unserer Fantasie überlassen. Vielleicht ist es auch eine Warnung vor beidem.

Ich bitte Darren, sich einen Platz am Esstisch auszusuchen, setze mich neben ihn und sehe Laura auffordernd an. Das nahende Donnerwetter spüre ich bereits körperlich auf mich zurollen, noch bevor sie erneut den Mund öffnet, aber ich bin gewappnet. In den letzten Stunden habe ich weitaus Schlimmeres überstanden als ihre Schelte.

»Hab keine Angst: Sie freut sich, dass ihr hier seid«, versichert Viola an Darren gewandt, streicht ihm im Vorübergehen über die Schulter und stellt eine Schüssel mit Plätzchen auf dem Tisch ab. »Sie kann das nur nicht so zeigen.«

»Weil ich zu gern wüsste, wie es sein kann, dass unsere einzige Tochter in den Medien als Terroristin gesucht wird. Wenn ich mich richtig erinnere, ging sie nach New York, um darstellendes Spiel zu studieren. Ein Fahndungsaufruf ist nicht das, was ich gehofft hatte, von ihr im Fernsehen zu sehen«, poltert Laura, die offensichtlich nicht länger an sich halten kann.

»Glaub mir, ich hatte mir meine Fernsehkarriere auch anders vorgestellt. Aber wenn du so nett bist und mich ausreden lässt, kann ich euch gern meine Version der Geschehnisse erzählen«, erwidere ich.

Laura nickt gönnerhaft, und so fasse ich meine Sicht auf die Erlebnisse der letzten Tage zusammen. Darrens und meine Geschichte, die mit einer relativ harmlosen Anfrage in einem Onlinechat begann und mit einem Doppelmord und der Flucht aus New York endete.

Ich spreche über alles, was mir in den Sinn kommt. Und so berichte ich meinen Moms auch von Beryl – einer jungen Hexe, die mit den Toten kommunizieren kann und uns hinters Licht geführt hat. Naiverweise hielt ich sie für eine Freundin, doch am Ende stellte sich heraus, dass sie Kristens finsterer Gemeinschaft angehört. Sie hat uns so für deren Zwecke manipuliert, dass all unsere Bemühungen, Darrens Dad aufzuhalten, nur dazu geführt haben, dass wir dem Zirkel in die Hände spielten.

Lediglich Kleinigkeiten verschweige ich. Zum Beispiel, dass ich neuerdings gelegentlich Stimmen höre. Wobei es *Stimmen* nicht ganz trifft. Es ist immer dieselbe, nur scheint sie aus unzähligen miteinander verwobenen Stimmen zu bestehen. Ebenso jung wie alt, männlich wie weiblich. Ich höre sie besonders deutlich, wenn Aequalite in der Nähe sind, aber auch so drängt sie sich immer wieder in mein Bewusstsein.

Als ich schließlich verstumme, sieht Laura demonstrativ zwischen meiner Hand und dem schwarzen Mal an Darrens Handgelenk hin und her, als wüsste sie genau, dass ich ihr etwas vorenthalte. Doch in dem Punkt übernehme ich ihre Gesprächstaktik und hülle mich in stoisches Schweigen.

»Du möchtest uns also nichts darüber berichten, wann genau du dem Tod näher als dem Leben warst?«, fragt sie rhetorisch.

»Das hat nichts mit dieser Geschichte zu tun«, versichere ich. Denn dass ich mich für Darren tatsächlich mit dem Tod angelegt habe, ist lediglich eine Sache zwischen ihm und mir. Ja, sie war nicht klug. Sie war naiv, leichtsinnig und manche würden sagen: Sie war absolut unnötig. Doch das war sie nicht. Für uns war sie wichtig. Sie war unser Weg, uns gegenseitig zu beweisen, dass wir uns aufeinander verlassen können. Dass wir dem jeweils anderen das Leben anvertrauen würden. Und ich bereue nichts.

»Wie habt ihr eigentlich dieses Haus getarnt?«, wechselt Darren das Thema und reibt unruhig mit dem Daumen über seinen Becher. »Es wird vermutlich die erste Anlaufstelle sein, an der uns die Anhänger der L.I.F.E. Inc. suchen, wenn sie in New York nicht fündig werden. Und mir ist nicht wohl dabei, euch in diese Angelegenheit hineinzuziehen.«

»Falls sie euch hier suchen, wären sie nicht die ersten«, antwortet Laura kühl. »Die Polizei war gleich nach eurer Flucht bei uns und hat alles auf den Kopf gestellt. Vergeblich. Immerhin war Gemma seit Monaten nicht mehr zu Hause.«

»Sie waren schon hier?«, frage ich unangenehm berührt und schaue mich in der Küche um, als hätten die Beamten überall Spuren hinterlassen, die ich aus bloßer Unachtsamkeit übersehen habe. Das ist natürlich Unsinn, trotzdem ist es eine bedrückende Vorstellung. Jemand war an diesem Ort, um uns zu suchen. Vermutlich sogar in diesem Raum, nur wenige Stunden zu früh.

»Oh, sorgt euch nicht.« Viola macht eine beschwichtigende Geste, als könnte sie damit alle Sorgen fortwischen. »Es erschien uns klüger, die Beamten einmal hereinzubitten, damit sie uns in den nächsten Tagen in Frieden lassen. Wer auch immer nun herkommen sollte, wird dem Schutzzauber erliegen«, plaudert sie leichthin. »Für Fremde sieht das Haus unbewohnt aus – und sobald man den Blick von ihm abwendet, vergisst man, was man überhaupt hier wollte. Doch wenn wir ehrlich sind, wird die Magie nicht ewig halten. Spätestens beim nächsten Neumond werden wir den Zauber komplett erneuern müssen.«

»Ich will ja nicht wie der Pessimist klingen, der ich laut Gemma bin, aber ich glaube nicht, dass wir in einem Monat noch hier sein werden«, gibt Darren zu bedenken.

Es tritt ein kurzes Schweigen ein, das mich hoffen lässt, dass Laura ihr Verhör nun beendet. Irrtum.

»Ihr zwei seid nichts weiter als ahnungslose Babywitches!«, platzt es aus ihr heraus.

Seufzend erhebt sich Viola und geht in den Flur hinüber, vermutlich, um den Korb mit Makrameegarn zu holen.

»Es mag ja sein, dass ich in euren Augen noch immer eine Babywitch bin, aber vielleicht wäre ich etwas weniger ahnungslos, wenn ihr mir nicht Teile der Wahrheit vorenthalten hättet«, halte ich dagegen. »Denn wenn ich in den letzten Wochen etwas festgestellt habe, dann, dass ihr mir ziemlich viele Sachen verschwiegen habt. Runen, Kristalle, Blutzauber. Es gibt so einiges, über das ich nie etwas gehört habe, weil es von irgendwelchen unserer Vorfahrinnen als gefährlich eingestuft wurde. Seit wann lernt man aus der Geschichte und den Fehlern anderer, wenn man sie verschweigt, statt sie weiterzugeben? Wenn du mich also weiterhin anschreien willst: Nur zu. Aber ich hätte genauso viel Grund dazu, wütend auf euch zu sein, wie andersherum.«

»Wir haben dir von diesen Sachen nichts erzählt, weil sie gefährlich sind«, stimmt Viola zu und stellt einen Korb mit grobem Garn auf dem Esstisch ab. Statt sich wieder zu setzen, tritt sie an Laura heran und legt ihr eine Hand auf die Schulter. »Wir haben es garantiert nicht getan, um dich zu ärgern oder dir zu schaden.«

»Eure beste Lösung dafür, mich von gefährlichen Dingen fernzuhalten, ist es, mir erst gar nichts darüber zu erzählen?«

Darren spielt mit seinem Ohrring, während Viola augenscheinlich überlegt, was sie darauf antworten soll. Ihre Finger streichen über die Naht an Lauras Hemd, bis die ihre Hand festhält.

»Du warst schon immer neugieriger, als gut für dich ist«, pflichtet Laura bei.

Ich würde gern widersprechen und ihr versichern, dass man gar nicht zu wissbegierig sein kann, aber selbst meine Neugierde wurde in den letzten Tagen eines Besseren belehrt.

Viola seufzt und schenkt mir einen resignierten Blick. »Wie sieht es aus? Wollt ihr zwei euch jetzt noch länger streiten, oder kommt ihr langsam zu dem Teil, in dem ihr euch vertragt und umarmt? Denn falls eure Diskussion noch andauert, setze ich neues Teewasser auf und werfe etwas Feuerholz nach.«

»Ich möchte einfach nicht, dass ihr mir Sachen verschweigt, nur weil ihr euch einredet, dass es so besser für mich wäre«, sage ich mit Nachdruck.

Meine Worte entlocken Laura ein weiteres Schnauben. Sie zieht eine Augenbraue hoch, wie sie es immer tut, wenn ihr etwas missfällt. Kopfschüttelnd greift sie ihr aktuelles Bastelprojekt aus dem Korb und sortiert die Fäden. »Und da du meinst, du wärst erwachsen, hast du es nicht für nötig gehalten, uns in die Vorkommnisse in New York gleich einzuweihen? Du hieltest es für die bessere Option, alles dermaßen eskalieren zu lassen?« So, wie sie die Oberlippe schürzt, ist es Frage und Vorwurf in einem.

»Ich wollte niemanden unnötig in Gefahr bringen«, erkläre ich das Selbstverständliche und schiebe mir einen Keks in den Mund.

»Und du?« Sie mustert Darren, eine Spur zu abfällig für meinen Geschmack. »Der Herr opfert also seine Lebensenergie für Flüche, ja? Hat dir denn niemand gesagt, dass man seine Finger von Dingen lassen sollte, die man nicht beherrscht?«

»Beruhig dich«, bittet Viola, deutet demonstrativ auf das Garn in ihrer Hand und geht Teewasser aufsetzen, als hätte sie die Hoffnung auf eine schnelle Einigung soeben endgültig aufgegeben.

»*Ich soll mich beruhigen?* Hast du dir Gemmas Hand angesehen? Soll ich es einfach hinnehmen, wenn unser einziges Kind sich mit dem Tod anlegt, nur um einen jungen Mann zu retten, dem sein eigenes Leben so wenig bedeutet? Sollen wir stillschweigend akzeptieren, dass unsere Tochter dabei ist, sich in jemanden zu verlieben, dem augenscheinlich alles egal ist? Jemanden zu lieben bedeutet, Verantwortung zu übernehmen. Für andere, aber auch – und vor allem – für sich selbst.«

»Und genau wegen dieses Dramas habe ich dir vorgeschlagen, dass du dich ausschläfst, bevor du auf Laura triffst«, erkläre ich eine Spur zu provokant, einzig und allein, um Darren aus ihrer Schusslinie zu holen. Ihrem wütenden Blick nach funktioniert es.

»Was gedenkt ihr jetzt zu tun? Ihr werdet landesweit gesucht«, setzt sie ihr allgemeines Verhör fort.

»Wir müssen das Erbe meines Dads vernichten, ohne gefasst zu werden«, gesteht Darren unseren rudimentären Plan, der diese Bezeichnung eigentlich nicht verdient hat. »Wir müssen die Arbeit der L.I.F.E. Inc. beenden und die Obdachlosen in den Straßen New Yorks vor der *Less-Homeless*-Stiftung warnen. Das Fracking verhindern, um sicherzustellen, dass keine weiteren Aequalite gewonnen werden können, und außerdem herausfinden, wie die L.I.F.E. Inc. an das Sirenen-Blut gelangt, das dazu genutzt wird, um die Einwohner New Yorks zu manipulieren. Kurz: Wir müssen die gesamte L.I.F.E. Inc. stilllegen.«

»In einer Stadt, die von Hexenden der dunklen Künste und mit ihnen verbündeten Gestaltwandlern unterwandert ist«, ergänze ich mit Gedanken an Kristen.

»Okay, ihr zwei«, wirft Viola ein und sieht Darren an. »Wie wäre es, wenn wir mit Punkt A beginnen, bevor ihr Punkt D anpeilt?«

»Wovon redest du?«, hake ich nach.

»Wie wäre es mit ein wenig Unterricht?«, schlägt sie leichthin vor.

»Unterricht?«, fragt Darren ebenso überrascht wie überrumpelt.

Sie schenkt ihm ein nachsichtiges Lächeln. »Nun, dass du magiebegabt bist, steht außer Frage, sonst hättest du keinen Blutzauber anwenden können. Aber in Anbetracht der Tatsachen«, sie deutet flüchtig auf Darrens gezeichnetes Handgelenk, »wäre es uns wohl allen lieber, wenn du zukünftig Magie nutzen könntest, ohne noch mehr deiner ureigenen Lebensenergie – und damit deiner Lebenszeit – zu opfern.«

Unwillkürlich mustere ich erneut seine Aura. Uns allen ist bewusst, was Darren getan hat. Was ihn der Einsatz seiner Magie *gekostet* hat. Da Auren allerdings absolut individuell sind und niemand weiß, wie viel Zeit Darren ursprünglich auf dieser Erde zugewiesen war, ist es so gut wie unmöglich, seine geopferte Energie in Lebensjahre umzurechnen. Dennoch legt sich eine eigenartige Schwere auf meine Seele, wenn ich mir vorstelle, dass er eines Tages die Augen schließen und nie wieder öffnen wird. Selbst wenn uns der *Crow Coven* nicht erwischt, wird dieser Tag irgendwann kommen. Unruhig streiche ich über meinen Unterarm. Der Tod holt uns alle. Früher oder später. Doch ich fürchte, in Darrens Fall wird es viel zu früh sein.

»Wer hat dir das Hexen überhaupt beigebracht?«, reißt mich Laura aus meinen finsteren Gedanken – schon wieder mit dieser vorwurfsvoll hochgezogenen Augenbraue, die mich langsam wahnsinnig macht.

»Ich mir selbst«, antwortet er schulterzuckend. »Mithilfe von Tutorials aus dem Darknet. Da Dad sich geweigert hat, sein Wissen mit mir zu teilen, hatte ich nicht viele Möglichkeiten. Das öffentlich zugängliche Wissen in den Bibliotheken Pittsburghs war wenig hilfreich.«

»Oh«, ist alles, was Viola von sich gibt, während Laura höhnisch auflacht.

»Aus dem Internet, sagte er«, wiederholt sie spöttisch.

»Nun, ich denke, wir können dir ein paar Dinge zeigen, für die es keine Onlinetutorials gibt«, lenkt Viola ein. »Ich fürchte zwar, wir haben nicht allzu viel Zeit, um dir die Grundlagen der Kristalllehre näherzubringen, doch deiner Aura nach zu urteilen wird es überlebenswichtig sein, dass wir es zumindest versuchen.«

»Nicht nur seiner Aura nach«, murmelt Laura verdrießlich und deutet auf das Mal an seinem Handgelenk. Auch wenn mich ihre provozierende Art im Moment echt nervt, weiß ich, dass sie sich nur Sorgen macht und genau wie Viola alles dafür tun würde, um uns zu helfen.

»Habt ihr heute noch etwas vor?«, fragt Viola lächelnd. »Sonst würde ich vorschlagen, dass Darren und ich uns auf den Dachboden zurückziehen und dort ein wenig stöbern gehen, bevor ihr den Schlaf der vergangenen Tage nachholt.«

Darren sieht mich fragend an, bis ich nicke.

Vielleicht möchte Viola wirklich keine Zeit verlieren, Darren die Grundregeln der Kristalllehre beizubringen. Vielleicht würde sie ihn gern kennenlernen. Oder aber – und das halte ich für am wahrscheinlichsten – sie erhofft sich, dass Laura und ich uns aussprechen, wenn sie uns einen Moment allein lassen.

6. KAPITEL
DARREN

Was für ein alberner Gedanke, dass ich ein schlechtes Gewissen dabei habe, Gemma allein mit ihrer Mom in der Küche zurückzulassen. Ich fühle mich, als wäre ich ein feiger Verräter, obwohl ich weiß, wie lächerlich es ist. Immerhin geht es hier um ihre Mom und kein Monster. Und sind wir mal ehrlich: Selbst mit einem solchen käme sie sehr viel besser zurecht als ich. Wie sollte ich ihr also helfen?

Gemma hat mir in der Vergangenheit zwar ab und an von ihren Moms erzählt, aber irgendwie hatte ich mir das Zusammenleben der drei anders vorgestellt. Mehr wie eine Mischung aus Tee trinken, Blumen auf der Wiese pflücken, um sie anschließend zu trocknen, und nebenbei über die Wirkungsweisen verschiedener Kristalle philosophieren. Auf eine Art *Good-Cop-vs-Bad-Cop*-Situation war ich nicht vorbereitet. Aber vermutlich existieren so idyllische Familien höchstens in Disney-Filmen. Wobei … Wenn ich mich an die Filme meiner Kindheit erinnere, nicht einmal dort.

Vielleicht seufze ich eine Spur zu laut, denn Viola schenkt mir ein nachsichtiges Lächeln und macht eine beschwichtigende Geste.

»Gib den beiden zehn Minuten, dann liegen sie sich in den Armen«, versichert sie und bedeutet mir, ihr die Treppe hinauf zu folgen.

Also beginnt meine erste Lehrstunde mit sofortiger Wirkung – und einem Stapel Kekse in der Hand, den Viola mir überreicht hat, weil sie meint, dass ich *unterzuckert* aussähe. Ich habe vorhin lang genug in den Spiegel geschaut, um zu wissen, dass es eine sehr wohlwollende Untertreibung ist. Die vergangenen Tage stehen mir deutlich ins Gesicht geschrieben, und die Spuren der Geschehnisse lassen sich sicher nicht mit Keksen ausradieren, denn ich sehe aus wie durchgekaut und ausgespuckt.

Über eine schmale Stiege gehen wir auf den ausgebauten Dachboden hinauf – und zumindest der befriedigt meine Vorliebe für Klischees vollkommen: Alle Wände sind bis zum mannshohen Kniestock mit Regalen versehen, in denen sich Bücher, Schriftrollen und Kerzen stapeln. In unzähligen Einmachgläsern warten Dinge auf ihren Einsatz, die nicht unbedingt aussehen, als wären sie für Vegetarier geeignet. Sträuße getrockneter Blumen und Kräuter hängen von der Decke hinab, deren Giebel vor dunkelgrauen Spinnweben kaum noch zu erahnen ist. Schalen voll schillernder Kristalle in allen erdenklichen Farben stehen auf dem großen Holztisch in der Mitte des Raums – und in scheinbar jeder freien Nische. Ein Mobile, das vor dem Gaubenfenster aus Buntglas hängt, lässt farbenfrohe Lichtspiele über die Regale tanzen. Und selbst der goldene Staub, der vor dem Fenster tanzt, sieht nahezu magisch aus. Wohin ich auch schaue, in jedem Winkel gibt es etwas zu entdecken, das meine Aufmerksamkeit auf sich zieht: verblassende Schwarz-Weiß-Fotografien in kitschigen Rahmen. Abgegriffene, in Leder gebundene Bücher. Ein ausgestopftes Eichhörnchen mit Glasaugen. Eine Bodenvase voller Pfauenfedern. Was für eine eigenwillige Mischung.

Während einer Dienstreise nach Pittsburgh war ich in einem renommierten Hexenladen, um dort eine Kette für Gemma zu kaufen, und der war nicht annähernd so imposant wie dieser Raum. Gemma sagte mal, beide ihrer Mütter entstammen Familien von Hexen – und so muss es sein. All diese Schätze anzuhäufen hat sicherlich Generationen in Anspruch genommen.

Viola macht eine Geste, die wie eine Einladung wirkt, und tritt an den großen Tisch heran. Vielleicht ist *Chaos* nicht das richtige Wort, um das darauf ausgebreitete Sammelsurium zu beschreiben, aber die Tischplatte ist dennoch vollkommen überladen mit Gegenständen aller Art: Bücher, Schriftrollen, Notizhefte, Lesezeichen, Kristalle, Tarotkarten, Sträuße getrockneter Kräuter. Und Kerzen. Jede Menge Kerzen in unterschiedlichen Farben und Größen stehen zwischen oder direkt auf den Gegenständen verteilt.

»Beeindruckend«, ist das erste Wort, das mir in den Sinn kommt.

»Freut mich ehrlich, wenn dir unsere Sammlung gefällt. Nun, Darren Hunter. Das Wissen, was wir mit Gemma geteilt haben, befindet sich schon seit Generationen in unseren Familien«, erklärt sie und betrachtet mich aufmerksam. »Laura und ich entstammen beide Linien von Hexen, die ihr gesammeltes Wissen über Kristalle, Kräuter, Tarot oder auch den Mondzyklus bewahrt und weitergegeben haben. Wir sind dazu angehalten, es nur mit den Menschen zu teilen, denen wir vorbehaltlos vertrauen.« Noch immer mustert sie mich, als würde sie etwas suchen. »Normalerweise würde ich mich hüten, mit jemandem, den ich kaum einen Nachmittag lang kenne, über diese Dinge zu sprechen. Und vielleicht wäre es bei deiner Vorgeschichte vernünftiger, dich mithilfe eines Blutrituals dazu zu zwingen, dein Wissen niemals gegen Menschen einzusetzen, aber Laura und ich sind uns einig: Besondere Situationen erfordern besondere Maßnahmen. In diesem speziellen Fall ist uns Gemmas Leben wichtiger als das Einhalten eines Ehrenkodex. Außerdem vertraut sie dir, und somit tun wir es auch. Ich werde dir alles an die Hand geben, zu was du in der Kürze der Zeit zum Lernen imstande bist.«

»Ihr seid euch einig, dass ihr das wollt?«, frage ich – vielleicht eine Spur zu überrascht.

»Natürlich«, entgegnet sie, ohne darüber nachzudenken. »Lass dich von Lauras rauer Schale nicht täuschen. Sie macht sich nur Sorgen um euch.« Ihr Blick wandert demonstrativ zu dem Mal an meinem Handgelenk, als hätte sie eine ziemlich genaue Vorstellung davon, wie es zustande kam. »Wir alle waren mal jung und haben unüberlegte Dinge getan. Viele Menschen sehen mich verständnislos an, wenn ich von meiner Vergangenheit erzähle. Die meisten verurteilen mich für meinen Leichtsinn, einen fast fremden Mann geheiratet zu haben, aber ich bereue nichts. Und darauf kommt es an: Es ist mein Leben. Ich muss mit meinen Entscheidungen im Reinen sein – und niemand sonst.« Sie lächelt mich an, freundlich, nachsichtig und wissend.

Warum nur habe ich immer das Gefühl, dass sie mir bis in die Seele blicken kann? Es kostet mich einige Selbstbeherrschung, den Augenkontakt aufrechtzuerhalten und mir nicht die feuchten Hände an der Jeans abzuwischen, als wäre das hier eine Prüfung. Oder ist es vielleicht genau das? Der entscheidende Moment, in dem ich beweisen muss, dass ich es verdient habe, unterrichtet zu werden. Dass ich nicht der absolute Versager bin, den Dad in mir gesehen hat. Denn was ist, wenn er recht hatte? Wenn ich nie dazu in der Lage sein werde, Energien außerhalb meines Körpers zu channeln? Wenn ich einfach nicht zu einem richtigen Hexer tauge? Und wenn Gemma das Interesse an mir verliert, sobald sie das verstanden hat?

Viola räuspert sich und wendet sich von mir ab, als hätte sie in meinem Blick alles gefunden, wonach sie gesucht hat. »Was auch immer Gemma und du getan habt, um euch mit dem Tod anzulegen: Ich habe dich nicht gebeten, mich auf den Dachboden zu begleiten, um dich dafür zu schelten, sondern um dir das Rüstzeug an die Hand zu geben, damit du beim nächsten Mal besser gewappnet bist.« Sie deutet auf eine Schale mit Kristallen. »Such dir einen aus.«

Ich folge ihrer Bitte und greife wahllos nach einem der Kristalle, ohne ihn wirklich anzusehen. Unruhig wende ich ihn zwischen den Fingern, als mir ein Gedanke kommt. »Apropos Kristalle. Du sagtest, in euren Familien wird das Wissen schon seit Generationen weitergegeben, und laut Gemma wisst ihr einiges über Kristallenergie. Hast du zufällig schon einmal etwas von Aequaliten gehört?«

»Ja und nein. Ich habe zum ersten Mal davon gelesen, als Gemma mich gezielt danach gefragt hat. Wir sind nicht die Einzigen, die ihrer Tochter Wissen vorenthalten haben, wenn es als bedenklich eingestuft wurde. Vieles, was in den Büchern dieser Regale geschrieben steht, kennen auch wir nicht, weil unsere Mütter uns davor bewahren wollten.« Sie wendet sich den Regalen zu, streicht mit dem Zeigefinger über die Buchrücken. Einen Moment lang sucht sie und zieht schließlich ein beeindruckend dickes, in Leder gebundenes Buch daraus hervor. Als sie es auf dem Tisch ablegt, ächzt er leise unter dem Gewicht der vielen Seiten. »Einige unserer Vorfahrinnen haben sich dafür gerühmt, das Wissen über alle Kristalle der Welt zusammengetragen zu haben. Leider ist die Sammlung nicht alphabetisch, sondern chronologisch nach den Entdeckungsdaten der Kristalle aufgebaut. Manchmal wünschte ich, es gäbe eine Suchfunktion auch im echten Leben.«

»Aber du bist eine vollwertige Hexe«, erinnere ich, während sie das Buch aufschlägt und mit den Fingerspitzen über die vergilbten Seiten voller handschriftlicher Notizen streicht.

»Könntest du nicht einfach einen Zauber wirken, der die richtige Seite des Buches für dich aufschlägt?«

Viola verharrt in der Bewegung. »Einfach«, murmelt sie schmunzelnd, neigt den Kopf zur Seite und betrachtet mich erneut mit diesem Blick, als wollte sie bis in mein Innerstes hineinblicken. »Kein Zauber dieser Welt ist *einfach*. Jeder von ihnen hat seinen Preis. Man sagt zwar, dass Energien nie verloren gehen, aber du weißt, dass Akkus mit jedem Ladezyklus schwächer werden? Kristalle, dein Körper ... Nichts ist so vollkommen, dass es auf Dauer keinen von der Magie verursachten Schaden nimmt. Wir tun also gut daran, uns genau zu überlegen, wie und wofür wir Magie einsetzen. Und zu faul zum Suchen zu sein ist gewiss kein plausibler Grund für den Einsatz von Hexerei. Oder hat sich Gemma in deiner Gegenwart je von der Magie ihre Socken bringen lassen? Denn ich bin mir fast sicher, dass sie ihren Hang zur Unordnung auch in New York nicht abgelegt hat.«

»Nein, hat sie nicht. Ich dachte nur, dass ...«

»Dass?«, unterbricht sie mich. »Dass ein kürzeres Leben ein fairer Preis für die Hexerei ist?«

Ertappt zucke ich mit den Schultern. Moms Krankheit hat mich vieles gelehrt, aber vor allem, dass das Leben immer zu kurz und der Tod stets ungerecht ist.

»Nun ... Bevor ich dich in unsere Künste einweise, wäre ich dir dankbar, wenn du diese Einstellung überdenkst. Magie ist nicht dazu da, um uns den Alltag bequemer zu machen. Wir nutzen sie nicht zu unserem eigenen Vorteil, indem wir anderen schaden oder sogar über Leichen gehen. Wir bitten sie, uns mit der Natur zu verbinden, um unser Dasein erfüllender wahrzunehmen und im Einklang mit dem Universum zu sein. Und natürlich, um denen zu helfen, die in Not geraten.« Viola streicht mit den Fingern über eine der Seiten recht weit am

Ende des Buches. Nachdem sie sich vergewissert hat, dass ich ihr folge, beginnt sie vorzulesen. »Man sagt, dass in der Erde verborgene Kristalle jene Energie gespeichert haben, die bei der Entstehung der Welt in sie gefahren ist, und somit sind sie hochenergetisch. Aequalite bilden keine Ausnahme, doch bewegt sich ihre Energie auf einem anderen Level. Frisch geborgene Aequalite sollen eine Aura besitzen, die der von Lebewesen recht ähnlich ist. Mehreren Quellen zufolge liegt die Intensität der Energie so nah an purer Magie, dass es manchen Hexenden möglich gewesen sein soll, dank der Kristalle direkt mit ihr zu kommunizieren. Leider verfielen die meisten nach der Anwendung dem Wahnsinn, sodass eine valide Überprüfung der Überlieferung bisher nicht umsetzbar war.« Viola atmet tief durch und schenkt mir ein Lächeln, das ich nicht deuten kann.

»Das ist alles?«, hake ich nach.

»Mehr steht hier nicht geschrieben. Außer der Tatsache, dass die Anwendung von Aequaliten den verbotenen Künsten zugeordnet wird. Aber ich denke, *das* ist dir bereits bekannt.« Viola schlägt das Buch zu, ehe sie mich so intensiv betrachtet, dass ich mich zu einer Erklärung gedrängt fühle.

»Ich dachte nur … Es war Dad, der die Aequalite hat bergen lassen, um mithilfe ihrer Energie in einem Ritual eine Art Medizin zu entwickeln, die den Tod für eine Weile aufhalten kann. *Er* hat sie benutzt. Aber Mom war es, die ständig etwas von Schatten erzählte, die angeblich mit ihr sprechen. Einerseits wundert es mich nicht, wenn in dem Buch steht, dass die Magie der Kristalle einem schadet. Aber wenn dem so ist, hätte dann nicht Dad derjenige sein müssen, der die Stimmen hört? Immerhin hat er die Zauber gewirkt und nicht Mom. Und wenn Dad keine Stimmen gehört hat, obwohl er die Energie der Aequalite eingesetzt hat, bedeutet es dann, dass man nicht zwangsläufig den Verstand verliert, nur weil man sie nutzt?« Erst als ich Violas aufmerksamen Blick folge, merke ich, dass ich den Kristall in meiner Hand mit dem Daumen streichle, als würde er mich beruhigen. Das tut er nicht.

»Ob die Anwendung der Aequalite deinem Dad geschadet hat oder nicht, ist nicht die Frage, die du eigentlich stellen möchtest. Richtig?« Sie legt die Hände ineinander und neigt den Kopf zur Seite.

Überführt.

»Gemma sagte, dass sie bei ihrer Flucht aus dem Büro des Bürgermeisters die Magie eines Aequalits eingesetzt hat, weil sie keinen anderen Ausweg gesehen hat.«

»Und jetzt hast du Angst davor, dass sie Stimmen hört? Oder dem Wahnsinn verfällt?«, vermutet Viola.

Mehr als ein Räuspern bringe ich nicht zustande. Es ist albern, aber die Angst davor, nach all dem Chaos der letzten Tage auch noch Gemma zu verlieren, schnürt mir die Kehle zu. Rein rational betrachtet weiß ich, dass wir uns noch nicht allzu lange kennen, trotzdem fühlt sich ihre Nähe für mich nach der Familie an, die ich nie wirklich hatte.

Viola betrachtet mich noch immer nachdenklich und lehnt sich gegen den Tisch. »Ich denke, Stimmen zu hören und wahnsinnig zu sein ist nicht dasselbe. Wenn in dem Buch steht, dass einige Hexende mithilfe eines Aequalits direkt mit der Magie kommunizieren konnten, müssen sie nicht zwangsläufig durch ihn geschädigt worden sein. Viele von uns sprechen ständig zur Magie – und sie antwortet uns allen. Auf ihre Weise. Zum Beispiel, indem sie die Dinge bewirkt, um die wir sie bitten. Wenn es am Ende hauptsächlich Magie war, die durch die Adern deiner Mutter geflossen ist, bedeutet es nicht unbedingt, dass sie den Bezug zur Realität verloren hat. Wenn du in einem Meer tauchst, wunderst du dich schließlich auch nicht über das Gurgeln des Wassers in deinen Ohren. Was deinen Dad hingegen betrifft … Ich fürchte leider, keine Stimmen zu hören heißt im Umkehrschluss noch lange nicht, dass man nicht trotzdem größenwahnsinnig geworden sein kann. Welcher Mensch bei wachem Verstand würde andere für seine Zwecke opfern? Wenn ich Gemmas Schilderungen richtig aufgefasst habe, reden wir hier immerhin nicht über einen Mord aus Affekt, sondern von einer ganzen Organisation, die nur dazu diente, Menschen zu opfern, um an ihre Lebensenergie zu gelangen. Je länger ich darüber nachdenke, umso mehr sorge ich mich auch um die Leute, die in den Unternehmen deines Dads beschäftigt sind. Diejenigen, die die Aequalite für ihn bergen oder die Leichen entsorgen. Sicher konnte er sie mithilfe des S.P.E.L.L.-Zaubers dazu bringen, ihr Tagewerk zu vergessen oder zumindest mit niemandem darüber zu reden, aber ich kann mir beim besten Willen nicht vorstellen, dass ihre Seelen auf Dauer keinen Schaden davontragen.«

»Ich weiß, was du meinst«, murmle ich mit Blick auf den Kristall in meiner Hand. Dad war schon immer ein Einzelkämpfer, und egal, wen er für seine Unternehmungen eingespannt hat: Er wird keinem von ihnen vertraut haben. Jeder einzelne Mitarbeiter in dem Gefüge wird nur einen Bruchteil der Wahrheit kennen und durch geschickt platzierte Flüche dazu gezwungen sein, darüber Stillschweigen zu bewahren. Wenn sie klug sind, wird sich daran auch durch die Übernahme des dunklen Zirkels nichts ändern. Dads Maschinerie läuft. Nur ein Narr würde mehr Zahnräder als unbedingt nötig austauschen.

»Was deine Befürchtungen bezüglich Gemma angeht …«, unterbricht Viola meine Gedanken und seufzt so schwer, dass sich ihre Schultern heben und senken. »Wir haben nicht umsonst Wissen von ihr ferngehalten. Sie war schon immer neugieriger, als es gut für sie war. Aber sie ist noch eines: stur. Und ich vertraue darauf, dass sie willensstark genug ist, um dem Ruf der Aequalite nicht erneut zu folgen. Die Kristalle mögen als gefährlich eingestuft sein, doch es sind und bleiben Kristalle. Am Ende liegt es an uns, sie zu nutzen – oder es zu unterlassen. Was mir mehr Sorgen bereitet, sind diese Leute, die euch verfolgen. Tun sie es, weil sie Angst haben, dass ihr sie auffliegen lasst? Oder steckt mehr dahinter?«

»Sie hätten Gemma gern als Verbündete«, gestehe ich.

»Das kann ich mir vorstellen. Wenn man nur ihre Videos kennt, erscheint das bestimmt verlockend. Jedoch bin ich mir nicht sicher, ob sie verstehen, was Gemma ist.«

»Ich sehe, was sie tut, aber habe noch nicht begriffen, *wie*. Ich meine, sie macht Dinge, die unmöglich sein sollten. Zumindest mit den beschränkten Möglichkeiten, die sie manchmal zur Hand hat.«

Viola nickt zögerlich und starrt vor sich hin. »Ich weiß, was du meinst. Mitunter vollbringt sie Zauber, die einem undurchführbar erscheinen. Sie ist anders als wir. War sie schon immer. In einigen Quellen werden Hexen wie Gemma *Moonchild* genannt. Sie gelten als perfekte Energiemedien. Ich habe bis heute nicht herausgefunden, woran es liegt, dass manche Hexen den diese Art von Zugriff auf die Magie haben. Vielleicht sind sie einfach die Hochbegabten der arkanen Welt. Denn nach allem, was Gemma mir schon in ihrer Kindheit erzählt hat, fühlt sich der Einsatz von Magie für sie anders an als für uns. Wenn sie einen Zauber vollführt, lenkt sie die Magie um sich herum, nicht durch sich hindurch. Zu keinem Moment ist sie ein aktiver Part der Hexerei. Sie spürt keine Nebenwirkungen wie Schmerzen oder Euphorie beim Wirken eines Zaubers. Es macht sie unabhängig, aber …«

»Auch verdammt gefährlich«, werfe ich ein. »Wenn der Crow Coven sie erwischt, kann er sie zu unvorstellbaren Dingen zwingen.«

Gemma, der S.P.E.L.L.-Zauber und die Macht eines Aequalits sind eine Kombination, die ich nicht erleben möchte.

»In der Tat«, stimmt Viola zu. »Umso wichtiger, dass ihr ein Mittel gegen den S.P.E.L.L.-Zauber findet, aber nicht jetzt.« Vage deutet sie auf meine Hand. »Konzentrieren wir uns erst einmal auf dich. Welchen Kristall hast du dir ausgesucht?«

»Einen roten«, antworte ich ebenso ehrlich wie unwissend. Es gibt ein paar Kristalle, die ich erkenne, weil man sie mal irgendwo gesehen hat und sie irgendwie zur Allgemeinbildung gehören. Manche kenne ich, weil Gemma sie häufiger als Schmuck trägt oder sie in jedem Hexenladen ausliegen. Aber wenn ich so einen Kristall wie diesen schon einmal in der Hand hatte, ist er mir nicht im Gedächtnis geblieben. Im Vergleich zu vielen anderen wirkt er ziemlich unscheinbar. Sein Rotton ist wenig ansprechend und erinnert mich am ehesten an geronnenes Blut.

»Warum hast du dir ausgerechnet diesen ausgesucht?« Viola schreitet zu einer Bank hinüber, die in die Nische des Gaubenfensters eingebaut ist. Sie bedeutet mir, mich zu ihr zu setzen, und legt die Hände in den Schoß.

Ihrer Einladung folgend nehme ich neben ihr Platz. Hier, im sanften Tageslicht der Buntglasfenster, ist die Ähnlichkeit mit Gemma unverkennbar, auch wenn Violas Gesicht insgesamt weicher erscheint. Gemma wirkt oft trotzig und zu allem entschlossen, Viola hingegen treibt eine sanftere Form der Neugierde an. Sie neigt erneut den Kopf zur Seite, als wollte sie mich daran erinnern, dass sie noch immer auf meine Antwort wartet.

»Keine Ahnung, warum ich diesen Kristall gewählt habe. Ich habe ihn einfach vom Tisch gegriffen«, gestehe ich und betrachte ihn von allen Seiten. Er ist und bleibt unscheinbar.

»Denkst du, dass das tatsächlich alles ist? Dass es nur ein Zufall war, dass du ausgerechnet diesen Kristall genommen hast, obwohl du Hunderte andere hättest wählen können?«

Mehr als ein Schulterzucken fällt mir dazu nicht ein. »Wenn ich an dieser Stelle irgendeine übersinnliche Verbindung zu diesem Stein spüren sollte, muss ich dich enttäuschen.«

»Mach dir um mich keine Sorgen, im Moment enttäuschst du höchstens dich selbst. Also merk dir eins: Es gibt keine Zufälle. Und das in deiner Hand ist auch kein Stein, sondern ein roter Jaspis. Er steht für Stärke, Ehrlichkeit und Stabilität. Was löst dieser Dreiklang in dir aus?«

Nachdenklich streiche ich erneut mit dem Daumen über die polierte Oberfläche des Steins und habe nicht den Hauch einer Ahnung, worauf sie hinauswill. »Vielleicht sind es Dinge, die mir gerade fehlen?«, vermute ich und bringe Viola zum Schmunzeln.

»Tatsächlich? Ist das so? Weißt du, ich verrate dir ein kleines Geheimnis. In Gemmas erster Stunde habe ich auch sie gebeten, sich einen Kristall auszusuchen und sie hat exakt denselben gegriffen. Da war sie ungefähr acht Jahre alt, und ich habe ihr die gleiche Frage gestellt wie dir jetzt. Weißt du, was sie geantwortet hat?«

»Keine Ahnung«, wiederhole ich, alles andere als eloquent. Irgendwie irritiert es mich mehr als es sollte, dass Gemma vor so vielen Jahren denselben Kristall gegriffen hat. Immerhin liegen hier ungelogen hunderte in allen Größen und Farben zur Auswahl.

»Gemma sagte damals, dass dieser Kristall die Werte verkörpert, die uns als Familie ausmachen. Dass es das ist, was wir ihr auf den Weg mitgeben: Stärke, Ehrlichkeit, Stabilität. Wenn es tatsächlich die Dinge sind, die du suchst, hast du sie vielleicht gefunden.«

Reflexartig schließe ich meine Hand um den Stein. Ich weiß nicht, was ich in Gemma gefunden habe, nur dass ich nicht dazu bereit bin, sie wieder zu herzugeben.

Lächelnd streckt Viola ihre Hand nach meiner aus und drückt sie leicht, als hätte sie meine Gedanken erraten. »Behalt den Kristall ruhig als Erinnerung an diesen Moment. Als einen kleinen Wink des Universums, dass nichts *einfach so* geschieht. Und nun, Babyhexer, wo wir das geklärt haben, beginnen wir mit Lektion zwei. Aber ich denke, wir nehmen dafür einen etwas zugänglicheren Kristall.«

Sie erhebt sich, geht zum Tisch hinüber und überreicht mir bei ihrer Rückkehr einen Bergkristall. Den erkenne selbst ich.

»Fangen wir damit an, deinen Weg zu dir selbst zu finden. Das, was dich leitet. Deinen persönlichen Zugang zur Magie – egal, ob schwarz oder weiß.«

»Klingt abenteuerlich«, murmle ich und kann ein Grinsen dann doch nicht unterdrücken. »Bin dabei.«

7. KAPITEL
GEMMA

Laura knüpft so energisch an einem neuen Wandbehang, dass ich mir ziemlich sicher bin, dass diese Knoten nie wieder irgendein Mensch lösen kann. Zumindest nicht ohne den Einsatz von Magie oder einer Heckenschere.

Nach einer Weile stopft sie das Opfer ihrer Wut zurück in den Weidenkorb und erhebt sich. »Ich mache uns etwas zu essen. Etwas Richtiges. Keine Kekse.«

Statt die Gelegenheit zu nutzen und mich in mein Zimmer zurückzuziehen, gebe ich mir einen Ruck und gehe zu ihr hinüber. »Kann ich dir dabei irgendwie helfen?«

Sie mustert mich noch einen Augenblick, zuckt schließlich mit einer Schulter und deutet auf ein Sieb voller Gemüse, das bereits in der Spüle steht. »Wenn du willst, kannst du damit anfangen, uns Gemüse für einen Salat zu schneiden. Das solltest du trotz deiner mangelnden Kochkünste hinkriegen.«

»Vielen Dank für dein unfassbares Vertrauen in meine Fähigkeiten«, murmle ich sarkastisch. Schweigend wasche ich das Gemüse ab, bis Laura erneut die Stille durchbricht.

»Erzähl mir noch mal von dieser Hexe, die euch hintergangen hat«, sagt sie, während sie damit anfängt, Pilze zu putzen.

»Du meinst Beryl?« Ich atme tief durch und springe dann über meinen Schatten. »Ich dachte, ich könnte ihr vertrauen, aber meine Intuition hat mich in dem Fall kläglich im Stich gelassen. Seitdem weiß ich gar nicht mehr, wem ich noch glauben kann. Nicht nur, weil theoretisch jeder Mensch in meiner Nähe ein getarnter Gestaltwandler sein könnte. Sondern …« Ich versuche, meine Gedanken zu sortieren, doch scheitere. »Ich dachte wirklich, meine Intuition wäre ein sicherer Wegweiser. Schwerer Irrtum. Ansonsten weiß ich kaum etwas über Beryl. Nur dass sie eine *Kitchen Witch* ist und mit Geistern kommunizieren kann. Ich meine damit nicht via Ouija-Brett, sondern so richtig. Angeblich waren alle Frauen in ihrer Familie in der Lage dazu, mit den Toten zu reden, doch ihre Mom und Grandma sind bereits verstorben. Anscheinend begleitet der Geist ihrer Grandma sie seitdem rund um die Uhr. Ich denke, zumindest der Teil entsprach der Wahrheit. Vielleicht hat die unerledigte Aufgabe ihrer Grandma etwas mit dem Mord an Beryls Mom zu tun, sofern die Erzählung nicht auch gelogen war. Sie wollte nie so wirklich darüber reden, was ihr zugestoßen ist, und da wir uns erst seit Kurzem kannten, habe ich es nicht hinterfragt.«

»Ihre Mom wurde ermordet?«

»Beryl sagte mal etwas darüber, dass ihre Mutter aus einer Art Sekte austreten wollte. Erfolglos.« Nachdenklich betrachte ich die Gurke in meiner Hand, als sollte sie mir etwas flüstern. »Nur mal angenommen, diese angebliche Sekte wäre in Wirklichkeit ein Hexenzirkel. Vielleicht sogar der Crow Coven selbst: Würde das irgendetwas ändern? Ich meine, wenn Beryl nicht freiwillig ein Teil davon wäre, sondern durch irgendetwas zur Zusammenarbeit gezwungen wird. Zum Beispiel durch etwas wie den S.P.E.L.L.-Zauber.«

»Nein«, antwortet Laura entschieden und durchsucht die Küchenschränke, bis sie ihre Lieblingspfanne gefunden hat. »Am Ende sind nur wir allein verantwortlich für unsere Taten.«

Normalerweise würde ich ihr vielleicht zustimmen. Aber sie war auch nie Opfer dieses Zaubers. Ich hingegen habe gespürt, wie wehrlos er einen macht. Dass es nahezu unmöglich ist, sich ihm zu widersetzen. Es ist ein beängstigendes Gefühl, nicht Herrin über den eigenen Körper zu sein. Sich nicht rühren zu können, obwohl man all seine Willenskraft in die Handlung legt. Was ist, wenn mich jemand zu Dingen zwingen wird, die ich nicht tun will? Hat Laura recht und ich bin trotzdem für meine Handlungen verantwortlich? Aber was wäre die Alternative? Wie sollte ich mich dem entziehen? Für den Moment verdränge ich den beklemmenden Gedanken und konzentriere mich auf das Hier und Jetzt.

»Wenn ich vorhin respektlos klang, tut es mir leid«, sage ich leise. »Der Schlamassel, in dem wir stecken, ist gewaltig, und ich bin mir sicher, dass wir eure Hilfe brauchen können. Ich möchte nur, dass ihr wisst, dass ich meine eigenen Entscheidungen treffe. Auch dann, wenn ihr sie für dumm, leichtsinnig oder gefährlich haltet. Wenn es mir nicht wichtig gewesen wäre, die Arbeit der L.I.F.E. Inc. zu stoppen, hätte ich nie eingewilligt, Darren zu helfen. Ich bin kein dummes, naives Mädchen, das einem Typen hinterherrennt, nur weil er ganz gut aussieht.«

»Wann habe ich das behauptet?«, fragt sie und klingt ehrlich irritiert. »Wir wollen doch nur, dass du weißt, dass du mit uns hättest reden können. Über alles. Das Gleiche gilt natürlich auch für den Blondschopf in deiner Begleitung.«

»Ja. Jetzt, nachdem sein Fluch gebrochen ist, kann er mit euch reden«, murmle ich verdrießlich.

»Jetzt, nachdem seine Eltern gestorben sind, braucht er eine Familie vielleicht dringender als jemals zuvor«, wiederholt Laura mit Nachdruck. »Kein Mensch sollte tiefer fallen müssen als in den Schoß seiner Familie. Darren ist bei uns willkommen, solange er es wünscht.« Sie zögert, bevor sie auf mich zukommt und mich umarmt. Als ich ihre Geste erwidere, festigt sie ihren Griff und atmet tief durch. »Wir haben dich lieb, Babywitch«, murmelt sie, streicht mit einer Hand über meine Haare und küsst mich auf die Schläfe.

»Ich euch auch«, versichere ich und befreie mich dennoch vorsichtig aus ihrer Umarmung.

Laura greift nach meiner Hand und drückt sie leicht. »Wir sind immer für dich da. Und wir würden unser Leben geben, um dich zu beschützen. Besser du bist hier als irgendwo anders.«

»Ich weiß. Sonst wären wir nicht hergekommen.«

Als Laura mir zuzwinkert, spüre ich, dass zwischen uns alles wieder gut ist. Sie brät die Pilze an, während ich die Salatgurke schäle.

»Also … Du und Darren«, wirft sie plötzlich ein.

»Ich und Darren – was?«, wiederhole ich stumpf.

Laura deutet flüchtig auf meine geschwärzte Hand. »Ich meinte es nicht als Frage. Es war eine Feststellung.«

Verwirrt halte ich in der Bewegung inne und betrachte meine schwarzen Finger. Ein paar Herzschläge lang verharre ich und schließe die Augen, als ich ein zartes Kribbeln auf meiner Handfläche spüre. Ich kenne das Gefühl dieser besonderen Energie. Sie erinnert mich an einen Kristall, den ich seit Jahren nicht mehr in der Hand hielt. Warum muss ich gerade jetzt an ihn denken? *Roter Jaspis.*

Stärke, Ehrlichkeit, Stabilität, hallen Violas Worte durch meinen Kopf. Jahrelang hat sie mir täglich die Charaktereigenschaften eines jeden Kristalls vorgebetet, bis ich sie vollkommen verinnerlicht hatte. Aber das erklärt noch immer nicht, warum ich gerade jetzt daran denken musste.

»Ist alles in Ordnung?«, holt mich Laura aus meiner Trance.

»Sicher.« Rasch reiße ich die Augen auf und balle die Hand zur Faust. Das eigenartige Kribbeln verebbt. »Wenn ich meiner Intuition noch immer trauen würde, würde ich wohl sagen, dass sich Darren für mich wie roter Jaspis anfühlt.«

Auch ohne Lauras hochgezogene Augenbraue wäre mir in dem Moment bewusst geworden, dass es sich laut ausgesprochen seltsam anhört. Selbst für meine Verhältnisse.

Seufzend widmet sich Laura wieder den Pilzen und bestreut sie mit hausgetrockneten Kräutern. »Zumindest können wir wohl festhalten, dass du in New York deine Hexerei nicht vernachlässigt hast. Ich kenne keine andere junge Frau, die ihren Freund mit einem Kristall beschreiben würde.«

Da mag sie recht haben, doch Darren hat mir letztens eine Kette mit einem *Angelite*-Anhänger geschenkt, weil er ihn in einem Schaufenster gesehen und an mich gedacht hat. Also findet er es vielleicht gar nicht so seltsam. Hoffe ich.

• • ✦ • •

In Büchern sind es immer die tragischen Liebesgeschichten, die uns fesseln, doch in der Realität bin ich froh, nach dem Abendessen die Zimmertür hinter mir schließen und mich mit Darren in mein Bett zurückziehen zu können. Zumindest für diesen einen Tag sind wir von weiteren Dramen verschont geblieben, und ich fühle mich, als könnte ich noch einige Stunden Schlaf vertragen.

Ich schlüpfe schnell in meinen Schlafanzug und kuschle mich an Darren, der so in ein von Viola ausgeliehenes Buch über das Kanalisieren von Energien vertieft ist, dass er sich noch gar nicht umgezogen hat. Umständlich greift er einen Bergkristall von meinem Nachttisch und wendet ihn zwischen den Fingern. Murmelnd schließt er die Hand darum und vollführt eine der Übungen, die mir noch aus meiner Kindheit bekannt vorkommen.

»Selbstakzeptanz, Liebe, Treue«, murmelt er einen Dreiklang, als wären die Worte ein Mantra. Seufzend lässt er das Buch sinken und wiegt den Kristall auf der Hand. »Absolut hoffnungslos. Ich fühle rein gar nichts. Langsam frage ich mich, wie ich es überhaupt jemals geschafft habe, irgendwen zu verfluchen. Ich lese diese Bücher, aber …« Kopfschüttelnd verstummt er. »Ich spüre nichts. Kein Summen. Kein Vibrieren. Kein Kitzeln. Kein warmes Gefühl. Nichts von dem, was in diesen verdammten Büchern steht. Für mich sind das einfach nur Steine.«

»Steine«, wiederhole ich spöttisch und verdrehe die Augen. Im Schneidersitz setze ich mich neben ihn, nehme ihm das Buch ab, das ich auf dem Nachttisch ablege, und schiebe behutsam meine Hand unter die, die noch immer den Kristall hält.

»Was wird das?«, fragt Darren und setzt sich ebenfalls auf.

»Ich helfe dir«, erkläre ich und senke den Blick auf den Bergkristall. »Du warst schon immer ein Skeptiker, Darren Hunter. Doch das, was zwischen dir und der Magie steht, ist nicht deine Unfähigkeit, sondern einzig und allein dein Unglaube. Du zweifelst zu sehr an dir selbst. Aber ich weiß, dass du das Talent deines Vaters geerbt hast. Es schlummert in dir, sonst hättest du keine Blutzauber anwenden können. Du hast nur nie gelernt, diesem Teil von dir wirklich zu vertrauen.«

»Was macht dich so sicher, dass diese Sache nicht einfach eine Nummer zu groß für mich ist?«

»Führen wir dieses Gespräch schon wieder?« Schmunzelnd schüttle ich den Kopf. »Meine Antwort bleibt dieselbe: Vertrauen. Vertrauen in die Magie und in dich. Um mit der weißen Magie zu kommunizieren, musst du es allerdings *wollen*. Schließ die Augen.«

Darren stöhnt, aber folgt meiner Bitte.

»Gut so. Atme tief ein. Bis in den Bauch hinein. Mit jedem folgenden Atemzug versuchst du, einen anderen Teil deines Körpers wahrzunehmen. Die Lebensenergie zu spüren, die unaufhörlich durch deinen Körper fließt. Lausche auf deinen Atem, dein schlagendes Herz. Konzentriere dich auf die Wärme, die von meiner Hand ausgeht.« Vorsichtig streichle ich mit den Fingerspitzen über seinen Handrücken. »Spürst du das?«, wispere ich.

Darren nickt.

»Stell dir vor, der Bergkristall wäre meine Hand, die auf deiner liegt«, sage ich und ziehe mich zurück. »Warm und weich. Stark und behutsam. Beschützend und verletzend. Zusammen können wir alles sein. Alles, was du willst. Alles, was du dir vorstellen kannst. Wir sind eins. Miteinander – und mit dem Universum.«

Darren zieht eine Augenbraue hoch und rutscht unbehaglich hin und her, als würde er unbequem sitzen.

»Was ist los?«, frage ich irritiert.

»Ich spüre was, nur nicht das, was ich sollte.« Mit einer gemurmelten Entschuldigung greift er in seine Hosentasche.

Noch während ich mich wundere, was genau das werden soll, zieht er einen Kristall daraus hervor und öffnet die Augen.

»Deine Mom hat ihn mir vorhin geschenkt«, erklärt er und hält ihn zwischen Daumen und Zeigefinger.

Blinzelnd sehe ich auf den Stein hinab, streiche mit dem Zeigefinger darüber. Warm tastet seine Energie nach mir. »Das ist ein roter Jaspis«, bringe ich verwirrt hervor.

Darren bettet ihn auf seiner freien Handfläche und betrachtet ihn. Seine Stimme klingt leise, fast brüchig, als er weiterspricht. »Sie sagte, dass du ihn damals in deiner ersten Stunde auch ausgewählt hast.«

Eine Woge von Wärme erfasst mich. Sie beginnt bei meinem Herzen, breitet sich in meinem ganzen Körper aus und bringt meine Wangen zum Glühen. Ich lege meine Hand über seine. »Das hatte ich schon fast vergessen, aber es stimmt. Sie hat mich damals gebeten, mir irgendeinen Kristall auszusuchen. Und ich entschied mich für ihn. Er hat mich von da an bei allen Lehrstunden begleitet, lag nächtelang auf meinem Nachttisch und tagsüber neben meinen Notizheften. Doch aus irgendeinem Impuls heraus habe ich ihn bei meinem Auszug hier zurückgelassen. Man sagt, dass sich Kristalle ihren Besitzer aussuchen. Vielleicht wollte dieser hier ja auf dich warten. – Aber weißt du, was seltsam ist? Als ich vorhin in der Küche stand, war mir so, als würde ich ihn spüren. Laura hat mich auf dich angesprochen, und irgendwie hatte ich das Gefühl, genau diesen Kristall auf meiner Haut zu fühlen, während ich an dich gedacht habe.«

Darren öffnet den Mund, als wollte er etwas sagen, aber zögert. In seinen Augen spiegelt sich eine Mischung aus Verwirrung und Zuneigung, während er noch immer nach den richtigen Worten sucht.

Vorsichtig platziere ich einen Zeigefinger auf seinen Lippen und schüttle leicht den Kopf. »Du bist ein Poet, Darren«, wispere ich. »Aber ich glaube wirklich, das hier ist kein Moment für Worte.«

Er fühlt sich auch so bedeutsam an. Als hätte uns das Universum hiermit die Bestätigung für etwas geschickt, was jeder von uns bereits geahnt hat. Wir sind uns nicht zufällig über den Weg gelaufen. Diese Sache zwischen uns war von Anfang an mehr als eine zufällige Begegnung in einem Coffeeshop. Mehr als eine Nachricht in einem Livestream. Mehr als das virtuelle Folgen einer Person. In diesem Augenblick bin ich mir gewiss, dass das zwischen uns Schicksal ist. Und vielleicht ist es egoistisch, aber wenn es sich für ihn anders anfühlt, will ich es nicht hören. Zumindest nicht jetzt.

Mit dem Stein zwischen unseren Händen lasse ich mich auf seinen Schoß gleiten und lege meinen freien Arm um seinen Hals.

Ich spüre Darrens Lippen schon auf meinen, noch bevor ich mich bewusst dazu entschieden habe, ihn zu küssen. Wie mir diese Art von Vertrautheit gefehlt hat …

Darren scheint es genauso zu gehen. Achtlos lässt er den Bergkristall auf das Bett fallen, als seine Zunge auf meine trifft. Sein kehliges Stöhnen vibriert durch meinen ganzen Körper, bringt all meine Nervenenden zum Kribbeln.

Wir halten den Jaspis noch immer zwischen unseren Handflächen, haben die Finger ineinander verschränkt, als wollten wir miteinander – und dem Kristall – verschmelzen.

Ich schließe die Augen und gebe ich mich voll und ganz unserem Kuss hin. Mit allen Sinnen. Ich bin in Darrens Duft gehüllt, spüre seine Körperwärme durch den dünnen Stoff meines Pyjamas, schmecke ihn, höre ihn. Sein leises Stöhnen lässt eine wohlige Gänsehaut über meinen ganzen Körper rieseln. Ob er weiß, wie sehr ich dieses Geräusch liebe? Wie sehr es mich bewegt?

Darren streicht mit seinen Fingern wie in Zeitlupe über den seidigen Stoff meines Oberteils, an meiner gesamten Wirbelsäule entlang nach unten. Ich könnte mir seiner Berührung auch nicht bewusster sein, würde ich nichts tragen. Er lässt die Hand auf meinen Po wandern und zieht mich verlangend an sich. Sein ganzer Körper verrät, wie sehr ihn unsere Nähe erregt. Nicht nur weil ich seine Härte selbst durch den Stoff seiner Jeans spüre. Nein, auch sein Atem, der immer abgehackter kommt. Sein Kuss, der mutiger und fordernder wird. – In diesem Moment fühlt es sich an, als würde Darren sich das erste

Mal trauen, sich vollkommen fallen zu lassen. Vielleicht liegt es daran, dass er nicht mehr darauf bedacht sein muss, mich bloß nicht versehentlich mit seinen Lippen zu berühren, aber irgendetwas zwischen uns ist anders als die Male zuvor.

Ich folge seiner stummen Einladung und schlinge die Beine um ihn, um ihm noch näher zu sein.

»Du hast mir gefehlt«, raunt er, ohne seine Lippen von meinen zu lösen.

Ich ziehe mich sanft zurück und mustere sein Gesicht. Wie meint er das? »Ich war die ganze Zeit bei dir.«

Darren streicht mir liebevoll mit dem Daumen über die Unterlippe und schluckt hart. »Ich wollte damit nicht sagen, dass wir während der letzten Tage hätten Sex haben sollen, falls es so klang. Aber du warst so angespannt, und ich konnte nichts für dich tun.«

»Es klingt immer noch ein wenig, als würdest du über Sex reden«, werfe ich schmunzelnd ein, doch Darren schüttelt den Kopf.

»Mir hat das Leuchten in deinen Augen gefehlt. Dieses herausfordernde Funkeln. Das meinte ich.«

»Ja, durch Hunger, Müdigkeit und Stress bleibt wenig Energie fürs Funkeln«, ziehe ich ihn auf und atme tief durch, bevor ich ebenfalls über meinen Schatten springe. Denn wenn ich ehrlich sein soll, hatte ich auch das unterschwellige Gefühl, dass etwas zwischen uns stand. Mehr als nur unsere Müdigkeit. Noch immer wirkt ein Teil von Darren wie betäubt. Als würde er sich dazu zwingen, stark zu sein, um zu funktionieren. Statt sich fünf Minuten zu nehmen, um den Verlust seiner Mom oder die überstandene Folter zu verarbeiten, vergräbt er sich schon wieder in Arbeit. Ja, die Zeit drängt. Aber ich bezweifle, dass er seinen individuellen Zugang zur Kristallenergie finden wird, solange er nicht dazu bereit ist, sich seinen eigenen Emotionen zu öffnen. Nicht umsonst steht jeder Kristall für ein gewisses Spektrum an Gefühlen. Die weiße Magie lebt quasi davon.

»Wenn es irgendetwas gibt, was ich für dich tun kann, damit es dir besser geht, sagst du es?«, frage ich und bringe Darren zum Grinsen.

»Du bist gerade ziemlich gut dabei.«

Auch wenn es nicht ganz die Antwort ist, die ich mir erhofft habe, schiebe ich vorsichtig seine Hand beiseite und erobere seine Lippen zurück. Wahrscheinlich hat Darren gespürt, dass es mir nach dem Anwenden der Blutmagie nicht gut ging, obwohl ich versucht habe, mich für ihn zusammenzureißen. Es hätte ohnehin nichts gegeben, was er für mich hätte tun können. Ich brauchte einfach Zeit. Und vielleicht ist das auch alles, was ich gerade für ihn tun kann: Für ihn da sein, sofern er mich lässt.

Darren entfährt ein weiteres Stöhnen, bei dem mir so heiß wird, dass ich mir am liebsten alle Kleider vom Körper reißen würde, um sofort mit ihm zusammen zu sein. Dafür müsste ich allerdings zuerst seine Hand loslassen – und dazu bin ich nicht bereit.

»Du hast mir auch gefehlt«, versichere ich atemlos und küsse Darren, bis meine Mitte so verführerisch pocht, dass ich mich nicht länger beherrschen kann.

Als ich dem süßen Verlangen meines Körpers nachgebe und mich rhythmisch an Darrens Härte reibe, muss ich kurz grinsen. Wir benehmen uns wie verliebte Teenager. Aber was ist falsch daran? Ich liebe es, wie perfekt sich sein trainierter Körper an meinem anfühlt. Wie ich seine Erektion durch den dünnen Stoff meiner Shorts spüre.

Habe ich mich vor ein paar Wochen noch gefragt, ob es möglich wäre, Darren um den Verstand zu küssen? Er kann es auf jeden Fall: meine Sinne vernebeln. Es fühlt sich an, als wären auf dieser Welt nur noch wir beide, gehüllt in eine Wolke aus Wärme und Verlangen.

»Darren«, keuche ich seinen Namen und presse mich an ihn, als wüsste er nicht längst, wie es um mich steht.

»Ich habe keine Kondome dabei«, bringt er hervor, ohne seine Lippen von meinen zu lösen.

Mir fehlt gerade die Muße dazu, ihm zu erklären, dass unten im Gäste-WC noch welche sein dürften. Ich bin nicht stark genug dafür, mich jetzt von ihm zu lösen, um durch das ganze Haus zu laufen. Und genauso wenig will ich, dass er aufsteht und geht. Nicht jetzt. Atemlos betrachte ich sein perfektes Gesicht. Ich liebe den Anblick seiner verwuschelten Haare, der geschwollenen Lippen und das dunkle Toben in seinem Blick.

»Ist okay«, ist alles, was ich hervorbringe, und erobere seine Lippen zurück.

Tatsächlich ist es mehr als okay, wenn wir uns dieses Mal nicht ausziehen. Ich weiß, dass er im Bett alles für mich tun würde. Alles, worum ich ihn bitte – und noch mehr. Aber für den Moment möchte ich einfach, dass er nicht damit aufhört, mich zu küssen. Mich zu halten. Mir nahe zu sein.

Mein Körper verlangt nach immer mehr, angeheizt von Darrens kehligem Stöhnen, das durch meinen ganzen Körper vibriert. Mein Bett quietscht verräterisch unter unseren rhythmischen Bewegungen, doch ich bin nicht mehr in der Lage dazu, mich zurückzuhalten.

Die Anspannung in meinem Inneren nimmt immer weiter zu. Mit jedem Kuss. Jeder Berührung.

Darren spürt es. Der Druck seiner Hand auf meinen Po erhöht sich. Ich genieße es. Alles hieran. Sogar die Reibung des mittlerweile feuchten Stoffes auf meiner Haut.

Atemlos unterbreche ich unseren Kuss, unwissend, ob ich etwas sagen soll, doch Darren kommt mir zuvor.

»Hör nicht auf.«

Es liegt nicht an seinen Worten, sondern dem Ausdruck in seinen Augen, dass ich seiner Bitte folge. Dieser Mischung aus sanfter Faszination und bloßem Verlangen. Als würde er es genießen, wenn ich meinen Gefühlen nachgebe.

Also lege ich den Kopf in den Nacken und konzentriere mich auf die Berührung unserer Körper und unsere ineinander verschränkten Hände. Auf das Gefühl von Verbundenheit. Ich reize Darren, bis sein Stöhnen eine erlösende Supernova in mir explodieren lässt. Heiß und kalt schießen die Funken durch meine Adern. So ist es jedes Mal, wenn ich mit Darren komme, egal auf welche Weise. Doch noch während sich mein Inneres rhythmisch zusammenzieht, versteift sich Darrens ganzer Körper. Irritiert sieht er unsere ineinander verschlungenen Hände an.

»Ist alles okay?«, frage ich ebenso besorgt wie atemlos.

Nickend löst Darren vorsichtig seine Hand aus meiner, betrachtet den Kristall auf seiner Handfläche. Seine andere Hand wandert von meinem Po zu meiner Brust. Schwer atmend nickt er.

»Der Kristall. Er pulsiert im Takt deines Herzschlags«, bringt er ebenso fasziniert wie verwirrt hervor.

Mit zittrigen Fingerspitzen streiche ich darüber. »Ein Kristall fühlt sich für alle Hexenden anders an. Aber wenn es das ist, was du spürst, merk dir gern die *Gemma-hatte-gerade-einen-Orgasmus*-Frequenz. Vielleicht hilft sie dir beim nächsten Training, schneller Zugang zum Kristall zu finden. Solltest du sie vergessen, ruf mich gern hinzu«, ziehe ich ihn auf und küsse ihn erneut, bis er den Kristall vorsichtig beiseitelegt.

»Da wir jetzt die Hände frei haben, könnte ich dich ausziehen«, schlägt er vor. »Rein zur Sicherheit – und nur für Trainingszwecke – sollte ich mir diese Sache mit der Herzfrequenz besser einprägen. Und außerdem gibt es da ja immer noch diese eine Sache, die ich wirklich gern ausprobieren würde. Und für die man glücklicherweise keine Kondome benötigt.«

»Ich werde dich nicht davon abhalten«, versichere ich grinsend und bereue es kurz darauf, weil Taro recht hat: Ich bin wirklich schlecht darin, leise zu sein, während Darren mich verführt. Ich liebe es, seine warmen Finger auf meiner Haut zu spüren, während er mich auszieht. Erst mein Oberteil, dann die Shorts und den Slip. Seufzend lasse ich mich auf mein Kissen sinken, genieße es, wie Darren meinen Körper mit federleichten Küssen bedeckt, als wollte er jedem Quadratzentimeter davon huldigen. Während er sich von meiner Brust, über meinen Bauch zu meiner Hüfte hinab küsst, laufen mir kribbelnde Schauer der Erregung den Rücken hinunter. Meine ganze Wahrnehmung ist auf den Pfad, den er mit seinen Lippen zeichnet, konzentriert. Wie von selbst öffne ich meine Beine für ihn und kann ein leises Stöhnen nicht unterdrücken, als er seine Lippen auf meine erneut pochende Mitte senkt. Ich vergrabe die Hände in meiner Bettdecke, um nicht in seine Haare zu greifen, schließe die Augen und versuche, mich zu entspannen. Doch es gelingt mir nicht. Darrens geschmeidige Zunge an dieser überaus empfindsamen Stelle zu spüren lässt mich schon nach wenigen Sekunden erneut in Flammen stehen. Wie kann es sein, dass mein Körper so auf ihn reagiert?

Ich hebe den Kopf, um ihn anzusehen, und bereue es augenblicklich, weil der Anblick seines Kopfes zwischen meinen Schenkeln zu viel für mich ist.

»Sag mir, was ich besser machen kann«, bittet er, ohne seine Lippen von mir zu lösen.

Aber selbst wenn ich Verbesserungsvorschläge hätte, könnte ich sie in diesem Moment nicht aussprechen, denn als ich den Mund öffne, entweicht mir nur ein weiteres Stöhnen. Ich drücke den Hinterkopf in mein Kissen, schiebe ihm mein Becken entgegen und lasse es unter seiner Berührung kreisen. Ich genieße jede Sekunde seiner Aufmerksamkeit, bis ich die unfassbare Anspannung nicht mehr aushalte. Ich brauche mehr. Jetzt.

Gerade als ich ihn anflehen will, mich zu erlösen, höre ich eine gestaltlose Stimme, die meinen Namen wispert.

Gemma.

Sofort kommen all die warmen, lockenden Gefühl in mir zum Erliegen; werden von einer eisigen Welle aus Unwohlsein erdrückt. Eine Gänsehaut rieselt meinen Rücken hinab, und mir stellen sich sämtliche Härchen auf. *Diese Stimme.* Ich kenne sie, aber hatte gehofft, sie nicht wieder hören zu müssen. Nie wieder. Nicht hier. Nicht an meinem Ort der Sicherheit. Nicht im Haus meiner Moms.

Vielleicht hast du dir die Stimme nur eingebildet, rede ich mir in Gedanken gut zu, versuche, sie zu verdrängen und mich auf Darren zu fokussieren. Dieser Moment ist ihm so wichtig, und ich will ihn nicht mit meinen Wahnvorstellungen ruinieren.

Doch als ich die Augen wieder schließe, höre ich sie erneut.

Gemma. Komm zu mir.

Mein Herz zieht sich zusammen. Was auch immer der Ursprung der Stimme ist, ist hier. Und sie lässt sich nicht ignorieren.

Mit einem mulmigen Gefühl im Nacken setze ich mich auf und sehe mich im Zimmer um. Ich kann nichts Ungewöhnliches entdecken, trotzdem weiß ich, dass wir von irgendetwas beobachtet werden. Jetzt. Vielleicht sogar die ganze Zeit.

»Habe ich etwas falsch gemacht?«, fragt Darren, weicht zurück und mustert mich besorgt.

Mein schlechtes Gewissen bringt mich dazu, ihm durch die Haare zu streichen wie einem kleinen Jungen. »Nein. Du warst wundervoll. Perfekt. Wirklich. Mir ist nur gerade etwas in den Sinn gekommen. Etwas Wichtiges«, schiebe ich vor, weil ich ihm unmöglich die Wahrheit sagen kann: *Hey Darren, ich höre Stimmen, und diese hat mich soeben zu sich gerufen.*

Wenn mich das unangenehm drängende Gefühl in meinem Inneren nicht täuscht, befiehlt sie mich zu sich auf den Dachboden. Aber warum? Und warum ausgerechnet *jetzt?* Hätte das nicht wenigstens noch ein paar Minuten warten können?

»Ich bin gleich wieder zurück«, verspreche ich, hauche einem sichtlich überrumpelten Darren einen Kuss auf die Schläfe und schlüpfe in meine Klamotten, bevor ich einer dunklen Form der Neugierde nachgebe und auf den Dachboden hinaufgehe.

Ich war in meiner Kindheit oft hier oben, habe mich mit einer Kuscheldecke und einem Buch auf die Bank im Erker zurückgezogen, warmen Kakao getrunken und es genossen, einen Ort zu haben, an dem ich einfach ich selbst sein konnte. Niemand hat mich hier gestört, ich war in Sicherheit. Dass mich die eigenartige Stimme nun hierher zu sich ruft, lässt sich mir erneut alle Nackenhaare aufstellen. Es ist, als hätte sie mir meinen letzten Zufluchtsort geraubt.

»Was soll ich hier?«, flüstere ich in die Stille der Nacht hinein und sehe mich um, doch die schmale Mondsichel erhellt so wenig, dass ich nach dem Lichtschalter taste. Er klackt laut, als ich die künstliche Beleuchtung einschalte. Die altertümliche Lampe sirrt und flackert kurz, bevor sie alles in orangefarbenen Schein taucht. Quasi im Vorbeigehen greife ich einen Sodalith vom Tisch und wünsche mir von ihm Hilfe dabei, der Wahrheit auf den Grund zu gehen. Offensichtlich waren meine Moms beim letzten Neumond fleißig und haben alle Kristalle energetisch gereinigt, denn ich spüre die Energie des Kristalls deutlich auf meiner Haut. Mit dem Sodalith in der Hand streife ich durch das Zimmer, an den Bücherregalen entlang, bis ich einen Impuls wahrnehme. Ruckartig bleibe ich stehen, streiche mit einem Zeigefinger über die schlichten Buchrücken, bis mein Finger schwer und warm wird und mich unweigerlich zu einem bestimmten Buch hinzieht. Ohne darüber nachzudenken, ziehe ich es aus dem Regal. Der schwarze Ledereinband trägt keine Beschriftung, sieht alt, aber gut erhalten aus. Es scheint keines der Bücher zu sein, das meine Moms regelmäßig nutzen. Ich lege es auf dem Tisch ab, schlage es auf und blättere es mit geschlossenen Augen durch. Mein Zeigefinger streicht über die Zeilen, aber bleibt an nichts hängen. Also blättere ich weiter und weiter. »Was willst du mir zeigen?«, wispere ich ungeduldig und umfasse den Kristall in der anderen Hand fester. Tief durchatmend lasse ich mich von meiner Intuition leiten.

Stopp.

Ich verharre in der Bewegung und öffne die Augen. Mein Blick fällt auf eine Doppelseite, auf der in geschwungenen Großbuchstaben das Wort *Blutkristall* geschrieben steht. Ich sehe die detaillierte Zeichnung eines Bergkristalls, ein Messer, einen Blutstropfen – und zeilenweise handschriftliche Notizen, die sich eng aneinanderreihen. Schwarze Tinte auf vergilbtem Papier. Jemand hat Schlagworte unterstrichen, krakelig und ohne Lineal. *Schwarze Magie. Schutzkristall. Blut.*

Mir ist nicht ganz klar, was ich mit diesem Zauber anfangen soll, aber lege einen Zweig getrockneten Lavendels als Lesezeichen zwischen die Seiten und schlage das Buch zu. Ich werde mir die Stelle in Ruhe durchlesen, doch nicht jetzt, sondern in meinem Zimmer.

Mit dem Buch und einer Hand voll Kristalle mache ich mich wieder auf den Weg nach unten. Nach meiner eigenartigen Abfuhr möchte ich Darren nicht länger warten lassen, nur um allein auf dem Dachboden in einem Buch zu lesen, das mir eine gruselige Stimme empfohlen hat. Es reicht, dass sie mich offensichtlich dazu verleiten will, erneut schwarze Magie einzusetzen. Etwas, das ich lieber vermeiden würde.

8. KAPITEL
GEMMA

Als ich in mein Zimmer zurückkehre, sitzt Darren noch immer auf dem Bett, hat Violas Lehrbuch wieder aufgeschlagen und sieht mich fragend an. Und ich wünschte, ich hätte eine einfache Erklärung für mein eigenartiges Verhalten. Kommentarlos lege ich meinen Dachbodenfund und eine Handvoll Kondome neben den Kristallen auf meinem Nachttisch ab. Aus einer Eingebung heraus habe ich sie auf meinem Rückweg bei einem Abstecher ins Erdgeschoss aus der Gästetoilette mitgenommen. Sicher ist sicher.

»Kristalle und Kondome. Was für eine interessante Kombination«, sagt Darren schmunzelnd.

»Oh, sie wird erst so richtig interessant, sobald du Kristallenergie vollständig beherrschst«, ziehe ich ihn auf. Obwohl er mich tatsächlich gerade auf eine Idee bringt.

»Soll das etwa eine Art von Ansporn sein? Oder gab es einen anderen Grund dafür, dass du lieber Kristalle holen gegangen bist, statt Sex zu haben?«

Eine durchaus legitime Frage. Ich muss mir eingestehen, dass meine Handlung für jeden außerhalb meines Kopfes etwas seltsam wirkt. Allerdings habe ich keine überzeugende Antwort parat, die ohne das Wort *Schattenstimme* auskommt.

»Sieh es als Motivation«, schlage ich also vor. »Als wir letztens bei deinen Eltern …« Ich verstumme, als er bei ihrer

Erwähnung zusammenzuckt. »Es tut mir leid, ich wollte nicht taktlos sein«, versichere ich und setze mich im Schneidersitz neben ihm auf das Bett.

»Schon gut. Du hast sie schließlich nicht umgebracht. Was wolltest du sagen?«, fragt er nachsichtig und schlägt sein Buch zu.

»Letztens hast du musiziert und … Keine Ahnung, wie ich es formulieren soll, aber du hast Erinnerungen mit mir geteilt. Ohne Kerzen oder Rituale, einfach so, während du Klavier gespielt hast. Und ich frage mich, ob diese Verbindung, die die Magie zwischen uns erschaffen hat … wie weit sie gehen kann, wenn ich jetzt schon die Kristalle spüre, die du in der Hand hältst – und das nur, weil wir gerade aneinander gedacht haben.«

»Ah. Während wir unsere Verbindung zelebriert haben, kam dir eine andere Art von Vereinigung in den Sinn. Ich verstehe. Lass mich raten: Du würdest gern mehr darüber herausfinden«, vermutet er.

»Um ehrlich zu sein: Ja. Es klingt vielleicht etwas seltsam, aber ich glaube, dass diese Verbindung, die die Magie zwischen uns geschaffen hat, besonders ist. Und möglicherweise ist sie irgendwann von Vorteil. Stell dir vor, wir müssten uns trennen. Warum auch immer. Und du könntest mir so Botschaften schicken. Jeder Kristall steht bekanntlich für einen bestimmten Aspekt von Emotionen. Wenn du sie auswendig lernst, könntest du mir so mitteilen, wie es dir geht. Zumindest im übertragenen Sinne«, erkläre ich meine Gedanken. »Klingt das sehr wirr, oder verstehst du, was ich meine?«

»Ich denke, ich kann dir folgen.«

»Vielleicht könnten wir es noch einmal mit einem Kristall versuchen? Nur um sicherzugehen, dass das in der Küche vorhin kein Zufall war. Wir haben hier eine Auswahl von Kristallen. Wie wäre es, wenn ich die Augen schließe, du nimmst dir einen und probierst, dich mit seiner Energie zu verbinden. Und währenddessen bemühe ich mich zu erspüren, um welchen Kristall es sich handelt«, schlage ich vor.

»Jetzt bekomme ich meine Nachhilfe sogar schon mitten in der Nacht«, seufzt Darren amüsiert, während ich ans Fußende des Bettes rutsche und die Augen schließe. Als ich höre, dass er nach einem Kristall greift, bette ich meine Hände auf die Knie, drehe die Handflächen nach oben und atme tief durch. »Konzentriere dich auf deinen Atem«, leite ich ihn an. »Fühle die Lebensenergie, die unaufhörlich durch deinen Körper fließt. Wie sie nach der des Kristalls tastet, sie einander begrüßen und schließlich eine zaghafte Verbindung eingehen.«

Darren antwortet nicht, also öffne ich leicht ein Auge, um zu ihm hinüberzuschielen. Er macht sich nicht über mich lustig, sondern sitzt mir mit geschlossenen Augen gegenüber und hat eine Hand geballt. Entspannt und konzentriert – so wirkt er.

Langsam verziehen sich seine Mundwinkel zu einem Lächeln. »Ich spüre, dass du mich ansiehst.«

»Ertappt, aber du sollst dich auf den Kristall konzentrieren«, tadele ich sanft und schließe die Augen wieder. »Empfindest du irgendwas?«

»Wärme«, sagt er langsam. »Doch nicht an meiner Hand, sondern tief in mir. Ich fühle Liebe und Geborgenheit, weil ich trotz des ganzen Stresses, den ich mitverursacht habe, im Bett der Frau sitzen darf, die mir als Einzige geblieben ist. Ich …« Darren zögert, aber ich muss lächeln.

Auf meiner Hand kribbelt es, bevor ich etwas wahrnehme. Ein schwacher Widerhall der Energie, die der Kristall in seiner Hand durch seinen Körper leitet.

»Das, was du hältst, ist ein Rosenquarz«, merke ich an. »Er verstärkt Emotionen wie Liebe und Empathie.«

»Woher willst du wissen, dass es nicht nur der stümperhafte Versuch war, dir meine Gefühle zu gestehen?«, hakt er nach.

»Hast du das nicht längst?«, necke ich ihn und öffne die Augen. »Scherz beiseite. Ich spüre den Kristall auf meiner Hand. Was bedeutet, dass das vorhin kein Zufall war. Und es heißt, dass du definitiv dazu in der Lage bist, Kristallenergie wahrzunehmen. Was ebenfalls eine gute Sache ist, da es dir einiges an Lebensenergie sparen sollte.«

»Und was fangen wir jetzt mit dieser Erkenntnis an?«, fragt Darren, öffnet die Hand und offenbart, dass ich recht habe.

»Lass es uns ohne einen Kristall versuchen«, schlage ich vor. »Nur aus Spaß. Konzentrier dich auf ein Gefühl, und probier, es mir zu schicken.«

»Wie du meinst«, erwidert Darren schmunzelnd, legt den Kristall beiseite und schließt räuspernd die Augen.

Ich folge seinem Beispiel und horche in mich hinein. Ich konzentriere mich auf meine Atmung, meinen Herzschlag und versuche, irgendeine Botschaft zu empfangen. Ein Gefühl, das nicht meines ist. Aber da ist nichts, was mir nicht vertraut vorkommt. Nichts, was sich falsch anfühlt. Dennoch beschleunigt sich mein Herzschlag kaum merklich. Ich versuche, der Anspannung auf den Grund zu gehen und folge ihr bis zu einem eindeutigen und fordernden Pochen zwischen meinen Beinen. Vielleicht wäre es mir eher aufgefallen, würde mein Körper nicht ohnehin ständig nach Darrens Nähe verlangen. Und wie er das tut. Meine Brüste werden schwer, und es kostet mich sekündlich mehr Anstrengung, meinen Atem ruhig fließen zu lassen.

»Und? Kommt irgendetwas bei dir an?«, fragt Darren nach einigen Minuten – mehr als scheinheilig.

Ich öffne die Augen und mustere ihn. »Ich bin mir nicht ganz sicher.«

»Soll ich es intensiver versuchen?«, bietet er grinsend an. Diese Sache scheint ihm eindeutig Spaß zu machen, was mich davon überzeugt, dass ich zumindest einen Teil meiner Erregung ihm zu verdanken habe.

Was habe ich auch erwartet? Dass er freiwillig seine Trauer über den Tod seiner Eltern mit mir teilen würde?

»Lass uns das zu einem anderen Zeitpunkt noch mal probieren und stattdessen dort weitermachen, wo ich uns vorhin unterbrochen habe.«

»Und du bist dir ganz sicher, dass dir nicht wieder irgendwelche höchst wichtigen Gedanken dazwischenkommen?«, zieht er mich auf, aber ich schüttle den Kopf.

»Der Einzige, der dieses Mal kommt, bist du«, versichere ich inbrünstig und muss selbst darüber lachen, wie bescheuert das klang. Trotzdem wird mir wärmer ums Herz, als Darren in mein Lachen einsteigt. Einfach nur, weil es mit ihm so leicht ist, ich selbst zu sein.

In jeder Situation.

9. KAPITEL
GEMMA

Donnerstag, 24.11.

»Wo steckt Viola?«, frage ich und gehe zur Kaffeemaschine hinüber, da Darren sie herzzerreißend sehnsüchtig ansieht. Irgendwie war unsere Nacht kürzer als beabsichtigt, da unser Verlangen nach Nähe über das Schlafbedürfnis gesiegt hat. Mehrfach. Als ich schließlich doch noch in seinen Armen eingeschlafen bin, war die Morgendämmerung bereits am Horizont zu erkennen.

»Viola füttert die Hühner«, antwortet Laura trocken und steckt den Kopf so tief in ihren Kaffeebecher, als wollte sie meinem fragenden Blick ausweichen. Auch wenn sie morgens immer müde und wenig gesprächig ist, merke ich an ihrer ganzen Körperhaltung, dass irgendetwas nicht stimmt. Sie steht schweigend am Küchenfenster und hat scheinbar lässig eine Hand in ihre Hosentasche geschoben. Dennoch wirkt sie angespannt und zuckt zusammen, als das Quietschen des Fliegengitters erklingt, kurz bevor Viola die Hintertür aufstößt und mit einem Korb voller Eier in die Küche hinüberkommt.

»Guten Morgen, ihr zwei«, grüßt sie Darren und mich, schenkt uns ein Lächeln, das mich nicht überzeugt. »Und auch wenn wir es nicht feiern: Happy Thanksgiving!«

Ihr ganzer Tonfall ist so falsch, dass er mich in höchste Alarmbereitschaft versetzt. »Was ist los?«, frage ich beunruhigt. »Ist etwas passiert? War die Polizei noch mal hier? Haben sie in den Nachrichten etwas Neues gesagt? Haben wir etwas verpasst, während wir geschlafen haben?«

»Geschlafen«, wiederholt Laura mit Blick in ihren Kaffeebecher und bringt Darren dazu, sich unbeteiligt in der Küche umzusehen.

»Nein. Nein. Alles gut.« Viola macht eine wegwerfende Geste. »Nichts dergleichen.«

»Aber das heißt, es ist etwas anderes«, schlussfolgere ich.

»Jetzt macht euch doch erst einmal einen Kaffee, und nehmt Platz«, bittet Viola und wirft Laura einen Blick zu, der sie dazu bringt, sich ebenfalls an den Tisch zu setzen, während sie die Eier auf den Herd stellt. »Mir ist bewusst, dass ihr aufgrund der Gesamtsituation gestresst und angespannt seid, aber wenn ihr schon einmal hier seid, könnten wir wenigstens für dieses Frühstück so tun, als wären wir eine normale, glückliche Familie.«

Auch wenn es mich nur nervöser macht, dass sie nicht mit der Sprache herausrückt, folge ich ihrem Wunsch und setze mich an den Tisch, als wäre dies ein ganz normaler Morgen. Als wären Darren und ich nur hier, um sie mal wieder zu besuchen und frische Landluft zu inhalieren. Dass ich überhaupt ein Marmeladenbrötchen herunterbekomme, wundert mich.

Unruhig lasse ich mir irgendwann Kaffee nachschenken und halte es vor Ungeduld nicht länger aus.

»Okay. Könntet ihr langsam mal mit der Sprache herausrücken?«, dränge ich. Die letzten zehn Minuten hat Darren mit Viola über Hühner und irgendein neues Antiflohmittel gesprochen, das sie aufgrund eines geänderten Tierarzneimittelgesetzes kaufen mussten. Ich bewundere Darrens Talent für Small Talk von ganzem Herzen, aber mir reicht's.

Seufzend lehnt sich Viola im Stuhl zurück.

»Sag, was du zu sagen gedenkst«, gibt sich auch Laura geschlagen.

Als hätte sie nur darauf gewartet, geht Viola ins Wohnzimmer hinüber und holt ein Buch, das sie bei ihrer Rückkehr auf dem Küchentisch ablegt. Wenn mich nicht alles täuscht, ist in den ledernen Einband die Silhouette eines Oktopus eingraviert, der das Buch zu umschlingen scheint. »Nun, wie ihr wisst, haben wir auf dem Dachboden eine beträchtliche Sammlung von Überlieferungen unserer Vorfahrinnen«, beginnt Viola zögerlich. »Darunter auch dieses Buch über die vermeintlichen Ungeheuer der Weltmeere, das einige Kapitel über Sirenen und Tritonen enthält. Allerdings mit Fokus auf die weiblichen Sirenen. Mir ist eure Schilderung des S.P.E.L.L.-Zaubers die ganze Nacht nicht mehr aus dem Kopf gegangen. Wenn Darrens Dad tatsächlich tot ist und ein dunkler Zirkel den Zauber von nun an aufrechterhält, wissen wir nicht, inwiefern man ihn vielleicht zu modifizieren gedenkt.«

»Du meinst, ob man beispielsweise die Befehlsformel ändert und ich nicht mehr dagegen immun bin«, vermutet Darren.

»Zum Beispiel«, bekräftigt Viola. »Ich denke, die Indoktrinationsformel wäre eine der ersten Sachen, die man anpassen würde, solange du noch lebst. Umso wichtiger ist es, etwas zu finden, das euch beide gleichermaßen gegen den Zauber immunisiert. Denn ich nehme mal nicht an, dass ihr in der letzten Nacht eure Pläne verworfen und stattdessen beschlossen habt, gemeinsam das Land zu verlassen und Gras über die Sache wachsen zu lassen.«

»Eher nicht. Aber ich dachte, es gibt kein Mittel gegen Sirenenblut«, wende ich ein. »Ich habe versucht, im Internet darüber zu recherchieren und konnte nichts finden. Meinem Zirkel ist ebenfalls nichts eingefallen.«

»Weil ihr allesamt Babywitches seid.« Laura entfährt ein Schnauben. »Es gibt für alles in der Natur ein Gegenmittel.«

»Zumindest für *fast* alles. Es ist nur so, dass der Preis manchmal recht hoch ist«, wirft Viola ein. »Sirenenzauber sind in der Regel eine Mischung aus Pheromonen und Magie. Wie ihr bestimmt wisst, existieren einige altertümliche Überlieferungen darüber, dass Seefahrer dem Gesang der Sirenen erlegen sind. Und im weniger übertragenen Sinn stimmt das auch. Viele Sirenen haben früher in den heruntergekommeneren Hafenvierteln gelebt und gearbeitet, da ihre ungebundene Lebensweise nicht in den Zeitgeist passte. Sie wussten, sie würden sterben, wenn sie sich verlieben. Also mussten sie allein bleiben, ihr eigenes Geld verdienen, und wenn sie sich nach flüchtiger Nähe sehnten, blieben ihnen nicht allzu viele Möglichkeiten.«

»Du redest von Prostitution?«, vermute ich.

»Es waren finstere Zeiten«, stimmt Laura zu und holt sich einen weiteren Becher mit Kaffee. »Vor allem für Sirenen. Männern hat man ihr Tritonen-Dasein eher verziehen. Sie waren Lebemänner, Charmeure, begehrte Junggesellen, die es zu erobern galt.«

»Wie wahr, aber darauf wollte ich nicht hinaus«, erklärt Viola. »Es gab schon damals Männer – und natürlich auch Frauen, doch in diesem Buch geht es hauptsächlich um männliche Seefahrer –, die gegen die Sirenenmagie immun zu sein schienen.«

»Okay. Wie das?«, frage ich neugierig.

»Sie waren verliebt«, sagt Viola so schlicht, als wäre es selbsterklärend.

»Ja, okay. Aber wenn die Lösung unseres Problems dermaßen einfach wäre, wären alle verliebten Bewohner New Yorks gegen den S.P.E.L.L.-Zauber immun«, werfe ich ein und bringe Viola zum Lachen.

»Vermutlich wären sie gegen den flüchtigen Zauber einer einzelnen Sirene tatsächlich resistent und würden ihrem Lockruf nicht erliegen. Aber wenn ich es richtig verstanden habe, dürfte das Sirenenblut nur ein Teil eines sehr viel umfangreicheren Rituals zur Erschaffung des S.P.E.L.L.-Zaubers sein.«

»Aber es ist trotzdem ein interessanter Ansatz«, murmelt Darren.

Ich muss ihm zustimmen, denn Viola könnte tatsächlich recht haben: Ich erinnere mich daran, wie ich beim Brunch von Darrens Dad war und mir Kristen angeblich eine sehr hohe Dosis des S.P.E.L.L.-Serums in den Champagner gekippt hat. Sie fand es bemerkenswert, dass Darren trotz der Manipulation zu mir durchgedrungen ist. Mehr noch: Bei unserer letzten Begegnung hat sie angedroht, ihn umzubringen, weil ihr unsere Verbindung nicht gefällt. Zu dem Zeitpunkt habe ich nicht weiter darüber nachgedacht. Wenn man mich jetzt fragen würde, hätte ich unsere besondere Verbundenheit vermutlich auf das Channeling geschoben. Doch damals beim Brunch kannten wir uns kaum. Was ist, wenn das zwischen uns schon von Anfang an bestand? Nachdem Darren damals im Livestream meine Hilfe gesucht hat, wollte meine Intuition keine Ruhe geben, bis ich mich mit ihm getroffen habe. Was ist, wenn er mich auf eine ähnliche Weise zwischen all den Menschen auf der Demo ausfindig gemacht hat? Ich betrachte Darrens Profil, bis er sich zu mir herumdreht und mich schüchtern anlächelt.

»Ist alles okay?«, fragt er besorgt und sieht flüchtig zu Laura hinüber, als wollte er wissen, ob es mir peinlich ist, dass meine Moms uns letzte Nacht gehört haben.

»Alles bestens«, sage ich mit Nachdruck und nippe lächelnd an meinem Kaffee, bevor ich stutze. »Na ja, vorausgesetzt, wir schaffen es, Zuneigung in ein Ritual zu hüllen.«

»Wenn das jemand schafft, dann du«, sagt Darren zuversichtlich.

Hoffen wir es, denn Violas Ansatz klingt vielversprechend. Ich weiß zwar noch nicht, wie wir Verliebtheit in einen Schutzzauber integrieren können, aber in Darrens Nähe erscheint es mir nicht unmöglich.

Wir schweigen, bis ein Wort durch meine Gedanken zuckt: *Blutkristall.* Woher der Impuls kommt, kann ich mir selbst nicht erklären, dennoch wüsste ich gern, warum die gruselige Stimme ihn mir unbedingt nahebringen wollte. Da Geheimniskrämerei vor meinen Moms noch nie gut funktioniert hat, beschließe ich, sie einfach direkt darauf anzusprechen.

»Habt ihr zufällig schon einmal etwas von einem Blutkristall gehört?«, frage ich meiner Eingebung folgend und bringe Viola dazu, unruhig mit ihrem Zeigefinger über den Einband des Buches zu fahren. Interessante Reaktion. Also weiß sie tatsächlich etwas. »Ich habe zufällig in einem der Bücher einen Eintrag gelesen, in dem stand, dass er eine Art Schutzzauber ist. Vielleicht sogar als der mächtigste von allen gilt. Allerdings wird er den dunklen Künsten zugeschrieben. Was mich wundert. Seit wann gibt es schadende Schutzzauber?« Denn normalerweise werden nur schädliche Zauber der schwarzen Magie zugeordnet – und Protektionszauber gehören in der Regel nicht dazu.

Viola tauscht einen flüchtigen Blick mit Laura, die ergeben mit einer Schulter zuckt. »Ich weiß nicht viel darüber. Den Erzählungen nach schützt er vor so gut wie allem. Natürlich nicht vor allen möglichen Bedrohungen auf einmal, sondern vor einer gewissen Art von Beeinflussung, die in einem Beschwörungsritual definiert wird. Mit ein wenig Manipulation durch eine begabte Hexe also vielleicht auch vor Sirenenzaubern.«

»Aber?«, will ich wissen. Diese Sache muss definitiv einen gewaltigen Haken haben, um als verbotene Magie gekennzeichnet zu werden. Jeder Zauber hat seinen Preis. Wie lautet er in diesem Fall?

»Der Kristall heißt nicht umsonst *Blut*kristall«, antwortet Laura bedeutungsvoll, steht auf, stellt sich wieder mit ihrem Kaffeebecher ans Fenster und sieht missmutig hinaus. »Er muss beim Herstellungsritual in Blut getränkt werden.«

»Okay, das ist eklig«, gestehe ich.

»So sind die dunklen Künste«, stimmt Laura zu. »Oftmals jenseits der Grenze des guten Geschmacks.«

»Du meinst also, sie arbeiten auch viel mit Pumpkin Spice?«, scherzt Darren und winkt ab, als ihn Lauras zweifelnder Blick trifft. Dabei bin ich ihm wirklich dankbar für den Versuch, die Stimmung aufzulockern.

»Was wisst ihr noch über diese Kristalle?«, frage ich, obwohl ich mir langsam nicht mehr so sicher bin, ob ich es wirklich hören möchte.

»Obwohl Blutkristalle als die wirksamsten Schutzkristalle gelten, werdet ihr in diesem Fall ein wirklich mächtiges Ritual mit einem hochwertigen Ausgangskristall benötigen«, überlegt Laura laut. »In Wasser gelöste Sirenenzauber sind äußerst schwierig zu umgehen, denn Wasser gilt immer noch als das Element der Sirenen.«

»Was für ein Ausgangskristall schwebt euch vor?«

»Ein Diamant. Er sollte ohnehin nicht allzu groß sein, ihr müsst ihn schließlich die ganze Zeit bei euch tragen, wenn ihr nach New York zurückgehen und dort geschützt sein wollt.«

»Mal angenommen, wir hätten vor, einen Blutkristall anzufertigen: Wie lange hält die Wirkung des Zaubers?«, hake ich nach, aber Viola zuckt mit einer Schulter und bringt Laura zum Schnauben.

»Wenn wir ehrlich sind, gibt es nur eine Variante des Rituals, die vielversprechend klingt«, brummt sie. »Und in dem Fall würde der Blutkristall wirken, solange ihr lebt. Oder zumindest solange ihr Gefühle füreinander habt.«

Weil es eine Verbindung aus Blut und Liebe wäre, die uns vor der Beeinflussung bewahrt. Eine mächtige Kombination, die Elemente der dunklen und der hellen Künste vereint.

»Laura ist Krankenpflegerin?«, wirft Darren ein. »Das heißt, sie könnte uns Blut abnehmen. Richtig? Wenn Gemma sich um die Entwicklung eines Rituals kümmert und wir geeignete Kristalle finden, könnten wir das also hinbekommen.«

»Wenn Gemma sich um das Ritual kümmert und ihr das wirklich durchziehen wollt, organisiere ich euch Kristalle«, stimmt Viola zu und sieht uns abwechselnd an, bis ihr Blick bei Darren verharrt. »Ich sollte das vermutlich nicht fragen, aber du weißt, worauf du dich mit Gemma einlässt?«

»Taro würde sagen, auf das personifizierte Chaos«, murmle ich und nippe an meinem Kaffee.

»Das meinte ich nicht«, widerspricht Viola milde. »Aber während ihr heute Nacht beschäftigt gewesen seid, habe ich die Gunst der Stunde genutzt, um euch die Karten zu legen. Eure momentane Situation mag euch bedrückend vorkommen, doch euch wird eine noch viel größere Prüfung bevorstehen.«

»Das klingt positiver, als ich dachte«, sagt Darren leichthin. »Wenn wir eine Prüfung ablegen sollen, sind wir immerhin noch nicht tot.«

Mir entfährt ein Schnauben, bei so viel ungewohntem Optimismus. »Dafür, dass es sich bei dem Ritual um schwarze Magie handelt, kommt von euch übrigens überraschend wenig Protest.«

»Besondere Situationen erfordern wohl einfach besondere Maßnahmen«, erwidert Viola resigniert.

»Ihr macht doch eh, was ihr wollt«, pflichtet Laura bei und stellt ihren Kaffeebecher auf dem Küchentresen ab. »Ich gehe eine Runde schlafen. Sagt Bescheid, falls ihr euch dafür entscheidet, meine Hilfe zu brauchen.«

Damit steht es fest: Ich folge tatsächlich dem Vorschlag der gestaltlosen Stimme und widme mich der Herstellung von Blutkristallen. Verrückt.

10. KAPITEL
GEMMA

Als sich Laura schließlich schlafen legt, hole ich das Buch mit der Anleitung für den Blutkristall aus meinem Zimmer und ziehe mich mit Darren auf den Dachboden zurück. Ich muss mir noch einmal in Ruhe durchlesen, was dort über diese eigenwilligen Schutzkristalle geschrieben steht, bevor ich ein entsprechendes Ritual entwickeln kann. Darren hingegen hat sich Violas Buch über Kristallenergie mit nach oben genommen.

Ich lasse mich auf der Bank im Erker des Gaubenfensters nieder, während Darren nach und nach immer mehr seiner Notizen zur Kristallkunde auf dem Arbeitstisch ausbreitet und das ihn umgebende Chaos vollkommen ignoriert.

Eine Weile beobachte ich ihn dabei, wie er in seiner Arbeit versinkt, bis ich die Frage nicht länger zurückhalten kann.

»Darren?«, sage ich so leise, dass ich mir nicht sicher bin, ob er mich gehört hat. »Wie geht es dir mit dieser ganzen Situation? Und jetzt sag bitte nicht einfach *gut*.«

Er zögert, bevor er mir den Kopf zuwendet und den Ansatz eines Lächelns schenkt, das seine Augen nicht erreicht. »Keine Ahnung«, gesteht er und spielt an seinem Ohrring. »Ich weiß es nicht. Ich glaube, ich werde noch eine Weile brauchen, um alles zu begreifen. Mom war so lange krank, quasi mein ganzes Leben. Und ich weiß, dass sie den Tod tatsächlich bevorzugt hätte, bevor man ihretwegen noch mehr Menschen umbringt. Aber … Ich hätte mich gern von ihr verabschiedet. Die Chance dazu gehabt, sie zu fragen, ob sie je glücklich war. Das ist alles. Was Dad betrifft, gibt es nichts mehr zu sagen. Ich war mein Leben lang nur eine Belastung und Enttäuschung für ihn – und das hat er mit seinen letzten Worten an mich noch einmal bestätigt.« Er blinzelt, bevor er den Blick abwendet und sich wieder seinen Notizen zuwendet, als wäre es ihm unangenehm, mir seine Gefühle zu zeigen. Nur das Zucken eines Muskels in seiner Wange verrät, wie angestrengt er die Zähne zusammenbeißt, um seine Gefühle zu überspielen.

»Aber du weißt, dass das höchstens *sein* Bild von dir war. Richtig?«, hake ich nach, lege das Buch beiseite und gehe zu ihm hinüber. Als er einen Arm um meine Taille legt, lasse ich mich auf seinen Schoß sinken. Vorsichtig bette ich meine Unterarme auf seinen Schultern und mustere sein Gesicht. Auch wenn er sich sehr bemüht, stark zu sein, sehe ich den Schmerz, den er wegzublinzeln versucht. »Du bist keine Enttäuschung. Und es tut mir leid, wie unglücklich alles gelaufen ist. Ich hätte dir von Herzen gewünscht, dass du dich von deiner Mom verabschieden kannst.«

»Es spielt keine Rolle«, sagt er beherrscht und wendet den Kopf ab.

Natürlich spielen seine Gefühle eine Rolle. Irgendetwas an der Art und Weise, wie er seine Trauer unterdrückt, sorgt dafür, dass meine Augen zu brennen beginnen. Weil es mir wehtut, ihn leise leiden zu sehen und nichts für ihn tun zu können. Wie kann er so liebevoll zu mir und dabei so hart zu sich selbst sein?

»Wenn du nicht darüber reden magst, ist das in Ordnung. Aber ich bin für dich da. Okay?«

Als würde er meine Trauer spüren, legt er seine Arme um

mich und räuspert sich leise. »Dad hielt Emotionen für Schwäche.«

»Auch wenn ich dich nur ungern darauf hinweise, aber dein Dad war in mancherlei Hinsicht ein Arsch. Weißt du, was meine Moms immer gesagt haben, wenn ich früher dabei war, mich in dunklen Gedanken zu verlieren?« Vorsicht lege ich meine Hand an seine Wange und streiche mit dem Daumen darüber, bis er meinen Blick erwidert. »Sei sanft zu dir.« Langsam neige ich den Kopf zur Seite, um ihn zu küssen, als uns ein Räuspern an der Tür unterbricht.

»Entschuldigt die Störung, aber ihr werdet sicher noch Zeit finden, ein andermal weiterzumachen«, bringt Viola trocken vor. »Ich habe hier etwas für euch, das ihr vielleicht in das Ritual des Blutzaubers integrieren könnt.«

Interessiert sehen wir auf, als sie herüberkommt und etwas auf dem Tisch ablegt. Wenn mich nicht alles täuscht, sind es ein Ring und ein Paar schlichte Ohrstecker.

»Dieser Schmuck gehörte deiner Grandma. Den Ring hat ihr dein Grandpa zur Verlobung geschenkt.«

Ich habe leider keine eigenen Erinnerungen an Granny, aber nach allem, was meine Moms (und einzelne ihrer Hinterlassenschaften in diesem Haus) über sie erzählen, passt das Schmuckstück perfekt zu ihr. Das Herzstück bildet ein weißer Kristall, der in einen goldenen Ring eingebettet ist, der wie ein Zweig aussieht. Zwei kleine Blüten mit winzigen Perlen schmiegen sich daran. Filigran und kostbar sieht er aus.

»Mom, der Ring ist wunderschön. Zu schön, um ihn mit einem Fluch zu besudeln.«

»Nicht doch. Er ist schön, er passt zu dir, und bei mir liegt er schon seit Jahren nur im Schmuckkästchen herum. Vielleicht hast du recht und dieser Ring hätte es auch nicht zu träumen gewagt, mal in Blut zu baden, aber …« Sie zögert und streicht mir über den Kopf, als wäre ich ein kleines Kind. »Denk immer daran, dass ihr den Fluch nutzt, um nicht nur euch selbst, sondern vor allem einander zu schützen. Dieser Ring ist ein Zeichen der Liebe – und das wird er auch bleiben, wenn er in Darrens Blut getränkt ist und du durch seine Liebe geschützt wirst.«

Ihre Worte berühren etwas tief in mir und lassen meine Ohrspitzen rot anlaufen, doch als ich zu Darren aufsehe, blickt er auf den Tisch, als hätte er Mom nicht gehört oder als würden ihre Worte ihn nicht stören. Zumindest versucht er nicht, sich herauszureden oder seine Gefühle abzustreiten. Als Darrens Mom mich hingegen vor ein paar Wochen gefragt hat, ob ich ihren Sohn liebe, konnte ich es ihr nicht sagen. Durch den Fluch seines Dads stand immer etwas zwischen uns, das mich verunsichert hat. Wenn seine Mom noch leben und mich jetzt erneut nach meinen Gefühlen für Darren fragen würde … Vielleicht hätte ich eine andere – eindeutigere – Antwort für sie.

»Die Ohrringe sind für dich«, erklärt Mom an Darren gewandt. »Also zumindest einer davon, wenn du dir kein zweites Ohrloch stechen lassen magst. Theoretisch sind sie wohl Frauenschmuck, aber ich denke, mit so einem schlichten Diamantstecker kann man nicht viel verkehrt machen.«

»Sie sind perfekt. Danke schön. Falls ich überlebe und es mir irgendwann wieder erlauben kann, irgendwelche Geldgeschäfte zu erledigen, würde ich sie gern bezahlen.«

»Das musst du nicht«, versichert sie. »Aber wenn es dich anspornt zu überleben, um deine Schuld zu begleichen, immer gern. Ich lasse euch dann mal dort weitermachen, wo ich euch gestört habe. Falls ihr Hilfe bei eurem Ritual benötigt, meldet euch.«

»Danke, Mom.«

»Jederzeit.« Nach einem letzten Zwinkern wendet sie sich zum Gehen.

Während sie die knarzende Treppe hinabsteigt, machen wir tatsächlich dort weiter, wo Mom uns unterbrochen hat, nur auf andere Weise, als sie vielleicht denkt. Darren widmet sich erneut den Grundlagen der Kristalllehre, ich hingegen stöbere in all den »verbotenen« Büchern unserer kleinen Bibliothek und trage zusammen, was ich über Blutkristalle herausfinden kann. Ich suche Beispiele darüber, für welche Schutzfunktionen sie bereits verwendet und wie die entsprechenden Rituale abgehalten wurden. Während ich durch die Seiten blättere und mir Notizen mache, wird mir mal wieder schmerzlich bewusst, wie bequem das Leben mit Internet ist. Ohne eine schnelle Suchfunktion und den Kontakt zu meinem Zirkel ist das Entwickeln eines mächtigen Zaubers gleich viel lästiger. Doch nach ein paar Stunden habe ich endlich genug Überblick, um es mir zuzutrauen, ein Ritual zusammenzustellen.

»Also wenn ich das hier nicht vollkommen falsch verstanden habe, werden wir für das Wirken des Zaubers kaum etwas brauchen, außer dem Schmuck und uns«, durchbreche ich die konzentrierte Stille.

Darren sieht von seinen Notizen auf. »Und Blut.«

»Aber es muss gar nicht viel sein. Ich hatte schon wirklich gruselige Bilder vor Augen, die ich lieber nicht weiter vertiefen möchte, doch tatsächlich reicht eine Menge, die der Größe des Kristalls entspricht.«

»Das ist alles?

»Das ist alles«, bestätige ich und fasse meine bisherigen Notizen zusammen. »Sicherheitshalber werde ich ein paar bestärkende Kristalle und Pflanzen in den Beschwörungszauber einweben, aber im Grunde ist der Ablauf recht simpel. Zuerst eröffne ich das Ritual durch das Entzünden einiger Kerzen, es wird jedes Schmuckstück mit dem Blut des anderen benetzt, die Kristalle nehmen das Blut auf, wechseln ihre Farbe zu blutrot und zum Abschluss ... Nun ... Wenn wir das Ritual darauf aufbauen wollen, dass unsere Verliebtheit den jeweils anderen vor Einfluss bewahrt, wäre es ganz gut, wenn wir ... Das klingt laut ausgesprochen echt seltsam, aber es wäre ein guter und bekräftigender Abschluss, wenn wir Sex haben. In dem Pentagramm des Rituals, während die Schutzkerzen noch brennen. Solange wir etwas füreinander empfinden, sollte der Zauber dann wirken. Sobald er es nicht mehr tut, verliert auch der Blutkristall seine Farbigkeit.«

»Wenn wir von dem Teil mit dem Blut absehen, klingt das Ganze beinahe romantisch«, zieht Darren mich auf. Zumindest seinem Grinsen nach meint er es nicht ganz ernst.

Seufzend schlage ich das Buch in meiner Hand zu und lege es auf meinem Oberschenkel ab. »Da ist noch eine Sache neben der eigentlichen Blutabnahme, für die wir Lauras Hilfe brauchen könnten.«

Darren sieht mich fragend an.

»Sei mir nicht böse, aber ...« Wie soll ich das formulieren, ohne ihn vor den Kopf zu stoßen? »Versteh mich nicht falsch, ich vertraue dir. Doch wir werden aus rituellen Gründen keine Schutzhandschuhe tragen und keine Kondome verwenden können. Also dachte ich, dass es vielleicht ganz gut wäre, wenn wir Laura fragen, ob sie für uns beide einen HIV- und Hepatitis-Test veranlassen könnte.«

»Wenn sie das im Krankenhaus beauftragen kann, sicher«, stimmt Darren, ohne zu zögern, zu. Er erhebt sich von seinem Hocker, kommt zu mir herübergeschritten und kniet sich vor mich. Lächelnd sieht er zu mir auf. »Meine Vergangenheit war wilder, als mir heute lieb ist. Was nicht heißt, dass an One-Night-Stands oder zwanglosem Spaß generell etwas Verwerfliches ist, doch ich war damals dennoch neben der Spur. Soweit ich mich erinnere, habe ich bei all meinen One-Night-Stands Kondome verwendet, aber sicher ist sicher. Wir können sie alles prüfen lassen, was du willst. Jederzeit.«

»Danke.«

»Nicht dafür.«

Sofort habe ich die Bilder seiner Erinnerung vor Augen. Einer Erinnerung, die er gern hätte für sich behalten können: Wie er Kristen auf dem Schreibtisch seines Dads vögelt. Allein bei dem Gedanken daran, dass er ihr mal so nahe war, wird mir übel, weil sich alles in meinem Inneren verkrampft. Klingt es albern? Vielleicht. Aber ich beginne zu akzeptieren, dass meine Gefühle für Darren von Anfang an nicht logisch waren.

Er setzt sich neben mich auf die Bank, bedeutet mir, meine Füße auf seinen Schoß zu legen, und beginnt, sie zu massieren. Ich weiß nicht, warum er es tut, aber sofort löst sich der Knoten in meinem Magen auf und mir geht es besser.

»Wann soll das Ritual stattfinden?«, hakt er nach.

»Gute Frage. Es gibt ein paar natürliche Mittel zur Empfängnisverhütung, die ich in das Ritual integrieren werde, dann brauchen wir uns um meinen Zyklus schon mal keine Sorgen zu machen. Theoretisch würde ich die Vollmondnacht als perfekten Zeitpunkt vorschlagen, um das Ritual zu verstärken, aber praktisch lautet die Antwort wohl: So schnell wie möglich, wenn wir keine Zeit verlieren wollen.«

»Also sobald Laura uns Blut abgenommen hat und es untersucht wurde?«, schlussfolgert Darren.

Mit einem bekräftigenden Nicken lehne ich mich zurück.

»Da ist nur noch eine Sache. Das Ritual für den Blutkristall …«, beginne ich unschlüssig und atme tief durch. Irgendwie ist es mir fast unangenehm, ihm dieses Detail zu gestehen.

Als wäre es intimer als meine Bitte nach Sex ohne Kondom. »Da es ein Liebesritual sein soll, habe ich ein paar Elemente von traditionellen Hexenhochzeiten einfließen lassen. Ich dachte, das solltest du vielleicht wissen. Der Fairness halber.«

Ein Lächeln huscht über sein Gesicht. »Dass du Elemente einer Trauzeremonie eingeflochten hast, war mir in dem Moment bewusst, als du davon gesprochen hast, dass dir am Ende eine Vereinigung im Schutzkreis vorschwebt. Ich bin nicht ganz unbewandert in diesen Dingen.«

»Und das ist okay für dich?«, vergewissere ich mich.

Darren lacht leise, das Funkeln in seinen Augen schwankt zwischen amüsiert und nachsichtig. »Sehe ich für dich aus, als wollte ich panisch weglaufen?«

»Nein, aber ich möchte nicht, dass du dich vielleicht irgendwie übergangen fühlst.«

»Mir ist nicht ganz klar, inwiefern ich mich übergangen fühlen soll, weil du mir deine ewige Treue schwörst«, behauptet er schmunzelnd.

»Ich hatte einfach gerade den Gedanken, dass dir das alles vielleicht eine Spur zu viel sein könnte. Zu schnell. Zu ernst. Ich weiß auch nicht.« Unangenehm berührt wende ich den Kopf ab und betrachte das Muster der Buntglasscheiben, während er erneut damit beginnt, meine Füße zu massieren.

Als Darren schließlich seine Stimme erhebt, klingt sie so sanft, wie sich seine Berührung anfühlt. »Ich hatte in meinem Leben schon vor vielen Sachen Angst, Gemma Stone, aber Nähe gehörte nie dazu. Ich habe es bereits einmal gesagt und bleibe dabei: Du warst in meinen Erinnerungen. In meinem Geist. Mir war noch kein Mensch so nahe wie du. Und das Einzige, was ich fürchte, ist dein Tod.«

Irgendetwas an seinen Worten lässt mich aufhorchen.

Und das Einzige, was ich fürchte, ist dein Tod.

Blinzelnd drehe ich mich zu ihm herum. »Der Albtraum, von dem du immer wieder erzählst. Der, der sich ständig wiederholt, aber dessen Details du mir verschweigst. Ich sterbe darin. Richtig?«

Darren antwortet nicht, doch die Art, wie er die Zähne so fest aufeinanderbeißt, dass ein Muskel in seiner Wange zuckt, ist mir Bestätigung genug. »Ich lasse nicht zu, dass du stirbst«, sagt er entschieden. Demonstrativ greift er nach meiner geschwärzten Hand und schiebt seine Finger dazwischen. »Ich bin nicht wie Dad. Ich würde keine fremden Menschen opfern, um dich am Leben zu halten. Ich respektiere die Regeln. Aber genau wie du würde ich Teile meiner Lebensenergie opfern, um dich zu retten. Und jetzt behaupte nicht, dass du das nicht tun würdest, weil du das bereits getan *hast*. Mir ist scheißegal, welche Elemente von Verlobungen oder Hochzeiten du in dein Ritual eingeflochten hast, weil …« Er verstummt und betrachtet unsere ineinander verschlungenen Hände. »Ehrlich, Gem. Ich liebe jede Sekunde mit dir. Nicht nur die selbstbewussten Augenblicke, sondern vor allem die, die dich Überwindung kosten. Momente, in denen du mir vertraust, obwohl unser Anfang echt bescheiden und deine Vergangenheit schwierig war. Und ich glaube, wenn wir das hier verkacken, haben wir in Liebesdingen gar keine zweite Chance verdient.«

»Wow. Das versprach, richtig romantisch zu werden, bis du die Begriffe *scheißegal* und *verkacken* benutzt hast«, ziehe ich ihn auf, um zu überspielen, wie sehr seine Worte mich berührt haben. Ich lasse mich auf seinen Schoß gleiten und streichle lächelnd an seiner Halswirbelsäule auf und ab, bis er erschaudert.

»Du weißt, was ich meine.«

»Weiß ich«, wispere ich gegen seine Lippen und schenke ihm einen Kuss, der meinen ganzen Körper zum Kribbeln bringt. Ein Teil von mir kann noch immer nicht fassen, dass dieser umwerfende Mann tatsächlich dazu bereit ist, zu mir zu gehören.

Gerade als ich ihm scherzhalber einen Liebesakt auf der Bank vorschlagen will – rein zu Übungszwecken, versteht sich –, sucht mich ein seltsames Gefühl heim. Es ist, als würde etwas an diesem feinen Faden an meiner Seele zupfen. Doch im Gegensatz zum Ruf der körperlosen Stimme ist dieses Gefühl nicht unangenehm. Mir läuft kein Schauer über den Rücken. Eher im Gegenteil: Es fühlt sich an, als würde mir jemand liebevoll über den Kopf streichen. Ich kenne diese Empfindung seit meiner Kindheit, sie ist mir vertraut und erinnert mich an die Eingebung, die mich dazu gedrängt hat, mich damals mit Darren in dem Café zu treffen.

»Entschuldigst du mich kurz?« Vorsichtig ziehe ich mich zurück, erhebe mich von der Sitzbank und folge meiner Intuition. Sie lockt mich zu einem der Regale. Irgendwo hier ist etwas, das meine Aufmerksamkeit wünscht. Ich schließe die Augen, strecke meine Hand aus und taste das Regal ab, bis meine Fingerspitzen etwas berühren, das mir erneut einen warmen Schauer schenkt. Das ist es.

Ich greife danach und nehme den kleinen Gegenstand an mich. Er sieht wie eine silberne Taschenuhr an einer langen Kette aus, doch als ich die Krone drücke und den verzierten Deckel aufspringen lasse, entdecke ich darin einen Obsidianspiegel. Interessant. Ein Scrying Mirror. Geistseher können diese schwarzen Spiegel in Ritualen nutzen, um Verstorbene zu kontaktieren. Allerdings funktionieren sie auch, um lebendige Seelen anzurufen, wenn die sich auf diese Art der Magie einlassen. Ich hätte mir eigentlich denken können, dass meine Moms irgendwo auf dem Dachboden einen solchen Spiegel aufbewahren. Und genauso hätte mir klar sein müssen, dass mein Zirkel mich auf alle erdenklichen Weisen kontaktieren würde, wenn ich plötzlich untertauche und in den landesweiten Medien gesucht werde.

Ich streiche mit dem Daumen über die reflektierende Oberfläche und bin wenig überrascht, als sich mein Spiegelbild in Dawns Erscheinung ändert, als hätte ich soeben einen Videoanruf auf einem rudimentären Smartphone entgegengenommen.

»Gemma«, stöhnt Dawn erleichtert und pustet sich eine silberweiße Ponysträhne aus dem Gesicht. »Wir alle versuchen seit Tagen, dich zu erreichen. Frag mich bitte nicht, was ich für dieses Ritual opfern musste.«

»Dein Erstgeborenes?«, flachse ich, weil die Zutaten für Zauber der dunklen Magie manchmal wirklich obskur sind.

»Verdammt nah dran. Du hast keine Ahnung, wie froh ich bin, dich lebendig zu sehen. Du lebst doch noch?« Sie blinzelt, als wäre ihr soeben wieder in den Sinn gekommen, dass man diese Spiegel durchaus nutzen kann, um Tote zu kontaktieren.

»Wir leben«, bestätige ich und gehe mit dem Spiegel in der Hand zu Darren zurück. Ich lasse mich neben ihn auf die Sitzbank fallen. »Eine Art Anrufung von Dawn aus meinem Zirkel«, erkläre ich auf seinen fragenden Blick hin.

»Ist der Wichser gerade bei dir?«, fragt Dawn, nicht um den Hauch von Höflichkeit bemüht. »Ehrlich! Ich bin stinkwütend auf das Arschgesicht. Dieser Darren Hunter, den sie mit dir gemeinsam suchen, ist doch *DarkDuke*, oder? Der Typ sieht auf den beschissenen Fahndungsfotos zumindest aus wie der Sohn einer Sirene. Das macht ihn zusätzlich unsympathisch.«

»Es macht ihn unsympathisch, dass er gut aussieht?«, frage ich verblüfft.

»Zusätzlich zu der Tatsache, dass er dich in seine Scheiße hineingezogen hat. Ja. Hat er mittlerweile wenigstens mit dir geschlafen? Sag mir bitte, dass er zumindest gut im Bett ist.«

»Er sitzt direkt neben mir«, werfe ich ein.

»Ach, scheiße. Also bringt er es nicht.«

Irritiert blinzle ich. Das ist typisch Dawn. »Also eigentlich war das eher der dezente Hinweis darauf, dass er alles mitanhört und du deine Ausdrucksweise vielleicht überdenken möchtest.«

»Kein Bedarf. Jemand, der dich so in die Scheiße reitet, hat keine gefilterte Wortwahl verdient.«

Darren zuckt entspannt mit einer Schulter, als würde er es genauso sehen – oder hätte zumindest Verständnis für ihre Sichtweise.

Ich rolle mit den Augen und wende mich kurz von Darren ab. »Er ist nicht schlecht im Bett, okay?«, raune ich ihr möglichst diskret zu, weil ich ihre Behauptung nicht so im Raum stehenlassen will.

»Okay. Cool. Dann hast du ja wenigstens etwas von dieser Sache. Eigentlich wollte ich dich auch nicht nach deiner sexuellen Auslastung fragen, sondern im Namen des Zirkels wissen, ob wir irgendetwas für dich tun können. Ziemlich offensichtlich gehen in New York echt schräge Dinge vor sich.«

Ich drehe mich zu Darren herum und sehe ihn fragend an.

Er macht eine resignierende Geste, als wäre ihm mittlerweile egal, wer von der Sache weiß. Also erkläre ich Dawn, wofür wir den Faszinationszauber brauchten, bei dessen Entwicklung sie mitgeholfen hat. Das und alles andere, was wir inzwischen über den Crow Coven wissen.

Sie hebt die Augenbrauen, bis sie unter ihren hellgrauen Ponysträhnen verschwinden. »Okay«, sagt sie nach meinen Ausführungen und greift nach einem Getränk. Blinzelnd saugt sie an einem Strohhalm. »Dann hasse ich *DarkDuke* zumindest ein kleines bisschen weniger. Habt ihr irgendwelche Pläne, um diesen komischen Crow Coven zu stoppen?«

»Nicht wirklich. Schritt eins lautet, uns zuerst gegen den Sirenen-Zauber zu immunisieren, mit dem sie die Stadt kontrollieren, aber dann …« Ich schüttle den Kopf. »Taro hatte mal die Idee, mit unseren Erkenntnissen einfach an die Öffentlichkeit zu gehen. Unter Anbetracht der Tatsache, dass er mit niemandem über sein Wertier-Dasein spricht, meinte er sicher nur die kriminellen Machenschaften, aber irgendwie funktioniert das nicht, wenn wir alles Arkane verschweigen. Und wenn wir in den Medien etwas von Gestaltwandlern und Hexenden der dunklen Künste erzählen, die New York bedrohen …«

»Dann werden alle anderen Hexenzirkel und arkane Wesen dieser Welt euch hassen«, wirft Dawn ein. »Vielleicht würden sie euch helfen, den Zauber der L.I.F.E. Inc. zu stoppen – und euch danach zum Dank für euren Verrat an der arkanen Welt ebenfalls hinrichten.«

So ist es. Es gibt zwar keine Institution, die die Hexenden überwacht, aber meist reguliert sich das System selbst. Wer andere bewusst in Gefahr bringt, lebt nicht mehr lang. Sicher: Niemand ist eingeschritten, als ich in meinen Livestreams ein paar kleine Rituale der weißen Magie geteilt oder Tarotkarten gelegt habe; weil es harmlos war. Die meisten Menschen hielten mich für eine Spinnerin und für alle anderen stellte ich keine Bedrohung dar. Die arkanen Künste in den Medien als ein Mittel zur Versklavung von Menschen zu offenbaren, ist eine ganz andere Hausnummer.

»Wir wollen definitiv nicht schuld an einer modernen Hexenjagd sein«, stimmt Darren meinen Gedanken zu. »Wenn der breiten Weltbevölkerung bewusst wird, dass hinter jedem Mythos ein Funken Wahrheit steckt, wird das Echo gewaltig sein.«

»Also vergessen wir Taros Idee und beschränken uns auf einen Kampf Zirkel gegen Zirkel«, überlegt Dawn.

»Seid ihr euch denn sicher, dass ihr euch beteiligen wollt?«, hakt Darren nach.

»Was ist das für eine komische Frage? Nach allem, was ich gerade gehört habe, geht es hier nicht ums Wollen, sondern ums Müssen. Du denkst doch nicht, dass ich jetzt meinen Spiegel weglege und hier in New Orleans so tue, als hätte ich von nichts geahnt.«

Das ist Dawn. Und ich weiß, dass der Rest meines Zirkels wie sie denkt. Ich hätte genauso reagiert, wenn eine meiner Freundinnen Hilfe bräuchte. Mehr noch: Wenn eine ganze Stadt auf meine Hilfe angewiesen wäre.

»Und ihr habt noch gar keine Idee, wie ihr vorgehen wollt?«, vergewissert sich Dawn.

»Ich weiß nicht. Mein Spezialgebiet sind Reinigungszauber«, murmle ich. »Vielleicht könnte man mit einem wirklich mächtigen Reinigungsritual tatsächlich die Stadt von den Auswirkungen des S.P.E.L.L.-Zaubers befreien und zeitgleich das manipulierte Trinkwasser klären. Aber um ganz New York auf diese Art zu säubern, bräuchte es immense Mengen an Energie. Und selbst wenn es uns gelingen sollte, die Stadt zu reinigen, was hindert den Coven daran, seinen Plan einfach neu zu starten?«

»Ich nehme an, Mord ist keine Option«, entgegnet sie und klingt viel zu unschuldig für die Bedeutung ihrer Worte.

»Also die Mitglieder des Crow Covens sind noch immer Menschen«, werfe ich ein und sehe fragend zu Darren auf, der den Ansatz eines Kopfschüttelns zeigt. Alles andere hätte mich auch gewundert, schließlich war er nicht einmal dazu bereit, seinem Dad zu schaden.

»Es war ja nur eine Frage. Dann bräuchtet ihr zusätzlich zu eurem Reinigungszauber eine Art Bannkreis, um zu verhindern, dass der Zirkel einen neuen S.P.E.L.L.-Zauber wirkt«, überlegt Dawn, als wäre sie einfach zum nächsten Tagesordnungspunkt übergegangen.

»Aber wenn wir den Zirkel so einfach davonkommen lassen, hindert ihn niemand daran, sein Unheil stattdessen in einer anderen Stadt zu treiben«, wirft Darren ein, als würde er Dawns Vorschlag zur Ermordung des Zirkels nun doch in Erwägung ziehen. »Es sei denn, wir schaffen es, den Mitgliedern des Crow Covens ihre Magie zu rauben.«

»Magieraub?«, frage ich unbehaglich. Bisher habe ich noch nie darüber nachgedacht, was es bräuchte, um Hexenden ihren Zugriff auf die Magie zu verwehren. Sie ist ein Teil von uns. Ein Sinn wie Sehen, Hören oder Tasten. »Das wäre dunkle Magie. Sehr dunkle.«

Darren mag ein Verfechter von *Der Zweck heiligt die Mittel* sein, aber ich weiß nicht, ob ich es mit meinem Gewissen vereinbaren kann, anderen Menschen nachhaltig zu schaden. Ja, vielleicht ist es das geringere Übel. Ja, sie selbst verüben abscheuliche Verbrechen. Und dennoch … Allein wenn ich an Darrens ermordeten Dad denke, spüre ich mein Schuldbewusstsein an mir nagen. Und das, obwohl wir nicht direkt beteiligt waren.

»Was wäre dein Alternativvorschlag?«, fragt Darren, als wäre es für ihn tatsächlich im Rahmen des Denkbaren, Hexenden ihre Magie zu nehmen.

»Wenn jemand erfährt, dass wir Hexenden ihre Magie rauben, wird die magische Gemeinschaft uns ächten«, erkläre ich meine Aversion. »Das kannst du dann gern immer noch als das geringere Übel betrachten, aber mir wäre es lieber, einen Weg zu finden, der zumindest theoretisch dein Überleben beinhaltet.«

»Wäre mir auch lieber, wenn ihr überlebt«, stimmt Dawn zu. »Was ist, wenn wir es doch so machen, wie Taro vorgeschlagen hat?«, murmelt Darren. »Ich halte es noch immer für keine gute Idee, die nichtmagische Öffentlichkeit über den Crow Coven aufzuklären. Und vielleicht kratzt meine Idee bereits zu sehr an dem Kodex, sich nicht in die Angelegenheiten anderer Hexender einzumischen, aber wenn wir genug Zirkel davon überzeugen könnten, dass der Crow Coven in New York Verbrechen verübt, könnten wir gemeinsam dafür sorgen, dass er nach der Vertreibung aus dieser Stadt in keiner anderen Fuß fassen kann.«

»Und wie wollt ihr das tun?« Dawn klingt aufrichtig interessiert.

»Es gibt im Darknet diverse Hexenforen«, beginnt Darren und wird prompt von ihr unterbrochen.

»Kenne ich«, stimmt sie zu. »Was denkt ihr, wie ich die Zutaten für meine Zauber organisicre? Die Knochen eines Unheiligen bekomme ich nicht in der Innenstadt.«

»Perfekt. Dann weißt du ja, wie weit verzweigt das Netz ist – und dass keine der Informationen von dort aus an die Öffentlichkeit gelangt.«

Dawn nickt widerwillig. »Ich kann mir denken, worauf du hinauswillst. Niemand in den Hexenforen verzeiht falsche Anschuldigungen, gerade wenn sie die Anwendung dunkler Zauber dieses Ausmaßes betreffen. Aber wenn wir die Beweise für eure Behauptungen liefern, könnten wir andere Hexende überzeugen, ohne geächtet zu werden. Vermutlich wird uns zwar kein anderer Zirkel dabei helfen, euren fiesen Coven in New York aufzuhalten, aber sie könnten zumindest die Augen nach den Mitgliedern offen halten, sobald ihr sie aus der Stadt vertrieben habt.«

»Das klingt gut, nur waren die Beweise für die Machenschaften der L.I.F.E. Inc. auf meinem Laptop«, erinnere ich unangenehm berührt.

»Und der war in meinem Tesla«, stimmt Darren zu. »Keine Ahnung warum, aber aus einem Impuls heraus hab ich ihn mitgenommen und deswegen liegt dein Laptop jetzt auf der Rückbank des Autos hier vor der Tür – unter der zerknitterten Landkarte.«

»Dein Ernst?«, frage ich überrascht, weil ich das erste Mal seit Tagen das Gefühl habe, dass der Zufall uns in die Hände spielt.

»Okay«, sagt Dawn gedehnt. »Nach allem, was ich von *Dark-Duke* mitbekommen habe, weißt du, wie man sich anonym im Netz bewegt, ohne Spuren zu hinterlassen. Das heißt: Sobald du einen sicheren Internetzugang hast, kannst du im Darknet die Informationen und Beweise verbreiten, die wir brauchen, um eure Vorwürfe zu belegen und andere Zirkel zu warnen. Wenn Gemma einen Bannzauber entwickelt hat, könnten wir ihn ebenfalls in einem der Foren zur Verfügung stellen, falls andere Zirkel ihre Städte schützen wollen. Das wäre dann schon einmal ein Teil des Plans. Allerdings der letzte. Zuerst mal müssen wir ein Reinigungsritual und einen Bannzauber entwickeln, die mächtig genug sind, um gegen die Magie des Covens anzukommen.«

»Ja. Und eure Bewunderung für meine Begabung in allen Ehren, aber ich habe von Bannkreisen keine Ahnung. Ich habe sie selbst zu spüren bekommen, das heißt allerdings noch lange nicht, dass ich einen wirken kann. Selbst wenn ich aus einem der Bücher hier etwas darüber lernen kann und wir einen passenden Reinigungs- und Bannzauber entwickeln, werde ich eine mächtige Energiequelle benötigen, um einen kombinierten Zauber dieser Größenordnung wirken zu können.«

»Nicht, dass ich dich dazu animieren möchte, erneut einen Aequalit zu benutzen, aber im Gegensatz zu uns könntest du seine Energie channeln«, gibt Darren zögernd zu bedenken.

»Und wir haben einen in unserem Besitz. Theoretisch. Wenn Beryl ihn nicht in meiner Nachttischschublade gefunden hat.«

»Du meinst den, den ich selbst aufgeladen habe?«, hake ich nach. Zumindest habe ich es versucht, allerdings konnte die Kraft des Vollmonds ihn nicht vollkommen reaktivieren. »Es bleibt nur das Problem, dass er sich in der Wohnung befindet, in der noch immer Beryl wohnt. Die Beryl, die uns dummerweise verraten hat«, erinnere ich und lasse mich gegen das Rückenpolster der Bank sinken.

»Als ihr ehemaliger Mitbewohner besitze ich auch einen Schlüssel zur WG, kenne ihre Arbeitszeiten und verfüge mittlerweile zumindest über rudimentäre Kenntnisse in Sachen Kristallenergie«, zählt Darren auf. »Soll heißen: Sobald wir zurück in New York sind, besorge ich uns den Aequalit.«

»Und ihr meint wirklich, dass ein einziger Kristall für einen derart umfassenden Zauber reicht?«, überlegt Dawn laut.

»Ich kann es mir auch nicht recht vorstellen«, stimme ich zu.

Mir einen Wunsch an die helle Magie zu überlegen, dürfte bei unserem Vorhaben noch die kleinste Herausforderung sein, obwohl der Doppelzauber eine längere Befehlsformel benötigt. Vielleicht könnte so etwas funktionieren wie: *Magic of eternal light and life pulsing through our cells, free the people from the influence of the Crow Coven and protect NY from further spells.* – Für die genaue Ausformulierung habe ich glücklicherweise noch Bedenkzeit.

Doch der schiere Umfang des Zaubers und der Teil mit dem Bannkreis bereiten mir Sorgen.

Nachdenklich spielt Darren an seinem Ohrring. »Und was wäre, wenn mehrere Hexende ihre Energien channeln, um dich bei dem Zauber zu unterstützen?«

Fragend sehe ich ihn an.

»Ich meine, mal in einem der Hexenforen etwas darüber gelesen zu haben, dass sich mehrere Hexende für ein besonders mächtiges Ritual zusammentun wollten. Du könntest die weiße Magie für das Reinigungsritual anrufen – und vielleicht können wir dich zumindest indirekt unterstützen. Für den Faszinationszauber in der L.I.F.E. Inc. hast du Zauberflaschen hergestellt, die das Ritual gestärkt haben. Eventuell können wir dir auf eine ähnliche Weise Beistand leisten. Dein Zirkel könnte beispielsweise Zaubergläser vorbereiten, die uns mit den jeweiligen Energien deiner Freundinnen unterstützen.«

»Die Grundidee ist gar nicht schlecht«, stimmt Dawn zu. »Aber ich hätte eine bessere: Wir könnten Kristalle mit unseren Energien speisen. Jede von uns einen. Wenn Darren auch einen beisteuert, wären es fünf – eine magische Zahl. Dann hätte Gemma unsere Energien vor Ort und könnte sie channeln, ohne dass wir in Person anwesend sein müssen. Für mich ist es vielleicht kein allzu weiter Weg nach New York, aber Melissa, Maya und Somiya kommen aus Frankreich, Deutschland und Indien.«

Bisher habe ich nie darüber nachgedacht, doch theoretisch müsste das Kombinieren der Kräfte möglich sein. Wenn jede meiner Freundinnen etwas ihrer spezifischen Energie in den Zauber einfließen lässt, könnte er tatsächlich eine ungeahnte Macht entfalten.

»Ihr zwei seid genial«, murmle ich. Die Idee ist richtig gut.

»Das ist mir durchaus bewusst. Aber wir bräuchten eine Adresse, wohin wir die präparierten Kristalle schicken können«, gibt Dawn zu denken.

»Es bleibt noch ein weiteres Problem«, werfe ich ein und wende mich an Darren. »Du erinnerst dich an das Reinigungsritual zum Brechen des Blutfluches? Ich hätte es nicht ohne deine Anwesenheit durchführen können. Für das Ritual müssten also mindestens die führenden Köpfe des Zirkels in unserer Nähe sein, die wir dann symbolisch reinigen. Bisher wissen wir nur, dass Kristen eine Schlüsselfigur auf Seiten der Gestaltwandler ist. Aber sie ist keine Hexe. Wir müssen herausfinden, wer den Hexenzirkel anführt. Und dann gilt es, den Zauber auf die Drahtzieher der Verschwörung anzuwenden, ohne dass sie es bemerken.«

»Dafür finden wir schon eine Lösung«, behauptet Darren ungewohnt zuversichtlich.

Hoffen wir es. Mit dem Spiegel in der Hand setze ich mich auf. »Also sieht der Plan wie folgt aus: Darren und ich erarbeiten einen Schutz vor dem S.P.E.L.L.-Zauber und einen Tarnzauber, den wir über längere Zeit aufrechterhalten können, um nach New York City zurückkehren zu können. In der Stadt besorgt Darren den Aequalit aus seinem Zimmer, und ihr kümmert euch derweil um die unterstützenden Kristalle, damit wir genug Energie haben, um die Zauber zu wirken. Ich durchsuche die Bibliothek meiner Moms nach Bannzaubern, während Darren meinen Laptop so präpariert, dass er auf die Art in euren geheimen Hexenforen die Belege für die Machenschaften der L.I.F.E. Inc. teilen kann. Sobald wir wissen, wo wir uns in New York verstecken können, teilt Darren euch eine Adresse mit. – Habe ich etwas vergessen?«

»Nur, dass wir zum Durchführen des Rituals Kontakt zum Coven brauchen«, erinnert Darren.

Richtig. Auch für dieses Problem müssen wir noch eine Lösung finden, aber erst einmal haben wir einen Ansatz. Bis ich mehr über Bannzauber herausgefunden habe, möchte ich Dawns Zeit nicht überstrapazieren.

»Nur eine Sache noch«, wendet Dawn ein und atmet sichtlich tief durch. »Ich gebe es nicht gern zu, aber *DarkDuke* scheint wirklich in Ordnung zu sein. Zumindest für einen

Vollpfosten, der meine Freundin in Gefahr gebracht hat, versteht sich.«

Darren schenkt ihr ein nachsichtiges Lächeln. »Du bist auch in Ordnung«, ist alles, was er sagt. – Und ich hoffe, dass den beiden bewusst ist, dass sie sich immer aufeinander verlassen können, denn sie gehören nicht umsonst zu meinen engsten Vertrauten.

11. KAPITEL
GEMMA

Freitag, 25.11.

Laura hat gestern tatsächlich eingewilligt, uns Blut abzunehmen. Sie wirkte alles andere als begeistert, hat aber leise murmelnd zugestimmt, dass der Schutz vor dem S.P.E.L.L.-Zauber wichtig ist, wenn wir vorhaben, nach New York zurückzugehen. Da das dem Krankenhaus angegliederte Labor an den Wochenenden oftmals unterbesetzt ist und sich nur um notwendige Untersuchungen akuter Notfälle kümmert, werden wir ein paar Tage auf die Ergebnisse der Blutanalyse warten müssen. Tage, an denen sich Darren unter anderem mit Violas Übungen zur Kristallenergie auseinandersetzt, während ich krampfhaft überlege, wie wir durch die Straßen New Yorks laufen sollen, ohne erkannt zu werden.

Hätte mir vor ein paar Jahren jemand gesagt, dass ich eines Tages einen jungen Mann kennenlerne, der mir hier auf dem Dachboden Gesellschaft leistet und versucht, meinen Laptop virtuell vom Rest der Welt abzuschirmen, um damit Beiträge in ein Hexenforum zu schreiben, hätte ich ihn vermutlich ausgelacht. Aber hier sind wir und arbeiten konzentriert an unseren Projekten. Und obwohl alles an unserer Situation so seltsam ist, bin ich dem Universum dankbar dafür, dass es mich und Darren zusammengeführt hat.

Während er die Daten der L.I.F.E. Inc. so aufbereitet, dass sie für Fremde verständlich geteilt werden können, zerlege ich gefühlt die halbe Bibliothek und breite immer mehr Bücher auf dem hölzernen Fußboden aus. Taro würde beim Anblick dieses wachsenden Chaos sicherlich einen halben Nervenzusammenbruch bekommen, doch glücklicherweise ist er nicht hier. Mit Notizzetteln und Lesezeichen bewaffnet suche ich alles zusammen, was auch nur annähernd vielversprechend klingt: Zauber, die vor bösen Blicken schützen. Zauber, die andere Menschen wohlgesonnen machen. Wahrscheinlich sollte es mich nicht überraschen, dass es in den schwarz markierten Büchern unserer Familienbibliothek sogar diverse Varianten von Tarnzaubern gibt. Wir sind wohl nicht die ersten Menschen, die aus irgendwelchen Gründen lieber unerkannt bleiben wollen.

Ich notiere mir alles, was mir interessant erscheint, verteile in den Büchern viel zu viele getrocknete Zweige als Lesezeichen und schlendere schließlich an den Vorratsregalen entlang, um nach Zutaten zu suchen, die das Ritual zur Beschwörung des Tarnzaubers stärken können. Alles auf unserer Welt besteht aus denselben Atomen und ist von unsichtbarer Hand miteinander verwoben. Wen wundert es da, dass quasi alles um uns herum auch dazu in der Lage ist, die Anordnung der Atome zu verändern? Zumindest wenn man weiß wie – und das Talent zum Zugriff auf die Magie besitzt. Um uns ein Ritual zusammenzustellen, muss ich mir genau vor Augen halten, wie der Zauber wirken soll. Ja, wir möchten unerkannt bleiben, aber nicht von unseren Freunden. Er sollte passiv funktionieren, sich also selbst mit Energie versorgen, sobald er einmal gewirkt wurde. Denn ein Zauber, der stetige Konzentration zur Aufrechterhaltung benötigt, ist im Alltag eher unbrauchbar. Mit den Fingerspitzen streiche ich über die Fläschchen voller Kräuter, Salze und Pulver, bis mein Finger an einem davon hängen bleibt. Vorsichtig nehme ich es aus dem Regal und betrachte das gräuliche Pulver darin.

»Weißt du zufällig, was *Hippocampus* bedeutet?«, frage ich und bedaure erneut, kein Smartphone mit Übersetzungsapp zur Hand zu haben.

»Seepferdchen«, erwidert er und sieht lächelnd auf, bis er das Glas in meiner Hand erkennt. Sofort verschwindet sämtliche Freude aus seinem Gesicht. »Aber ich bevorzuge sie lebend und in einem Stück.«

»Kann ich verstehen. Doch du hast mal gesagt, dass sie Meister der Tarnung sind, richtig?« Das macht sie in meinen Augen zu einer perfekten Zugabe für das Ritual. Wenn auch zu einer zweifelhaften, da sie laut Darren mittlerweile unter Naturschutz stehen. »Diese ganzen Rituale der dunklen Künste sind irgendwie generell nicht für Tierfreunde geeignet«, murmle ich. Aber Jahrzehnte alte Seepferdchen sind mir noch immer lieber als menschliche Knochen oder geronnenes Blut als Opfergaben. Als Dawn mir damals erklärt hat, dass sie absolut logische Zutaten für einen Faszinationszauber sind, hat sich ihre nachfolgende Erläuterung zwar schlüssig angehört, aber diese Art zu denken ist mir noch immer fremd. Manchmal erinnert mich das Anwenden der Magie an den Mathematikunterricht: Einige Gleichungen haben sich nachvollziehbar angehört, bei anderen bin ich stumpf den Anleitungen für deren Lösung gefolgt, weil irgendjemand meinte, es wäre der richtige Weg. Es hat funktioniert, sich mir aber nie so richtig offenbart. So ist es auch mit gewissen Teilen der Magie. Doch glücklicherweise gibt es hier viele Wege, um Gleichungen mit mehreren Unbekannten zu lösen.

»Nur falls du bei irgendetwas meine Hilfe brauchst, sagst du Bescheid?«, bittet Darren. »In Sachen Kristallenergie bin ich vielleicht ein Anfänger, aber zumindest in der Theorie sollte es mit mir und der Zauberkunde besser laufen.«

Irritiert sehe ich Darren an. Natürlich. Er hat mir erzählt, dass er Jahre damit verbracht hat, um nach Wegen zu suchen, seinen Dad aufzuhalten. Teilweise düstere und ungewöhnliche Wege. Da er dank des Blutfluches über so vieles nicht sprechen konnte, habe ich es irgendwie als normal betrachtet, ihn nicht um Hilfe zu bitten und alle Probleme allein anzugehen. Dabei habe ich ganz aus den Augen verloren, dass er sehr wohl ein Hexer ist. Er beherrscht Teile der dunklen Künste. Und die Tatsache, dass wir uns jetzt küssen können, ist längst nicht der einzige positive Nebeneffekt des gebrochenen Fluches. Darren hat Wissen über verbotene Zauber und finstere Seiten der Magie, die ich nach dem Durchstöbern der Bücher nur erahnen kann. Mit dem Glas gemahlener Seepferdchen in der Hand setze ich mich ihm gegenüber an den Tisch.

»Vielleicht könnte ich tatsächlich deine Hilfe brauchen«, gestehe ich. Denn Darrens Art zu denken kann nur eine Bereicherung für den Tarnzauber werden. – Und ich schäme mich fast dafür, dass ich bei dem ganzen Chaos der letzten Tage vergessen habe, dass er zwar wenig Ahnung von Kristallenergie hat, dadurch aber noch lange kein unwissender Anfänger ist.

Im Gegenteil: Dank seiner Kenntnisse der Biochemie und seiner besonderen Art zu denken – dieser Mischung aus Rationalität und Poesie – entwickeln wir gemeinsam einen Zauber, auf den ich allein mit Sicherheit nicht gekommen wäre. Und auch wenn ein Tarnzauber nicht im weißen Bereich der Magie angesiedelt ist, da er Menschen täuscht, braucht es für dieses Ritual keine widerwärtigen Zutaten. Zumindest, wenn wir mal von den pulverisierten Seepferdchen absehen, die Darren noch immer höchst verwerflich findet.

Durch Darrens Ideen bereichert, schützt der geplante Tarnzauber nicht nur vor den neugierigen Blicken der Passanten, sondern unterdrückt auch unsere Auren. Es ist eine Vorsichtsmaßnahme, zu der ihn sein Dad inspiriert hat. Da ich im Wahrnehmen von Auren wirklich mies bin, vergesse ich des Öfteren, dass andere Hexende unsere besondere Ausstrahlung eventuell dazu nutzen könnten, um uns in Menschenmengen schneller ausfindig zu machen. Die Betonung liegt auf *eventuell*, denn diese Methode ist ohnehin verzwickt. Man sagt zwar, dass die Auren von Hexenden generell ein wenig kräftiger erscheinen als die anderer Menschen, aber für diese verallgemeinernde Lehrbuchaussage gibt es ziemlich viele Ausnahmen. Das beste Beispiel ist wohl Darren, dessen Aura gedämpfter ist, als sie sein sollte, da er bereits einige Lebensenergie für das Wirken von Flüchen geopfert hat. Vielleicht ist es in dem Fall sogar ganz gut, dass ich dazu neige, die energetischen Felder der Menschen um mich herum zu ignorieren. Denn jedes Mal, wenn meine Aufmerksamkeit doch zu Darrens Aura zuckt, überträgt sich der trübe Eindruck direkt auf meine Seele. Sie ist die permanente Erinnerung daran, dass unsere gemeinsame Zeit so oder so viel zu kurz sein wird.

Wenn wir die Chance dazu bekommen wollen, sie zu genießen, müssen wir das Erbe von Darrens Dad schnellstmöglich vernichten, doch am Ende des Tages bleibt noch eine weitere Herausforderung: Wir werden etwas brauchen, woraus der Tarnzauber seine Kraft ziehen kann. Eine Art Energiespeicher. In meinem Fall ist das ein eher kleineres Problem. Ich liebe es, meinen Schmuck im Layering-Look zu tragen. Meine täglichen Begleiter sind noch immer die Kette mit dem Bergkristall-Anhänger, den ich für den Einbruch in die L.I.F.E. Inc. brauchte, und eine längere Kette mit einem schwarzen Turmalin. Turmaline sind hervorragende Schutzkristalle – und im übertragenen Sinne ist unser Tarnzauber genau das: ein Schutz davor, erkannt zu werden. Sobald ich die Chance dazu habe, den Kristall beim nächsten Vollmond aufzuladen, kann ich den Zauber wirken. Für Darren hingegen müssen wir uns etwas einfallen lassen.

»Wie wäre es mit einem Grigri?«, überlege ich laut und sehe mich im Zimmer um. Unter all den Gegenständen, die hier liegen, müsste sich doch etwas finden lassen, aus dem sich ein kleiner Talisman-Beutel zusammenstellen lässt. »Bevor ich damals mit Hazel und Taro zur Demo gegen die L.I.F.E. Inc. gegangen bin, habe ich uns kleine Zaubersäckchen als Schutz angefertigt. Wir könnten vielleicht einen Amethyst, einen Turmalin und einen Amazonit hineintun. Dann hättest du einen Dreiklang aus schützenden Kristallen, die sich gegenseitig in ihrer Wirkung unterstützen. Du müsstest den Beutel nur stets bei dir tragen.«

»Wenn ich mein Leben nicht verlieren will, darf ich den Beutel nicht verlieren. Klingt nach einer fairen Bedingung«, witzelt er, während ich mich erhebe und im Zimmer bereits nach geeigneten Kristallen Ausschau halte.

»Ich finde uns zusammen richtig produktiv«, überlege ich laut. Die Vorbereitungen für das Ritual zum Herstellen der Blutkristalle sind abgeschlossen, und wir haben eine Idee für die Tarnzauber erarbeitet.

Wenn er jetzt noch einen sicheren Zugang zur Kristallenergie findet, besteht zumindest die Möglichkeit einer Chance, es lebend nach New York zu schaffen, ohne sofort geschnappt zu werden. Dass dort nur weitere Punkte unserer To-do-Liste auf uns warten, versuche ich vorerst zu verdrängen.

12. KAPITEL
DARREN

Mittwoch, 30.11.

Als ich nach meinem Workout und einer Dusche in Gemmas Zimmer zurückkomme, erwartet sie mich bereits. Sie steht am Fenster und wirkt im Mondlicht und dem Schimmer ihrer Aura wie ein ätherisches Wesen. Ihr weißes Nachthemd sieht im Licht des Mondes beinahe durchscheinend aus und lässt mich zumindest die Konturen ihres makellosen Körpers erahnen. Täuscht es, oder trägt sie keine Unterwäsche?

Lächelnd dreht sie sich zu mir herum; sofort schlägt mein Herz einen schnelleren Takt an.

Verdammt. Wie kann ein Mensch nur so verboten hübsch sein? Alles an ihr ist pure Perfektion.

»Ich habe auf dem Dachboden alles für das Ritual zur Erstellung der Blutkristalle vorbereitet«, sagt sie mit sanfter Stimme. »Meine Moms wissen Bescheid und werden uns nicht stören. Sobald du dich dafür bereit fühlst, können wir anfangen.«

»Kann sofort losgehen«, höre ich mich antworten. Wenn ich es richtig verstanden habe, muss ich zu diesem Ritual ohnehin kaum etwas beitragen – außer mir selbst. Und dafür bin ich definitiv mehr als bereit. Das Wochenende hat uns beim Thema Blutkristall ein wenig ausgebremst. Drei weitere Tage hat es gedauert, bis Laura die Ergebnisse aus dem Krankenhauslabor vorlagen, aber nun hat sie uns grünes Licht für unser Vorhaben gegeben. Auch wenn ich das Gefühl habe, dass sie davon nach wie vor nicht begeistert ist. Andererseits habe ich sie in den Tagen hier ohnehin noch nie lächeln gesehen.

Im Gegensatz zu Gemma. Noch immer lächelnd schreitet sie zu mir herüber, ergreift meine Hand, führt mich aus ihrem Zimmer und zum Dachboden hinauf.

In den letzten Tagen waren wir oft hier oben, doch noch nie sah dieser Raum so magisch aus. Kerzen verschiedener Farben und Größen stehen entzündet auf den Fensterbänken und verleihen allem sanfte Konturen. Das Licht des Halbmonds fällt durch die Buntglasfenster direkt auf ein auf den Holzboden gezeichnetes Kreidepentagramm. Mit einer Mischung aus rosafarbenem Salz, diversen Kristallen und Zweigen von Salbei und Lavendel hat Gemma es verstärkt. Fünf schwarze, mit Schutzrunen versehene Kerzen stehen an seinen Ecken.

»Vorsichtig mit dem Schutzzeichen«, mahnt Gemma. »Wir werden das Pentagramm gleich betreten und dort den Zauber wirken. Pass auf, wohin du deine Füße setzt. Für den ersten Teil des Rituals muss das Zeichen intakt bleiben. Nachdem wir unsere Diamanten in Blut getränkt haben, können wir uns darin frei bewegen, solange wir die fünf Wächterkerzen nicht umstoßen.« Sie mustert mich und neigt besorgt den Kopf zur Seite, wodurch ihr die langen, seidigen Haare von der Schulter rutschen. Sofort steigt mir ein verführerischer Duft in die Nase, der mich schmunzeln lässt. Denn es ist eine Mischung aus Gemma und Patschuli. Wir wissen beide um die aphrodisierende Wirkung dieses Öls. Offensichtlich wollte sie nichts dem Zufall überlassen.

»Ist alles in Ordnung? Du wirkst angespannt. Wenn du Bedenken hast, sag es ruhig. Besser wir klären sie sofort«, sagt sie und blinzelt mich aus ihren Rehaugen an.

»Nein, alles gut. Ich glaube, ich hatte nur noch nie Sex auf Kommando«, werfe ich ein und bringe Gemma damit zum Lachen. Es ist dieses offene Lachen, das mein Herz schneller schlagen lässt. Sie wirkt entspannt und gelöst – und irgendwie überträgt es sich auf mich.

»Wenn es dir so vorkommen wird, als hättest du Sex auf Befehl, mache ich etwas falsch«, wirft sie ein. »Ich habe alles, was wir für das Ritual benötigen, im Pentagramm bereitgestellt. Nimm dir ruhig die Zeit, die du brauchst, um dich zu sammeln. Sobald du so weit bist, folge mir.« Sie schenkt mir ein weiteres Lächeln, überlegen dieses Mal, bevor sie wie in Zeitlupe einen Träger des Nachthemdes von ihrer Schulter streift. Dann von der anderen. Leise raschelnd gleitet der hauchdünne Stoff zu Boden und landet zu ihren Füßen. Füßen, die ebenso nackt sind wie der Rest ihres Körpers.

Sie trägt wirklich keine Unterwäsche.

Ich weiß nicht, was sich das Universum bei Gemmas Schöpfung gedacht haben mag, aber ich bin mir sicher, dass sie dafür geschaffen sein muss, um mich zu verführen.

»Warum sind eigentlich all deine Rituale darauf ausgelegt, nackt zu sein?«, frage ich mit rauer Stimme, folge ihrem Beispiel und lege all meine Kleidung ab.

Schmunzelnd betrachtet sie meinen Körper und zuckt mit einer Schulter. »Nackt zu sein ist etwas vollkommen Natürliches. Außerdem schaue ich dich einfach gerne an.« Zwinkernd wendet sie sich von mir ab und betritt vorsichtig das Pentagramm. Sie erwartet mich in der Mitte, wo sie eine kleine, mit ihrem Namen beschriftete Phiole aus einer goldenen Schale greift, die sie dort bereitgestellt hat. Vorsichtig entkorkt sie das Fläschchen mit dem dunkelroten Inhalt. Ihre Mom hat uns ausreichend Blut abgenommen, damit wir noch welches für das Ritual übrig haben. Angeblich spielt es dabei keine Rolle, dass es nicht mehr ganz frisch ist.

Auf die Linien des Schutzzeichens achtend folge ich Gemma und lasse mir von ihr einen der Ohrringe überreichen.

»Du musst an dieser Stelle nichts sagen«, erklärt sie. »Das Ritual funktioniert auch ohne Worte. Aber falls dir danach sein sollte, kannst du jederzeit deine Gedanken mit mir teilen.«

Während sie zu mir aufsieht und der warme Kerzenschein über ihr wunderschönes Gesicht tanzt, spüre ich vor allem das Verlangen danach, sie zu küssen.

Sie leckt sich flüchtig über die Lippen, als würde sie es ahnen, konzentriert sich aber sofort wieder auf unser Anliegen.

»Ich gebe dir von meinem Blut, in der Hoffnung, dass es dich beschützt. – *Magic of the earth and sky above, please be kind and protect the one I love.*« Sie sieht auf den Ohrring in meiner Hand hinab und tropft behutsam etwas Blut darauf. Verwundert betrachte ich, wie der Diamant es regelrecht in sich aufsaugt. Wie er seine Farbe verändert, von weiß über rosa zu leuchtend rot.

Gemma wispert noch etwas, aber so leise, dass ich ihre Worte nicht verstehe.

Erst als sich eine winzige Blutperle auf der Oberfläche des Kristalls bildet, zieht sie das Fläschchen zurück.

»Das war mehr als genug.« Sie verschließt die Phiole und legt sie wieder in die Schale. »Soll ich dir den Ohrring anstecken?«, fragt sie. Auf mein Nicken hin tritt sie vorsichtig an mich heran und haucht mir nach dem Anbringen einen Kuss auf das Ohr. Ich versuche, den Schauer der Erregung zu unterdrücken, den ihre sanfte Berührung durch meinen ganzen Körper jagt. Vergeblich.

Sie geht auf ihre Position zurück, nimmt die zweite Phiole und den zierlichen Ring aus dem Schälchen. Seitdem ihre Mom erwähnt hat, dass es der Verlobungsring ihrer Grandma war, frage ich mich, wie sie wohl gewesen sein mag, denn dieser Ring passt absurd perfekt zu Gemma.

Gemma – der Edelstein, die Knospe.

Der Ring ist ihr ein wenig zu groß, sodass sie ihn nur am Mittelfinger tragen kann, aber davon abgesehen hätte ich ihr keinen besseren aussuchen können. – Wenn ich denn vorgehabt hätte, ihr einen Verlobungsring zu schenken. Bisher habe ich keine Sekunde daran gedacht, weil es mir schwerfällt, mir eine gemeinsame Zukunft vorzustellen. In meinen Albträumen wird Gemma immer noch Nacht für Nacht vor meinen Augen von Schatten zerrissen, aber eigentlich zweifle ich eher daran, dass *ich* diese Sache überleben werde. Instinktiv reibe ich über das dunkle Mal an meinem Handgelenk. Einmal wäre ich beinahe gestorben, weil mich Dads Fluch fast umgebracht hätte. Ein anderes Mal habe ich mich vor Schmerzen winselnd auf dem Fußboden wiedergefunden, weil der beschissene Hexer des Crow Covens dachte, dass meine Folter Gemma zur Mitarbeit bewegen würde. Beides war nicht angenehm und macht es mir schwer, mir irgendeine Art von Happyend vorzustellen, das länger als zehn Minuten anhält.

»Ich sehe, dass du an etwas zweifelst«, holt mich Gemma aus meinen abschweifenden Gedanken zurück und überreicht mir die mit meinem Blut gefüllte Phiole.

Vorsichtig entkorke ich das Fläschchen. »Mach dir keine Sorgen. Ich zweifle weder an dem Ritual noch meinen Gefühlen für dich.«

Sie beobachtet aufmerksam, wie ich das Blut auf den Stein des Rings träufle, den sie zwischen Daumen und Zeigefinger hält. Tropfen für Tropfen verändert der Kristall seine Farbe.

Ich benetze ihn, bis eine winzige Blutperle auf seiner Oberfläche verkündet, dass er mit ausreichend Blut angereichert wurde. Abschließend verkorke ich die Flasche und lege sie wieder in dem Schälchen ab.

»Warte«, sage ich, als sie sich den Ring anstecken will und nehme ihn ihr vorsichtig ab. »Darf ich?«

Blinzelnd sieht sie zu mir auf und nickt. So, wie sie mir den Ohrring angesteckt hat, schiebe ich behutsam den Ring auf ihren Finger und hauche einen Kuss darauf. »Pass gut auf sie auf«, bitte ich an den Ring gewandt und richte mich auf.

Hier stehen wir, bei Mondlicht im Kerzenschein und sehen einander lächelnd an.

Gemma befreit ihre Hand aus meiner, legt sie mir an die Wange und lässt sie langsam an meinen Nacken gleiten. »Ich weiß, dass wir uns erst seit zwei Monaten kennen, aber …« Sie verstummt, während ihr Blick zu meinen Lippen wandert. Als sie mich vorsichtig küsst, lege ich eine Hand an ihren Hinterkopf und eine an ihren unteren Rücken. Ich mag es, wenn sie ihren anmutigen Körper an mich schmiegt, aber in dem Moment möchte ich ihr vor allem ein Gefühl von Sicherheit vermitteln.

Stärke. Ehrlichkeit. Stabilität. – Dafür steht der rote Jaspis. Unser Kristall.

»Was auch immer du als Nächstes tust: Stoß bloß keine der Kerzen um«, erinnert sie mich und sorgt für kurze Überforderung.

Vielleicht bin ich unkreativ, aber ich folge der Eingebung, mich in die Mitte des Pentagramms zu setzen.

Während Gemma sich auf mich sinken lässt, frage ich mich, was bislang bei mir falsch gelaufen ist. »Wie kann ein eigentlich verbotenes Blutritual der romantischste Augenblick meines Lebens sein?«

Meine Frage bringt Gemma erneut zum Lachen. Sie legt ihre Unterarme auf meinen Schultern ab und streichelt mit dem Daumen über meinen Nacken. »Nun … Der Mond scheint zum Fenster herein, es brennen Dutzende Kerzen, ein warmer Duft von Lavendel und Salbei liegt in der Luft – und weil ich dich kleinen Pessimisten kenne, habe ich in das Pentagramm einige Dinge eingearbeitet, die stimmungsaufhellend wirken. Ein paar kleinere Rosenquarze, ein wenig Patschuli …« Vorsichtig streicht Gemma mit der Hand über meine Wange, neigt den Kopf zur Seite und betrachtet meinen Ohrring. »Ist dir mal aufgefallen, dass Kristen eine Kette mit einem Stein trägt, der diesem sehr ähnlich ist?«

»Keine Ahnung«, antworte ich wahrheitsgemäß, weil ich mich im Moment beim besten Willen nicht daran erinnern kann. Meine Hände finden wie von selbst den Weg auf ihren Po, um sie an mich zu ziehen. Ich senke meine Lippen auf ihren Halsansatz und liebe es, wie sie unter meiner Berührung erschauert. »Frag mich, was du willst, ich weiß gerade gar nichts.«

»Gar nichts?« Sie presst ihr Mitte an mich, als wollte sie mich quälen. Ihrem Lächeln nach ist ihr durchaus bewusst, dass ich es kaum erwarten kann, sie endlich zu spüren. Ich liebe ihr Selbstbewusstsein in diesen Dingen. Die Art und Weise, wie sie mich neckt, bis meine Selbstbeherrschung bröckelt. Das leise Stöhnen, das ihr selbst über die Lippen kommt, als sie sich langsam, aber rhythmisch an mir zu bewegen beginnt. Wie sie vorsichtig an meinem Ohr knabbert, seitdem sie herausgefunden hat, wie sehr es mich anmacht. Doch zusammen mit meiner Erregung nimmt noch etwas anderes zu. Ein Gefühl der Wärme, das bei meinem Herzen beginnt und sich heiß durch meine Adern brennt. Die Intensität meiner Gefühle droht mich zu überwältigen, bis Gemma in der Bewegung verharrt und mich besorgt ansieht, als hätte sie es gespürt.

»Was ist los?«, fragt sie verunsichert.

»Nichts. Ich …« Ein Teil von mir würde an dieser Stelle am liebsten schweigen, aber ich schulde ihr eine Erklärung. »Würde es dir Angst machen, wenn ich dir sage, dass …«

Super, Darren. Du kannst diesen Satz nicht beginnen und dann abbrechen.

Aber ich tue es dennoch, weil ich Angst habe, den Moment und damit das ganze Ritual zu ruinieren. Wenn ich es jetzt verkacke, war alles umsonst. Darüber hätte ich wohl vorher nachdenken sollen. Nun ist es zu spät.

Gemma mustert mich noch einen Moment, bevor sie mir ein Lächeln schenkt. Es ist keines der provozierenden Sorte, sondern warm und gütig. »Du machst mir keine Angst«, wiederholt sie Worte, die sie mir schon einmal gesagt hat.

»Auch nicht, wenn ich dir sage, dass ich dabei bin, mich in dich zu verlieben?«

Sie blinzelt irritiert, bevor sie ihre Hände an meine Wangen legt und mich zärtlich küsst. »Es würde mir mehr Angst machen, wenn es nicht so wäre.«

»Und was ist, wenn …«, beginne ich erneut, aber Gemma legt mir den Zeigefinger an die Lippen und schüttelt leicht den Kopf.

»Es gibt nichts – ich wiederhole – *gar* nichts, was du mir in diesem Moment sagen könntest, das mir Angst machen würde. Okay?« Sie lässt ihre Hand nach unten wandern, an meinem Hals entlang, über meine Brust, meinen Bauch, bis sie ihr Ziel gefunden hat und sich um meine Erektion schließt.

In Ordnung. Offensichtlich ist das nicht die Zeit fürs Reden.

Ich schließe die Augen, lehne mich leicht zurück und genieße ihre Berührung.

Ich koste den Moment aus, jede Sekunde davon, bis Gemma ein leises Stöhnen von sich gibt. Als ich die Augen öffne und sehe, wie sie mit einer Hand mich und mit der anderen sich selbst berührt, halte ich es nicht länger aus.

»Gem.« Meine Aufforderung ist nur ihr Spitzname auf meinen Lippen, aber sie versteht und endlich – endlich – schlingt sie ihre Arme um meinen Hals und vereinigt sich mit mir. Ich versuche, mich zusammenzureißen, doch kann es nicht mehr. »Ich liebe dich.«

Ihre Antwort ist nur ein stummes Nicken. Und ein Lächeln. Als hätte sie es ohnehin gewusst.

Und zumindest für die nächsten Minuten ist das hier mein persönliches Happy End.

13. KAPITEL
GEMMA

»Wie geht es dir?«, fragt Darren ruhig und streicht mit seiner Hand meinen Oberarm entlang.

Da uns nichts nach unten zog, habe ich Kissen und Kuscheldecken auf den Boden geholt. Nun liegen wir in einem weichen Meer, einige der Kerzen brennen noch, und schwaches Mondlicht fällt durch die Buntglasfenster. Alles hier ist warm und behaglich. Mein Kopf ruht auf Darrens Brust, während ich seinem Herzschlag lausche.

»Gut«, ist alles, was ich hervorbringe, und kann ein Lächeln nicht länger unterdrücken, weil es die Untertreibung des Jahrhunderts ist. Ich spüre, wie meine Wangen zu glühen beginnen. Ohne Grund. Einfach vor Glück, weil das Ritual funktioniert hat und alles daran wunderschön war. Ich hauche einen Kuss auf seine Brust und reibe meine Wange daran, als wollte ich mein Revier markieren. »Ich weiß, dass dort draußen eine Welt voller Probleme auf uns wartet, aber für diesen Moment gönne ich mir den Luxus, kurz einfach nur glücklich zu sein.«

»Du bist glücklich?«, fragt er eine Spur zu überrascht.

Irritiert drehe ich mich zu ihm herum und mustere sein Gesicht im weichen Licht. Die Skepsis in seinem Blick bohrt sich direkt in mein Herz. Vielleicht würde ich unter anderen Umständen an mir zweifeln. An meiner Fähigkeit, ihm meine Gefühle zu zeigen. Doch ich weiß, wie sein Dad mit ihm gesprochen hat. Zweiundzwanzig Jahre, in denen er als weichherziger Versager bezeichnet wurde, lassen sich nicht so schnell ausradieren. Aber ich werde es probieren.

»Du machst mich glücklich, Darren Hunter«, bestätige ich lächelnd und schmiege mich wieder an ihn. Ich lächle selbst dann noch, als die Kerzen heruntergebrannt sind und ich schließlich in seinen Armen einschlafe.

Blaue Nebelwolken hüllen mich ein, nehmen mich mit sich. Eigenartig. Sie kommen mir bekannt vor, doch nicht aus meinen Träumen. Sie erinnern mich an das Phänomen, das die Channeling-Sessions mit Darren eingeleitet hat. Diese besonderen Nebelschwaden waren mein Empfangskomitee in Darrens Erinnerungen. Unser magischer Weg, den Fluch zu umgehen, der ihn davon abhalten sollte, mit Menschen über die Machenschaften seines Dads zu sprechen. Als die Wolken sich lichten, entlassen sie mich in Darrens Zimmer in seinem Elternhaus. Er steht an der großen Fensterfront und sieht auf den Wald hinaus. Ob sein Unterbewusstsein eine weitere Erinnerung mit mir teilen wollte? Es ist immerhin schon einmal unwillkürlich passiert, während Darren musiziert und dabei an mich gedacht hat. Doch irgendetwas fühlt sich dieses Mal anders an.

Ich sehe mich im Raum um, ähnlich wie in seinen Erinnerungen verschwimmt er immer wieder. Und dennoch ist irgendetwas anders. Während Darren mir etwas aus seiner Vergangenheit zeigen wollte, war stets diese eine Sache scharfgestellt, die ich mir ansehen sollte. Die restliche Umgebung verschwand hinter einer undurchsichtigen Nebelwand. Doch was auch immer ich hier fokussiere, wird augenblicklich glasklar, nur um am Rande meines Sichtfeldes zu verschwimmen, sobald ich mich davon abwende. Das Phänomen erinnert mich am ehesten an die Gesetzmäßigkeit eines Traums.

»Darren.« Eine brüchige Stimme lässt uns gleichermaßen zusammenzucken – es ist die seiner Mom. Ich habe ein mulmiges Gefühl bei der Sache, denn sie ist tot. Was auch immer das hier sein mag: Es ist nicht real.

Darren fährt herum, geht mit großen Schritten in Richtung der Zimmertür. Für einen Moment denke ich, dass er meine Anwesenheit nicht wahrnehmen kann, doch als er die Hand auf den Türknauf legt, zögert er.

»Du solltest nicht hier sein, Gem«, ist alles, was er sagt, bevor er den Raum verlässt und die Tür offen stehen lässt, als wäre es eine Einladung, ihm dennoch zu folgen.

Ich tue es wortlos, denn wenn ich ehrlich sein soll, habe ich keine Antwort für ihn. Ich weiß weder, warum ich hier bin, noch wo dieses *hier* überhaupt ist.

Es überrascht mich wenig, dass er in das Zimmer seiner Mom hinübergeht.

Mein Herz macht einen erschrockenen Satz, als ich mich neben ihn an das Bett seiner Mom stelle und auf sie hinabsehe.

Als ich Darrens Mutter zuletzt getroffen habe, hatte sie der Fluch der Sirenen trotz aller Medizin und verzweifelten Rettungsversuche seines Dads schwer gezeichnet. Sie war hübsch gewesen, doch kaum mehr als Haut und Knochen. Aber das, was in dem Bett liegt und aus trüben Augen zu uns aufsieht, ist eine Untote. Grotesk und gruselig. Ich sehe blonde, strohige Haarsträhnen auf grauer Haut, die an manchen Stellen aufgeplatzt ist und sich von den blanken Knochen schält. Ihre leblosen Augen sehen zu Darren hinauf, der sie so reglos anstarrt, als hätte er gewusst – oder zumindest geahnt –, was ihn hier erwartet. Er wirkt weder erschrocken noch angewidert.

Eine knochige Hand – im wahrsten Sinne des Wortes – schnellt aus dem Bett empor, greift nach Darrens Handgelenk und drückt es so fest, dass es schmerzhaft aussieht.

Darren lässt es geschehen. Er wehrt sich nicht, blinzelt nicht einmal.

»Du hast mich umgebracht«, zischt die Leiche in einem unmelodischen Tonfall, der gar nicht zu der ehemaligen Sängerin passt.

»Ich weiß, Mom«, antwortet Darren matt und lässt das Kinn auf die Brust sinken.

»Du hast zugelassen, dass sie in unser Haus eingedrungen sind.« Sie festigt ihren Griff. Ein spitzer Knochen bohrt sich in Darrens Haut, Blut dringt aus einem feinen Schnitt. »Du bist schuld daran, dass sie deinen Dad ermordet haben. In seinem eigenen Zuhause.« Sie richtet sich auf, stemmt ihren hageren Körper in dem zerfledderten Nachthemd nach oben.

Beunruhigt nehme ich zur Kenntnis, dass Darren noch immer nicht reagiert. Zunehmend nervös trete ich von einem Fuß auf den anderen. Ob ich ihm helfen sollte?

»Darren, das stimmt nicht«, werfe ich ein, als die Untote Anstalten macht, aus dem Bett aufzustehen. Keine Ahnung, was hier vor sich geht, aber die ganze Szene gefällt mir nicht. Ich greife nach Darrens freier Hand. »Du hast sie nicht umgebracht. Es war der Crow Coven. Und irgendwo tief in dir weißt du das.«

»Ich wäre nicht gestorben, wärst du nicht geboren worden«, zischt die Leiche. Ein halb verwester Fuß berührt den Boden vor dem Bett. Dann der andere.

Erschrocken sehe ich zu diesem Albtraumwesen auf, das seiner Mom nur noch entfernt ähnelt. Alles in mir schreit danach, mehr Abstand zwischen uns zu bringen, aber ich weiche nicht von Darrens Seite.

Auch nicht als das Ding seine Arme um Darren schlingt und ihn an sich zieht, als wollte es ihn umarmen. Das tut es nicht. Nein. Die knochigen Arme drücken Darren so fest, dass er nach Luft ringt. Er stöhnt schmerzerfüllt auf, als etwas knackt. Hat sie ihm gerade eine Rippe gebrochen?

Warum wehrt er sich nicht? Wieso lässt er das mit sich machen?

»Darren, bitte.« Ich drücke leicht seine Hand, doch er entzieht sie mir, bettet seinen Kopf auf der Schulter seiner angeblichen Mom und schließt die Augen, als hätte er sich mit seinem Schicksal abgefunden.

Überfordert taste ich nach meinen Halsketten, spüre die Energie der Kristalle – doch viel zu schwach. Irgendetwas stimmt nicht, denn ich habe keinen Zugriff auf ihre Macht.

Ein weiteres Knacken lässt mich erneut auffahren.

»Darren, bitte«, flehe ich, weil ich es nicht ertrage, dass er sich von diesem Albtraumwesen zerquetschen lässt. »Lass mich dir helfen.«

Er keucht auf, als sich ein langgliedriger Finger in seinen Rücken bohrt. Es sieht aus, als hätte dieses Ding vor, auf groteske Weise mit Darren zu verschmelzen.

»Was auch immer du bist, du kannst ihn nicht haben«, sage ich entschieden.

Es kostet mich einige Überwindung, nach dem halbverwesten Arm zu greifen, den es immer weiter in Darrens Körper treibt. Viel zu real fühlt sich der Knochen an. Hart und gleichzeitig glitschig. Doch wie sehr ich auch daran zerre, es ist wirkungslos. Chancenlos. Dieses Ding wird ihn umbringen. Und ich kann nichts anderes tun, als dabei zuzusehen. Ich spüre, wie mein Herz schneller schlägt, aber obwohl meine Gedanken rasen, kriege ich keinen davon zu fassen.

»Darren, bitte«, wiederhole ich erneut, lasse von dem Arm ab und lege meine Hand stattdessen an seinen Rücken. »Du weißt, dass das nicht stimmt. Deine Mom hat dich geliebt. Sie hätte sich auch in tausend Leben immer wieder für dich entschieden. Das hat sie selbst gesagt: Lieber ein kurzes, glückliches Leben, als gar nicht gelebt zu haben. Hörst du? Sie war glücklich. Und sie wollte, dass wir die Machenschaften deines Dads beenden. Sie wusste, was das bedeutet. Sie war sich all der Konsequenzen vollkommen bewusst. Nie hätte sie gewollt, dass du ihretwegen leidest. Auf keine Weise.«

Das Albtraumwesen verharrt in der Bewegung und hebt langsam seinen Kopf. Dreht ihn wie in Zeitlupe zu mir herum.

Du solltest nicht hier sein, hallen Darrens Worte durch meinen Kopf.

»Warum?«, frage ich ebenso leise wie verzweifelt.

Will er sich nicht helfen lassen? Wählt er dieses Leid freiwillig? Warum will er nicht, dass ich hier bin und diese Sache mitansehe?

Ich sollte nicht hier sein. – Es ist, als wären diese Worte der Schlüssel, denn mit einem Mal macht es in meinem Kopf *Klick*.

Ich zögere, bevor ich erneut nach dem Monster greife, das Darren zu zerstören droht. Sanfter dieses Mal.

»Ich danke dir«, murmle ich. »Danke dafür, dass du Darrens Dämonen ein Gesicht gegeben hast. Dass du mir zeigst, wie sehr er innerlich leidet und mit seinem schlechten Gewissen kämpft, während er für mich stark zu sein versucht. Das muss er nicht. Hörst du?«

Nichts geschieht, keiner von beiden rührt sich.

Also trete ich hinter Darren, lehne meine Wange an seinen Rücken und schlinge ebenfalls meine Arme um ihn.

»Danke, dass du mich hast herkommen lassen, obwohl du es eigentlich nicht wolltest«, sage ich leise. Auf eine sonderbare Weise hat dieser groteske Moment etwas Friedliches an sich. Das versöhnliche Gefühl endet auch dann nicht, als ich aufwache und mich auf dem Dachboden meiner Moms wiederfinde.

Vorsichtig setze ich mich auf und blicke in Darrens Gesicht. Er ist bereits wach und starrt schweigend zur Decke hinauf.

»Geht es dir gut?«, frage ich leise und streiche durch seine Haare. Eine zärtliche Berührung, die ihn zusammenzucken lässt.

»Sicher. Ich habe nur schlecht geträumt.«

Fröstelnd wickle ich mich in eine der Wolldecken. »Es ging in dem Traum nicht zufällig um deine Mom?«, frage ich vorsichtig und bringe Darren dazu, mich irritiert anzusehen.

»Doch.« Er mustert mich. »Dann … Warst du wirklich dort?«

»Ich schätze, dein Unterbewusstsein hat sich dafür entschieden, mich einzuladen und um Hilfe zu bitten«, gestehe ich und streiche ihm erneut durch die Haare. Vielleicht sollte ich etwas sagen, doch ich weiß nicht, was. Dass es okay ist, zu trauern? Dass ich verstehe, dass er ein schlechtes Gewissen hat? Dass es normal ist, Verstorbene zu vermissen? Es kommt mir alles oberflächlich und falsch vor, also schweige ich.

»Du hättest das nicht sehen sollen«, sagt er schließlich und wendet den Kopf ab.

»Warum? Weil ich jetzt weiß, dass du wie ich bist und das Gegenüber lieber nur die schönen und harmlosen Seiten von dir sehen lässt?«

»Keine Ahnung«, murmelt er und atmet tief durch. »Es ist kompliziert. Ich vertraue dir, aber manchmal ertappe ich mich trotzdem bei dem Gedanken, dass du nur meinetwegen in diesen Schwierigkeiten steckst. Und ich will keine zusätzliche Belastung sein. Das ist alles.«

Seine Worte sorgen dafür, dass sich mein Herz wehmütig zusammenzieht. Warum denkt er so etwas Gemeines über sich? Er ist doch kein Ballast, nur weil er um seine Eltern trauert. Schweigend schmiege ich mich wieder an ihn und suche nach

Worten, die ich nicht finde. »Du bist nicht allein, okay? Egal, ob Tag oder Nacht – ich bin für dich da, wenn du mich lässt.«

Gedankenverloren streichelt er über meinen Arm, bis er irgendwann zu lächeln beginnt.

»Was?«

»Nichts. Ich frage mich nur gerade, was du damals für einen mächtigen Zauber gewirkt hast, mit dem du erst meine Erinnerungen und dann sogar meine Träume betreten kannst«, erwidert er schmunzelnd.

»Wenn du es so sagst, klingt es irgendwie übergriffig. Es ist ja nicht so, dass ich die Magie darum gebeten hätte, mich in deinen Kopf zu lassen. Sie hat beschlossen, diese Verbindung zu errichten«, rechtfertige ich mich.

»Es sollte kein Vorwurf sein. Du hast selbst gesagt, dass weiße Magie niemandem Schaden zufügt. Sie hätte es nicht getan, wäre es für mich nicht in Ordnung gewesen.« Darren haucht mir einen Kuss auf den Scheitel. Er kann seine Erinnerungen mit mir teilen. Seine Empfindungen beim Berühren von Kristallen. Seine Träume. Alles, woran er mich teilhaben lässt. »Wir könnten diese Sache von letztens noch einmal probieren«, schlägt er vor, als hätte er meine Gedanken gehört.

»Du möchtest mir ein Gefühl schicken?«, vermute ich.

»Schließ die Augen, ich sende dir einen Gedanken, und du sagst mir, was davon bei dir ankommt.«

Vielleicht ist es nur ein Scherz, dennoch mache ich mit. Ich weiß nicht, womit ich rechnen soll, aber lasse mich auf den Spaß ein.

Noch immer an ihn gekuschelt warte ich auf einen Impuls, bis meine Kopfhaut zu kribbeln beginnt. Die Haare an meinen Armen stellen sich auf, als wären sie elektrisch aufgeladen. Als ich der Empfindung nachzuspüren versuche, stoße ich auf keinen Gedanken, sondern ein Gefühl. So mächtig und berauschend, dass es mir kurz die Luft raubt. Warm, kribbelnd, umschmeichelnd, anziehend.

Lächelnd drehe ich mich zu ihm herum. »Du liebst mich.«

Irritiert blinzelt Darren mich an. »Hast du geraten, oder klappt das mit der Telepathie tatsächlich?«

»Eher Empathie als Telepathie, aber es war schon ziemlich deutlich«, bestätige ich lächelnd.

»Interessant.« Er sagt es so analytisch, als spräche der Biologiestudent aus ihm. Zumindest wäre es nicht mein Wort der Wahl gewesen.

Wenn ich mir eines aussuchen müsste, wäre es wohl eher *magisch*.

14. KAPITEL
GEMMA

Donnerstag, 1.12.

Irritiert fahre ich am frühen Morgen vom Fußboden auf, weil ich schwören könnte, jemand hätte mir liebevoll über den Kopf gestreichelt – doch Darren schläft noch tief und fest. Ich sehe mich im Zimmer um. Diffuses Tageslicht sickert durch die Buntglasfenster und verleiht allem vage Konturen: dem Arbeitstisch, den Bücherregalen, einem Stuhl. Wir sind allein hier oben. War die sanfte Berührung vielleicht nur Teil eines Traums? Ob ich mir das Gefühl von Fingern in meinen Haaren nur eingebildet habe? Doch im Gegensatz zu der gruseligen Stimme hat die Berührung mir zumindest für den Moment Geborgenheit vermittelt. Ehrlich. Wenn Darren nicht immer noch selig schlafen würde, hätte ich schwören können, dass er es war, der mich liebkost hat.

Ich blinzle, als ein Lichtschein über die Wände wandert. Begleitet vom Geräusch knirschenden Kieses.

Ich folge dem Impuls aufzustehen, gehe zum Fenster hinüber und knie mich auf die Bank der Sitznische. Vorsichtig öffne ich das Fenster leicht, um hinauszusehen, und bereue es augenblicklich. Mein Herz legt einen erschrockenen Stolperer hin, als ein fremdes Auto auf die Auffahrt biegt. Das Licht seiner Scheinwerfer lässt gespenstische Schatten über die Wände tanzen, kurz bevor es erlischt und der Motor verstummt. Mein Herz schlägt wild in meiner Brust, während ich beobachte, wie eine Gestalt aussteigt.

Jemand ist hier. Auf unserem Grundstück.

Rasch schließe ich das Fenster wieder, stehe auf und trete einen Schritt zurück.

Es ist alles gut. Sicher wirkt der Tarnzauber. Wer auch immer dort ist, wird gleich wieder fahren, beruhige ich mich selbst und zucke heftig zusammen, als die Türklingel ertönt.

Der Jemand wird klingeln und dann wieder wegfahren, weil er davon ausgeht, dass niemand zu Hause ist, korrigiere ich meine Gedanken.

Das Rascheln der Bettdecke verrät, dass Darren sich aufsetzt. »Wieso bist du schon wieder wach?«, fragt er verschlafen und fährt sich mit einer Hand durch die Haare.

»Es hat an der Haustür geläutet. Jemand ist hier«, murmle ich. »Soeben ist ein fremdes Auto vorgefahren.«

»Verstehe.« Mit einer bemerkenswerten Ruhe erhebt er sich von unserem Nachtlager, zieht sich seine Sachen über und haucht mir im Vorübergehen einen Kuss auf die Schläfe. »Warte hier. Ich kümmere mich darum.«

»Sekunde.« Ich ziehe mir schnell mein Nachthemd über und setze ihm nach, halte ihn jedoch nicht auf, sondern folge ihm die Treppe hinab. »Erstens hoffe ich doch sehr, dass der Tarnzauber wirkt. Meine Moms haben sonst jede Menge Zeit und Mühe in nichts investiert. Zweitens: Wie genau willst du dich um diese Person kümmern? Ich sehe in deinen Händen weder Kristalle noch eine Bratpfanne. Und drittens hast du dir mit deinem Liebesgeständnis nicht das Recht dazu erkauft, mich irgendwo zurückzulassen, um den Helden zu spielen, Mr Ich-kümmere-mich-darum. Hast du mir gerade ernsthaft gesagt, dass ich oben warten soll?« Mir entfährt ein Schnauben.

»Tut mir leid, dass ich es im Halbschlaf gewagt habe, mir Sorgen um dich zu machen«, erwidert er.

»Seit wann sprichst du fließend Ironisch?«

»Seitdem man damit angefangen hat, alle Menschen in meinem Umfeld zu ermorden. Zufrieden?«

Seine Worte fühlen sich wie ein Stich ins Herz an. Sofort tut mir mein Tonfall leid. Er macht sich Sorgen, und ich ziehe ihn dafür auf? Das war nicht nett. Mit Gedanken an das Albtraumwesen von letzter Nacht murmle ich eine Entschuldigung.

Wir haben kaum den Flur im Obergeschoss betreten, da öffnet Viola die Tür ihres Schlafzimmers und vertritt uns im Morgenmantel den Weg. »Sekunde. Was genau habt ihr zwei vor?«

»Herausfinden, wer uns stört«, erwidert Darren.

»Versuch jetzt erst gar nicht, uns in mein Zimmer zu schicken, als wären wir kleine Kinder«, ergänze ich.

»Als ob ich nicht längst wüsste, wie sinnlos das ist. Ihr tut doch ohnehin, was ihr wollt.« Mit einem resignierenden Seufzen bedeutet sie uns, ihr zu folgen.

Noch während wir die knarzende Treppe hinabsteigen, ertönt ein Klopfen an der Haustür.

»Du bist dir sicher, dass der Tarnzauber wirkt?«, vergewissere ich mich an Viola gewandt. Ihre einzige Antwort ist eine erhobene Augenbraue, als wäre meine Frage sehr dusselig.

Wir betreten gerade den Flur im Erdgeschoss, als sich das Klopfen wiederholt.

»Gemma?«, dringt eine Stimme durch die geschlossene Holztür. Eine Stimme, die ich kenne.

»Hazel«, wispere ich und sehe zu Darren auf.

Er zögert, aber nickt. Also hat er es auch gehört.

Mein erster Impuls ist es, ihr die Tür zu öffnen, doch mein Verstand hält mich zurück. Ich habe Hazel nie gesagt, wo meine Moms wohnen. Taro weiß es, nur warum sollte er ihr die

Adresse nennen und sie somit in Gefahr bringen? Das sieht ihm gar nicht ähnlich. Wir mögen uns ja nicht immer einig sein, aber in einer Sache sind wir es: Keiner von uns würde Hazel in diesen Schlamassel hineinziehen.

»Denkst du, es ist eine Falle?«, vermutet Darren, als er mein Zögern bemerkt.

Mein Herz meint Nein; mein Verstand hingegen Ja. Doch wie habe ich einmal zu Hazel gesagt? Das Herz spricht manchmal eine Sprache, die der Verstand nicht versteht. Und meines drängt eindeutig: Öffne die verdammte Tür.

Unschlüssig lege ich die Hand auf den Türknauf.

»Eine Sekunde noch«, bittet Viola. »Wenn du die Tür aufmachst, verfliegt die Illusion des Tarnzaubers unwiderruflich. Wer auch immer dort draußen steht, wird wissen, dass ihr hier seid.«

Unschlüssig wende mich von der Tür ab und sehe zu Darren auf.

»Entscheide du, was wir tun sollen«, meint er. »Glaubst du, dass dort draußen wirklich Hazel steht? Und wenn du dir unsicher bist, gibt es Fragen, die du ihr stellen könntest, um dich zu vergewissern, dass es keine Gestaltwandlerin ist? Gibt es Dinge, die nur sie über dich weiß?«

»Auf jeden Fall«, erwidere ich. Wir wissen Sachen übereinander, die wir niemandem sonst anvertrauen würden. Sachen, wie die Farbe meines Vibrators.

Mit geschlossenen Augen atme ich tief durch und horche in mich hinein.

Vertrau auf dein Gefühl, rät die Stimme in meinem Inneren. Zumindest hoffe ich, dass sie meinen Gedanken entspringt und nicht von flüsternden Schatten stammt, die ich nicht einmal sehen kann. Momentan ist das manchmal schwierig zu unterscheiden.

Was also soll ich tun?

Wenn du nicht einmal mehr dir selbst trauen kannst, wem denn dann?

Meine Hand folgt dem Impuls und legt sich erneut um den Türknauf. Sofort durchflutet mich ein warmes, bestärkendes Gefühl. Vielleicht ist es naiv, aber all meine Sinne drängen mich dazu, Hazel die Tür zu öffnen.

Also tue ich es und blicke in ihr überraschtes Gesicht. Aus großen Augen blinzelt sie mich an.

»Ich …« Das ist alles, was sie herausbringt, bevor sie aus ihrer Starre erwacht und mir um den Hals fällt. Sie presst mich so fest an sich, dass ich an meinem eigenen Körper spüre, wie sehr sie zittert. »Ich habe mir solche Sorgen um euch gemacht.«

»Ich weiß«, murmle ich und erwidere ihre Geste. Vermutlich sollte ich sie jetzt irgendetwas fragen, um sicherzugehen, dass sie die echte Hazel ist, aber ich höre an ihrem erleichterten Aufatmen, wie nahe sie den Tränen ist.

Vorsichtig löst sie sich aus meiner Umarmung und sieht zu Darren auf. »Ich bin so froh, euch beide unbeschadet zu sehen.« Sie zögert und fällt schließlich auch ihm um den Hals.

Etwas unbeholfen erwidert er ihre Geste.

»Ehrlich. Ich bin erleichtert, dass es euch gut geht«, wiederholt sie, als sie sich von ihm löst. »Ich bin mir sicher, ihr habt eine echt gute Erklärung für all das. Und vielleicht sollte ich gar nicht hier sein, aber Taro hat mir die Adresse deiner Moms gegeben. Ich musste einfach herkommen. Ich meine, ich habe nicht unbedingt damit gerechnet, euch hier wirklich anzutreffen, doch ich dachte, vielleicht haben deine Moms irgendetwas von euch gehört. Anrufen ging allerdings nicht, weil es zu leicht ist, Telefone abzuhören und …« Hazel redet so schnell, dass ihr die Luft ausgeht. Sie atmet tief durch und mustert uns. »Egal. Hauptsache, ihr seid unversehrt.«

»Wo wir gerade beim Thema sind: Geht es Taro gut?«, frage ich an Hazel gewandt, die erst zögert, dann nickt. »Ich habe ihn in den Nachrichten gesehen, und er wirkte angespannt.«

»Ja«, murmelt Hazel halbherzig, aber weicht meinem Blick aus, als gäbe es da irgendetwas, was sie mir gern verheimlichen würde. »Er macht sich natürlich Sorgen um euch, doch du kennst ihn: Er ist Taro. Er kommt schon zurecht.«

»Und er hat dir einfach so die Adresse meiner Moms gegeben?«, frage ich skeptisch.

Hazel räuspert sich, und ich sehe selbst im fahlen Licht des beginnenden Tages, wie sich rote Stressflecken an ihrem Hals bilden. Typisch Hazel. Wenn das vor mir wirklich eine Gestaltwandlerin sein sollte, hat sie sich einen Oscar verdient. »Es hat mich ein wenig Überzeugungsarbeit gekostet, aber am Ende hat er die Adresse rausgerückt«, gesteht sie und vergräbt die Hände in der Bauchtasche ihres schwarzen Hoodies.

»Und wessen Auto ist das?«, hake ich nach, denn der Wagen, der auf unserer Auffahrt steht, gehört definitiv nicht ihrer Mom. Ihre Mom fährt für gewöhnlich einen kleinen Transporter, auf dem das Logo ihrer Tierarztpraxis abgedruckt ist, und keinen pastellblauen Kleinwagen.

»Das ist das Auto meiner Cousine Aurora. Sie ist verreist und brauchte es nicht«, antwortet Hazel so leichthin, als wäre sie für den Themenwechsel dankbar.

»Du hast eine Cousine in New York?«, frage ich verwundert. Es ist einer der Momente, in denen mir mal wieder bewusst wird, dass Hazel und ich uns erst seit etwas mehr als einem Jahr kennen. Irgendwie fühlte sich unsere Freundschaft von Anfang an so ehrlich und vertraut an, dass ich das manchmal vergesse. Von einer in New York lebenden Cousine hat sie bisher nie etwas gesagt. Entweder, weil es über sie nichts Spannendes zu erzählen gab – oder aber weil die Hazel vor mir eine Schwindlerin ist.

Sie rümpft ihre zierliche Nase. »Wir verstehen uns nicht besonders gut. Mom ist diejenige, die versucht, den Kontakt zwischen uns zu halten. Aber Aurora ist …« Hazel scheint nach einer netten Beschreibung für ihre Cousine zu suchen und dann doch keine zu finden. »Sie ist so ein Mensch, den du unmöglich ignorieren kannst, sobald er den Raum betritt. Sie ist … Keine Ahnung. Eine Erscheinung und echt gut darin, mir ein schlechtes Gefühl zu geben.«

Witzig, dass Hazel das an ihrer Cousine kritisiert, denn meiner Erfahrung nach ist es mit Hazel genauso. Sobald sie irgendwo auftaucht, richten sich alle Blicke auf sie. Selbst dann, wenn sie gerade einfach nur in Jeans und Hoodie U-Bahn fährt. Würde ich weniger auffällige Kleidung tragen, würde mich neben ihr kein Mensch bemerken. Trotzdem freue ich mich, sie an meiner Seite zu wissen. Ich kenne keinen loyaleren Menschen als Hazel. Und auch auf die Gefahr hin, gerade eine getarnte Gestaltwandlerin hereinzulassen, bedeute ich ihr, einzutreten.

»Nur zur Sicherheit«, sage ich. »Du hast mir letztens ein Geschenk von deiner Mom mitgebracht. Was war es?«

Ihr Blick zuckt zu Darren. »Ich weiß nicht, warum du das von mir wissen willst, aber es war … ein besonderer Rosenquarz. In Ei-Form. Muss ich das noch weiter ausführen? Die Sache ist mir bis heute peinlich.«

»Warum eigentlich?«, frage ich geradeheraus.

Sie sieht erneut zu Darren auf, als würde allein seine Anwesenheit bei diesem Gespräch sie nervös machen. »Weil ich nicht wusste, was es ist und es sich in dem Moment, als du es mir erklärt hast, so angefühlt hat, als würde Mom ihren gebrauchten Vibrator an dich abtreten. Zufrieden?«

»Ein Yoni Ei ist kein Sextoy«, erkläre ich und ignoriere Darrens Blick, der gerade von verwirrt zu amüsiert umschwenkt. Er braucht gar nicht so zu grinsen, immerhin profitiert auch er von meinem Beckenbodentraining.

»Also gehen wir jetzt davon aus, dass sie keine gestaltwandelnde Geheimagentin ist?«, unterbricht uns Viola. »Perfekt!« Bevor Hazel weiß, wie ihr geschieht, zieht Mom sie an sich und drückt sie fest an ihre Brust. Da Hazel Umarmungen ebenso liebt wie sie, erwidert sie sie, ohne zu zögern.

»Ich habe schon viel von Ihnen gehört, Mrs Stone«, sagt Hazel mit einem ehrfürchtigen Unterton. Noch während sie sich vorsichtig von Mom löst, lässt sie den Blick durch den Flur schweifen. Ein stummes *Wow* kommt über ihre Lippen, während sie all die Dinge bestaunt, die meine Moms im Laufe der Jahre angesammelt haben.

»Wenn du schon viel von mir gehört hast, weißt du ja sicherlich, dass ich Viola heiße«, antwortet sie milde lächelnd. »Hast du Gepäck dabei? Ich nehme doch an, du bleibst noch eine Weile? Soll ich dir eines der Gästezimmer vorbereiten? In der Küche findet ihr eine Schüssel mit Cookies, und Gemma weiß sicher, wie ein Wasserkocher funktioniert, falls ihr einen Tee trinken möchtet. Fühl dich hier ganz wie zuhause.«

Während Viola sich wieder ins Obergeschoss zurückzieht, bitte ich die anderen, mir in die Küche hinüber zu folgen. Es ist so früh am Morgen, dass die Sonne gerade die ersten rosaroten Strahlen zum Küchenfenster hineinschickt. Vermutlich ist Hazel die ganze Nacht über gefahren, aber sie wirkt zu aufgekratzt, um schlafen zu gehen.

Meine beste Freundin beginnt sofort damit, sich aufmerksam umzusehen und die Inhalte der übervollen Regale als *reizend*, *entzückend* oder im Fall eines alten Porzellanpüppchens als *adrett* zu bezeichnen. Man merkt ihrem Wortschatz an, dass sie als Schauspielstudierende ab und an ältere Dramen liest.

Da mich ihre plötzliche Anwesenheit zwar freut, aber noch immer latent überfordert, beschließe ich, uns erst einmal Kaffee zu kochen und Teewasser aufzusetzen.

Ich schaue fragend zu Darren auf, als er sich neben mir gegen die Küchenzeile lehnt und leicht zu mir hinabbeugt.

»Du bist dir ganz sicher, dass wir ihr vertrauen können?«, flüstert er.

»Meine Intuition sagt Ja. Wem soll ich vertrauen, wenn nicht ihr?«, frage ich rhetorisch. Und vielleicht tue ich es auch, weil es dieses wohlige Gefühl war, das mich geweckt hat. Das wird es nicht grundlos getan haben.

»Aber?«, hakt Darren nach und mustert mein Gesicht.

»Kein Aber«, lehne ich entschieden ab. Doch diese eigenartigen Empfindungen gehen mir nicht aus dem Kopf – im Fall der unheimlichen Stimme im wahrsten Sinne des Wortes. Vielleicht sollte ich sie verschweigen, nur wenn ich in den letzten Wochen etwas gelernt habe, dann, dass Geheimnisse einzig zu Problemen führen.

Ich werde mit Darren darüber reden, nur nicht jetzt. Hier vor Hazel ist nicht der richtige Moment. Und das schon allein deswegen nicht, weil sie die Kaffeemaschine so sehnsüchtig anschmachtet, als könnte sie statt Kaffee auch flüssiges Gold produzieren.

15. KAPITEL
GEMMA

»Weiß Taro, dass du jetzt gerade hier bist?«, frage ich, kaum dass wir alle am großen Esstisch in der Küche sitzen. Jeder von uns wärmt sich die Hände an einem Steingutbecher, nachdem ich kurz oben war, um mir zumindest einen Kuschelpullover über das Nachthemd zu ziehen.

Hazel weicht erneut meinem Blick aus und pustet in ihren Kaffeebecher, als wollte sie Zeit schinden. Wäre mir nicht schon vorhin aufgefallen, dass irgendetwas nicht stimmt, wüsste ich es spätestens jetzt. »Er weiß, wo ich bin. Zumindest habe ich ihm gesagt, wohin ich fahre, bevor ich mein Handy ausgeschaltet habe. Er macht sich natürlich auch Sorgen um euch, aber er wollte dennoch in New York die Stellung halten, falls ihr ihn dort braucht. Wir wussten ja nicht, ob ihr wirklich hierher fahrt oder vielleicht noch irgendwo in der Stadt seid.« Hazel beißt sich auf ihre Unterlippe und starrt in den Becher. »Als deine Nachricht darüber, dass wir Beryl nicht vertrauen sollen, ankam, war ich gerade bei ihm.«

»Du warst bei ihm, als ich euch geschrieben habe?«, frage ich überrascht. »Um acht Uhr morgens?«

»Ja.« Unruhig streicht Hazel mit dem Zeigefinger über den Rand ihres Bechers. »Nachdem du am Abend der Aufführung mit Darren verschwunden warst, bin ich mit ein paar unserer Kommilitoninnen den gelungenen Abend feiern gegangen.

Taro hat sich uns angeschlossen, und am Ende sind wir bei euch gelandet. Nachdem du mir geschrieben hast, dass du bei Darren übernachtest, dachte ich, es wäre okay, weil wir niemanden stören. Ich hatte ja keine Ahnung, dass ihr zu dem Zeitpunkt geplant habt, gestohlene Daten weiterzugeben. Taro hat mir an dem Abend nichts davon gesagt. Er war nur …« Hazel scheint nach den richtigen Worten zu suchen und zuckt schließlich mit einer Schulter. »Ich hätte eigentlich merken müssen, dass ihn etwas beschäftigt. Er schien außergewöhnlich dankbar für eine Ablenkung zu sein. Falls ihr versteht, was ich meine.«

Ich spüre Darrens Blick auf meiner Haut, ebenso seine körperliche Anspannung. Wir haben Hazel und Taro oft genug zusammen gesehen, um zu ahnen, wie Hazels Übernachtung bei Taro aussah. Und ich würde mich ehrlich von Herzen für die beiden freuen, wenn nicht immer noch im Raum stünde, dass Hazel eventuell eine Sirene ist. Denn das würde bedeuten, dass sie, wie Darrens Mom, sterben müsste, sobald sie sich zu sehr an einen Menschen bindet. Sie hat mir mal erzählt, dass ihr Dad sehr jung verstarb. Das muss natürlich nicht zwangsläufig bedeuten, dass er wirklich ein Triton war, der ihr seine Gene vererbt hat. Vorstellbar wäre es dennoch.

»Was haben wir sonst so in New York verpasst?«, frage ich möglichst beiläufig, um mich von meinen finsteren Gedanken abzulenken.

»Außer dem Medienrummel rund um eure Flucht? Nicht viel.« Sie nippt an ihrem Kaffee, bevor sie uns abwechselnd ansieht. »Erklärt ihr mir, was hinter dieser ganzen Sache steckt?«

Schweigend greife ich einen Keks aus der Schüssel, um irgendetwas zu tun. Da ich keinen Appetit verspüre, wende ich ihn lediglich zwischen den Fingern. »Taro hat dir nichts erzählt?«

»Nicht viel. Ehrlich gesagt haben wir zurzeit auch keinen Kontakt mehr. Ich konnte aus ihm noch die Adresse deiner Moms herausbekommen, bevor … Ist auch egal. Er hatte ein paar Stunden Zeit, um mich zu kontaktieren, ehe ich aufgebrochen bin und das Handy ausgeschaltet habe. Er hat es nicht getan.«

Auch wenn ich das Gefühl habe, dass es einen Teil ihrer Erzählung gibt, den Hazel wohlweislich verschweigt, fasse ich ein weiteres Mal zusammen, was wir in den letzten Tagen herausgefunden haben. Was uns passiert ist. Weswegen wir hier sind.

»Ist das euer Ernst?«, fragt sie am Ende meiner Ausführungen und blinzelt mich schockiert an. »Taro sagte nur, dass ihr in die L.I.F.E. Inc. eingebrochen seid und wir Beryl nicht vertrauen dürfen. Aber er hat kein Wort über Gestaltwandler oder Sirenen oder das Opfern von Menschen verloren. Das ist …« Überfordert schüttelt sie den Kopf. »Ich wusste nicht einmal, dass es Gestaltwandler oder Sirenen wirklich gibt. Ich meine, dass ihr Hexen seid, habe ich verstanden. Aber alles andere … Diese Wesen gibt es tatsächlich? Ich dachte, das wären nur Märchen.«

»Fast alle Mythen sind real. Zumindest im übertragenen Sinne«, erklärt Darren.

»In jedem Mythos steckt ein Funken Wahrheit«, stimme ich zu.

»Und diese Wesen unterwerfen und ermorden Menschen?«, fragt Hazel und schüttelt sich, als würde ihr allein der Gedanke eine eisige Gänsehaut bescheren. Verständlicherweise.

»Das Problem ist, dass uns niemand glauben wird, wenn wir uns auf die Straßen stellen und von Dingen wie Gestaltwandlern erzählen, die die Regierung von New York City unterwandert haben, Menschen opfern, Sirenen Blut abnehmen und die Leute dann mit verzaubertem Wasser manipulieren.« – Es klingt einfach zu grotesk. Und ich weiß auch nach wie vor nicht, ob es eine gute Idee wäre, damit an die Öffentlichkeit zu gehen. Darren hat recht: Wenn die Menschen begreifen, dass nicht nur Alltagsmagie, sondern auch viele düstere und gefährliche Geschichten einen wahren Kern haben, könnte es eine Hexenverfolgung 2.0 nach sich ziehen. Und zumindest darüber herrscht in der arkanen Welt ein Konsens: Niemand will das.

»Und Taro wusste von all diesen schrecklichen Dingen?« Sie klingt erstaunlich gelassen, nur ihr häufiges Blinzeln verrät, dass das Gehörte nicht spurlos an ihr vorbeigeht.

»Ich nehme an, Taro wollte dich so gut es geht aus allem heraushalten«, ergreife ich das Wort. Immerhin war das auch mein Plan. Und ich wünschte, ich könnte daran festhalten. Aber wenn Mr Hunter wirklich recht hatte und Sirenenblut durch Hazels Adern fließt – wenn das der Grund dafür ist, dass ihr Dad so früh gestorben ist und sie an der Akademie alle mit ihren schauspielerischen Darbietungen verzaubert – dann hat sie die Wahrheit verdient. Denn dann ist auch ihr Leben in Gefahr. So oder so.

»Ich bin eure Freundin. Oder nicht?«, fragt sie leise und starrt in ihren Becher. »Ihr müsst mich nicht auf Abstand halten, um mich von Dingen fernzuhalten, in die ihr längst verwickelt seid. Im Gegenteil: Wenn ich von all diesen Sachen etwas geahnt hätte, hätte ich mich vielleicht anders verhalten. Andere Entscheidungen getroffen.«

»Wie meinst du das?«, frage ich besorgt. »Von was für Entscheidungen sprichst du?«

Statt mir direkt zu antworten, sieht sie Darren an. »Ich weiß nicht, ob Gemma dir erzählt hat, dass ich hin und wieder blogge. In letzter Zeit häufig über eine neue Tierarzneimittelreform, die aus Europa herübergeschwappt ist und fragwürdige

Neuerungen gebracht hat. Oder über neue vegane Restaurants in der Stadt. Solche Dinge eben.«

»Das wusste ich nicht, aber ich erinnere mich daran, dass du mit auf der Demo gegen die L.I.F.E. Inc. warst«, entgegnet er.

Nickend wendet sich Hazel an mich. »Ich habe dir doch neulich erzählt, dass mir diese *Less-Homeless*-Initiative eine Einladung geschickt hat, weil die Leute aus deren PR-Abteilung dachten, ich könnte die Organisation auf meinem Blog vorstellen. Ich meine, ich wusste ja nicht, wer oder was dahintersteckt, und hielt das Ganze für eine gute Sache. Sie haben mich erneut eingeladen – für eine spezielle Blutspendeaktion. Meine Mom ist zwar Tierärztin, aber sie hat mich in dem Wissen aufgezogen, wie wichtig es ist, für andere da zu sein. Auch in diesen Dingen. Also habe ich daran teilgenommen. In dem ganzen Chaos mit der Aufführung habe ich bisher nicht mehr darüber nachgedacht. Es erschien mir auch nicht so wahnsinnig wichtig, dass ich dir unbedingt davon erzählen wollte. Aber mit dem jetzigen Hintergrundwissen …«

»Also warst du da?«, fragt Darren besorgt. »Hast du ihnen Blut gespendet?« Als Hazel nickt, beißt er die Zähne zusammen und flucht leise.

»Denkst du, dass das des Rätsels Lösung ist?«, hake ich nach. »Dass dein Dad besondere Wesen im Rahmen groß angelegter Blutspendeaktionen findet und gezielt immer wieder anschreibt? Wäre das sein Stil gewesen?«

Ich erinnere mich daran, dass er Darren gesagt hat, er würde den Eltern von Sirenen Geld geben, um sie ins Land zu holen. Aber was dann? »Was, denkst du, ist wahrscheinlicher? Dass dein Dad Sirenen entführt und irgendwo in finsteren Kerkern gefangen hält? Oder dass er seine Aktionen wie ein öffentliches Stipendium aussehen lässt, Sirenen und Tritonen an Hochschulen einschleust, und ihnen im Rahmen von angeblichen Gesundheits-Check-ups Blut abnimmt, um es für seine Zwecke zu nutzen?«

Darren braucht nichts zu sagen, wir beide kennen die Antwort. Wer ein Energieunternehmen gründet, um mit Fracking seine illegalen Machenschaften nicht nur zu tarnen, sondern auch zu finanzieren, entführt nicht einfach Menschen und sperrt sie in dunklen Kellern ein. Er tarnt seine Vorhaben perfider. Vielleicht hätten wir das längst erkannt, hätten wir eher mit Hazel gesprochen. Oder aber meine Intuition hat mich nicht getäuscht und wir mussten erst herkommen, um das zu begreifen. Denn vor dem Erschaffen des Blutkristalls hätte ich nicht gewusst, dass bereits kleinste Mengen eine gewaltige Wirkung entfalten können. Die Blutmenge einer durchschnittlichen Spende dürfte wohl für einige mächtige Zauber reichen.

»Ich habe etwas, das ihr euch ansehen könntet.« Hazel zögert, bevor sie in die Bauchtasche ihres Hoodies greift, einen mehrfach gefalteten Zettel herauszieht und auf dem Tisch ablegt. Sie schiebt ihn in Darrens Richtung. »Kannst du mir sagen, was das ist?«

Verwundert nimmt Darren das Papier an sich und breitet es auf dem Tisch aus. Schon während des Überfliegens verfinstert sich seine Miene.

»Was ist das?«, frage ich ebenso neugierig wie besorgt.

»Das ist das Ergebnis der Blutanalyse, die die *Less Homeless* von Hazels Spende hat anfertigen lassen. Zumindest steht ihr Name darauf.« Mit zusammengebissenen Zähnen scannt er den Zettel erneut und dreht ihn so herum, dass Hazel ihn lesen kann. Er tippt mit dem Finger auf eine markierte Zeile. »Die gute Nachricht ist: Du bist gesund. Und es tut mir leid, dir sagen zu müssen, dass es auch eine schlechte gibt. Denn ich befürchte, dass das hier bedeutet, dass du kein Mensch bist.«

»Was?«, fragt sie sichtlich verwirrt, und ich spüre, wie auch mein Herz vor Anspannung einen anderen Takt anschlägt. »Was sollte ich denn sonst sein?«

Lass sie bitte keine Sirene sein. Alles, nur das nicht, flehe ich stumm. Doch Darrens Kopfschütteln nach ist es vergebens.

Obwohl ich es geahnt habe, fühlt sich Darrens besorgter Blick an, als würde ein Meteorit auf meiner einstmals heilen Welt einschlagen. Einen Krater hinterlassen, der nie wieder verheilen wird.

Hazel ist eine Sirene. Sie wird sterben, wenn sie sich verliebt. Sie und Taro – das zwischen ihnen wird nie mehr als eine Hoffnungslosigkeit bleiben.

Darren sieht mich fragend an, aber ich weiß auch nicht, wie wir ihr das schonend vermitteln können. Sofort habe ich das Bild seiner Mom vor Augen. Wie sie eher tot als lebendig in ihrem Bett liegt, schwach und nur von einer magischen Medizin am Leben erhalten. Ich will nicht, dass Hazel so endet.

Darren faltet den Zettel wieder zusammen und schiebt ihn in meine Richtung. »Woher hast du diesen Ausdruck? Kein Mitglied der *Less Homeless* würde ihn dir freiwillig anvertrauen.«

Hazel streicht sich eine Haarsträhne hinters Ohr und gibt sich sichtlich einen Ruck, bevor sie mit der Sprache herausrückt. »Beryl hat ihn mir gegeben.«

Beryl? Erneut beschleunigt sich meine Pulsfrequenz. Warum hat Hazel noch immer Kontakt zu ihr? War meine Warnung nicht eindeutig genug? Doch bevor ich danach fragen kann, ergreift Darren das Wort.

»Wann?«, hakt er nach und hebt skeptisch eine Augenbraue.

Statt ihm zu antworten, richtet Hazel sich erneut die Haare und sieht in ihren Becher. Rote Stressflecken blühen auf ihren Wangen.

»Du hast dich mit ihr getroffen?«, hake ich nach.

»Nun … sie sagte, es ginge um Leben und Tod. Wie hätte ich da absagen sollen? – Ich weiß, dass du uns vor ihr gewarnt hast. Aber das war, bevor du mir gestanden hast, weswegen«, rechtfertigt sie sich. »Ich dachte, sie hätte vielleicht irgendetwas aus Darrens Zimmer entwendet oder heimlich Kameras installiert – oder was auch immer Mitbewohnerinnen eben so tun, um in Ungnade zu fallen. Dass sie einem Zirkel angehören könnte, der die Stadt versklavt, war sehr weit außerhalb meines Vorstellungsbereiches.«

Ich kann ihr keinen Vorwurf machen. Wie hätte Hazel ahnen sollen, was um sie herum geschieht, wenn niemand von uns ehrlich zu ihr ist?

»Hat Beryl dich wenigstens aus der Datenbank der *Less Homeless* löschen lassen?«, fragt Darren missmutig.

»Keine Ahnung. Wahrscheinlich nicht. Davon hat sie zumindest nichts gesagt.« Darrens leises Fluchen scheint sie nur noch mehr zu verunsichern. »Was bedeutet das alles?« Sie rutscht nervös bis zur Stuhlkante vor und sieht ihn Hilfe suchend an. »Was meinst du mit: Ich bin kein Mensch?«

Tief durchatmend fährt sich Darren mit einer Hand durch die Haare. »Entschuldige, ich habe mich falsch ausgedrückt. Du bist schon ein Mensch, doch einer mit einer Mutation«, erklärt er. »Einer kleinen genetischen Abweichung, die dir magische Fähigkeiten schenkt, die andere Menschen nicht besitzen. So wie Gemma Teile ihres Gehirns nutzen kann, um sich mit der Magie zu verbinden, die uns alle jederzeit umgibt, kannst du …«

»Sekunde«, fällt ihm Hazel ins Wort, kaum dass sie den ersten Teil seines Satzes verarbeitet hat. »Willst du mir gerade sagen, dass ich ein Mutant bin?«

»Theoretisch sind in der Natur …«, beginnt er und bricht den Satz ab, als wäre ihm mittendrin bewusst geworden, dass das hier kein Moment für den Biologiestudenten in ihm ist. Er belässt es bei einem knappen »Ja«, bevor er sich erneut die Haare rauft und über seinen Schatten springt. »Das Kürzel auf dem Zettel kenne ich aus den Unterlagen, die wir Dad gestohlen haben. Und es tut mir leid, aber die Abkürzung S2 bedeutet, dass du eine Sirene bist, Hazel.«

»Sirene? Ich verstehe das nicht. Wenn ich besondere Fähigkeiten besäße, hätte ich die nicht längst irgendwie bemerken müssen? Ich kann ja nichts.«

»Doch, kannst du, aber die Fähigkeiten der Sirenen unterscheiden sich von denen der Hexenden. In vielerlei Hinsicht«, antwortet Darren vollkommen ruhig, während mein Herz noch immer rast, weil ein Teil von mir die Wahrheit nicht akzeptieren will. »Die meisten Hexen umgibt eine besondere Art von Aura, die sie ab einem gewissen Alter verrät, wenn sie sie nicht mit Flüchen unterdrücken. Bei Sirenen ist das nicht der Fall. Im Alltag seid ihr nicht immer auszumachen. Ihr brilliert vor allem dann, wenn es um musische Dinge geht. Um das Musizieren oder die Schauspielerei. Es gibt nicht viele von euch, und einige bleiben ihr Leben lang unentdeckt.«

»Aura?«, wiederholt Hazel stumpf.

Es gibt einige Dinge, von denen ich ihr nie etwas erzählt habe. Auren gehören dazu, da meine Synästhesie mir beim Lesen von Auren ohnehin ständig einen Strich durch die Rechnung macht. Bei Beryl konnte ich im ersten Moment nicht einmal unterscheiden, ob sie nur gute Laune hat oder tatsächlich eine Hexe ist. Doch Hazel sieht nicht aus, als würde sie in diesem Augenblick irgendetwas davon interessieren.

»Du *hast* Fähigkeiten«, bekräftige ich leise und kämpfe gegen das Versagen meiner Stimme an. Denn es sind nicht die Gaben, die ich meiner besten Freundin wünschen würde. Ich kann ihr unmöglich erzählen, was sie bewirken. Dass es vielleicht nicht ausschließlich an ihrem Talent und ihrem Fleiß, sondern an genau diesen Eigenschaften der Sirenen liegt, dass sie quasi jede Rolle ergattert hat, die sie sich gewünscht hat. Dass diese undefinierbare Sache zwischen ihr und meinem Bruder nicht nur hoffnungslos, sondern vielleicht ein Ausdruck ihrer Fähigkeiten ist. Dass die Mischung aus Verwirrung und Verlangen eventuell genau dort ihren Ursprung hat.

»Sirenen sind quasi dazu geschaffen, Menschen zu bezaubern und sie zu umgarnen«, übernimmt Darren die Erklärung, während ich unbehaglich schweige. »Wie wäre es, wenn wir zwei uns in Ruhe darüber unterhalten und Gemma währenddessen prüft, was die Rune bewirkt, die jemand von Hand auf das Papier gezeichnet hat?«

Hazel wirkt ebenso beunruhigt wie ich, aber die Art und Weise, wie Darren auf den Zettel zeigt, verdeutlicht, dass ich mir das magische Zeichen dringend ansehen sollte. Irgendetwas daran scheint ihm nicht zu gefallen.

Noch immer verunsichert sieht Hazel zwischen uns hin und her. »Um ehrlich zu sein, überfordert mich diese ganze Sache, aber könnten wir trotzdem noch einmal kurz zu New York zurückkommen. Was gedenkt ihr als Nächstes zu tun?«

»Wir planen, die Stadt vom Einfluss des Zirkels reinzuwaschen und dafür zu sorgen, dass er dort zukünftig kein Unheil mehr anrichten kann, aber …« Nachdenklich zeichne ich die Skizze auf Hazels Ausdruck nach – und höre sofort damit auf, als mir eine unangenehme Gänsehaut den Rücken hinabrieselt. Irgendetwas an dieser Rune löst ein ungutes Gefühl in mir aus. Mit einem Räuspern verdränge ich es. »Damit der Zauber seine Kraft entfalten kann, brauchen wir irgendeine Art von Kontakt zum Zirkel. Wir müssten gemeinsam mit den Drahtziehern des Crow Covens an einem Ort sein, ohne dass sie davon wissen und uns entdecken.«

Hazel starrt vor sich hin, bevor sie nickt. »Vielleicht habe ich eine Idee. Ich habe gerade eine Einladung zu einem Charity-Event der *Less Homeless* bekommen. Eine Art Weihnachtsgala, zu der auch Bürgermeister Caden, Mr Hunter und viele andere wichtige Menschen erwartet werden. Es geht um die Ehrung besonders engagierter junger Menschen New Yorks. Angeblich habe ich mich durch meinen Blog qualifiziert, aber vielleicht war es auch eher das Ergebnis der Blutspende. Ist auch egal. Wenn sie alle dort sein werden, könnten wir das Event eventuell für euren Zauber nutzen. Ich könnte euch helfen, indem ich für eine Ablenkung sorge. Und jetzt fang nicht wieder damit an, dass du mich schützen möchtest. Das kann ich ebenso wenig leiden wie du.«

Sie sieht mich warnend an. Und ich gebe mich geschlagen. Schuldig im Sinne der Anklage, ich hasse Mitleid.

»Okay. Also hätten wir theoretisch ein Event, an dem die Anführer des Crow Covens versammelt sein werden und wir unsere Zauber anwenden können, wenn wir es bis dahin schaffen, alle benötigten Materialien für das Ritual zusammenzubekommen«, schlussfolgere ich, obwohl mir tatsächlich nicht ganz wohl dabei ist, Hazel in diese Sache hineinzuziehen. Andererseits befindet sie sich als Bewohnerin New Yorks ohnehin schon mittendrin.

»Die Sache hat nur einen Haken«, wirft Hazel ein. »Wenn ich weiterhin auf der Gästeliste stehen bleiben will, kann ich nicht öffentlich gegen die *Less Homeless* bloggen oder Flyer in den Straßen verteilen, um die Menschen vor den Machenschaften der Organisation zu warnen.«

»Das stimmt«, murmelt Darren und trommelt mit dem Daumen gegen seinen Becher. »Und auch wenn du kein Mitleid willst, solltest du in Bezug auf diese Menschen vorsichtig sein. Sie wissen, dass du mit Gemma befreundet bist. Und sie wollen

Gemma für sich. Wir können nur hoffen, dass dein Blut für sie so kostbar ist, dass sie nicht auf die Idee kommen werden, dir etwas anzutun, um Gemma aus der Reserve zu locken.«

Irgendetwas an Darrens Worten lässt mich aufhorchen. Ein Gedankenblitz zuckt durch meinen Kopf, aber ich bekomme ihn nicht ganz zu fassen.

Ein Event, auf das man eine Sirene einlädt, ist alles, was ich noch greifen kann. Doch was mich daran so stutzig gemacht hat, entgleitet mir. Verdammter Schlafmangel.

Zumindest haben wir dank Hazel nun so etwas wie einen Plan.

Unser rudimentäres Vorhaben bleibt allerdings eine Aneinanderreihung von Risiken, denn es funktioniert nur, wenn wir ein wirklich mächtiges Reinigungsritual entwickeln können. Wenn ich begreife, wie man einen Bannzauber wirkt. Wenn wir es unerkannt auf die besagte Veranstaltung schaffen. Wenn die Anführenden des Covens tatsächlich anwesend sind. – Es sind ziemlich viele *Wenns*, doch da müssen wir wohl durch. Unsicherheit wird für die nächsten Wochen unsere Begleiterin bleiben.

Darren räuspert sich, legt die Hände um seinen Becher und atmet tief durch. »Ich habe nachgedacht, und ich würde mich gern mit Jesper treffen, sobald du unseren Tarnzauber gewirkt hast.«

»Jesper Caden?«, frage ich ungläubig. »Wie in: Jesper Caden, der arrogante Sohn des Bürgermeisters?«

»Ich weiß, es klingt verrückt, aber wenn er noch nicht ersetzt wurde, ist er unser einziger verbliebener Kontakt im Umfeld der L.I.F.E. Inc.«, bestätigt Darren. »Vielleicht irre ich mich, doch ich denke, Jesper könnte uns noch nützlich werden.«

Mir ist nicht wohl bei dem Gedanken. Bei all unseren bisherigen Begegnungen erschien er mir unangenehm, unhöflich und unfassbar selbstverliebt. Ich weiß gar nicht mehr, auf wie viele Arten er schon versucht hat, Darren bloßzustellen.

»Wenn es dein Wunsch ist, werde ich dich nicht davon abhalten, mit Jesper zu sprechen. Aber wie genau willst du ihn kontaktieren, ohne erwischt zu werden?«, hake ich nach. Im Gegensatz zu Dawn dürfte er wohl kaum über einen Scrying Mirror oder das Darknet zu erreichen sein.

Darren zuckt mit der Schulter. »Mir schwebt vor, mein Glück dort zu versuchen, wo er für gewöhnlich an den Wochenenden feiern geht. Er ist mir auch nicht unbedingt sympathisch«, versichert Darren vollkommen ruhig. »Aber er hat es verdient, die Wahrheit über seinen Vater zu erfahren.«

Da ist er wieder: so ein typischer *DarkDuke*-Moment. In seinen Augen hat es immer jeder verdient, die Wahrheit zu erfahren und sich zu beweisen. Es ist nicht so, dass ich ihn und seine Sichtweise nicht verstehen würde, ich mache mir nur einfach Sorgen um ihn. Zum Beispiel darüber, dass er nach New York geht, mit Jesper redet, der ihn für verrückt erklärt und auf direktem Weg zu seinem angeblichen Vater läuft, um ihn zu verraten.

»Aber bevor wir irgendetwas anderes tun, werde ich natürlich liebend gern prüfen, was es mit der Rune auf diesem Zettel auf sich hat«, versichere ich an Darren gewandt und greife nach dem Papier. Dass das Berühren des Zeichens ein schauerliches Gefühl in mir ausgelöst hat, behalte ich lieber für mich. »Kann ich euch kurz allein lassen?«, frage ich, obwohl das nicht ganz das ist, was ich eigentlich wissen möchte. Einerseits kommt es mir falsch und feige vor, es Darren zu überlassen, mit Hazel zu reden. Doch andererseits gibt es hier niemanden, der besser dazu geeignet wäre, mit ihr über Sirenen zu sprechen als er. Nicht nur, weil er als Sohn einer solchen definitiv sehr viel mehr über diese magischen Wesen weiß als ich, sondern weil die Vorstellung davon, Hazel an die Liebe zu verlieren, mich noch immer lähmt. Es bricht mir das Herz, mir vorzustellen, dass sie wie Darrens Mom enden könnte. Aber ich kenne sie auch gut genug, um zu wissen, dass sie niemals die Einsamkeit vorziehen würde. Hazel war es, die sich im letzten Jahr immer über mich lustig gemacht hat, weil ich kein Interesse an Dates hatte. Auch wenn sie gehofft hat, dass Taro sie erhören würde, hat sie sich ab und an mit anderen jungen Männern getroffen. Sie ist nicht dafür geschaffen, allein zu sein. In keiner Hinsicht.

Darren nickt, als hätte er meine Gedanken gehört. »Ich koche uns noch einen Tee, dann können wir gern reden, wenn du magst.«

Hazel sieht erst ihn, dann den Zettel in meiner Hand an und atmet so tief durch, als würde eine schwere Prüfung vor ihr liegen.

Im Grunde ist es so. Denn wenn ich an ihrer Stelle wäre, würde ich wohl mein ganzes zukünftiges Leben als Prüfung sehen.

Sirenen sterben, wenn sie sich verlieben. – Das war einer der ersten Sätze, die Darrens Mom an mich gerichtet hat. Und ich werde ihn wohl nie wieder vergessen.

16. KAPITEL

DARREN

Während ich uns Teewasser aufsetze, gehe ich in Gedanken alle möglichen Gesprächsanfänge durch und finde doch keinen schonenden Einstieg, um Hazel zu erklären, was die Genanalyse für sie bedeutet. Oder vielmehr, welche Auswirkungen sie auf ihr gesamtes zukünftiges Leben haben wird, wenn sie nicht Gefahr laufen möchte, viel zu jung zu sterben.

Als ich mich zu Hazel herumdrehe, steht sie mit verschränkten Armen vor dem Küchenfenster, sieht in die Morgenröte hinaus und atmet so schwer ein und aus, als wollte sie Tränen oder eine Panikattacke unterdrücken.

»Geht es dir gut?«, frage ich aufrichtig besorgt. Ich kenne sie kaum, aber ich weiß, dass sie Gemma eine gute Freundin ist. Und ich mag sie.

»Ja, sicher«, antwortet sie matt, dreht sich halb zu mir herum und schenkt mir ein Lächeln, das fast aufrichtig wirkt. Vielleicht würde ich es ihr sogar abnehmen, wenn ich nicht wüsste, dass sie eine begnadete Schauspielerin ist. »Ich habe nur so eine Vorahnung, dass mir dieses Gespräch nicht gefallen wird.«

Schweigend spüle ich unsere Becher aus und lehne mich gegen den Küchentresen. Wie um alles in der Welt soll ich dieses Gespräch beginnen? Noch bevor ich eine Idee habe, ergreift Hazel das Wort.

»Weißt du, ich habe Gemma vorhin nicht die ganze Wahrheit gesagt«, gesteht Hazel und streicht nachdenklich über ihren Oberarm. Sie wirft einen raschen Blick in Richtung des Flures, als wollte sie sichergehen, dass uns niemand überrascht. Mit schnellen Schritten tritt sie neben mich.

Alles an Hazel wirkt zart und zerbrechlich: der Porzellanteint ihrer Haut; die großen braun-grünen Augen; die Art, wie sie mit einem Finger die Maserung der Küchentheke entlangfährt. Selbst ihr Geruch ist süßlich und erinnert mich an Wildrosen. *Beschützenswert* wirkt sie. Aber so war Mom auch – und ihr Äußeres täuschte darüber hinweg, wie stark sie war. Sogar als die Krankheit sie schon geschwächt hatte, gab es immer einen Teil in ihr, der so stolz und unzähmbar war wie das Meer.

Hazel atmet erneut tief durch, bevor sie mir der Sprache herausrückt. »Ich habe die letzten Tage mit Taro verbracht, aber es gibt noch einen Grund, warum er mich nicht begleitet hat. Nicht nur, weil er in New York auf euch warten wollte. Am Morgen, bevor ich aufgebrochen bin …« Sie blinzelt und leckt sich flüchtig über die Lippen. »Er war … anders. Die Stunden mit ihm waren wundervoll. Aber dann hat er mir plötzlich sehr deutlich zu verstehen gegeben, dass er das zwischen uns für einen Fehler hält. Er schien sich beinahe vor dem zu ekeln, was wir getan haben, und hat mich quasi aus der Wohnung geworfen. Sein ganzes Verhalten war seltsam. Und verletzend. Als ihr vorhin von Gestaltwandlern gesprochen habt, habe ich mich sogar kurz bei dem Gedanken ertappt, ob sie ihn vielleicht ausgetauscht haben. – Ich wollte euch suchen. Wirklich. Aber ich musste auch einfach weg aus New York. Ich hatte das Gefühl, dass ich in der Stadt nicht mehr frei atmen kann. Dass ich an meinen Emotionen ersticke und unmöglich noch länger die Luft anhalten kann.« Die Worte sprudeln so schnell aus ihr heraus, dass ich ihr eine Hand auf die Schulter lege, um sie zu beruhigen, aber sie streift sie seufzend ab.

»Wie auch immer. Das ist nicht das, worüber du mit mir reden wolltest, richtig?«

Auch jetzt, wo Hazel mir den Gesprächsanfang quasi auf dem goldenen Teller serviert, kostet es mich Überwindung, zuzugreifen. »Hazel, ich wünschte dir wirklich, dass deine Genanalyse anderes ergeben hätte und wir dieses Gespräch nicht führen müssten. Aber jede Art von Magie hat ihren Preis, und ich denke, du solltest ihn kennen.«

»Einen Preis? Wofür? Und welchen? Wie meinst du das?«

»Manche von uns zahlen für den Einsatz von Magie mit ihrem Leben. Andere mit ihrem Verstand. Und ich wünsche dir, dass du beides behalten darfst.« Als das Wasser kocht, brühe ich zwei Tees auf.

Hazel beobachtet mich schweigend. Ich kenne sie zu schlecht, um abschätzen zu können, wie sie reagieren wird, aber es fühlt sich an, als würde ich ihr die *ganze* Wahrheit schulden.

»Weißt du, meine Mom ist – *war* – auch eine Sirene«, erzähle ich leise. »Die meisten von ihnen sind mit einem außergewöhnlichen Charisma gesegnet. Manche nennen es Glamour. Eine passive Art von Zauber, der Menschen fasziniert und Sirenen zu grandiosen Sängerinnen oder Schauspielerinnen macht. Mit einer Begabung, die ihre Konkurrenz in den Schatten stellt. Sie sind Ausnahmetalente in ihrem Bereich. Aber der Preis dafür, jeden Menschen mit Charme umgarnen zu können, ist, dass sie nicht mehr lange leben, sobald sie ihr Herz verschenken. Es gibt eine biochemische Erklärung dafür, die ich dir skizzieren könnte, aber poetisch würde man vielleicht sagen: Sie sterben, sobald sie sich verlieben.«

»Sterben, nur weil man sich verliebt? Das klingt nicht nach

einer Gabe, sondern einer Grausamkeit«, flüstert sie und starrt vor sich hin.

»Wie gesagt: Jede Magie hat ihren Preis.«

Hazel entfährt ein verächtliches Schnauben. »Aber was für eine Magie soll das sein?« Sie blinzelt und sieht mich mit einem Blick an, den ich nicht deuten kann. Er schwankt zwischen Bitterkeit und Trotz. »Ihr zahlt einen Preis dafür, die Welt nach euren Vorstellungen zu formen. Und ich werde dafür zur Kasse gebeten, um gut in meinem Job zu sein? Wenn ich dich richtig verstehe, habe ich ja nicht einmal eine Wahl. Ich kann diese Gabe nicht einfach ignorieren, um von diesem … *Fluch* verschont zu bleiben. Selbst wenn ich mich dafür entscheiden würde, nie wieder eine Bühne zu betreten, muss ich sterben, sobald ich mich verliebe. Verstehe ich das richtig?«

Ich wünschte, ich könnte ihr widersprechen, doch die meisten Sirenen sind mit einer außerordentlichen Auffassungsgabe gesegnet. Also ist es sinnlos, alles abzustreiten. »Das ist korrekt, aber die wenigsten würden eure Begabungen einen Fluch nennen.«

»Tatsächlich?« Hazel entfährt ein erneutes Schnauben. »Ich folge Gemma lang genug, um zu wissen, dass die Definition eines Fluches ein dunkler Zauber ist, der Menschen schadet. Wenn du mich fragst, sind meine angeblichen Begabungen genau das.«

Sie lehnt sich gegen den Küchentresen, dreht den Kopf von mir weg und starrt in Richtung des Fensters. Sekunden verstreichen und werden zu Minuten. Hazel steht einfach nur schweigend da, bis sie sich räuspert. »Weißt du, mein Dad starb sehr jung. Ich habe keine eigenen Erinnerungen an ihn, aber Mom sagt immer, ich käme nach ihm und hätte seine Bühnenpräsenz geerbt. Er war Sänger einer Folkband.«

»Meine Mom war ebenfalls Sängerin.«

Ein bitteres Lächeln stiehlt sich auf ihr Gesicht, bevor sie zu mir aufsieht. »Denkst du, er weiß es?«, fragt sie. »Ich meine Taro.«

»Dass eure Liebe dich umbringen würde und es besser für dich ist, wenn ihr getrennte Wege geht? Schon möglich. Vielleicht hat er es gespürt, immerhin ist er auch ein Teil der arkanen Welt.«

»Ist er?« Hazel zieht eine Augenbraue hoch, als hätte sie noch nie darüber nachgedacht.

Irritiert sehe ich auf sie hinab, doch glücklicherweise schaut sie wieder zum Fenster hinaus. Sie weiß es nicht? Taro hat ihr nie gesagt, dass er ein Wertier ist? Andererseits ist mir auch schon aufgefallen, dass er mit dieser Information nicht hausieren geht. Wahrscheinlich wüsste ich ebenfalls nichts von Taros Doppelleben, wenn die große schwarze Katze auf der Nachbarterrasse nicht immer nur an Vollmond aufgetaucht wäre. Trotzdem bin ich davon ausgegangen, dass er sein Geheimnis wenigstens Hazel anvertrauen würde. Denn dass er etwas für sie empfindet, war mir spätestens klar, als er mich einmal fast mit einem Küchenmesser attackiert hätte, nur weil ich meinte, dass sie nett wäre. Ich nehme es ihm nicht übel, schließlich weiß jeder, dass Wertiere gern mal impulsiv handeln. Auf jede erdenkliche Weise.

Es tritt ein erneutes Schweigen ein, doch dieses Mal bin ich es, der die Stille durchbricht. »Wie geht es dir?«

»Mir geht es, wie es mir geht«, sagt sie leise, schließt die Augen und atmet tief durch. »Vermutlich ist ein Teil von mir gerade dabei zu sterben, da ich im Gegensatz zu vielen meiner Kommilitoninnen immer eine Familie wollte.« Sie blinzelt und sieht zu mir auf. »Ich bin ohne einen Vater aufgewachsen und habe mir jahrelang eingeredet, dass ich eines Tages einen Mann an meiner Seite haben werde. Kinder. Und jetzt? Stellt sich heraus, dass es nur flüchtiger Tagtraum war. Dass der Mann, den ich liebe, mich vielleicht nie mochte. Dass ich ihn lediglich manipuliert habe. Und es keine Rolle spielen darf, weil ich ihm ohnehin besser aus dem Weg gehen sollte. Ihr erzählt mir absolut verrückte Dinge, die ich rational betrachtet anzweifeln sollte, aber … Ich kann es nicht. Die Sache mit Dad, das Schauspielstudium, der Schwindel und die Kopfschmerzen, die ich in den letzten Tagen in Taros Nähe gespürt habe. Irgendwie weiß ich, tief in mir, dass du die Wahrheit sagst. Und auch wenn sie mir nicht gefällt …« Sie verstummt und zuckt mit einer Schulter. »Irgendwie fühlt es sich an, als hätte ich soeben ein Puzzleteil für mein Leben gefunden, nachdem ich nie gesucht habe. Das ich nie wollte. Doch es passt so perfekt, dass ich mir sicher bin, dass es zu mir gehört. Nur was ich damit anfangen soll, weiß ich noch nicht.«

»Wenn ich irgendetwas für dich tun kann, bin ich immer für dich da«, versichere ich. Ich habe es kaum ausgesprochen, da nimmt sie ein finsterer Gedanke gefangen. Ich sehe es an der Art, wie sie sich ein Lächeln auf das Gesicht zwingt und sich ihre Augen eine Nuance verdunkeln.

»Du kannst tatsächlich etwas für mich tun«, sagt sie entschieden.

»Alles«, erwidere ich, ohne darüber nachzudenken.

»Wenn Gemma fragt, sag ihr, dass es mir gut geht. Diese Sache mit der Familie und den Kindern. Sie bleibt unter uns.«

»Dein Wunsch ist mir Befehl. Aber verrätst du mir, warum?«

»Ich könnte behaupten, dass ich einfach kein Mitleid möchte, doch die Wahrheit ist …« Statt den Satz zu beenden, nippt sie an ihrem Tee und wendet sich zum Gehen. »Menschen, denen du alle Träume raubst, sind immer die Gefährlichsten – und ich ziehe es vor, harmlos zu wirken.«

Irritiert sehe ich ihr nach und frage mich, ob sie den letzten Satz wirklich so gesagt hat. Wenn ja, ist er nur die Bestätigung für etwas, das ich immer wusste: Sirenen sind zäher, als sie aussehen. Auch wenn ich fürchte, dass sie meist am gefährlichsten für sich selbst sind.

17. KAPITEL
GEMMA

Ich gehe mit Hazels Zettel direkt auf den Dachboden hinauf. Unruhig spiele ich mit dem Ring an meinem Mittelfinger, als könnte mich die Bewegung beruhigen. Das tut sie nicht. Allein der Gedanke daran, was die markierte Zeile auf Hazels Ausdruck für sie bedeutet, nagt an meiner Seele. Wie muss es ihr erst mit dieser Offenbarung gehen? Und das Einzige, was ich gerade für sie tun kann, ist herauszufinden, was die Rune auf dem Papier besagt.

Ich breite Hazels Ausdruck auf dem Tisch aus und streiche ihn glatt.

»Dann wollen wir doch mal sehen«, murmle ich und sammle aus den Regalen alle Bücher zusammen, in denen etwas über Runen geschrieben steht. Da es sich um einen Zettel der *Less Homeless* handelt, sollte ich vermutlich zuerst in den Werken nachschauen, die kaum berührt aussehen, weil ihre Inhalte von meinen Vorfahrinnen als bedenklich oder verwerflich eingestuft wurden.

Nach und nach lege ich Buch neben Buch auf dem Tisch aus. Hoffentlich kann mir einer der vielen Kristalle hier meine Suche etwas erleichtern. Ich bin fest entschlossen, mich auf die Aufgabe zu konzentrieren, als sich erneut diese dunkle Stimme meldet, die direkt in meinem Kopf erklingt.

Gemma. – Sofort rieselt eine Gänsehaut meinen Rücken

hinab. Mir ist, als würde ich eiskalten Atem an meinem Nacken spüren.

Erschrocken sehe ich auf, aber bin allein auf dem Dachboden. Natürlich. Auch wenn ich das weiß, lässt sich das mulmige Gefühl, das mich jedes Mal heimsucht, sobald die Stimme erklingt, nicht unterdrücken.

»Was?«, flüstere ich und bekomme keine Antwort. Also ergebe ich mich meinem Schicksal. »Was willst du jetzt schon wieder von mir?«

Ich schließe die Augen und strecke die Hand nach den Utensilien auf dem Tisch aus. Langsam schlendere ich darum herum, bis ich einen Impuls spüre. Meine Hand wird schwer und warm, zieht mich zu einem Kristall hin, nach dem ich instinktiv greife. Als ich die Augen wieder öffne und den Kristall in meinen Fingern betrachte, erkenne ich einen Sodalith. Warum auch nicht? Er ist in jedem Fall nützlich bei der Suche nach der Wahrheit.

»Nun gut. Dann zeigt mir, was ich sehen soll«, schlage ich der Stimme vor und trete an den Tisch heran. In einer Hand halte ich noch immer den Kristall, lasse die andere über dem Tisch kreisen, bis meine Intuition sich erneut zu Wort meldet und mich dazu drängt, eines der Bücher auszuwählen. Also schlage ich es auf und blättere durch die Seiten.

»*Magic of truth and destiny, show me the spell I need to see*«, murmle ich und spüre anhand der Wärme des Kristalls in meiner Hand, dass der Zauber wirkt.

Rasch ziehe ich mich zurück, als ein kalter Windstoß aufkommt, der durch die Seiten fährt. Natürlich verharrt das Buch auf einer schwarz markierten Doppelseite, bei einem Zauber, der von meinen Vorfahrinnen ausgemustert wurde. Dunkle Magie.

Irritiert lese ich die Seite.

A Spell Unspoken ist ein Bannzauber, der sehr wohl ausgesprochen werden muss, allerdings dafür sorgt, dass von da an innerhalb des Bannkreises keine weitere Magie angewendet werden kann. Es ist, als wären die Wünsche an sie nie geäußert worden. Der Absatz mit den Anwendungsbeispielen gibt mir zu denken. Sie sind alle so viel harmloser als das, was wir vorhaben. Das beunruhigt mich ebenso wie die Tatsache, dass die eigenartige Stimme mir dabei hilft, einen Bannzauber zu finden. Denn das bedeutet, dass sie die ganze Zeit bei mir ist. Dass sie mich verfolgt, mich belauscht und nur auf den passenden Moment gewartet hat, bis ich wieder allein hier oben bin, um sich mir zu offenbaren. Das Ganze ist mir nicht geheuer, trotzdem greife ich nach einem getrockneten Lavendelzweig und lege ihn zwischen die Seiten. Dieser Zauber ist nicht das, was ich in diesem Moment gesucht habe, dennoch empfinde ich so etwas wie eine widerwillige Dankbarkeit.

»Okay. Wenn du jetzt noch so nett wärst, mir das Buch rauszusuchen, in dem ich die Rune auf dem Zettel wiederfinde, wäre ich dir sehr verbunden.« Doch natürlich geschieht nichts. Ich höre keine Stimme. Spüre keinen Impuls. Kein Wind kommt auf. Gar nichts. Die Stimme scheint ihre ganz eigenen Ziele zu verfolgen – und ich kann nicht behaupten, dass ich die verstehe.

Viola wäre ohnehin nicht sehr begeistert davon, wenn sie wüsste, was ich hier treibe. Damit meine ich nicht nur, in den Büchern herumzuschnüffeln, die meine Moms wohlweislich Jahre lang vor mir verbogen haben, sondern vor allem die Tatsache, dass ich Kristallenergie nutze, um Dinge aufzuspüren, die man theoretisch auch ohne finden könnte. Wenn man Zeit hätte. Die ich momentan nicht habe. Also nehme ich mir ein Amethyst-Pendel aus einer der Schalen auf dem Arbeitstisch. Man sagt, dass Amethyste unter anderem die Wahrnehmung und Intuition schärfen, also ist es der perfekte Kristall für diesen Job. Tief durchatmend schließe ich erneut die Augen, wandele um den Tisch und lasse das Pendel über die Buchdeckel schweben, bis es spürbar ausschlägt. *Treffer!*

Zufrieden greife ich nach dem Buch und versuche, zu ignorieren, dass es recht dick ist. Vermutlich wird es Stunden dauern, es durchzusehen, denn als ich es erneut mit dem Suchzauber probiere, bleibt seine Wirkung aus. Das kann vieles bedeuten, aber am wahrscheinlichsten ist, dass sich die Lösung des Runen-Rätsels nicht mal eben schnell auf einer Seite nachlesen lässt. Also nehme ich die zwei gefundenen Bücher in mein Zimmer mit und lege sie gerade auf meinem Schreibtisch ab, als ich Schritte auf der Treppe höre. Offensichtlich haben Darren und Hazel ihr Gespräch beendet.

Ich frage mich, ob es ein guter oder schlechter Moment ist, um eine weitere Sache anzusprechen, die Darren vermutlich nicht gefallen wird: die Stimme in meinem Kopf. Denn je öfter ich sie höre, umso stärker wird der Drang, Darren davon zu berichten. Andererseits ist wahrscheinlich jeder Augenblick ein schlechter, wenn es um diese Art von Dingen geht.

18. KAPITEL
DARREN

Als ich Gemmas Zimmer betrete, steht sie am Fenster und streicht mit den Fingern über den dünnen Stoff der Gardine. Sie hat ihren Strickpullover wieder ausgezogen, sodass nur ihr weißes Nachthemd ihren Körper umspielt. Und was für einen Körper. Vollkommene Verführung. Ich kann noch immer nicht fassen, dass diese umwerfende Frau mir vor wenigen Stunden die Treue geschworen hat.

Die ganze Szene sieht so hübsch aus, dass ich sie am liebsten fotografieren und für die Ewigkeit bewahren würde, aber irgendetwas an Gemmas Körperhaltung gefällt mir nicht. Sie wirkt angespannt.

Leise schließe ich die Tür und gehe zu ihr hinüber. Ich stelle mich hinter sie und zögere, bevor ich dann doch meine Hände an ihre Taille lege und ihr einen Kuss auf den Halsansatz hauche. Ich spüre, wie sich ihr Körper unter der Berührung verkrampft, und lasse sie los. »Falls du dir Sorgen wegen Hazel machst: Ich habe mit ihr gesprochen, und sie hat die ganze Sache erstaunlich gut aufgenommen. Sie ist stark. Stärker, als sie aussieht.«

Sie gibt ein kleines Geräusch von sich und zeigt den Ansatz eines Kopfschüttelns. »Das weiß ich.« Sie dreht sich zu mir herum und schenkt mir ein mattes Lächeln, das ihre Augen nicht erreicht.

»Was beschäftigt dich dann?«, frage ich geradeheraus, strecke die Hand nach ihr aus und streiche mit dem Daumen über ihre Wange. Obwohl sie direkt vor mir steht und sich von mir berühren lässt, scheint ein Teil von ihr sehr weit entfernt zu sein und sich vor mir abzuschotten, ehe sie mir das erste Mal in die Augen sieht. Eine eigenartige Mischung aus Verunsicherung und Entschlossenheit liegt in ihrem Blick.

»Was ich dir jetzt sage, muss unter uns bleiben. Ich will nicht, dass meine Moms oder Hazel und Taro sich noch mehr Sorgen machen.« Es ist keine Bitte, sondern eine Forderung.

Aus irgendeinem Grund macht mir ihr Tonfall Angst. Oder liegt es daran, dass Hazel gerade Ähnliches gesagt hat?

»Okay«, erwidere ich verwirrt.

»Ich ... Ich weiß nicht, wie ich es dir sagen soll, aber ich denke, ich sollte es.«

»Worum auch immer es geht, ich bin für dich da«, verspreche ich.

Gemma atmet erneut tief durch, bevor sie mit der Sprache herausrückt. »Da ist manchmal so eine Stimme in meinem Kopf.«

»Bitte ... Was?«, höre ich mich sagen, unfähig, ihre Worte zu verarbeiten.

»Eine Stimme, die zugleich wie viele klingt. Ich kann es schwer beschreiben. Erst war es nur, wenn ich mit der Magie der Aequalite in Berührung kam. Bei der Medizin deiner Mom oder als im Büro des Bürgermeisters ein vollständig aufgeladener Kristall lag. Aber seitdem ich die Magie des Aequalits genutzt habe, um zu entkommen, höre ich sie auch so ab und an. Die Stimme flüstert mir Sachen zu. Sie war es, die mir im Haus deiner Eltern den Impuls dazu gegeben hat, Blutmagie einzusetzen, um uns zu retten.«

Schweigend sehe ich auf Gemma hinab, höre ihre Worte

und gleichzeitig die von Viola. Über die Aequalite, die reine Magie und den Schaden, den ihre Nutzung anrichtet.

Gemma vor mir erwartet eine Reaktion, aber in meinem Kopf habe ich nur einen klaren Gedanken: *Ich werde sie verlieren.* An die L.I.F.E. Inc. – oder den Wahnsinn. So wie Mom. Auch sie begann irgendwann, von Stimmen zu erzählen. Stimmen – und Schattenwesen, die ein Interesse an Gemma haben. Vielleicht hätte ich das hier kommen sehen müssen, denn sofort läuft in meinem Kopf ein Film ab. Eine düstere Abfolge all der Ereignisse, die zu diesem Moment geführt haben. Von Anfang an habe ich Angst davor gehabt, dass Gemma sich zu sehr von den dunklen Künsten faszinieren lässt. Dass ich sie an die Schatten verliere. Wie konnte ich übersehen, dass ich es war, der sie immer wieder dazu gezwungen hat, sich mit ihnen auseinanderzusetzen? Ich habe sie dazu animiert, bei meinem Dad einzubrechen. Die gestohlenen Unterlagen auszuhändigen. Einen Aequalit einzusetzen, um Kristen zu entkommen. Ich hätte ihr den Aequalit aus meinem Zimmer besorgt, damit sie die Magie der verbotenen Kristalle erneut einsetzt. Ich wusste, dass der Einsatz dieser Kristalle einen besonderen Preis fordert. Und ich hätte ihn Gemma zahlen lassen. Unwissend, wie sehr ihr die einmalige Verwendung bereits geschadet hat. Ich war es, der alles Schlechte in ihr Leben gebracht hat. Vielleicht ist es das, was mir meine Albträume sagen wollen: Ich werde sie verlieren. Sie wird meinetwegen leiden. Denn ich bin der Ursprung allen Übels.

»Warum erzählst du mir erst jetzt davon?«, frage ich in einem Tonfall, den ich selbst nicht deuten kann. Meine Gefühle sind vollkommen durcheinander. Als hätte man mich auf einen Berggipfel geführt, um mir die schöne Aussicht zu zeigen, nur damit man mich in der nächsten Sekunde von den Klippen stößt. Zumindest ein Teil von mir fühlt sich definitiv so an, als wäre er gerade auf dem Boden der Tatsachen zerschellt. Und zugleich ist es, als wäre ich betäubt.

Vollkommen überfordert lege ich meine Arme um Gemma und ziehe sie an meine Brust. Benommen hauche ich einen Kuss auf ihren Scheitel und murmle Worte, die ich mir selbst nicht glaube: »Es wird alles gut. Wir kriegen das hin.«

Was auch immer dieses *das* sein soll.

Als sie sich in meine Arme schmiegt, fühlt sie sich klein und zerbrechlich an. So kenne ich sie nicht. Und es macht mir eine Scheißangst.

Eine Weile lässt sie sich von mir halten, bevor sie sich aus meiner Umarmung befreit. Selbst im schwachen Licht des trüben Tags erkenne ich, dass das trotzige Funkeln in ihren Augen zurück ist.

»Wenn du mich so ansiehst, bereue ich es, dir überhaupt etwas gesagt zu haben, Hunter.«

»Wie sehe ich dich denn an?«

»Wie jemanden, mit dem man Mitleid hat. Nicht wie jemanden, dem man auf seinem Schreibtisch vögeln würde.«

»Ich kann mich um dich sorgen und es dir trotzdem auf dem Tisch besorgen.« Ich verstumme. »Entschuldige, der Wortwitz war selbst für mich zu platt.«

Aber Gemma lacht, also hat er seinen Zweck erfüllt.

Da ich weiß, wie wenig sie Mitleid erträgt, werde ich versuchen, mich zusammenzureißen. Ich bin ihr dankbar dafür, dass sie mir die Wahrheit anvertraut hat. Doch es ändert nichts daran, dass ich den Gedanken kaum ertrage, sie zu verlieren.

Habe ich beim Gespräch mit Dawn noch vorgeschlagen, dass Gemma erneut einen Aequalit einsetzen könnte, um den Reinigungszauber zu wirken? Nur über meine Leiche. Ich werde sicher nichts unterstützen, das Gemmas geistiger Gesundheit schadet. Noch mehr schadet.

Ein Klopfen an der Zimmertür lässt uns beide zusammenzucken.

»Hazel sagte, sie möchte sich nur kurz frisch machen. Ich habe ihr angeboten, dass wir gemeinsam frühstücken könnten«, erkläre ich und küsse Gemma auf den Scheitel.

Nickend wendet sie sich von mir ab, um sich schnell umzuziehen. Sie geht zur Tagesordnung über, als wäre nichts gewesen. Als hätte sie meine Welt nicht gerade in den Grundfesten erschüttert.

Sie hört Stimmen. Schon seit Tagen. Und ich weiß nicht, wie ich sie jemals wieder ansehen soll, ohne daran zu denken.

19. KAPITEL
GEMMA

Zusammen mit Hazel und Darren begebe ich mich zum Frühstück hinunter, nehme das Buch mit den Runen mit, um der Bedeutung von Hazels Zeichnung schnellstmöglich auf den Grund zu gehen.

Glücklicherweise scheint Laura heute Morgen gut gelaunt zu sein, zumindest empfängt sie Hazel sehr viel herzlicher als uns. Vielleicht ist es einfach die besondere Magie meiner besten Freundin, dass alle sie sofort ins Herz schließen.

Mit einem Kaffee und dem Buch setze ich mich neben Darren, küsse ihn flüchtig auf die Wange und führe meine Recherchen fort.

»Willst du gar nichts essen?«, fragt er besorgt. Obwohl der Duft von ofenfrischen Brötchen in der Luft liegt, reizt mich nichts daran, zuzugreifen. Mir reicht vorerst ein Kaffee. Vielleicht liegt der Ausdruck in seinen Augen aber auch eher an meinem Geständnis als meinen ungesunden Frühstücksgewohnheiten. Seitdem ich ihm von der Stimme erzählt habe, weicht er meinem Blick aus oder sieht mich so sorgenvoll an, als wäre ich seine todkranke Mom.

»Was tust du da eigentlich so Wichtiges, dass du es nicht einmal am Tisch unterbrechen kannst?«, fragt Laura mit einem Tonfall, in dem eine gehörige Portion Argwohn mitschwingt.

»Ich suche die Bedeutung dieser Rune«, gestehe ich und

schiebe ihr eine Skizze zu, die ich angefertigt habe, damit ich Hazel ihren Ausdruck wiedergeben kann.

Mit hochgezogener Augenbraue betrachtet sie diese, greift nach dem Zettel und faltet ihn so, dass die Rune halbiert wird, bevor sie ihn mir wieder zuschiebt. »Wenn du mich fragst, sieht es nach einer Verschmelzung von zweien aus.«

Irritiert betrachte ich die Skizze. »Ich bin mir ziemlich sicher, dass ihr mir mal erzählt habt, dass das Verschmelzen von Runen keine gute Idee ist«, erinnere ich mich. Nicht umsonst habe ich bisher in all meinen Ritualen mit einer Verkettung von Runen gearbeitet. So habe ich bei dem Ritual zur Aufhebung von Darrens Fluch in alle verwendeten Kerzen von oben bis unten Wächter-Runen ins Wachs geritzt, um ihn vor unerwünschten Nebenwirkungen zu schützen. Ich habe beim Ritual zur Herstellung der Blutkristalle jedes Ende des Pentagramms mit einer Rune versehen, die ihren Teil zum Ritual beitragen sollte. Stärkend und schützend. Hätte ich stattdessen einfach eine Runenverschmelzung in die Mitte zeichnen können? Das hätte mir in beiden Fällen Zeit erspart.

»Es ist auch keine gute Idee«, versichert Viola und beugt sich über den Tisch, um die Skizze zu betrachten. »Eine Verschmelzung kann die seltsamsten, unerwünschten Nebeneffekte mit sich bringen. Nehmen wir mal dein Beispiel. Der obere Teil stammt von einer Rune, der untere von einer anderen. Sie ergeben zusammen ein neues Zeichen, das die Eigenschaften der beiden Runen miteinander kombinieren soll. Aber wenn du die Runenkunst nicht perfekt beherrschst, kann es passieren, dass du nicht etwa die Verschmelzung von zwei Zeichen verwendest, sondern eine bereits existierende Rune, mit vollkommen anderer Bedeutung. Ziehen wir mal das Alphabet zur Veranschaulichung heran: Mal angenommen, du kreuzt ein B mit einem I. Du nutzt also den oberen Teil des B und kombinierst ihn mit dem Unteren des I. Wenn du in Runenkunde nicht wirklich bewandert bist, wird dir nicht auffallen, dass das Ergebnis wie ein P aussieht, einen eigenen Namen und eine eigene Bedeutung trägt. Also noch einen dritten Aspekt in den Zauber einfließen lässt, der äußerst unerwünschte Nebeneffekte haben kann.«

»Das Verschmelzen von Runen ist nur etwas für Meister dieser Kunst oder aber unvorsichtige Stümper, denen alle möglichen Konsequenzen egal sind«, ergänzt Laura.

»Dad hat auch immer nur mit einzelnen Runen gearbeitet«, stimmt Darren zu. »Selbst ihm war dieses Thema zu heikel.«

Ich erinnere mich an das Gemälde im Wohnzimmer seiner Eltern und muss ihm recht geben: Es waren mehrere Runen, die zusammen eine bestimmte Wirkung erzielt haben.

»Ihr meint, diese Runenkreation stammt von jemandem, der sich damit gut auskennt?«, schlussfolgere ich.

»Vermutlich. Oder eben von jemandem, der keinerlei Angst vor unerwünschten Nebenwirkungen hat«, überlegt Laura.

Hazel schweigt, aber sieht beunruhigt zwischen uns hin und her. »Ich kann euch nicht ganz folgen. Was genau meint ihr damit? Und was hat das Zeichen auf meinem Ausdruck zu suchen?«

»Oh, entschuldige«, sage ich. »Du hast gesagt, Beryl hat dir den Zettel gegeben? Sie hat eine Rune darauf gezeichnet – oder zeichnen lassen. Das ist eine Art magisches Symbol, ein stiller Zauber. Welcher Art, versuche ich gerade herauszufinden.«

»Einen Zauber? So wie einen Fluch?«, fragt sie überrascht und richtet sich auf.

»Es muss nichts Schlimmes sein«, versichere ich rasch. »Wenn die *Less Homeless* ein Interesse an dir hat, könnte es theoretisch auch ein Schutzzauber sein, um sicherzugehen, dass dir nichts passiert, während sie kein Auge auf dich haben können.« Ich weiß nicht, wie wahrscheinlich das ist, aber immerhin liegt es im Bereich des Möglichen.

Hazel wirkt zwar nicht überzeugt, scheint sich allerdings kaum merklich zu entspannen und setzt ihr Frühstück fort.

»Wenn diese Rune also niemandem von uns bekannt vorkommt, entstammt sie einem Zweig der Hexerei, mit dem wir alle nichts zu tun haben?«, vermute ich und blättere durch das Buch. Schützende Runen, Gefühle manipulierende Runen, Runen zum Bekräftigen von Flüchen … Es gibt wirklich viele der magischen Zeichen. Mich durchfährt ein Frösteln, als ich das Kapitel über Runen zur Beschwörung der Geisterwelt erreiche. Eine Gänsehaut rieselt über meinen Körper und sorgt dafür, dass sich die feinen Härchen an meinen Unterarmen aufstellen. Vielleicht liegt es daran, dass mir die Welt der Geister noch immer nicht ganz geheuer ist – oder aber es ist ein Wink der Magie. Ich überfliege Skizze um Skizze, bis ich an einer von ihnen hängen bleibe. Mein Herz beginnt schneller zu schlagen, während ich die Abbildung anstarre. *Treffer!*

»Ich habe den oberen Teil gefunden, denke ich«, sage ich laut und markiere die Rune. »Sie …« Ich weiß nicht, ob ich das laut aussprechen sollte, denn sie ruft oder beschwört einen Geist herauf. Das ist nicht ganz das, was ich mir erhofft hatte.

War ich wirklich so naiv, mir einzureden, dass Beryl Hazel etwas Gutes tun wollte?

Ich kann ein Schimpfwort nicht unterdrücken, als ich ein paar Seiten weiter den unteren Teil entdecke.

»Lass mich raten«, wirft Hazel ein. »Es ist kein Schutzzauber.«

»Nein, ist es nicht.« Ich sehe in die Runde und drehe Darren das Buch zu. »Sag mir, dass ich mich verguckt habe«, bitte ich. Denn wenn es nicht so ist, müssen wir hier schnellstmöglich weg.

Darrens leisem Fluch nach habe ich mich nicht geirrt.

Verdammt!

Auch wenn es mein erster Impuls ist, aufzuspringen und wegzulaufen, zwinge ich mich Hazel zuliebe zur Ruhe. Sie sieht mich so verängstigt an, dass ich mich zu einer Erklärung gedrängt fühle. »Also, es könnte schlimmer sein«, versichere ich, schlage das Buch zu und erhebe mich. »Niemand hat dich direkt verflucht, um dir zu schaden, dir wird also nichts passieren. Aber jemand hat einen Geist beschworen und an dich gebunden. Ich vermute, als so eine Art Spion. Was mich zu der Annahme führt, dass diejenige, die dir diesen Zettel hat zukommen lassen, jetzt ziemlich genau weiß, wo du bist. Und damit auch, wo wir sind. Und dass wir gerade frühstücken.«

»Ist das dein Ernst?«, fragt Hazel entsetzt und dreht sich herum, als könnte sie dort jemanden stehen sehen. Was nicht der Fall ist, da niemand von uns eine Verbindung zur Geisterwelt hat. Im Gegensatz zu Beryl. Beryl, die uns ein weiteres Mal mit ihrer angeblichen Hilfsbereitschaft hinters Licht geführt hat.

»Soll das heißen, ich habe einen Geist hierher mitgebracht?«, fragt Hazel beunruhigt und sieht sich noch immer in der Küche um. »Das wollte ich nicht.«

»Es ist nicht deine Schuld«, versichere ich rasch. »Ich meine, wir wussten ja, dass der Coven uns sucht und mindestens ein Medium in seinen Reihen hat. Wir hätten mit etwas in der Art rechnen müssen.«

Wie konnte ich so naiv sein, das nicht zu bedenken? Als sich letztens ein Hilfe suchender Geist an mich geheftet hat, habe ich es ebenso wenig bemerkt wie Hazel. Und Beryl weiß es. Sie weiß, dass ich auf diesem Gebiet vollkommen blind und unbedarft bin.

Dass sie es gewagt hat, Hazel auf diese Weise auszunutzen, lässt Wut in meinen Adern hochkochen.

»Spionage ist ein wirklich interessanter Einsatz von Geistern«, sagt Darren und klingt ebenso anerkennend wie gereizt. Wahrscheinlich denkt er etwas Ähnliches wie ich: dass Beryl Hazels Unschuld gnadenlos ausgenutzt hat. »Kümmert ihr euch darum, den Zauber zu brechen, während ich unsere Sachen packe? Denn ich vermute mal, dass das unser Signal zum Aufbruch ist?«

Nickend bedeute ich ihm, dass ich sofort die benötigten Utensilien auf dem Dachboden zusammensuche, um Hazel von dem Geist zu befreien. »Nimmst du die Bücher und Kristalle von meinem Schreibtisch und Nachttisch mit?«, bitte ich. »Wir werden uns so lange Hazels ungebetenen Mitreisenden vom Hals schaffen.«

»Was hast du vor?«, fragt Laura zweifelnd.

»Es ist trotz allem nur eine Rune, richtig?«, hake ich nach. »Das heißt, ein Reinigungsritual sollte reichen, um den Geist loszuwerden.« Das ist nichts im Vergleich zum Brechen eines verbotenen Blutfluchs, den ein Dad über seinen Sohn ausgesprochen hat. »Ich kriege das hin«, verkünde ich und klinge selbstbewusster, als ich mich fühle. Denn wenn ich ehrlich sein soll, gruselt mich die Vorstellung, dass Hazel auf Schritt und Tritt von einem Wesen aus dem Jenseits verfolgt wird.

Laura öffnet den Mund, als wollte sie mir widersprechen, stattdessen verstummt sie und tauscht einen besorgten Blick mit Viola aus. In diesem Moment spüre ich ein weiteres Mal, wie weit ich mich in der letzten Zeit von meinen Moms entfernt habe. Und vermutlich auch vom Pfad der weißen Magie. Obwohl ich sofort den Stich meines schlechten Gewissens spüre, bereue ich es nicht. Artig dem Pfad meiner Vorfahrinnen zu folgen hätte nur dazu geführt, dass Darren nun tot und ich Teil eines sektenartigen Zirkels wäre.

20. KAPITEL
GEMMA

»Bist du dir ganz sicher, dass wir die Zeit dafür haben, hier noch ein Ritual abzuhalten?«, fragt Hazel und sieht sich unsicher auf dem Dachboden um, während ich ein paar schwarze Kerzen zusammensuche.

»Es wird nur wenige Minuten dauern«, versichere ich und drücke ihr im Vorübergehen einen Citrin in die Hand. »Bitte die ganze Zeit in der Hand behalten. Er reinigt. Und was deine Frage betrifft: Wir können es uns noch weniger erlauben, dieses Ritual nicht abzuhalten. Wir müssen erst den unsichtbaren Spion loswerden, bevor wir irgendwelche weiteren Schritte unternehmen.«

»Denkst du, er weiß alles, was wir vorhin besprochen haben?« Sie sieht sich erneut wachsam um, fast so, als würde sie sich erhoffen, doch noch einen Blick auf den Geist zu erhaschen.

»Möglich. Mit dieser Art von Magie kenne ich mich leider zu wenig aus.« Vielleicht ist der Geist durch die Rune noch an Hazel gebunden und konnte seine Nachrichten deswegen nicht überbringen. Oder aber die Person, die die Rune gewirkt hat, kann ihn jederzeit kontaktieren, um an Neuigkeiten zu gelangen. Ich weiß es nicht, aber spätestens sobald wir die Wirkung des stillen Zaubers durchbrechen, wird er frei sein, alles Gehörte zu übermitteln. Das gilt es auf jeden Fall zu verhindern. »Wir sollten ab sofort speziell präparierte Turmaline bei uns tragen, damit es uns nicht noch einmal passiert, dass sich ein Geist an uns heftet. Aber ich bin mir unschlüssig darüber, was wir mit dieser verlorenen Seele tun sollen.«

»Könnte man ihn vielleicht für eine Weile wegsperren?«, fragt sie unsicher. »Ich meine, nur bis sich diese Sache entspannt hat? Oder können wir ihm helfen? Geister sind doch die Seelen Verstorbener, die noch etwas zu erledigen haben. Oder nicht? Wenn wir herausfinden, was ihn hier hält, ist der Geist vielleicht frei, verschwindet ins Jenseits und kann ebenfalls keine Nachrichten mehr überbringen.«

Das klingt zwar nach einer netten Idee, aber auch nach einer unsicheren. Wer sagt, dass Geister nicht lügen können? Dank John weiß ich, dass Seelen Erinnerungen haben, also vielleicht auch so etwas wie Solidarität gegenüber der Person verspüren, die sie beschworen hat. »Tut mir leid, aber Wegsperren klingt für unsere Zwecke nach der sichereren Option. Sorry, Geist. Ich schwöre, wir werden dich freilassen, sobald wir die Chance dazu haben.«

Es ist nicht einmal gelogen, mir tut es tatsächlich leid, aber wir haben ihn nicht in diese Sache hineingezogen.

Nachdenklich lasse ich den Blick über die Regale schweifen. Wie könnte man einen Geist gefangen nehmen? Wahrscheinlich könnte man einen Geist in einen Körper verbannen, nicht umsonst gibt es immer mal wieder Berichte von besessenen Menschen. Doch diese Option kommt hier auf keinen Fall infrage. Wer möchte schon seinen Körper teilen? Allerdings befindet sich in diesem Raum eine leere Hülle, die in der Vergangenheit bereits eine Seele beherbergt hat. Vermutlich überschreitet allein der Gedanke daran jede Grenze des guten Geschmacks, aber wir haben kaum Zeit und müssen improvisieren.

»Ich schwöre, ich lasse dich frei, sobald diese Sache vorbei ist«, sage ich in den Raum gewandt und hoffe einfach mal, dass der Geist es zur Kenntnis nimmt. Ich kann auch nicht fassen, dass ich das hier wirklich tue, als ich auf ein Regal zugehe und das ausgestopfte Eichhörnchen notdürftig von Staub befreie.

Glücklicherweise habe ich vom Ritual zur Erstellung der Blutkristalle noch ausreichend Kreide hier oben. Hastig wische ich mit einer Wolldecke die verbliebenen Überreste des Pentagramms vom Holzboden und bitte Hazel, sich hinzusetzen. Ich ziehe einen Kreidekreis um sie herum und verteile getrocknete Zweige von Salbei und Lavendel auf der Linie, um die schützende und reinigende Wirkung des Zaubers zu stärken. Das ausgestopfte Eichhörnchen stelle ich neben sie, nehme die Kette mit dem schwarzen Spiegel ab und reiche ihn ihr.

»Du musst einfach nur stillhalten«, bitte ich sie, während ich eine silberne Schüssel auswähle und das Schreiben der *Less Homeless* hineinlege. Beides zusammen platziere ich vor Hazel und suche Streichhölzer. Glücklicherweise gibt es bei meinen Moms immer ausreichend davon.

»Egal, was gleich passiert, du darfst den Citrin nicht loslassen. Okay?« Ich verteile fünf Kerzen um den Kreidekreis und entzünde sie der Reihe nach. Auch wenn ich Hazel gesagt habe, dass kein Weg an diesem kleinen Ritual vorbeiführt, beeile ich mich. Allein der Gedanke daran, dass Mitglieder des dunklen Zirkels schon auf dem Weg hierher sein könnten, stresst mich unterschwellig. Ich versuche, die Aufregung zu unterdrücken, denn wenn man beim Zaubern etwas nicht brauchen kann, dann Ablenkung.

»Was ist das eigentlich?«, fragt Hazel interessiert und lässt den Deckel des Spiegels aufschnappen. Ehe ich einschreiten kann, betrachtet sie sich darin und schreit entsetzt auf.

»Stopp!«, befehle ich erschrocken, als sie Anstalten macht, sich umzusehen. Es war mein Fehler. Ich hätte ihr sagen müssen, dass sie den Spiegel nicht einfach öffnen darf. »Nicht umdrehen! Auf keinen Fall drehst du dich jetzt um.«

»Aber …« Ihr Blick zuckt zurück zu dem Spiegel, sie umfasst den Citrin fester und schluckt schwer. Sie wirkt bedenklich blass um die Nase und zieht die Schultern hoch, als würde sie Schutz suchen. »Da ist etwas im Spiegel«, flüstert sie.

»Ich weiß.« Nickend lasse ich mich ihr gegenüber nieder – außerhalb des Kreises. »Atme, Hazel. Dir kann nichts passieren. Das, was du in der Hand hältst, ist ein Obsidianspiegel. Sie können genutzt werden, um Geister zu kontaktieren. Wie wir wissen, hat Beryl das bereits erledigt. Wenn du in einem solchen Artefakt jemanden hinter dir stehen siehst, darfst du dich niemals nach ihm umdrehen. Okay? Du kannst den Spiegel wieder zuklappen. Oder du behältst den Geist im Blick, während wir ihn verbannen. Du hast die Wahl. Aber auf keinen Fall gibst du ihm Macht über dich, indem du dich von deinem Spiegelbild abwendest, während der Geist dich mithilfe dieses Kleinods fixiert. Okay?«

Hazel sieht erneut in den Spiegel und nickt. »Okay.« Sie schluckt schwer und atmet tief durch. »Alles gut«, versichert sie, keine Ahnung, ob es mir oder ihr selbst gilt. Wenn sie der Anblick gruselt, kann sie es gut überspielen. Zumindest wenn ich von ihrer zitternden Hand absehe. Offensichtlich entscheidet sie sich dafür, den Geist im Blick zu behalten, und schenkt ihm im Spiegel sogar ein flüchtiges Lächeln.

Mein Herz schlägt allerdings noch immer zu schnell. Für den Bruchteil einer Sekunde hatte ich Angst, sie würde sich umdrehen, bevor ich sie davon abhalten kann. Nach allem, was in den letzten Tagen passiert ist, fehlte mir gerade noch eine beste Freundin, die von einem Geist besessen ist.

Wir schaffen das, murmle ich mir Mut zu und entzünde das Schreiben der L.I.F.E. Inc.

Hazel sieht kurz in die Flamme, dann zurück in den Spiegel, während ich mich erhebe und nach einem Bergkristall Ausschau halte.

Als ich einen in ausreichend guter Qualität finde, kehre ich zu Hazel zurück, halte den Kristall umklammert und suche nach einem Spruch, der mir dabei helfen kann, die spezifische Energie des Bergkristalls mit der Magie zu verbinden, um das Ritual abzuschließen. Dass der Zauber, der mir vorschwebt, nicht der weißen Magie zugeordnet werden kann, ist mir bewusst. Immerhin sperre ich eine wehrlose Seele ein.

Ich. Sperre. Eine. Seele. Ein.

Mein Puls beschleunigt sich merklich. Ich umfasse den Kristall meiner Hand fester, als ich spüre, dass meine Handflächen feucht werden.

Bin ich erneut im Begriff, dunkle Magie anzuwenden? Was ist, wenn sie mir schadet? Natürlich tut sie das. Jeder Einsatz von Magie erfordert Opfer. Doch was ist, wenn sie mich nicht wie in Darrens Fall Lebensjahre kostet, sondern mir Teile meiner Seele raubt? Wenn der Preis, den ich für meine besondere Gabe zu zahlen habe, ein anderer, aber nicht weniger hoch ist?

Jetzt spinnst du wirklich, ermahne ich mich selbst. Dawn verwendet ständig schwarze Magie, und ihr geht es gut. Die Erlebnisse der letzten Wochen haben mir offensichtlich zugesetzt.

Du kannst das, Gemma.

Tief durchatmend sage ich den ersten Spruch, der mir in den Sinn kommt: »*Dear Magic help us hold our ground, ban this spirit, keep it bound.*«

Der Bergkristall in meiner Hand wird warm. Ein untrügliches Zeichen dafür, dass die Magie ihre Wirkung entfaltet. Ich sehe erschrocken auf, als Hazel scharf die Luft einsaugt.

Sie starrt noch immer in den Spiegel.

»Der Geist. Er ist verschwunden«, erklärt sie und zuckt zusammen, als ein Geräusch ertönt. Ein Laut. Ähnlich dem Keckern eines Eichhörnchens.

21. KAPITEL
GEMMA

»Was hast du getan?«, fragt Hazel ungläubig und starrt mit großen Augen auf das Eichhörnchen, das zwischen uns auf dem Holzboden sitzt, sich blinzelnd umsieht und an einem Ohr kratzt. Es quiekt leise.

»Also …« Ehrlich gesagt, weiß ich das auch nicht genau. Eigentlich habe ich nur bis zu dem Punkt gedacht, an dem ich einen Speicher für den Geist gesucht habe. Das Letzte, womit ich gerechnet habe, war, dass das Eichhörnchen plötzlich zum Leben erwacht. Bis auf seine weiß glühenden Augen unterscheidet es sich in nichts von jedem anderen Eichhörnchen, das ich je gesehen habe.

Leise fluchend nehme ich den Obsidianspiegel wieder an mich und lösche alle Kerzen. Das ist das Problem an spontanen Ritualen: Manchmal haben sie unerwartete Nebenwirkungen.

Keckernd deutet das Tierchen auf seine Hinterläufe, die mit Drähten an einer Holzplatte befestigt sind. Rasch befreie ich seine Füßchen.

Einmal mehr fühle ich mich in diesem Haus wie ein kleines Kind, das eine Dummheit begangen hat, die es am liebsten vor seinen Müttern verheimlichen würde. Im Fall eines wiedererweckten Eichhörnchens dürfte das schwierig werden. Zumindest solange es dermaßen laut meckert.

Zum Dank für meine Befreiungskünste beißt mir das Tier herzhaft in den Zeigefinger, bevor es auf Hazels Schulter springt und mich von dort aus weiter beschimpft.

Fluchend reibe ich über die blutende Bisswunde. »Ich hoffe sehr für dich, dass du keine Krankheiten überträgst. Was ist das überhaupt für eine Art, mir zu danken? Ich hätte deine Seele genauso gut in zehn verschiedene Kristalle spalten und dort verwahren können, du Petze.«

Schmollend verschränkt es seine kleinen Ärmchen vor der Brust, aber verstummt endlich.

»Ich denke, sie hat es nicht so gemeint«, behauptet Hazel und versucht, ihren Kopf so zu drehen, dass sie das Tier ansehen kann. Sie betrachtet es, als würde sie versuchen, den Anblick dessen, was sie in dem Spiegel gesehen hat, mit dem in Einklang zu bringen, was nun auf ihrer Schulter sitzt. »Mach dir keine Sorgen. Ich kümmere mich um dich«, verspricht Hazel dem Tier, lehnt sich leicht zur Seite und streckt vorsichtig eine Hand nach ihm aus. Statt sie ebenfalls zu beißen, lässt es sich von ihr das staubige Köpfchen streicheln. Wenn mich nicht alles täuscht, entspannt es sich unter ihrer Berührung. Meine Kenntnisse in Tierkunde sind eher mäßig, aber meiner Einschätzung nach scheint das Geisthörnchen Hazel zu mögen.

»Verräter.« Kopfschüttelnd räume ich die Überreste des Reinigungsrituals beiseite.

Erneut beginnt das Eichhörnchen, sich zu beschweren und deutet hektisch in Richtung der Zimmertür.

»Gemma?«, ertönt Darrens Stimme von der Treppe. »Ich habe unsere Sachen gepackt, und meinetwegen können wir los. Wenn ihr denn so weit seid.« Er hat den Dachboden kaum betreten, da zuckt sein Blick zu dem immer noch motzenden Tier auf Hazels Schulter. Irritiert sieht er das Eichhörnchen an, dann zum leeren Regalplatz hinüber. Seufzend reibt er sich mit der Hand über die Stirn. »Sagt mir, dass es nicht das ist, wonach es aussieht.«

»Wenn es für dich danach aussieht, als hätten wir *absichtlich* die Seele eines Verstorbenen in ein konserviertes Eichhörnchen übertragen, muss ich dich enttäuschen«, fasse ich zusammen und stelle die letzten Bücher ins Regal zurück.

»Gem.« Darren lässt die Hand sinken und wirkt, als würden ihm die Worte fehlen. »Ich weiß gerade nicht, ob ich dein Talent und deine Experimentierfreudigkeit bewundernswert oder alarmierend finden soll.«

Hazel schweigt wohlweislich und krault dem Eichhörnchen weiterhin das Kinn. »Sehen wir es positiv: Solange es lebt, taugt es nicht als Geisterspion. Richtig?«

»Korrekt«, stimme ich zu. »Und außerdem sind wir jetzt davor gewarnt, welche Mittel Beryls Zirkel einzusetzen bereit ist, und können uns davor schützen.« Ich nehme ein paar schwarze Turmaline aus einer Schüssel und stecke sie mir in eine Hosentasche.

»Wie ihr meint.« Darren seufzt erneut, rafft seine Notizen zusammen und greift nach meinem Laptop. »Ich beneide euch um euren Optimismus. Seid ihr dann hier fertig, oder gibt es noch mehr Inventar, das ihr zum Leben erwecken wollt? Kerzenhalter? Teekannen? Tassen? Kaminuhr?«

»Ich denke, wir können los«, verkünde ich. Meiner Intuition folgend greife ich im Vorübergehen noch einige Gegenstände und Bücher, die ich gern mitnehmen würde, aus den Regalen.

»Denkt ihr, es braucht einen Namen?«, fragt Hazel zusammenhanglos, während sie sich vom Boden erhebt.

»Wie wäre es mit Nuts?«, schlage ich vor und mustere das Eichhörnchen. »Es scheint dich immerhin zu mögen. Hazel und Nuts. Ihr versteht schon.« Ja, es ist ein flacher Wortwitz, und mir ist durchaus bewusst, dass *nuts* auch verrückt bedeuten kann. Aber vielleicht ist einen Geist in einem Eichhörnchenkörper zu versiegeln genau das.

· · ✦ · ·

»Was zur …« Viola flucht selten, und auch dieses Mal beendet sie den Satz nicht. Mit zusammengepressten Lippen starrt sie das Eichhörnchen auf Hazels Schulter an, bevor sie mir ruckartig den Kopf zuwendet. »Ist das etwa Mr Pomfrey?«

»Es hatte schon einen Namen?«, entgegne ich ausweichend, da die Antwort auf die Frage wohl offensichtlich sein dürfte. Soweit ich weiß, besitzen wir nur ein ausgestopftes Eichhörnchen. »Wir mussten ja irgendwie verhindern, dass der auf Hazel angesetzte Geist unsere Pläne weitergibt.«

»Gemma Stone! Du hast gewaltiges Glück, dass Laura gerade im Badezimmer ist und das da nicht sieht. Ich schlage vor, ihr bringt Mr Pomfrey aus dem Haus, bevor sich das ändert.«

»Vielleicht ist es besser so«, stimmt Darren zu und seufzt. »Aber wenn wir ehrlich sind, ist ein von den Toten erwecktes Eichhörnchen noch eines unserer geringeren Probleme.« Als Darren sich anschließend von Viola verabschiedet, zieht sie ihn für eine Umarmung an sich.

Sie murmelt etwas, das verdächtig nach *Pass gut auf sie auf* klingt.

»Ich versuche es. Aber sie hat die Angewohnheit, sich immer dann in Gefahr zu bringen, wenn ich nicht dabei bin.«

»Ich höre euch, und ich bin kein kleines Kind«, werfe ich ein, obwohl ich mich in diesen vier Wänden bemerkenswert oft wie eins fühle.

»Es war schön, Sie mal kennenzulernen«, verabschiedet sich Hazel von Viola und verschwindet rasch mit Nuts aus dem

Haus, als sich die Badezimmertür am Ende des Flurs öffnet und Laura sich zu uns gesellt.

Trotz all der Diskussionen in den letzten Tagen habe ich mich gefreut, meine Moms zu sehen, doch jetzt wird es Zeit für den Aufbruch.

»Du weißt, dass du dich jederzeit bei uns melden kannst?«, vergewissert sich Laura.

Nickend umarme ich sie. Das weiß ich. Und ich weiß auch, dass es ihnen überhaupt nicht gefällt, mich gehen zu lassen und nicht beschützen zu können.

»Wie wäre es, wenn ihr eurem eigenen Ratschlag folgt und der Magie vertraut?«, witzele ich, weil mir die Ausflucht in den Sarkasmus leichter fällt, als mir die Wahrheit vor Augen zu führen: Es könnte sein, dass ich meine Moms nie wiedersehen werde. – Zumindest nicht lebend. Denn das Dasein als Geist scheint erwiesenermaßen eine Option zu sein. Unwillkürlich greife ich nach dem Obsidianspiegel um meinen Hals.

»Ich habe mir ein paar Dinge ausgeliehen«, gestehe ich das Offensichtliche.

Laura und Viola tauschen einen Blick, bevor Laura nickt und die Arme vor dem Oberkörper verschränkt. »Dann sieh zu, dass du sie unbeschadet wieder mit nach Hause bringst.«

Ich muss trotz allem lächeln und umarme sie erneut. Meine Antwort ist dieselbe wie Darrens: »Ich werde es versuchen.«

Mehr noch: Ich werde mein Bestes geben.

Ruckartig wende ich mich von ihr ab und verlasse das Haus, bevor ich es mir anders überlegen kann.

• • ✦ • •

»Wenn ich dich beim Fahren ablösen soll, sag Bescheid«, verkündet Darren und lässt sich auf den Beifahrersitz von Hazels geliehenem Wagen gleiten, während ich es mir mit einigen Büchern auf der Rückbank bequem mache. Glücklicherweise leide ich nicht unter Reiseübelkeit und kann in Autos problemlos lesen und mir Notizen machen. Statt mir hier Gesellschaft zu leisten, setzt sich Nuts mitten auf das Armaturenbrett. Normalerweise würde ich ja sagen, dass das kein besonders sicherer Platz ist, aber was bedeutet das schon, wenn man untot ist? Mich wundert zwar die Anhänglichkeit, die Nuts Hazel gegenüber an den Tag legt, doch ich hinterfrage lieber nicht, ob ich bei dem spontanen Ritual noch mehr Flüchtigkeitsfehler gemacht habe. Fehler, die bedeuten würden, dass ich Nuts' Geist lediglich auf eine andere Weise an Hazel gebunden habe.

»Es ist wirklich kein Problem, ich brauche generell nicht viel Schlaf und fahre gern«, reißt mich Hazel aus meinen abschweifenden Gedanken. »Die Frage ist nur: Wohin? Vor euren Wohnungen lauern noch immer ein Haufen Reporter. Und wer weiß, wie viele von ihnen getarnte Gestaltwandler sind? Ich würde euch ja mit zu mir nehmen, aber mir ist irgendwie nicht wohl dabei, Mom in diese Sache hineinzuziehen.« Sie verstummt und streichelt Nuts über das Köpfchen, bevor sie leise murmelt. »Mehr in diese Sache hineinzuziehen, als sie es als Mutter einer Sirene ohnehin ist.«

Und als wäre all das nicht verzwickt genug, hat sich in Darrens Elternhaus ein Gestaltwandler einquartiert; das fällt also ebenso aus.

Hazel betrachtet Nuts und krault weiterhin sein Köpfchen, als würde es ihr beim Sortieren der Gedanken helfen, bevor sie sich mit einem Seufzen geschlagen gibt. »Wir könnten ja erstmal zu Moms Tierarztpraxis fahren. Sie widmet sich in den zwei Wochen nach Thanksgiving immer Wohltätigkeitsprojekten, ist mit ihrem Van in der Stadt unterwegs und hilft in mobilen Tierarztpraxen aus. Streuner kastrieren, Hunde von obdachlosen Menschen versorgen und dergleichen. Sie ist dann so gut wie nie in ihrer Praxis und springt nur in absoluten Notfällen ein. Meistens gehe ich ihr dabei zur Hand und kann euch vorwarnen, wenn sie auf dem Weg dorthin ist. Wenn es euch also nichts ausmacht, vorerst auf dem durchgesessenen Ledersofa in ihrem Ruheraum zu übernachten, hätten wir ein vorläufiges Ziel. Nur bis uns etwas Besseres einfällt.«

»Das wäre grandios. Wirklich, Hazel«, bedanke ich mich. »Wenn ihr meine Fahrdienste gerade nicht braucht, werde ich solange Darrens Tarnzauber wirken und die Turmaline als Schutzsteine gegen Geistwesen präparieren.« Da die Kristalle im Haus meiner Moms bereits vorbildlich gereinigt und aufgeladen waren, muss ich damit nicht bis zum Vollmond warten und kann sofort loslegen. Die Fahrt nach New York würde selbst ohne Pause gute zwölf Stunden dauern. Genug Zeit, um dafür zu sorgen, dass man zumindest Darren nicht sofort erkennt, sobald er das Auto verlässt. – Und uns Geistwesen nicht erneut auf den Geist gehen.

· · ✦ · ·

Es fühlt sich seltsam an, wieder nach New York City zurückzukehren. Fast erwarte ich Straßensperren und Einlasskontrollen am Stadtrand, doch offensichtlich ist meine Fantasie mit mir durchgegangen. Niemand hat unseretwegen gleich alle Zufahrtsstraßen New Yorks abgeriegelt.

»Denk an die Überwachungskameras in den Straßen«, wirft Darren ein, als Hazel auf den Hinterhofparkplatz der Praxis abbiegt.

In Gedanken ergänze ich: *Und daran, dass mein Tarnzauber noch nicht wirkt.* Da Darren und Hazel einander beim Fahren abgelöst haben, konnte ich zumindest seinen fertigstellen. Somit ist wenigstens einer von uns vor neugierigen Blicken *und* dem S.P.E.L.L.-Zauber geschützt.

Ich werde einfach vorsichtig sein, mir seinen Hoodie samt Kapuze überziehen und den kürzest möglichen Weg vom Auto zur Praxis nehmen. Der Parkplatz am Hintereingang ist mitten in der Nacht ohnehin kaum beleuchtet. Es wäre schon ein sehr unglücklicher Zufall, wenn wir hier jemandem begegnen, der mich erkennt.

Hazel steigt zuerst aus, huscht mit Nuts auf ihrer Schulter über den düsteren Platz und schließt uns die Tür auf. Mit einem Handzeichen gibt sie uns zu verstehen, dass die Luft rein ist und wir ihr folgen können.

Ich kenne die Tierarztpraxis von Hazels Mom nur flüchtig. Ein paar Mal war ich hier, um Hazel abzuholen, wenn sie ihrer Mom mal wieder zur Hand gegangen ist, denn ab und an übernimmt Hazel kleinere Aufgaben für sie und springt ein, wenn die Tierarzthelferin krank oder anderweitig verhindert ist.

Einmal habe ich sie gefragt, warum sie nicht wie ihre Mom Tierärztin werden möchte, wenn sie Tiere doch so liebt und die gut laufende Praxis eines Tages übernehmen könnte. Aber ihre Antwort war ebenso schlicht wie eindeutig: »Weil ich es nicht ertrage, wenn Mom sie einschläfert. Es zerreißt mir jedes Mal das Herz. Und ich will nicht so sehr abstumpfen, dass es mir irgendwann egal ist, ein Leben zu beenden.«

Wahrscheinlich hätte damals keine von uns beiden gedacht, dass sie mal den Code zum Abschalten der Alarmanlage eintippt, während ein untotes Eichhörnchen auf ihrer Schulter sitzt und sie dabei beobachtet.

»Meinst du, dass es klug ist, Nuts zusehen zu lassen, wie du geheime Daten eingibst?«, frage ich unsicher. Vielleicht klinge ich paranoid, aber wenn ich in den letzten Tagen etwas gelernt habe, dann, dass man nie vorsichtig genug sein kann. Und wenn wir ehrlich sind, gehörte Nuts bis vor wenigen Stunden noch der gegnerischen Seite des Schachspiels an.

Hazel sieht erst mich dann das Tier blinzelnd an. »Oh, er wird uns nicht verraten«, säuselt sie und krault es zwischen den Ohren, bis kleine Staubflöckchen aufsteigen. »Nicht wahr, Nuts?«

»Was macht dich so sicher?«, hakt Darren nach, der zweifelnd eine Augenbraue hochzieht. Er wirkt ebenso wenig überzeugt wie ich.

Hazel scheint einen Moment über die Antwort nachzudenken. »Um ein Geist zu werden, muss Nuts in seinem vorherigen Leben mindestens einen wirklich riesigen Fehler begangen haben. Oder nicht? Und den möchte er in diesem sicher nicht wiederholen, um wieder zu einem Geistwesen zu werden«, sagt sie so zuckersüß, dass es in Kombination mit ihrem Lächeln beinahe gruselig wirkt.

Ich habe Hazel lieb und bewundere sie für ihre Art zu denken, aber ich spüre auch, dass die Erkenntnisse der letzten Tage irgendwas in ihr in Gang gesetzt haben. Sie war schon immer beliebt und engagiert. Jeder an der Akademie bewundert ihr Talent oder ihr makelloses Aussehen, ohne jemals ein böses Wort über sie zu verlieren. Man könnte sagen: Jeder liebt Hazel. Trotzdem war da immer so ein Funke Unsicherheit in ihren Augen. Als wäre sie sich nicht ganz sicher, womit sie es verdient hat, auch im nächsten Theaterstück die Hauptrolle spielen zu dürfen. Ob Taro ihre Gefühle erwidert oder doch nur nett zu ihr sein will. Ob es vielleicht irgendwo in ihrem Tagesablauf noch eine einzige freie Minute gibt, die sie besser zum Wohle der Allgemeinheit einsetzen sollte, statt die Füße hochzulegen. Aber jetzt, in diesem Moment, ist davon nichts mehr zu sehen. Im Gegenteil: Sie redet über Nuts mit einer so tiefsitzenden Überzeugung, dass ich mich nicht traue, ihr zu widersprechen.

Als sie die Tür zu den eigentlichen Praxisräumen öffnet, kommt uns ein Schwall abgestandener Luft entgegen, der all die Gerüche mit sich bringt, die viele Tiere aus Angst auf der Schwelle verharren lassen. Eine befremdliche Mischung aus Putzmitteln, Desinfektionsmitteln und noch etwas anderem, das ich nicht benennen kann und vermutlich tierischen Ursprungs ist.

Zugegeben: Es gibt sicher modernere Tierarztpraxen in New York als die von Hazels Mom. Die Einrichtung aus dunklem Holz erscheint ebenso in die Jahre gekommen wie die terracottafarbenen Bodenfliesen oder orangefarbenen Wände, doch irgendwie wirkt die Mischung der warmen Farbtöne vertrauenswürdig. Als würde diese Praxis schon einige Jahre existieren, weil sie den Tieren so gute Dienste leistet.

Hazel geht voran und zeigt uns den Weg zum Ruheraum. Sie tastet kurz nach dem Schalter nahe der Tür, bevor eine Deckenlampe angeht, die alles in kühles Licht taucht. Der Raum wirkt ziemlich beengt, was vermutlich vor allem daran liegt, dass fast sämtliche Wände mit deckenhohen Bücherregalen voller Fachbücher und Aktenordner gesäumt sind. Im Gegensatz zum Dachboden meiner Moms versprühen diese Regale keinen Hauch von Behaglichkeit, sondern wirken wie die Ausgeburt von Sachlichkeit und Bürokratie. Mitten im Raum befindet sich ein durchgesessenes Sofa aus dunklem Leder, als wäre es ein Raumtrenner. Vor dem schmalen Fenster steht ein kleiner Tisch. Das ganze Zimmer wirkt schon dunkel, bevor Hazel das Rollo herunterlässt. Hier gibt es keine Pflanzen, und das einzig vorhandene Bild ist ein vergilbtes Plakat, das man an die Rückseite der Zimmertür geklebt hat. Es zeigt eine Übersicht diverser Hunderassen. Ich habe noch keinen Raum gesehen, der trotz Büchern und Sofa so ungemütlich auf mich wirkte.

»Wie gesagt, es ist nichts Besonderes, aber Mom sollte in den nächsten Tagen nicht hier sein. Ihr könnt gern ein wenig umräumen. Stühle aus dem Wartezimmer herüberholen oder so. Ich könnte euch noch eine Kleinigkeit zu essen besorgen. Ein paar Getränke stehen immer drüben in der Küche. Und ich lasse euch ein wenig Kleingeld für den Getränkeautomaten im Wartezimmer hier«, erklärt sie und wippt unruhig auf ihren Fußballen auf und ab. »Braucht ihr sonst noch etwas?«

»Ich bitte dich wirklich nicht gern darum, aber kannst du mir vielleicht etwas zum Anziehen besorgen?«, fragt Darren. »Irgendwas, womit sie mich in den *Olive Club* lassen.« Er zupft demonstrativ an der Kapuze seines Hoodies. Darren hat recht: Der *Olive Club* ist zurzeit so angesagt, dass es trotz des Tarnzaubers gut wäre, etwas passender gekleidet zu sein, um nicht direkt an der Tür abgewiesen zu werden.

»Ich kümmere mich darum«, verspricht Hazel und drückt mir ungefragt all ihr Kleingeld in die Hand.

»Nur falls du Taro siehst, kannst du ihm sagen, dass es uns gut geht?«, bitte ich.

Hazel zögert, bevor sie nickt. »Ich werde kurz bei ihm anhalten und ihm Bescheid geben. Ich denke, diese Information interessiert ihn genug, um unsere Funkstille zu durchbrechen.«

Funkstille? Ist es das, was Hazel mir verschwiegen hat? Dass sie beiden sich zerstritten haben? So geistesabwesend wie sie Nuts krault, verzichte ich, sie darauf anzusprechen, wenn sie mit mir nicht darüber reden möchte.

Nuts macht eine Geste, die wirkt, als würde er versprechen, ein Auge auf sie zu haben.

Was für ein seltsamer Gedanke, dass ich diesem durchgedrehten Eichhörnchen tatsächlich dankbar dafür bin, dass es in dieser schweren Zeit an Hazels Seite ist.

Ich meine: Wer vertraut schon einem untoten Eichhörnchen? – Na ja, Hazel offensichtlich.

Um sicherzugehen, dass es bei dem einen Geisthörnchen bleibt, gebe ich ihr zwei der präparierten Turmaline mit, die sie und Taro von nun an vor unsichtbaren Spionen bewahren sollen. Meinen Schutz vor Geistwesen werde ich nach dem Aufladen des Turmalinanhängers an meiner Halskette direkt in den Tarnzauber einfließen lassen. Wenn uns der Coven dennoch aufspürt, kann ich mir wenigstens sagen: Ich war stets bemüht.

22. KAPITEL
GEMMA

Donnerstag, 8.12.

Es ist die Nacht von Mittwoch auf Donnerstag. Vollmond. Der perfekte Zeitpunkt, um meinen Turmalinanhänger mit der Energie des Mondes aufzuladen und anschließend endlich meinen Tarnzauber zu wirken. Er ist die Voraussetzung dafür, mich in der Stadt bewegen zu können.

Die *Less-Homeless*-Gala, von der Hazel erzählt hat, findet in etwa zwei Wochen statt – und somit kurz vor Weihnachten. Noch habe ich kein konkretes Reinigungs-und-Bann-Ritual zusammengestellt, allerdings gibt es ohnehin zwei Gedanken, die mich immer wieder ablenken: Hoffentlich schaffen es die Kristalle von Maya, Melissa und Somiya rechtzeitig nach New York und gehen nicht in der Post verloren. Allein werde ich es niemals zustande bringen, einen Zauber in der Größenordnung durchzuführen. Nicht einmal dann, wenn ich mein Leben opfern würde, dürfte die Energie eines Aequalits für einen Zauber dieses Ausmaßes reichen. Die zweite Sache, die mir permanent durch den Kopf geistert, sind die Obdachlosen in den Straßen New Yorks. Zu gern würde ich losziehen und Flyer verteilen, um sie vor den Machenschaften der angeblichen Hilfsorganisation zu warnen. Ich spüre das Verlangen, allen Menschen der Stadt zu sagen, dass sie die *Less-Homeless-*

Foundation auf keinen Fall unterstützen dürfen. Dass man ihr nicht trauen kann. Doch ohne den Tarnzauber ist es ein wahres Selbstmordkommando, also reiße ich mich zusammen und fokussiere mich auf das Aufladen des Turmalins. Einerseits fühlt es sich gut an, den Kristall mit Mondenergie zu versorgen, weil es für mich etwas herrlich Normales ist. Eines der Rituale, die ich normalerweise jeden Monat vollziehe und die mir so etwas wie Sicherheit vermitteln. Allerdings wäre ich gern weniger müde. Die letzten Nächte habe ich viel zu wenig geschlafen. Im Vorraum hängt eine Uhr, die so absurd laut tickt, als wollte sie jede Sekunde erschlagen. Irgendwo in der Nähe muss es eine Feuerwehrsirene geben, die mehrmals in der Nacht anspringt. Und wenn ich es dann doch mal geschafft habe, auf dem ungemütlichen Fußboden einzuschlafen, weckt Darren mich. Unabsichtlich, weil seine Albträume ihm zu schaffen machen. Er hat auch im Haus meiner Moms schlecht geschlafen, ist aber nie schreiend hochgeschreckt. Ein paar Mal, wenn es zu schlimm wurde, hat mich sein Unterbewusstsein in seine Träume gezogen, damit ich ihm beim Kampf gegen das Monster seines schlechten Gewissens zur Seite stehe. Doch so oder so ändert es nichts: Ich muss der Müdigkeit trotzen, schließlich ist nur heute Vollmond. Es ist außerdem die vorletzte Nacht, bevor Darren seinen Tarnzauber einem Härtetest unterzieht, indem er den *Olive Club* besucht. Also die Location, in der Jesper angeblich für gewöhnlich freitags feiern geht. Hazel hat Darren mittlerweile Klamotten besorgt, die dem Club angemessen sein dürften, allerdings hat er die Anprobe hinausgeschoben, bis sie sich schließlich verabschiedet und uns allein gelassen hat.

Ich blättere durch mein Notizbuch, in dem ich alle Gedanken zum Thema Bannkreise sammle, und versuche zu ignorieren, dass sich Darren kaum eine Armlänge von mir entfernt auszieht, um zu testen, wie er sich aus den Kleidungsstücken ein Outfit zusammenstellen kann.

Mein Versuch scheitert. Wie hypnotisiert beobachte ich jede seiner Bewegungen, bewundere das Muskelspiel unter seiner Haut, während er seinen Hoodie aus- und ein Hemd überzieht. Ich bin sehr versucht, ihm anzubieten, es für ihn zuzuknöpfen – obwohl er es meinetwegen auch offen tragen oder gleich wieder ausziehen könnte. In Gedanken bin ich bereits dabei, zu ihm hinüberzugehen und seinen gesamten Körper mit Küssen zu bedecken, als das Klingeln des Festnetztelefons der Praxis meine Fantasien beendet.

Erschrocken fahre ich auf. Hazel hat mir versichert, dass ihre Mom alle Anrufe der Hauptnummer auf ihr Handy weiterleiten lässt und nur sie die zweite Durchwahl kennt. Die Durchwahl, die direkt auf diesem Telefon landet. Die Durchwahl, die sie nur wählen wollte, falls ein Notfall eintritt. Sofort lasse ich alles stehen und liegen und hechte mit viel zu schnell schlagendem Herzen zu dem Schreibtisch hinüber. Ein Blick auf das Display reicht, um zu wissen, dass es kein Versehen ist. Niemand hat sich verwählt. Das ist eindeutig Hazels Handynummer. Ohne zu zögern, hebe ich ab.

»Was ist los?«, frage ich alarmiert und bin in Gedanken schon dabei, meine Sachen zu packen und aus der Praxis zu fliehen. Auch Darren sieht mich aufmerksam an und zieht rasch seinen Hoodie über das Hemd, als wollte er für eine schnelle Flucht bereit sein.

»Ich …« Es ist eindeutig Hazel, doch sie stockt. »Ich habe keine Ahnung, wie ich dir das erklären soll, aber ich komme gleich in die Praxis. Allein. Beziehungsweise mit Nuts. Und einer Katze.«

»Katze?«

»Ja. Man hat uns eben eine schwarze Katze … Kater … vor

die Haustür gelegt. Und …« Hazel zögert. »Er scheint verletzt zu sein. Ich meine, solche Sachen passieren. Manchmal fahren Menschen Katzen an und legen sie vor Moms Haustür ab, weil sie kein Geld dafür haben, die Tierarztrechnung zu bezahlen. Aber dieses Mal ist es anders. Man hat dem Tier einen Zettel angeheftet. Darauf steht: *Nächstes Mal brechen wir ihm das Genick.* Es sieht wie eine Warnung aus, Gem. Irgendjemand will offensichtlich, dass ich mich aus diesen Angelegenheiten halte. Und die Katze. Es ist eigenartig. Irgendwie habe ich das Gefühl, sie zu kennen. Letztens ist sie mir in der Nähe eurer Wohnung begegnet. Ich glaube zumindest, dass es derselbe schwarze Kater ist. Vielleicht dachten diese komischen Leute des Hexenzirkels, dass es eurer ist?«

Alles in mir verkrampft sich, meine Finger werden eiskalt. Vielleicht dachten sie das. Doch viel wahrscheinlicher ist, dass Hazel recht hat: Es ist eine Warnung. Denn Kristen weiß ganz genau, dass mein Bruder ein Wertier ist. Ein Wertier, das an Vollmond seiner tierischen Gestalt unterworfen ist. Und sie weiß, wo wir wohnen. Fluchend reibe ich mir über die Stirn.

»Okay, okay. Wir warten hier auf euch, und ich erkläre dir alles«, höre ich mich sagen. »Versprich mir nur, dass die Katze durchkommt.«

»Natürlich wird sie das«, antwortet Hazel rasch. »Sie scheint Schmerzen zu haben, wirkt jedoch nicht apathisch. Vielleicht sollte ich Mom Bescheid sagen, aber … Es klingt übervorsichtig, doch ich will sie nicht in zwielichtige Dinge verwickeln. Und irgendetwas an dieser Sache ist mir wirklich nicht geheuer.«

Ich kann ihr nicht widersprechen, immerhin werden Darren und ich als Verbrecher gesucht. Wenn ich die Wahl habe, möchte ich Hazels Mom eigentlich auch nicht in diese Dinge mithineinziehen. Aber es geht um Taro.

»Kannst du die Katze denn behandeln?«, frage ich unbehaglich und spiele nervös mit dem Ring an meinem Mittelfinger.

»Theoretisch schon. Ich bin Mom seit meinem sechsten Lebensjahr fast täglich zur Hand gegangen. Wenn die Katze keine schweren inneren Verletzungen hat, schaffen wir es sicher, sie allein zu versorgen. Eigentlich darf ich Tieren keine Schmerzmittel geben, aber ich weiß, welche Mom bevorzugt einsetzt. Und auch, wie sie zu verabreichen sind.«

Wie beruhigend. Nicht.

Während ich eben noch das Verlangen gespürt habe, schnellstmöglich von hier zu verschwinden, kann ich es jetzt kaum erwarten, dass Hazel endlich herkommt. Mit der Katze, die höchstwahrscheinlich mein Bruder ist. Mein Bruder, der mit dieser ganzen Sache eigentlich nichts zu tun hat. Mein Bruder, der sein Dasein als Werkatze schon verabscheut hat, bevor man seine Gestalt ausgenutzt hat, um ihm wehzutun.

»Hazel? Tu mir den Gefallen, und pass auf euch auf.«

»Natürlich. Wenn ich das Gefühl habe, dass uns jemand folgt, mache ich sofort kehrt und bringe den Kater zu einer anderen Praxis mit Notdienst«, verspricht sie.

Eigentlich mache ich mir mehr Sorgen um Taro als darüber, dass unser Versteck auffliegt. Andererseits will ich auch nicht herausfinden, was geschieht, wenn man Hazel überführt, weil sie zwei gesuchten Verbrechern Unterschlupf gewährt.

»Verdammt.« Erst als ich fluchend auflege, spüre ich, dass ich am gesamten Körper zittere. »Sie haben Taro«, sage ich matt und stelle das Telefon wieder auf seine Ladestation.

»Was?« Darren sieht mich schockiert an und ist mit wenigen Schritten bei mir.

»Entschuldige. Ich meinte, sie haben ihn verletzt. Was bedeutet, dass sie ihn abgefangen haben müssen. Sie hatten ihn in ihrer Gewalt, bevor sie ihn demonstrativ vor Hazels Haustür abgelegt haben.«

Darren mustert mich, aber sagt nichts. Auch mir fehlen die Worte für so viel Grausamkeit. Ich wusste, dass wir in dieser Stadt nicht sicher sind. Dass die Mitglieder des Zirkels ebenso erbarmungs- wie skrupellos sind. Dennoch schockieren mich ihre Taten jedes Mal wieder aufs Neue.

»Wir müssen dieser Sache endlich ein Ende setzen«, bringe ich irgendwie hervor und zucke zusammen, als Darren seine warmen Hände an meine Wangen legt.

»Das werden wir. Okay? Ich treffe mich morgen mit Jesper. Wenn wir ihn als Kontakt nutzen können, haben wir die Chance, Kristen endlich einen Schritt voraus zu sein. Und spätestens bei der Gala werden wir ihr und dem ganzen verfluchten Crow Coven das Handwerk legen. Hast du gehört?« Er beugt sich zu mir hinab, als wollte er ganz sichergehen, dass seine Worte zu mir durchgedrungen sind.

Nickend schlinge ich die Arme um seinen Hals und atme tief durch, als er die Geste erwidert. Sein Halt und seine Wärme geben mir zumindest ein wenig der Stärke, die ich gerade brauche, um zur Untätigkeit verdammt auf Hazel und Taro zu warten.

• • ✦ • •

Ich schrecke auf und laufe in den Flur, als die Hintertür der Praxis geöffnet wird.

Nuts sitzt auf Hazels Schulter, während sie einen Wäschekorb im Arm trägt. Darin liegt, auf einem Handtuch gebettet, eine schwarze Katze, die noch nicht ganz entschieden wirkt, ob es ihr gefällt, herumgetragen zu werden. Leise maunzend hebt sie den Kopf und sieht mich durch die Löcher des Korbs hinweg an. Auch wenn sie im Grunde wie jede andere Katze aussieht, spüre ich einfach, dass es sich bei diesem Tier um meinen Bruder handelt.

Unwillkürlich zuckt mein Blick zu der großen Uhr, die an der Wand hinter dem Empfangstresen hängt.

Taro ist noch für eine weitere Nacht an diese Gestalt gebunden. Erst um Mitternacht ist es ihm möglich, sich zurückzuverwandeln. Und jetzt? Was soll ich tun? Taros Wunsch missachten und Hazel die Wahrheit über seine Existenz als Wertier sagen? Oder dabei zusehen, wie sie ihn zur Beobachtung in einen dieser winzigen Metallkäfige sperrt, bis er wieder seine menschliche Form annimmt? Beides erscheint mir wie eine verdammt schlechte Idee.

Ich sehe zu Darren auf, dann demonstrativ zur Uhr hinüber. Falls er meine unausgesprochene Frage versteht, ist seine Antwort ein Kopfschütteln. Wie ich es interpretieren soll, bleibt wohl mir überlassen.

Rasch schalte ich das Deckenlicht in dem Behandlungsraum ein, den Hazel ansteuert. Es ist ein schmuckloses Zimmer mit weißen Wandschränken, dessen Herzstück eine metallene Behandlungsliege bildet. Ebenso zweckmäßig wie ungemütlich.

»Wenn ihr mich fragt, scheint die Katze Schmerzen im Brustbereich zu haben. Ihre Atmung geht ein wenig flach, aber sie wirkt nicht apathisch und hat kein Blut erbrochen. Ich nehme an, das ist ein gutes Zeichen«, fasst Hazel den Stand der Dinge zusammen und stellt den Korb auf der Liege ab.

Die Katze maunzt leise. Es ist eine zerbrechliche Tonfolge, wie ich sie noch nie von meinem sonst so stolzen Bruder gehört habe. Ein Klang, der meine Synästhesie reizt und mir eine Farbempfindung schickt, die irgendwo zwischen rot und schwarz angesiedelt ist. Düster, disharmonisch und eindeutig ein Ausdruck von Schmerz.

Ich zögere, gebe mir einen Ruck und gehe zu Taro hinüber. Vorsichtig streichle ich über seinen weichen Kopf und an seinem Ohr entlang. Mit einem klagenden Laut entzieht er sich meiner Berührung. Eindeutig Taro. Er konnte es noch nie besonders leiden, von mir berührt zu werden. »Mir und Darren geht es gut und Hazel sorgt dafür, dass es auch dir bald wieder besser geht«, verspreche ich, obwohl er mir nicht antworten kann. In Vollmondnächten und an dem darauffolgenden Tag ist er ganz Tier, dennoch fühlt es sich richtig an, mit ihm zu reden. Auch wenn seine einzige Antwort ein klagendes *Miau* ist.

»Mach dir keine Sorgen, Hübscher. Wir kriegen dich schon wieder hin«, versichert Hazel mit der Ruhe einer Tierarzttochter, die schon Schlimmeres gesehen hat.

Und ich auch halte mir vor Augen, dass es hätte wesentlich übler aussehen können. Sie hatten Taro in ihrer Gewalt.

Nächstes Mal brechen sie ihm das Genick, hallen Hazels Worte durch meinen Kopf. Das darf unter keinen Umständen passieren. Dafür werde ich sorgen.

»Ich verstehe, dass du dir Sorgen um deinen Bruder machst«, unterbricht Darren meine Gedanken, lehnt sich mit verschränkten Armen gegen den Türrahmen und mustert mich. »Aber ich bin mir nicht sicher, ob mir dein Gesichtsausdruck gefällt.«

»Wie sehe ich denn aus?«, frage ich trotzig.

»Zu allem bereit. Und *alles* ist vielleicht eine Spur zu viel.«

Hazel sieht irritiert zu uns hinüber und hebt die Katze behutsam aus dem Wäschekorb. »Was hat Taro mit dieser Sache zu tun?«, fragt sie verwirrt.

Ich bin sehr versucht, ihr wahrheitsgemäß zu antworten, und kann meine Worte nur mit Mühe herunterschlucken. Denn sie würden lauten: *Alles, Hazel. Einfach alles.*

• • ✦ • •

»Du bist so ein tapferes Kätzchen«, gurrt Hazel, während sie Taros Brustkorb abtastet. Sie zieht scharf die Luft ein und schenkt der Katze einen mitfühlenden Blick, als Taro unter ihrer Berührung kläglich miaut. »Da tut es also besonders weh, ja?«

Es ist irgendwie bizarr, die beiden zu beobachten. Mag sein, dass es nur daran liegt, dass ich weiß, dass diese Katze mein Bruder ist. Mein Bruder, der seine Katzengestalt meistens verabscheut. In manchen Vollmondnächten hat er sich gnädigerweise mal von mir über den Kopf streicheln lassen, aber das war auch das höchste der Gefühle. Sobald ich es gewagt habe, ihm über den Rücken zu streichen, ist er mit erhobenem Schwanz verschwunden. Jetzt gerade verhält er sich so vollkommen anders, dass ich kurz zweifle, ob ich mich nicht vielleicht doch geirrt habe und dies irgendeine fremde Katze ist, die man uns als Drohung übergeben hat. Vielleicht liegt es daran, dass es ihm nicht gut geht und er instinktiv spürt, dass Hazel ihm helfen will. Aber als sie ihre Untersuchung beendet, tastet er mit seiner samtenen Pfote nach ihrer Hand und sieht aus so großen Augen zu ihr auf, als wollte er sagen: *Hör nicht auf. Geh nicht weg. Lass mich nicht allein.*

Als würde Hazel ihn verstehen, umfasst sie seinen Kopf und haucht ihm einen Kuss auf die Stirn. »Keine Angst, es wird alles wieder gut, du tapferes Kerlchen.«

Seinem lautstarken Gezeter nach sieht Nuts es anders. Er ist mittlerweile von Hazels Schulter auf die Behandlungsliege gesprungen und beäugt ihre Interaktion mit dem schwarzen Kater sehr skeptisch. Entweder ist er neidisch auf Taro oder sieht sich dazu angehalten, Hazel vor sich selbst zu schützen, weil er spürt, dass diese Katze mehr ist, als sie zu sein scheint.

»Und?«, frage ich besorgt über Nuts' Protest hinweg.

Hazels Kopfbewegung ist weder eindeutig Nicken noch Schütteln. »Er hat sicherlich einige Prellungen, und es könnte sein, dass man ihm eine Rippe gebrochen hat. Da er sehr kooperativ ist, könnte ich ihn theoretisch röntgen. Die Computer sind nicht schwierig zu bedienen, ich weiß, wo die Bleischürze liegt, und es dauert nur ein paar Sekunden. Rippenbrüche kommen bei Katzen häufiger mal vor. Ziemlich oft lässt Mom sie unbehandelt und verabreicht der Katze nur Schmerzmittel, damit die Verletzungen von allein ausheilen, es gibt aber bestimmte Arten von Brüchen, die operiert werden müssen. Das Problem ist, dass ich dir anhand eines Röntgenbildes zwar sagen kann, ob eine Rippe gebrochen ist, nur um zu beurteilen, wie der Bruch dann versorgt werden muss, bräuchten wir Mom.«

»Okay. Mal angenommen, eine Rippe wäre gebrochen, müsste das dann sofort behandelt werden? Ich meine so innerhalb der nächsten zwanzig Stunden. Wäre der Bruch lebensgefährlich? Oder kannst du der Katze ein Schmerzmittel geben, damit sie frei atmen kann, und wir warten noch ein wenig.«

Hazel sieht mich irritiert an – und ich kann ihren Blick absolut verstehen. Wer würde schon ein Tier freiwillig länger leiden lassen? Ich habe nur das unbestimmte Gefühl, dass es für Taro in seiner menschlichen Gestalt bessere Behandlungsmöglichkeiten gibt, als sich von uns zusammenflicken zu lassen. Wie soll ich ihr das erklären, ohne den Wunsch meines Bruders zu übergehen?

»Wenn es der Katze nicht schlagartig schlechter geht, können wir das Verarzten sicher aufschieben«, überlegt Hazel laut. »Wir hatten hier mal eine Katze in unserer Obhut, bei der wir nach einem Autounfall eine Woche abwarten mussten, bis sie wieder fit genug war, um ihr gebrochenes Bein operieren zu können. Aber warum ausgerechnet zwanzig Stunden? Dann ist es wieder mitten in der Nacht.« Hazel denkt einen Moment darüber nach, doch sie kennt mich so gut, dass sie sich die Frage quasi selbst beantwortet. »Gibt es irgendwelche spirituellen Gründe, die dafür sprechen würden?«

»Es ist so ein Katzen-Vollmond-Ding«, erwidere ich ausweichend und bringe Darren zum Schnauben. Er verharrt noch immer im Türrahmen, als wollte er uns weder stören noch allein lassen. Ich sehe an seinem Blick, was er denkt: *Jetzt sag ihr doch einfach die Wahrheit. Sie wird sie schon verkraften.* – Aber ich tue es nicht.

»Okay. Mit Katzen-Vollmond-Dingen kenne ich mich nicht aus«, sagt Hazel so leichthin, als gäbe es keinen Grund dafür, meine Aussage zu hinterfragen. Als kämen hier des Öfteren Tierhalter vorbei, die darum bitten, sich bei der Behandlung ihres Lieblings nach den Mondphasen zu richten. Vielleicht schockiert sie nach der Sirenen-Offenbarung aber auch einfach gar nichts mehr. »Ich kann ihm ein leichtes Analgetikum geben, wenn es für Katzen aus irgendwelchen mystischen Gründen besser ist, nicht an Vollmond behandelt zu werden.« Auf mein Nicken hin wendet sich Hazel einer Schublade zu und holt mit routinierten Bewegungen eine Pappschachtel und eine verpackte Spritze heraus.

Taro maunzt.

»Keine Sorge«, versichert Hazel, während sie alles vorbereitet. »Das tut nicht weh. Die Spritze ist nur dafür da, dass du dein Schmerzmittel artig herunterschluckst und mir nicht ausspuckst. Keine Nadel dran. Siehst du?« Ihren selbstsicheren Bewegungen nach weiß sie, was sie tut. Je länger ich sie beobachte, umso sicherer bin ich mir, dass sie eine perfekte Tierärztin wäre. – Solange sie niemand dazu zwingt, Tiere einzuschläfern. Nachdem sie eine weiße Paste in die Spritze gesogen hat, kommt sie wieder herüber. »Wenn du lieb bist und das herunterschluckst, geht es dir gleich besser«, verspricht sie. Selbst die Art, wie sie der Katze über das Schnäuzchen greift und ihr mithilfe der Spritze das Mittel verabreicht, wirkt absolut souverän.

Zumindest bis die Katze die Arznei herunterschluckt, zweimal schmatzt und …

Hazel schreit überrascht auf, als die Katze auf einmal ihre Gestalt wandelt. Auch mir rutscht das Herz in die Hose.

Noch während Hazel in der einen Hand die Spritze hält und mit der anderen über den Kopf des Tieres streichelt, ändert sich ihr Äußeres. Aus der Katze wird Taro. Taro, der nackt, sichtlich überrumpelt und mit einem großen Hämatom am Brustkorb auf dem Metalltisch sitzt und Hazel ebenso verwundert anblinzelt wie Hazel ihn.

Erschrocken lässt sie die Spritze fallen und weicht zurück, bis sie mit dem Rücken gegen den Schrank stößt.

Sofort schießt mein Puls in die Höhe, weil ich mich zu irgendeiner Reaktion gezwungen fühle. Aber zu welcher? Es ist mitten in der Nacht. Vollmond. Taro sollte noch für Stunden dem tierischen Teil seiner Natur unterworfen sein. Wie ist das möglich?

Sichtlich überfordert sieht Taro zwischen Hazel, Nuts und mir hin und her. Er öffnet den Mund, als wollte er etwas sagen, doch noch beim Einatmen krümmt er sich vor Schmerzen zusammen.

Hazel blickt auf die leere Spritze zu ihren Füßen. »Die Dosierung ist auf vier Kilogramm ausgelegt, nicht auf achtzig«, sagt sie vollkommen sachlich, als wäre der rationale Teil ihres Gehirns der einzige, der noch ordnungsgemäß funktioniert. »Ich habe drüben in der Schublade noch ein paar Schmerztabletten. Warte hier.« Ohne die geringste Regung geht sie an mir und Darren vorbei, nur um kurz darauf mit zwei Tabletten und einer kleinen Wasserflasche zurückzukehren. Statt Taro die Sachen in die Hand zu geben, legt sie sie auf dem Behandlungstisch ab. Mit vor dem Oberkörper verschränkten Armen lehnt sie sich wieder gegen den Schrank und mustert Taro. Über ihr Gesicht huschen so viele verschiedene Emotionen, dass ich sie schlecht einordnen kann. Schreck. Sorge. Enttäuschung. Verletzter Stolz. Und Wut. Unbändige Wut, wie ich sie noch nie bei ihr gesehen habe. Wie ich sie ihr nicht einmal zugetraut hätte. »Ist das dein ominöses Geheimnis, ja?«, fragt sie nach einigen Sekunden angespannter Stille. »Dass du wie Gemma ein Teil der arkanen Welt bist und dich in eine Katze verwandeln kannst?«

»Er ist eine Werkatze. Er tut das nicht freiwillig«, springe ich ein. »Zumindest nicht an Vollmond.«

Doch Hazel ignoriert meinen Einwurf und fokussiert sich weiterhin auf Taro. »Hast du es mir absichtlich nicht erzählt, damit du mich nach wie vor beschatten kannst? Du bist mir gefolgt, als ich mich letztens mit Beryl getroffen habe. Richtig? Du hast alles mitangehört. Hast du danach heimlich den Brief in meiner Manteltasche gelesen, während ich geschlafen habe? Hast du mich deswegen am nächsten Morgen rausgeworfen? Weil du noch vor mir wusstest, dass ich eine Sirene bin? Oder weil du ernsthaft gedacht hast, ich würde euch an Beryl verraten? Dass ihr mir nicht trauen könnt? Was war der Grund für deinen Sinneswandel?« Sie beißt die Zähne zusammen und ballt die Hände zur Faust. Ich sehe, wie sie sich selbst verbietet, jetzt in Tränen auszubrechen. »Sag mir wenigstens dieses eine, einzige Mal die Wahrheit.«

»Haze«, ist alles, was Taro mühsam hervorbringt. Auch wenn er tatsächlich nicht lebensbedrohlich verletzt zu sein scheint, hat er sichtlich starke Schmerzen.

Da Hazel sich nicht rührt, reiche ich ihm die Tabletten und schraube die Flasche für ihn auf. Ich helfe ihm dabei, ein paar

Schlucke Wasser zu trinken, während Hazel ihn fortwährend mustert. Offensichtlich ist sie noch nicht fertig mit ihm.

»Du wirkst nicht gerade überrascht von meiner Offenbarung. Also wusstest du tatsächlich, was ich bin?« Sie blinzelt überfordert. »Seit wann?«

Statt ihr zu antworten, zeigt er den Ansatz eines Kopfschüttelns.

»Wie soll ich das deuten? Du wusstest es also nicht? Dann hattest du einen anderen Grund dafür, alles zwischen uns als Fehler zu bezeichnen?«

Taro reißt sich sichtlich zusammen, um überhaupt ein paar Worte herauszupressen. »Haze, ich sitze nackt auf einer eiskalten Metallliege und sollte eigentlich eine Katze sein. Ich denke nicht, dass ich dieses Gespräch gerade führen kann.«

»Oh, ich denke auch nicht, dass du dieses Gespräch führen *möchtest*, sonst hättest du es längst getan. Sag mir, wenn ich dich zum Krankenhaus fahren soll. Aber es wird das Letzte sein, was ich für dich tue. Danach bist du mich für immer los. Genauso, wie du es wolltest. Nicht, weil du eine … Werwolf-Katze bist. Sondern weil du mich eiskalt angelogen hast. Und ich bin nicht dazu bereit, mein Leben für jemanden aufs Spiel zu setzen, der es nicht einmal schafft, ehrlich zu mir zu sein.« Hazels Stimme klingt mit jedem Wort kratziger. Ihrer unruhigen Atmung nach kostet es sie alle Selbstbeherrschung, ihre Tränen zurückzuhalten. »Du hast mich so oft abgewiesen, und trotzdem gab es da einen kleinen Teil in mir, der immer gehofft hat, dass …« Sie verstummt und muss sich räuspern. »Ist ja auch egal. Du bist ein Lügner. Ich eine Sirene. Das hier ist nur ein Symptom, nicht die Krankheit.« Sie stößt sich vom Regal ab und durchquert den Raum. »Ich brauche kurz frische Luft« ist alles, was sie sagt, bevor sie in der Bewegung verharrt. An der Tür angekommen, dreht sie sich noch einmal zu mir herum. »Taros monatliche Migräne war ebenfalls eine Lüge. Es ging ihm immer zu Vollmond schlecht. Nie wollte er Besuch.«

Es ist keine Frage, sondern eine Feststellung. Nachdem sie den ersten Schreck überwunden hat, scheint Hazel die neuste Erkenntnis langsam zu verarbeiten. Und so auch all die Lügen, die damit zusammenhängen.

»Die Migräne war gelogen«, sage ich schlicht.

Hazel ist der Stich der Enttäuschung über meine Unehrlichkeit förmlich anzusehen. »Das heißt, ihr *beide* habt mich belogen. Die ganze Zeit über.«

Da ich nicht weiß, wie ich mich dafür rechtfertigen soll, versuche ich es erst gar nicht. »Es tut mir aufrichtig leid.« Das tut es wirklich. Von ganzem Herzen. Hazel ist einer der wichtigsten Menschen in meinem Leben. Doch jetzt, als sie mich mit diesem Blick ansieht, wird mir schmerzlich bewusst, dass auch ich gerade dabei bin, sie zu verlieren. Ich habe Taro gedeckt. Ich habe sein Geheimnis bewahrt. Und ihr die Wahrheit vorenthalten.

»Ich dachte, ich wäre eure Freundin. Ihr hättet mir alles erzählen können. Jedes eurer Geheimnisse wäre bei mir sicher gewesen. Und jetzt stelle ich fest, dass ihr beide mich von Anfang an getäuscht habt? Ihr habt mir nichts von eurem geplanten Einbruch erzählt. Okay. Das kann ich noch irgendwie verstehen. Aber dass Taro sich an Vollmond in eine Katze verwandelt, konntet ihr mir auch nicht anvertrauen? Selbst das war euch zu heikel?« Desillusioniert sieht sie uns abwechselnd an. »Warum? Was habe ich euch getan?«

»Du hast nichts falsch gemacht«, versichere ich rasch. Hilflos sehe ich Taro an, aber er scheint von der Situation mindestens so überfordert zu sein wie ich.

»Nun, es erklärt wenigstens, warum Bina Taro nicht leiden kann«, sagt Hazel bitter. Ihr Hund Bina hasst Katzen – und

Taro. Jetzt kennt sie den Grund dafür, und es ist absolut sinnlos, ihr zu widersprechen. Trotzdem würde ich es gern. Oder würde mir zumindest eine bessere Ausrede für mein Verhalten wünschen als: *Taro hat sich gewünscht, dass ich sein Geheimnis bewahre. Er wollte dich mit der Wahrheit nicht abschrecken oder belasten. Er hat es nicht böse gemeint.*

Am liebsten würde ich zu ihr hinübergehen und sie in den Arm nehmen, aber in ihrem Blick liegt eine Kälte, die mir fremd ist. Ich hätte mir bisher nicht vorstellen können, dass jemand wie Hazel dazu in der Lage ist, einen anderen Menschen zu hassen. Doch in diesem Moment flammt etwas in ihren Augen auf, das so mächtig und eisig ist wie die weite See.

Plötzlich kommen mir all die Mythen über Sirenen wieder in den Sinn. Ja, sie können Menschen mit ihrem Liebreiz betören. Aber wenn man sie erzürnt, können sie zerstören.

Schon beim nächsten Blinzeln ist die Wut in Hazels Augen wieder erloschen. »Lass uns gehen, Nuts«, bittet sie leise und macht eine Geste, die das Eichhörnchen dazu veranlasst, vom Tisch auf ihren Arm zu springen und es sich wieder auf ihrer Schulter bequem zu machen. Dankbar streichelt sie dem Tier über den Kopf. Und so seltsam es auch klingen mag, bin ich erneut froh darum, dass Hazel beim Verlassen des Raums nicht allein ist.

23. KAPITEL
DARREN

Ich finde Hazel im Aufenthaltsraum, wo sie auf dem Sofa sitzt und vor sich hinstarrt. Nuts hockt noch immer auf ihrer Schulter und schaut mich aus trüben Augen an. Jedes Mal, wenn ich dieses Tier sehe, läuft mir ein eisiger Schauer über den Rücken. Mittlerweile wirkt es zwar schon sehr viel weniger staubig und zerfleddert als an seinen Anfangstagen, aber es ändert nichts daran, dass Gemma damit etwas erschaffen hat, das definitiv nicht existieren sollte.

»Hey, ihr zwei.« Mehr fällt mir nicht ein. Ich will gar nicht behaupten, dass ich wüsste, wie es ihr geht. Die Offenbarungen der letzten Tage würden selbst mir zu schaffen machen, obwohl ich mittlerweile so einiges gewohnt bin.

»Hey.« Ihre Antwort ist nur ein leises Wispern. Sie wischt sich eine Träne von der Wange. Ihr entfährt ein frustriertes Schnauben. »Ist eigentlich auch egal, wenn du mich weinen siehst. Ihr haltet mich ja ohnehin alle für naiv. – *Sagt Hazel bloß nicht die Wahrheit. Haltet sie schön von allem fern.* – Weißt du, worüber ich mich gerade am meisten ärgere? Über mich selbst. Weil …« Sie verstummt und atmet so tief durch, dass sich ihre Schultern heben und senken. »Ist auch egal.«

»Wenn es dich beschäftigt, ist es nicht egal«, versichere ich, schlendere zum Tisch hinüber und lehne mich dagegen. »Verrätst du mir, weswegen du dich über dich selbst ärgerst?«

»Weil …« Sie blinzelt unkontrolliert und atmet erneut tief durch. »Weil ich … Ich habe keine Ahnung, wie ich dir das erklären soll. Ich empfinde etwas für Taro, das ich ja nicht einmal selbst begreifen kann. Manchmal spüre ich seine Nähe, als wären wir zwei Magnete, die einander anziehen. Seit unserem ersten Kuss war da immer so ein Gefühl – eine Gewissheit – tief in mir, dass das zwischen uns mehr als Verlangen und Verwirrung ist. Aber jetzt …« Sie wischt sich erneut über die Wange, als eine weitere Träne hinunterrollt. »Ich frage mich ohnehin seit Tagen: Was ist, wenn … Wenn das zwischen uns nur eine Lüge war? Eine Lüge, die darauf basiert, dass ich ihn attraktiv finde? Wenn ich ihn unbewusst mit meinen Gaben beeinflusst habe? Seitdem du mir letztens von dieser Sirenensache erzählt hast, geistert der Gedanke permanent durch meinen Kopf. Und jetzt? Erfahre ich nur durch einen dummen Zufall, dass Taro nicht ehrlich zu mir war. Ich habe ihm so oft von Gemmas Begabungen vorgeschwärmt. Er kann nicht wirklich gedacht haben, dass ich mich über ihn lustig machen oder ihm nicht glauben würde. Es gab im vergangenen Jahr so viele Momente, in denen wir allein waren und er mir seine Wahrheit hätte anvertrauen können.« Sie atmet tief durch. »Ich meine, ich habe mich letztens bei dem naiven Gedanken ertappt, dass ein kurzes glückliches Leben vielleicht besser wäre, als für den Rest meiner Existenz allein bleiben zu müssen.« Sie lacht bitter auf. Dieses Mal ist es Nuts, der ihr mit seinem buschigen Schwanz die Tränen von der Wange streicht. »Jetzt schäme ich mich dafür. Ich bin nicht einmal wütend auf Taro, weil er ständig Ausreden vorgeschoben hat, um mich nicht zu nahe an sich heranzulassen. Ich bin einfach nur so verdammt enttäuscht, dass er mir nach allem nicht genug vertraut hat, um ehrlich zu mir zu sein. Es ist ja nicht so, dass es etwas Schlimmes wäre, sich in eine Katze zu verwandeln.« Sie schlingt die Arme um sich selbst.

Ich könnte ihr jetzt sagen, dass es sehr wohl möglich ist, jemanden zu mögen und ihm dennoch Teile der Wahrheit vorzuenthalten. (Gemma weiß, wovon ich rede.) Und dass es gute Gründe dafür gibt, dass manche Mitglieder der arkanen Gemeinschaft ihre Besonderheiten lieber verschweigen. Doch es erscheint mir nicht zweckdienlich, ihr erneute Hoffnungen auf etwas zu machen, das ohnehin besser nicht passieren sollte. Natürlich ist es ihr Leben. Sie allein trifft die Entscheidungen. Aber ich mag Hazel. Und es wäre mir lieber, sie würde nicht wie Mom enden.

»Taro!« Gemmas erschrockener Ausruf hallt durch die Praxis.

Ich stoße mich gerade vom Tisch ab, da humpelt Taro in den Raum. – Noch immer nackt und sichtlich unter Schmerzen. Er hebt abwehrend eine Hand, als wollte er Hazel ein Friedenszeichen übermitteln und stutzt, als er die Tränen auf ihren Wangen bemerkt.

»Haze«, ist alles, was er hervorbringt. Vielleicht würde er noch mehr sagen, wenn er sich nicht just in dem Moment vor unseren Augen wieder in eine schwarze Katze verwandeln würde.

Gemma folgt ihm mit erhobenen Händen, als wollte sie sich für ihre Anwesenheit entschuldigen. Irritiert sieht sie auf ihren Bruder hinab, der kläglich maunzt. »Hazel, ich verstehe, wenn du uns jetzt hasst. Wirklich. Aber Taro wollte dringend mit dir reden. Nur irgendwie …« Sie deutet hilflos auf ihren Bruder, der sich klagend vor das Sofa setzt. »Ich bin mir sicher, dass er sich nicht freiwillig zurückverwandelt hat. Nicht jetzt. Ich habe keine Ahnung, was du ihm gegeben hast, doch offensichtlich ist die Wirkung des Mittels verflogen.« Gemma mustert ihre Freundin. Ich sehe ihr an, wie gern sie sie einfach in den Arm nehmen würde und den Impuls unterdrückt. »Wir waren nicht ehrlich zu dir. Und das war nicht in Ordnung. Das ist eine Schuld, mit der ich leben muss. Wenn du uns jetzt nie wiedersehen willst, verstehe ich das. Wir möchten lediglich, dass du weißt, dass du nichts falsch gemacht hast. Es ist nur manchmal nicht so leicht, anders zu sein. Es macht einen angreifbar. Und das selbst dann, wenn einen gerade keine dunklen Zirkel jagen.«

»Also wollt ihr mir sagen, dass es zu meinem eigenen Besten war, dass ihr mich belogen habt?«, hakt sie nach.

»Nein. Ja. Nein«, druckst Gemma und sieht mich flüchtig an, dann auf ihren Bruder hinab. »Taro mag dich. Aber er dachte, dass es für dich belastend wäre, wenn du die Wahrheit kennst. Er wollte nicht, dass du dazu gezwungen bist, ihm dabei zu helfen, sein Geheimnis zu hüten. Und ich glaube, manchmal mag er sich selbst nicht. Oder zumindest den tierischen Teil von sich nicht.«

Als wollte er ihr zustimmen, gibt Taro ein Mitleid erregendes Geräusch von sich.

Hazel beißt sich auf die Innenseite ihrer Wange und betrachtet den Kater. Sie scheint keine Reaktion von ihm zu erwarten, schüttelt lediglich den Kopf. »Du bist verletzt. Du tust mir leid. Und ich vergebe dir. Aber nur, weil du Gemmas Bruder bist. Alles andere hat sich hiermit erledigt.«

Taro neigt den Kopf zur Seite und maunzt leise.

»Jetzt wage es nicht, mich so mitleiderregend anzusehen!« Hazel springt dermaßen abrupt vom Sofa auf, dass Nuts beinahe von ihrer Schulter fällt. Eine Entschuldigung murmelnd hilft sie ihm wieder auf die Pfötchen, bevor sie Taro mit weiteren Vorwürfen überhäuft. »Du hast mich angelogen, abgewiesen und vor die Tür gesetzt. Wage es nicht, diese Sache so zu drehen, als wäre irgendetwas hiervon meine Schuld gewesen. Oder noch schlimmer: Als wäre es zu meinem eigenen Besten geschehen. Denn würde ich dir etwas bedeuten, hättest du mir die Wahl gelassen.« Während in Hazels Augen ein Feuer tobt, das aussieht, als könnte sie Taros Seele bei lebendigem Leib in Brand setzen, zieht er es noch immer vor, sie anzumaunzen, als wollte er ihr Herz erweichen.

Es wirkt, als würden die beiden eine telepathische Diskussion führen, die nur sie verstehen.

Hazel räuspert sich, ballt einmal kurz die Hände zu Fäusten und schenkt Taro ein Lächeln, das nicht im Mindesten so wirkt, als hätte sie eben noch seinetwegen geweint. Sie ist und bleibt eine begnadete Schauspielerin. »Falls diese Leute, die dir das angetan haben, mich noch einmal aufsuchen sollten, werde ich ihnen einfach sagen, dass wir geschiedene Menschen sind. Und es wird keine Lüge sein.«

Gemma fährt bei ihren Worten auf und schenkt mir einen Blick, der eindeutig sagt: *Verdammt, sie hat recht. Wenn sie bei ihr zu Hause waren, steckt Hazel bereits viel zu tief in dieser Sache drin.*

»Hazel, ich mache mir Sorgen um dich. Sie waren bei dir zu Hause. Sie haben Taro verletzt.« Gemma redet nicht weiter, doch wir alle hören ihre unausgesprochenen Worte: *Und sie könnten auch dir etwas antun.*

»Ja, aber wenn ich euch richtig verstanden habe, ist mein Blut für diese Leute kostbar. Was auch immer sie mit mir anstellen könnten: Ich bin nicht diejenige, der man angedroht hat, ihr das Genick zu brechen. Ich komme zurecht.«

»Themenwechsel«, schlage ich vor, als Taro mich ansieht, als bräuchte er Beistand. Das, was zwischen ihm und Hazel ist – oder auch nicht –, können sie schön klären, sobald er wieder sprechen kann. »Wir müssen uns einen anderen Unterschlupf suchen. Und das nicht nur, weil die zwei Wochen nach Thanksgiving beinahe vorbei sind und Hazels Mom ihre Praxisräume zurück braucht. Allein dadurch, dass wir jetzt hier sind, bringen wir Hazel und ihre Mom in Gefahr.«

Hazel sieht aus, als wollte sie widersprechen, aber gibt sich geschlagen. »Wie ihr meint. Solange ihr mich nicht wieder außen vorlasst, tut, was ihr für das Beste haltet.« Hazel rümpft die Nase, bevor sie sich sichtlich einen Ruck gibt und auf Taro hinabsieht. »Da unser Hund Katzen hasst, kann ich dich nicht mit zu mir nehmen. Ich schlage vor, ich bringe dich nach Hause und habe ein Auge auf dich. Falls es dir schlechter geht, fahre ich dich zu einem Arzt. Danach trennen sich unsere Wege.«

Sie klingt absolut gefasst, beinahe nebensächlich, doch wann immer ihr Blick Taro streift, liegt so viel Schmerz in ihren Augen, dass ich mir sicher bin, dass sie all das nur für Gemma tut. Obwohl ihm niemand das Genick gebrochen hat, ist Taro in dieser Nacht für sie gestorben.

»Bevor ihr aufbrecht: Könnten wir uns noch einmal kurz das Schmerzmittel ansehen, das du Taro gegeben hast?«, bitte ich. »Auch auf die Gefahr hin, hier den Biologiestudierenden heraushängen zu lassen: Was auch immer in dem Zeug war, hat ihn kurzfristig in einen Menschen verwandelt. Und zumindest meines Wissens sollte das während Vollmond für Wertiere absolut unmöglich sein.«

Hazel blinzelt und nickt. Dann bedeutet sie uns, ihr zu folgen, während Gemma Taro vorsichtig vom Boden aufhebt und in die Arme schließt.

»Taro hat mir mal erzählt, dass er jahrelang nach Mitteln gesucht hat, um diesen Teil von sich zu unterdrücken«, stimmt Gemma zu und bringt Hazel damit aus dem Tritt.

»Warum? Er verwandelt sich ja nicht in eine blutrünstige Bestie, sondern in eine niedliche Katze.«

Gemmas Antwort ist ein Seufzen. »Das weiß nur Taro.«

Im Behandlungsraum angekommen greift Hazel die Verpackung des Schmerzmittels von der Anrichte und überreicht sie mir.

»Es ist eines von den neuen Mitteln, die Mom aufgrund der geänderten Tierschutzverordnung einkaufen musste«, plaudert Hazel, als wäre nichts gewesen. Nur die Art und Weise, wie ihr Blick Taros ausweicht, verrät, dass sie nicht annähernd so unbeteiligt ist, wie sie sich gibt. »Die Reform bringt diverse zweifelhafte Neuerungen im Bereich der Tierarznei mit sich. Einige seit Jahrzehnten erprobte Analgetika und Anästhetika wurden urplötzlich verboten und durch neue ersetzt. Ich versuche seit Wochen, die Hintergründe herauszufinden – vergeblich. Aber diese Nebenwirkung … Denkt ihr, irgendjemand könnte so etwas beabsichtigen, oder ist das wirklich nur ein schräger Nebeneffekt?«

»Seit den Machenschaften meines Dads traue ich der Menschheit alles zu«, gestehe ich und lese mir die Beschriftung der Umverpackung des Schmerzmittels durch. Sie verrät nichts über die eigentlichen Inhaltsstoffe. Mittel wie Meloxicam oder Natriumbenzoat werden seit Jahren in der Tiermedizin eingesetzt. Es muss noch etwas anderes enthalten sein. Etwas, womit nicht geworben wird. Enttäuschend, allerdings nicht unerwartet.

»Ich weiß, was du meinst«, stimmt Hazel zu. »Ich hätte nie gedacht, dass man die Magie für finstere Zwecke missbrauchen kann. Aber noch mal wegen der Schmerzmittel. Taro hat also gesagt, er hat jahrelang nach einem Mittel gesucht, um das Wertier-Gen zu unterdrücken. Vergeblich. Und nun steckt es ausgerechnet in einem neuen Tierarzneimittel zweifelhafter Herkunft? Vielleicht machen mich eure Erzählungen paranoid, aber was ist, wenn es eine Institution gibt, die mit Wertieren experimentiert und die schmerzstillende Wirkung des

Mittels ein Zufallsfund war. So wie Viagra. Oder Penicillin. Oder viele andere Dinge.«

»Dann will ich es lieber nicht wissen«, murmelt Gemma.

»Ich eigentlich auch nicht«, pflichtet Hazel bei und sieht auf Taro hinab. »Ich bin immer noch wütend auf dich und sehr enttäuscht von dir. Aber es ändert nichts daran, dass ich mir Sorgen um dich mache.« Sie nimmt mir die Packung aus der Hand. »Ich nehme an, ihr habt genug andere Probleme, also … Würde es euch stören, wenn ich noch ein wenig über die Hintergründe der neuen Verordnung recherchiere?«

»Solange du dich dabei nicht unnötig in Gefahr bringst«, werfe ich ein. »Auf dieser Welt ist niemandem zu trauen.«

Hazel nickt und schiebt die Pappschachtel in ihre Manteltasche, bevor sie den Korb vom Behandlungstisch holt. »Ich kümmere mich um Taro. Passt auf euch auf. Ich werde mich umhören, ob ich eine neue Unterkunft für euch finde.«

»Hazel, du bist die Beste. Es tut mir leid, dass wir dich angelogen haben«, versichert Gemma erneut.

Hazel nickt und schenkt ihr ein Lächeln, das mir eine Gänsehaut über den Rücken jagt. Ich kenne diese Art von Lächeln. Mom hat es benutzt, wenn sie mir versichern wollte, dass alles in Ordnung ist. Dass es ihr gut geht. Es war eine Lüge. Auch Hazels Fassade hat heute einen weiteren winzigen Riss erhalten, aber ich kann noch nicht erkennen, was sich dahinter verbirgt.

· · ✦ · ·

Den Rest der Nacht verbringen wir schließlich damit, Wasser in Reagenzgläser zu füllen, um es anschließend im Mondlicht energetisch aufzuladen. Gemma wendet die Fläschchen zusammen mit ihren Kristallen, bevor sie ihren Tarnzauber wirkt.

Es dauert Stunden. Kurz ertappe ich mich dabei, dass ich an den letzten Vollmond denke. Als ich ihr gesagt habe, dass wir es gern zu unserem eigenen Ritual machen können, dass wir die Nacht damit verbringen, Sex zu haben, war das durchaus mein Ernst. Aber es gibt Dinge, die wichtiger sind, also reiße ich mich zusammen und stelle meine Bedürfnisse hinten an.

Zumindest versuche ich, mich darauf zu konzentrieren, eine Möglichkeit zu finden, die Daten über Dads Machenschaften auf einem abgesicherten Server abzulegen und Dawn in den Hexenforen des Darknets ausfindig zu machen, aber ich kann mich nicht davon abhalten, Gemma ab und an ein Gefühl zu schicken. Dass es zu ihr durchdringt, schlussfolgere ich an dem Lächeln, das daraufhin an ihren Mundwinkeln zupft, während sie sich übertrieben konzentriert ihrem Turmalin widmet.

»Fertig«, verkündet sie bei Morgengrauen, lässt sich seufzend der Länge nach auf das Sofa fallen und zieht kommentarlos ihre Leggings aus.

»Was wird das?«, frage ich amüsiert und bringe sie zum Lachen.

»Komm schon, Hunter«, zieht sie mich auf und lässt ihren Blick demonstrativ zu meinem Schritt wandern. »Ich bin nicht so unaufmerksam, wie du denkst. Mir ist durchaus aufgefallen, dass du versucht hast, mich abzulenken. Mehrfach. Davon mal abgesehen …« Sie verstummt, als ich an das Sofa herantrete und ihr eine verirrte Haarsträhne aus dem Gesicht streiche. Das Funkeln in ihren Augen weicht etwas anderem, dunklerem. »Ich versuche, der Magie zu vertrauen, aber … Ich habe Angst, dass sie dich morgen Abend erwischen. Vielleicht sollte ich dich zum Club begleiten.«

»Es gibt keinen Grund dafür, dass wir uns beide in Gefahr bringen.«

»Ich weiß.« Sie weicht meinem Blick aus, in dem sie den Kopf abwendet. Einen Moment starrt sie vor sich hin, bevor sie sich aufsetzt und ihren Hoodie auszieht. »Die nächsten Stunden gehörst du trotzdem mir.«

Die Art, wie sie provozierend eine Augenbraue hochzieht, macht es mir unmöglich, ihr zu widersprechen. Warum sollte ich auch?

24. KAPITEL

DARREN

Freitag, 9.12.

Wenn es für irgendetwas gut ist, dass Jesper Caden mir in den vergangenen Monaten des Öfteren unfassbar auf die Nerven gegangen ist und mich mit all seinen Anekdoten gequält hat, dann dafür, dass ich weiß, wo er an den Wochenenden bevorzugt feiern geht.

Dann wollen wir doch mal sehen, ob Gemmas Tarnzauber wirkt.

Wenn alles wie geplant funktioniert, wird mich niemand erkennen, dennoch habe ich mich gestylt und mein restliches Bargeld eingesteckt, weil ich mir einbilde, dass die Aura des Geldes dabei helfen wird, in den *Olive Club* hereinzukommen. Er ist beliebt bei Studierenden, aber ich war bisher dennoch nur einmal hier, um ihn zusammen mit Gemma als potenzielle Eventlocation für eine Sponsorenveranstaltung zu besichtigen. Im Tageslicht wirkte alles zu düster, zu klebrig und nicht unbedingt wie ein Ort, an dem Jesper Caden auf die Jagd geht. Doch die Nacht verändert einiges.

Jemand rempelt mich an, aber als mich zu der jungen Frau hinter mir umdrehe, blinzelt sie mich nur kurz verwirrt an und wirkt nicht, als würde sie mich erkennen und wollte die Polizei rufen. Eine Entschuldigung murmelnd wendet sie sich von mir ab. Ich hoffe, dass es ein Zeichen für die Wirksamkeit des Zaubers ist. Wenn nicht? Werde ich improvisieren müssen.

Eine halbe Stunde lang stehe ich in der Kälte und frage mich, was Menschen wie Gemma wohl am Herbst finden. Er ist kalt und nass. Der schneidende Wind, der durch die Hausschluchten New Yorks zieht, macht alles zusätzlich unangenehm. Was würde ich dafür geben, jetzt in meinem warmen Bett zu liegen, statt in der Warteschlange vor dem Club zu frieren. Bei dem Gedanken muss ich fast auflachen: Ich klinge wie ein alter Mann.

Als ich endlich an der Reihe bin, mustert mich der Türsteher regungslos. Ehe ich etwas sagen kann, zuckt er mit einer Schulter und lässt seinen Kollegen die Tür öffnen. »Hast Glück. Wir haben gerade Mädelsüberschuss. Viel Spaß im *Olive.*«

Glück – vielleicht sollte ich es nicht überstrapazieren, indem ich schon an der Tür nach Jesper frage, also trete ich ein. Ich durchquere einen kurzen Flur, ignoriere die Garderobe und die Bar, nehme den direkten Weg in Richtung der Treppe zur VIP-Lounge. Ob Gemma recht hat und es keine Zufälle gibt? Ob hinter allem im Universum ein tieferer Sinn steckt? Auch wenn ich die Vorstellung eher beängstigend als beruhigend finde, bin ich Gemma sehr verbunden, dass ich dank ihr nicht nur schon einmal hier war, sondern auch eine ausführliche Ortsbegehung hatte. So kann ich den kürzesten Weg zu meinem Ziel einschlagen. Obwohl ich zugeben muss, dass der gut besuchte Club bei Nacht eine andere Atmosphäre hat. Der Bass der Musik dröhnt in meiner Brust, Neonlichter in Grün und Violett zucken über die tanzende Menge, und es riecht nach einer Mischung aus Hunderten Parfüms und Deos, die demnächst ihren Dienst versagen werden. Früher war ich oft feiern, es war sinnlos, aber befreiend. Eine Auszeit von meinem Leben voller angeblicher Privilegien, der Sorge um meine todkranke Mom, meinem Dad, der mich ständig von sich gestoßen hat, und Freunden, die im Endeffekt keine waren.

Doch heute bin ich nicht hier, um mich zu betrinken. Ich habe einen Job zu erledigen, und bin nicht auf der Suche nach Streicheleinheiten für mein angeknackstes Ego.

An der Treppe zum VIP-Bereich steht ein weiterer Security-Mitarbeiter, der mich erwartungsvoll ansieht.

Mein Blick schweift zur Lounge hinauf, aber von hier aus kann ich unmöglich erkennen, ob Jesper heute anwesend ist.

Probiere ich es mit Geld, einem Zauber oder einem Namen, dort hinaufzugelangen?

Ich entscheide mich spontan für Letzteres.

»Ist Jesper Caden schon da?«, frage ich in dem arrogant desinteressiertesten Tonfall, den ich zustande bringe. Irgendwo zwischen: Er erwartet mich. Und: Ist mir eigentlich auch egal.

»Wer will das wissen?« Der Typ mustert mich, zieht eine Augenbraue hoch, und obwohl wir in etwa gleich groß sind, muss ich mich zusammenreißen, nicht zurückzuweichen.

Geld, Zauber oder Ruhe bewahren? Ich komme mir vor, als wäre ich in einem beschissenen Trivia Game, bei dem ich in Sekundenschnelle meine Wahlmöglichkeiten abchecken muss, bevor ich auffliege oder mir jemand die Zähne ausschlägt.

»Einfach nur ein Freund.« Mit aller Gelassenheit, die ich zustande bringe, schiebe ich die Hände in die Hosentaschen. Meine Finger streifen das mit Kristallen gefüllte Beutelchen, das mich daran erinnert, dass der Tarnzauber nicht ewig wirken wird. Erst recht nicht bei den vielen Menschen um mich herum, die mich ständig mit ihren Blicken streifen. »Hör zu, ich habe nicht den ganzen Abend Zeit.«

»Ich schon, also werde mal nicht frech.« Die Sekunden verstreichen. Er rührt sich nicht.

Verdammt!

»Scheint dir ja ein wichtiges Anliegen zu sein, so unruhig wie du von einem Fuß auf den anderen trittst. Wie viel zahlst du, damit ich euer kleines Geheimnis für mich behalte?«

Kleines Geheimnis? Auch wenn ich nicht den Hauch einer Ahnung habe, worauf er anspielt, greife ich in meine Jackentasche und ziehe achtlos ein Bündel Geldscheine heraus, das ich ihm überreiche.

Während er es zählt, schweift mein Blick erneut zur Lounge hinauf. Hoffentlich habe ich nicht gerade fünfhundertzwanzig Dollar für nichts bezahlt.

»Das sollte für diesen Abend reichen. Viel Spaß euch beiden.« Mit einem süffisanten Grinsen öffnet er mir das samtene Absperrband.

»Werden wir haben«, versichere ich ebenso selbstgefällig, obwohl meine Zweifel mit jedem Schritt die Treppe hinauf größer werden.

Was zum Henker treibt Jesper im *Olive Club?* Ich wünschte, ich hätte ihm besser zugehört, aber bei unseren letzten Treffen war immer Gemma anwesend, was meine geistigen Aufnahmekapazitäten beträchtlich geschmälert hat. Auf dem Balkon der VIP-Lounge angekommen schaue ich mich um. Weitere junge Menschen, die tanzen, sich küssen, Alkohol trinken. Ich entdecke einiges, auch Dinge, die ich lieber nicht gesehen hätte, doch von Jesper fehlt jede Spur.

Mist!

Ich versuche, die aufkommende Unruhe zu unterdrücken, und schreite die gesamte Lounge ab.

Er ist definitiv nicht hier. Vielleicht kommt er später. Ich sollte mich einfach in eine dunkle Ecke setzen und dort abwarten. Doch dazu bekomme ich keine Gelegenheit.

Jemand packt mich von hinten grob an der Schulter. Das ist keine freundschaftliche Geste, sondern eine Warnung. Überrascht drehe ich mich herum und starre in das Gesicht des Securitymitarbeiters, der gerade ein hübsches Sümmchen eingesackt hat, um mich in Ruhe zu lassen. Mein Blick zuckt zu den zwei Typen hinter ihm, die ihre muskulösen Arme vor dem Oberkörper verschränken und mich finster anstarren. Ich trainiere seit vier Jahren, weil es mir dabei hilft, mich besser zu fühlen. Weil es ein Ausgleich zum theorielastigen Studium ist. Aber bestimmt nicht, damit ich mich mit drei Typen anlegen kann, die doppelt so breit sind wie ich.

»Gibt es ein Problem?«, frage ich möglichst gelassen, obwohl die Antwort offensichtlich sein dürfte. Ich stecke in Schwierigkeiten. Weshalb auch immer.

»Das werden wir sehen«, antwortet der Typ vor mir.

Ehe ich begreife, wie mir geschieht, packt er mich am Kragen und stößt mich unsanft gegen die Balustrade, die mich davor bewahrt, drei Meter in die Tiefe und mitten auf die Tanzfläche zu stürzen.

»Durchsuchen«, ordnet er an.

»Darf ich erfahren, weswegen?« Irritiert spähe ich zu dem Kerl hinauf, der sofort zur Tat schreitet.

»Gab hier in der letzten Zeit ein kleines Drogenproblem.«

»Ich sehe wie ein Drogendealer aus?«, halte ich dagegen, bekomme aber keine Antwort. Wahrscheinlich ist sie offensichtlich genug.

Meine Gedanken rasen. Drei gegen einen ist eine schlechte Quote. Außerdem werden immer mehr Menschen auf uns aufmerksam und beobachten, was hier vor sich geht. Gar nicht gut. Je mehr Menschen uns anstarren, umso mehr Energie wird den Kristallen des Tarnzaubers entzogen.

Eine unterschwellige Unruhe steigt in mir auf.

Ich könnte einen Plan brauchen, doch mir kommt keiner in den Sinn.

Hände an meinen Schultern. An meinem Revers. An meiner Brust. Sie schlagen mein Jackett auf, durchsuchen die Innentasche. Erfolglos. Tasten meinen Bauch ab. Die Hosentaschen. Und verharren.

Mit einem widerwärtigen Grinsen im Gesicht sieht der Kerl zu mir auf. »Was haben wir denn da?«, fragt er rhetorisch, fasst, ohne zu fragen, in meine Tasche und will den Beutel herausziehen.

Entschieden greife ich nach seinem Handgelenk und sehe ihn warnend an. »Wage es nicht.« Ein klein wenig verachte ich mich für meinen Tonfall, der viel zu sehr nach Dad klingt. Aber wenn dieser Typ mir den Beutel abnimmt, versagt die Tarnung. Ich fliege endgültig auf – werde erkannt, verhaftet und dem Crow Coven übergeben.

Mein Herz hämmert gegen meinen Brustkorb, und es kostet mich alle Selbstbeherrschung, meine Fassade aufrechtzuerhalten. Nicht panisch zwischen dem Kerl vor mir und seiner Verstärkung hin und her zu schauen.

Die Balustrade bohrt sich in meinen Rücken, als wollte sie mich zusätzlich daran erinnern, dass ich in der Klemme stecke.

Als das hämische Grinsen des Typen vor mir breiter wird, weiß ich, dass ich bereits verloren habe.

Mit einem Ruck zieht er den Beutel hervor und betrachtet ihn grinsend. Er öffnet ihn, wirft nur einen flüchtigen Blick hinein und nickt. Was auch immer er darin vermutet hat, der Inhalt enttäuscht ihn offensichtlich nicht. Statt Fragen zu stellen, grinst er mir mitten ins Gesicht, schnalzt abfällig mit der Zunge, während er mich mustert. »Darren Hunter.«

Verflucht! Er weiß, wer ich bin.

Mein Blick zuckt erneut zu den Typen in seiner Gesellschaft, dann einer Gruppe junger Menschen, die gerade auf uns aufmerksam geworden sind und aufgeregt zu tuscheln beginnen.

Erneut höre ich meinen Namen. Ich bin so was von aufgeflogen.

Denk, Darren. Denk. Du musst hier irgendwie raus. Körperlich hast du gegen die drei Muskelprotze keine Chance.

»Was für eine angenehme Überraschung«, behauptet der Typ vor mir und wirft den Beutel in seiner Hand spielerisch hoch. »Es gab Gerüchte darüber, dass du und deine kleine Freundin nicht klug genug wart, das Land zu verlassen. Aber dass du so dumm sein würdest, hier aufzutauchen und nach Jesper zu fragen. Damit hat kaum einer wirklich gerechnet.«

»Sagt bloß, ihr habt mich bereits erwartet.«

Natürlich haben sie das. Nicht umsonst hatte Gemma Angst davor, mich gehen zu lassen. Weil sie befürchtet hat, dass genau das hier passiert. Uns war doch klar, dass jedes Gegenüber ein potenzieller Gestaltwandler sein könnte. Mehr noch: dass mittlerweile jeder Mensch in dieser Stadt durch den S.P.E.L.L.-Zauber zu einem Werkzeug des Crow Covens gemacht werden kann.

Der Typ lacht humorlos, bevor seine freie Hand nach vorn schnellt und erneut meinen Kragen packt. »Verrätst du mir freiwillig, wo deine kleine Freundin steckt? Sie bringt mir ein hübsches Kopfgeld.« Mit einer ruckartigen Bewegung schubst er mich wieder gegen das Geländer.

Schmerz schießt meinen Rücken hinab. Etwas knackt. Sind es meine Knochen, oder ist es die Brüstung? Beides keine guten Optionen.

Ich muss mich der Wahrheit geschlagen geben: Körperlich bin ich diesem Typen unterlegen. Er könnte mich mühelos über die Absperrung in den Abgrund stoßen.

Meine Gedanken zucken zu Gemma. Vielleicht hat er recht, und sie ist tatsächlich klein, aber sie würde sich von diesem Kerl nicht einschüchtern lassen. Sie würde … Was zur Hölle würde sie tun?

Mir entfährt ein Keuchen, als er sich breitbeinig vor mir aufbaut, mich mit immenser Kraft erneut gegen die Absperrung schleudert. Er umschließt meinen Hals so fest, dass ich kaum Luft bekomme. Vor meinen Augen beginnt es, zu flirren.

»Sagst du uns, wo wir sie finden, oder sollen wir deinen Leichnam in einem Glaskasten aufbahren und zur Schau stellen, bis sie dich rächt, Prinzessin?«

Hat er mich gerade Prinzessin genannt? Das sollte wohl mein geringstes Problem sein, denn ich brauche Luft. – Und das, was hier knackt und knirscht ist eindeutig die Balustrade hinter mir. Lange wird sie mein Gewicht nicht mehr halten.

Mein Blick schnellt auf die Tanzfläche hinab. Drei Meter trennen mich von ihr. Sollte ich den Sturz überleben, hätte ich vermutlich so viele Knochenbrüche, dass meine Flucht sehr unelegant röchelnd auf dem biergesprenkelten Boden der Tatsachen enden würde.

Erneut zucken meine Gedanken zu Gemma. Zu der Erinnerung daran, wie sie sich allein dem dunklen Hexer gestellt hat. Wie sie für mich die Festplatte meines Dads gestohlen hat. Wie sie einen nahezu unmöglichen Weg gefunden hat, um meinen Fluch zu umgehen. Es kann doch nicht sein, dass ich zu erbärmlich bin, um ein einziges Mal irgendwas allein zu regeln.

Gemma würde ganz sicher ihrer Intuition vertrauen. Der Magie. Doch um sie wirken zu können, brauche ich den Beutel zurück.

»Entschuldige«, keuche ich und schaffe es, ein Lächeln auf

mein Gesicht zu zwingen, obwohl sich purpurne Schleier in mein Sichtfeld schieben.

Ich brauche Luft!

»Was?«, fragt der Mistkerl irritiert.

Das hier ist nicht der richtige Moment für Erklärungen. Oder Ehre.

Ohne weiter darüber nachzudenken, ramme ich ihm mein Knie in den Schritt – und spüre fast so etwas wie Phantomschmerz.

Aber die Sekunde der Überraschung reicht mir, um nach meinem Beutel zu greifen. Dass mein Angreifer gerade stöhnend zu Boden geht, ist nur eine nette Zugabe.

Hastig kippe ich die Kristalle auf meine Hand, gerade als seine Kumpels aus ihrer Starre erwachen.

Aus Zeitnot rattere ich den Spruch herunter, den ich Gemma als Tarnzauber vorgeschlagen habe. Mein Herz rast so schnell, dass es dieses Mal kein Problem ist, die Schwingungen der Kristalle aufzufangen. Wir sind im Einklang. Ich spüre, dass der Zauber wirkt, als ein unangenehmes Prickeln durch meinen Körper fährt, als würde Brausepulver durch meine Adern schießen. Sämtliche Nervenenden kribbeln schmerzhaft. Ich hasse das Gefühl, dass diese Art von Energieanwendung in mir erzeugt. Doch sobald es abebbt und der Zauber seine Wirkung entfaltet, ist es beinahe vergessen.

Ich springe herum und haste in Richtung der Treppe. Die verschleiernde Wirkung des Zaubers wird nicht lange halten. Nicht bei so vielen Menschen, die mich eben gesehen und erkannt haben. Ich bin mir sicher, dass deren Unterbewusstsein sich an mich erinnert und die Täuschung innerhalb weniger Sekunden durchschaut. *Verdammt!* Wäre ich geübter in diesen Dingen, hätte ich vielleicht daran gedacht, noch einen Vergessenszauber mit heraufzubeschwören.

Ich schaffe es bis zur Treppe und springe die ersten Stufen hinunter, als der Typ sich wieder aufgerappelt hat. Statt mir zu folgen, hechtet er zum DJ-Pult hinüber. Was hat er vor?

Ich werde sicher nicht bleiben, um es herauszufinden. Stattdessen versuche ich, mich durch die Menschenmenge zu quetschen, trete versehentlich auf Füße, kassiere den Hieb eines Ellbogens, stoße beinahe eine junge Frau zu Boden, die kaum auf ihren High Heels stehen kann. Ich murmle eine Entschuldigung nach der anderen, bis das Rückkoppelungsgeräusch eines Mikrofons ertönt.

Das mulmige Gefühl in meinem Nacken rät mir dazu, mich zu beeilen.

Ich schaffe es zur Bar. Nur noch wenige Meter trennen mich vom Ausgang.

Eine Stimme hallt durch die gesamte Diskothek: »Hey, *Olive Club*. Es wäre mir eine Freude, wenn ihr den jungen Mann an der Bar, der gerade versucht, sich zum Ausgang durchzuschlagen, aufhaltet. Mit allen Mitteln.«

Oh, fuck!

Wir wussten, dass im Grunde jeder New Yorker eine Marionette in Standby ist, aber zu sehen, wie fast alle Besuchenden des Clubs gleichzeitig ihren Kopf in meine Richtung drehen und auf mich zukommen, ist einfach nur abgrundtief gruselig. Surreal.

Mit einem erneuten Fluch ducke ich mich unter nach mir greifenden Händen hindurch; schlage einen Arm beiseite; schaffe es irgendwie in den Flur. Ein Türsteher sieht mich so verwirrt an, als hätte er den Appell nicht gehört. Zumindest hält er mich nicht davon ab, als ich die Tür aufziehe und nach draußen stürme. Verfolgt von unzähligen Clubbesuchenden. Ich fühle mich wie bei einer beschissenen Zombieapokalypse. Wie lange mag der Zauber anhalten? Würden diese Menschen mich durch die ganze Stadt verfolgen? Die Energie meiner Kristalle ist auf jeden Fall aufgebraucht. Es ist nur eine Frage der Zeit, bis man mich einholt. Oder mich eine der Überwachungskameras einfängt und man die Polizei losschickt, um mich abzufangen. Mit schmerzender Lunge biege ich um die nächste Hausecke – und werde beinahe von einem Auto überfahren, das mit quietschenden Reifen in die Straße schießt und knapp vor meinen Füßen auf dem Bürgersteig zum Stehen kommt.

Mist!

Ich will es gerade umrunden, als sich das Fenster auf der Beifahrerseite öffnet.

»Brauchst du Hilfe?«, ertönt Jespers Stimme aus dem Wageninneren.

Ich war in meinem ganzen Leben noch nie so dankbar dafür, ihm zu begegnen.

Was ist, wenn das Teil einer Falle ist?, schießt es mir durch den Kopf. Sicher, ich weiß nicht, ob ich ihm vertrauen kann. Aber meine Chancen, der Meute zu Fuß zu entkommen, streben ebenfalls gegen Null.

Nickend reiße ich die Tür auf und lasse mich auf den Sitz fallen.

»Fahr!«, rufe ich panisch, da zumindest einige der Clubbesucher nüchtern genug waren, um beinahe mit mir Schritt halten zu können.

»Was du nicht sagst«, raunt Jesper, setzt ungeschickt nach hinten, rammt ein parkendes Auto, dessen Alarmanlage anspringt, und schafft es zurück auf die Straße. »Ich dachte schon, von einer Menschenmenge verfolgt zu werden wäre eine neue Art von Workout.«

»Ich erkläre dir alles, sobald wir die los sind. Wir brauchen … Kristalle, Pflanzen, ein Messer. Irgendwas. Für Energie. Um einen Zauber zu wirken.«

»Bitte?« Jesper schenkt mir einen zweifelnden Seitenblick, während ich sein Handschuhfach durchsuche. »Wenn du darin einen Bonsai vermutest, muss ich dich enttäuschen. Ich transportiere keine …« Er verstummt, als ich ein Springmesser hervorziehe. »Messer. Okay, erwischt. New York ist gefährlich«, lautet seine einzige Erklärung.

»Korrigier mich, doch soweit ich weiß, ist das versteckte Mitführen eines Messers eine Straftat.«

»Korrigier *du* mich, aber ich glaube, du bist gerade nicht in der Position für Moralpredigten.« Er wirft einen demonstrativen Blick in den Rückspiegel – und ich kann ihm nicht widersprechen.

Ohne darüber nachzudenken, lasse ich die Klinge aufspringen und drücke die Schneide in meine Handfläche.

Ich ignoriere Jespers erschrockenen Aufschrei ebenso wie Gemmas Stimme in meinem Kopf, die mich für diese Dummheit tadelt. Habe ich ihr gesagt, dass Blutzauber gefährlich sind? Oh ja. Wäre sie wütend auf mich, wenn sie hiervon wüsste? Zu Recht, denn ich bin gerade dabei, unsere gemeinsame Zukunft um weitere Jahre zu verkürzen.

Ich stecke das Messer weg und presse ein wenig Blut aus der Wunde.

»*Magic of mist and stormy sea, make sure those people do not pursue me*«, murmle ich.

Das Blut auf meiner Haut kribbelt, und mir wird kurz schwindelig, doch davon abgesehen ist das hier für mich die eindeutig angenehmere Methode, die Magie um Hilfe zu bitten. Ich spüre keine Schmerzen, eher eine wohlige Erleichterung. Tatsächlich fühlt sich diese Art von Fluch so befreiend an, dass sie viele im *Darknet* mit einem Orgasmus gleichsetzen. Natürlich ist es ein Trick der schwarzen Magie. Eine ständige Verführung. Die falsche Erfüllung eines Verlangens. Warum sonst sollte man etwas tun, dessen Preis so hoch ist? Diese Magie kann zu einer Droge werden – und ist genauso schädlich wie der Konsum manch anderer berauschender Substanzen. Ich weiß das und bin nicht stolz auf mich. Aber unsere Verfolger geben auf. So kann ich mir zumindest einreden, dass ich meine Lebensenergie nicht vollkommen umsonst geopfert habe.

»Du tropfst auf meinen Sitz«, tadelt Jesper, hält artig an einer roten Ampel und checkt erneut den Rückspiegel. »Ich denke, wir sind sie los.«

»Kennst du zufällig einen Ort, an den wir uns zurückziehen können, um dir alles zu erklären?«, erkundige ich mich und verbinde meine Hand notdürftig mit einem seidenen Einstecktuch, das Jesper mir kommentarlos überreicht. Seinem Outfit nach zu urteilen, war er tatsächlich auf dem Weg, irgendwo feiern zu gehen.

»Du meinst einen Ort, an den ich einen gesuchten Verbrecher mit hinnehme?«, fragt er und schnaubt abfällig. »Zufällig ja. Und dort verlange ich eine verdammt gute Erklärung dafür, warum du gesucht wirst, tagelang nicht auf Anrufe reagierst und mir quasi vors Auto läufst.«

Ich verzichte auf die Richtigstellung, dass er es war, der mich beinahe umgefahren hätte, und beschränke mich auf ein kurzes Nicken.

»Tu mir aber den Gefallen, mir etwas zu sagen, das nur der echte Jesper Caden wissen kann«, bitte ich.

»Redest du von so etwas Fundamentalem wie meiner Schuhgröße? Oder eher davon, dass irgendetwas mit meinem Dad nicht stimmt?«

»Wie meinst du das?«, hake ich nach.

»Ich hatte gehofft, das könntest du mir erklären. Sie behaupten in den Medien, dass Gemma eine Hexe wäre. Oder sich zumindest für eine hält. Und wenn du mich fragst, geht in dieser Stadt irgendwas Komisches vor sich. Letztens war eine junge Frau in Dads Büro. Sie meinte, ihr Bruder wäre verschwunden. Dad hat mich während des Gesprächs rausgeschickt. Was auch immer dann geschehen ist: Als sie wenig später den Flur betrat und ich sie nach ihrem Bruder fragte, konnte sie sich angeblich an nichts erinnern. Sie hat beteuert, gar keinen Bruder zu haben. In den Nachrichten sagen sie, dass Gemma und du Dokumente stehlen und einen Anschlag auf Dad verüben wolltet. Ökoterrorismus. Aber warum solltet ihr euch in Dads Büro austoben, statt die Einrichtungen der L.I.F.E. Inc. zu attackieren? Und weshalb hat ausgerechnet die Assistentin deines Dads seit dem Morgen diese seltsame Verbrennung im Gesicht? Was wollte *sie* in Dads Büro? Nichts davon ergibt in meinen Augen Sinn.«

Verständlich. Denn nichts davon ist wahr.

»Wenn du also einen ruhigen Ort zum Reden suchst, lass mich nur kurz jemanden kontaktieren«, bittet Jesper und zieht sein Handy hervor. »Ich rufe Daddy an.«

»Was?«, erschrocken fahre ich auf.

Verdammte Scheiße, er kontaktiert Bürgermeister Caden.

Das hier ist eine Falle – und ich bin mitten hineingelaufen, obwohl ich wusste, dass ich niemandem trauen kann.

25. KAPITEL
GEMMA

Es fühlt sich seltsam an, an einem Freitagabend allein in einer leeren Praxis zu sein. Der Geruch von Desinfektionsmitteln, die vielen sterilen Oberflächen, das Summen des Empfangscomputers im Standbymodus. All das kommt mir so viel präsenter vor als mit Darren an meiner Seite. Meine Gedanken wandern ohnehin ständig zu ihm. Ich hoffe, dass sein Tarnzauber wirkt und der Menschenmassen im Club gewachsen ist. Dass Darren Jesper tatsächlich dort antrifft. Und Jesper ihn nicht umgehend bei seinem Dad verrät. Ab und an denke ich auch an Taro und Hazel. Hazel wollte meinen Bruder zu unserer Wohnung schaffen, dort bei ihm warten, bis er wieder seine menschliche Gestalt annehmen kann und ihn bei Bedarf zum Arzt bringen oder zu sich nach Hause fahren. Bisher hat sie nicht auf dem Praxistelefon durchgerufen, um mir den Stand der Dinge mitzuteilen. Was ist, wenn die beiden in unserer Wohnung aufgesucht wurden? Wenn man Taros Wehrlosigkeit erneut ausgenutzt hat? Die Sorgen nagen unentwegt an meiner Seele, ohne dass ich etwas dagegen tun kann.

Seufzend wende ich mich wieder dem Buch auf meinem Schoß zu, obwohl es sich eher nach einer Beschäftigungstherapie anfühlt. Wie oft habe ich in der letzten Stunde ein und dieselbe Seite gelesen, ohne dass es auch nur ein Wort in mein Bewusstsein geschafft hat?

Heute Abend gehöre ich definitiv in die Kategorie *hoffnungsloser Fall,* was meine Arbeitsmotivation angeht.

Ich zucke heftig zusammen, als die Türklingel schrillt. Augenblicklich schnellt mein Puls in die Höhe. Die unmittelbar auf das Klingeln folgende Stille liegt umso lauter in der Luft. Wer taucht denn nachts bei einer Tierarztpraxis auf? Die wahrscheinlichste Antwort lautet: ein verzweifelter Tierbesitzer mit einem Notfall. Das kann ich unmöglich ignorieren.

Einem eigenartigen Impuls folgend reiße ich die gerade aufgeschlagene Seite aus dem Buch, falte sie zusammen und schiebe sie in die Tasche meines Hoodies. Rasch lege ich das Buch aus der Hand und greife nach einer Minitaschenlampe, die ich in einer Schreibtischschublade gefunden habe. Ich schalte im Flur kein Licht ein, sondern nutze die Taschenlampe, um mich in den Praxisräumen zurechtzufinden: aus dem Gemeinschaftsraum, durch den Flur, am Empfang vorbei, zur Tür. Als ich einen Blick auf die rauschige Schwarz-Weiß-Aufnahme der Überwachungskamera werfe, die den Türbereich filmt, habe ich ein Déjà-vu. Allerdings keines der guten Sorte, sondern eines, das mir eine eisige Gänsehaut am ganzen Körper beschert.

Vor der Tür steht Beryl. Mit Gedanken an Taro keimen finstere Gefühle in mir auf, die ich zu unterdrücken versuche. Hass hat noch niemandem geholfen. Egal, wobei.

Beryl hat die Hände in den Taschen ihrer Collegejacke vergraben und schaut sich flüchtig um. Auch wenn sie allein zu sein scheint, werde ich mich davor hüten, ihr die Tür zu öffnen. Eines ist zumindest sicher: Sie hat garantiert kein verletztes Tier dabei. Obwohl meine Neugierde gern herausfände, woher sie weiß, dass wir hier sind, bin ich fest entschlossen, ihr nicht nachzugeben.

Beryl klingelt erneut, fährt sich fluchend durch die lockigen Haare. Sie zögert, bevor sie sich bückt und dann zum Gehen wendet. Wenn mich nicht alles täuscht, hat sie einen Zettel auf der Fußmatte abgelegt.

Ich warte. Eine Stunde. Zwei Stunden. Und hoffe, dass sie nicht die Geduld dafür hat, so lange an der Ecke zu lungern und mir aufzulauern, nur falls ich doch noch die Tür öffnen sollte. Glücklicherweise gibt es in einer Tierarztpraxis ausreichend Einweghandschuhe und Klemmen, denn ich bin nicht gewillt, den Zettel mit bloßen Händen anzufassen. Nur für den Fall, dass er mit einem Fluch belegt wurde: Ich bin vorbereitet.

Ein letztes Mal atme ich tief durch, schnappe mir mithilfe der Zange den Zettel und schlage die Tür wieder zu. *Geschafft!* Keiner hat mich erwischt. Niemand hat in letzter Sekunde seinen Fuß in die Türöffnung geschoben. Alles ist gut.

Mit viel zu schnell schlagendem Herzen lese ich den Zettel und stutze. Das ist kein Fluch, sondern eine Bitte.

Ich muss dringend mit dir reden. Komm zum Beans & Herbs.

Mehr nicht. Keine gezeichnete Rune. Keine Erklärung.

Woher weiß Beryl, dass ich hier bin? Die Botschaft ist doch an mich gerichtet – oder wen erwartet sie stattdessen? Und worüber möchte sie sprechen? Ziemlich wahrscheinlich handelt es sich bei der Nachricht um eine weitere Falle ihres Zirkels.

Also versuche ich, die Ruhestörung zu verdrängen, und ziehe mich wieder in den Aufenthaltsraum zurück. Aber womit auch immer ich mich abzulenken versuche, ständig kommt mir dieser Zettel wieder in den Sinn. Ich kann selbst nicht glauben, dass ich das tue, doch irgendwann gebe ich dem Drang nach, ziehe mir einen von Hazel geliehenen Mantel über und verlasse die Praxis.

Darren wäre sicher alles andere als begeistert von meinem Vorhaben, doch er ist nicht hier. Ich habe gehört, wie er zu Mom sagte, dass ich mich immer dann in Gefahr bringe, wenn er nicht anwesend ist. Vielleicht hatte er nicht ganz Unrecht.

Und so breche ich freiwillig mitten in der Nacht zum *Beans & Herbs* auf. Wohlwissend, dass Beryls Bitte vermutlich ein Trick ist.

· · ✦ · ·

Irgendwann einmal habe ich den Herbst vor Darren verteidigt, weil der nicht in der Lage dazu war, die Schönheit dieser Jahreszeit zu erkennen. Aber während ich nachts auf den verregneten Straßen New Yorks unterwegs bin, muss ich einsehen, dass meine Herbstliebe nur für goldene Sonnentage, raschelndes Laub und Pumpkin Spice Latte gilt. Düstere Nächte, in denen einem der Wind eiskalte Regentropfen ins Gesicht peitscht und durch die Kleidung bis auf die Haut dringt, mag ich ebenso wenig wie er. Wenn ich könnte, würde ich mich irgendwo wie ein Eichhörnchen zurückziehen, einkuscheln und auf sonnigere Tage warten. Dummerweise ist das für Menschen keine Option. Und ebenso bedauerlicherweise befinden sich die Tierarztpraxis von Hazels Mom und Beryls Café nicht einmal im selben Stadtviertel. Ich muss ein kurzes Stück mit der U-Bahn fahren, dann zu Fuß gehen, um von Manhattan aus zum in Williamsburg gelegenen *Beans & Herbs* zu gelangen. Das Gute an dem miesen Wetter ist: Jeder, dem ich begegne, hat sich die Kapuze seiner Jacke tief ins Gesicht hinabgezogen und ist so damit beschäftigt, über die Pfützen auf den Gehwegen zu fluchen, dass kaum einer dem Gegenüber Beachtung schenkt oder sich darüber wundert, warum man sich den Schal bis zu den Ohren hochzieht. Hazels Mantel ist mir so viel zu groß, dass man von mir kaum mehr als die Nasenspitze sieht. Niemand spricht mich an, keiner hält mich auf, dennoch nimmt die Anspannung in meinem Inneren mit jedem Schritt zu, bis ich schließlich abbiege – und stehen bleibe. In dieser Straße liegt das *Beans & Herbs*. Direkt daneben befindet sich das Haus, in dem Taro und ich wohnen. Mein Blick wandert zu der Dachgeschosswohnung hinauf, doch sie wirkt dunkel und verlassen. Zu gern würde ich meinem Zimmer einen Besuch abstatten und zumindest für einen Moment so tun, als wäre alles in Ordnung. Als wäre dies ein normaler Freitagabend, an dem ich ein paar Kerzen entzünde, in einem Livestream Tarotkarten lege und versuche, den Menschen dort draußen Mut zu machen. Mut dafür, ihr eigenes Leben in die Hand zu nehmen. Und vielleicht tue ich selbst gerade genau das, indem ich ins *Beans & Herbs* gehe, anstatt tatenlos in der Praxis von Mrs Birds zu warten, ob mir Hazel oder Darren Neuigkeiten vorbeibringen.

Ein letztes Mal atme ich tief durch und setze meinen Weg fort. Ich kontrolliere kurz vor dem *Beans & Herbs* sicherheitshalber die Energieladung des Turmalinanhängers meiner Halskette. Wenigstens eine gute Nachricht gibt es an diesem Abend, denn ich hatte Recht: Der Kristall ist noch fast vollständig aufgeladen. Ich bin so wenigen Menschen begegnet, dass der Tarnzauber kaum seine Wirkung entfalten musste.

Meine Moms und Darren wären bestimmt nicht begeistert, wenn sie sehen würden, wie ich an die Eingangstür des *Beans & Herbs* klopfe. Tatsächlich ist sich gerade nicht einmal meine Intuition sicher, ob sie hier sein oder lieber fliehen möchte. Ich habe gesehen, was der Hexer des Crow Covens Darren angetan hat. Wie er ihm Schmerzen zugefügt hat. Und ich weiß, dass er auch Darrens Eltern auf dem Gewissen hat. Höchstwahrscheinlich laufe ich gerade sehenden Auges in mein Verderben. Dennoch unterdrücke ich den Impuls, umzudrehen und wegzulaufen, als die Tür entriegelt wird.

Beryl öffnet sie, doch mustert mich verwirrt.

»Ja?« Sie hebt so skeptisch eine Augenbraue, dass ich mir zumindest sicher sein kann, dass der Tarnzauber wirkt. »Wir haben geschlossen«, sagt sie nach einigen Sekunden ausdruckslos.

»Oh, tatsächlich? Und ich dachte, ich wäre ein geladener Gast. Der Brief war also für Hazel bestimmt?«, schlussfolgere ich und kann nicht einmal behaupten, dass es mich sonderlich überrascht. Es ist schließlich nicht das erste Mal, dass Beryl sie kontaktiert. »Möchtest du dich bei ihr nach Taros Wohlbefinden erkundigen? Oder einen Geist vermisst melden? Sollte Letzteres der Fall sein, muss ich wohl leider gestehen, dass er so anhänglich war, dass ich ihn in ein Haustier verwandelt habe, das sie nun auf Schritt und Tritt begleitet. Mea culpa.«

»Du hast *was?*«

»Ich bin auch nicht besonders stolz darauf, Nekromantie angewendet zu haben, um mich eures lästigen Spions zu entledigen, aber ich fürchte, euer Geist lebt nun in dem Körper eines verstorbenen Eichhörnchens weiter. Nur falls es dich tröstet: Es scheint ihm dort zu gefallen.« Mag sein, dass ich Beryl diese Dinge nicht erzählen müsste, aber irgendwie ist es mir ein Bedürfnis, sie wissen zu lassen, dass ich in Bezug auf Hazel keinen Spaß verstehe.

»Ist das dein Ernst?« Sie mustert mich erneut. »Rede ich mit Gemma?«

»Ich weiß nicht, mit wie vielen Hexen Hazel sonst noch befreundet ist, also ist die Vermutung naheliegend.«

Überfordert fährt sie sich mit einer Hand durch die dunklen Locken. »Okay, krass. Weder deine Ausdrucksweise noch dein Aussehen passen zu dir.« Sie zögert, bevor sie mir bedeutet, einzutreten. »Wie auch immer. Schön, dass du hier bist. Lass uns reden.« Sie sieht sich flüchtig auf der Straße um, als wollte sie sichergehen, dass uns niemand beobachtet. »Ich koche uns einen Tee.«

Lachend trete ich ein. »Als ob ich von dir einen Tee annehmen würde.«

»Wenn ich dich oder Darren hätte vergiften wollen, hätte ich das längst tun können. Ich hatte unzählige Gelegenheiten dazu und kann dir versichern, dass das nicht meine Absicht ist.«

Da mag sie recht haben, dennoch werde ich kein Risiko eingehen. Ich vergrabe die Hände in den Taschen meines Mantels und sehe mich im *Beans & Herbs* um. Es fühlt sich eigenartig an, wieder hier zu sein. Inmitten all der Pflanzen, die in jedem freien Zentimeter dieses Cafés wachsen. Begrüßt von der einzigartigen Geruchsmischung aus frisch gemahlenen Kaffeebohnen, dem losen Tee und täglich wechselnden Backwaren. Hier vorbeizuschauen war für mich eine Weile so, wie nach Hause zu kommen. Das Grün hat sich angefühlt, als würde es mich erden. Der Duft von Kaffee war wie eine warme Umarmung am Morgen. Jeden Tag habe ich auf dem Weg zur Akademie einen Zwischenstopp eingelegt und habe mich mit Kaffeespezialitäten versorgt. Das Café jetzt zu betreten, mit all dem Wissen der vergangenen Tage, führt mir erneut vor Augen, was ich verloren habe: Mein ganzes beschauliches Leben, das ich hier in New York so geliebt habe.

Beryl geht an mir vorbei zur Theke hinüber und bedeutet mir, ihr zu folgen. »Ich mache mir auf jeden Fall etwas zu trinken. Wenn du es dir anders überlegst und auch etwas möchtest, lass es mich wissen.«

»Sicher nicht.« Ich kann ein abfälliges Schnauben kaum unterdrücken und setze mich auf einen der Hocker am Tresen. Schweigend beobachte ich Beryl dabei, wie sie sich einen Tee zubereitet. »Wie geht es deiner Grandma?«, durchbreche ich schließlich die Stille.

»Im Gegensatz zu gewissen anderen Geistern ist sie noch immer tot – und trotzdem nicht bereit, auf die andere Seite hinüberzuwechseln«, antwortet sie knapp, stützt die Unterarme auf den Tresen und fährt mit einem Zeigefinger die Maserung des Holzes nach. »Ich weiß nicht, was Kristen dir über mich erzählt hat, aber …«

»Ist das tatsächlich ihr wahrer Name?«, unterbreche ich sie. »Ich bin fast davon ausgegangen, dass er nur eine weitere Lüge ist.«

»Es kann sein, dass es nicht der Name ist, der auf ihrer Geburtsurkunde steht, aber es ist der Name, mit dem sie sich uns allen vorgestellt hat«, erzählt Beryl, ohne mich anzusehen. »Ich kenne sie seit etwa zwei Jahren und habe weder von ihr, ihren Gestaltwandlern, noch den anderen Mitgliedern unseres Zirkels je einen anderen Namen für sie gehört.«

»Wie lange bist du schon Teil deines Zirkels?«, frage ich vollkommen indiskret und nicht um den Hauch von Höflichkeit bemüht. Eigentlich rechne ich nicht mit einer Antwort, aber es war Beryl, die vorgeschlagen hat, dass wir uns unterhalten könnten. Also kann sie gern reden.

»Seit Grandmas Tod«, antwortet sie, ohne zu zögern. Gedankenverloren greift sie einen langstieligen Löffel und ein Zuckerpäckchen aus einem der Körbe auf dem Tresen. Die Art und Weise, wie sie bedächtig in ihrem Tee rührt, hat beinahe etwas Hypnotisches an sich.

»Du hast mal erzählt, dass deine Mom ermordet wurde, weil sie eine Art Sekte verlassen wollte. Ging es dabei um den Zirkel?«

Sie seufzt, nippt an ihrem Tee und macht eine unentschiedene Kopfbewegung – halb Nicken, halb Kopfschütteln. »Indirekt. Ja, ich sprach von dem Zirkel. Aber nein, es hat nichts mit mir und meinem Beitritt zu tun. Mom war wie ich und Grandma auch eine *Kitchen Witch* mit Kontakten zur Geisterwelt. Sie dachte …« Beryl starrt einen Moment vor sich hin, bevor sich ein bitteres Lächeln auf ihr Gesicht stiehlt. »Mom war eine Optimistin. Sie dachte, sie könnte dem Zirkel beitreten und dessen Mitglieder dazu bewegen, ihre Denkweisen zu ändern. Aber sie war zu schwach, um dort zu bestehen, geschweige denn irgendetwas zu bewirken. Schon nach kurzer Zeit kam für sie der Punkt, an dem sie versuchte, der magischen Gemeinde den Rücken zu kehren. Erfolglos. Die Kosten für den Beitritt eines so mächtigen Zirkels sind hoch. Doch wenn einem die Ehre zuteilwird und man es schafft, aufgenommen zu werden, sind die Kosten für das Verlassen noch viel höher.«

»Es ist also eine Ehre, Teil einer Gemeinschaft werden zu dürfen, die Menschen für ihre egoistischen Zwecke opfert?«, frage ich fassungslos.

»Für die meisten ist es das tatsächlich. Ich weiß nicht, ob du verstehst, was für gewaltige Privilegien du durch die Aufnahme bekommen würdest. Ehrlich, Gemma. Die Schlange an Bewerbern für diesen elitären Zirkel ist lang. Andere würden morden, um aufgenommen zu werden. Nicht nur bildlich gesprochen, sondern wortwörtlich. Kristen hat dich *persönlich* gebeten, dich uns anzuschließen. Mehrfach. Auch wenn sie nicht unsere Anführerin ist, hat sie genug Einfluss, um deine Aufnahme zu ermöglichen. Ich kann dir versichern: Eine Chance wie diese wirst du nie wieder bekommen.«

Eine Chance? Meine Gedanken zucken zu Beryls Mom und ihrer Vision, die Mitglieder des Zirkels zu besseren Menschen zu machen. Es ist eine nette Idee, aber nach allem, was ich mittlerweile über Kristen weiß, auch eine hoffnungslose.

»Lass mich kurz darüber nachdenken. Nein, danke. Ich passe. Weißt du, was meine Moms immer sagen? Dass es manchmal gut wäre, wenn es eine Institution gäbe, die überwacht, was die Hexenden dieser Welt tun. Wenn ich dir zuhöre, bin ich sehr geneigt, ihnen recht zu geben.«

»Zumindest wenn wir davon absehen, dass diese übergeordnete Institution dich mit Sicherheit auch schon aufgesucht hätte, weil Nekromantie unter Garantie ins Strafgesetzbuch der Hexerei fallen würde.« Ein trauriger Ausdruck tritt in ihre Augen. Sie deutet flüchtig auf meine geschwärzte Hand. »Du bist nicht einmal halb so rein und unschuldig, wie du aussiehst. In keiner Hinsicht. Ich weiß das. Und du weißt das.«

»Warum erzählst du mir das?«, hake ich nach. »Weil du an einem Freitagabend nichts Besseres zu tun hast? Oder weil du dir tatsächlich erhoffst, dass ich mich doch noch eurer Sache anschließe?«

Beryl zuckt mit einer Schulter. »Vielleicht ist es ein wenig von beidem. Wahrscheinlich gefällt mir der egoistische Gedanke, dass ich im Zirkel eine Freundin finden könnte. Und unsere Anführer haben noch immer ein Interesse am angeblich besten Magiemedium New Yorks.«

»Eine Freundin?«, wiederhole ich ungläubig. »Wir hätten Freundinnen sein können. Ich dachte sogar, wir wären es. Dass du mir hilfst, weil ich dir vertrauen kann. Dass du dich an mich wendest, weil …« Ich verstumme, da ich das Gefühl habe, mit jedem Satz naiver zu klingen. »Wie gesagt: Wir hätten Freundinnen sein können. Aber nicht so. Du hast mich belogen.«

Beryl öffnet den Mund, als wollte sie noch etwas sagen, doch offensichtlich fällt ihr auch nichts mehr zu ihrer Verteidigung ein.

»Und weißt du, was noch viel trauriger ist? Du hättest auch Hazel als Freundin gewinnen können. Stattdessen nutzt du sie aus, um uns hinterherzuspionieren.«

»Das stimmt nicht!«, ereifert sie sich. »Ich wusste ja nicht einmal, ob sie Kontakt zu euch hat.«

»Dann sollte der Geist sie also nicht zu uns führen, sondern beschützen? Wie ehrenhaft.«

Beryl beißt die Zähne zusammen und rümpft die Nase, als könnte sie nur mühsam ein Knurren unterdrücken. »Wenn ich ihr hätte schaden wollen, hätte ich garantiert einen anderen Geist ausgesucht, um ein Auge auf sie zu haben. Keinen, der mit ihr verwandt ist. Dass ich sie hierher eingeladen habe, war keine Falle, solltest du mir das unterstellen wollen. Sie geht nicht an ihr Handy und war nicht zu Hause. Eric hat mir erzählt, was man Taro angetan hat. Ich wollte sie nur wissen lassen, dass ich damit nichts zu tun habe. Ich kenne deinen Bruder kaum, aber ich weiß, was er Hazel bedeutet.«

»Tut mir leid, dass ich mittlerweile an einem Punkt meines Lebens bin, an dem es mir schwerfällt, solche ehrenwerten Geschichten zu glauben. Aber sollte ich meine Meinung ändern und das Verlangen spüren, eurem Zirkel beizutreten, lasse ich es euch mit Freuden wissen. Bis dahin: Lasst Hazel und Taro in Ruhe«, ist alles, was ich von ihr verlange, bevor ich mich vom Hocker gleiten lasse und zum Gehen wende. Ich habe die Tür fast erreicht, als sie sich räuspert.

»Ich bedaure es wirklich, Gemma, aber ich fürchte, ich kann dich nicht so einfach ziehen lassen. Wenn mein Zirkel herausfindet, dass du hier warst, gerate ich in gewaltige Schwierigkeiten. Es wäre mir also eine Freude, wenn du noch bleibst.«

Verwirrt sehe ich sie an. Warum sollte mich ihre halbherzige Bitte dazu überreden, jetzt nicht zu gehen?

Und was soll diese eigenartige Wortwahl?

Es wäre mir eine Freude.

Ich habe diesen Ausspruch schon öfter gehört, allerdings bei Bürgermeister Caden. Beziehungsweise der Gestaltwandlerin, die ihn ersetzt hat.

Was ist, wenn es so ist, wie Darren vermutet hat? Wenn der Crow Coven tatsächlich schnellstmöglich die Indoktrinationsformel geändert hat? Wenn sie bereits von langer Hand vorbereitet war? Wenn man sie in der Vergangenheit so oft von Caden gehört hat, dass man sie für den nervigen Tick hält? Nichts, woran man einen Gedanken verschwenden würde, weil es einem beinahe normal vorkommt sie zu hören.

Instinktiv greife ich nach Grandmas Ring, als der Kristall daran verräterisch aufglimmt. Es ist die stumme Bestätigung dafür, dass Beryl gerade versucht hat, mich zu verzaubern. Dass sie nicht davor zurückschrecken würde, mich ihrem Zirkel auszuliefern. Da ich nicht den Drang dazu verspüre, hierzubleiben, scheint der Schutzzauber tatsächlich zu wirken. Immerhin etwas. Allerdings nehme ich leicht beunruhigt zur Kenntnis, dass der Diamant warm wird. Wie jedes Mal, wenn ich Magie einsetze. Aber dieser Kristall ist in Darrens Blut getränkt. Ob er in diesem Moment spürt, dass sein Zauber zum Einsatz kommt? Ich hoffe inständig, dass wir alles richtig gemacht haben und dieser Ring ihm keine zusätzliche Lebensenergie entzieht, sobald er verwendet wird.

Langsam drehe ich mich zu Beryl um und überlege zu bleiben. So zu tun, als wäre ich gefügig, um mehr über den Zirkel herauszufinden. Aber ich tue es nicht, weil es sich anfühlt, als würde ich Darren im Stich lassen. Und weil ich nicht abschätzen kann, worauf ich mich einlassen würde.

Beryl sieht mich verwirrt an, bis ein Funke der Erkenntnis in ihre Augen tritt. Sie mustert mich und schüttelt kaum merklich den Kopf. »Bist du dir ganz sicher, dass du jetzt wirklich gehen willst? Dass du dich mit Alarics gesamten Zirkel anlegen möchtest? Du bist vielleicht mächtig, aber glaubst du allen Ernstes, dass du allein gegen ihn gewinnen kannst?«

»Ich bin nicht allein«, sage ich mich Nachdruck. »Falls du jemals in einer Situation warst, in der es sich für dich wie die bessere Option angefühlt hat, dich diesem Zirkel anzuschließen, tut es mir leid. Doch ich werde jetzt gehen. Und ich danke dir für deine Informationen«, ist alles, was ich sage, bevor ich das *Beans & Herbs* verlasse.

Wenn ich es richtig anstelle, wirke ich gelassener, als ich mich fühle, denn mein Herz rast in meiner Brust. Ich muss weg, ehe Beryls Zirkel hier aufschlägt. Außerdem mache ich mir noch immer Sorgen um Darren. Und zumindest ein winziger Teil macht sich sogar Sorgen darüber, ob Beryl in Schwierigkeiten gerät, weil sie mich hereingelassen hat.

· · ✦ · ·

Als ich in Manhattan aus der U-Bahn steige und die letzten Meter zu Fuß zur Praxis gehe, wird mir in Überlebensgröße vor Augen geführt, dass ich einen Fehler gemacht habe. Einen riesigen, gewaltigen Fehler. Auf viel zu vielen der Anzeigetafeln taucht mein Foto auf.

Breaking News: Gemma Stone wurde in der Stadt gesichtet. Standort: Williamsburg. Seien Sie achtsam. Melden Sie verdächtige Vorkommnisse an das Büro des Bürgermeisters.

Danke, Beryl. Du bist echt eine tolle potenzielle Freundin und hast keine Minute gezögert, mich an Kristen und ihre Verbündeten zu verraten. Das hat mir gerade noch gefehlt.

Mein Herz legt einen erschrockenen Satz ein, als ein weiteres Gesicht auf der Anzeigetafel auftaucht. Darrens.

Breaking News: Darren Hunter wurde in Manhattan gesichtet. Seien Sie achtsam. Melden Sie verdächtige Vorkommnisse an das Büro des Bürgermeisters.

Darren wurde gesichtet? Die gute Nachricht ist, dass sie ihn offensichtlich nicht gefasst haben, sonst hätten sie das ebenso hinausposaunt. Aber wie konnte er erkannt werden? Was ist passiert? Wieso hat sein Tarnzauber versagt?

Den Rest des Weges zur Tierarztpraxis renne ich so schnell

ich kann, auch wenn meine Lunge nach wenigen Metern entsetzlich schmerzt und mich Seitenstiche malträtieren. Ich verfluche mich dafür, dass ich Sport in den letzten Jahren sträflich vernachlässigt habe. Mit zusammengebissenen Zähnen sporne ich mich selbst an. Jetzt ist kein Moment für Schwäche.

26. KAPITEL
GEMMA

Ich beeile mich, zurück in die Praxis zu gelangen, um zumindest vorerst vor fremden Blicken geschützt zu sein. Aber die Zeit läuft uns davon. Wir benötigen dringend eine andere Bleibe. Nicht nur, weil Hazels Mom ihre Räumlichkeiten irgendwann zurück braucht, sondern auch, weil Beryl nun weiß, wo man uns findet. – Und die ganze Stadt nach uns sucht.

Ich atme erleichtert auf, als ich in die Praxis zurückkehre und Darren im Aufenthaltsraum vorfinde. Er ist hier, und es scheint ihm gut zu gehen. Obwohl ich darüber froh sein sollte, spüre ich eine unterschwellige Unruhe, die ich mir selbst nicht erklären kann. Wahrscheinlich ist es ein Anflug von schlechtem Gewissen, weil ich Darren versprochen habe, hierzubleiben, und stattdessen Beryl aufgesucht habe. Ich hatte wohl gehofft, vor ihm zurück zu sein, um ihm nicht sofort alle Details meines kleinen Ausflugs erzählen zu müssen.

Doch eigenartigerweise stellt er mich nicht zur Rede. Er steht einfach nur am Tisch und blättert durch meine Notizen, als hätte er mich nicht bemerkt, obwohl ich nicht gerade leise war. Er sieht nicht auf, vergewissert sich nicht, wo ich war. Vielleicht sollte ich dafür dankbar sein, aber irgendwie irritiert es mich.

»War deine Mission erfolgreich?«, frage ich und wundere

mich darüber, dass er beim Klang meiner Stimme keinerlei Reaktion zeigt.

»Ob ich erfolgreich war, wird sich noch zeigen«, murmelt er unbestimmt. Doch komischerweise beruhigt mich seine Gelassenheit nicht. Im Gegenteil: Mein Instinkt ist der festen Überzeugung, dass hier etwas gewaltig nicht stimmt.

Verunsichert trete ich an ihn heran, lege meine Arme um seinen Körper und bette meine Wange an seinem Rücken.

Was mich an dieser ganzen Situation am meisten durcheinanderbringt, ist mein Herz. Es zieht sich enttäuscht zusammen, statt eine Woge aus Wärme durch meinen Körper zu schicken, wie ich sie sonst in Darrens Nähe empfinde. Das ändert sich auch nicht, als er sich zu mir herumdreht und mir die Hände an die Taille legt.

Ich mustere sein Gesicht und fühle nichts. Keinen Hauch der besonderen Verbindung, die schon bei unserer ersten Begegnung zwischen uns war.

Mein Blick zuckt zu Darrens Ohrring. Eine Creole. So wie die, die er vor unserer Flucht getragen hat.

Oh, Mist!

Mein Puls schießt augenblicklich in die Höhe. Warum ist mir nicht gleich aufgefallen, dass sein Hemd die falsche Farbe hat? Das ist nicht das Outfit, in dem er vorhin aufgebrochen ist. Weil der Mann vor mir zwar aussieht wie Darren, aber nicht Darren ist.

Er ist ein Gestaltwandler.

Mein Magen krampft sich zusammen, und in meinen Gedanken gehe ich hastig alle Kristalle in meiner Umgebung durch. Ich brauche Energie für einen Zauber, um mich des Kerls zu entledigen. Doch der Turmalinanhänger speist den Tarnzauber. Wenn ich ihn entlade, verfliegt die verschleiernde Wirkung. Bei einer Flucht bin ich dann nicht mehr vor neugierigen Blicken und Geistern geschützt. Bleibt noch der Bergkristall. Doch seine Energie eignet sich am ehesten für Zauber, die Klarheit bringen sollen. Wie könnte ich einen Wunsch an die Magie formulieren, der Klarheit und Reinheit mit dem Fluchtaspekt kombiniert? Mir fällt spontan nichts Sinnvolles ein. Mein Kopf ist wie leer gefegt. Also beschließe ich mitzuspielen, bis mir hoffentlich ein rettender Gedanke kommt.

»Schön, dass du wieder zurück bist«, sagt er sanft.

Aus spontaner Überforderung schenke ich Pseudo-Darren ein Lächeln. »Hast du gefunden, wonach du gesucht hast?«, frage ich unverbindlich.

»Oh, ich denke, wir haben hier *mehr* gefunden, als wir suchten«, höre ich eine tiefe Stimme hinter mir.

Mein Herz setzt einen Schlag lang aus, um danach doppelt so schnell gegen meinen Brustkorb zu hämmern. *Verdammt.* Sie sind mindestens zu zweit. Ich höre schwere Schritte, das Klirren von Metallspangen an groben Stiefeln. Als ich den Kopf hebe, erkenne ich den Hexer, dem ich schon einmal im Haus von Darrens Eltern begegnet bin. Er ist derjenige, der Darrens Eltern auf dem Gewissen hat. Derjenige, der Darren vor meinen Augen gefoltert hat.

Allein seine Anwesenheit in diesem Raum schickt eine Welle eiskalter Angst durch meine Glieder.

Sei stark. Lass dich nicht einschüchtern, rede ich mir in Gedanken gut zu und schlucke trocken.

Langsam ziehe ich meine Hände zurück und sehe zu dem Gestaltwandler vor mir auf. »Traut ihr euch jemals ohne Begleitung vor die Tür?«

Er schenkt mir ein widerwärtiges Grinsen, das überhaupt nicht zu Darrens wunderschönem Gesicht passt. »Eher selten. Im Gegensatz zu euch ist nur unser Äußeres austauschbar, wir sind es nicht.«

»Dann lautet dein wahrer Name wohl Eric, oder seid ihr alle so unsympathisch?«, frage ich und klinge sehr viel selbstsicherer, als mir zumute ist. Ich hoffe verzweifelt auf irgendeinen Impuls oder darauf, dass mir die mysteriöse Stimme den Weg weist, aber sie schweigt beharrlich. Verdammt.

»Vertragt euch«, fordert der Hexer. »Bedauerlicherweise hätte Kristen diese Hexe gern lebend, weil sie angeblich nicht ganz so leicht zu ersetzen ist, wie du behauptest.« Er streckt seine Hand in meine Richtung aus und macht eine auffordernde Geste. »Kommst du freiwillig mit uns, oder müssen wir dich erst anderweitig überzeugen? Ich kann dir versichern, dass ich aus unserer letzten Begegnung gelernt habe. Noch einmal lasse ich mich von dir sicher nicht überrumpeln.«

»Ich wüsste nicht, warum ich mich euch freiwillig anschließen sollte«, erwidere ich und sehe mich im Raum nach irgendetwas Hilfreichem um. Aber mein Blick bleibt an nichts hängen. Mein Improvisationstalent lässt mich gerade gehörig im Stich. *Verflucht!*

Der Hexer schnalzt genervt mit der Zunge. »Deine Antwort überrascht mich nicht im Geringsten. Spätestens seit unserer letzten Begegnung ist mir klar, dass du störrisch und uneinsichtig bist. Aber mir wurde aus sicherer Quelle zugetragen, dass dein Bruder dir unsere Warnung übermittelt hat. Also wiederhole ich meine Bitte ein letztes Mal: Begleite uns – oder sträube dich und jemand wird an deinem Bruder beenden, was wir begonnen haben.«

»Lasst Taro in Ruhe«, knurre ich und spüre, wie Zorn in mir aufsteigt. Das ist also deren Plan, ja? Meine Familie und Freunde quälen, bis ich einknicke? Wie schäbig.

»Du kennst die Bedingung«, sagt er leichthin und deutet auf die Zimmertür.

Die Zähne aufeinanderbeißend wäge ich meine Optionen ab.

Einen Bergkristall einsetzen und versuchen, vor zwei erwachsenen Männern zu fliehen, von denen zumindest einer schwarze Magie beherrscht und der andere übermenschlich stark ist? Mir kommt allerdings noch immer kein passender Spruch in den Sinn. Stattdessen meine Tarnung aufgeben und den Turmalin verwenden? Aber so überlegen, wie der Hexer mich anlächelt, ist er im Gegensatz zu mir vermutlich auf diese Begegnung vorbereitet. Er hat es schon bei unserem letzten Aufeinandertreffen geschafft, dass ich unbemerkt in einen Bannkreis gelaufen bin, der jede Kristallenergie unterdrückt hat.

Das laute Ticken der Wanduhr bohrt sich in mein Bewusstsein, als wollte es mich daran erinnern, dass die Zeit drängt. Wenn Darren noch nicht geschnappt wurde, könnte er jeden Moment von seiner Mission zurück sein. Würden wir es zu zweit schaffen, die beiden zu überrumpeln? Nicht, solange wir keine nützliche Energiequelle anzapfen können, während unser Gegenüber vermutlich ein Fläschchen des Serums parat hat, das er Instant-Magie nennt. Vielleicht ist es also das Vernünftigste, die beiden schnellstmöglich von hier fortzulocken, bevor auch noch Darren oder Hazel ihnen versehentlich in die Arme laufen. Der Gedanke, mit ihnen zu gehen, gefällt mir nicht. Aber vielleicht ist es das geringere Übel?

»Wie lange möchtest du mich dieses Mal auf deine Entscheidung warten lassen?«, fragt der Hexer genervt und spielt mit einem silbernen Herrenring an seinem Zeigefinger. Es ist ein massives Schmuckstück mit einem großen, roten Stein, der mich sehr an den Blutkristall an meinem eigenen Ring erinnert. Auch Kristen trug so einen. Was ist, wenn es sich bei den Steinen tatsächlich um Blutkristalle handelt? Wenn er diese Schutzsteine vielleicht selbst erschaffen hat? Oder wenn er zumindest von ihnen weiß und mir meinen Ring abnehmen wird, sobald er ihm aufgefallen ist?

Gemma.

Ich zucke unwillkürlich zusammen, als ich die flüsternde Stimme höre. Ein Schauer läuft mir über den Rücken. Ob ich mich jemals daran gewöhnen kann, aus dem Nichts angesprochen zu werden? Ich bezweifle es. Wie jedes Mal ist da dieses unangenehme Gefühl. Als würde jemand hinter mir stehen, der sich nicht zu erkennen gibt. Jemand, der an unsichtbaren Fäden zieht, als wäre ich eine Marionette. Aber warum?

Sei artig und geh mit ihnen, säuselt sie.

Ist das dein Ernst?, würde ich am liebsten zurückfragen und kann mich gerade noch zusammenreißen.

Ich weiß beim besten Willen nicht, ob es eine gute Idee ist, diesem Vorschlag zu folgen, dennoch tue ich es. Vor allem deswegen, weil mir partout keine Alternative einfallen will. Meiner Intuition folgend verschränke ich die Hände hinter dem Rücken und ziehe möglichst unauffällig Grandmas Verlobungsring von meinem Finger. Mir ist bewusst, dass ich von diesem Augenblick an nicht mehr gegen den S.P.E.L.L.-Zauber immun sein werde, aber ich gebe mich nicht der Illusion hin, dass niemandem mein Ring auffallen wird. Nicht bei Kristens Maß an Aufmerksamkeit und Vorsicht. Vermutlich würden sie mir notfalls den Finger von der Hand schneiden, wenn ich das Schmuckstück nicht freiwillig herausrücke. Somit steht mein Entschluss fest. Lieber lasse ich ihn hier, als dass mir jemand diesen Ring raubt und ihn vielleicht auch noch zerstört.

Obwohl ich bezweifle, dass man das Geräusch eines auf den Teppich landenden Rings hört, räuspere ich mich leise, während ich ihn fallenlasse.

Nur zu gern würde ich irgendeine Nachricht für Darren hinterlassen, aber so bleibt mir lediglich zu hoffen, dass er den Ring findet und eins und eins zusammenzählen kann: Er ist in der Praxis nicht mehr sicher. Vermutlich wird auch er auf dem Rückweg die überlebensgroßen Fahndungsaufrufe an den Hausfassaden sehen. Wie könnte er nicht? Sie sind alles andere als dezent. Und spätestens wenn er Beryls Zettel findet, weiß er: Sie waren hier und haben mich mitgenommen.

»Wenn ich ohnehin keine Wahl habe, da früher oder später alles auf diesen Moment hinausgelaufen wäre, werde ich mich fügen«, verkünde ich entschieden, hebe den Kopf und beiße die Zähne zusammen.

»Sollen wir sonst noch etwas einpacken?«, fragt Eric unschlüssig und sieht sich die herumliegenden Notizen an.

»Wir haben alles, was wir hier wollten. Gehen wir«, drängt der Hexer.

»Alles, was ihr wolltet?«, wiederhole ich spöttisch. »Hat dir noch niemand beigebracht, dass man Menschen nicht objektiviert, weil es schrecklich unhöflich ist?«

Er misst mich mit einem Blick, so kalt wie der Tod. »Wir kennen uns keine fünf Minuten, und ich kann dir jetzt schon sagen, dass du froh sein kannst, dass Kristen uns verboten hat, dir auch nur eines deiner rosafarbenen Haare zu krümmen, Babywitch.«

»Babywitch? Du siehst aus, als wärst du keine zehn Jahre älter als ich. Ich stehe wirklich ungemein auf diese maßlose Arroganz«, antworte ich sarkastisch und stolpere vorwärts, als er unsanft nach meinem Oberarm greift, mich von sich stößt und mir bedeutet, voranzugehen.

»Mach dir keine Sorgen. Das, worauf du stehst, werden wir schon auch noch finden und vor deinen Augen töten«, zischt er hinter mir.

»Oh, na wenigstens ist deine abfällige Art genderneutral. Das lässt mich hoffen.« Nichts von dem, was ich sage, spiegelt die Panik und Unruhe in meinem Inneren wider, aber ich war noch nie so dankbar für die schlimmen Jahre meiner Kindheit. Sie und das Schauspielstudium waren die beste Lehre, um meine Unsicherheit mit Schlagfertigkeit zu überspielen. Die einzige Alternative, die sich gerade wirklich verlockend anfühlt, wäre, weinend auf dem Fußboden zusammenzubrechen und mich in Embryonalstellung zusammenzurollen. Und den Triumph werde ich ihnen garantiert nicht gönnen.

Ich klammere mich an den Gedanken, dass es die gestaltlose Stimme für eine gute Idee hielt, mit ihnen zu gehen. Ich versuche, ihr zu vertrauen, obwohl ich mir noch immer nicht sicher bin, welches Ziel sie verfolgt oder wo sie ihren Ursprung hat.

Auf ihre Anweisung hin steige ich hocherhobenen Hauptes in ein Auto, das an der Straße geparkt steht. Ein Auto, das mir vorhin vielleicht hätte auffallen können, wenn ich nicht so von den überdimensionalen Fahndungsaufrufen an sämtlichen Hausfassaden Manhattans abgelenkt gewesen wäre.

Während ich mich auf einen Rücksitz fallen lasse, zucken meine Gedanken zu Darren. Ich mache mir Sorgen um ihn, zumindest bis ich über mich selbst schmunzeln muss. Er hat letztens behauptet, dass er im Gegensatz zu mir viel leichter durch sein Leben gekommen ist. Aber das stimmt nicht. Eine seiner ersten Erinnerungen ist, wie sein eigener Dad ihn verflucht hat. Darren hat sich von klein auf um seine todkranke Mom gekümmert und wurde zum Dank dafür von seinem Dad beleidigt und abgewiesen. Er hat sich selbst Hilfe gesucht, um seinen Dad aufzuhalten, und hat quasi im Vorübergehen Hochstaplern das Handwerk gelegt und ihre üblen Machenschaften beendet. Manchmal nenne ich Darren einen Poeten, weil er musiziert, Tagebuch schreibt und dazu bereit ist, mir seine intimsten Gedanken anzuvertrauen. Ich kenne all seine weichen, schönen Seiten, weil er sie mich von der ersten Sekunde an hat sehen lassen. Aber ich weiß auch, dass er früher exzessiv Partys gefeiert oder die Assistentin seines Dads auf dessen Schreibtisch gevögelt hat. Er hat mich verflucht, nur um mich zu testen. Schlimmer noch: Er war bereit, dafür Blut und Lebensenergie zu opfern. Darren ist nicht nur Darren. Er ist auch *DarkDuke*. Und ich fürchte, nun ist es an ihm, sich selbst zu helfen.

• • ✦ • •

»Was guckst du so?«, fragt der Hexer, während er neben mir auf der Rückbank des Autos sitzt und mich so argwöhnisch beobachtet, als könnte ich ihn erneut in einen traumlosen Schlaf verbannen.

»Ist es jetzt schon verboten, aus dem Fenster zu schauen?«, erwidere ich frustriert. »Mich wundert nur, dass es aussieht, als würde Eric uns aus New York hinausbringen. Das ist alles.«

»Mach dir keine Sorgen. Ich werde mich noch früh genug darum kümmern, dass du nicht weißt, wohin wir dich fahren«, knurrt er leise, als wäre ihm meine Gesellschaft jetzt schon zu viel, und zieht eine der Phiolen mit der Medizin von Darrens Mom aus seiner Manteltasche.

Bei unserem letzten Zusammentreffen hat er nach dem Trinken des Wundermittels nur einen einzigen Befehl gebraucht, um einen Zauber zu wirken. Keine Manifestation, keine Beschwörung. Nur ein simples Wort.

Als er die Flasche entkorkt, verkrampft sich mein Körper vor Anspannung. So triumphierend, wie er mich anlächelt, kann er nichts Gutes im Sinn haben.

Mein erster Impuls ist es, ihn zu fragen, was er vorhat, doch ich bezweifle, dass er mir ehrlich antworten würde.

Er leert das halbe Fläschchen in einem Zug und sieht mich an. »Schlaf.«

Bevor ich reagieren kann, fallen meine Augen zu, und alles um mich herum versinkt in finsterem Schwarz.

Nur noch am Rande meiner Wahrnehmung spüre ich einen Schmerz, als mein Kopf gegen die Autotür stößt. Dann ist alles vorbei.

27. KAPITEL
DARREN

»Entspann dich«, bittet Jesper, gerade als meine Hand zum Türgriff schnellt, bereit, mich aus dem Auto zu stürzen. Am anderen Ende der Leitung nimmt jemand ab, der ein lässiges *Hi* in den Hörer raunt. Wer auch immer den Anruf entgegengenommen hat, klingt nicht nach seinem Dad.

»Hi. Notfall. Die Polizei plant eine Razzia. Räumt den Laden, und vergesst euer Grünzeug nicht.«

Es folgt ein Schweigen. »Wir sind schon weg«, ist alles, was die Person sagt, bevor sie auflegt.

Wen auch immer er angerufen hat, war *definitiv* nicht sein Vater.

»Entspann dich«, wiederholt Jesper und deutet auf meine Hand, die sich noch immer um den Türgriff klammert. »Du hast nicht wirklich gedacht, ich rufe meinen Dad an? Ich habe dir gerade eine Unterkunft besorgt. Du kommst doch aus Williamsburg? Kennst du das Ökokollektiv in der Nähe von Charlotte Beach?«

»Das mit den angeblich glücklichsten Hühnern New Yorks?« Ich nicke. »War ein paar Mal dort, um Eier zu kaufen.«

»Dann danke ich für deinen Einkauf. Der Laden gehört mir.«

»Tatsächlich?«, frage ich zweifelnd. Die Begriffe *Jesper Caden* und Ökokollektiv wollen in meinem Kopf nicht so recht zusammenpassen. Vor allem nicht, wenn ich daran denke, wie oft er sich in der Vergangenheit über mein Biologie-Studium lustig gemacht hat. »Wie kommt es dann, dass du es nicht in der ganzen Stadt herumposaunst?«

Jesper entfährt ein Schnauben. »Weil es nicht mein Stil ist, mich freiwillig in Schwierigkeiten zu bringen? Ein paar der Mitarbeitenden, die im Farmhaus schlafen, haben eventuell keine gültige Aufenthaltserlaubnis. Aber sie leisten gute Arbeit, also sehe ich auch darüber hinweg, dass manche von ihnen in ihrer Freizeit interessante Dinge anbauen. Sollte dort wirklich mal eine Razzia stattfinden, weiß ich von nix. Nie von dem Laden gehört. Falls du verstehst.«

»Und der Bio-Boom macht das Ganze zu einem lohnenden Geschäft?«, frage ich skeptisch.

»Nein, Hunter. Dass ich verzweifelten Menschen ein Dach über dem Kopf bieten kann, *das* macht das Ganze zu einem lohnenden Geschäft. Nicht alles, was sich zu tun lohnt, hat mit Geld zu tun. Aber ich erwarte nicht, dass das jemand versteht, der nur Biologie studiert, um eines Tages das fragwürdige Unternehmen seines Dads zu übernehmen.«

»Das ist garantiert nicht meine Motivation. Und ich hätte dir einiges zugetraut. Das allerdings nicht«, gestehe ich und bringe Jesper zum Seufzen.

»Ich wusste bis eben nicht, ob ich dir vertrauen kann. Aus dir war bei unseren Treffen nie viel herauszubekommen, außer *Ja* und *Nein*. Egal, auf welche Weise ich dich zu provozieren versucht habe. Dich die Straße hinabrennen zu sehen hatte daher etwas äußerst Befriedigendes an sich.«

Es kehrt einen Moment Stille ein, bevor ich auflachen muss und mir über die Stirn reibe. Vollkommen irrational und losgelöst. Vielleicht wäre mein Leben um einiges leichter gewesen, hätte ich früher gelernt, den Menschen um mich herum zu vertrauen. Oder ihnen zumindest zuzuhören, statt ständig über meine eigenen Probleme nachzugrübeln. Was für eine schräge Vorstellung, dass vielleicht ausgerechnet Jesper Caden der Freund gewesen wäre, den ich all die Jahre gesucht habe.

· · ✦ · ·

Regen. Schon wieder, sind meine ersten Gedanken beim Verlassen von Jespers Auto. Dass er einen SUV fährt, hielt ich bisher für irgendeine Art von Angeberei, doch auf dem weitläufigen Gelände des Kollektivs ist er tatsächlich von Vorteil.

Das Areal des Kollektivs ist frei zugänglich und grenzt an den East River. Auch wenn die Obstbäume auf der kleinen Plantage im Winter recht kläglich aussehen, wirkt das Farmhaus mit angegliedertem Bioladen im Erdgeschoss sehr gepflegt. Nur Jesper, der mit seinen blank polierten Lederschuhen im Licht seiner Taschenlampe am Hühnerstall vorbeistapft, passt optisch nicht so recht hierher. »Der Notfallplan sieht vor, dass alle, die im Kollektiv wohnen und arbeiten für vierundzwanzig Stunden einen Bogen um das Gelände machen«, erklärt Jesper. »Lang genug, damit du dich hier ungestört umsehen kannst. Der Dachboden ist zurzeit überwiegend ungenutzt. Wenn du bleiben willst, bleib. Die anderen sollten dir keine Probleme bereiten. Niemand hier stellt Fragen, weil niemand die Antworten der anderen kennen will. Für den Fall der Fälle. Du verstehst.«

»Gibt es WLAN?«, lautet meine erste Frage, weil wir es brauchen könnten, um Dawn zu kontaktieren und mit ihr unsere weiteren Schritte zu besprechen. Alternativ könnte ich es natürlich wie sie probieren und eines der anwesenden Hühner schlachten, um sie mithilfe von Gemmas Obsidianspiegel anzurufen. Gemma wäre sicher schwer begeistert. Nicht.

Jesper nickt. »WLAN, einen Kühlschrank, sogar warmes Wasser, habe ich mir sagen lassen. Ehrlich, Darren. Auch wenn man es beim Gestank der Hühner kaum glauben mag, sind wir noch immer mitten in New York.« Er fischt einen Schlüssel aus seiner Hosentasche hervor und bedeutet mir, ihm zu einem Nebeneingang zu folgen. Als er eine knarzende Tür öffnet, erwartet uns dahinter ein schmales Treppenhaus. Fahrig tastet er nach dem Lichtschalter und geht voran, kaum dass er ihn betätigt hat. Wir steigen zwei Stockwerke hinauf, wo er eine weitere Tür aufschiebt und mir den Vortritt lässt.

Was stimmt nicht mit mir, wenn ich erwarte, dass er hinter mir die Tür zuschlägt, sie abschließt und doch noch seinen Dad anruft?

Stattdessen schaltet er in einem weiteren Raum das Licht an.

Der Dachboden, der sich mir daraufhin offenbart, ist groß und nicht ganz das, was ich erwartet hätte. Alles hier scheint aus hellem Holz zu bestehen: die Küchennische, offene Wandregale, das Gestell einer Liegewiese unter einem großen Dachfenster. Wenn man im Hintergrund nicht ab und an die Sirenen in der Großstadt hören würde, könnte man sich einbilden, in einer Waldhütte gelandet zu sein. Rustikal und gemütlich sind zwei der ersten Worte, die mir in den Sinn kommen.

Jesper legt einen Schlüssel auf dem Küchentresen ab und deutet flüchtig um sich. »Home, sweet Home. Wie gesagt: Ich bin nicht oft hier, und der Boden ist quasi ungenutzt. Das Bad ist am Kühlschrank vorbei rechts. Du kannst bleiben, wenn du willst. Falls du etwas brauchst, schreib es auf einen Zettel und leg ihn vor die Zimmertür. Es sollte am nächsten Tag da sein. Es gibt hier keine Regeln, außer: *Reite keinen in die Scheiße, dann reitet er dich auch nicht in die Scheiße.* Und: *Jeden*

Tag die Hühner füttern. – Letztere gilt nicht für dich. Natürlich auch nicht für Gemma, wenn du sie mit hierherbringen willst.«

Mit einem Nicken sehe ich mich um. »Das ist …« Mehr als ich erwartet hätte. Gemma könnte es hier tatsächlich gefallen. Es ist sauber, die großen Fenster ermöglichen ihr einen Blick zu den Sternen – und es stinkt nicht nach Desinfektionsmittel. Wir haben mittlerweile so viel Zeit in der Praxis verbracht, dass ich das Gefühl habe, selbst danach zu riechen.

»Das hier ist ein Freundschaftsdienst«, sagt Jesper und stützt seine Unterarme auf die Theke. »Im Gegenzug schuldest du mir ein paar Antworten. Also: Was geht in dieser Stadt vor sich? Was verheimlicht Dad mir?«

Ich greife nach meinem Ohrring. Was soll ich ihm sagen? Und wie viel davon?

»Ich will die Wahrheit. Die Ganze«, sagt er so entschieden, als hätte er meine Gedanken gehört. »Fangen wir mit den einfachen Dingen an: Stimmt es, was sie in den Nachrichten sagen? Dass sich Gemma für eine Hexe hält?«

»Sie hält sich nicht nur für eine Hexe, sie *ist* eine«, korrigiere ich.

»Meinst du es im übertragenen Sinne, weil sie dich um den Finger gewickelt hat, oder ist es dein Ernst?«

»Wortwörtlich. Und genau das ist der Punkt: Es gibt Dinge, die fantastischer sind, als du es dir vorstellen kannst. Hexen. Gestaltwandelnde. Sirenen. Und viele andere Wesen, die du aus Märchen und Geschichten kennst, existieren. Heute, wie vor Hunderten Jahren, als diese Erzählungen aufgeschrieben wurden.«

»Aha«, sagt Jesper trocken und starrt auf einen Punkt, den nur er sehen kann. »Ich habe Artikel gelesen. Verschwörungstheorien darüber, dass Darren Hunter hinter einem Internetphänomen namens *DarkDuke* stecken könnte. Ehrlich gesagt fand ich es erst etwas seltsam. Aber dann dachte ich mir: Warum nicht? Jeder von uns hat seine Geheimnisse. Ich züchte Hühner und du … Keine Ahnung, was du tust. Ich habe mir deine Videos angesehen und nichts davon verstanden.«

»Ich bin ein Hexer. Wie Gemma. Nur anders.«

»Weniger rosa?«, vermutet er, stößt sich vom Tresen ab, schlendert zum Kühlschrank hinüber und holt zwei Flaschen Biolimonade, die er auf der Theke abstellt. »Soll ich ehrlich sein?« Er schiebt mir eine der Flaschen zu und öffnet seine. »Ich bin gespannt darauf, was du mir zu erzählen hast. Mir sind Dinge zugestoßen, die keinen Sinn ergeben. Wenn du mir dafür eine logische Begründung nennen kannst, wäre ich vielleicht sogar dazu bereit, an Hexerei zu glauben.«

»Was für Dinge?«

Jesper kratzt sich am Nasenrücken, trinkt einen Schluck und zuckt mit einer Schulter. »Meine Mom war eine wundervolle Frau. Fröhlich, loyal, gutherzig. Eines Abends kam ich nach Hause – und fand sie tot in ihrem Lieblingssessel vor. Erschossen.«

»Das tut mir leid. Davon hatte ich keine Ahnung.«

»Es war, bevor du nach New York gezogen bist. Dass du mich nie nach meiner Mom gefragt hast, obwohl keine unserer Mütter je bei einer der langweiligen Veranstaltungen unserer Dads aufgetaucht ist, fand ich übrigens auch unsympathisch. Nur, damit du es weißt.« Er trinkt noch einen Schluck, bevor er fortfährt. »Angeblich hatte Mom eine Affäre. Und ebenso angeblich hat ihr Liebhaber erst sie und dann sich selbst hingerichtet. In unserem Haus. Aus Eifersucht, weil Mom meinen Dad nicht für ihn verlassen wollte. Es gibt Abschiedsbriefe, die alles belegen. Und Liebesbriefe, die Mom dem Typen geschrieben haben soll. Der Polizei haben sie als Erklärung gereicht. Dad hat bezeugt, dass es Moms Handschrift war, und den Skandal so gut es ging aus den Medien ferngehalten. Diese ganze Sache …« Jesper schüttelt den Kopf. »Irgendetwas stinkt daran zum Himmel. Schlimmer als die Hühnerkacke unter deinem Schuh. Was auch immer damals wirklich vorgefallen ist, hat Dad verändert. Und ich kann dir nicht einmal sagen, ob das etwas Gutes oder Schlechtes ist.«

Vielleicht hat sich sein Dad mehr verändert, als er ahnt, denn irgendwann wurde er gegen einen Gestaltwandler ausgetauscht. Und ich halte es nicht für ausgeschlossen, dass der Zirkel, der meinen Dad auf dem Gewissen hat, auch Menschen wie seine Mom aus dem Weg räumen würde, wenn man droht, ihn zu enttarnen.

In jedem Fall habe ich mehr denn je das Gefühl, Jesper die Wahrheit zu schulden. Auch auf die Gefahr hin, dass er mich nach meiner Erzählung hasst. Denn es waren mein Dad und dessen Geheimnisse, an die die Gestaltwandler wollten. Ohne Dad würden der Bürgermeister und Jespers Mutter vielleicht noch leben.

»Wenn du irgendetwas zu erzählen hast, was mir auch nur ansatzweise erklärt, was damals mit Mom passiert ist: Ich höre.«

»Auch dann, wenn ich dir sage, dass man deine Eltern ermordet hat, weil sie Plänen eines Hexenzirkels im Weg standen?«, hake ich nach.

Jesper zuckt bei meinen Worten zusammen, nippt erneut an seinem Getränk und macht eine einladende Geste.

Und so erzähle ich ihm alles, was er wissen muss, um die Situation bewerten zu können. Inklusive der Tatsachen, dass man seinen Dad ermordet und ausgetauscht hat oder dass der Tod seiner Mom höchstwahrscheinlich ein Teil dieser ekelhaften Scharade war. Möglich, dass sie damals Dinge gesehen hat, die sie niemals sehen sollte. Dass sie zur falschen Zeit am falschen Ort war. Oder einfach nur zu viele unangenehme Fragen gestellt hat.

»Du willst mir also sagen, dass mein Dad durch einen Gestaltwandler ersetzt wurde?«, fragt Jesper und setzt sich auf den Tresen. Er starrt vor sich hin, wirkt, als wäre ein Teil von ihm wie betäubt. »Ein Gestaltwandler, der mit Hexenden kooperiert, und die gemeinsam die Stadt unterwandert haben.«

»So sieht es aus«, bestätige ich. »Und ich verstehe, wenn es in deinen Ohren ziemlich verrückt klingt.«

Jesper starrt noch einen Moment vor sich hin, zuckt mit einer Schulter und schüttelt leicht den Kopf. »Tut es. Absolut. Es würde allerdings erklären, warum vorhin eine Horde Menschen hinter dir hergerannt ist, als wären wir in einem Zombiefilm. Oder wieso Menschen urplötzlich ihre Familienangehörigen vergessen. Oder … Du hast gesagt, diese Kristen hat meinen Dad ersetzt, richtig? Dass er nach Moms Tod urplötzlich ständig auf Reisen war, habe ich für seine Art der Trauerbewältigung gehalten. Midlife-Crisis. Keine Ahnung. Ich fand's allerdings immer etwas seltsam, dass ein Mann in seinem Alter aus heiterem Himmel eine Katzenhaarallergie entwickelt hat und auf Frauenparfüm steht. Ich bin also geneigt, dir zu glauben. Vorerst. Irgendwie.« Er verstummt und schüttelt erneut den Kopf. »Ich sollte schockierter sein, oder? Dich anschreien. In Tränen ausbrechen. Behaupten, dass du ein Lügner bist. Aber ich kann es nicht. Mein Verstand sagt, dass Gestaltwandler unmöglich existieren können. Dass Dad nicht tot ist, weil ich ihn heute Morgen noch gesehen habe. Und trotzdem …« Er deutet flüchtig auf meine Hand. »Scheiße. Du hast vorhin gezaubert. Gehext. Wie auch immer.«

»Ich verstehe, wenn du Zeit brauchst, um das alles zu verarbeiten.«

»Tatsächlich? Wie komisch, dass mir erst etwas Tragisches zustoßen musste, bevor du dazu bereit bist, mehr als ein arrogantes Arschloch in mir zu sehen«, antwortet er bitter und winkt ab. »Wenn es irgendetwas gibt, was ich für euch tun kann – außer euch meinen Rückzugsort anzubieten –, um den Mördern meiner Eltern das Handwerk zu legen, sagt es.«

Jesper fährt auf, als der Nachrichtenton seines Handys erklingt. Umständlich zieht er es aus seiner Hosentasche hervor und betrachtet das Display. »Breaking News. Ich denke, die könnte dich interessieren.« Er reicht mir sein Smartphone, damit ich die Mitteilung ebenfalls lesen kann. Noch während ich den Text überfliege, beginnt mein Herz zu rasen. Das darf nicht wahr sein.

!!! Internethexe Gemma Stone wurde in NYC gesichtet!!! Standort: Brooklyn, Williamsburg!!!

Ungläubig starre ich auf den Newsticker. Es ist sicher eine Falschmeldung. Gemma kann nicht hier in Williamsburg gesehen worden sein. Sie ist drüben in Manhattan. In der Praxis von Hazels Mom. Oder nicht? Was ist, wenn Hazel angerufen hat, weil es Taro schlechter geht? Das wäre sicher Grund genug, um sie aus ihrem Versteck zu locken.

Ich muss wissen, ob bei ihr alles okay ist.

Fluchend reiche ich Jesper sein Handy zurück. »Ich danke dir für alles und nehme deinen Unterschlupf dankend an, aber ich muss los.«

Die Wirkung meines *Grigris* ist verbraucht, dennoch mache ich mich auf den Weg zur Tierarztpraxis, in der Gemma auf mich warten sollte. Doch wann tut Gemma Stone jemals das, worum man sie bittet?

28. KAPITEL
DARREN

Samstag, 10.12.

»Gemma?«, rufe ich, nachdem ich die Hintertür zur Praxis geöffnet habe.

Schon während ich die Tür hinter mir verriegele, spüre ich, dass irgendwas nicht stimmt. Das Gefühl liegt nicht allein an der ausbleibenden Antwort, sondern einer eigenartigen Leere, die mir fremd ist. Sie stülpt sich über mich wie eine schwere Decke, die mich nach unten drückt und mir die Luft zum Atmen raubt. Es fühlt sich an, als würden der Verlust meiner Eltern, die menschenleeren Räume und die Dunkelheit gesammelt auf mich einströmen. All die Gefühle, die ich seit Tagen unterdrücke, drängen mit einem Mal an die Oberfläche. Ich hatte in meinem Leben sicher schon mal Angst, aber sie war nie so präsent – so greifbar – wie in diesem Moment.

Ich atme tief durch und zwinge mich innerlich zur Ruhe.

»Gemma?«, wiederhole ich meinen Ruf, klinge dabei kläglicher als mir lieb ist.

Es kostet mich all meine Selbstbeherrschung, nicht in den Aufenthaltsraum zu stürmen, sondern gemäßigten Schrittes hinüberzugehen. Gemmas Sachen sind noch hier: Ihr Notizbuch, ihre Klamotten – alles liegt nach Gemmas Art scheinbar wahllos verteilt, doch von ihr selbst fehlt jede Spur. Ich kenne sie gut genug, um zu wissen, dass sie nicht einfach gehen würde, ohne mir eine Nachricht zu hinterlassen.

Auf dem Weg zu meinen eigenen Sachen trete ich beinahe auf einen kleinen, glänzenden Gegenstand. Irritiert hebe ich ihn auf, wende das Schmuckstück zwischen den Fingern. Es ist Gemmas Ring. Sie würde ihn nicht grundlos auf den Fußboden werfen und verschwinden.

»Wo steckst du?«, murmle ich an das Universum gewandt, als mein Blick einen Zettel streift, der auf ihrem Notizbuch liegt.

Ich stutze. Das ist nicht Gemmas Handschrift, aber ich erkenne sie. Weil ich oft genug dabei zugesehen habe, wie Beryl die Getränketafeln des *Beans & Herbs* beschriftet hat. Gemma wird doch wohl nicht wirklich der Bitte auf diesem Zettel gefolgt sein?

Andererseits: Was frage ich mich so dämlich? Ihre Abwesenheit ist mir Antwort genug. Ich bin mir sicher, dass Gemma nicht gutgläubig in eine Falle getappt ist. Sie ist alles andere als dumm. Aber ich kenne sie mittlerweile gut genug, um zu wissen, dass Vernunft und ihre Neugierde sich zu oft ausschließen.

Unruhig wende ich den Ring zwischen den Fingern und versuche, die Informationen zu sortieren. Selbst wenn Gemma in das Café gegangen ist: Warum ohne den Schutzring? Und warum, ohne mir eine Nachricht zu hinterlassen? Das ergibt keinen Sinn. Es sei denn, mir fehlt eine wichtige Information. Erneut fluchend zerknülle ich die Notiz in meiner Hand und stecke mir den Ring in die Hosentasche. Was auch immer mit Gemma passiert ist: Ich werde es herausfinden. Mein erster Impuls ist es, sofort aufzubrechen und Beryl zur Rede zu stellen. Doch auch wenn ich noch immer den Schlüssel zur WG besitze, kann ich nicht einfach hereinplatzen, Beryl ein Wahrheitsserum unterschieben und sie ausfragen. Ich weiß zwar, wann Beryl morgens aufsteht und welchen Tee sie bevorzugt für einen gelungenen Start in den Tag trinkt. Aber mal ganz ehrlich: Wer würde schon ein Getränk von jemandem annehmen, den er vor Kurzem verraten hat? So naiv ist Beryl nicht.

Denk, Darren. Denk.

Dad hat mich gelehrt, Probleme in ihre kleinstmöglichen Bestandteile zu zerlegen und diese gezielt anzugehen. Wie beim Bergsteigen: Etappe für Etappe meistern – und sich nicht schon am Fuße des Berges von seiner beängstigenden Gesamthöhe einschüchtern lassen.

Eine rasche Analyse ergibt folgende Punkte:

Erstes Problem: Beryls Geistergrandma, die immer an ihrer Seite ist – die ich aber nicht wahrnehmen kann. Sie wird ihre Enkelin warnen, wenn ich Beryl in eine zu offensichtliche Falle locke. Gemmas Schutzzauber hat uns bisher vor Geistern bewahrt, doch ich habe meinen Tarnzauber bei der Flucht verbraucht. Also benötige ich eine neue Verschleierung als Barriere vor den Blicken der rastlosen Seelen.

Zweites Problem: Ich will die Wahrheit. Ich muss wissen, was Beryls Zirkel mit Gemma vorhat. Wo sie ist. Wie es ihr geht. Diese Infos wird sie mir wohl kaum freiwillig anvertrauen. Wie könnte ich sie also dazu zwingen, mir diese Geheimnisse zu verraten?

Gemma hat immer wieder gesagt, wie wichtig es ist, der weißen Magie oder der eigenen Intuition zu vertrauen. Dass *sie* mir vertraut. Doch auf mich allein gestellt ist mein erster Impuls, ihren Laptop anzuschalten, das Darknet aufzusuchen und mich irgendeines Blutzaubers zu bedienen, der mir dabei hilft, sie aufzuspüren. Natürlich würde es meine Lebenszeit weiter verkürzen. Aber wie lautet die Alternative?

Das Klingeln des Festnetztelefons reißt mich aus meinen Überlegungen. Hervorragend. Das hat mir gerade noch gefehlt.

Fluchend hechte ich zum Telefon, nur um Hazels abgehetzte Stimme zu hören.

»Mom ist unterwegs.«

Es sind nur drei Worte, die mich in höchste Alarmbereitschaft versetzen.

»Bin schon weg«, erwidere ich, lege auf und raffe all unsere Sachen zusammen, um sofort zu verschwinden. Ich fluche erneut, als ich meinen Hoodie überziehe und in dessen Tasche den roten Jaspis wiederfinde. Den hatte ich schon vollkommen vergessen. Der hätte mir vorhin wirklich weiterhelfen können. Mein Ärger über meine Schusseligkeit spielt keine Rolle, denn Mrs Birds wird jede Minute hier sein. Ich beseitige unsere Spuren so gut ich kann und mache mich auf den Weg nach Williamsburg. Die Energie des Jaspis wird zumindest für eine flüchtige Tarnung reichen, und vom Ökokollektiv aus ist es nicht weit bis zum *Beans & Herbs*. In meinen Adern brodelt noch immer das heiße Verlangen danach, sofort dorthin aufzubrechen und Beryl zur Rede zu stellen. Sie für all ihre Taten zur Rechenschaft zu ziehen. Denn zumindest in der Theorie kenne ich genug Zauber, um jemanden leiden zu lassen. Aber es wäre nicht vernünftig. Vielleicht hat es einmal im Leben Vorteile, von jemandem erzogen worden zu sein, der keine Gefühlsausbrüche geduldet hat. Früher wusste ich oft nicht, wohin mit meinen Emotionen, hatte kein Ventil dafür und kam mir deswegen hilflos vor. In diesem Moment bin ich dankbar dafür, dass zumindest der rationale Teil meines Selbst noch funktioniert. Und der rät mir gerade: Bring dich erst in Sicherheit, such dann nach Gemma. Wenn es sein muss, töte ein Huhn, um sie zu kontaktieren.

29. KAPITEL
GEMMA

Mein Kopf. Stöhnend reibe ich mir über meine schmerzende Schläfe, als man mich aus meinem traumlosen Schlaf entlässt. Blinzelnd sehe ich zum Fenster hinaus und erblicke nichts außer schlanken, hohen Bäumen. Wenn ich raten müsste, würde ich vermuten, dass wir uns irgendwo im Harriman State Park befinden. Als ich zuletzt hier war, wollte der Hexer neben mir Darren töten. Allein diese Erinnerung reicht mir, um mit Sicherheit zu wissen, dass ich mich seinem Zirkel niemals freiwillig anschließen werde. Es mag sein, dass gewisse Zweige der dunklen Künste mich interessieren, aber nur, um andere zu schützen. Garantiert nicht, um mir das eigene Leben angenehmer zu gestalten.

»Aussteigen«, befiehlt der Hexer so barsch, als wäre auch ihm gerade wieder eingefallen, dass unsere letzte Begegnung an diesem Ort sehr unschön verlaufen ist.

Ein schmatzendes Geräusch ertönt, kaum dass meine Füße den moosigen Waldboden berühren. Er ist so feucht, dass er Wasser abgibt wie ein Schwamm. Kein Wunder, denn mich begrüßt ein weiteres Mal der eiskalte Nieselregen, der mich beinahe vergessen lässt, was ich am Herbst einmal mochte. Wo auch immer wir genau sind: Bis auf eine schmale Auffahrt wirkt der Wald nahezu undurchdringlich und finster. Obwohl es mitten am Tag sein muss, gelangt kaum Sonnenlicht durch die dicht miteinander verwobenen Äste der kahlen Laubbäume. Gerade als ich mich frage, was wir hier wollen, fällt mein Blick auf ein kleines, zweistöckiges Holzhaus. Seine dunkelbraune Fassade hebt sich kaum von den Baumstämmen ab.

»Eine Unterkunft, einer Hexe wie dir würdig«, spottet der Hexer. Vermutlich sind wir uns einig: Wenn jemals etwas nach einem Hexenhaus mitten im Wald aussah, dann diese windschiefe Hütte. An der Haustür hängt etwas, das ich als Überreste eines aus Ästen zusammengesteckten Pentagramms deuten würde. Viel klischeehafter kann ein Hexengeheimversteck vermutlich nicht aussehen.

Der Hexer bedeutet Eric, voranzugehen. Während der einen altertümlichen Schlüssel hervorzieht, hinübergeht und uns die Tür aufschließt, betrachte ich das Haus. In der Nische eines Dachvorsprungs erzählt ein verlassenes Vogelnest vom vergangenen Sommer, und als jemand, der in einem Holzhaus aufgewachsen ist, erkenne ich, dass die spröde Fassade dringend mal wieder abgeschliffen und gestrichen werden müsste. Die Wetterseite ist vollkommen von grünen Flechten und Moosen überzogen. Zwei geschlossene windschiefe Fensterläden im unteren Stockwerk sind derart in kunstvolle Spinnennetze eingewoben, dass ziemlich offensichtlich ist, dass längere Zeit niemand hier gewesen ist. Der Schwall abgestandener Luft, der uns beim Öffnen der Haustür entgegenkommt, unterstreicht meinen Eindruck. Die Duftmischung aus Staub und Schwarzschimmelsporen ist alles andere als einladend.

Auch Eric wirkt wenig begeistert. Mit gerümpfter Nase öffnet er die klemmenden und quietschenden Läden, um sofort alle Fenster aufzustoßen, sobald er im Haus ist.

»Wenn du so freundlich wärst …« Der Hexer bedeutet mir, ebenfalls einzutreten.

Ich folge seiner Aufforderung, bevor er sich noch dazu gezwungen sieht, seinen Worten mit einem Zauber Nachdruck zu verleihen. Es dauert einen Moment, bis meine Augen sich an das Zwielicht im Inneren der Hütte gewöhnt haben.

Nahe der Tür steht ein altmodischer Ohrensessel mit Samtbezug, der sicher jedem Stauballergiker Albträume bescheren würde. Die ganze Sitzgruppe sieht ebenso in die Jahre gekommen aus wie der Rest der Hütte. Ich frage mich, ob man es wagen kann, den Kamin zu entzünden, ohne gleich das komplette Haus in Brand zu setzen, denn es ist bitterkalt hier drinnen. Ein schmaler Tresen links von mir trennt eine Kochnische vom Rest des Raumes. Die Sitzecke, eine Tür, eine enge und abenteuerlich steile Stiege ins Obergeschoss – das ist alles. Mehr scheint es hier nicht zu geben. Vor allem keine weiteren Fenster. Das Haus sieht so stümperhaft zusammengezimmert aus, dass sie den Bauherren vielleicht schlichtweg überfordert haben.

»Dein Reich für die nächsten Tage«, erklärt der Hexer und kann ein süffisantes Grinsen nicht unterdrücken.

Charmant.

Er scheint keine Zeit verlieren zu wollen. Mit großen Schritten geht er zur Küchenzeile hinüber, greift eine Wasserflasche mit der Banderole der L.I.F.E. Inc. aus dem Kühlschrank mit rostiger Patina und knallt sie auf den Tresen. »Trink.«

Mir entfährt ein Schnauben. »Was für eine überaus höfliche Bitte.«

Mit einem Knurren nimmt er die Flasche an sich, kommt zu mir herüber und umfasst grob mein Kinn, als wollte er seinen Worten Nachdruck verleihen. »Trink! Nur falls da tatsächlich noch Zweifel bestanden: Das war keine Bitte.«

»Okay«, ist alles, was ich hervorbringe. Ich ignoriere die Schmerzträne, die in mein Auge tritt, als er seinen Daumen in meine Wange bohrt. Das zwischen uns ist kein Spiel, kein Spaß – es ist finster und gefährlich. Einem Teil von mir war das die ganze Zeit klar, aber mein Trotz ist nun einmal mein einziger Schutzschild. Ich kenne keinen anderen Weg, um mit meiner Angst umzugehen, ohne daran zu zerbrechen. Und dazu bin ich nicht bereit: zu zerbrechen.

»Komm schon. Lass sie los«, drängt Eric. »Kristen dreht durch, wenn du ihr blaue Flecken zufügst.«

»Dein Glück, dass dieser Gestaltwandler ein so überaus weiches Herz hat«, murrt er, zieht seine Finger weg und drückt mir eine Flasche des L.I.F.E.-Wassers in die Hand.

Widerwillig betrachte ich die Flasche mit dem giftgrünen Logo. Ich will dieses Zeug nicht trinken. Ohne meinen Schutzring – und mit dem verzauberten Wasser intus – werde ich keine Möglichkeit haben, mich den Befehlen des Crow Covens zu entziehen. Was auch immer sie von mir fordern, werde ich tun müssen. Allein der Gedanke daran macht mich nervös. Mehr als das: Er jagt mir Angst ein. Ich weiß, dass der Coven ein Interesse an mir hat, weil er mich für begabt hält. Aber wenn ich ehrlich sein soll, lag mir nie etwas daran, herauszufinden, wo meine Grenzen liegen. Ich will nicht wissen, wie weit ich die Realität nach meinen Wünschen formen könnte, weil es mir schlichtweg vollkommen falsch vorkommt. Mein Magen knotet sich zu einem undurchdringlichen Knäuel zusammen. Wirklich. Schon die Vorstellung davon, dass Kristen mich zu einem Werkzeug machen könnte, bereitet mir Übelkeit. Aber Weglaufen ist keine Option. Hier bin ich. Irgendwo im Nirgendwo. Und habe keine Wahl. Also füge ich mich, obwohl es sich anfühlt, als würde ich kapitulieren. Ich trinke vor den Augen des Hexers die Hälfte der Flasche aus. »Zufrieden?«, frage ich mit dem letzten Rest meiner Selbstbeherrschung und stelle die Flasche auf der staubverkrusteten Theke ab.

»Vorerst«, stimmt er zu. »Nur damit wir uns verstehen: Es wäre mir eine Freude, wenn du keine Magie anwendest und dieses Haus nicht verlässt, bis einer von uns dir die Erlaubnis dazu erteilt.«

Er hat es kaum ausgesprochen, da spüre ich die Auswirkungen des S.P.E.L.L.-Zaubers unmittelbar und körperlich. Ich kann nicht einmal benennen, was genau geschieht. Es fühlt sich an, als hätte sich ein Schleier zwischen mich und die restliche Welt geschoben. Sie wirkt stumpf und grau. Alles erscheint mir viel zu farblos. Als wäre das allein nicht schlimm genug, fühlt sie sich auch falsch an. Ich reibe meine Fingerspitzen aneinander, doch selbst mein Tastsinn ist wie betäubt. Derartige Missempfindungen kenne ich normalerweise nur von Migräneattacken, aber ich habe nicht die Hoffnung, dass eine Schmerztablette und ein Nickerchen diesen Zustand richten können. Irgendetwas tief in mir hat sich dem Zauber unterworfen. Und ich hasse es dafür, mich allein zurückzulassen. Denn so fühlt es sich an: Als hätte mich soeben irgendetwas im Stich gelassen. Meine Augen beginnen zu brennen, als sich eine Erkenntnis in mein Bewusstsein krallt: Ich bin allein. Ohne Handy, ohne den Zugriff auf meine Magie, ohne die Möglichkeit, mir irgendwie selbst zu helfen.

Der Hexer signalisiert Eric, hierzubleiben. »Hab ein Auge auf sie, bis du dir sicher bist, dass sie artig ist. Melde dich, falls sie es wagt, dir Probleme zu machen.«

Damit ist sein Auftrag offensichtlich erledigt. Er wendet sich so abrupt zum Gehen, als könnte er es gar nicht erwarten, wieder an die frische Luft zu gelangen.

Ich hingegen sitze hier fest, unfähig, das Haus zu verlassen. Wahrscheinlich habe ich mir all das selbst eingebrockt. Ich hätte meine Neugierde ignorieren und gar nicht erst zu Beryl gehen sollen. Ich war naiv und impulsiv – und dies ist die

Quittung dafür: Dass ich mit einem Gestaltwandler des Crow Covens in einem Haus festsitze, das diesen Namen kaum verdient hat.

Als wäre Eric gerade erst aus einer Trance erwacht, seufzt er. Er schiebt sich die Hände in die Hosentaschen, dreht sich zu mir herum und lässt den Blick durch den düsteren Raum gleiten. »Ich nehme an, dass es ein wenig seltsam klingt, wenn ich so etwas sage wie: *Home, sweet Home*. Oder: *Fühl dich wie zu Hause*.«

»Etwas«, stimme ich zu, trete an das dreckige Fenster heran und sehe zum Wald hinaus. Ich weiß, dass ich eine Hexe bin und um mich herum alles aus Energie besteht, die ich nutzen kann. Nutzen könnte. Theoretisch. Ich umfasse den Bergkristallanhänger meiner Kette, doch spüre nichts. Es ist, als wäre er einfach nur ein wertloser Stein. Wie kann etwas, das für andere Menschen normal ist, sich so verkehrt anfühlen? Als hätte man mir die Augen verbunden und mir einen meiner Sinne geraubt. Mir fehlt etwas, das mir mein ganzes Leben lang dabei geholfen hat, mich auf dieser Erde zurechtzufinden. Dank der Verbindung zur Magie und meiner Synästhesie kam mir die Welt immer schillernd und farbenfroh vor. Doch in diesem Augenblick fühlt sie sich so dumpf an, wie die nebelgraue Welt jenseits der Scheibe aussieht.

Ich bin von Darren und meinen Freunden getrennt, weggesperrt und ohne Kontaktmöglichkeiten. Als ob das alles noch nicht schlimm genug wäre, stehe ich auch noch unter Beobachtung.

Als hätte der Gestaltwandler gehört, dass ich gerade an ihn gedacht habe, räuspert er sich leise.

»Wenn du dich zurückziehen willst, schlage ich dir das Obergeschoss vor«, sagt er, deutet fahrig in Richtung der Treppe und geht in die Küchennische hinüber. »Es gehört ganz dir.

Ich werde dir hier nicht pausenlos Gesellschaft leisten, aber ich habe den Rest des Tages frei und kann dir eine Partie Schach anbieten. Was anderes hat dieses Haus wohl nicht zu bieten. Es würde mich wundern, wenn ich hier überhaupt Empfang habe, um irgendwen anzurufen.« Er wirft einen Blick in den Kühlschrank, nur um erneut zu seufzen. »Wer auch immer unsere Ankunft vorbereitet hat, muss ein Purist gewesen sein. In diesem Haus gibt es nichts, was Spaß macht. Geschweige denn Alkohol oder ungesundes Essen.«

»Nicht einmal Pumpkin Spice?«, murmle ich mit Gedanken an Darren, weil er mir irgendwann angeboten hat, die Hochglanzküche seiner Eltern auf den Kopf zu stellen, um danach zu suchen. Zwischen dieser Küchenzeile und dem Prunkstück in Darrens Elternhaus liegen nicht nur wenige Meilen, sondern ganze Welten.

Mit einem weiteren Seufzen schlägt Eric die Kühlschranktür zu und durchsucht stattdessen ein an der Wand hängendes Gewürzregal, als würde er meine Frage ernst nehmen. »Pfeffer, Rosmarin, Thymian und Unmengen verschiedener Salze. Ehrlich. Was für ein Mensch braucht etwa zwanzig Arten von Salz? Schmecken die nicht alle gleich?«

Das tun sie vermutlich, aber Hexende kennen noch viel mehr Verwendungszwecke für diese Art von Kristallen. Salze zu sammeln ist ein weit verbreitetes Hobby.

»Ist es wirklich okay, wenn ich mich ins Obergeschoss zurückziehe?«, vergewissere ich mich, weil mir im Moment absolut nicht nach Small Talk ist und Eric jemand zu sein scheint, der gern redet. Oder sich sehr bemüht, nett zu sein, was ich momentan genauso wenig ertrage. Wenn Menschen nett zu mir sind, fange ich früher oder später an, sie zu mögen, und ich *möchte* niemanden mögen, der Menschen umbringt, um seine Ziele zu erreichen.

»Geh nur. Wie du siehst, habe ich dir eh nichts zu bieten. Außer Salz.« Noch immer nutzt er Darrens Aussehen, doch die Art, wie er mit den Schultern zuckt, sieht absolut falsch aus. Wenn ich einen Beweis dafür gebraucht hätte, dass Gestaltwandler keine exakte Kopie ihres Opfers sind: Er steht vor mir.

Ein Dankeschön murmelnd ziehe ich mich ins Obergeschoss zurück. Die bedenklich knarzende Treppe ist eine Herausforderung, die man wohl besser nicht im Halbschlaf absolvieren sollte. Was bedeutet, dass ich auf nächtliche Toilettengänge verzichten werde, denn das oberste Stockwerk besteht nur aus einem einzelnen Raum. Obwohl ich nicht besonders groß bin, muss selbst ich den Kopf einziehen, um ihn mir nicht an den Dachschrägen zu stoßen. Hier gibt es nichts, außer einem schmalen Bett, einer Truhe und einem dreieckigen Giebelfenster, das allerdings so dreckig ist, dass es kaum Sonnenstrahlen hereinlässt. Ich ahne, dass die Kerze neben dem Bett die einzige Lichtquelle sein wird, da ich weder einen Lichtschalter noch eine Lampe entdecken kann. Vermutlich gibt es Strom nur im Erdgeschoss, denn zumindest der Kühlschrank schien zu funktionieren. Ob es noch als Luxusproblem durchgeht, dass es hier so kalt ist, dass ich meinen eigenen Atem sehen kann?

Vorsichtshalber schließe ich die Tür hinter mir ab, obwohl ich nicht glaube, dass Eric mich aufsuchen würde. Statt mich heulend auf das Bett zu werfen, was mir gerade durchaus wie eine akzeptable Option erscheint, setze ich mich mit untergeschlagenen Beinen auf das Fußende und versuche, mich bei einer Art Meditation zu entspannen. Aber welche Technik ich auch probiere: Es funktioniert nicht. Weder mein Herz noch meine aufgewühlten Gedanken kommen zur Ruhe. Schon nach wenigen Minuten sind meine Fingerspitzen so kalt, dass sie schmerzen und ich mit dem Gedanken spiele, wieder hinunterzugehen und den Kamin zu entzünden – auch auf die Gefahr hin, das Haus abzufackeln.

Nach einer Weile gebe ich meinen Meditationsversuch auf, öffne die Augen und sehe mich um.

»Hallo, mysteriöse Stimme? Wie wäre es jetzt mal mit einem Tipp? Diese Kommunikation zwischen uns verläuft recht einseitig.«

Aber natürlich erhalte ich keine Antwort. Es sei denn, ich interpretiere das lautstarke Knacken eines Holzbalkens als solche.

Ich fahre auf, als ich etwas spüre. Ein Gefühl wie ein Räuspern. Kurz und dezent. Es erinnert mich an etwas. Aber was? Ich horche in mich hinein, bis ich mir einbilde, dass der Obsidianspiegel um meinen Hals wärmer wird.

Irritiert greife ich nach dem Schmuckstück, lasse seinen Deckel aufschnappen und erblicke in der spiegelnden Oberfläche einzig und allein mein Ebenbild. Vorsichtig streiche ich mit dem Daumen über die Kristallplatte, doch nichts ändert sich. Ich sehe lediglich mein enttäuschtes Gesicht. Falls soeben tatsächlich jemand versucht haben sollte, mich zu erreichen, ist der Ruf in der Unendlichkeit verschallt. Ohne Magie keine Verbindung.

Hoffentlich musste für diesen gescheiterten Versuch der Kontaktaufnahme wenigstens kein Tier sein Leben lassen.

30. KAPITEL
GEMMA

»Versuchst du, das Haus auszuräuchern, um böse Geister zu vertreiben?«, fragt Eric sarkastisch, während er Teller auf die Küchenzeile stellt und das Fenster aufstößt, damit die schwarze Rauchwolke abzieht.

Hustend schüttle ich den Kopf und halte mir den Ärmel des Hoodies vor die Nase. Hastig versuche ich, mit dem Schürhaken die sterblichen Überreste eines Vogels, der bis eben im Kamin feststeckte, aus den Flammen zu retten. Vergeblich. Ein umsichtiger Mensch hätte sicher geprüft, ob der Kamin frei ist, ehe er darin ein Feuer entzündet. Glücklicherweise hat sich das kleine Problem gerade von selbst erledigt, bevor es sich zu einer mittelschweren Katastrophe entwickeln konnte.

»Wenn du mit dem Zündeln fertig bist, ist das Essen angerichtet.«

Nachdem ich ein letztes Mal überprüft habe, ob das Feuer nun artig brennt und die Luft abzieht, leiste ich Eric am Küchentresen Gesellschaft und setze mich auf einen ziemlich wackligen Barhocker mit löchrigem Polster.

»Nudeln mit Ketchup, dazu ein Glas Wasser«, erklärt er sein Menü. »Nicht, weil ich nichts Besseres kochen könnte, sondern weil die Vorräte sehr beschränkt sind. Ich habe Alaric schon geschrieben, dass ich Genießbareres erwarte, wenn ich hier weiterhin ab und an ein Auge auf dich haben soll.«

Ich habe nichts gegen Nudeln mit Ketchup, zumindest sind die vegetarisch. »Alaric. Ist das der Name des Hexers?«

»Hat er sich dir gar nicht vorgestellt?«, fragt er und zieht überrascht die Augenbrauen hoch.

Ich schüttele bloß den Kopf und verzichte, ihn darauf hinzuweisen, dass ich Erics Namen auch nur kenne, weil der Hexer ihn mal so genannt hat. Höflichkeit scheint keine Aufnahmevoraussetzung für den Crow Coven zu sein. Dennoch klingelt beim Klang des Namens etwas. Alaric. Wenn mich nicht alles täuscht, hat Beryl ihn einmal erwähnt. Der unfreundliche Typ ist also der Anführer des Zirkels? Ich kann nicht behaupten, dass ich dank dieser Erkenntnis motivierter wäre, mich ihm anzuschließen. Überhaupt ist mir nicht ganz klar, wie es zu der Allianz aus Hexenden und Gestaltwandlern kam. Oder warum. »Darf ich dir eine Frage stellen?«

»Meinetwegen auch drei. Ich habe heute nichts mehr vor.« Erneut zuckt er mit den Schultern.

»Kristen hat mir bei unserer letzten Begegnung gesagt, dass das Gestaltwandeln gewisse Krebsarten begünstigt. Seitdem wundere ich mich, warum ihr es nicht einfach lasst, statt zum Ausgleich Menschen zu opfern, um euch zu heilen.«

»Gute Frage.« Er fährt mit der Gabel durch die Luft, bevor er eine Nudel aufspießt und ausgiebig von allen Seiten betrachtet. »Warum tun Menschen andere Dinge, obwohl sie wissen, dass sie nicht gut für sie sind? Kaffee trinken. Zucker essen. Rauchen. Alkohol. Zu schnell Auto fahren. Ungeschützten Sex haben.«

»Whataboutism beantwortet keine Fragen.«

»Mag sein, doch ich kann nur für mich sprechen.« Er deutet mit einer weitläufigen Geste um sich. »Ich habe keinen Schulabschluss. Wenn ich die Wahl zwischen einem bürgerlichen Leben und Burgerbraten im Imbiss oder aber einem Leben im

Luxus habe, wähle ich Letzteres. Und sollte ich in meinem aktuellen Dasein irgendetwas verkacken, kann ich jederzeit weiterziehen. Ohne Konsequenzen. No risk, much fun.« Er deutet mit der Gabel auf mein Gesicht. »Sei ehrlich: Gibt es an deinem Aussehen wirklich gar nichts, was du gern verändern würdest?«

Ich zucke mit einer Schulter. »Keine Ahnung. Darüber habe ich noch nie ernsthaft nachgedacht.«

»Du hast in deinem ganzen Leben noch nie jemanden angesehen und dachtest: *Wow, was für eine schöne Augenfarbe. Wie schade, dass man sich die nicht aussuchen kann, sondern mit der leben muss, die man hat.* Und dann stellst du fest: Musst du gar nicht. Augenfarbe, Körpergröße, die Form der Nase … Du kannst all das haben, was du an anderen bewunderst. Innerhalb von Sekunden, kosten- und schmerzfrei. Zumindest für den Moment. Die Rechnung zahlst du vielleicht später – oder auch nie. Es ist ein Glücksspiel. Denkst du, du könntest dauerhaft widerstehen? Obwohl eine winzige Anpassung dir ein so viel besseres Leben verschaffen könnte? Hübsche Menschen haben es erwiesenermaßen leichter. In der Liebe und im Job. Theoretisch könntest du dich auf deine Wunschanstellung sogar beliebig oft bewerben und niemandem würde es auffallen.«

»Wenn ich dazu bereit wäre, etwas meiner Lebenszeit zu opfern und Papiere zu fälschen«, werfe ich ein.

»Papier ist geduldig. Was sagen ein paar gedruckte Worte schon über dich aus? Über dein wahres Wesen. Bist du dein Name? Oder ist er eine simple Möglichkeit, dich zu katalogisieren? Was ist mit deinem Geburtsdatum? Oder dem Geburtsort? Wem tut es weh, wenn du behauptest, aus New York City statt Seattle zu kommen? Nimmst du damit jemandem etwas weg? Ich denke nicht.«

»Wenn ich damit anfange, alles infrage zu stellen, was gut und richtig ist …«, beginne ich und werde prompt unterbrochen.

»Gut und richtig nach wessen Definition? Dem Gesetz? Aber was wäre, wenn du das Gesetz ändern könntest? Wenn du das Gesetz *sein* könntest?«

»Indem ich mit dem S.P.E.L.L.-Zauber dafür sorge, dass die Leute mich immer wieder zur Bürgermeisterin wählen und all meine Gesetzesänderungen durchwinken?« Allein die Vorstellung davon, dass es Menschen gibt, die Magie auf diese Weise missbrauchen, beschert mir akutes Unwohlsein.

Eric zuckt erneut mit einer Schulter. »Weißt du, Gemma, ich denke, dass *Gut* und *Böse* Kategorien aus Filmen sind. Im echten Leben gibt es immer nur Menschen und ihre individuellen Positionen. Es ist nicht wie beim Schach, bei dem es zwei klar definierte Seiten und am Ende einen eindeutigen Gewinner gibt.«

»Ich weiß nicht, ob ich diese Ansicht teilen kann«, überlege ich laut.

»Nimm dir die Zeit, darüber nachzudenken«, empfiehlt er und zwinkert mir zu. »Kennst du den Spruch: *Come to the dark side, we have cookies.* – Nun, wir haben Beryl auf unserer Seite, und ihre Cookies sind legendär. Also ist es fast das Gleiche. – Habe ich etwas Falsches gesagt?«, vermutet Eric, als hätte er mir angesehen, dass ich nicht gut auf Beryl zu sprechen bin.

Obwohl mich der Gedanke an sie noch immer stinkwütend macht, ist da dieser Impuls, nicht sofort das Thema zu wechseln, sondern Eric eine gewisse Frage zu stellen. »Sie erzählte mal etwas von einem Ex-Freund. Weißt du zufällig, ob der tatsächlich existiert oder auch nur erfunden war?«

»Wie man es nimmt«, antwortet der Gestaltwandler ausweichend und starrt einen Augenblick vor sich hin, bevor er mir ein schmales Lächeln schenkt. »Schwierig zu beantworten. Theoretisch sitzt er vor dir.« Er verstummt und scheint sich einen Moment zu sortieren. »Praktisch ist es mit der Liebe manchmal nicht so einfach.«

»Weswegen?«, frage ich vollkommen indiskret.

»Möchtest du die offizielle Version hören? Äußerlich kann ich für dich sein, wer auch immer du willst – und Beryl wusste es zu schätzen. Aber jede Gestaltwandlung hat ihren Preis, und irgendwann war ich mir nicht mehr sicher, ob ich ihn für sie zahlen will. Ich habe ihr das gesagt. Sie hat mich gehen lassen. Ende.«

»Und wie unterscheidet die sich von der inoffiziellen Version?«

»Gelegenheitssex bei akuter Langeweile«, sagt er schlicht.

»Das ist alles?«, rutscht es mir heraus.

»Was für eine Geschichte hast du erwartet?«, fragt er und entlockt mir ein Schulterzucken, als wäre dieser Tick ansteckend. »Nein, ernsthaft: Was hast du gedacht? Dass ich sie verlassen habe, weil sie Welpen auf Toast frühstückt? Vielleicht wünschte ich, es wäre so. Es würde vieles einfacher machen.« Er greift nach seinem Wasser und nimmt einen so großen Schluck, als wollte er einen üblen Nachgeschmack seiner Worte herunterspülen.

Irgendwie habe ich das Gefühl, dass hinter der inoffiziellen Version noch mehr steckt. Etwas, worüber er nicht sprechen will. Zumindest nicht mit mir.

»Okay, Eric: Als wir uns das letzte Mal gesehen haben, war es in der Gestalt von Mr Hunter. Wie kommt es, dass du heute die ganze Zeit hier bist, statt deine Mitarbeitenden auf Trab zu halten?«

Er zeigt den Ansatz eines Naserümpfens. »Ich habe eine sehr engagierte Assistentin, die mich zeitweilig vertritt. Apropos: Kristen plant, nachher vorbeizukommen, um dich in deinen ersten Auftrag einzuweihen. Vielleicht möchtest du dich vorher kurz frisch machen. Du hast da etwas Ruß – und mit *etwas* meine ich so ziemlich in deinem ganzen Gesicht. Außerdem riechst du ein wenig nach … Keine Ahnung. Jemandem, der zu viele Stunden allein in seinem Zimmer verbracht hat; mit einer eigenwilligen Note von Tierarztpraxis.«

Vermutlich hat er recht, und eine Dusche würde mir guttun, allerdings kann ich mich gerade nicht entscheiden, was in meinen Ohren gruseliger klingt: dass Kristen auf dem Weg hierher ist – oder sie einen Auftrag für mich hat. Denn wenn es etwas gibt, das ich noch unheimlicher finde, als von meiner Magie abgeschnitten zu sein, dann ist es die Tatsache, dass ich von nun an dazu gezwungen sein werde, das zu tun, was Kristen und ihr verfluchter Zirkel von mir verlangen.

· · ✦ · ·

Ich höre Kristens Stimme schon, als ich keine drei Stunden später die wacklige Treppe ins Erdgeschoss hinuntersteige. Mittlerweile geduscht, aber mit immer noch feuchten Haaren, da es hier keinen Föhn gibt. Zu behaupten, dass ich jetzt entspannter bin, wäre gelogen. Und es liegt nicht nur daran, dass das Wasser eiskalt war. Allein Kristens Anwesenheit sorgt schon dafür, dass alles in mir zur Flucht drängt. Als wäre in meinem Hirn seit unserer letzten Begegnung abgespeichert, dass Kristen Lebensgefahr bedeutet.

Trotz ihres säuselnden Tonfalls besteht kein Zweifel daran, dass sie Eric gerade Anweisungen erteilt, die er schweigend entgegennimmt.

Am Fuße der Treppe angekommen zuckt mein Blick sofort zu der Gestaltwandlerin, die am Fenster steht und an einem Emaille-Becher nippt, ohne mir Beachtung zu schenken.

Eric sitzt, in Darrens Gestalt, auf dem staubigen Sofa und sieht mich aufmerksam an. »Da ist sie«, verkündet er das Offensichtliche und bringt Kristen dazu, sich halb zu uns herumzudrehen. »Ziemlich unversehrt und frisch geduscht.«

Kristen mustert mich und klopft mit dem Zeigefinger gegen ihren Becher. *Pling. Pling. Pling. Pling.* Abschätzig zieht sie eine Augenbraue hoch und schürzt die Lippen.

Als ich sie das letzte Mal gesehen habe, war es in der Gestalt von Bürgermeister Caden, wie sie in den Nachrichten ihr Bedauern über den angeblichen Anschlag zum Ausdruck bringt. Zumindest dachte ich, sie wäre es, aber vielleicht war es auch ein anderer Gestaltwandler, denn ein schwarzer Schatten zieht sich quer über ihr Gesicht. Es sieht aus, als hätte jemand versucht, eine Rauchfahne unter ihre Haut zu tätowieren. Ebenso faszinierend wie bedrohlich. Vielleicht wirkt es auch nur so bedrückend, weil ich diese Art von dunklem Mal kenne. Unwillkürlich reibe ich mir über den Unterarm, über die Stelle, die mich stets daran erinnert, dass auch Darren und ich vom Tod dazu ermahnt wurden, uns an die Spielregeln zu halten.

Kristens Blick folgt meiner Bewegung, ein bitteres Lächeln stiehlt sich auf ihr Gesicht. »Erinnerst du dich daran, dass ich dir mal sagte, dass der menschliche Körper so überaus anpassungsfähig ist? Offensichtlich gibt es Grenzen. Ich habe die Hexenden von Alarics Zirkel gebeten, dieses unsägliche Ding aus meinem Gesicht zu entfernen. Und weißt du, was sie gesagt haben? Der Tod lässt sich nicht austricksen. Als Alaric euch dazu überreden sollte, euch uns anzuschließen, war mir noch nicht bewusst, dass ich dieses Zeichen nie wieder loswerde. Es gibt tatsächlich keine Gestalt, in der es nicht durchschimmert, und kein Make-up, mit dem es sich abdecken lässt. Was bedauerlicherweise bedeutet, dass ich mich für eine Identität entscheiden muss, wenn ich nicht sofort enttarnt werden will.

Weil es doch reichlich unwahrscheinlich ist, dass es in ein und derselben Stadt mehrere Menschen mit exakt demselben Mal im Gesicht gibt. Ich werde also wohl oder übel meine eigene Gestalt behalten. Du kannst froh sein, dass ich all das letztens noch nicht wusste, sonst hätte ich dafür gesorgt, dass Alaric weniger nachsichtig mit euch ist. Wie auch immer. Ich finde, du stehst in meiner Schuld. Hast du dem etwas entgegenzusetzen?«

Nein, habe ich nicht, weil ich mir sicher bin, dass das Ganze aus ihrer verdrehten Sicht heraus durchaus Sinn ergibt. Mein Fluchtzauber hat sie dauerhaft entstellt. Das lag definitiv nicht in meiner Absicht, aber wenn ich vollkommen ehrlich zu mir selbst bin, hätte zumindest ein kleiner Teil von mir ihren Tod durchaus in Kauf genommen, wenn er mir das Entkommen ermöglicht. Was vermutlich auch daran liegt, dass sie mir damals eine Waffe vors Gesicht gehalten und mir in einem Atemzug sowohl damit gedroht hat, mich zu unterwerfen, als auch Darren und seinen Dad ermorden zu lassen.

»Das mit deinem Gesicht tut mir leid«, sage ich schließlich und meine es ehrlich.

»Das will ich doch stark hoffen. Schon allein, weil ich nun deinetwegen all meine Gestaltwandler einsetzen muss, um die Belange der Stadt am Laufen zu halten, schuldest du mir etwas.« Sie schnipst und deutet flüchtig auf Eric. »Dein Einsatz.«

Ich beobachte, wie Eric ein dickes, in Leder gebundenes Buch unter dem Sofa hervorzieht und auf dem Wohnzimmertisch ablegt. Es klingt, als würde er unter dem Gewicht leise ächzen. Alt sieht das Buch aus. Und kostbar. Vielleicht liegt es an der goldenen Schnalle, die es verschließt, oder aber an dem tiefschwarzen Buchschnitt.

Finster ist ein weiteres Wort, das mir spontan in den Sinn kommt. Je länger ich das Buch betrachte, umso deutlicher höre ich eine Stimme in meinem Kopf, die meinen Namen wispert und mich zu sich lockt.

Gemma. Komm zu mir. Nimm mich an dich. Lies mich.

Mich fröstelt, trotz des knisternden Kaminfeuers. Ich kann nicht mit Sicherheit sagen, ob das Wispern real oder eingebildet ist. Es *kann* schlichtweg nicht real sein, wenn mein Kontakt zur Magie unterdrückt ist. Auch wenn ich das weiß, rieselt mir eine Gänsehaut den Rücken hinab. Ich will dieses Buch nicht an mich nehmen. Es nicht einmal berühren.

»Die Sache ist die«, unterbricht Kristen meine Gedanken. »In diesem uralten Grimoire stehen wohl einige mächtige Zauber und Rituale, die uns durchaus nützlich sein könnten. Rituale, denen nicht alle Hexenden gewachsen sind. Es gibt Quellen, die behaupten, dass jemand wie du sie meistern könnte.«

»Das soll was genau bedeuten?«, hake ich nach.

»Dass du ihre Durchführung eventuell überlebst«, erwidert Kristen trocken. »Was ich ziemlich gnädig von uns finde. Im Grunde hast du dein Leben damit selbst in der Hand. Du führst die von uns gewünschten Rituale erfolgreich durch und überlebst. Oder du versagst und stirbst. In Anbetracht der Situation ein mehr als fairer Deal.«

»Von was für Zaubern reden wir hier? Was schwebt euch vor, nachdem ihr doch schon Zugriff auf die Medizin habt, die ihr so dringend wolltet?«

»Theoretisch haben wir den. Nur leider werden die Aequalite mit jedem Ladezyklus schwächer und machen es damit zunehmend schwierig, die kostbare Medizin auch weiterhin herzustellen. Alarics Zirkel hat bereits eine Übergangslösung dieses Problems erarbeitet, und vielleicht würde ich sie dir offenbaren, wenn ich dir vertrauen würde. Da ich es trotz aller Vorsichtsmaßnahmen nicht tue, wirst du dich ohne Hintergrundinfos mit den Inhalten des Folianten vertraut machen müssen.« Sie zeigt mit einem ihrer perfekt manikürten Zeigefinger auf das Buch. »Es wäre mir eine Freude, wenn du dich diesem Grimoire widmest, ohne herumzuzicken. Keine Zauber, keine Fluchtversuche. Wir geben dir bis Donnerstag, bevor wir dein Wissen testen. Du solltest uns besser nicht enttäuschen. Denn wenn du versagst, ist es vielleicht das Letzte, was du tust.«

»Wie du wünschst«, höre ich mich artig sagen, obwohl es in etwa das Gegenteil von dem ist, was ich gern erwidern würde. Denn am liebsten würde ich das unheimliche Buch nehmen und ins Kaminfeuer werfen. Aber ich kann es nicht. Ein eigenartiger Sog zieht mich in seine Nähe. Ich will ihm widerstehen, doch es fühlt sich so hoffnungslos an, wie mich einem Orkan zu widersetzen. Er reißt mich einfach mit sich. Ich stolpere beinahe über meine eigenen Füße, als mein Körper sich dem Zauber beugt. Sehr darum bemüht, noch einen Hauch von Würde zu wahren, hebe ich stolz den Kopf und trete an den Tisch heran. Mir ist erneut, als würde das Buch meinen Namen flüstern. *Gemma. Gemma Stone.* Wahrscheinlich halluziniere ich, denn andernfalls bettelt dieses Buch geradezu um meine Aufmerksamkeit. Auch wenn Gegenstände keine Aura besitzen, fühle ich in seiner Nähe irgendetwas. Etwas Altes, Mächtiges, was dunkel gegen meine Seele brandet. Und das, obwohl meine Verbindung zur Magie unterbrochen ist. Dieses Buch ruft mich zu sich, allerdings auf keine verlockende, sondern eine abstoßende Weise. Wenn ich mein Gefühl in Bezug auf dieses Buch in einem Wort zusammenfassen müsste, wäre es *unheilig.*

Einige Zauber der dunklen Künste neigen dazu, jede Grenze des guten Geschmacks zu überschreiten. Das ist etwas, worauf ich mich seelisch vorbereiten muss, bevor ich mich den Inhalten des Buches widmen kann. Denn irgendetwas sagt mir, dass einige Dinge in diesem Grimoire stehen werden, die ich niemals lesen wollte.

Nur widerwillig streiche ich mit den Fingerspitzen über den Ledereinband und betrachte den schwarzen Farbschnitt. Beides sieht an einigen Stellen so abgegriffen aus, als wäre dieses Buch schon oft zur Hand genommen worden. Ich möchte wohl besser nicht wissen, für welche Zwecke. Wenn der Begriff schaurig-schön jemals auf einen Gegenstand zugetroffen hat, dann mit Sicherheit auf diese Sammlung von Zaubern.

»Was ist mit dem vorherigen Besitzer dieses Folianten passiert?«, erkundige ich mich, während ich das Buch an mich nehme.

»Er starb«, sagt Kristen schlicht. Und ich kann nicht behaupten, dass ich etwas anderes erwartet hätte.

31. KAPITEL
GEMMA

Sonntag, 11.12.

Das Licht in der Dachkammer ist den ganzen Tag über eher spärlich gewesen, doch nun habe ich den Eindruck, dass es schon wieder dämmert. Ich habe die leere Holztruhe an das Bett herangezogen und nutze sie als Tisch, damit ich im Schein der Kerze überhaupt etwas lesen kann. Da Erics Wunsch nach besserer Verpflegung erhört wurde, besitze ich hier oben jetzt nicht nur Streichhölzer, sondern auch eine Wolldecke, die ich mir um die Schultern lege. Immerhin.

Gestern konnte ich mich nicht mehr dazu überwinden, mich mit diesem Buch auseinanderzusetzen. Allein seine Anwesenheit in dieser Kammer hat dazu geführt, dass ich kaum schlafen konnte. Nicht, weil es pausenlos meinen Namen flüstern würde, aber irgendwie fühle ich mich von ihm beobachtet. Schlimmer noch: Es ist, als würde es mit unsichtbaren Tentakeln nach meiner Seele tasten, um meine Aufmerksamkeit zu erheischen. Doch es hilft nichts, mich noch länger davor zu drücken, einen Blick hineinzuwerfen. Wenn ich es weiterhin vor mir herschiebe, wird es sich irgendwann rächen. Spätestens am Donnerstag. Daran hat Kristen keinen Zweifel gelassen.

Ich spüre schon vor dem Aufschlagen des schwarzen Buches, dass sich das gesammelte Wissen in diesem Grimoire der dunklen Künste bedient. Nicht weil alles an seiner Gestaltung so plakativ schwarz ist, sondern weil es sich beim Berühren anfühlt, als würde ich den Tentakeln endlich die Erlaubnis dazu geben, sich um meine Seele zu schlingen. Unangenehm und bedrückend. Während ich den ledernen Deckel öffne und die Seiten Luft ziehen, hört es sich an, als würde es einatmen.

»Was bist du nur für ein Buch?«, flüstere ich und kann den angewiderten Unterton nicht ganz unterdrücken. Die Seiten fühlen sich unangenehm unter meinen Fingerspitzen an. Fast so spröde, als bestünden sie nicht aus Papier, sondern echtem Pergament – der Haut eines toten Tieres. Sie sind so eng mit schwarzer Tinte beschriftet, als wollte jemand den düsteren Eindruck auch im Innenteil um jeden Preis erhalten. Die Handschrift ist kaum leserlich, und ich brauche einige Minuten, um zu verstehen, dass die Zauber nicht in Kapitel unterteilt sind. Man hat sich nicht einmal die Mühe gemacht, für einen neuen Fluch eine neue Seite zu beginnen, sondern hat sie alle aneinandergereiht. Lediglich eine dezente Unterstreichung jedes Fluchnamens markiert den Anfang einer neuen Beschwörung. Wer auch immer dieses Buch verfasst hat, wollte offensichtlich keinen Platz verschwenden, sondern jeden Zentimeter nutzen. Was mich erneut zu der Vermutung bringt, dass die Seiten aus Pergament oder einem ähnlich kostbaren Rohstoff bestehen. Ohne den Zugriff auf meine Magie wird es ewig dauern, mir auch nur einen groben Überblick über den Inhalt des Buches zu verschaffen. Nicht, dass ich das gern wollte. Im Gegenteil: Etwas in mir sträubt sich entschieden dagegen, sich das Wissen in diesem Buch anzueignen. Mir gefällt es nicht, den Befehlen des Crow Covens zu folgen. Welcher Mensch mit einem halbwegs intakten Gewissen würde das schon wollen? Eine Wahl habe ich trotzdem nicht.

Ich blättere und blättere durch die Seiten. An manchen Stellen sind sie bereits so ausgedünnt, dass die Beschriftung der Rückseite hindurchschimmert, als hätte es jemandem einen diebischen Spaß bereitet, dieses Buch so unleserlich wie nur möglich zu gestalten. Erschrocken fahre ich auf, als ich auf eine doppelseitige Illustration aus schwarzer Tinte stoße. Mit viel zu schnell schlagendem Herzen starre ich die Zeichnung an. Ein Teil von mir möchte am liebsten weiterblättern, aber ich kann es nicht, da die Illustration ebenso schaurig wie fesselnd ist.

Das Bild zeigt die Silhouette einer Hexe, die über ein Buch gebeugt ist. Ihr Gesicht wird von ihren Haaren verdeckt. Und um sie herum? Stehen schwarze Gestalten wie Schatten – mit unzähligen, unförmigen Augen und Wimpern wie Spinnenbeinen. Sie alle starren sie an, fixieren sie, als würden sie nur darauf lauern, dass sie sich rührt. Ich weiß nicht, ob es das Motiv ist oder aber der düstere Zeichenstil, der dafür sorgt, dass sich mir die Nackenhärchen aufstellen. Flüchtig sehe ich mich in der Kammer um und ziehe die Wolldecke enger um mich, als wäre sie ein Schutzmantel. Dieses Buch allein und nur im Schein einer flackernden Kerze auf dem Dachboden einer abgeschiedenen Waldhütte zu lesen gruselt selbst mich. In jeder Ecke lauern tanzende Schatten, als wären sie Boten der Dunkelheit, die nur darauf wartet, alles zu verschlucken.

Gemma, deine Fantasie geht mit dir durch, ermahne ich mich und fokussiere mich wieder auf das Buch. Die Kapitel, die die nächsten Seiten füllen, beschäftigen sich allesamt damit, wie man Kontakt zum Schattenreich herstellt. Wie man den Schattenkreaturen seine Seele öffnen und sie deformieren muss, um sich auf die folgenden Zauber dieses Grimoires vorzubereiten. Zusammenfassend geht es darum, wie man lernt, die Stimme der Schatten wahrzunehmen. Es ist eine seltsame Vorstellung, dass es Menschen gibt, die sich bereitwillig all diesen finsteren

Ritualen und Übungen unterziehen, um an einen Punkt zu kommen, an dem ich nie sein wollte.

Ich blättere weiter, bis ich auf die nächste Illustration stoße. Sie ist so dunkel, dass ich einen Moment brauche, um das Motiv im schwachen Schein der flackernden Kerze zu entschlüsseln. Wieder sind da diese Schattenwesen, doch dieses Mal stehen sie über ein Grab gebeugt. Vielleicht wäre das Bild nicht ganz so beklemmend, würde die Zeichnung nicht aussehen, als würde man selbst in diesem Grab liegen und von den Kreaturen angestarrt. Eine von ihnen scheint dem Betrachtenden aus dem Grab helfen zu wollen, als würde sie einen Ausweg aus dem Tod kennen. Und tatsächlich geht es auf den folgenden Seiten darum, wie man mithilfe der Schattenmagie die Naturgesetze aushebeln kann.

Wenn sich jemals jemand gefragt hat, warum manche Hexende ihr Grimoire auch *Buch der Schatten* nennen, hätte er hiermit eine eindeutige Antwort.

Meine Gedanken zucken zu Lauras Behauptung, dass wir am Ende immer selbst für unsere Handlungen verantwortlich sind. Aber, wenn das stimmt: Was wäre die Alternative hierzu? Den natürlichen Lauf der Dinge durcheinanderzubringen erscheint mir ebenso erschreckend wie verwerflich. Doch wie soll ich mich allein dem S.P.E.L.L.-Zauber widersetzen?

Mit einem mulmigen Gefühl lege ich das Buch beiseite. Ich weiß, dass ich dazu gezwungen sein werde, mich mit seinem Inhalt auseinanderzusetzen, aber für den Moment brauche ich dringend eine Pause.

Denn obwohl der Crow Coven mir Befehle erteilen kann, verspüre ich noch immer den Drang dazu, ihn aufzuhalten. Aber wie?

Ein Klopfen an der Zimmertür reißt mich aus meinen Gedanken. Ich war den Tag über allein in der Hütte und habe gehört, dass Eric vorhin zurückgekommen ist, ich habe jedoch nicht das Verlangen gespürt, ihm Gesellschaft zu leisten.

»Herein!«, rufe ich, da niemand eintritt.

Mir entfährt ein genervtes Stöhnen, während Eric die Tür öffnet – schon wieder in Darrens Gestalt, als würde es ihm Spaß bereiten, mich zu quälen. Ich vermisse Darren. In jeder Sekunde. Manchmal sogar so sehr, dass ich mir einbilde, das Gefühl von rotem Jaspis auf meiner Handfläche zu spüren. Ich brauche keine optische Erinnerung daran, dass er irgendwo dort draußen ist und wahrscheinlich nicht einmal eine Ahnung davon hat, was mir zugestoßen ist.

»Gibt es einen Grund für deine Scharade?«, frage ich genervt, als Eric zu mir herübergeschlendert kommt. So, wie er den Kopf zur Seite geneigt hat, um sich nicht zu stoßen, hat es beinahe etwas Witziges.

»Ich dachte nur, dieses Aussehen würde dir gefallen.« Er zögert, setzt sich schließlich auf den Fußboden vor dem Bett und betrachtet mich aufmerksam. So eingehend, dass ich fast das Gefühl bekomme, dass ich die Nächste bin, deren Gestalt er nachahmen möchte.

»Zeigst du mir jemals dein wahres Gesicht?«, frage ich rhetorisch. Als ich *DarkDuke* damals während des Livestreams gefragt habe, ob er mich wirklich mit einem Pappschild abspeisen will, hat er behauptet, dass ich sein hübsches Gesicht ohnehin nicht zu schätzen wüsste. Mit einer ähnlichen Antwort rechne ich auch von Eric, doch er schweigt. »Also nicht.«

»Glaub mir: Du hast nichts verpasst. Nicht alle Menschen sind …« Er verstummt, als hätte er es sich mitten im Satz anders überlegt. Unangenehm berührt reibt er sich über den Nacken.

»Nicht alle Menschen sind hübsch? Wolltest du etwas in der Art sagen?«, vermute ich. »Weißt du, meine Mom Viola hat eine Menge kluger Sprüche parat. Einer von ihnen lautet: Alle Menschen sind hübsch. Jeder ist einzigartig und hat etwas, das an ihm besonders ist. Wenn andere nicht in der Lage dazu sind, das zu erkennen, ist es deren Problem. Nicht deines.«

Alles, was ich ihm mit meinen Worten entlocke, ist ein abfälliges Schnauben.

»Deine Mom hat also nicht versucht, dich bei lebendigem Leib zu verbrennen, weil sie dich für ein Wechselbalg hielt.«

Nein, und allein die Vorstellung davon ist entsetzlich. Schweigend mustere ich ihn. »Falls dir das passiert sein sollte, tut es mir aufrichtig leid.«

Ein flüchtiges Lächeln huscht über Erics Gesicht. »Die Welt ist ein grausamer Ort.«

»Nicht die ganze«, widerspreche ich. »Ich weiß, dass es Menschen gibt, die einen verletzen, nur weil sie einen für anders oder sonderbar halten. Aber nicht alle Menschen sind so.«

Er lacht humorlos auf. »Du hältst dich für anders. Für besser. Nicht wahr?« Es dauert für Eric nur einen Wimpernschlag, seine Gestalt zu wandeln.

Mein Herz legt einen erschrockenen Satz hin, den ich zu unterdrücken versuche. Eric hat mich indirekt vorgewarnt, dennoch bin ich von seinem Anblick kurz überfordert. Noch immer trägt er die gleiche Kleidung, doch seine Haut ist von rötlichen, knotigen Narben überzogen. An den Händen, den Unterarmen, seinem Hals. Die Hälfte seines Gesichts wurde von den Flammen gezeichnet, hat seine Nase, eine Augenbraue und ein Ohr verschlungen. Ich nehme mir einen Moment, um ihn zu betrachten. Obwohl er selbst es vielleicht anders sehen würde, hat Mom recht: Jeder Mensch hat etwas Einzigartiges an sich. Und auch wenn Eric es vermutlich entschieden abstreiten würde, haben seine dunkelbraunen Augen etwas Gutmütiges.

Es bleibt nur ein Problem: Woher soll ich wissen, ob seine traurige Geschichte und das Aussehen nicht weitere Lügen und Manipulationen sind? Ich wurde in den letzten Wochen so oft hinters Licht geführt, dass es mir schwerfällt, irgendjemandem aus dem Crow Coven zu vertrauen. Selbst dann, wenn sie sich von einer vermeintlich verletzlichen Seite zeigen, denn genau das hat auch Beryl getan. Und es war nichts weiter als ein Trick.

»Und? Gefällt dir, was du siehst? Würdest du so mit mir in einem Club feiern gehen?«, fragt er sarkastisch und breitet theatralisch die Arme aus.

»Wenn ich frei wäre und wüsste, dass ich dir vertrauen kann – dann würde ich es wohl tun.«

Er reibt sich mit dem Handballen über die vernarbte Stirn und stutzt. Sofort ändert er sein Erscheinungsbild, als wäre ihm die Erinnerung an sein Aussehen unangenehm. Statt wieder Darrens Äußeres zu kopieren, gleicht er nur die sichtbaren Zeichen seiner Verletzungen aus. Er korrigiert Ohr, Augenbraue und alles, was ihn selbst an sich zu stören scheint.

»Ist das der Grund, weshalb du die Medizin haben möchtest?«, vermute ich.

»Gefällt es dir besser, wenn ich sie lediglich aus rein ästhetischen Gründen will? Ist das ein geringeres Übel, als wenn ich meine Gestalt wandle, um andere Menschen mit geklauten Erscheinungen hinters Licht zu führen?«

»Wahrscheinlich fände ich es nur dann sympathischer, wenn für die Herstellung der Arznei keine anderen Menschen sterben müssten.«

Denn so bleibt es zumindest in meinen Augen moralisch inakzeptabel. Selbst dann, wenn er die Medizin dafür einsetzt, um das auszugleichen, was andere Menschen ihm angetan haben.

Korrigiere: Was seine *eigene Mom* ihm angetan hat. Ich komme immer noch nicht darüber hinweg, dass es Eltern gibt, die so etwas Grausames tun. Die Vorstellung ist ebenso weit von der mir vertrauten Welt entfernt, wie es die Inhalte des finsteren Grimoires sind.

»Wie weit bist du mit dem Sichten des Buches?«, wechselt er das Thema und deutet auf den Folianten vor mir, als hätte er meine Gedanken gehört.

»Es wird gefühlt Wochen dauern, das Buch auch nur zu überfliegen.«

»Ich hoffe, du schaffst es schneller. Alaric wird dein Wissen am Donnerstag abfragen, um dich in der Woche darauf der eigentlichen Initiationsprüfung für den Zirkel zu unterziehen.«

»Du meinst, sie lassen mich eine Art von Test ablegen, bevor ich zur tatsächlichen Aufnahmeprüfung zugelassen werde?«, frage ich unbehaglich.

»Korrekt. Wenn du beim Test durchfällst, werden sie dich wohl eher nicht in ihre Vorhaben einweihen. Ich bin mir allerdings unsicher, ob ich dir für das Bestehen die Daumen drücken soll. Nach allem, was ich bisher gehört habe, sind die Aufnahmeprüfungen in Alarics Zirkel recht widerwärtig. Andererseits ist deine einzige Alternative der Tod, also …« Er macht eine abwägende Geste. »Es liegt an dir, dein geringeres Übel zu wählen.«

»Danke für diese Motivationsrede. Gab es eigentlich einen Grund dafür, dass du mich in meinem Zimmer aufgesucht hast?«, wechsle ich das Thema. »Oder wolltest du mich tatsächlich nur anspornen?«

»Ich dachte, vielleicht ist dir nach ein wenig Gesellschaft zumute. Aber wenn es dir zu aufdringlich wirkt und du es vorziehst, allein in dieser Kammer zu versauern, können wir uns darauf einigen, dass du runterkommst, sobald du deine Meinung änderst.«

Als wäre damit alles gesagt, erhebt er sich und verlässt das Zimmer.

Ich ertappe mich dabei, dass ich es fast schade finde – und tadele mich selbst dafür. Ich tue gut daran, diesem Eric nicht zu vertrauen. Ich darf mich nicht von seiner Kindheitsgeschichte einlullen lassen. Doch es ändert nichts daran, dass ich irgendwie beginne, ihn zu mögen.

Seufzend widme ich mich wieder dem unsäglichen Grimoire und meinen Notizen.

»Komm schon, Buch. Enttäusch mich nicht. Wenn es einen Weg aus dieser Sache gibt, zeig ihn mir«, murmle ich, obwohl ich nicht wirklich mit einer Antwort rechne.

Und natürlich bleibt sie – wie immer – aus. Ich könnte es darauf schieben, dass ich keine Magie nutzen kann, aber wenn ich ehrlich bin, hat die Stimme auch vorher nie auf meine Rückfragen reagiert.

»Diese Sache zwischen uns ist echt verdammt einseitig!«, schelte ich und zucke heftig zusammen, als der kahle Ast eines Baums gegen die Hauswand peitscht. »Dein Ernst, jetzt? Darauf antwortest du, aber auf Hilfegesuche nicht? Du bist echt schräg.«

Ich bin mir durchaus bewusst, dass das auch für mich gilt, immerhin führe ich mal wieder Selbstgespräche.

Doch ich werde unterbrochen. Irritiert spüre ich … etwas. Etwas, das ich nicht näher benennen kann. Es fühlt sich an, als hätte jemand einen schweren Stein in die Tasche meines Hoodies gelegt. Aber als ich danach greife, finde ich darin einzig und allein den Zettel, den ich selbst vor Tagen dort hineingesteckt habe. Es sind meine Notizen über Bannkreise. Nachdenklich betrachte ich sie, dann den dunklen Folianten, in dem alle Arten von finsteren Ritualen aufgeführt sind. Vermutlich zählen dazu auch Bannzauber. Momentan mag ich zwar keinen Zugriff auf meine Magie haben, aber das hält mich nicht davon ab, beim Durchblättern des Buches die Augen nach Zaubern offen zu halten, die mir beim Zerschlagen des Zirkels helfen könnten. »Danke«, murmle ich an das Universum gewandt.

Danke für die Erinnerung daran, dass auf jeden Regen auch wieder Sonnenschein folgt. Denn nur weil ich jetzt nicht zaubern kann, heißt es noch lange nicht, dass ich vollkommen zur Untätigkeit verdammt bin.

32. KAPITEL
GEMMA

Was für eine bescheidene Nacht.

Ich liege mal wieder bibbernd im Bett, ziehe mir die Wolldecke bis zu den Ohren hinauf und drehe mich auf die Seite. Jenseits des winzigen Fensters ist dichter Nebel aufgezogen, und das Licht des Mondes verleiht ihm einen silbrigen Glanz. Nur einzelne nackte Äste tauchen ab und an daraus auf, wenn sie im Wind wippen und gegen das Dach tippen, als wären sie knochige Finger. Manchmal kratzen sie auch darüber, als würden sie um Einlass bitten. Es ist ein Geräusch, das mir jedes Mal aufs Neue eine Gänsehaut beschert.

Als ich mit Darren im Haus seiner Eltern übernachtet und durch die große Glasfront hinausgesehen habe, kam mir der Anblick der Natur magisch vor. Doch allein in dieser Hütte erscheint mir der nahe Wald nur noch gespenstisch. Ich wünschte, Darren wäre bei mir. Aus so vielen Gründen. Dass es ihm gut geht, folgere ich allein aus der Tatsache, dass mir noch niemand unter die Nase gerieben hat, dass sie ihn aufgegriffen haben. Ich bin mir sicher, dass sie das tun würden. Zumindest Kristen würde es.

Mich fröstelt.

Während ich darauf warte, dass meine Körperwärme das Bett auf eine angenehme Temperatur bringt, schließe ich die Augen und muss lächeln, als ich ein Kribbeln auf meiner

Handfläche spüre. Ein Kribbeln, das mich an die besondere Energie von rotem Jaspis erinnert. Wahrscheinlich ist es nur Einbildung oder Wunschdenken. Oder aber … Was ist, wenn mich dieses Gefühl nicht täuscht? Wenn Darren mir tatsächlich einen Impuls geschickt hat? Wenn der S.P.E.L.L.-Zauber mich vor allem daran hindert, Magie aktiv anzuwenden, mich aber nicht so vollständig von ihr abschirmt, wie ich es zunächst vermutet habe? Dann würde es auf der anderen Seite bedeuten, dass der verfluchte Grimoire neben meinem Bett tatsächlich mit mir kommuniziert. Fröstelnd wende ich ihm den Rücken zu, als würde das irgendetwas besser machen. Tut es nicht. Im Gegenteil: Mit dem unheiligen Gegenstand im Rücken fühle ich mich noch unwohler und werfe mich genervt wieder herum.

Ich fürchte schon, diese Nacht noch einmal so gut wie gar nicht schlafen zu können, doch allein der Gedanke daran, dass Darren vielleicht unseren Stein in der Hand hält und gerade an mich denkt, hilft mir dabei, dieses Zimmer ein bisschen weniger unheimlich zu finden. Ich balle die Hand zur Faust, als könnte ich ihm dadurch näher sein. Solange, bis ich langsam ins Reich der Träume hinübergleite. Überrascht nehme ich zur Kenntnis, dass mich dort blaue Wolken empfangen.

Mein Herz macht einen aufgeregten Hüpfer. Was ist, wenn Darren ebenfalls gerade schläft? Wenn er tatsächlich an mich gedacht hat? Wenn sein Unterbewusstsein mich erneut in einen seiner Träume einlädt? Allein die Vorstellung davon, ihn vielleicht treffen zu können, macht mich ganz kribbelig. Doch ich werde bitter enttäuscht. Als sich der Nebel lichtet, bin ich noch immer hier. In dieser Hütte im Wald. Kann ich sie nicht einmal im Traum verlassen? Das ist frustrierend. Mit einem Stöhnen erhebe ich mich aus dem Bett und gehe barfuß die hölzerne Treppe bis ins Erdgeschoss hinunter. Ich bin allein, doch das Feuer im Kamin brennt noch und taucht alles in warmes Licht.

Irritiert wende ich mich der Tür zu. Ich spüre etwas, eine Präsenz – und das schon, bevor jemand anklopft.

»Gem?«

Die Stimme klingt nach Darren.

Darren? – Kann er wirklich hier sein? Noch nie war er in einem meiner Träume. Es war bisher immer sein Unterbewusstsein, das mich zu sich gerufen hat.

Hastig gehe ich zur Tür hinüber, schiebe einen rostigen Riegel beiseite und reiße sie auf.

Darren sieht mich in etwa so überrascht an wie ich ihn. Am liebsten würde ich ihm erleichtert um den Hals fallen, doch ein unsichtbarer Widerstand hält mich davon ab. Es ist, wie ich vermutet habe: Selbst im Traum sitze ich hier fest. Verfluchter S.P.E.L.L.-Zauber.

»Komm doch rein«, schlage ich vor und mache eine einladende Geste, während Darren mich mustert, flüchtig in den Wald hinaussieht, dann an mir vorbei in die Hütte späht.

Er zieht so skeptisch eine Augenbraue hoch, als wollte er fragen: *Wo sind wir hier?*

»Sei froh, dass man in Träumen nicht riechen kann. Die Mischung aus Rauch und Schwarzschimmel ist echt gewöhnungsbedürftig«, scherze ich.

Darren öffnet den Mund, als wollte er etwas sagen, schüttelt stattdessen den Kopf, tritt über die Türschwelle und schließt mich in seine Arme.

Erleichtert lasse ich mich gegen seinen Körper sinken. Diese Umarmung ist mit Abstand das Tröstlichste, was ich je gefühlt habe. Als wäre Darren meine schützende, warme Kuscheldecke. Für einen Moment genieße ich dieses flüchtige Gefühl von Sicherheit und Geborgenheit, bevor ich zu ihm aufsehe.

»Geht es dir gut?«, fragen wir unisono.

»Du zuerst«, sagt er und sieht sich erneut in der Hütte um. Er rümpft die Nase, als würde ihm der Anblick der altersschwachen Einrichtung nicht besonders gefallen.

Mir hingegen könnte sie im Moment nicht egaler sein. Lächelnd schaue ich zu ihm auf. »Wenn wir davon absehen, dass mich der Crow Coven entführt hat, ich diese Hütte weder wach noch schlafend verlassen kann und ich keinen richtigen Zugriff auf meine Magie habe, dann geht es mir gut«, fasse ich zusammen.

»Wo um alles in der Welt bist du hier?« Er haucht mir einen Kuss auf den Scheitel und tritt an das dreckverschmierte Fenster heran, als würde er sich von der Aussicht eine Antwort erhoffen.

»In irgendeinem Wald. Eventuell dem Harriman State Park«, vermute ich. Es würde mich allerdings wundern, wenn Darren dort draußen irgendetwas entdeckt, was mir im wachen Zustand entgangen ist. »Bekomme ich vielleicht auch noch eine Antwort auf meine Frage?«

Verwirrt sieht er mich an, bevor ein Funke der Erkenntnis in seine Augen tritt. Verlegen reibt er sich über den Hals. »Entschuldige. Ich war so erleichtert, dich zu sehen, dass ich …« Er deutet flüchtig zum Fenster hinaus. »Ich dachte, wenn wir wüssten, wo du bist, könnten wir dir helfen.«

»Wir?«

Darren nickt und spielt mit seinem Ohrring. »Der Reihe nach: Mir geht es gut, und ich habe deinen Ring gefunden. Jesper und ich haben uns getroffen, und er hat mir einen halbwegs sicheren Unterschlupf zur Verfügung gestellt. Ich konnte mithilfe deines Laptops, eines VPN-Zugangs und … Der Teil interessiert dich bestimmt nicht. Auf jeden Fall habe ich Dawn in einem recht bekannten Hexenforum im Darknet ausfindig gemacht. Wir haben die Belege für alle illegalen Tätigkeiten rund um die L.I.F.E. Inc. dort geteilt, und zumindest bisher wirkt es nicht, als wollte uns jemand für den Verrat an anderen Hexenden ächten. Eure Melissa ist übrigens ein Genie und hat uns in der Zwischenzeit eine Art abhörsicheres, rudimentäres Chatprogramm erstellt, sodass wir uns sporadisch austauschen können. Dawn sagte, sie hätte versucht, dich erneut mit einem Scrying Mirror zu kontaktieren, und wäre gescheitert. Mir ist es auch nicht gelungen. Vielleicht wird sie mich etwas weniger hassen, wenn ich ihr sage, dass es dir gut geht.« Er verstummt und kratzt sich flüchtig an der Nase. »Ich glaube, das waren alle wichtigen Infos der letzten Tage. Ich bin einfach nur scheiße froh, dich zu sehen.«

»Scheiße froh?«, wiederhole ich schmunzelnd, woraufhin er bestätigend nickt.

»Wie gesagt: Wir haben versucht, dich mithilfe von Magie zu orten und zu kontaktieren, aber es hat aus irgendeinem Grund nicht funktioniert. Ich war kurz davor, Beryl aufzusuchen und die Wahrheit über dich aus ihr herauszufluchen.«

»Gut, dass du es nicht getan hast. Aber es könnte sein, dass sie diese Hütte vor unserer Ankunft präpariert haben, um sie vor Zaubern von außen zu schützen«, murmle ich laut. Bannkreise scheinen tatsächlich eines von Alarics Spezialgebieten zu sein. »Ihr braucht euch keine Sorgen um mich zu machen. Eric ist ab und an hier und versorgt mich mit Nahrung – und Wasser der L.I.F.E. Inc., damit ich mich auch ja nicht der Illusion hingebe, dass ich einen freien Willen hätte.«

»Und du hast keinen Zugriff auf deine Magie?«

»Zumindest keinen aktiven«, stimme ich zu. »Ich meine, du bist hier, also scheint es ein Schlupfloch zu geben. So wie damals im Fluch deines Dads. Oder nicht?«

Darren reibt sich über die Stirn und sieht sich erneut um.

»Vergiss die Hütte«, bitte ich. »Kristen sagte, sie erwarten von mir, dass ich Dinge für den Zirkel erledige. Sie haben irgendeinen größeren Plan, den sie mir noch nicht anvertrauen wollen. Er hat etwas mit den Aequaliten und einem Folianten voll finsterer Rituale zu tun. Momentan durchforste ich ihn auf der Suche nach Zaubern, die uns weiterhelfen könnten. Vielleicht wird der Coven mir etwas über seine Pläne verraten, wenn ich so tue, als wäre ich loyal. Falls sie mir den Zugriff auf meine Magie erlauben, bekommen wir womöglich früher oder später die Chance dazu, das Reinigungs- und Bannritual doch noch abzuhalten.«

»Du willst dem Zirkel beitreten?«, fragt Darren zweifelnd.

Ich verstehe seine Skepsis. Wahrscheinlich klingt meine Idee, den Zirkel von innen heraus zu zerschlagen, ebenso naiv wie die Idee von Beryls Mom, die Zirkelmitglieder zu besseren Menschen zu machen. Bis eben wäre ich auch nicht auf die Idee gekommen, meine Treue vorzutäuschen, aber Darrens Anwesenheit in meinem Traum verleiht mir einen Anflug von Vertrauen und Sicherheit. Mit großen Schritten gehe ich zu ihm hinüber und sehe zu ihm auf, während er mir über die Wange streicht und mich so forschend betrachtet, als wollte er sich vergewissern, dass es mir tatsächlich gut geht.

»Ich weiß nicht, ob mir dieser Plan gefällt«, murmelt er.

»Ich auch nicht«, gestehe ich. »Beryl sagte, dass die Aufnahmeprüfungen für den Zirkel schwierig sind. Und dass es noch schwieriger ist, dem Zirkel nach der Initiation wieder zu entkommen. Aber …« Seufzend deute ich um mich. »Ich bin so oder so hier und habe keine Möglichkeit dazu, mich dem Willen des Zirkels zu entziehen. Und vielleicht könnten wir so versuchen, diese Situation irgendwie auszunutzen.«

»Ich vertraue dir und deinen schauspielerischen Fähigkeiten«, antwortet Darren ausweichend. Er spricht es mir zuliebe nicht aus, aber ich weiß, was er herunterschluckt: Dass er sich um mich sorgt.

»Niemand außer uns weiß von unserer besonderen Verbindung. Und solange das so bleibt, können wir sie nutzen«, wiederhole ich, als wollte ich ihn und mich gleichermaßen von dieser Schnapsidee überzeugen. »Wenn du tatsächlich Kontakt zu Dawn hast, könntet ihr in der Zwischenzeit trotzdem eure Kristalle für das Ritual vorbereiten. Und sobald ich irgendwas in Erfahrung bringe, gebe ich es euch weiter.«

»Du meinst, falls wir es in den nächsten Tagen noch mal schaffen, gleichzeitig zu schlafen, damit ich mich heimlich in deine Träume stehlen kann«, wirft Darren ein.

Es ist ein berechtigter Einwand, trotzdem ist diese Begegnung sehr viel mehr, als ich mir erhofft habe.

»Wir haben noch immer die Chance, den Crow Coven aufzuhalten«, sage ich mit Nachdruck.

»Wir machen es so, wie du meinst«, stimmt er schließlich zu und beugt sich hinab, als wollte er mich küssen.

Doch noch bevor sich unsere Lippen berühren, peitscht ein Ast gegen das Dach.

Erschrocken fahre ich im Bett auf und starre mit rasendem Herzen zum Fenster hinüber. Nebel – und ein Ast, der unheilvoll über das Glas kratzt, als wollte mir das Universum mitteilen, dass unsere magische Verbindung für vieles, aber nicht für diese Art von Fantasien geschaffen wurde.

Mit immer noch zu schnell schlagendem Herzen lasse ich mich wieder in mein Kissen sinken.

Zumindest ist mir jetzt nicht mehr kalt. Nicht nur, weil mein Herz noch immer vor Schreck rast. Darren kurz gesehen und mit ihm gesprochen zu haben erfüllt mich mit einer wohligen Wärme.

Vielleicht hat er recht und es ist eine denkbar dumme Idee, dem Zirkel einen Sinneswandel und meine Loyalität vorzuspielen. Andererseits … Gibt es eine andere Seite? Was wäre die Alternative?

33. KAPITEL
GEMMA

Montag, 12.12.

Den ganzen Tag verbringe ich damit, mich durch das verfluchte Buch zu quälen. Ich mache mir Notizen über Notizen, markiere Seiten und versuche vor allem, die Denkweise des Buches zu verinnerlichen. Denn das dürfte es sein, worauf es am Ende ankommt: zu begreifen, wie Hexende der dunklen Künste auf die Magie zugreifen und sie nutzen. Auch wenn ich die magischen Aspekte dieser Zauber halbwegs verstehe, ist es mir immer noch unbegreiflich, wie man seine Seele freiwillig diesen finsteren Kräften aussetzen kann. An auffallend vielen Stellen geht es darum, die Dunkelheit als Teil von sich selbst zu akzeptieren. Und ich hatte bis vor Kurzem wirklich ein schlechtes Gewissen dabei, dass ich auf meinen Kanälen eine Good-Vibes-only-Scheinwelt erschaffen habe? Das war nicht richtig und nicht gut – aber mittlerweile bin ich mir sehr sicher, dass es noch viel schlimmer geht.

Tatsächlich habe ich mir in der Zwischenzeit so vieles aufgeschrieben, dass meine dazwischen gekritzelten Anmerkungen zum Thema *Bannkreis* kaum auffallen dürften. Dank meinen Erfahrungen mit Alaric war mir ja klar, dass es Bannkreise gibt, die Magie unterdrücken oder ein bestimmtes Gebiet von den Auswirkungen gewirkter Zauber befreien, allerdings ist es mir noch immer ein Rätsel, wie er den Wirkungsbereich definiert. Beim Faszinationszauber in der L.I.F.E. Inc. haben wir die Fläche des Zauberradius mit sogenannten Zauberfläschchen eingegrenzt. Aber wie soll das auf der Gala funktionieren? Wahrscheinlich könnte Darren mit der Hilfe meines Zirkels Zaubersäckchen oder -fläschchen herstellen. Und vielleicht würde er es sogar schaffen, sich dorthin zu schmuggeln und sie an der Location zu verteilen, aber wir kennen die Örtlichkeit nicht. Deshalb können wir auch nicht davon ausgehen, dass alle Anführenden des Crow Covens sich zeitgleich in einem Raum aufhalten. Ich muss einen Weg finden, die Größe des Bannkreises variabel zu halten. Reagieren zu können, falls jemand den Raum verlässt oder andere unvorhersehbare Dinge geschehen.

Als mein Bauch lautstark rumort, gehe ich kurz nach unten und durchsuche die kleine Küche nach etwas Essbarem. Am Ende entscheide ich mich für einen Apfel und Toast mit Tomatenmark. Meinen Teller nehme ich wieder mit ins Bett und esse dort, um keine Zeit zu verschwenden. Es ist bereits Montag, und mir bleiben nur noch zwei weitere Tage bis zu dem ominösen Test. Einerseits habe ich kein Interesse daran, ihn zu bestehen. Aber die Alternative – umgebracht zu werden – erscheint mir ebenso wenig verlockend. Und vielleicht ergibt sich im Rahmen der Prüfung irgendwie die Möglichkeit, so zu tun, als wäre ich im Begriff, meine Meinung über den Zirkel zu ändern, um mir so mehr Freiheiten zu erschleichen.

Da Eric den ganzen Tag über nicht aufgetaucht ist, hatte ich bisher noch keine Chance dazu, meine neue Rolle zu proben.

Als die Sonne längst untergegangen ist und meine Lider immer schwerer werden, möchte ein Teil von mir sich endlich schlafen legen, doch die nicht enden wollende Unruhe in meinem Inneren hindert mich daran.

Da ich keinen beruhigenden Calcit zur Hand habe, den ich mir unter das Kopfkissen schieben könnte, beschließe ich, es mit einer Meditation zu versuchen. Seufzend schlage ich die Beine unter und schließe die Augen. Mit Musik fällt es mir meist leichter, mich zu entspannen. Ich mag es, mich von meiner Synästhesie leiten zu lassen, aber heute werde ich es wohl oder übel ohne versuchen müssen, da ich keinen Zugriff auf meine Streamingdienste habe.

Was ich mir von dieser Meditation erhoffe, weiß ich selbst nicht genau. Vielleicht nur einen Augenblick Pause von meinen Gedanken, die zwischen der Suche nach einem für mich geeigneten Bannzauber, einem Ausweg aus meiner Situation und der Sorge um Darren hin und her pendeln. Ich will einfach nur, dass dieses nervöse Kribbeln in meinem ganzen Körper zumindest für einen Moment verebbt. Normalerweise würde ich wohl die Magie darum bitten, mir bei der Entspannung zu helfen, aber ich bin noch immer von ihr abgeschnitten. Schon allein dieses eigenartige Gefühl der Einsamkeit und Leere macht alles schlimmer. Es ist, als hätte man mir etwas weggenommen, was mein ganzes Leben ein Teil von mir war. Genauso verwirrend und überfordernd, als hätte man mir das Augenlicht oder mein Gehör geraubt. Wenn ich tagsüber beschäftigt bin, kann ich diese Missempfindung verdrängen, aber jetzt, während ich etwas versuche, das mich normalerweise mit der Magie verbindet, spüre ich den Verlust überdeutlich.

Du bist nicht allein, höhnt eine Stimme in meinem Kopf. *Denn du bist nie allein.*

Erschrocken fahre ich auf, Eiseskälte schießt durch meine Adern. Mit rasendem Herzen schaue ich mich im Zimmer um. Doch ich sehe nichts – und zugleich zu viel. Im flackernden Schein der Kerze wirkt es, als würden in jeder Ecke tanzende Schatten lauern. Ich greife nach meiner Decke und lege sie mir um die Schultern, als könnte mir die Wärme dabei helfen, das mulmige Gefühl zu vertreiben.

»Wer bist du?«, rufe ich in die Stille der Nacht hinein, aber bekomme keine Antwort. Ich stehe vom Bett auf, lausche – und höre nur das Rauschen meines eigenen Bluts in meinen Ohren.

Stille. Keine Antwort.

»Was willst du von mir?«, frage ich und kann den verzweifelten Unterton nicht unterdrücken. »Darrens Mom sagte, dass die Schatten ein Interesse an mir haben. Seid ihr das? Schattenwesen? Seid ihr die Kreaturen, die in diesem Buch beschrieben werden? Habt ihr etwas mit den Aequaliten zu tun?«

Noch immer sehe ich mich um, erwarte eine Reaktion, doch nichts geschieht.

»Antworte«, bitte ich, flehender dieses Mal.

Tränen steigen mir in die Augen, weil die Ungewissheit an mir nagt. Was ist, wenn die Antwort auf meine Frage lautet, dass ich nach dem Gebrauch eines Aequalits langsam, aber sicher den Verstand verliere? So, wie es in Tante Hattys Grimoire steht.

»Was wollt ihr von mir?«, schreie ich in die Nacht hinaus und zucke zusammen, als ein aufgeschreckter Vogel vom Dach abhebt.

Davon abgesehen bleibt alles ruhig.

»Okay«, murmle ich und will die Stimme gerade als ein weiteres Hirngespinst abtun, als ich im Augenwinkel eine Bewegung wahrnehme. Erschrocken wende ich den Kopf und sehe, wie sich ein Schatten in menschlicher Gestalt aus der finstersten Ecke des Zimmers löst. Er gleitet lautlos auf die Kerze zu. Meine einzige Lichtquelle im Raum. Noch während ich versuche, zu verstehen, was gerade geschieht, beugt der Schatten sich zu ihr hinab – und die Flamme erlischt.

Nein!

Auf einen Schlag ist alles dunkel. Beißender Rauch steigt mir in die Nase.

Mit zitternden Knien weiche ich zurück und stoße mir den Ellbogen am Türknauf. Panisch versuche ich, in der Dunkelheit irgendetwas auszumachen, vergeblich. Ich sehe nichts, aber spüre eine Präsenz. Definitiv bin ich nicht allein. Ohne dem Zimmer den Rücken zuzuwenden, taste ich nach dem Türknauf, bekomme ihn zu fassen. Doch er klemmt. Verdammt! Ich höre Schritte auf dem Holzboden vor mir und blinzle in die Dunkelheit. Bewegen sich Schatten nicht lautlos? Auch wenn ich weiß, dass diese Geräusche vermutlich ein Trick sind, um meiner Psyche einen Streich zu spielen – es funktioniert.

»Was willst du?«, frage ich erneut und rüttle an dem Knauf. Er rührt sich nicht. Und noch immer bekomme ich keine Antwort.

Schritte. Schritte. Schritte. – Sie nähern sich. Verharren direkt vor mir. Es fühlt sich an, als würde eisiger Atem meine Wange streifen.

Mir entweicht ein erstickter Schrei, als sich eine Hand über meinen Mund legt. Panisch schlage ich danach, doch vor mich ist nichts. Nichts, was ich zu fassen bekomme. Egal, wie sehr ich mich bemühe. Und dennoch spüre ich eindeutig den Griff der Hand.

Was geht hier nur vor?

Natürlich: Dieses *Etwas* spielt mit meinen Sinnen. Doch auch wenn ich das weiß, schaffe ich es nicht, meine Angst zu überwinden. Wie gelähmt stehe ich mit dem Rücken zur Tür. Unfähig, mich der Situation zu entziehen.

Mein Herz setzt einen Schlag lang aus, als etwas über mein Ohr streicht, bevor die Stimme erneut direkt in meinem Kopf erklingt.

Was wir wollen? Dich.

Vor Panik steigen mir Tränen in die Augen, laufen heiß meine Wangen hinab. Ich will wissen, was das bedeuten soll, doch die unsichtbare Hand liegt noch immer auf meinem Mund – und ich kann sie einfach nicht wegschieben. Ich spüre ihre Berührung – und eine unbekannte Ohnmacht. Die Gewissheit, dass ich ohne Zugriff auf meine Magie vollkommen ausgeliefert bin. Wehrlos.

Hast du Angst? Das musst du nicht. Ich könnte dir helfen. Gemeinsam können wir Großes vollbringen.

Ich will das nicht. Ich will das nicht! ICH WILL DAS NICHT! – Das ist alles, was ich in Dauerschleife denke.

Du wirst es wollen, versichert die Stimme, doch ich schüttle entschieden den Kopf.

AUF KEINEN FALL!, schreie ich innerlich, bis ein erlösendes Geräusch ertönt.

Klick.

Das war die Tür. Ein Hoffnungsschimmer.

Erneut greife ich mit zittrigen Fingern nach dem Knauf; er dreht sich, und ich spüre, wie sich die fremde Hand entfernt. Ich bin frei! Hektisch reiße ich die Tür auf und fliehe ebenso erleichtert wie panisch aus dem Raum.

Ich will hier weg – so schnell, dass ich auf der steilen Treppe den Halt verliere.

Die Welt kippt, als ich falle. Instinktiv schließe ich die Augen und versuche, mich irgendwie abzufangen. Stattdessen treffen meine Rippen unsanft auf eines der Trittbretter, während ich die letzten Stufen kopfüber hinunterstürze. Meine Hand schlägt zuerst auf den Dielen auf, etwas knackt, und ein schneidender Schmerz schießt meinen Arm hinauf, bevor auch der Rest meines Körpers unsanft aufprallt.

Mein Handgelenk schmerzt, mein Herz rast – aber ich lebe. Panisch sehe ich zum oberen Treppenabsatz hinauf, doch kann im schwachen Licht des glimmenden Kaminfeuers nichts ausmachen. Ungeschickt rapple ich mich auf und presse den schmerzenden Arm gegen meine Brust, während ich zur Hüttentür eile. Sie ist verschlossen. Natürlich ist sie das. Und selbst wenn sie es nicht wäre, könnte ich nicht hinaus.

Ich lehne mich mit dem Rücken gegen das kühle Holz der Tür, sehe zur Treppe hinauf, dann durch den Raum, aber ich kann keinen Schatten ausmachen. Zumindest keinen, der nicht hier sein sollte. Ich höre keine Schritte. Keine Stimme. Wenn ich es nicht besser wüsste, würde ich sagen, dass ich allein hier bin.

Du bist nicht allein, hallen die Worte der Stimme in meinem Kopf nach. *Du bist nie allein.*

Mit einer Mischung aus Angst und Ohnmacht in den Gliedern lasse ich mich an der Tür zu Boden sinken und ziehe die Beine an. Erneut scanne ich den Raum, doch da ist nichts.

Erst als sich mein Puls allmählich wieder beruhigt, kann ich die Tränen nicht länger zurückhalten und lasse sie einfach laufen. Mein Handgelenk schmerzt noch immer, und mir fehlen Darren und meine Moms. Irgendjemand, der mich kurz in den Arm nimmt und mir versichert, dass alles wieder gut werden kann. Dass das hier nur ein beschissener Moment ist, der vergeht. Dass ich auf dem Weg zu meinem Happy End einfach noch eine Weile durchhalten muss. Aber das Einzige, was mich Darren näherbringen könnte, wäre Schlaf. Und ich werde jetzt garantiert kein Auge schließen.

Ich brauche ein paar Minuten, bis ich mich stark genug dafür fühle, mich mühsam vom Boden aufzurappeln und zum Kamin hinüberzugehen. Nun erst spüre ich, was mir alles wehtut. Mein Knie, meine Rippen. Trotzdem werfe ich Feuerholz nach und nehme erleichtert zur Kenntnis, dass die Glut noch heiß genug war, um es zu entzünden. Ich setze mich so, dass ich die Flammen, die Treppe und die Tür gleichzeitig im Blick behalten kann. Ich wünschte, ich hätte die Uhr aus der Tierarztpraxis. Das unsäglich laute Ding. Einfach nur, damit ich wüsste, wie spät es ist und wie lange ich durchhalten muss, bis die Sonne aufgeht.

34. KAPITEL
GEMMA

Dienstag, 13.12.

Ich fahre auf, als ich beim ersten Licht des beginnenden Tages das Geräusch eines Schlüssels an der Tür höre. Noch nie bin ich so schnell vom Boden aufgesprungen oder war dermaßen erleichtert, einen Gestaltwandler zu sehen.

»Guten Morgen?«, sagt er verwundert, als ich ihm auf halber Strecke entgegenkomme – und selbst nicht weiß, wieso.

Ich bin einfach unfassbar froh, eine andere menschliche Seele hier zu haben.

Mir fällt jetzt erst auf, dass Eric ein Papptablett mit zwei großen Bechern aus dem *Beans & Herbs* und eine Papiertüte bei sich trägt.

»Ich habe uns Frühstück mitgebracht«, erklärt er, während ich zu verarbeiten versuche, dass es noch verdammt früh am Morgen sein muss. Das *Beans & Herbs* öffnet nicht vor Sonnenaufgang, was vermutlich bedeutet, dass er in der Nacht bei Beryl war. Was sein gutes Recht ist. Trotzdem fühlt es sich kurz komisch an, dass er vielleicht Sex hatte, während ich vor dem Schattenwesen geflohen bin. Nicht, weil ich eifersüchtig wäre, sondern weil die Erde manchmal ein seltsamer Ort voller Parallelwelten ist. Ein Absurdum an Gleichzeitigkeiten.

»Ich denke, ich habe keinen Hunger«, bringe ich irgendwie hervor, während er die Sachen auf dem Tresen abstellt.

»Tatsächlich? Beryl meinte, du magst Pumpkin Spice Latte, also habe ich dir welche mitgebracht, obwohl die Saison bereits vorbei ist. Ich dachte, vielleicht möchtest du zwischendurch mal etwas anderes als Wasser trinken.« Er nippt an seinem Kaffee und mustert mich, bevor sein Blick an meiner Hand hängen bleibt. Seufzend stellt er den Becher ab. »Soll ich sie mir ansehen? Glaub es oder nicht, aber Gestaltwandler haben einen siebten Sinn für Anatomie, und mit deiner stimmt etwas nicht.«

Widerwillig setze ich mich auf einen der Hocker am Tresen und reiche ihm meinen Arm.

Schweigend legt er eine Hand unter mein Gelenk und tastet es vorsichtig mit Daumen und Zeigefinger ab. Seine Miene ist unergründlich. »Was ist passiert?«

»Bin die Treppe runtergefallen«, antworte ich wahrheitsgemäß und sauge scharf die Luft ein, als er meine Hand bewegt.

»Nichts gebrochen, aber ordentlich verstaucht«, lautet sein Fazit. »Ich könnte dir einen Schluck einer gewissen Medizin abgeben, um das zu kurieren, doch ich fürchte, wenn du sie annimmst, bist du nicht besser als ich.«

»Witzig«, murmle ich und greife mit der unverletzten Hand nach meinem Becher. Auch wenn ich es lieber nicht zugeben würde, aber Beryls Pumpkin Spice Latte tröstet mich tatsächlich ein wenig über meine Nacht und die Schmerzen hinweg. Sie schmeckt nach Freundschaft und Geborgenheit. Nur für den Fall, dass sie als *Kitchen Witch* irgendetwas hinzugefügt haben sollte, was meine Laune bessert: Heute bin ich ihr dafür sogar dankbar.

»Danke. An dich und Beryl«, murmle ich kleinlaut.

»Ich würde ja sagen: jederzeit. Aber dafür beschäftigt mich Kristen zu gut.«

Das glaube ich ihm gern, sonst wäre er sicher nicht so früh am Tag hier rausgefahren. An meinem Getränk nippend sehe ich zum Fenster hinaus. Bäume hinter einem Schleier aus Staub. Der Anblick spiegelt die Welt wider, wie sie sich momentan für mich anfühlt: stumpf, grau und dreckig.

»Weißt du, Gemma. Alarics Zirkel ist wie so eine Art Geheimbund. Sehr elitär, vereint angeblich die besten Hexenden New Yorks. Jeder von ihnen ist eine Koryphäe auf seinem Gebiet. Schwarze Hexer, Giftmischer, Geisterbeschwörer. Ich habe noch mit keinem Mitglied gesprochen, das durch weiße Magie dort gelandet wäre, wo es jetzt ist. Die Bewerberlisten des Zirkels sind lang, die Initiationsrituale widerwärtig.«

Vielleicht ist das ein guter Moment, um langsam meine angebliche Meinungsänderung einzuleiten? Tatsächlich bin ich nach der letzten Nacht sehr viel motivierter, die Aufgabe zu absolvieren, wenn es bedeutet, dass ich hier rauskann. Obgleich Freiheit wohl eine Illusion ist, wenn man auf Schritt und Tritt von Schattenwesen beäugt wird.

»Beryl hat mir schon gesagt, dass es eine Ehre wäre, in diesen Zirkel aufgenommen zu werden«, murmle ich. »Vielleicht hat sie recht.«

»Hat sie das?« Eric zieht eine Augenbraue hoch und greift erneut nach seinem Kaffeebecher, als wollte er irgendetwas tun. »Hat Beryl dir jemals erzählt, warum sie dem Zirkel beigetreten ist? Ich meine, ich will ihr keine Vorwürfe machen, schließlich hängt mein Herz weder an dieser verfluchten Stadt noch einem Café. Einem Café, das ihre Großmutter eröffnet hat, als sie nach Amerika auswanderte. Einem Café, das seit Generationen ihrer Familie gehörte, bis es durch die Auswirkungen der Pandemie in Notlage geriet und Beryl sich an die falschen

Menschen wandte, um Hilfe zu suchen. Jeder von uns hat seine Beweggründe. Wer wäre ich, um ihre zu hinterfragen. Oder deine?« Er sieht mich abschätzend über den Rand seines Bechers an und nippt erneut an seinem Getränk, bevor er mit einer Schulter zuckt. »Ich will nicht behaupten, dass ich wichtig genug wäre, um in brisante Informationen eingeweiht zu werden, aber wenn dir wirklich etwas daran liegt, dem Zirkel beizutreten, würde ich mir an deiner Stelle noch einmal die Kapitel zum Thema Energietransfer ansehen.« Er prostet mir zu.

Ich erwidere die Geste, doch wenn ich daran denke, wieder in die Dachkammer hinaufgehen zu müssen, um meine Notizen zu holen, wird mir ganz anders. Ja, vielleicht beobachten mich die Schatten jederzeit, aber allein bei der Erinnerung daran, wie dieses Wesen mich berührt und was für eine Ohnmacht das in mir ausgelöst hat, jagt es mir einen eiskalten Schauer über den Rücken.

Ich könnte heute wirklich einen beruhigenden Calcit in meiner Hand brauchen. Aber das Einzige, was ich in dieser Hütte tun kann, um halbwegs zur Ruhe zu kommen, ist: meinen Kaffee trinken.

Ich ertappe mich bei dem Gedanken, Eric zu fragen, ob er zufällig Zeit hat, um mir heute Gesellschaft zu leisten, damit ich nicht allein sein muss. Aber sein Anzug lässt mich vermuten, dass er heute noch einen Einsatz als Mr Hunter vor sich hat.

Als er schließlich aufbricht, reiße ich mich zusammen und zwinge mich dazu, die Treppe hinaufzugehen.

»Du schaffst das, Gemma,« murmle ich mir selbst Mut zu, während ich dem Drang widerstehe, auf der Stiege einfach wieder umzudrehen.

Entweder überwinde ich jetzt meine Angst, gehe in die

verfluchte Kammer und hole meine Notizen – oder ich stelle mich unvorbereitet Alarics Prüfung, versage und sterbe. Was klingt schlimmer?

Ich habe keine Ahnung, was ich erwartet habe, doch als ich die zwielichtige Dachkammer betrete, liegt sie verlassen vor mir. Mit einem mulmigen Gefühl im Nacken sehe ich mich um, aber nichts geschieht. Keine Stimme ertönt, kein Schatten schnellt auf mich zu. Dennoch schnappe ich mir nur rasch das Buch und die Notizen und gehe die Treppe wieder hinunter. Es ist albern, schließlich lauert die Stimme überall, trotzdem verbinde ich die Dachkammer mit zu vielen negativen Erinnerungen, um dort konzentriert lernen zu können.

• • ✦ • •

Nachdem ich das von Eric empfohlene Kapitel gefunden und studiert habe, lege ich mich auf das grüne Samtsofa vor dem Kamin. Obwohl ich mich nach der letzten Nacht vollkommen erschöpft fühle und mein Kopf vor Schlafmangel brummt, zuckt mein Blick immer wieder zur Treppe, als könnte ein Schattenwesen herunterschreiten. Albern, ich weiß. Aber Gefühle sind nicht rational. Immer, wenn mir kurz die Augen zufallen, schrecke ich wieder auf und scanne den Raum nach sich bewegenden Schatten ab.

Ich frage mich, wie viele Nächte ich so durchhalten kann, bis ich etwas spüre. Ein Gefühl von Jaspis auf meiner Haut. Man sagt, dass er im Allgemeinen für Stärke, Vertrauen und Stabilität steht, doch für mich bedeutet er mittlerweile vor allem: Liebe und Familie. Mich erfüllt eine Wärme, die in meiner Handfläche beginnt, sich in meinem ganzen Körper ausbreitet und die lähmende Angst nach und nach verdrängt, um Platz für eine wohlige Schläfrigkeit zu machen.

Lächelnd balle ich meine Hand zur Faust und denke an Darren. Die unheimliche Stimme hatte recht. Ich bin nicht allein. Denn ich bin nie allein. Wahrscheinlich werde ich auch in dieser Nacht nicht tief genug schlafen, um Darren in meinen Träumen zu treffen, aber mit dem Gedanken an ihn wage ich es, zumindest kurz die Augen zu schließen, um ein kleines Nickerchen einzulegen.

35. KAPITEL
GEMMA

Donnerstag, 15.12.

Heute. – Dieses eine Wort ist mein erster Gedanke, sobald ich die Augen aufschlage. Heute findet der Test statt. Die Kontrolle, ob ich artig genug gelernt habe, um mich demnächst der eigentlichen Aufnahmeprüfung zu stellen.

Stöhnend reibe ich mir mit den Händen über die Augen und sichte meine Notizen. Der gestrige Tag ist förmlich an mir vorbeigerauscht. Stunde um Stunde habe ich mich durch das verfluchte Buch gequält und habe alle Beiträge studiert, in denen es darum ging, die Lebensenergie eines Menschen auf einen anderen zu übertragen. Es las sich grausam, aber genau wie die Art von Sache, die Kristens Zirkel von mir fordern würde. Einer Sache, von der ich dank eines Geistes namens John weiß, dass die *Less Homeless* solche widerwärtigen Dinge tut.

Für diesen Zauber braucht es ein fähiges Energiemedium, eine außerordentliche Energiequelle als Katalysator, einen Spruch, den man netterweise überliefert hat, ein Opfer und den Körper desjenigen, der die Lebensenergie aufnehmen soll. In der Theorie klingt der Zauber simpel, da er ohne große Vorbereitungen oder umfassende Rituale auskommt. In der Praxis möchte ich mir alles vorstellen, aber auf keinen Fall, dass Kristen und Alaric mich dazu zwingen, jemanden für sie umzubringen. Ich glaube nicht, dass ich das könnte, und mag mir nicht ausmalen, was es mit meiner Seele anstellt, wenn man mich regelrecht dazu zwingt. Ich hasse den S.P.E.L.L.-Zauber. Habe ich schon immer. Denn er bringt mich dazu, mich mit Zaubern zu befassen, die ich nicht einmal in meinen schlimmsten Albträumen wirken will. Aber mir bleiben eigentlich nur zwei Optionen: mich gezwungenermaßen fügen und unvorstellbare Gräueltaten verüben – oder Eric bitten, mich umzubringen. Was mich zwar davor bewahren würde, Menschen ermorden zu müssen, doch realistisch betrachtet führt es dazu, dass sich der Crow Coven einfach ein anderes Medium suchen wird. Zumindest früher oder später. Wie ich es auch drehe und wende: Es wäre besser, ihm endlich das Handwerk zu legen.

Schaudernd stehe ich vom Sofa auf und gehe auf den Dachboden, um die Notizen über Bannzauber zu verstecken und mir rasch etwas überzuziehen – einen frischen Hoodie und eine Jogginghose, die ich mehrfach umkrempeln muss, weil sie mir viel zu lang ist. Aber ich will mich nicht beklagen, immerhin werde ich regelmäßig mit sauberer Kleidung versorgt. Und zumindest meistens ist sie warm und praktisch, wenn man von dem schwarzen Samtkleid absieht, das in einer Schachtel auf dem Fußboden neben der Tür liegt. Kristen hat es mir gestern bringen lassen. Warum, weiß ich nicht. Ich hoffe sehr, dass sie nicht davon ausgeht, dass ich es zur Prüfung trage. In meinem ganzen Leben habe ich kein schwarzes Kleid besessen. Mein Bruder Taro trägt aus unerfindlichen Gründen immer nur schwarze Anziehsachen. Jeden Tag. Die Farbe steht ihm – nicht nur in seiner Katzengestalt. Aber ich komme mir in schwarzen Klamotten im wahrsten Sinne des Wortes verkleidet vor. Sie fühlen sich falsch an. So finster wie das Todesmal an meinem Handgelenk. Da allerdings eine gewisse Wahrscheinlichkeit besteht, dass ich den heutigen Tag nicht überlebe, ist die Assoziation zu Tod und Trauerkleidung vielleicht sogar angebracht.

Irritiert gehe ich nach unten, als ich höre, wie jemand einen Schlüssel ins Türschloss steckt. Die Türscharniere quietschen beim Öffnen dermaßen theatralisch, als wollten sie drohendes Unheil ankündigen. Milde überrascht beobachte ich, wie Kristen, Alaric und eine fremde Frau gemeinsam die Hütte betreten. Mir war klar, dass sie heute herkommen würden, doch mit einem Besuch so früh am Morgen habe ich eher nicht gerechnet. Wenigstens habe ich diese Sache dann schnell hinter mir.

Was auch immer hier heute passieren soll, wird offensichtlich von allen dreien begleitet, als wären sie ein Prüfungskomitee. Doch irgendetwas am Aussehen der jungen Frau irritiert mich. Auch wenn das Lesen von Auren keine meiner Kernkompetenzen ist, bin ich mir bei ihr recht sicher, dass sie eine Hexe ist. Aber irgendwie ist das sie umgebene Energiefeld auffällig anders als alle, die ich bisher gesehen habe. Intensiv und gleichzeitig dermaßen finster. Es ist fast, als wären Schatten darin verwoben. Als wäre sie selbst eine Verkörperung der dunklen Künste – und kein bisschen bemüht, es zu kaschieren. Dagegen wirkt Alaric nahezu harmlos. Als hätte er meine Gedanken gehört, schenkt er mir ein eiskaltes Lächeln, bei dem sich mir alle Härchen aufstellen.

Ein leises Geräusch lenkt meine Aufmerksamkeit auf eine kleine Pappbox mit Löchern, die die Fremde in der Hand trägt. Ich hoffe sehr, dass ich mir das Kratzgeräusch darin nur einbilde.

Als die Hexe bei meinem Anblick zögert, bedeutet ihr Alaric, weiterzugehen. »Sie kann dir nichts anhaben«, erwidert er. »Nicht, solange ich es ihr nicht erlaube. Dennoch könnte man dir jede Art von Zögern als Schwäche auslegen. Also tu das nie wieder. Unser Zirkel hat bereits dreizehn Mitglieder. Sollte Gemma die baldige Aufnahmeprüfung bestehen, wird eines der anderen Mitglieder scheiden müssen. Und das willst doch nicht du sein?«

Als wäre seine Drohung keine Einschüchterung, sondern ein Ansporn, hebt sie stolz das Kinn und drückt den Rücken durch. »Ich wollte euch lediglich fragen, wo wir den Test durchführen sollen. In der Küche?«

Als wäre ich gar nicht anwesend – oder in dieser Sache zumindest nicht von Belang –, gehen sie ohne Begrüßung zum Küchentresen hinüber.

Die Hexe stellt die Box auf dem Tresen ab. Deren Inhalt dankt es ihr mit einem Fiepen und Rascheln. Was auch immer dort drin ist, ist eindeutig lebendig und gibt mir ein ganz ungutes Gefühl. Eine finstere Vorahnung davon, dass Eric recht hatte und der Test irgendetwas mit Lebensenergien zu tun hat.

»Ich habe mit Alaric gesprochen«, erklärt Kristen leichthin. »Und er bestand darauf, dich diesem kleinen Test zu unterziehen, bevor du dich nächsten Donnerstag deiner richtigen Aufnahmeprüfung für den Zirkel stellst.«

Irritiert beobachte ich, wie Alaric einen winzigen, schwarzen Kristall auf dem Küchentresen ablegt. Vielleicht irre ich mich, oder aber er hat eine wahrnehmbare Aura, so wie sie in der Kristallwelt meines Wissens nur Aequalite besitzen.

»Wärst du so gnädig, herüberzukommen?«, wirft Alaric ein, nicht um den Hauch von Freundlichkeit bemüht. Er würdigt mich keines Blickes. Dass er mich meint, folgere ich allein aus der Tatsache, dass ich die Einzige im Haus bin, die noch nicht am Tresen steht. Bevor er aus dem Wunsch einen Befehl macht, folge ich seiner Aufforderung und sehe noch immer abwechselnd zwischen den beiden Gegenständen auf dem Tresen hin und her. Der Aequalit ist sehr viel kleiner als alle, die ich bisher gesehen habe. Der Form nach würde ich vermuten, dass es lediglich ein Splitter ist.

Erneut piepst es aus der Box. Leise und hilflos. Ich mag mich irren, aber das Geräusch erinnert mich am ehesten an den Ruf einer Maus.

Wie eine eisige Welle, die mich unter Wasser drückt und mir die Luft zum Atmen raubt, überwältigen mich eine Reihe unschöner Gefühle. Angst, Abscheu, Verunsicherung, Widerwillen. Ich habe eine ganz finstere Vorahnung, welche Art von Test vor mir liegt, und hoffe, dass ich mich irre. Dass sie von mir nicht genau das verlangen werden, was die *Less Homeless* normalerweise Menschen antut. Wer bei Alarics Anblick allerdings noch Hoffnung verspürt, muss eine Närrin sein. Das Grinsen auf seinem Gesicht ist ebenso triumphal wie widerwärtig.

Als hätte er die Angst gespürt, die durch meine Adern pulsiert, deutet er demonstrativ auf den schwarzen Kristall. »Wie Kristen sagte: Das hier ist nicht die Aufnahmeprüfung, sondern ein nahezu harmloser Vorabtest, um zu sehen, ob du während unserer Abwesenheit auch artig deine Hausaufgaben machst.«

Ich schlucke hart, doch mein Mund fühlt sich mit einem Mal vollkommen ausgetrocknet an. Säuerliche Galle steigt meinen Rachen hinauf, aber ich bin fest entschlossen, mich nicht zu übergeben. Nicht zu weinen. Ihnen kein Zeichen von Schwäche zu zeigen. Nichts, was ihnen das Gefühl gibt, mir überlegen zu sein.

»Was genau verlangt ihr von mir?«, frage ich, als ahnte ich das nicht längst.

Ich kann das nicht, wimmert ein Teil in mir. Zu gern würde ich ihm die Kontrolle über meinen Körper überlassen und mich weinend irgendwo zusammenrollen. Aber das ist keine

Option. Schon allein deswegen nicht, weil der Crow Coven mich dennoch dazu zwingen wird, ihm zu helfen. Es ist besser, mich diesen Dämonen direkt zu stellen, als ohnmächtig dabei zuzusehen, wie mein Körper Dinge tut, für die meine Seele nicht bereit ist.

»Alaric wird dir gleich die Erlaubnis dazu erteilen, Magie einzusetzen«, erklärt Kristen. »In dieser Box befindet sich eine kleine, niedliche Maus. Lebend. Deine Aufgabe ist es, die Energie des Aequalits anzuwenden, um dem Tier die Lebensenergie zu entziehen und sie dabei in diesen Kristall zu übertragen. Emilia hat das bereits diverse Male für uns getan und wird beobachten, wie du dich dabei anstellst.«

Das ist in etwa das, was ich befürchtet hatte. Was habe ich auch erwartet? Dass sie mir blindlings vertrauen, wenn ich behaupte, recherchiert zu haben und der Aufnahmeprüfung unbekannter Art gewachsen zu sein? Vermutlich sollte ich ihnen dankbar sein, dass sie mir nicht gleich ein menschliches Versuchsobjekt auf die Theke gelegt haben, doch es fällt mir schwer, es so zu sehen. Seit Jahren ernähre ich mich vegetarisch. Und nun? Soll ich das Leben dieser Maus aus so unnützen Gründen beenden. Für einen Test. Nicht mehr. Erneut kratzt es an der Wand des kleinen Kartons. Es ist ein Geräusch, das mich mitten ins Herz trifft. Vielleicht hat das Tier Angst – und ich kann nichts tun, um ihm zu helfen, außer seine Gefangenschaft schnellstmöglich zu beenden, indem ich es töte.

»Es wäre mir eine Freude, wenn du deine Magie einsetzt, um Kristens Aufgabe zu erfüllen. Und nur diese Aufgabe«, verkündet Alaric, als wollte er keine Zeit verlieren.

Er hat die Worte kaum ausgesprochen, da atme ich hastig ein. Zum ersten Mal seit Tagen habe ich das Gefühl, meine Lungen wieder mit frischer Luft füllen zu können. Mein ganzer Körper kribbelt, als wäre er eingeschlafen gewesen und würde gerade erwachen. Sogar die Sättigung der Farben scheint auf einen Schlag an Intensität zu gewinnen. Ich spüre, wie die Energie des Aequalits mit unsichtbaren Händen nach mir tastet und verlockend meinen Namen wispert. Ich hasse dieses Gefühl. Und trotzdem fühlt sich mein Sein für einen kleinen Augenblick wieder vollständig an. Das ist die Welt, wie sie mir vertraut ist. Zumindest bis Alaric mit einem Räuspern meine Aufmerksamkeit fordert. Mit einer fahrigen Geste deutet er auf den Aequalit vor sich. »Deine Spielwiese.«

Mir ist unbegreiflich, wie man den Mord eines Lebewesens als *Spiel* bezeichnen kann. Es ist unvorstellbar grausam. Daran ändert auch die Tatsache nichts, dass Mäuse noch immer weltweit zu Tausenden als Versuchstiere für die Kosmetik- und Pharmaindustrie eingesetzt werden.

Unschlüssig reibe ich über meinen Arm und weiß nicht, wie ich mich dazu durchringen soll, diese Sache zu beginnen. Gleich einer unüberwindbaren Mauer ragt mein Gewissen zwischen mir und dem Kristall auf. Es hindert mich daran, nach dem Splitter zu greifen und den Zauber zu beginnen. Meine Gedanken zucken zu Hazel. Zu ihrem Unwillen, ein Haustier einzuschläfern. Der Mensch zu sein, der darüber entscheidet, das Lebenslicht eines einzigartigen Individuums wie eine Kerze auszupusten. Nie habe ich damit gerechnet, jemals in diese Situation zu geraten. Doch hier bin ich. Und Alarics erneutem Räuspern nach nicht mehr lange dazu in der Lage, mich mit meinem Gewissen zu einigen, bevor er es mit einem Befehl niedertrampelt.

Widerwillig greife ich nach dem Aequalit, weil ich weiß, dass ich keine andere Wahl habe. Und dass sie mich zu noch grauenvolleren Taten zwingen können, wenn ihnen danach ist.

Ich wende den scharfkantigen Splitter zwischen den Fingern und atme tief durch. Was bringt es mir, diese Sache noch weiter aufzuschieben, wenn ich mich ihr am Ende dennoch stellen muss?

Es tut mir so leid, wiederholen meine Gedanken in einer Dauerschleife.

Ich schließe die Augen und versuche, eine Verbindung zu dem Kristall herzustellen. Es ist nicht das erste Mal, dass ich einen Aequalit einsetze. Zu behaupten, dass mir die spezifische Energie dieser Kristalle mittlerweile vertraut ist, wäre zwar gelogen, doch zumindest erkenne ich sie wieder.

Ich unterdrücke die Zweifel, die so an mir nagen, wie die Maus an den Ecken ihres Gefängnisses. Tief durchatmend heiße ich die Magie willkommen. Den Spruch aus dem finsteren Buch habe ich auswendig gelernt, kann ihn im Schlaf rezitieren.

»*Magic of damnation and death, we offer you their life and their last breath.*«

Als die Magie mich erhört und den Zauber initialisiert, kann ich zumindest für ein paar Sekunden verdrängen, was für ein Unrecht ich hier gerade begehe, denn die Ausführung des Zaubers benötigt all meine Konzentration. Es ist knifflig, der Magie einerseits die Energie des Aequalits anzubieten und auf der anderen Seite die Lebensenergie der Maus entgegenzunehmen und sie in den Aequalit zu übertragen, bevor sie sich verflüchtigen kann. Ich habe in meinem Leben noch nie jongliert, aber in etwa so stelle ich es mir vor. Nur ohne das Wissen, gerade etwas Falsches zu tun. Und ohne die zunehmende Hitze in den Fingerspitzen, die mich daran erinnert, vorsichtig vorzugehen, wenn ich mir nicht die Hände verbrennen will. Ich mag ein halbwegs fähiges Energiemedium sein, bin aber dennoch weit von Perfektion entfernt. Auch mir geht bei jedem Zauber Energie in Form von Wärme verloren. Nur am Rande meiner Wahrnehmung bekomme ich mit, wie das Piepsen und Kratzen aus dem Karton verstummt. Als der Lebensstrom der Maus langsam verebbt, spüre ich für einen Atemzug einen Anflug von Erleichterung, weil es vollbracht ist und ich einen der schrecklichsten Momente in meinem Leben überstanden habe.

»Sehr gut«, sagt Kristen mit einem zufriedenen Lächeln im Gesicht. »Es sieht aus, als hättest du dich auf nächste Woche vorbereitet.«

»Ich kann an der Durchführung nichts aussetzen«, stimmt Emilia zu und wirft einen flüchtigen Blick in die Box. »Die Maus ist tot, der Kristall aufgeladen, und sie wirkt gefügiger, als ich es nach euren Schilderungen erwartet hätte. Ich denke, sie könnte eine Bereicherung für die Arbeit der *Less Homeless* sein.«

Ich schenke ihr ein Lächeln. Zumindest mit dem Gedanken im Hinterkopf, dass ich dann diese unheimliche Hütte verlassen kann, fühlt es sich gar nicht so geheuchelt an. »Es wäre mir eine … Ehre.« Dass es eine *Freude* wäre, kann ich beim besten Willen nicht behaupten.

»Wäre es das?«, fragt Alaric zweifelnd und mustert mich mit hochgezogener Augenbraue.

»Nun. Ich hatte in den letzten Tagen viel Zeit, in Ruhe nachzudenken.«

»Tatsächlich?« Er sieht sich im Raum um, als wollte er dort einen Beweis für meine Flunkerei entdecken, sein Blick bleibt an einem leeren Becher des *Beans & Herbs* hängen, der wenig dekorativ auf der schmalen Holzfensterbank steht, weil es hier keinen Mülleimer gibt. »War Beryl hier?«

Irritiert schüttle ich den Kopf. »Eric war so lieb und hat mir bei einem seiner Kontrollbesuche Kaffee vorbeigebracht.«

Warum wirkt Alaric deswegen so … Es fällt mir schwer, seinen Gesichtsausdruck zu deuten. Irritiert? Argwöhnisch?

Hätte Eric mir nichts bringen dürfen? Keinen Kaffee? Nichts von Beryl? Welcher ist der Punkt, der ihn dazu bringt, seine Nase so abfällig zu rümpfen?

Er wendet sich an Kristen. »Ich dachte, Beryl und Eric treffen sich nicht mehr?«

»Im Gegensatz zu dir ist mir relativ egal, wer mit wem in seiner Freizeit verkehrt«, gibt Kristen zurück und bedeutet Emilia, die Hütte zu verlassen, als würde ihre Anwesenheit nicht mehr länger benötigt – oder erwünscht sein.

»Die Nachlässigkeit bei deinem Personal wird sich eines Tages rächen«, prophezeit Alaric und bringt Kristen dazu, amüsiert zu schnauben.

»An deiner Stelle würde ich mir keine Gedanken über Eric machen. Er weiß, wo sein Platz ist und was ihm droht, wenn er mich im Stich lässt.« Sie wendet sich mir zu, als wäre ihr gerade wieder bewusst geworden, dass ich noch neben ihnen stehe. »Gleiches gilt für dich. Du magst eine Hexe sein und damit zu Alarics Leuten gehören, dennoch rate ich dir dringend, mich nicht erneut zu enttäuschen. Dass du mit den Beweisen über die L.I.F.E. Inc. nicht direkt zu mir gekommen bist, schmerzt mich noch immer.«

»Wann genau erfahre ich eigentlich, was es mit diesem ominösen Termin in der nächsten Woche auf sich hat?«, frage ich voller Unwohlsein.

»Genau jetzt«, schlägt Kristen vor. »Weißt du, Damian Hunter hat in seinen letzten Tagen im Namen der *Less-Homeless*-Foundation eine Typisierungsaktion ins Leben gerufen. Offiziell für Blut- und Stammzellenspenden, um bedürftigen Menschen auszuhelfen. Wir alle wissen, dass er bei der DNA-Analyse vor allem nach Mutationen gesucht hat. Er war auf der Suche nach Sirenen für seine kleinen, niedlichen Manipulationen. Vielleicht war es ihm in seiner Paranoia auch wichtig zu wissen, welche Wesen sich in welcher Zahl in seiner Stadt aufhalten. Oder wo sie wohnen, um sichergehen zu können, dass er sie im Auge behalten kann, bevor sie ihm und seiner Unternehmung gefährlich werden könnten. So ein typisches Damian-Ding eben. Wie du dir vorstellen kannst, sind wir für diese Daten durchaus dankbar. Es hat sich nämlich herausgestellt, dass nicht nur Sirenenblut besonders kostbar ist. Vielleicht klingt es gar nicht so überraschend, aber Wesen mit Zugang zu höheren Energien werfen auch mehr Lebensenergie ab. Es war ja ganz heroisch von Damian, die Stadt von Obdachlosen befreien zu wollen und hier ein wenig aufzuräumen, doch wir würden das Gewinnen der Energien gern etwas effizienter gestalten. Dass die Aequalite mit jedem Ladezyklus schwächer werden, sagte ich ja bereits.«

»Das ist eure Zwischenlösung?«, frage ich ungläubig und kann nur mit Mühe eine aufkommende Übelkeit unterdrücken. »Ihr opfert Menschen mit Verbindung zur arkanen Welt?«

»Sirenen, Tritone, Wertiere, Hexen …« Sie verstummt, als sie Alarics Zähneknirschen bemerkt. »Natürlich nur Unwissende und Wenigbegabte. Wir alle haben eine Allergie gegen die Verschwendung von Potenzial.«

»Immer noch besser als deine lächerliche Allergie gegen Katzen«, murmelt Alaric so verdrießlich, als würde es ihm gegen den Strich gehen, Hexende zu opfern.

»Charmant«, ist alles, was meinem vollkommen überforderten Gehirn dazu einfällt.

»Wie dem auch sei. Glücklicherweise sind wir nicht auf deine Zustimmung angewiesen. Wir haben einige vielversprechende Testpersonen zu einem hübschen, kleinen *Wohltätigkeitsevent* eingeladen. Eine Gala der *Less Homeless*, um den besonders talentierten Nachwuchs der Stadt zu ehren. Es wäre uns eine Freude, wenn du dort nächsten Donnerstag für uns auftauchen würdest und mithilfe von Aequaliten die Lebensenergie der Gäste einsammeln könntest.«

»Ihr meint, ich soll den Besuchenden eurer Veranstaltung Lebensenergie entziehen – indem ich sie töte«, vergewissere ich mich und schaffe es nicht ganz, den schockierten Unterton zu unterdrücken.

»Korrekt.«

Mich durchzuckt ein Gedanke. Nächste Woche ist der zweiundzwanzigste Dezember. Sie redet von der Veranstaltung, zu der sie auch Hazel eingeladen haben. Hazel und andere Menschen, die ihr Blut der *Less-Homeless-Foundation* gespendet haben. Deren Genanalyse eine Besonderheit aufgewiesen hat. Mein Herz schlägt einen anderen Takt an, während ein Teil von mir in ein Loch aus Dunkelheit stürzt. Was für eine finstere Seele muss man haben, um überhaupt auf so eine Idee zu kommen und Massenmord als »Übergangslösung« zu bezeichnen? Mir wird schlecht. Ich muss Hazel warnen. Unter keinen Umständen darf sie dort vorbeikommen. So oder so ist diese angebliche Veranstaltung ein Akt purer Grausamkeit, aber ich kann nicht dorthin gehen, wenn ich Gefahr laufe, Hazel schaden zu müssen. Denn ohne meinen Ring bin ich ein willfähriges Opfer des S.P.E.L.L.-Zaubers. Immer und immer wieder habe ich mir überlegt, für welche Grausamkeiten man diesen Zauber nutzen könnte, aber auf diese Variante wäre ich niemals gekommen.

Unruhig reibe ich mit der Hand über meinen Unterarm. Ich muss Darren kontaktieren. Dafür sorgen, dass er Hazel warnt. Und dann? Kann er es irgendwie hinkriegen, dass man die Veranstaltung absagt? Eher unwahrscheinlich. Kristen hat nicht nur das Büro des Bürgermeisters und damit auch die hiesige Polizei und die Medien unter sich, sondern auch Befehlsgewalt über alle übrigen Einwohner dieser Stadt. Was sie will, bekommt sie. Außerdem ist die Gala vielleicht unsere einzige Gelegenheit, alle Anführenden des Crow Covens an einem Ort zu erwischen. Nach der ersten Abscheu sickert ein weiterer Gedanke in mein Bewusstsein hindurch. Was wäre, wenn Darren es schaffen würde, sich auf die Veranstaltung zu schleichen? Wenn er mir irgendwie meinen Ring zustecken könnte? Den, der mich vor der Beeinflussung durch die L.I.F.E. Inc. bewahrt. Und wenn wir es dann schaffen, das Reinigungs-Bann-Ritual doch noch durchzuführen? Es wäre riskant. Alles an dieser Idee ist es – aber es klingt nach einer Möglichkeit. Einer winzigen Chance. Denn jetzt haben wir die Bestätigung dafür, dass die führenden Köpfe des Crow Covens tatsächlich anwesend sein werden. Kristen und Alaric.

Kristen plaudert einfach weiter, als wäre sie sich der Abartigkeit ihrer Worte gar nicht bewusst – oder als wäre sie ihr schlichtweg egal.

»Nur eine kleine Zwischenfrage«, werfe ich ein. »Wenn Emilia bereits seit einiger Zeit für euch arbeitet und im Rahmen der *Less Homeless* Energien für euch gesammelt hat – warum lasst ihr nicht sie auf dem Event die Energien der Gäste gewinnen?«

»Emilias Fähigkeiten sind begrenzt«, erklärt Kristen leichthin. »Sie kann immer nur mit *einer* Person arbeiten, und *wir* können es uns aus diversen Gründen nicht erlauben, in diesem Tempo weiterzumachen. Du solltest ihr dankbar für ihre Unfähigkeit sein, denn so kommst du in den Genuss, eventuell Teil von Alarics Zirkel zu werden. Wenn du das Ganze überlebst. Als Belohnung sozusagen. Vielleicht geben wir dir sogar ein wenig deiner Freiheit zurück. Wir können deinen Ruf reinwaschen, und du kannst dein Leben zurückhaben. Sieh den Abend also nicht nur als deine Aufnahmeprüfung in den Zirkel, sondern als deine Rehabilitation an. Nach allem, was ich gehört habe, dürfte es noch eine der leichteren Prüfungen sein. Es ist immerhin eine Ehre, in einen derart mächtigen Zirkel aufgenommen zu werden.«

»Natürlich«, stimme ich lächelnd zu und neige leicht den Kopf zur Seite, als wäre ich ein unterwürfiges Tier.

»Ich wünsche außerdem, dass du bei dem Event das schwarze Kleid trägst, das ich dir gekauft habe«, ergänzt sie und schenkt mir einen Luftkuss, während sie sich zum Gehen wendet, als wäre hiermit alles erledigt.

Alaric sorgt erneut dafür, dass ich keinen Zugriff auf meine Magie habe und nimmt den Aequalitsplitter an sich, bevor auch er der Hütte den Rücken kehrt.

Er und Kristen lassen mich einfach mit der toten Maus zurück, als wäre sie nun mein Problem. Vorsichtig trete ich an den Tresen heran. Es kostet mich einige Überwindung, in den Karton zu schauen, doch der Anblick der toten Maus ist friedlicher, als ich es befürchtet habe. Es sieht aus, als wäre sie auf einem Bett aus Heu eingeschlafen. Zu wissen, dass es nicht so ist, treibt mir Tränen in die Augen. Dieses Mal halte ich sie nicht zurück, sondern lasse ihnen freien Lauf.

»Gute Reise«, wünsche ich mit erstickter Stimme, obwohl mir bewusst ist, wie makaber es klingt. Immerhin bin ich ihre Mörderin. Dennoch streichle ich behutsam über ihr weiches Fell. Ihr kleiner Körper ist noch warm. Ich wünschte, ich könnte irgendetwas tun, um ihr die letzte Ehre zu erweisen. Da ich das Haus nicht verlassen kann, verschließe ich lediglich die Box und hinterlasse Eric eine Nachricht, dass er die Maus bei seiner Rückkehr bitte beerdigen soll. Ich ziehe mich ins Obergeschoss zurück, als würde mir der räumliche Abstand zu der toten Maus dabei helfen, mein schlechtes Gewissen ihr gegenüber etwas zu beruhigen. Doch kaum habe ich die Dachgeschosskammer betreten, fühle ich mich, als wäre ich nicht länger allein. Die Luft hier oben ist immer kühl, aber nicht dermaßen eisig, dass mein Atem zu Wolken kondensiert. Erneut ist da das Gefühl eines kalten Lufthauchs, der meinen Hals streift. Einem Impuls folgend gehe ich zum Fenster hinüber, greife nach dem Obsidianspiegel um meinen Hals und öffne seinen Deckel. Ich halte ihn auf Höhe meines Gesichts.

Unwillkürlich zucke ich zusammen, als ich im Spiegelbild nicht nur mein Ebenbild erblicke, sondern auch einen düsteren Schemen. Ein Schattenwesen, wie ich ihm bereits einmal in meinem Zimmer begegnet bin, nachdem ich etwas von der Medizin von Darrens Mom probiert hatte. Mein erster Impuls ist es, den Spiegel zuzuklappen und aus der Kammer zu flüchten. Doch ich tue es nicht, sondern stelle mich meiner Angst. Ich gehe im Kopf sämtliche Techniken durch, die man uns im Studium gelehrt hat, um überzeugend zu wirken. Stolz hebe ich das Kinn und blicke dem Spiegelbild des Schemens dorthin, wo bei Menschen das Gesicht wäre.

»Was willst du?«, frage ich mit Nachdruck. »Ich verlange eine Antwort.«

Statt meiner Aufforderung zu folgen, bewegt sich das Wesen. Ich spüre eine Berührung, noch bevor ich auch im Spiegel sehe, wie sich eine langfingrige Schattenhand an meinen Hals legt. Langsam streichen die Fingerspitzen über meine Haut. Mein Puls beschleunigt sich kaum merklich, und es kostet mich alle Selbstbeherrschung, mich nicht dem Griff zu entziehen.

Wir wollen dich.

»Warum?«

Es gibt nicht viele von deiner Art. Nur eine Handvoll in jeder Generation. Manche nennen euch Moonchild. Ein ideales Medium für Energie. Gemeinsam könnten wir Großes vollbringen. Wir könnten die Welt verändern. Wir könnten sie nach unseren Wünschen formen. Zusammen wären wir mächtig. Wir wären frei.

»Nenn mir einen guten Grund, aus dem ich das wollen sollte.«

Darren.

»Was?«, frage ich verwirrt und bringe den Schemen zum Lachen. Es ist ein unangenehmer Laut. Wie das Quietschen von Kreide auf einer Tafel – direkt in meiner Seele.

Denkst du, wir wüssten nicht, wie viele Jahre seines Lebens er für seine Mission verschwendet hat? Jahre, die er euch geraubt hat. Wir könnten ihm neue schenken. Oder deine Freundin Hazel von ihrem Fluch befreien. Gemeinsam könnten wir Dinge schaffen, die jenseits deiner Vorstellungskraft liegen.

»Wenn es Dinge gibt, die sich fernab meiner Fantasie befinden, sollten sie auch dort bleiben«, sage ich entschieden und denke an die warnenden Worte von Darrens Mom. Dass niemand den natürlichen Lauf der Dinge ändern kann – oder bei dem Versuch alles in ein gewaltiges Chaos stürzen wird.

Ist das dein letztes Wort?, fragt das Schattenwesen und streicht mit dem Finger erneut über meine Kehle.

Eine eiskalte Gänsehaut prickelt auf meinen Armen.

»Letztes Wort«, würge ich hervor und klappe entschieden den Spiegel zu. Ohne zu zögern, wende ich mich zum Gehen, laufe auf meinem Weg zur Tür vermutlich mitten durch das Wesen hindurch und ignoriere den Schauer, der dabei durch meinen Körper rauscht.

Ich verlasse den Raum, so schnell ich kann, ohne zu rennen. Während ich die knarzende Stiege hinabgehe, wird mir eines bewusst: Heute hat sich das Schattenwesen offen gezeigt, statt sich im Schutz der Dunkelheit zu bewegen. Es hat meine Fragen direkt beantwortet. *Heute.* Nachdem ich zum ersten Mal in meinem Leben wissentlich und willentlich ein Lebewesen durch den Einsatz von Magie getötet habe.

Ob es ein Zufall ist?

Und wenn es keiner ist? Was sagt das über das Wesen der Schatten aus? Oder über mich?

So oder so erscheint mir die Anwesenheit der toten Maus mit einem Mal weniger schlimm, als mich noch eine Minute länger in der Dachkammer aufzuhalten.

36. KAPITEL
GEMMA

»Danke, dass du die Maus beerdigt hast«, sage ich kleinlaut, als Eric nach vollbrachtem Werk wieder in die Hütte kommt. Ich hatte nicht bedacht, dass der gefrorene Waldboden meinen Wunsch nach einem Begräbnis vielleicht etwas aufwändig gestalten könnte. »Wir hätten sie auch einfach verbrennen können.«

»Das sagst du mir jetzt?«, fragt er und klopft sich den Schnee von der Kapuze seiner schwarzen Winterjacke. Zum Glück klingt er nicht annähernd so genervt, wie ich es wohl von meinem Geständnis wäre. »Kristen hat mir übrigens erzählt, was du tun solltest.«

»Dann hat sie vielleicht auch erwähnt, was sie auf dem Event der *Less Homeless* von mir erwartet?«, vermute ich, raffe meine überall ausgebreiteten Notizen zusammen, damit er sich irgendwo hinsetzen kann, und kuschle mich auf den Sessel.

Nickend zieht er seine Jacke aus, legt sie auf dem Tresen ab und kommt zum Kamin, um sich die Hände aufzuwärmen. »Und du bist dir nach allem immer noch sicher, dass du in den Zirkel aufgenommen werden willst?«, fragt er, ohne den Blick von den Flammen zu lösen.

»Wieso klingt es fast so, als wolltest du es mir ausreden?«

Statt mir zu antworten, zuckt er mit einer Schulter.

»Du willst mir nicht sagen, dass du es falsch findest, was

der Zirkel tut – obwohl du von seinen Machenschaften profitierst?«

»Ich würde …« Er bricht den Satz ab und scheint seine Wortwahl zu überdenken.

»Auch du bereicherst dich am Tod anderer Menschen«, wiederhole ich mit Nachdruck.

»Sagst du das ebenfalls zu denjenigen, die auf eine Organtransplantation warten? Theoretisch tun sie nichts anderes, als täglich dafür zu beten, dass jemand vor ihnen stirbt«, sagt er so emotionslos, als wäre das für ihn tatsächlich dasselbe.

»Der Unterschied ist, dass Organspender normalerweise nicht einfach aus heiterem Himmel ermordet werden. Und dass du kein Spenderorgan bräuchtest. Du wärst nicht krank, wenn du dein Aussehen nicht anpassen würdest, um dich attraktiver zu fühlen. Oder dich in Jobs zu schummeln, für die du nicht qualifiziert bist. Du hast gesagt, du hast keinen Schulabschluss. Und das tut mir aufrichtig leid. Genau wie alles Weitere, was dir passiert ist. Ehrlich. Aber andere Menschen würden versuchen, einen Abschluss nachzuholen, statt Menschen umzubringen, die hart für etwas gearbeitet haben – und sich dann ins gemachte Nest zu setzen. Mr Hunter mag ein Arschloch gewesen sein, doch selbst er hat hart dafür gearbeitet, sein zweifelhaftes Imperium aufzubauen.«

»Wow. Danke für die Moralpredigt. Sie hat mir zumindest eine Sache bewiesen.«

»Tatsächlich? Welche?«, frage ich verwirrt.

»Keine Ahnung, wem du etwas vorspielen willst – Kristen oder dir selbst –, aber du passt nicht in Alarics Zirkel.« Statt sich zum Gehen zu wenden, setzt er sich auf den Boden vor dem Kamin.

Seine Worte beunruhigen mich. Was ist, wenn er genau das Kristen sagt? Wenn er ihr seine Bedenken schildert?

»Mach dir keine Sorgen. Ich bin es gewohnt, Geheimnisse für mich zu behalten«, murmelt er, als hätte er hinter meine Stirn geblickt. Vielleicht verfügen Gestaltwandler tatsächlich über eine herausragende Menschenkenntnis. »Möchtest du ein Beispiel für eines dieser Geheimnisse hören? Alaric kann uns Gestaltwandler nicht leiden.« Er schnaubt verächtlich. »Das war untertrieben. Er hasst uns. Für ihn sind wir zusammen mit den Wertieren die niedrigsten unter den arkanen Wesen. Kaum wert, in der Liste aufgeführt zu werden, weil sich unsere Fähigkeiten allein auf uns selbst beschränken, statt die Welt um uns herum manipulieren zu können. Dennoch hat er Kristens beeindruckendes Talent zum Pläneschmieden erkannt. Sie besitzt Weitsicht und ein Gespür dafür, rechtzeitig die Menschen aus dem Weg zu räumen, die in der Zukunft eine Schlüsselposition einnehmen werden. Alaric weiß, dass ihre Beobachtungsgabe selbst für eine Gestaltwandlerin außergewöhnlich ist. Sie hat es geschafft, sich seinen aufrichtigen Respekt zu verschaffen. Vielleicht sogar so etwas wie widerwillige Zuneigung.«

»Warum erzählst du mir das?«, frage ich zweifelnd, ziehe die Beine an und lege die Arme darum.

Schweigend sieht Eric in die Flammen. Doch es wirkt nicht, als würde ihn der Anblick beruhigen, eher als würde er einen stummen Kampf mit sich selbst austragen. Mir fällt jetzt erst auf, dass er einen Sicherheitsabstand einhält, als wäre ihm Feuer bis heute nicht ganz geheuer. Was vielleicht bedeutet, dass die Geschichte über den Vorfall in seiner Kindheit keine Lüge war.

Er räuspert sich, bevor er erneut die Stimme erhebt. »Es ist noch nicht alles«, sagt er ruhig, aber mit Nachdruck. »Als wir dich in der Tierarztpraxis aufgegriffen haben, hast du einen Ring getragen. Einen mit einem roten Stein, so wie ihn Alaric für Kristen angefertigt hat. Auf dem Weg aus der Praxis hattest du ihn nicht mehr bei dir. Ich hätte Alaric darauf hinweisen können, damit er dich durchsucht, aber ich habe es nicht getan«, fährt Eric fort. »In dem Notizbuch, was bei deinen Sachen lag, waren einige Notizen über Bannzauber. Auch davon habe ich niemandem erzählt. Also: Nur für den Fall, dass du bei der Weihnachtsgala bei irgendetwas Hilfe brauchen könntest …« Er zuckt mit einer Schulter, als wäre bereits alles gesagt.

Vielleicht ist es das, aber nach den letzten Wochen fällt es mir verdammt schwer, jemandem zu vertrauen.

»Warum solltest du mir helfen wollen? Beryl hat bisher auch nicht den Anschein erweckt, als würde sie den Zirkel gern verlassen«, werfe ich ein.

»Allein würde sie es nicht in Betracht ziehen. Nicht nach dem Tod ihrer Mom.«

Ich mustere Erics Profil, als ich endlich begreife, was dieser Ausdruck in seinen Augen bedeutet. Dieser Funke, der immer dann aufglimmt, wenn er von Beryl spricht. Er liebt sie noch. Aber nach allem, was er mir gerade erzählt hat, hält Alaric ihn für unwürdig. Und im Gegensatz zu Kristen scheint er sich sehr wohl in die privaten Belange seiner Zirkelmitglieder einzumischen. Ich kann verstehen, dass Beryl nicht den Mut hat, sich dem Anführer ihres Zirkels zu widersetzen. Des Zirkels, an dem laut Erics Andeutungen nicht nur ihr Leben, sondern auch der Fortbestand des Cafés ihrer Grandma hängt. Ich stutze. Was ist, wenn das der Grund dafür ist, dass der Geist ihrer Großmutter noch immer an ihrer Seite ist? Wenn es ihr viel eher um den Fortbestand des *Beans & Herbs* – ihres Lebenswerkes – als dem Wohl ihrer Enkelin geht. Spätestens seitdem ich Mr Hunter kennenlernen durfte, weiß ich, dass mein Bild von Familien doch recht naiv war. Nur weil der Geist Beryls Grandma ist, bedeutet es ja noch lange nicht, dass ihre Heimsuchung zum Wohl ihrer Enkelin erfolgt.

»Wie lange bist du eigentlich schon ein Mitglied von Alarics Zirkel?« Ich stocke und starre in die Flammen, während ich meine Gedanken sortiere. »Oder wie seid ihr organisiert? Ich habe nie zuvor von einem Hexenzirkel gehört, der auch Gestaltwandler aufnimmt«, überlege ich laut.

Eric schnaubt humorlos. »Alaric würde sich eher beide Hände abhacken, als einen von uns aufzunehmen. Sein Zirkel und wir Gestaltwandler führen eine schwierige Liaison. Natürlich ist keiner von uns gut genug, eine seiner Aufnahmeprüfung zu bestehen. Wie gesagt: Er hält uns für eine groteske Mutation. Einen Fehler der Natur. Wahrscheinlich weniger wertvoll als der Dreck unter seinen Fingernägeln. Aber Kristen konnte ihm Dinge zusichern, die ihm zumindest momentan attraktiv genug erscheinen, um einer Allianz zuzustimmen.«

»Was für Dinge?«

»Einen Anteil an der Instantmagie, Einfluss auf die Geschicke der Stadt, Sex. Sie ist die Einzige von uns, der er einen dieser roten Steine angefertigt hat, der vor Beeinflussung durch den S.P.E.L.L.-Zauber schützen kann. Alle Mitglieder *seines* Zirkels haben die Macht erhalten, Menschen mit dem Zauber gefügig zu machen. Von uns Gestaltwandlern kann nur Kristen Befehle erteilen.«

»Es klingt, als hättet ihr einen Grund, um unzufrieden zu sein.«

»Mehr als einen«, sagt er mit Nachdruck.

Mir kommen Alarics Worte in den Sinn, darüber, dass Kristen ihre Leute nicht im Griff hat. »Hat Alaric sich jemals in deine Beziehung zu Beryl eingemischt?«, folge ich meiner Vermutung.

Eric beißt so fest die Zähne aufeinander, dass ein Muskel in seiner Wange zuckt. Ich könnte mich irren, aber für mich sieht das wie ein »Ja« aus.

»Mal angenommen, ich würde die Machenschaften des Zirkels stoppen und ihn aus der Stadt verbannen wollen – rein theoretisch«, beginne ich.

»Würde ich dir helfen, wenn du dafür sorgst, dass die Mitglieder Beryl und mich danach in Ruhe lassen. Und vor allem keine Möglichkeit dazu erhalten, uns später für unseren Verrat zur Rechenschaft zu ziehen«, beendet er meinen Satz.

»Auch dann, wenn es bedeutet, dass du keinen Zugriff mehr auf die Medizin bekommen wirst, die es dir erlaubt, dich erfolgreich durch dein Leben zu mogeln?«

Erics Mundwinkel zuckt und ihm entweicht ein belustigtes Schnauben. »Es hat wohl alles im Leben seinen Preis. Wenn ich mich zwischen Schönheit und Freiheit entscheiden muss, gewinnt eindeutig Letztere. Zumal Schönheit angeblich im Auge der Betrachterin liegt. Habe ich mir von einer gewissen Hexe sagen lassen.« Er schenkt mir einen vielsagenden Blick, der mich zum Grinsen bringt.

Ob ich will oder nicht, hat Eric es geschafft, mein Vertrauen zu gewinnen. Auch auf die Gefahr hin, ein weiteres Mal getäuscht zu werden: Ich glaube ihm zumindest, dass er sich gern Alarics Zugriff entziehen würde.

Nachdenklich betrachte ich die Flammen, bevor ich mir einen Ruck gebe. »Ich habe in einem Buch meiner Moms etwas über einen Bannzauber gelesen, der das Wirken von Magie verhindert. Vielleicht ließe er sich mit einem Bannzauber aus dem Buch der Schatten kombinieren, um den Coven aus New York zu vertreiben. Ich weiß allerdings noch nicht genau, wie ich dafür sorgen soll, dass er danach keine Möglichkeit dazu bekommt, uns zur Rechenschaft zu ziehen. Als ich mit meinen Freunden darüber gesprochen habe, wie wir den Zirkel stoppen können, klang es nach einer guten Idee, einfach dafür zu sorgen, dass die Mitglieder in New York keine weiteren Zauber verüben können. Aber was ist, wenn wir selbst die Stadt verlassen? Ich würde Alaric durchaus zutrauen, jemanden abzustellen, um uns aufzulauern. Einfach nur, um sich zu rächen.«

»Kein abwegiger Gedanke. Stehen in deinem Buch denn keine zauberhaften Möglichkeiten, jemandem seine Magie zu entziehen, so wie Alaric deine blockiert hat?«

»Doch. Aber zu was für einem Menschen macht es mich, wenn ich die gleichen Mittel wie der Zirkel einsetze?«, frage ich beunruhigt. Was ist in den letzten Wochen mit mir geschehen, dass ich nicht nur Mitschuld am Tod von zwei Menschen trage, sondern auch noch ernsthaft darüber nachdenke, schwarze Magie einzusetzen, weil sie mir wie der einzige Ausweg erscheint? Ich war es, die Darren immer wieder vorgebetet hat, dass die weiße Magie ebenso mächtig wie die dunkle ist. Und dennoch sehe ich keinen Weg, wie sie mir nun helfen kann. Die hellen Künste stärken und bewahren vor schädlichen Einflüssen – aber nur dann, wenn man es ihnen erlaubt und sie förmlich dazu einlädt. Um die Einwohner New Yorks auf diese Weise zu schützen, müssten wir sie alle in die Geheimnisse der arkanen Welt einweihen. Schlimmer noch: Sie müssten kollektiv daran glauben, dass wir ihnen dabei helfen wollen, sie von einer Art magischer Gehirnwäsche zu befreien. Und so sehr ich es auch wünschte: Das wird in unserer auf Rationalität aufgebauten Gegenwart nicht funktionieren.

Eric hat recht: Dem Zirkel seine Kräfte zu nehmen, so wie Alaric mir, erscheint auch mir wie die einfachste Lösung des Problems. Erlischt die Magie des Crow Covens, verfliegt vermutlich auch der S.P.E.L.L.-Zauber, und die Hexenden des Zirkels können uns – zumindest auf magischem Wege – nicht zur Rechenschaft ziehen. Doch allein der Gedanke daran, einem anderen Hexenden auf diese Art zu schaden, beschert mir Gewissensbisse. Man sagt so oft, dass man sich hin- und hergerissen fühlt, aber zum ersten Mal spüre ich es. Es ist wie eine Art von Schmerz, tief in meiner Seele. Als wäre da ein Monster, das seine Klauen in mich gräbt und in zwei verschiedene Richtungen zerrt, als wollte es mich in zwei Teile zerfetzen.

»Ich will nicht zu dem Monster werden, das ich eigentlich bekämpfen sollte«, gestehe ich leise.

»Verstehe ich. Aber zu was für einem Menschen macht es dich, wenn du die Möglichkeit hättest, das Unrecht in New York zu beenden und es aufgrund deiner Prinzipien nicht tust?«

Keine Ahnung. Ich weiß es wirklich nicht mehr. Meine Hände sind eiskalt, mein Magen fühlt sich an, als wäre er mit Steinen gefüllt, und noch nie wollte ich mich so sehr einfach in meinem Bett verkriechen. Am liebsten in dem bei meinen Moms, zwischen Plastikblüten und Lichterketten. Die Erinnerung daran, dass mein Alltag mal rosa und voller Blumen war, kommt mir vor, als stamme sie aus einem anderen Leben.

»Mal angenommen, wir würden all das durchziehen«, murmle ich widerwillig. »Außer meinem Schutzring bräuchte ich eine wirklich mächtige Energiequelle als Katalysator für den Zauber.«

»Ich kann versuchen, dir eine zu besorgen«, sagt Eric so leichthin, als hätte er keinerlei moralische Bedenken.

»Und ich bräuchte außerdem eine Ablenkung, damit Darren mir meinen Ring geben kann, falls er es auf die Feier schafft. Und noch eine, während der ich den Zauber wirken kann, ohne dass mich Alaric unterbricht, sobald er versteht, was vor sich geht.«

»Verstehe. Ich denke, Beryl und ich sind dir die Ablenkung schuldig, wenn du uns dafür die Freiheit schenkst.«

Ich weiß nicht, ob die zwei mir tatsächlich etwas schulden, aber wenn wir das gleiche Ziel verfolgen, ist das Event eine einmalige Gelegenheit, um es zu erreichen.

In meinen Gedanken wäge ich die Optionen ab. Immer und immer wieder versuche ich, mit dem Monster meines schlechten Gewissens zu diskutieren, bis ich in die Wärme des Feuers gehüllt und dank Erics Anwesenheit schließlich einnicke. Der Schlafmangel der vergangenen Nächte fordert seinen Tribut – und ich bin nicht länger in der Lage dazu, mich zu widersetzen.

37. KAPITEL
GEMMA

Ich lächle, als sich mitten in einem Traum tintenblaue Nebelwolken in mein Sichtfeld schieben. Als sie sich lichten, finde ich mich zwar noch immer in der Waldhütte wieder, doch ein Klopfen an der Tür schenkt mir Hoffnung. Die Aussicht darauf, Darren zu treffen, lässt mich noch weiter grinsen. In freudiger Erwartung gehe ich zur Tür hinüber, um ihn hereinzulassen. Mein Herz schlägt vor Vorfreude einen anderen Takt an, und zum ersten Mal seit Stunden fällt zumindest ein kleiner Teil meiner mentalen Last von mir ab. Wenn ich Darren jetzt sehe, kann ich ihn bitten, Hazel zu warnen. Ich kann ihm von der bevorstehenden Veranstaltung erzählen, und wir können Pläne schmieden. Vielleicht wird doch noch alles gut.

»Komm rein. Du hast mir gefehlt«, sage ich, als ich die Tür öffne. Und erstarre. Mein Lächeln gefriert zu Eis. Ebenso alle anderen positiven Gefühle. Ungläubig sehe ich zu dem Schattenwesen auf, das vor der Hütte steht. Ein Schemen ohne Gesicht. Groß, finster, vollkommen grotesk.

Wie kann das sein? Was tut es hier?

Fest steht: Das ist nicht Darren. Das ist ein lebendig gewordener Albtraum. Dieses Ding sollte nicht hier sein.

Meine Hand verkrampft sich um die Türklinke.

Wir wussten, du würdest uns vermissen, säuselt die Stimme, die zugleich aus vielen besteht.

Ihr Klang reißt mich aus meiner Starre. Fluchend schlage ich die Tür zu – oder versuche es und scheitere.

Dieses Wesen schiebt mit übermenschlicher Geschwindigkeit einen Fuß über die Schwelle und stößt die Tür mit der flachen Hand auf. Eine Bewegung so energisch, dass ich hilflos nach hinten taumle. Ich weiche zurück, stoße mit dem Rücken gegen eine der Sofalehnen.

»Was willst du von mir? Das ist mein Traum, und du bist hier nicht willkommen«, sage ich mit aller Vehemenz, die ich zustande bringe.

Beunruhigt beobachte ich, wie sich das Schattenwesen nähert, als würden meine Worte einfach an ihm abperlen. Ich überlege herumzuspringen und zu fliehen, spüre aber, wie sinnlos es wäre. Wohin sollte ich? Das Obergeschoss ist eine Sackgasse, und noch immer kann ich die Hütte nicht verlassen.

Hast du wirklich gedacht, du wärst uns los?, spottet die Stimme. *Dass wir dich einfach gehen lassen, nur weil du einen Taschenspiegel zuschlägst? Oh nein, Gemma Stone. Wir werden immer an deiner Seite sein. Wir werden in jedem Schatten lauern, der dich umgibt. Wir sind in jedem Zauber, den du wirkst. In jedem Atemzug, den du tust. Wir sind das Blut, das durch deine Adern fließt. Daran werden wir dich erinnern. Immer wieder. So lange, bis du dich uns ergibst.*

Ich beiße die Zähne zusammen, als das Wesen einen seiner Arme ausstreckt, seine langgliedrige, klauenartige Hand an meinen Hals legt und über meine Wange streicht.

»Lass mich in Ruhe«, bitte ich und spüre Verzweiflung in mir aufsteigen, weil ich nicht weiß, wie ich mich dieses Dings entledigen soll. »Geh.«

Wir ziehen es vor, zu bleiben, säuselt es und beugt sich zu mir hinab. *Du wirst schon noch sehen, dass du keine Angst vor uns zu haben brauchst. Wenn du dich uns erst hingibst und wir eins sind, werden wir die Welt verändern. Und es wird wunderschön.*

Ein Räuspern erklingt und lässt mich und das Schattenwesen gleichermaßen auffahren.

»Komme ich irgendwie ungelegen?«, fragt Darren und schlendert in die Hütte. Er wirkt tiefenentspannt, während er zwischen mir und dem Schatten hin und her deutet. »Geht diese Affäre schon länger? Sollte ich da irgendetwas wissen?«

Darren.

Allein seine Anwesenheit reicht, um mir Hoffnung zu schenken – und den Schatten einzuschüchtern. Hastig ducke ich mich unter dem Arm der Kreatur hinweg, als sie kaum merklich zurückweicht.

Wir kommen wieder, ist das Letzte, was das Wesen sagt, bevor es sich einfach in Luft auflöst. Von einer Sekunde zur nächsten ist es verschwunden.

Zweifelnd betrachtet Darren die Stelle, an der es bis eben stand. »Möchte ich wissen, was das gerade war?«

»Ich habe selbst keine Ahnung«, gestehe ich, gehe zu ihm hinüber und schmiege mich in seine Arme. Dankbar schließe ich die Augen, als er die Umarmung erwidert und mir einen Kuss auf den Scheitel haucht.

»Ich würde vermuten, es ist in etwa das, was meine Mom immer gesehen hat«, murmelt Darren. »Ein Schatten, der Interesse an dir hat.«

»Aber warum?« Ich vergrabe meine Stirn an seiner Brust, als könnte er mich vor der Welt beschützen. Er legt seine Hand an meinen Hinterkopf und küsst mich erneut auf die Haare.

»Es spielt keine Rolle. Was auch immer Schatten dir versprechen, du darfst nicht auf sie hören. Okay?«, beschwört mich Darren, zieht sich kaum merklich von mir zurück und mustert mein Gesicht. »Du bist der stärkste Mensch, den ich kenne. Du lässt dich nicht von so einem Ding unterkriegen. Hast du verstanden?«

Ich versuche es, es wird nur zunehmend schwerer. Doch das ist etwas, was ich ihm nicht sagen kann. Die Sorge in seinem Blick bringt mich auch so dazu, das Thema zu wechseln, weil ich es nicht ertrage, wenn er mich auf diese Weise ansieht.

»Was habe ich eigentlich von der Welt verpasst, während ich in einer einsamen Hütte festsitze und mich von Schatten ärgern lasse?«, lenke ich mich von meinen Gefühlen ab und schlinge meine Arme um seinen Hals.

»Nicht viel. Sie haben deinen Fahndungsaufruf zurückgezogen, was uns vermuten lässt, dass sie dich demnächst in die Stadt zurückkommen lassen, damit du hier etwas für sie erledigst. Außerdem haben Dawn und die anderen mir in der Zwischenzeit dabei geholfen, alles für das Reinigungsritual vorzubereiten und mir die präparierten Kristalle geschickt. Ein paar der Zirkel innerhalb und außerhalb New Yorks haben uns mittlerweile im Netz ihre Solidarität bekundet. Sie werden sich nicht in diese Sache einmischen, haben aber so viel Verständnis für unsere Situation, dass sie unseren Feldzug gegen den Zirkel nicht ahnden werden.«

»Das ist gut. Zumindest wenn wir davon absehen, dass ich eine Maus töten musste, um an Informationen zu gelangen. Pass auf: Die Weihnachtsgala, auf die Hazel eingeladen ist, soll dazu dienen, Menschen mit einer Verbindung in die arkane Welt die Lebensenergie zu entziehen. Angeblich ist ihre Lebensenergie ergiebiger. Es wäre also gut, wenn du Hazel davon überzeugen könntest, nicht dort zu erscheinen.«

»Lass mich raten: Sie wollen, dass du diejenige bist, die den Anwesenden das Leben entzieht?«, vermutet Darren.

Widerwillig nicke ich. »Ich hoffe, dass wir darum herumkommen. Ich weiß, dass es irgendwie viel verlangt ist, aber vielleicht kannst du versuchen, dich auf die Veranstaltung zu schleichen und mir meinen Ring und die Kristalle zu bringen.

Beryls Ex-Freund hat zugesichert, dass er probieren wird, für uns eine Ablenkung zu kreieren. Hatte ich dir eigentlich schon erzählt, dass der Gestaltwandler, der im Haus deiner Eltern war, ihr Ex-Freund ist?«

»Der, der Dad ersetzt hat?«, hakt Darren mit hochgezogener Augenbraue nach.

»Genau der«, bestätige ich. »Angeblich möchte er uns dabei helfen, den Zirkel aufzuhalten.«

»Warum sollte er?«, fragt Darren – zu Recht – skeptisch. »Gemma, was hast du ihm erzählt?«

»Nichts«, versichere ich. »Er fing von sich aus mit dem Thema an. Ich weiß auch nicht, ob ich ihm wirklich vertrauen kann. Oder Beryl.« Denn den Fehler habe ich schon oft genug begangen.

»Ich schlage vor, wir sind vorsichtig. Und es ist nicht viel verlangt, dass ich versuche, dir deinen Ring zu bringen. Ich werde Jesper fragen, ob er mir irgendwie eine Einladung zu dem Event besorgen kann. Und deinen Zirkel bitten, mir beim Entwickeln eines neuen Tarnzaubers zu helfen. Wir haben es geschafft, in die L.I.F.E. Inc. einzubrechen. Also werden wir auch das meistern. Hast du gehört? Wir bekommen das hin – ohne die Unterstützung der Schatten.«

»Seit wann so optimistisch?«, ziehe ich ihn auf.

»Entweder bringe ich dir deinen Ring und die Kristalle – oder versage und lasse mir von dir zusammen mit all den anderen Gästen auf der Veranstaltung die Lebensenergie entziehen. Es gibt nur eine Option, die sich vielversprechend anhört.« Er streicht liebevoll über meine Wange und beugt sich langsam zu mir hinab. Auf halber Strecke komme ich ihm entgegen und kann ein Seufzen nicht unterdrücken, als sich unsere Lippen berühren. Er fehlt mir entsetzlich. Auf so viele verschiedene Arten. Er hat das Schattenwesen vertrieben. Er ist mein Licht in der Dunkelheit. Meine Rettung. Und ich fürchte mich vor dem Moment, in dem ich die Augen öffne und mich allein in der Hütte wiederfinde.

Mir entfährt ein unzufriedener Laut, als er sich vorsichtig von mir zurückzieht. Noch immer ruht seine Hand an meinem Gesicht, während er mich mustert.

»Wir könnten Beryls gute Absichten testen. Ich habe in der WG noch immer den Aequalit. Wie wäre es, wenn du ihr über ihren angeblich vertrauenswürdigen Ex-Freund die Bitte zukommen lässt, uns den Aequalit auszuhändigen? Sie kann ihn einfach in Taros Briefkasten werfen. Zusammen mit den Kristallen deiner Freundinnen sollte seine Energie für einen wirklich mächtigen Zauber reichen. – Auch dann, wenn wir es nicht schaffen, dich vom Einfluss des S.P.E.L.L.-Zaubers zu befreien.«

»Wenn wir es nicht schaffen … Sekunde. Wie meinst du das?«, frage ich irritiert und sehe an seinem entschlossenen Blick, dass mir die Antwort nicht gefallen wird.

»So, wie ich es sage. Ich werde alles tun, um dich zu schützen und den Crow Coven aus der Stadt zu verbannen.«

»Nein«, entgegne ich entschieden und greife nach seiner Hand. »Egal, was passiert. Du darfst den Aequalit nicht selbst einsetzen. Versprich es mir. Es würde dich umbringen. Dich bei lebendigem Leib verbrennen.« Bei Darrens Art, Kristallenergien zu channeln, wäre es ein Selbstmordkommando. »Zwing mich nicht dazu, mitanzusehen, wie du dich opferst.«

»Wenn ich die Wahl habe, dabei zuzusehen, wie du den letzten Rest deiner Seele zerstörst, indem du gegen deinen Willen Menschen ermordest – oder das verbliebene bisschen meiner Lebenszeit aufzugeben, um dich und all die anderen zu retten …« Darren verstummt und schüttelt den Kopf. »Du würdest dasselbe tun. Das wissen wir beide.«

Schweigend sehe ich zu ihm auf und habe keine Ahnung, was ich dazu sagen soll. Allein die Vorstellung davon, dass ich so kläglich versage, dass er sich dazu gezwungen sieht, sich zu opfern, zerreißt mir das Herz.

Ich will ihn anflehen, mir zu versprechen, dass er den Aequalit unter keinen Umständen verwenden wird. Aber mir ist auch klar, dass ich kein Recht dazu habe. Denn er liegt nicht falsch: Ich würde genauso handeln.

Ich wünschte, mir würden kluge Worte in den Sinn kommen, aber alles, was ich bei seinem Anblick denken kann, ist: »Ich liebe dich.«

Er blinzelt überrascht, bevor er mir ein Lächeln schenkt und mir sacht über die Wange streicht. »Dann pass gut auf dich auf.«

Er umfasst mein Gesicht mit seinen Händen und sieht mich eindringlich an. »Ich bleibe bei dir, bis einer von uns aufwacht, aber bevor wir später keine Gelegenheit mehr dazu bekommen, musst du mir etwas versprechen: Was auch immer passiert, hör nicht auf die Stimme aus den Schatten. Okay? Sei stark. Für mich. Für uns.«

»Okay«, wispere ich. »Ich werde es versuchen.«

Ich weiß nicht, wann es geschehen ist, doch irgendwie ist dieser Satz zu meinem aktuellen Leitspruch geworden.

Ich werde es versuchen, weil aufzugeben keine Option ist.

38. KAPITEL
DARREN

Freitag, 16.12.

Tack – Tack – Tack.

Ein Klopfen an der Tür reißt mich aus dem Schlaf. Dem Stand der Sonne nach ist es noch früh am Morgen. Mit einem Fluchen reibe ich mir über die Stirn und werfe einen Blick auf das Display des Laptops, der aufgeklappt neben mir auf der Matratze steht. Rasch überfliege ich die letzten Nachrichten in dem Chatprogramm, das Melissa für unsere Zwecke erstellt hat.

Ich: *Hat jemand schon einmal etwas von Schattenkreaturen gehört, die einen im Schlaf aufsuchen? Irgendein Ding hat Gemma im Traum belästigt. Sie meinte letztens, dass sie auch tagsüber manchmal eine Stimme hört, die sie zu sich ruft. Keine Ahnung, was das ist, aber es macht mir Angst. Und ihr auch.*

Mitten in der Nacht kam keine Nachricht mehr. Ich habe beinahe damit gerechnet, dass die anderen aus Gemmas Zirkel sich über mich lustig machen würden, weil ich mich wegen nichts sorge. Doch das haben sie nicht, und ich beginne zu begreifen, warum sie Gemma so wichtig sind.

Dawn: *Dein Ernst? Gemma hat mich vor Wochen schon einmal nach Schatten gefragt. Ich habe ihr gesagt, dass sie bloß die Finger von ihnen lassen soll. – Allerdings hätte ich wohl ahnen müssen, dass sie nicht auf mich hört.*

Maya: *Ich habe Nate gefragt. Nach allem, was er weiß, hängen Schattenwesen mit den dunklen Künsten zusammen. Aber selbst im Bereich der schwarzen Magie gelten sie als Mythos.*

Ein erneutes Klopfen ermahnt mich, die Tür zu öffnen. Normalerweise stellt mir morgens jemand ein paar Dinge vor das Zimmer und geht wieder. Das hat er heute offensichtlich nicht vor.

Ich schwinge mich aus dem Bett, ordne meine Haare auf dem Weg zur Tür und öffne sie. Am ehesten hätte ich vermutlich mit Jesper gerechnet, aber nicht damit, dass er Taro und Hazel mitbringt. Nicht zu vergessen Nuts, der mal wieder auf ihrer Schulter sitzt. Er ist der Hauptgrund dafür, dass ich darauf verzichte, den beiden eine Frage zur Identifikation zu stellen. Obwohl ich mich wundere, warum die drei gemeinsam hier auftauchen, nachdem Hazel letztens noch behauptet hat, dass Taro für sie gestorben wäre.

»Ich bin gekommen, um dir deine gewünschte Einladung zur Weihnachtsgala zu bringen«, erklärt Jesper und drückt mir die Karte vor die Brust. Kommentarlos nehme ich sie entgegen. »Die anderen beiden bin ich nicht mehr losgeworden. Frag sie selbst, was sie hier wollen.«

»Wir haben euch gesucht. Mal wieder«, erklärt Hazel und umarmt mich kurz. »Nachdem ihr die Praxis so fluchtartig verlassen habt, wusste ich nicht, wo ich euch erreichen kann. Ihr habt keine Infos hinterlassen. Stattdessen sagten sie überall in den Nachrichten, dass ihr gesichtet wurdet. Aber dann ist mir wieder eingefallen, dass du Jesper Caden mal erwähnt hast, und ich habe Taro gebeten, ihn ein wenig im Auge zu behalten. Und hier sind wir.«

Taros Begrüßung fällt wesentlich kürzer aus. Er belässt es bei einem: »Hey.« Mit einer beinahe nebensächlichen Geste überreicht er mir eine Art Paket. Wenn mich nicht alles täuscht, ist es ein in Packpapier gewickelter Kristall. Jemand hat dermaßen kritzelig *für Darren* darauf geschrieben, dass es aussieht, als wäre er sehr in Eile gewesen. Auch die Verpackung lässt zu wünschen übrig. Eine der langnadeligen, schwarzen Spitzen hat sich durch die das Papier gebohrt und lässt mich vermuten, dass es ein Aequalit ist. Der aus meinem Zimmer.

»Frag mich nicht«, sagt Taro und schiebt die Hände in seine Hosentaschen. »Jemand hat das Ding irgendwann sehr früh heute Morgen kommentarlos in meinen Briefkasten geworfen.«

»Danke dir.« Ich umfasse das Paket fester. Offensichtlich haben Eric und Beryl Wort gehalten. Ich bin noch nicht davon überzeugt, dass den beiden wirklich zu trauen ist, doch zumindest scheint es ihnen damit ernst zu sein, den Zirkel aufhalten zu wollen.

»Wie gesagt: Ich bin die zwei nicht mehr losgeworden«, wiederholt Jesper. »Hast du eigentlich mitbekommen, dass man die Fahndung nach Gemma eingestellt hat?«

»Wurde mir übermittelt«, stimme ich zu und lege den Kristall auf dem Tresen ab.

»Ist sie denn nicht bei dir?«, fragt Hazel verwundert und schaut sich irritiert um.

»Offensichtlich nicht«, antwortet Taro an meiner Stelle und beginnt, durch den Raum zu streichen. »Und ebenso offensichtlich hatte er vor, sich auf diese Weihnachtsgala zu schleichen, ohne uns Bescheid zu sagen.« Flüchtig deutet er auf die Karte in meiner Hand. »Stellt sich die Frage, warum.«

»Weil der Zirkel, der Gemma in seiner Gewalt hat, dort sein wird. Und da wir gerade beim Thema sind: Gemma wäre Hazel sehr dankbar, wenn sie nicht auf der Gala erscheint.«

»Weswegen?«, fragt sie und hebt überrascht die Augenbrauen.

»Weil die Mitglieder des Crow Covens Gemma dazu missbrauchen wollen, allen Anwesenden die Lebensenergie zu entziehen, und sie dich gern verschonen würde.«

»Sie haben *was* vor?«, fragt Hazel entsetzt und blinzelt. »Und was soll das überhaupt heißen? Ich soll nicht kommen, aber allen anderen die Lebensenergie zu stehlen findet sie in Ordnung?«

»Nein. Natürlich nicht. Doch wenn ich es nicht schaffe, ihr ihren Schutzring wiederzubringen, wird sie keine andere Wahl haben, als zu tun, was auch immer der Zirkel von ihr verlangt. Und sie würde gern darauf verzichten, es dir anzutun.«

»Wann genau kommt der Tag, an dem ihr endlich damit aufhört, mich in Watte zu packen?«, schilt Hazel. »Wenn du auch auf diese Veranstaltung gehst, kann ich dir vielleicht helfen.«

»Und wie stellst du dir das vor?«, fragt Taro an meiner Stelle.

»Ich bin offiziell eingeladen. Für mich ist es einfach, dort hineinzukommen. Ich bin Schauspielerin. Meinetwegen täusche ich vollkommen klischeehaft eine Ohnmacht vor, wenn es Darren dabei hilft, eine Ablenkung zu erschaffen.«

»Ich könnte ein Auge auf sie haben«, bietet Jesper schulterzuckend an. »Als Sohn des Bürgermeisters komme ich für gewöhnlich auf jede Veranstaltung, zu der ich will. Und ich nehme prinzipiell zu jedem Event eine andere Begleiterin mit. Es würde niemanden wundern, wenn sie mir Gesellschaft leistet. Sie ist hübsch genug, damit niemand Fragen stellt.«

Hazel zieht ihre zierliche Nase kraus, während sie ihn mustert. »Ich denke, ich würde lieber allein zu einem Event gehen, zu dem ich selbst eingeladen wurde. Ich brauche keinen Sohn des Bürgermeisters, der ein Auge auf mich hat.«

»Wie du wünschst. Dann eben nicht. Es war nur nett gemeint.«

»Viele Dinge, von denen ihr drei behauptet, dass sie nett gemeint sind, fühlen sich wie eine Beleidigung an. Ich bin erwachsen. Ich brauche keine Babysitter. Und wenn jemand Gemma dazu zwingt, gegen ihren Willen vierhundertfünfzig Menschen zu töten, werde ich währenddessen nicht seelenruhig zu Hause sitzen bleiben und Weihnachtsplätzchen essen.«

»Dein Emanzipationsvortrag in allen Ehren, aber niemand in diesem Raum hat gesagt, dass du zu Hause bleiben sollst«, wirft Jesper ein und deutet flüchtig auf Taro. »Möchtest du deiner Freundin erklären, dass ...«

»Erstens bin ich nicht seine Freundin, und zweitens versuchst du gerade schon wieder, mich zu übergehen«, ereifert sich Hazel und bringt Jesper dazu, sie amüsiert zu mustern.

»Wenn du zur Veranstaltung möchtest, werde ich dich nicht davon abhalten«, werfe ich dazwischen. »Ich könnte tatsächlich deine Hilfe brauchen.«

»Wobei?«, fragt Taro interessiert und kommt zu uns herübergeschlendert, als würde er gerade überlegen, sich ebenfalls anzuschließen.

»Gemma schwebt vor, auf dem Event einen Reinigungs- und Bannzauber zu wirken, der die Auswirkungen des S.P.E.L.L.-Zaubers wegwaschen und verhindern soll, dass der Zirkel ihn erneuern kann. Um das tun zu können, braucht sie ihren Ring und eine mächtige Energiequelle. Ihre Freundinnen haben mir präparierte Kristalle geschickt, die sie zur Stärkung des Rituals benötigt. Dafür müssten wir sie ihr aber irgendwie zusammen mit dem Ring überbringen, ohne erwischt zu werden.«

»Also könntest du tatsächlich eine Ablenkung brauchen«, sagt Hazel triumphierend.

»Eine Ablenkung oder Hilfe beim Überbringen«, stimme ich zu.

»Und ihr meint, das fellige Ding auf ihrer Schulter ist nicht ablenkend genug?«, wirft Jesper ein und deutet flüchtig auf Nuts, bis das untote Eichhörnchen leise keckert und salutiert. »Das Tier versteht mich? Ist bei euch eigentlich irgendwas normal? Aber was frage ich überhaupt? Anscheinend wurde ja diese ganze Stadt von abtrünnigen Superhelden korrumpiert.«
Jespers Tonfall mag arrogant wie immer klingen, doch mittlerweile habe ich die Vermutung, dass sein Gehabe eine Art Schutzmechanismus darstellt. Dass er ähnlich gut wie ich darin ist, seine Gefühle hinter einer Mauer aus Gleichgültigkeit zu verschließen. Und er sehr genau auswählt, wen er einen Blick dahinter werfen lässt.

Kopfschüttelnd sieht er zu Taro auf, der gerade unauffällig seine Hand über Hazels Rücken gleiten lässt, bis sie erschaudert und ihm ein zaghaftes Lächeln schenkt.

Dank dieser flüchtigen Zuneigungsbekundung habe ich eine ungefähre Ahnung davon, wie Taro es geschafft haben könnte, dass Hazel wieder mit ihm redet. Auch wenn ich nicht weiß, ob diese körperliche Annäherung klug ist, sage ich nichts dazu. Wie Hazel gerade klargemacht hat, ist es nicht meine Aufgabe, sie vor sich selbst zu schützen.

»Da der Termin der Gala nicht auf Vollmond fällt, könnte ich euch ebenfalls helfen«, schlägt Taro vor.

»Wie gedenkst du, ohne Einladung an Bord zu kommen?«, fragt Jesper verwundert.

»Ich bin vielleicht nicht der Sohn des Bürgermeisters, aber auch ich gelange für gewöhnlich überallhin, wenn ich es will«, erwidert er mit einem Schmunzeln.

Bei mir hingegen ist ein anderes Wort hängen geblieben: Die Veranstaltung findet also auf einem Schiff statt. Somit auf dem Wasser – und wir haben eine Sirene unter uns. Das ist perfekt. Zumindest wenn wir davon absehen, dass wir alle dort festsitzen, sollte die schwimmende Partylocation den Hafen verlassen.

»Hazel, ich weiß, es klingt seltsam, aber könnte ich vielleicht fünf Tropfen Blut oder Tränen von dir haben, um damit ein paar Kristalle zu stärken?«, überlege ich laut.

Vier der Kristalle stammen von Gemmas Freundinnen: ein Onyx von Dawn aus New Orleans. Ein Rosenquarz von Melissa aus Paris. Ein Citrin von Maya aus Deutschland. Und ein Aventurin von Somiya aus Indien. Den letzten Kristall, der benötigt wird, um einen magischen Fünfklang zu schließen, werde ich einbringen. Es ist der rote Jaspis. Unser Kristall. Ich habe mit den anderen darüber geschrieben, wie sie einen Teil ihrer Kräfte auf den jeweiligen Kristall übertragen haben – und es am Ende doch auf meine Weise getan und den Jaspis mit meinem Blut beträufelt. Hazel könnte den Zauber mit ihren Gaben abrunden und indirekt bekräftigen. Wenn man mich fragt, klingt das nach einem ziemlich guten Teamwork.

Verwirrt sieht Hazel mich an und zuckt mit einer Schulter. »Sicher. Wenn ich kann, helfe ich euch immer gern.«

»Ihr braucht also Tränen oder Blut. Soll ich euch Zwiebeln aus dem Laden hochholen?«, bietet Jesper an. »Oder bevorzugt ihr wieder das Messer aus meinem Auto?«

Aber Hazel winkt ab, schwingt sich auf den Tresen und macht eine auffordernde Geste. »Hol deine Zaubersteine, und gibt mir zwei Minuten.«

»Du kannst auf Kommando weinen?«, fragt Jesper, mustert sie und hebt einen Mundwinkel.

»Du denkst auch, ich bekomme meine guten Noten im Studium nur, weil meine Mom mal die Katze des Akademieleiters gerettet hat, oder?«

Beim Wort *Katze* schneidet Taro eine Grimasse und beginnt damit, unruhig durch den Raum zu tigern.

»Ist alles okay bei dir?«, hake ich nach, obwohl er ziemlich offensichtlich angespannt ist.

Er schüttelt den Kopf. Ich denke fast, dass er es dabei belässt, bis er sich überwindet und doch noch mit der Sprache herausrückt. »Meine Schwester wurde entführt. Man droht damit, sie als Waffe einzusetzen. Und als ich euch das letzte Mal gesehen habe, war es so ziemlich die schrecklichste Vollmondnacht meines Lebens. Weil das alles noch nicht verwirrend genug ist, bringt es mich momentan nahezu um den Verstand, mich allein mit Hazel in einem Raum aufzuhalten. Auch ohne Konkurrenz.« Er sieht flüchtig zu Jesper hinüber, und seiner Kehle entweicht ein leises Knurren.

»Nicht jeder Mann in ihrer Nähe ist ein Rivale«, erinnere ich. »Habt ihr euch denn in der Zwischenzeit ausgesprochen?«

»Sie war bei mir, bis es mir besser ging. Und ich denke, wir haben uns darauf geeinigt, Freunde zu sein.« Mühsam reißt Taro sich von ihrem Anblick los. »Wenn sie also flirten will: Sie ist frei. Sie kann tun und lassen, was sie will. Ich ziehe es nur vor, wenn sie es nicht vor meinen Augen tut.«

Momentan meditiert sie auf Jespers Tresen, während er sich etwas zu trinken nimmt und sie dabei beobachtet.

Also hole ich einen Pappkarton mit den Kristallen unter dem Bett hervor und lege sie neben Hazel auf dem Tresen ab. Nuts hilft mir dabei, sie Hazel zu reichen. Die Tränen einer Sirene sollten jeden Zauber aufwerten. Vor allem dann, wenn er auf dem Wasser gewirkt wird. Falls wir es jetzt noch irgendwie schaffen, Gemma ihren Ring wiederzugeben, sehe ich zumindest den Hauch einer Chance, den Zirkel doch noch zu stoppen – und es zu überleben.

»Oh.« Hazel fährt auf, als sie ihre Arbeit beendet hat und den letzten Kristall aus der Hand legt. »Ich weiß gar nicht, ob euch das interessiert, aber wenn wir schon einmal zusammen sind, kann ich euch von meinen neusten Erkenntnissen über das mysteriöse Schmerzmittel berichten.«

»Was hast du herausgefunden?«, frage ich. Auch Taro hebt den Kopf, als wäre er ganz Ohr.

»Natürlich nicht viel, weil diese Pharmafirmen sich sehr bedeckt halten, aber den Konzern, der es herstellt, gibt es erst seit Kurzem. Komischerweise so ziemlich seit der Einführung der Tierarzneimittelreform. Ich habe ein wenig über die Gründer und Geldgeber recherchiert und bin dabei auch über eine Einrichtung hier in New York gestolpert.«

»Sag mir bitte nicht, dass du Verbindungen zu meinem Dad entdeckt hast.« Irgendetwas an dieser ganzen Sache klingt faul – und damit durchaus nach etwas, woran Dad ein Interesse gehabt haben könnte.

»Nein. Komischerweise ist es wohl eher so etwas wie eine Bildungseinrichtung. Ich dachte, ich werde sie mir demnächst mal ansehen«, sagt sie leichthin, als würde sie von einem Spaziergang durch den Central Park erzählen.

Fragend sehe ich Taro an, als er ein leises Seufzen von sich gibt. Die Sorge in seinem Blick kann ich nachvollziehen. Aber da ist noch etwas anderes: dieselbe Art von Neugierde, die auch Gemma antreibt. Als würde es ihn ebenfalls interessieren, wer oder was hinter dem besagten Mittel steckt, das ihn zumindest für ein paar Minuten seines Vollmondproblems entledigt hat.

Irgendwie hoffe ich, dass die zwei die Sache auf sich beruhen lassen, denn seine Nase in die Angelegenheiten dubioser Firmen zu stecken, bringt einem erfahrungsgemäß nur Schwierigkeiten. Schwierigkeiten, für die es sechs Hexende, eine Sirene, ein Wertier, diverse Kristalle, einen Schutzring und verdammt viel Glück brauchen wird, um sie zu überwinden.

39. KAPITEL
GEMMA

Donnerstag, 22.12.

Wenn Darren es nicht schafft, mir meinen Ring zu bringen – töte mich. Das waren meine letzten Worte an Eric, als er sich gestern von mir verabschiedet hat.

Es hat sich unfassbar falsch angefühlt, sie auszusprechen. Sie lagen so schwer auf meiner Zunge, dass ich sie kaum herausbekommen habe. Aber was wäre die Alternative? Wenn Laura sagt, dass wir alle für jede unserer Handlungen verantwortlich sind, sehe ich darin meinen einzigen Ausweg.

Unruhig laufe ich im Erdgeschoss der Hütte im Kreis. Ich weiß in der Theorie sehr genau, was Kristen heute Abend von mir erwartet. Und auch wenn ich mir den Abschnitt über das Entziehen und Transferieren von Energien angeeignet habe, wird mir übel, wenn ich nur daran denke, dazu gezwungen zu werden, das Ganze wirklich durchzuführen. Noch immer habe ich ein schlechtes Gewissen der armen Maus gegenüber. Wenn ich mir vorstelle, einen Menschen umbringen zu müssen, bekomme ich Schweißausbrüche und Schwindelgefühle. Ich balle meine Hand zur Faust, doch es hilft nicht dabei, mich zu erden und das nervöse Kribbeln in meinem Körper abzuschwächen. Ungefähr vierhundertfünfzig Menschen werden auf dem Event sein. Selbst wenn es sich nicht so anfühlte, als würde mir mein Gewissen mit einer spitzen Schere ins Herz schneiden, könnte ich mir nicht vorstellen, all diese Leben zu beenden. Dabei weiß ich nicht einmal, ob ich das überhaupt beherrsche oder ob mich das Balancieren solch großer Energiemengen nicht doch zerreißen wird. Das Todesmal an meiner Hand erinnert mich immerzu daran, dass ich nicht unsterblich bin.

Jedes Mal, wenn ich mir vorstelle, dass Darren es vielleicht nicht auf die Veranstaltung schafft … Dass er mir meinen Ring vielleicht nicht bringen kann … Dass ich keine andere Wahl habe, als Alarics Befehl zu folgen … Dann spüre ich die Galle in meinem Hals aufsteigen. Mein Herz beginnt zu rasen, und mein Magen verknotet sich. Ich fühle mich zittrig und wehrlos. Mir graut davor, wenn ich mir auch nur vorstelle, dass etwas schiefgeht und ich einen Aequalit einsetzen und erneut Schattenmagie anwenden muss. Sofort habe ich das Schattenwesen aus meinem Albtraum vor Augen. Ich darf ihm nicht nachgeben, denn jedes Mal, wenn ich das tue, wächst seine Macht über mich. Ich will nicht als seine Marionette enden. Als – im wahrsten Sinne des Wortes – Schatten meiner selbst.

Falls es Darren irgendwie auf das Event schaffen sollte, haben wir zumindest eine minimale Chance, das Unrecht zu beenden. Unser Vorhaben könnte gelingen, solange mindestens Alaric und Kristen auf der Gala anwesend sind.

Ich stoppe meine was-weiß-ich-wievielte Runde durch das Untergeschoss, als ich einen Schlüssel im Türschloss höre. Das Geräusch fühlt sich an, als würde es den Anfang vom Ende einläuten – und das schon, bevor Eric und Kristen gemeinsam die Hütte betreten.

Kristen schenkt mir ein flüchtiges Lächeln, bevor ihr Blick an den Notizzetteln hängen bleibt, die überall verstreut liegen.

Sie schüttelt abfällig den Kopf. »Falls du es heute in Alarics Zirkel schaffst, solltest du dir dieses Chaos abgewöhnen.«

Vermutlich gehört er zu den Menschen, die Unordnung für eine Charakterschwäche halten, aber im Moment habe ich ganz andere Probleme als einen anstehenden Tadel.

»Ich hatte außerdem gehofft, du wärst bereits angezogen«, setzt Kristen fort und hebt eine Augenbraue. »Zu allem Überfluss siehst du grauenvoll aus. Blass und übernächtigt.«

Was vermutlich unter anderem daran liegt, dass ich seit Tagen in dieser schimmeligen Hütte gefangen gehalten werde, Warmwasser Mangelware ist und ich kein Sonnenlicht gesehen habe – doch ich verkneife mir den Kommentar. Kristen macht ohnehin nicht den Eindruck, als würde sie meine Antwort interessieren.

»Hast du irgendetwas hier, um dein Gesicht vorteilhafter zu gestalten?«, fragt sie mit kraus gezogener Nase. Als ich den Kopf schüttle, wendet sie sich Eric zu. »Daran hättet ihr wirklich denken können. Ich will nicht, dass sie unsere Gäste verschreckt.«

»Da sie in ihren Videos nie geschminkt ist, habe ich nicht daran gedacht, dass irgendjemand ihr Gesicht als Abschreckung betrachten könnte«, gesteht Eric.

»Woran denkt ihr Männer überhaupt?« Sie gibt ein Geräusch des Unmuts von sich, ehe sie mich ansieht und auf die Treppe deutet. »Es wäre mir eine Freude, wenn du dich jetzt umziehen gehst.«

Wie auf Autopilot bewege ich mich in Richtung der Treppe. Jeder Schritt die knarzende Stiege hinauf fällt mir schwerer. Weil ich das schwarze Samtkleid nicht tragen möchte. Weil ich jedes Mal, wenn ich die Dachkammer betrete, Angst davor habe, dass dort ein Schatten lauert. Weil mich jede verstreichende Sekunde dem Abendevent näherbringt. Alles in mir drängt danach, zu verschwinden. Doch ich kann nicht. Kristens Befehl zwingt mich dazu, ihr zu gehorchen. Und selbst wenn ich es schaffen würde, mich ihm zu widersetzen, käme ich wohl kaum aus der Hütte raus. Ich bin und bleibe eine Gefangene.

Mit wild klopfendem Herzen erreiche ich das Dachgeschoss und öffne die Tür zu der Kammer, aus der mir eiskalte Luft entgegenströmt. Instinktiv blicke ich mich im Raum um, doch er liegt verlassen vor mir. Ruhig und so ausgekühlt, dass ich beim Betreten schon wieder Atemwolken vor meinem Mund aufsteigen sehe. Ich ziehe mich aus, werfe die getragenen Klamotten auf das Bett und versuche zu ignorieren, dass die Kälte sich wie ein eisiger Mantel um mich legt. Widerwillig hole ich die Kleidung aus der Schachtel, die Kristen mir hat bringen lassen: eine Korsage, ein Samtkleid, eine Strumpfhose. Nicht nur Make-up oder Haarklemmen hat man vergessen, auch Schuhe befinden sich nicht in dem Karton. Also werde ich wohl oder übel meine abgewetzten Stiefeletten tragen.

Stilvoll.

Obwohl sich der Stoff des Kleides weich und wärmend auf meine Haut schmiegt, fühlt sich alles daran falsch an. Vor ein paar Wochen war ich wütend auf Darren, weil er vergessen hat, mir den Dresscode zum Brunch seines Dads mitzuteilen. Ich war die Einzige, die dort in einem Blümchenkleid herumgelaufen ist. Damals war es mir unangenehm. Ich habe mich gefühlt, als wäre ich zu sehr ich selbst, um in die elitäre Gesellschaft von Mr Hunter zu passen. Und nun? Habe ich das Gefühl, nicht mehr zu mir selbst zu passen. Während ich das Kleid zurechtstreiche, habe ich Darren Worte im Ohr: *Du bist nicht wie sie. Du bist das einzig wirklich Lebendige in diesem Raum. Vergiss das nicht.*

Was ist das überhaupt für eine Ironie, dass Kristen mich bei ihrer letzten Feier (wenn auch in der Gestalt von Caden) dazu gezwungen hat, Weiß zu tragen, während ich nun Schwarz anhaben soll? Wie konnte in der kurzen Zeit alles so entsetzlich verkehrt laufen, dass ich das Gefühl habe, dass heute ein Teil von mir sterben wird, wenn Darren es nicht schafft, mir rechtzeitig meinen Ring zu bringen?

Die Übelkeit, die schon den ganzen Tag durch meine Eingeweide tobt, weicht stumpfer Resignation. Wenn ich tatsächlich dazu gezwungen werde, all diese Menschen zu töten, wenn es niemandem gelingt, mich davon abzuhalten, dann wird der letzte Funke meines Gewissens endgültig erlöschen.

Hätte ich diesen Satz in ein Journal geschrieben, klänge er vielleicht nach einer Glückskeksweisheit, doch genau das ist es, was ich in diesem Moment fühle. Wenn etwas schiefgeht und Darren es nicht rechtzeitig an meine Seite schafft, werden die Schatten siegen. So oder so.

· · ✦ · ·

Während der Autofahrt saß Kristen neben mir auf der Rückbank und hat mir wieder und wieder erzählt, was sie und der Crow Coven von mir erwarten. Wer mir wann den Aequalit geben wird. Wie viele Menschen anwesend sein werden. Wo und zu welchem Zeitpunkt ich den Zauber wirken soll. Doch offensichtlich ist vor lauter Nervosität keines ihrer Worte wirklich zu mir durchgedrungen. Meine Ängste waren zu laut, zu einnehmend. Ich kann mich zumindest nicht daran erinnern, dass mir irgendjemand gesagt hätte, dass das Event auf dem Wasser stattfinden soll. Doch Eric parkt direkt vor einem Steg des South Street Seaports. Nur ein einziges Schiff liegt dort vor Anker. Offensichtlich unser Ziel.

Als ich aus dem Auto aussteige, bläst mir eiskalter Küstenwind entgegen. Ich habe keine Jacke bei mir und schlinge auf dem kurzen Weg über den festlich beleuchteten Steg die Arme um mich. Weiße und grüne Lampiongirlanden schaukeln im Wind. Schilder und Banner in denselben Farben weisen den Weg zur *Christmas Charity Celebration der Less Homeless*. Ich höre den Schrei einer Möwe, Wasser, das gegen den Anleger brandet, und unsere Schritte auf dem Holz. Für einen Moment genieße ich die kurze Illusion von Freiheit. Den Geruch der Großstadt am Meer, der selbst durchzogen vom Gestank eines Dieselschiffs noch angenehmer riecht als die muffige Hütte, in der ich die letzten Tage verbracht habe.

Kristen stöckelt neben mir und hat die Muße, auf mich einzureden, als wären wir Freundinnen, aber mir fehlen die Nerven dafür, irgendetwas zu erwidern. Mir ist wirklich nicht nach Small Talk zumute. Eric geht direkt hinter uns. Auch er sagt kein Wort. Vor allem hat er noch immer mit keiner Geste durchblicken lassen, ob er meiner Bitte nachkommen würde. Ob er bereit wäre, mich zu töten, um ein größeres Übel zu verhindern.

Als wir das noch menschenleere Boot über eine Gangway betreten, kann ich mir eine Frage dennoch nicht verkneifen: »Warum habt ihr ein Schiff als Location gewählt?«

»Nun, wir brauchen eine elegante Möglichkeit, um Hunderte Leichen halbwegs glaubwürdig zu beseitigen. Ein tragisches Schiffsunglück zu inszenieren erschien uns einfacher, als ein Gebäude mitten in Manhattan in Brand zu setzen oder in die Luft zu jagen.«

Auf eine makabre Art und Weise klingt das Vorhaben logisch, dennoch fühlt sich alles daran falsch an. Als ich das hölzerne Deck betrete, zucken meine Gedanken zu Hazel. Ich hoffe, dass Darren es geschafft hat, sie zu warnen. Dass sie an diesem Abend überall, nur nicht hier sein wird. Doch sofort meldet sich mein schlechtes Gewissen zurück und verhöhnt mich: *Hazel ist also wichtiger als die übrigen vierhundertneunundvierzig Menschen, ja?*

Objektiv betrachtet ist sie das nicht, dennoch fühlt es sich für mich so an. Hazel ist mir wichtig. Sie war nicht nur die erste Freundin, die ich in New York gefunden habe. Nein. Wenn ich ehrlich sein soll, ist sie die erste Nicht-Hexen-Freundin, die ich in meinem Leben hatte. Ich will sie nicht verlieren. Und vor allem nicht an jemanden, der ihr Leben einfach nur für Allmachtsfantasien oder zur Herstellung von Medizin nutzen will, um sich selbst das bestmögliche Dasein zu ergaunern. Allein der Gedanke daran, zu was Menschen fähig sind, lässt Hassgefühle in mir aufsteigen, die sich nur mühevoll unterdrücken lassen.

Als ich neben Kristen das mehrstöckige Schiff betrete, sehe ich mich ungläubig um. Alles hier drinnen wirkt teuer und stilvoll. Begonnen bei den glänzenden Bodenfliesen mit floralem Muster, bis hinauf zu der holzgetäfelten Decke mit den Kronleuchtern. Die Innenausstattung passt perfekt zu dem Hotel, in dem der angebliche Bürgermeister Caden damals seinen Geburtstag gefeiert hat. Weiß-grüne, mit Mistelzweigen gespickte Blumenbouquets säumen den breiten Gang, der in einer Art Galerie endet, von der aus eine große, geschwungene Treppe in den Festsaal hinunter führt. Von der Pracht dieses Schiffes überrascht trete ich an das Geländer heran. Die Aussicht in den festlich geschmückten Saal hinunter ist atemberaubend. Vielleicht auch deswegen, weil eine große Fensterfront den Blick auf den Sonnenuntergang ermöglicht. Der East River spiegelt den rosa-roten Himmel, als stünde er in Flammen. Ich hoffe, es ist kein Foreshadowing, denn auf eine tragische Weise ist es wunderschön.

»Wir werden uns gleich zurückziehen, bis alle Gäste hier

sind«, erklärt Eric und tritt neben mir an das Geländer. Er schließt seine Hände darum und schaut in den Saal hinab. »Meinst du, dieser Ort wäre gut für dich? Ich meine für das Ausführen des Zaubers. Ich werde nachher in der Gestalt von Mr Hunter eine Rede halten, und wir denken, dass währenddessen ein guter Augenblick wäre, um den Zauber zu wirken. Wenn alles funktioniert hat, werden wir das Schiff verlassen, bevor es vom Hafen ablegt und wenig später verunglückt.«

»Dieser Ort eignet sich zum Wirken des Zaubers vermutlich genauso schlecht wie alle anderen«, murmle ich leise.

»Du könntest ihn sonst auch hinter der Bühne vollführen«, schlägt er vor und stößt sich von der Balustrade ab. »Wenn du magst, kann ich dir den Festsaal zeigen. Vielleicht hilft dir eine Raumbegehung bei deiner Entscheidungsfindung.«

»Sicher«, stimme ich wenig enthusiastisch zu. Denn es ist, wie ich sagte: Für mich fühlt sich jeder potenzielle Ort gleich falsch an.

Kristen nickt und lässt uns ziehen. An Erics Seite schreite ich die breite Treppe hinab. Der üppige rote Teppich dämpft unsere Schritte, und als wir schließlich den Boden mit den teuren Intarsien betreten, kann ich kaum glauben, dass man tatsächlich dazu bereit ist, so etwas Schönes wie dieses Schiff nur für den Schein zu opfern.

Andererseits opfern sie ja auch noch Wertvolleres: Menschenleben.

Ich sehe mich in dem Raum um und schaue zur Bühne hinauf, über der ein großes Banner mit der Aufschrift *Christmas Charity Celebration* hängt. Neben der Tanzfläche hat man ein opulentes Büffet vorbereitet, bei dem mir der Begriff *Henkersmahlzeit* durch den Kopf schießt.

»Da hat sich jemand Mühe gegeben«, sage ich.

»Die Menschen hier sollen ein paar schöne letzte Momente verleben«, antwortet Eric.

»Bevor ich sie umbringe.« Mir versagt die Stimme. Ich stehe mitten in diesem Saal – und kann trotzdem noch immer nicht glauben, dass das hier real ist. Dass in wenigen Stunden alles voller Menschen sein wird, denen ich die Lebensenergien entziehen soll.

Ich will kein Monster werden, durchzuckt es meine Gedanken. Ruckartig hebe ich den Kopf und sehe mich ein letztes Mal nach Kristen um, doch sie dürfte zu weit weg sein, um uns zu belauschen.

»Du hast mir letztens nicht geantwortet«, dränge ich auf Eric ein. »Sag mir, dass du mich umbringen würdest, bevor du zulässt, dass ich all diese Menschen ermorde.«

»Was für ein ebenso heroischer wie theatralischer Wunsch. Dir ist klar, dass du damit von mir forderst, mich ebenfalls für diese Sache zu opfern?«, fragt er rhetorisch. »Töte ich dich, töten sie mich. Entschuldige also, wenn ich deinen Wunsch nicht ganz so euphorisch entgegennehme, wie du es dir vielleicht vorgestellt hast.«

Missmutig beiße ich die Zähne zusammen. In meiner Angst hatte ich gar nicht so weit gedacht. Sofort fühlt sich mein schlechtes Gewissen um eine weitere Wagenladung Schuld angereichert.

»Kommen wir also zurück zum Plan. Nur für den Fall, dass du während Kristens Erklärungen so geistesabwesend warst, wie es gewirkt hat: Alaric oder Kristen werden dir nachher die Erlaubnis dazu geben, den Zauber zu wirken. Sie werden dir dafür einen aufgeladenen Aequalit zur Verfügung stellen und haben mehrere entladene zur Hand, falls die gesammelte Lebensenergie das Fassungsvermögen eines Kristalls übersteigt.«

»Tröstlich« ist alles, was mir dazu einfällt.

»Also: Was soll ich Kristen sagen, wo du den Zauber wirken möchtest? Hinter der Bühne oder auf der Galerie?«

»Ich nehme an, *gar nicht* ist keine Option?«, erwidere ich wenig schlagfertig. »Dann auf der Galerie. Ich will mitansehen, was ich den Menschen antue«, sage ich entschieden und sehe zu dem Vorsprung hinauf. Das dürften mindestens vier Meter sein.

Wenn du es richtig anstellst, ist es eine ausreichende Höhe, um dein Leben zu beenden, schießt es mir durch den Kopf. Ich sollte so etwas nicht denken, aber immer wieder habe ich Lauras Stimme im Kopf, wie sie behauptet, dass am Ende wir allein für unsere Taten verantwortlich sind.

Ich zucke zusammen, als Eric so dicht neben mich tritt, dass sich unsere Oberarme berühren.

»Bevor du ernsthaft daran denkst, dich umzubringen: Noch ist es nicht hoffnungslos.«

Irritiert spüre ich, wie er etwas Kaltes in meine Hand legt und meine Finger darum schließt. Es fühlt sich an, als wäre es ein kleines Glasfläschchen. Er beugt sich zu mir hinab, bis sein Atem mein Ohr streift. »Eine Ration reicht angeblich für einen mächtigen Zauber«, flüstert er und schiebt sich vor mich, ohne meine Hand loszulassen. Er legt sie auf die Stelle, unter der mein Herz schlägt und beugt sich zu mir hinab. »Ich habe mit Beryl gesprochen, und sie hat dafür gesorgt, dass in die Blumenbouquets einige Blüten eingearbeitet wurden, die Zauber verstärken. Reinigungszauber – oder aber Sprüche, um Hexenden ihre Fähigkeiten zu rauben. Es liegt ganz an dir. Du sagtest, du bist Schauspielerin? Beweis es.«

Er lässt meine Hand los. Mit einer unauffälligen Geste schiebe ich das Fläschchen mit weißer Flüssigkeit in den Ausschnitt meiner Korsage, kurz bevor ein Ruf ertönt.

»Nimm deine Finger von ihr!«

Ich reiße den Kopf hoch, als Kristen die Treppe hinabschreitet. Sie macht eine entschiedene Geste, als wäre Eric ein Hund, den sie des Platzes verweist.

»Wenn Alaric sieht, dass du noch einer seiner Hexen schöne Augen machst, kann ich nicht mehr für dein Überleben garantieren.« Sie schüttelt abfällig den Kopf, bevor sie mich tadelnd ansieht. »Und du hast wirklich ein außerordentliches Talent dafür, dich mit den falschen Männern einzulassen.«

»Ich dachte, du hättest mir einen Ersatz für Darren versprochen«, ist das Erste, was mir in den Sinn kommt.

Kristen zieht überrascht die Augenbrauen hoch, bevor sie sich bei mir unterhakt. Sie mustert mich erneut. Ich spüre, wie mein Herz einen Schlag lang aussetzt. Was ist, wenn sie die Flasche in meinem Dekolleté entdeckt? Warum nur muss ich so klein sein?

Aber sie wendet sich kopfschüttelnd von mir ab und bedeutet mir, ihr zur Treppe zu folgen. »Wir haben nicht viele Gestaltwandler in New York, doch ich finde sicher einen für dich, der auch dann noch attraktiv aussieht, wenn er sich nicht das Aussehen deines zukünftigen Ex-Freundes leiht. Beryl sieht Tote. Sie kann sich mit dem Zombie vergnügen. Für dich suchen wir jemand Besseren. Falls du überlebst.«

Es fällt mir schwer, Kristen zuzuhören und nichts darauf zu erwidern. Alles an ihren Worten klingt so unfassbar falsch. Ob das die Art ist, wie die Mitglieder des Crow Covens miteinander reden? So voller Verachtung und Oberflächlichkeit. In diesem Moment fehlt mir mein eigener Zirkel umso mehr. Dawn, Melissa, Maya, Somiya – ich hoffe, ich kann sie noch einmal wiedersehen.

»Wir ziehen uns jetzt zurück, bis die Party beginnt«, weist Kristen an.

Ein letztes Mal sehe ich mich in dem Saal um, der nachher voller Menschen sein wird.

Ich kann sie nicht ermorden, denke ich in einer Dauerschleife, bis mich ein widerwärtiges Lachen direkt in meinem Kopf so aus dem Tritt bringt, dass ich über meine eigenen Füße stolpere.

Ich könnte dir helfen, bietet die Stimme an und beschert mir eine eiskalte Gänsehaut. *Du musst mich nur ganz lieb darum bitten, Gemma Stone.*

Mit einem Mal fühlt es sich an, als würde das winzige Fläschchen an meiner Brust eine Tonne wiegen. Als würde es sich schmerzhaft in mein Fleisch bohren und mir die Luft abschnüren. Denn ich kann mir sehr genau vorstellen, welche Art von Hilfe mir das Schattenwesen anbietet: eine, die meiner Seele unwiderruflich schaden wird.

»Ich brauche keine Hilfe«, sage ich entschieden.

Kristen löst ihre Hand von mir, als hätte ich sie gemeint. »Dann lern laufen, ohne zu stolpern«, ist alles, was sie erwidert.

· · ✦ · ·

Kristen hat mich in eine schmucklose Kabine begleitet, in der wir offensichtlich warten, bis der Einlass beendet ist. Ich sitze auf einem Bett mit weißer Bettwäsche und starre durch das einzige Fenster in die sternenklare Nacht hinaus, während Kristen auf einem Stuhl Platz genommen hat und auf ihrem Smartphone surft. Ihre langen, rot lackierten Fingernägel klacken jedes Mal, wenn sie auf das Display tippt.

Klick. Klick. Klick.

Ich wünschte, ich hätte eine bahnbrechende Idee, um zu entkommen, aber ohne Zugriff auf meine Magie bin ich einfach nur eine neunzehnjährige Studentin, deren Improvisationstalent sie gerade gehörig im Stich lässt.

»Wo ist eigentlich Alaric?«, frage ich, als ich die Ruhe nicht mehr aushalte, weil sie zu sehr in meinen Ohren drückt.

»Oh, er kümmert sich um Bannkreise«, erklärt sie leichthin, sieht kurz auf und schenkt mir ein flüchtiges Lächeln. »Auch wenn die Hexenden auf der Gästeliste als ziemlich talentfrei eingestuft wurden, möchten wir nicht, dass sie doch noch Möglichkeiten finden, um zu fliehen.«

»Bannkreise?«, hake ich nach, weil mich ein mulmiges Gefühl überkommt. Schon ein paar Mal hatte ich Kontakt mit einem von Alarics Bannkreisen – und es waren keine angenehmen Erfahrungen.

»Mach dir keine Sorgen. Die Magie der Aequalite ist natürlich davon ausgenommen. Und die der Instantmagie. Ich sage das nur, damit du dir nicht einbildest, Alaric und sein Zirkel wären dir wehrlos ausgeliefert, wenn du in letzter Sekunde doch noch eine kleine Revolte planen solltest. Falls es dir nicht aufgefallen ist: Wir sind vorsichtig.«

Verstehe.

Das ist eine denkbar schlechte Nachricht, denn das bedeutet auch, dass die Kristalle, die mir meine Freundinnen zur Unterstützung senden wollten, wirkungslos sein dürften. Verflucht. Mein Herz schlägt viel zu schnell, und es fühlt sich an, als würde das gegen meine Brust drückende Fläschchen mich verhöhnen.

*Eric wird es dir nicht umsonst gegeben habe*n, durchzuckt mich ein Gedanke.

Instantmagie oder ein Aequalit. Darauf läuft es also hinaus.

Unruhig streiche ich über das Tattoo an meinem Unterarm. *Sei sanft zu dir*, verkündet es permanent.

Aber wie soll ich das sein, wenn mein einziger Ausweg aus dieser Misere schwarze Magie beinhaltet und ich das Gefühl habe, mit jeder Anwendung einen Teil von mir zu verlieren?

Denn das Fläschchen Instantmagie ist genau das: eine Art Essenz der dunkelsten Künste, genährt von der Lebensenergie geopferter Menschen. Alles in mir sträubt sich dagegen, sie zu benutzen.

Doch was ist, wenn mir keine andere Wahl bleibt? Wenn ich mich zwischen dem Heil meiner Seele und dem Leben Hunderter Menschen entscheiden muss?

40. KAPITEL
GEMMA

Ich zucke erschrocken zusammen, als es an der Kabinentür klopft.

Mit einem entschuldigenden Lächeln betritt Beryl den Raum. Sie drückt sich mit einer Hand ein Klemmbrett an die Brust und richtet mit der anderen ihre Locken. »Das Personal an der Gangway hat mitgeteilt, dass nun alle Gäste eingetroffen sind. Wir haben nur ein kleines Problem.«

»Welches?«, hakt Kristen nach und sieht desinteressiert von ihrem Smartphone auf.

»Jesper ist unerwartet aufgetaucht und hat darauf bestanden, aufs Schiff gelassen zu werden.«

»Jesper?« Kristen erhebt sich. Blinzelnd neigt sie den Kopf zur Seite. »Wie in: Mein Sohn Jesper?«

»Jesper Caden, dessen Dad du die letzten Jahre gespielt hast«, bestätigt Beryl, da Kristen so wirkt, als hätte sie kurz vergessen, dass sie nicht wirklich verwandt sind. »Sollen wir ihn vom Schiff schaffen oder … Du weißt schon.«

Fluchend steckt Kristen ihr Handy weg. »Ich rede mit Alaric darüber, ob wir ihn noch brauchen, und kümmere mich selbst um die Lösung des Problems.«

»Wie ihr wünscht.« Beryl verneigt sich kurz, wartet darauf, bis Kristen den Raum verlassen hat, schließt die Kabinentür und wirft einen erneuten Blick auf die Liste. »Okay, wir werden nicht viel Zeit haben, bis sie merkt, dass es eine Lüge war und er nicht hier ist. Keine Ahnung, warum sie überhaupt so einen Narren an diesem Typ gefressen hat, aber wir haben ein noch größeres Problem. Laut der Liste ist Hazel auf diesem Schiff.«

»Was?«, frage ich entsetzt und springe vom Bett auf. Sofort rauscht das Adrenalin durch meinen Körper. Hazel ist hier? Warum? Hat Darren ihr nicht ausgerichtet, dass sie wegbleiben soll? Oder hat sie seine Warnung einfach ignoriert?

»Hazel Birds hat ihre Einladungskarte vorgezeigt«, wiederholt Beryl, als wäre ich begriffsstutzig. »Und auch wenn du mir nicht vertraust: Ich mag sie und will nicht, dass ihr etwas zustößt.«

Ich glaube ihr. Zumindest in dem Punkt.

»Aufgrund von Alarics Bannkreisen kann ich die Geisterwelt nicht einsetzen, um sie zu orten. Was bedeutet, wenn ich sie vom Schiff schaffen soll, muss ich sie in der Menge der vierhundertneunundvierzig schwarz gekleideten Menschen finden.«

»Auch wenn es egoistisch klingt: Würdest du es versuchen?«, frage ich eindringlich, mit Gedanken an die Seelen, die dann noch immer in Gefahr sind.

»Werde ich. Lass uns vorher kurz etwas ausprobieren«, verkündet sie und sieht mir in die Augen. »Es wäre mir eine Freude, wenn du wieder freien Zugriff auf deine Magie hättest.«

Irritiert taste ich nach den Kristallanhängern meiner Ketten und schüttle den Kopf. Ihre Bitte hat keine Wirkung. Noch immer fühlt sich die Welt stumpf und grau an.

»Wäre auch zu schön gewesen, wenn ich Alarics Befehl einfach überschreiben könnte«, murrt sie. »Hat Eric dir … Du weißt schon.«

Ich nicke.

»Perfekt.« Bevor ich etwas erwidern kann, wendet sie sich zum Gehen. »Nur damit du es weißt: Ich habe meinen Teil der Abmachung ebenfalls eingehalten und werde jetzt Hazel suchen.«

Als sie die Tür offen stehen lässt, folge ich ihr hinaus auf den Flur. Niemand hat mich mit einem Zauber dazu verflucht, dass ich in dem Zimmer bleiben muss. Vielleicht hat Kristen es vor Schreck schlichtweg vergessen, doch so kann ich mich frei im Schiff bewegen. Ich folge der Musik, gehe in Richtung des Saals und blicke von der Galerie aus dorthin hinab. Stimmengewirr und die Klänge eines klassischen Klavierstücks dringen zu mir hinauf. Die Töne des Liedes schmeicheln meinen Ohren. Sie wirken ruhig, die Farben leicht blau, als wäre die Melodie perfekt dafür geeignet, die Gäste in eine entspannte Atmosphäre zu hüllen, während sie Häppchen entgegennehmen und am Champagner nippen. Unter anderen Umständen könnte dies ein schöner Abend sein. *Könnte.* Wenn man mich nicht dazu zwingen würde, all diesen Seelen ihre Energie zu entziehen. Schon allein der Gedanke verursacht mir erneut Magenschmerzen.

Ich mahne mich zur Ruhe, schaue in den Saal hinunter und halte nach Beryl und Hazel Ausschau, kann sie in dem Gedränge allerdings nicht entdecken. Keine von beiden. Ich muss dringend wissen, ob Darren hier ist. Ob er es auf das Schiff geschafft hat. Aber warum hat Beryl seinen Namen nicht auf der Gästeliste gelesen? Sie hätte mir sicher gesagt, wenn man ihn gesichtet hätte. Dawn sollte ihm beim Erstellen eines neuen Tarnzaubers helfen. Ich hoffe inständig, dass es funktioniert und er einen Weg auf das Schiff gefunden hat, damit zumindest die theoretische Möglichkeit besteht, mich dem S.P.E.L.L.-Zauber zu entziehen. Oder hat er mit Hazel vielleicht einen anderen Plan entwickelt? Darren würde sie niemals freiwillig in diese Sache verwickeln, aber ich würde ihr zutrauen, dass sie darauf bestanden hat, ihm zu helfen. Im Grunde ist es egal, wer sich in Lebensgefahr begibt, um mir meinen Schutzring zu bringen – es ist und bleibt eine verzweifelte Aktion. Denn wenn ich meinen freien Willen nicht zurückbekomme, hilft mir auch das Fläschchen mit der Instantmagie nicht weiter.

Ich streiche mit den Fingerspitzen über das Todesmal an meinem Handgelenk und versuche, Darren einen Impuls zu schicken, weiß aber, dass das ohne den Zugriff auf meine Magie ein hoffnungsloses Unterfangen ist. Zumindest denke ich das, bis ich ein warmes Kribbeln auf meiner Kopfhaut spüre.

Ich lasse meinen Blick erneut über die Menschenmenge schweifen, bis ich intuitiv an einer Person hängen bleibe. Blonde Locken. Schwarzer Maßanzug. Sportliche Statur. Mein Herz legt einen freudigen Hüpfer hin, und meine Hände umfassen das Geländer, als mir kurz schwindelig wird. Vor Glück und Erleichterung. Darren ist hier. Er ist hier. Er hat es auf das Schiff geschafft.

Meine Freude hält allerdings nur einen Augenblick. Ich höre, wie sich Schritte nähern, das Klacken von High Heels auf den hölzernen Bodendielen, bevor Kristen sich neben mich stellt. Ich reiße den Blick von Darren los, um ihn nicht zu verraten.

»Alaric hält Jesper für wertlos und es für eine Zeitverschwendung, den Ablauf durcheinanderzubringen, um ihn zu suchen«, presst Kristen zwischen den Zähnen hervor und scheint um Gleichgültigkeit bemüht zu sein. Dass sie es nicht ist, vermute ich anhand der Art, wie sie unruhig mit ihrem roten Kettenanhänger spielt. »Er sagt es, weil Jesper keinen Zugriff auf die arkane Welt hat. Nur ein Mensch ist. Aber ich glaube, Alaric irrt sich. In meinen Augen wäre es ein Gewinn, einen einflussreichen Kontakt der jüngeren Generation zu haben.«

»Warum lässt du dich dann von ihm überstimmen?« Ich muss meine Neugier nicht einmal heucheln, es interessiert mich wirklich.

Sie öffnet den Mund, als wollte sie antworten und wird von ihrem eigenen Niesen unterbrochen. »Entschuldige«, sagt sie und hat sich sofort wieder gefasst. »Mir liegt nichts an Alaric. Er ist mächtig, allerdings erschreckend einfallslos und uninspiriert. Es ist ebenso leicht wie langweilig, ihn bei der Stange zu halten. Glaub es oder nicht, doch ich mochte Damian Hunter. Ja, er war ein paranoider Einzelgänger, aber er war ein Visionär. Und für seine Frau hätte er notfalls die ganze Welt geopfert. Mir gefallen Männer mit Esprit.«

»Also ist Alaric deine zweite Wahl?«, mutmaße ich.

»Alaric ist für mich ein Mittel zum Zweck. Wir …« Sie niest erneut und wischt sich mit dem Zeigefinger eine Träne aus dem Augenwinkel. Irritiert betrachtet sie sie, als wäre sie sich nicht ganz sicher, was sie dort sieht. Sie räuspert sich, als würde ihr Hals kratzen. »Wenn ich es nicht besser wüsste, würde ich vermuten, dass sich eine Katze auf das Schiff geschlichen hat.«

»Eine Katze?«, frage ich verwirrt, bis mir wieder einfällt, dass Alaric Kristens Katzenhaarallergie mal beiläufig erwähnt hat.

Eine Katze.

Ich sehe förmlich, wann der Moment gekommen ist, in dem es bei uns beiden *Klick* macht.

Es ist eine Katze hier auf dem Schiff. *Taro.*

Von der Sekunde an geschieht alles furchtbar schnell. Als hätte er gehört, dass ich gerade an ihn gedacht habe, springt Taro in seiner Katzengestalt auf das Geländer neben mir.

Überrascht blinzle ich ihn an und sehe etwas Silbernes zwischen seinen Zähnen aufblitzen.

Mein Ring!

Hastig strecke ich die Finger aus, um das Schmuckstück entgegenzunehmen. Taro begreift es und spuckt mir den Ring auf die Hand, doch Kristen sieht nur, wie meine Hand nach vorn schnellt, als wollte ich nach meinem Bruder greifen.

Noch während ich das realisiere, stößt sie ihn mit einer entschiedenen Bewegung vom Geländer. Taro verliert den Halt – und stürzt in die Tiefe.

»Nein!« Erschrocken haste ich an die Brüstung und blicke nach unten.

Das Klavierspiel verstummt, als Taro auf der Bühne aufschlägt.

Das ist der Anfang vom Ende.

· · ✦ · ·

Wie in Trance streife ich meinen Ring über und starre auf Taros reglosen Körper. Nur am Rande meines Bewusstseins nehme ich zur Kenntnis, wie die Farben der Welt gleich einer Welle über mir zusammenschlagen, als einer meiner Sinne wieder erwacht. Ich spüre die Kristallanhänger meiner Kette pulsieren, als wollten sie mich beruhigen, aber alles in mir schreit danach, zu Taro herunterzustürmen und nach ihm zu sehen.

Ich muss wissen, ob er noch lebt.

Ein erschrockener Aufschrei dringt an meine Ohren.

Hazel. Sie bahnt sich einen Weg durch die Menge, springt mit einem Satz auf die Bühne und eilt an Taros Seite. Hastig tastet sie Taro ab und weist den Musiker ab, der bis eben Klavier gespielt hat. Wenn irgendjemand weiß, wie meinem Bruder zu helfen ist, dann vermutlich die Tierarzttochter.

Kristens Niesen lenkt meine Aufmerksamkeit auf sie, bevor sie grob nach meinem Oberarm greift. So fest, dass ein Schmerz meinen Arm hinabschießt.

»Ist Jesper deswegen hier? Deinetwegen? Planen deine Freunde einen lächerlichen kleinen Aufstand?« Sie schüttelt mich so fest, dass ich mir auf die Zunge beiße und Blut schmecke. Mit unmenschlicher Kraft stößt sie mich gegen das Geländer. Der harte Aufprall presst sämtliche Luft aus meinen Lungen, meine Rippe knackt.

Autsch.

»Soll ich deine Freunde suchen lassen? Sollen wir jeden Einzelnen von ihnen vor deinen Augen hinrichten? Oder wäre es amüsanter, wenn du es selbst übernimmst? Wenn wir dich dazu zwingen, ihnen die Lebensenergie zu entziehen?«

»Was ist hier los?«, ertönt Alarics Stimme. Trotz seiner entspannten, fast arroganten Körperhaltung klingt er gestresst. »Eine Katze auf die Bühne zu werfen würde ich nicht gerade unauffällig nennen.«

»Die Katze ist Gemmas törichter Bruder. Ich sagte noch, wir hätten ihn beim letzten Vollmond gleich aus dem Weg räumen sollen.«

Alaric mustert mich. Sein Blick streift meine Hand und bleibt kurz an meinem Ring hängen. Er sagt nichts. Warum sagt er nichts? Kommt ihm der rote Stein nicht verdächtig vor?

»Bist du dann so weit?«, fragt er und sieht mich eindringlich an.

»Wie soll sie so weit sein, wenn du ihr keinen Aequalit mitgebracht hast?« Kristen hebt eine Augenbraue und stößt mich erneut gegen das Geländer, bevor sie mich loslässt.

Dieses Mal bin ich diejenige, die schneller begreift. Das vor uns ist nicht Alaric. Deswegen sagt er nichts über den Ring. Deswegen sieht er mich so auffordernd an. Er hat recht. Theoretisch hätte ich alles für meinen Zauber beisammen. Aber ein Teil von mir ist noch immer wie gelähmt. Ich will zu Taro. Ich muss wissen, wie es ihm geht. Und der einzige Weg, Magie einzusetzen, ist die widerwärtige Medizin an meiner Brust. Medizin, durch die beim letzten Mal ein Schattenwesen heraufbeschworen wurde.

Was ist, wenn dies der Moment aus Darrens Albtraum ist? Der Augenblick, in dem ich einen Zauber wirke und von den Schatten fortgerissen werde? Wenn das letzte bisschen meines Selbst von den Schatten zerstört wird, sobald ich ihnen nachgebe?

»Gemma«, drängt Eric in Alarics Gestalt und dreht sich erschrocken um, als Alaric die Treppe hinaufsteigt. Der echte Alaric. Der, der noch vor Kristen versteht, was hier vor sich geht.

Er greift in seine Jacketttasche und zieht eine Phiole mit weiß schimmernder Flüssigkeit daraus hervor. Im Gegensatz zu mir hadert er nicht. In einem Zug trinkt er die Phiole aus und lässt die leere Flasche achtlos zu Boden fallen.

»Ah. Also doch eine kleine, niedliche Revolte«, zieht Kristen mich auf.

In der nächsten Sekunde streckt Alaric einen Arm aus und deutet damit auf Eric. So, wie er es bei Darren getan hat, um ihn mit Schmerzen zu foltern. Aber dieses Mal ist Alaric weniger gnädig, denn das Wort, das seine Lippen verlässt, lautet: »Stirb.«

Habe ich mich gerade verhört? Er kann doch nicht …

»Nein!«, schreie ich erschrocken auf. Aber es ist zu spät. Erics Körper stürzt stumpf zu Boden. Die Augen sind blicklos ins Leere gerichtet. Das Gesicht ist sein eigenes von Narben gezeichnetes.

Ebenso fassungslos wie überfordert starre ich ihn an. Tränen schießen mir in die Augen, als das lähmende Gefühl in meinem Inneren weicht, um einem unfassbaren Schmerz zu Platz zu machen. Ich wollte das nicht. Wieso nur habe ich gezögert? Warum schaffe ich es auch jetzt nicht, mich zum Zaubern durchzuringen? Ich fühle mich ohnmächtig. Warum versagt mir mein Körper immer dann den Dienst, wenn ich ihn am dringendsten benötige?

Alaric lacht auf. Es ist ein widerlicher, unmenschlicher Laut. Wie kann er sich darüber amüsieren, einen Menschen umgebracht zu haben?

»Das passiert mit Verrätern«, sagt Kristen schlicht.

Ich blinzle. Schlucke. Mein Blick ruht noch immer auf Erics leblosem Körper.

Eric. Taro. Es tut mir leid. So unendlich leid. Der Schmerz in meinem Inneren weicht einer Mischung aus Überforderung und Leere.

»Sucht Hazel Birds«, weist Kristen mit kratziger Stimme an. »Wenn die elendige Katze hier war, ist sie es sicher auch. Vermutlich sammelt sie gerade jammervoll schluchzend seine Einzelteile zusammen.«

Alaric wendet sich zum Gehen und schreitet die Treppe hinab.

Nein. Nein. Nein. Nein. Nein. Nicht auch noch Hazel!

Sie dürfen sie nicht hier hochbringen. Sie dürfen ihr kein Leid zuzufügen.

Ich höre am Rande meines Bewusstseins, wie Alaric auf der Bühne eine Durchsage macht. »Liebe Gäste, es wäre mir eine Freude, wenn Sie den Geschehnissen auf der Galerie keine Beachtung schenken. Haben Sie Spaß.«

Gemma Stone, säuselt eine gruselige Stimme in meinem Kopf. Sie klingt viel zu fröhlich für diese schreckliche Situation. *Ich könnte dir helfen.*

»Nein«, wispere ich, aber spüre, wie mein Widerstand zu bröckeln beginnt, als Alaric nur Sekunden später mit Hazel die Treppe heraufkommt. Er packt sie erst grob am Handgelenk, stößt sie dann in den Rücken, damit sie weitergeht.

Sie trägt ein schwarzes Kleid und hält Taros bewusstlosen Körper im Arm. Einige Strähnen haben sich aus ihrem Dutt befreit, und Tränen laufen über ihre Wangen, dennoch wirkt sie stolz und unnahbar, als sie an Erics Körper vorbeischreitet.

»Ist sie das?«, fragt Alaric und greift erneut nach ihrem Oberarm.

Sie stolpert einen Schritt nach vorn und wirft ihm einen giftigen Blick zu. »Fass mich nie mehr an«, faucht sie.

»Wird nicht wieder vorkommen. Wir hatten ohnehin vor, dich heute umzubringen. Nun beschleunigst du dein Schicksal nur«, versichert Alaric ungerührt.

Hazel entweicht ein Schnauben, während sie an meine Seite tritt. Kaum merklich festigt sie mit einer Hand ihren Griff um Taro, lässt die andere sinken. »Ihr denkt, ihr hättet die Stadt unter Kontrolle«, sagt sie eiskalt. »Gemma hat mir erzählt, was ihr getan habt. Ihr haltet euch für unfassbar intelligent und vorausschauend. In eurer maßlosen Arroganz und eurem Kontrollwahn habt ihr eine Tatsache allerdings vollkommen übersehen.«

»Welche sollte das sein?«, fragt Alaric amüsiert.

»Euch war es so überaus wichtig, eure Untergebenen notfalls kontrollieren zu können, dass ihr ihnen auch keinen Schutz vor anderweitigen Manipulationen geboten habt«, beendet Hazel ihren Vortrag.

Irritiert spüre ich etwas an meiner Hand. Hazels Finger tasten nach mir. Aber da ist noch etwas anderes. Etwas Samtenes. Vielleicht ist es ein Beutel. Vorsichtig schließe ich die Finger darum. Sind das die Kristalle meiner Freundinnen in seinem Inneren? Ich spüre die Energien meines Zirkels, als würden sie liebevoll über meine Hand streichen.

Oh, Hazel. Du wunderbares, mutiges Wesen. Leider werden

sie uns überhaupt nicht weiterhelfen, weil Alaric durch seine Bannkreise ihre Wirkung unterdrückt.

»Und was möchtest du uns mit deinem Vortrag sagen?«, fragt Alaric, noch immer mit diesem widerwärtigen Grinsen im Gesicht.

»Dass Jesper Caden und Beryl Taylor nun mir gehören.« Sie sagt es so entschieden und eiskalt, dass nicht einmal ich weiß, ob sie das ernst meint oder blufft.

»Und was gedenkst du mit ihnen zu tun?« Alaric mustert sie amüsiert.

Sie zögert. Es ist nur eine winzige Sekunde, aber wir hatten ausreichend gemeinsamen Schauspielunterricht, damit ich erkennen kann, dass sie gerade improvisiert.

Sie verschafft mir Zeit. Oder soll diese Ablenkung gar nicht mir, sondern Darren nutzen? Aber er weiß nicht, dass auf diesem Schiff nur Aequalite oder Instantmagie ihre Kraft entfalten können. Er ist vollkommen wehrlos.

Zumindest denke ich das, bis die Beleuchtung des Schiffes eigenartig zu flackern beginnt. Irritiert drehe ich mich herum und sehe in den Saal hinab. Wie magisch angezogen zuckt mein Blick sofort zu Darren, der vor der Bühne steht und einen Aequalit in den Händen hält.

Den, den er mir hätte bringen sollen.

Ich weiß nicht, was er plant, aber es spielt auch keine Rolle. Den Kristall zu nutzen würde ihn umbringen. Sein Einsatz wird ihn bei lebendigem Leib verbrennen.

Eiskalte Panik schießt mir durch die Adern. Ich muss ihm helfen.

Alaric folgt meinem Blick und scannt die Menschenmenge nach Darren. Ich bin mir sicher, dass er mit ihm genauso kurzen Prozess machen würde wie mit Eric.

Eric.

Es gab an diesem Abend bereits ein sinnloses Opfer. Ich kann nicht zulassen, dass der Zirkel noch mehr Menschen schadet. Auch wenn es zur Folge hat, dass ich meine geistige Gesundheit weiter in Gefahr bringe.

Noch während Alaric erneut in seine Jackentasche greift, lasse ich den Beutel mit den Kristallen fallen und ziehe die Phiole aus meinem Ausschnitt hervor.

Ich will mich zwar auf keinen Deal mit den Schatten einlassen. Aber was wäre die Alternative?

Du hast keine, säuselt die Stimme in meinem Kopf.

»Was tust du da?«, fragt Kristen irritiert, während ich das Fläschchen öffne. »Es wäre mir eine Freude, wenn du das lässt.«

Ich höre ihre Worte, aber sie dringen nicht zu mir durch. Zum einen verhindert der Ring an meinem Finger die Wirkung des S.P.E.L.L.-Zaubers, zum anderen ist der triumphierende Singsang der Schatten in meinem Geist so laut, dass Kristen klingt, als wäre sie meilenweit von mir entfernt.

Gemma. Bitte uns. Befiehl uns. Wir sind dein. Dann bist du unser.

Ich stürze den Inhalt des Fläschchens herunter und erschaudere. Am Rand meines Sichtfeldes nehme ich wahr, wie sich ein Schatten manifestiert, als wäre er ein Avatar der schwarzen Magie, die ich um Hilfe anrufe. Vielleicht sind die Schatten genau das: eine direkte Verbindung zur schwarzen Magie. Unheilvoll und verdorben, aber in diesem Augenblick mein einziger Ausweg.

»Könnt ihr den Crow Coven stoppen und die Auswirkungen seiner Machenschaften fortwaschen?«, rattere ich herunter und lasse Alaric dabei nicht aus den Augen. »Und sorgt dafür, dass Beryl frei ist«, erinnere ich mich an mein Versprechen Eric gegenüber.

Wir können den Zirkel ausradieren, als hätte er nie existiert, stimmt der Schatten zu.

»Was wird mich eure Hilfe kosten?«, hake ich nach.

Wenn du so an deiner Seele hängst, etwas anderes. Etwas, was du liebst. Etwas, was du niemals freiwillig hergeben würdest.

Jetzt. Ich sehe, wie Alaric Darren in der Menge ausfindig gemacht hat, ihn fokussiert und den Inhalt einer weiteren Ampulle herunterschluckt.

»Okay«, sage ich hastig. Mein Herz rast in meiner Brust, als Alaric den Arm ausstreckt. Er wird Darren töten, wie er Eric ermordet hat. Das darf nicht geschehen! »Ich gebe euch nicht die Erlaubnis dazu, jemanden umzubringen, aber rettet Darren und radiert den Zirkel aus.«

Mein Wunsch war schlampig formuliert – Chaosmagie im finstersten Sinne –, doch mir läuft die Zeit davon.

Wie du wünschst, säuselt die Stimme.

Alaric öffnet den Mund, gerade als die Kontur des Schattens zu schwarzem Rauch zerstäubt. Wie eine Rauchwolke gleitet er durch die Luft, hinüber zu Alaric, und dringt durch eines seiner Ohren in seinen Kopf ein, durch das andere wieder hinaus. Wie in Trance lässt Alaric seinen Arm sinken, während der Schatten weiterzieht, sich zweiteilt. Eine Rauchfahne hüllt Kristen ein, die andere gleitet die Treppe hinab. Als der Rauch Erics Leichnam berührt, löst er sich einfach in Luft auf.

Irritiert trete ich an das Geländer heran und sehe in den Saal hinab. Alles, was der wabernde schwarze Rauch streift, ändert seine Gestalt. Die Blumenbouquets wechseln ihre Farbe von Weiß zu Dunkelrot. Ebenso die Luftballons und andere Dekorationen. Verwirrt beobachte ich, wie der Rauch jeden einzelnen Anwesenden heimsucht. Jeden. Nicht nur die Mitglieder des Zirkels. Erschrocken sehe ich auf Darren hinab, der ebenfalls vom Schatten erfasst wird. Mein Blick schnellt zu Hazel herum, die soeben blinzelnd aus ihrer Starre erwacht, nachdem der Rauch auch sie berührt hat. Als die Rauchfahne Taro erreicht, nimmt er seine menschliche Gestalt an. Dieses Mal nicht nackt, sondern in einem teuren Anzug. Erleichtert nehme ich zur Kenntnis, dass er lebt und unverletzt aussieht. Doch irgendetwas stimmt nicht. Was geschieht hier? Wie in Trance stoße ich mich vom Geländer ab und schreite die Treppe hinab. Die Klaviermusik setzt wieder ein, und die Feierlichkeiten werden fortgesetzt, aber die Stimmung ist ruhiger als zuvor. Die Musik getragener. Statt der hellblauen Melodie ziehen nun dunkelrote Wolken durch mein Sichtfeld.

Blinzelnd sehe ich zu dem Banner über der Bühne hinauf. Noch immer stehen dort die Worte *Christmas Charity* – allerdings mit dem Zusatz *zu Ehren von Mr und Mrs Hunter*. Als wäre das hier eine Art Gedenkfeier. Oder eine Trauerfeier? Irritiert lese ich das Banner erneut. Natürlich ist Damian Hunter tot, doch diese Information dürfte für die Welt neu sein, immerhin wurde er bis eben noch von Eric verkörpert. Und wenn die Auswirkungen der Machenschaften des Zirkels ausgelöscht wurden – warum sind sie beide dann überhaupt noch tot? Beunruhigt reibe ich über meinen Unterarm. Auch er ist unverändert schwarz. Was ist, wenn selbst die dunklen Künste nicht dazu in der Lage sind, den Tod zu überwinden? Wenn Tote tot bleiben, obwohl offensichtlich ein Teil der Geschichte neugeschrieben wurde? Fassungslos sehe ich dem wabernden Schatten nach, der soeben wie eine Rauchwolke in Richtung der Stadt zieht. Sie löst sich nicht auf, als wäre ihre Arbeit noch nicht erledigt.

Was habe ich nur getan?

Ich fahre erschrocken auf, als mein Smartphone zu klingeln beginnt. Verwirrt greife ich nach der Handykette, an der es hängt. Ich starre auf das Handy, das eigentlich vor einem

Monat, zu Beginn unserer Flucht, von Darren zerstört wurde, und nun einen Anruf meiner Moms anzeigt.

Unwohl trete ich an das Treppengeländer heran und lehne mich dagegen, während ich den Anruf annehme.

»Ja?«, frage ich kleinlaut und halte in der Menschenmenge nach Darren Ausschau. Ein Teil von mir rechnet mit einer gewaltigen Standpauke, doch sie bleibt aus.

»Gemma. Sind wir zu spät? Wir wollten dir nur viel Spaß auf der Gala wünschen«, plaudert Viola gut gelaunt.

»Gala?« Wir hatten seit Tagen keinen Kontakt mehr. Woher können sie hiervon wissen?

Mom erzählt noch irgendwas, doch keines ihrer Worte kommt bei mir an. Endlich habe ich Darren entdeckt. Als hätte er gespürt, dass ich ihn ansehe, erwidert er meinen Blick und sieht wieder weg. Eine junge Frau verwickelt ihn in ein Gespräch, das er fortsetzt, als wäre nichts gewesen.

»Mom? Ich melde mich später«, murmle ich geistesabwesend, beende das Telefonat und gehe auf Darren zu, bis mir die Stimme des Schattenwesens wieder in den Sinn kommt.

Ich werde für diesen Zauber zu zahlen haben. Etwas, das ich liebe. Ohne, dass es stirbt.

Was ist, wenn …?

Mein Herz rast, doch meine Gedanken sind wie erstarrt.

Hastig betrachte ich meinen Ring – und der Diamant daran leuchtet mir in strahlendem Weiß entgegen. Weiß. Nicht rot. Kein Blutkristall. Kein Symbol unserer Liebe und Verbundenheit.

Erneut sehe ich zu Darren hinüber. Eine Sekunde. Zwei.

Ich ringe nach Luft, als die Erkenntnis mir den Atem raubt. Darren liebt mich nicht mehr. Schlimmer noch: So, wie er mich angesehen hat – oder vielmehr nicht angesehen hat –, weiß er nicht einmal mehr, wer ich bin.

Überfordert weiche ich zur Seite, als mich jemand anrempelt, weil ich mitten im Saal stehen geblieben bin. Wie betäubt murmle ich eine Entschuldigung, während die Bedeutung meiner Gedanken langsam zu mir hindurchsickert.

Ich habe irgendetwas getan, was die Machenschaften des Crow Covens ausradiert hat und die Erinnerungen aller Menschen an die Ereignisse, die damit zusammenhängen, verändert hat. Aber das ist nicht der Grund für Darrens Gedächtnisverlust. Nein. Der Grund ist die schwarze Magie. Oder vielmehr bin ich es, denn ich war bereit, jeden Preis zu zahlen, um ihn zu retten.

In Darrens Albtraum bin ich wieder und wieder gestorben. Nacht für Nacht. Und in seinen Augen bin ich das vielleicht wirklich. Denn ich bin nicht länger ein Teil seiner Welt. Die Schatten haben mich ihm entrissen, nur so ganz anders, als ich es erwartet hätte. Ich brauche nicht zu fragen, warum sie es getan haben. Wie sie von dieser Sache profitieren. Denn alles, was sie tun, führt immer dazu, dass ich mich nur weiter in ihren Fängen verstricke.

Mir entfährt ein Schluchzen, als ich hastig nach Luft schnappe. Tränen steigen mir in die Augen – und ich kann nichts dagegen tun. Kristens Zirkel ist ausradiert. New York ist gerettet. Und trotzdem fühle ich mich, als hätte ich auf ganzer Linie versagt.

41. KAPITEL
GEMMA

»Danke noch mal, dass du mich heute hierher begleitest«, reißt mich Hazel aus meiner Trance, während sie sich bei mir unterhakt. »Du bist die Beste.«

Ebenso verwirrt wie überfordert sehe ich zwischen ihr und dem Banner über der Bühne hin und her. Die Gala zu Ehren des engagierten Nachwuchses. Mr Hunters Vermächtnis. Ich schlucke trocken, wische hastig eine Träne von meiner Wange und versuche zu lächeln, obwohl es sich anfühlt, als würde sich ein tiefer Riss durch meine Seele ziehen.

Was habe ich getan?

Die ganze Realität fühlt sich vollkommen verzerrt an. Verkehrt. So stumpf wie in der Sekunde, in der Alaric mir den Zugang zur Magie verwehrt hat.

Mein Blick zuckt erneut zu Darren, der noch immer mit der jungen Frau plaudert. Es geht ihm gut. Er wirkt unverletzt. Zumindest in dem Punkt scheint die dunkle Magie meinem Wunsch gefolgt zu sein. Als er mit einer Geste in den Raum deutet, gleitet sein Blick einfach über mich hinweg. Er sieht mich an – aber nimmt mich nicht wahr. In seinen Augen liegt nicht der Hauch von Erkenntnis.

»Wen beobachtest du denn da so interessiert?«, fragt Hazel amüsiert und greift nach meinem Oberarm. Sie beugt sich zu mir hinab, um meinem Blick zu folgen, bevor sie überrascht auffährt. »Darren Hunter? Ehrlich?« Sie mustert mich ungläubig und lacht. »Du warst seit anderthalb Jahren auf keinem Date, und der erste Mann, den du auf diese Weise anschmachtest, ist ein Millionenerbe?« Immer noch lachend sieht sie wieder zu ihm hinüber. »Aber warum nicht? Er ist attraktiv.«

Ihre Ausgelassenheit schiebt sich in das Loch meiner Seele, um es mit langen Klauen noch weiter aufzureißen. Hazel meint es nicht böse. Sie weiß nicht mehr, dass ich mich mit Darren getroffen habe. All die magischen Momente zwischen uns. Der Abend im Gewächshaus. Sex während der Mondfinsternis. Das Ritual zum Erstellen der Blutkristalle. Sie existieren nicht mehr. Haben für ihn nie existiert. Für sie nicht. Für diese verdammte gesamte Realität nicht.

»Er wirkt nett, wollen wir uns ihm vorstellen?«, fragt sie leichthin und greift nach meiner Hand.

Bevor ich dazu komme, abzulehnen, zieht sie mich in seine Richtung. Ich kann es ihr nicht verübeln. Hazel ist zauberhaft, und die Leute lieben sie. Es fällt ihr immer leicht, Menschen anzusprechen. Mir normalerweise auch. Aber hier ist nichts *normal.*

»Haze, ich …« Mein Protest stirbt auf meinen Lippen, als Darren uns bemerkt und kurz irritiert ansieht. Mich jetzt wie ein störrischer Esel zu sträuben wäre noch peinlicher, als mich der Situation zu ergeben.

Darrens Gespräch scheint beendet zu sein, denn er sieht uns interessiert entgegen, während sich die fremde Frau von ihm abwendet.

»Darren Hunter, dürfen wir dich kurz stören?« Hazel schenkt ihm das hinreißendste Lächeln, das sie beherrscht. Ich könnte schwören, dass es seine Wirkung nicht verfehlt und sich Darrens Miene minimal erhellt.

Er sieht mich an und zwinkert mir zu.

Mein Herz flattert, als sähe es eine winzige Chance darauf, dass er sich doch an mich erinnert, aber es wird bitter enttäuscht.

»Niemand hier stört mich, indem er mich anspricht«, versichert er und lehnt sich vor, um die Namensschilder an unseren Kleidern zu lesen. »Hazel und Gemma. Was für überaus schöne Namen.«

Mir fällt jetzt erst auf, dass ich noch immer das schwarze Samtkleid trage, das Kristen für mich ausgesucht hat. Wie passend für eine Trauerfeier, denn irgendwie fühlt sich der Abend wie eine an.

»Wir bedauern den Verlust Ihrer Eltern«, sage ich leise und sehe, wie ein Muskel an Darrens Auge zuckt. Ein winziger Ausdruck seines Schmerzes, den er sofort überspielt.

Er bedankt sich und redet anschließend mit Hazel über ihr Engagement für die Stadt.

Schweigend sehe ich den beiden zu, wie sie sich unterhalten, und fühle mich mit jeder Sekunde in ihrer Nähe überflüssiger. Ich betrachte Darrens Profil. Die Lippen, die ich viel zu selten küssen konnte. Seinen Ohrring, der eigenartigerweise der Diamantstecker ist, den Mom ihm gegeben hat. Wie kann es sein, dass er ihn noch immer besitzt? Dass er noch immer rot glüht, obwohl die dunkle Magie diese Realität so seltsam verformt hat? Ich meine: Ja, meine Gefühle für ihn sind noch immer präsent, aber sie werden überlagert von einem dumpfen, schwarzen Schmerz, während ich mich innerlich von ihm verabschiede. Für eine kurze Spanne meines Lebens gehörte er zu mir, doch die ist unwiderruflich vorbei.

»Entschuldigt ihr mich?«, wirft Hazel unvermittelt ein und sieht auf, als hätte sie in der Menschenmenge jemand Interessanten entdeckt.

Ehe ich widersprechen kann, verschwindet sie im Getümmel und lässt mich allein mit Darren zurück.

Vollkommen überfordert sehe ich zu ihm auf.

»Mach dir keine Sorgen«, meint er schmunzelnd. »Du bist heute erst die Dritte.«

»Wie bitte?«, frage ich überrumpelt, weil ich keine Ahnung habe, wovon er spricht.

»Die dritte junge Frau, die von ihrer besten Freundin dazu überredet wird, einen der begehrtesten und tragischsten Junggesellen der Stadt anzusprechen.«

»Oh«, ist alles, was mir über die Lippen kommt. Ich wünschte, mir würde irgendetwas Intelligentes einfallen, aber mein Kopf ist wie leergefegt.

»Ich schlage dir vor, dass wir ein paar Worte miteinander wechseln, damit sie zufrieden ist. Und wenn sie anschließend fragt, sagst du ihr das Gleiche wie ich dir jetzt: dass ich momentan leider keine Zeit für Dates habe.«

»Das ist sehr zuvorkommend«, bringe ich irgendwie hervor. Natürlich ist es das. Er ist immerhin Darren.

Er winkt einen Kellner mit Getränketablett heran und sieht mich fragend an, aber ich möchte nichts.

»Es gab einen Vorfall, seitdem fällt es mir schwer, Getränke von Fremden anzunehmen«, erkläre ich ausweichend.

Er betrachtet mein Handgelenk, als wollte er checken, ob ich ein K.-o.-Tropfen-Warnarmband trage. Beim Anblick des Todesmals zuckt einer seiner Mundwinkel. Er schiebt den Ärmel seines Hemds höher. »Ich habe auch so eine Pigmentstörung«, gesteht er.

Eine Pigmentstörung. Das ist es in seiner Realität? Etwas, was er einfach so hat? Kein Mahnmal. Keine Erinnerung an das, was uns miteinander verbindet.

»Aber deine ist hübscher«, versichert er rasch. »Verrätst du mir, warum deine Freundin es für eine gute Idee hielt, dass wir uns unterhalten? Braucht deine Familie Geld? Oder hat deine Familie Geld und hält mich für eine gute Partie? Engagierst du dich in der Politik und hast ein Anliegen, das ich unterstützen soll? – Ich denke, das waren die häufigsten Gründe, aus denen ich in letzter Zeit verkuppelt werden sollte.«

»Es klingt, als würdest du oft … angesprochen.«

»Ständig«, gesteht er und fährt sich verlegen durch die Haare. »Wow. Ich klinge echt arrogant, oder?«

»Eigentlich erstaunlich gelassen für jemanden, der ständig umschwärmt wird«, widerspreche ich und muss an den Geburtstag des Bürgermeisters denken, den wir gemeinsam besucht haben. Auch dort wurde er permanent von fremden Menschen angesprochen. Aus irgendeinem Grund muss ich lachen. Vollkommen irrational. Vermutlich, weil die ganze Situation absurd ist. Damals wusste ich so wenig. Und jetzt? Würde ich mich anders entscheiden, da ich nun den Ausgang der Geschichte kenne?

Wahrscheinlich nicht, denn Darren lebt, und der Crow Coven wurde aufgehalten. Vermutlich ist das hier mehr, als ich mir zu erhoffen gewagt habe. Sehr viel mehr. Auch wenn es sich anfühlt, als hätte ich alles vermasselt, weiß ich, dass ich dankbar sein sollte.

»Darf ich mir etwas von dir wünschen?«, bitte ich, als sich uns eine junge Frau nähert, die verdächtig danach aussieht, als würde sie ebenfalls ihr Glück bei Darren versuchen wollen.

»Sicher, falls es in meiner Macht steht, erfülle ich jeden deiner Wünsche«, verspricht er schmunzelnd und erinnert mich viel zu sehr an den Darren, der sich in Nullzeit in mein Herz geschlichen hat.

»Tu mir einfach nur den Gefallen und werde glücklich.«

Darren zieht die Augenbrauen zusammen, als wäre er sich

nicht ganz sicher, ob er sich verhört hat. Aber es ist mein Ernst. »Okay«, bringt er etwas überrumpelt hervor, als ich mich zum Gehen wende. »Pass auf dich auf, Gemma.«

Lächelnd nicke ich. »Ich werde es versuchen.«

Mein Unterbewusstsein scheint noch immer ein Wunder zu erwarten. Dass er mir nachläuft und mich zurückhält, aber es geschieht nicht. Natürlich nicht. Ich bin zwar Schauspielstudentin, doch mein Leben ist kein Film.

Ich suche Hazel und sehe sie schließlich an der Fensterfront stehen. Taro ist bei ihr, hat eine Hand an ihren Rücken gelegt und flüstert ihr etwas zu, das sie zum Lachen bringt. Kopfschüttelnd dreht sie sich von ihm weg und schaut zum Fenster hinaus. Als Taro mich bemerkt, zieht er seine Hand zurück, als hätte er sich verbrannt. Mit zusammengebissenen Zähnen wendet er den Blick ab. Erwartet er, dass ich ihm Vorwürfe mache, weil er meine beste Freundin in Gefahr bringt, sollte sie ihn je lieben? Ich könnte es nicht. Ich weiß, dass Hazel ihm etwas bedeutet. Dass er sie auf eine Weise begehrt, die nichts mit Hazels Gabe zu tun hat. Unwillkürlich frage ich mich, ob auch ihre Erkenntnisse von der Magie ausgelöscht wurden. Weiß Hazel noch, was sie ist, obwohl Darren nie mit ihr darüber gesprochen hat? Hat sie eine Ahnung davon, dass mein Bruder ein Wertier ist? Oder bin ich der einzige Mensch, der sich an alles erinnern kann? Diese neue Realität verwirrt mich, doch das ist mein geringstes Problem. Ich werde sie schon noch entschlüsseln.

Früher oder später.

42. KAPITEL
GEMMA

Dienstag, 31. 12.

Bist du dir sicher, dass du hierbleiben willst?

Es ist Silvester, und Taro ist heute mit ein paar Kommilitonen im *Olive Club* feiern. Er hat mich mehrfach gefragt, ob ich nicht mitkommen möchte, doch mir war nicht danach. Taro war in den letzten Tagen ohnehin schon zu oft bemüht, mich aufzumuntern, obwohl ich versucht habe, mich zusammenzureißen und mir nicht anmerken zu lassen, dass ein Teil von mir vor ein paar Tagen gestorben ist. Offensichtlich bin ich eine lausige Schauspielerin, denn auch Hazel hat mich darauf angesprochen, ob bei der Gala irgendetwas vorgefallen ist, weil ich seitdem so ruhig wäre.

Ruhig.

Was für eine Ironie. Ich fühle mich nicht ruhig, sondern … Nachdenklich klopfe ich mit meinem Stift auf das türkisfarbene Journal auf meinem Oberschenkel. Mir fällt kein Wort ein, um zu beschreiben, was ich empfinde. Schmerz. Trauer. Ein schlechtes Gewissen. Es sind vor allem negative Emotionen, die mich begleiten. Gefühle, die keiner versteht, weil ich keinem so richtig erklären kann, was auf der Gala geschehen ist. Und was ich dort alles verloren habe. Hazel war einmal verdammt kurz davor, die Wahrheit aus mir herauszubekommen, aber ich habe sie heruntergeschluckt. Auch als Dawn letztens in einem unserer Onlinemeetings davon angefangen hat, dass irgendwelche Menschen auf *TikTok* verbreitet haben, dass sie mithilfe okkulter Messinstrumente einen Realitäts-Shift in New York verzeichnen konnten, bin ich nicht darauf eingegangen. Nicht, weil ich Angst davor habe, dass sie mir nicht glauben würden oder mir die Freundschaft kündigen, wenn sie erfahren, was ich getan habe. Es war eher Selbstschutz, weil ich momentan nicht über diese ganze Sache reden kann, ohne dass ich das Gefühl habe, in dem schwarzen Sumpf in meiner Seele zu ersticken. Ob es so für den Rest meines Lebens sein wird? Dass sich mein Inneres wie zäher, alles verschlingender Teer anfühlt?

Ganz kurz habe ich darüber nachgedacht, ob ich einfach versuchen sollte, Darren erneut kennenzulernen. Aber zum einen fühlt es sich nicht richtig an, eine Freundschaft auf einer Lüge aufzubauen – und so zu tun, als würde ich Darren nicht kennen, ist der Inbegriff einer verdammten Lüge. Und zum anderen ist es nicht *einfach,* Darren kennenzulernen. Der Darren dieser Realität ist vielbeschäftigt, heißbegehrt – und nicht an Dates interessiert.

Ebenso unzufrieden wie unruhig betrachte ich einen roten Jaspis, wende ihn zwischen den Fingern und beobachte, wie sich das Mondlicht auf seiner Oberfläche bricht. Weshalb ich das tue, weiß ich selbst nicht genau. Vermutlich, weil er mich an Darren erinnert. Oder zumindest an das Gefühl von Sicherheit und Geborgenheit, das er mir vermittelt hat. Kindisch, ich weiß. Aber seitdem ich wieder Zugriff auf meine Magie habe, kann ich mich nicht dazu durchringen, sie einzusetzen. Ich würde gern behaupten, dass es die böse, böse schwarze Magie war, die mich von Darren entfernt hat – doch ich war es selbst. Es war allein *mein* Wille, sie einzusetzen, um ihn zu retten.

Und jetzt lebe ich mit den Konsequenzen. Denn Magie fordert immer ein Opfer. Ich weiß, dass die Stimme in den Schatten meines Selbst auf mich lauert, mich auslacht und nur darauf wartet, dass ich sie erneut um Hilfe bitte. Damit sie mir einen ebenso verlockenden wie abgrundtief falschen Weg aus meinem Sumpf des Leidens weisen und mich noch stärker an sich binden kann – aber das werde ich nicht tun. Jeder Zauber hat seinen Preis. Ich wusste das – und habe es ignoriert. Jetzt versuche ich, es zu akzeptieren. Wenn ich mir das oft genug sage, schaffe ich es vielleicht irgendwann.

Wenn ich ehrlich sein soll, ist Liebeskummer nicht mein einziges Problem, denn tatsächlich haben die Menschen alles vergessen, was mit dem Zirkel im Zusammenhang stand. Ich weiß, dass ich Hazel auf ihr Dasein als Sirene ansprechen sollte. Aber wie? Wie beginnt man ein Gespräch, das das komplette Leben einer Person auf den Kopf stellen wird?

Eine leise Geigenmelodie lässt mich aufhorchen. Mein Blick zuckt zum Nachbarfenster hinüber. Manchmal kann ich Darrens Silhouette hinter den geschlossenen Vorhängen erahnen. Es ist tröstlich zu wissen, dass es ihm gut geht. So gut es einem eben geht, wenn man um die eigenen Eltern trauert. Ich muss nicht erst die Augen schließen, um zu wissen, dass die Noten von Darrens Melodie schwer und dunkelblau auf mich wirken. Das spüre ich selbst so. Im ganzen letzten Jahr habe ich ihn nie spielen gehört. Nur dann, wenn ich ihn darum gebeten habe. Aber es ist Silvester, vielleicht lässt er das vergangene Jahr Revue passieren und denkt an seine Eltern.

Gestern hatte ich einen schwachen Moment und habe einmal dem Verlangen nachgegeben, beim ehemaligen *Beans & Herbs* vorbeizuschauen. Wohlgemerkt: *ehemalig*. Denn offensichtlich hat der Ungeschehen-und-Vergessen-Zauber so einige Atome der Realität verschoben. Das Café ist geschlossen und wird gerade renoviert, um demnächst unter neuer Leitung und anderem Namen (*Hazelcup*) wieder zu eröffnen. Von Beryl fehlt bisher jede Spur, daher hat es mich kurz gewundert, dass Darren dennoch in der Wohnung über dem Café lebt. Wer weiß, welche Gründe er in dieser neuen Realität dafür hat.

Seufzend betrachte ich wieder den Kristall in meiner Hand. Ich habe vorhin überlegt, einen Silvester-Livestream zu starten, um mich weniger einsam zu fühlen, konnte mich aber nicht dazu überwinden. Auch dem Gewächshaus auf der Dachterrasse habe ich einen Besuch abgestattet, doch im Schein der Lichterketten auf der Lounge zu liegen und in den Sternenhimmel hinaufzusehen erinnerte mich an Darren. Wie so ziemlich alles momentan. Ich habe sogar versucht, mich einfach ins Bett zu legen und den Jahreswechsel zu verschlafen, doch meine innere Unruhe nagt zu sehr an mir. Es wird auch nicht besser, als ich den Jaspis weglege und einen Calcit in die Hand nehme. Wahrscheinlich müsste ich die Magie um Beistand bitten, damit sich seine beruhigende Wirkung auf mich überträgt, ich kann mich jedoch nicht dazu durchringen.

Mein Bad im Selbstmitleid wird von meinem klingelnden Smartphone unterbrochen. Das Display zeigt die Nummer meiner Moms an. Tief durchatmend drücke ich den Anruf weg. Mir ist gerade nicht danach, ihre Neujahrswünsche entgegenzunehmen. Ich habe an Weihnachten mit ihnen telefoniert und versichert, dass es mir gut geht und ich mit Hazel einen schönen Abend auf der Gala der L.I.F.E. Inc. verbracht habe. Der L.I.F.E. Inc., die nunmehr ein gewöhnlicher Energiekonzern ist, der unter Darrens Leitung gerade verkündet hat, sein Fracking-Vorhaben nochmals einer gründlichen Prüfung zu unterziehen. Nur wenn ein Gremium unabhängiger Experten die Unbedenklichkeit bescheinigt, soll damit im nächsten Jahr fortgefahren werden. Ein großer Teil der Einnahmen fließt von nun an in ein Projekt zur Rettung der Meere. Der ehemalige Slogan der L.I.F.E. Inc. »Living in full energy« wird durch »Living Individuals for environment« ersetzt. Darren hat aber lachend eingestanden, dass der Spruch noch nicht rund klingt. Ja, ich habe mich selbst gefoltert und mir auf YouTube ein Interview mit ihm angesehen. Genauso wie viele andere Menschen. Die Presse hat Darren in den letzten Tagen mehrmals bescheinigt, endlich erwachsen geworden zu sein. Er wäre ein würdiger Nachfolger für seinen Dad und dessen Frau, die vor ein paar Wochen bei einem bedauerlichen Unfall ums Leben kamen. Es ist, wie ich vermutet habe: Keine Magie ist stärker als der Tod. Auch wenn Darrens Eltern durch den Zirkel ermordet wurden, konnte die schwarze Magie sie nicht wieder zurückholen.

Nach allem, was man mitbekommt, scheint Darren sein neues Leben zu meistern. Im Gegensatz zu *DarkDuke*. Es ist, als hätte er nie existiert. Seine Kanäle sind unauffindbar, ebenso alle Dokus und Podcasts zum Thema Phänomen *DarkDuke*. Da *DarkDuke* an sich nichts mit den Machenschaften des Zirkels zu tun hatte, ist sein Ausradieren vermutlich Teil des Opfers, das die schwarze Magie von mir gefordert hat. Seine Videos, die Aufzeichnung des Livestreams, mit dem unsere Geschichte begann – alles ist unwiderruflich gelöscht.

Trotzdem trage ich meinen Schutzring noch immer. Er erinnert mich nicht nur an Darren, sondern auch an Grandma. Und irgendwie auch daran, dass ich einer langen Tradition von Hexenden entstamme, die nachweislich ihre eigenen Fehler begangen haben. Und vielleicht kann ich zum ersten Mal ansatzweise nachvollziehen, warum sie beschlossen haben, diese totzuschweigen, statt sie weiterzugeben. Ein eigenartiger Trost, aber besser als keiner.

Nachdenklich streiche ich mit den Fingern über den Ring.

Verdammt, Gemma. Egal, was du getan hast – du bist und bleibst eine Hexe, ermahne ich mich selbst und erhebe mich von der Fensterbank, weil die Stimme der Schatten vermutlich niemals verstummen wird. Für den Rest meines Lebens wird sie mir in meinen schwachen Momenten Verheißungen zuflüstern und mich mit meinem schlechten Gewissen unter Druck setzen, das zu tun, was sie will. Aber ich lasse mich nicht noch einmal erpressen. Ja, vielleicht haben die Schatten meine Welt verdreht und mir meine Liebe geraubt. Wenn sie hoffen, dass ich dadurch so einsam und gebrochen sein werde, dass ich mich zu ihnen in die Dunkelheit flüchte, muss ich sie enttäuschen. Das wird nicht passieren. Auch dann nicht, wenn sie weiterhin wispern, dass ich es allein ihrer Magie zu verdanken habe, dass Darren überhaupt noch lebt. Dass ich den Schatten etwas schulde. Dass sie bereit sind, mir meinen Starrsinn zu verzeihen und mir sogar Darren geben, wenn ich mich ihnen öffne.

Nie wieder werde ich der Stimme in meinem Kopf gehorchen. Selbst wenn es in einer Generation nur eine Handvoll Hexen geben sollte, deren Macht mit meiner vergleichbar ist, möchte ich kein Werkzeug der Magie sein. Denn würde ich der dunklen Versuchung nachgeben, wäre ich nicht viel mehr als das.

Wenn ich ehrlich zu mir selbst bin, habe ich in den letzten Tagen nicht nur Darren, sondern irgendwie auch mich selbst verloren. Aber zumindest eine dieser Sachen kann ich ändern.

Ich suche fünf Kerzen aus meiner Sammlung, reiße eine Seite aus meinem Journal und setze mich mit Kugelschreiber und Streichhölzern auf meinen Flickenteppich.

Ein neues Jahr liegt vor mir – die perfekte Gelegenheit, um Altes hinter mir zurückzulassen und neu zu beginnen.

Es kommt mir vor, als wäre es länger als drei Monate her, dass ich mit Darren in seinem Badezimmer war und ihn gebeten habe, alles, was ihn belastet, auf einen Zettel zu notieren – und den hinterher zu verbrennen. Aber genau das tue ich jetzt auch. Ich stelle die Kerzen um mich herum auf und entzünde sie der Reihe nach. Anschließend schreibe ich alles auf, was mich belastet. Alles, was ich bereue. All meine begangenen Fehler. Alles, was ich gern in diesem endenden Jahr zurücklassen würde. Es ist viel zu vieles.

Ich falte den Zettel zusammen und zeichne eine Rune darauf. Viola hat sie mich gelehrt, als sie mir die Durchführung von Reinigungsritualen nähergebracht hat. Ich zeichne sie oft auf meine Zettel, bevor ich sie verbrenne. Sie repräsentiert *Vergebung*. Mom sagte mal, dass sie bedeutet, dass wir bereit sind, demjenigen zu vergeben, der uns unglücklich gemacht hat. Aber vielleicht heißt sie in diesem Fall auch, dass ich die weiße Magie um Vergebung bitte. Jahrelang war sie meine Begleiterin, doch am Ende habe ich ihr nicht genug vertraut. Auch das steht auf meinem Zettel der Reue. Dass ich mich im entscheidenden Moment von meiner Angst habe leiten lassen. Dass ich dem Ruf der Magie gefolgt bin, die lauter nach mir geschrien hat. Koste es, was es wolle. Vorsichtig übergebe ich den Zettel an die Flamme einer der Kerzen, halte ihn so lange, bis ich mir beinahe die Fingerspitzen versenge, und beobachte, wie die Asche des verbrannten Papiers zu Boden rieselt.

Die Geigenmelodie verstummt.

Als würde durch die Stille irgendetwas in mir in das finstere Loch aus klebrigem Teer stürzen, kann ich die Tränen nicht länger zurückhalten. Heiß rinnen sie meine Wangen hinab, rauben mir die Luft zum Atmen, bis ich mich ergebe und ihnen freien Lauf lasse. Es fühlt sich an, als würde der Schmerz aus mir herausfließen. In den letzten Wochen hat sich so vieles in mir angestaut, das sich nun seinen Weg nach draußen bahnt.

Was soll's?

Ich bin allein. Und mir ist, verdammt noch mal, einfach danach, loszulassen. Darren verloren zu haben tut weh. Für eine kurze Zeit, während der sich alles andere so verkehrt angefühlt hat, war er das Einzige, was richtig war. Er war, nach Hazel, der erste Mensch außerhalb meiner Familie, bei dem ich das Gefühl hatte, dass er mich wirklich so akzeptiert, wie ich bin. Dass er mich mag, trotz des Chaos, das ich laut Taro bei jedem meiner Schritte hinterlasse. Trotz meiner Impulsivität, die manchmal an Leichtsinn grenzt. Ich wusste, dass er für mich da sein würde. Immer. Immer. *Immer.*

Aber dieses flüchtige Immer ist vorbei. Ich bin allein und fühle mich so kläglich, wie das kleine Aschehäufchen auf dem Boden vor mir aussieht.

Du bist schwach, verhöhnt mich eine Stimme, von der ich nicht mit Sicherheit sagen kann, ob sie meine eigene ist oder von den Schatten stammt. Wird es von nun an immer so sein, dass sie ein Teil von mir ist?

Ich stütze meine Hände auf dem Boden ab, lasse den Kopf sinken – und akzeptiere. Dann bin ich in diesem Moment eben schwach. Na und? Schwäche ist kein Fehler.

Irritiert blinzle ich einige Tränen aus meinen Augen, als ich das Gefühl habe, Finger würden sacht über meine Kopfhaut streichen. Mich erfasst eine wohlige Wärme, als würde mir jemand eine Decke um die Schultern legen, kurz bevor der Aschehaufen vor mir auseinanderstiebt.

Ich würde mir einreden, dass ich ihn mit meinem Atem aufgewirbelt habe, aber das erklärt nicht, warum sich aus den schwarzen Partikeln eine Rune formt.

Vergebung.

Überrascht sehe ich sie an und wische meine Wangen trocken. Ein Lächeln zupft an meinen Mundwinkeln, weil irgendetwas in mir sich sicher ist, dass die helle Magie und ich wieder zueinander finden können. Vielleicht erst, wenn ich dazu bereit bin, mir selbst zu verzeihen, was ich getan habe, aber in diesem Moment erscheint es mir nicht unmöglich. Die Wärme, die mich umgibt, überträgt sich auf mein Innerstes und schenkt mir zumindest für den Augenblick einen kurzen Anflug von Selbstliebe. Ich kann mich nicht daran erinnern, wann ich die zuletzt empfunden habe.

»Danke«, murmle ich leise und fahre erschrocken auf, als es an der Haustür klingelt. Mit Blick auf die Uhr runzle ich die Stirn. Es ist kurz vor Mitternacht. Wer besucht denn um diese Uhrzeit andere Leute? Hastig erhebe ich mich, ordne meine Haare, gehe hinüber in den Flur und sehe irritiert auf das rauschige Bild der Überwachungskamera. Darren?

Wenn mich nicht alles täuscht, steht er unten vor der Tür und wippt unruhig auf den Fußballen auf und ab.

Was tut er hier? Und warum wirkt er so nervös?

Irritiert und mit zittrigen Fingern drücke ich auf das Lautsprechersymbol, als er erneut klingelt.

»Ja?«, frage ich und räuspere mich, da meine Stimme eindeutig verheult klingt.

»Hey.« Er fährt auf und schenkt der Kamera ein scheues Lächeln, das mein Herz kurz stolpern lässt. »Ich hoffe, ich habe die richtige Klingel erwischt. Es wäre mir sonst sehr unangenehm so mitten in der Nacht. Ich …« Er streicht sich durch die Haare, bevor er an seinem Ohrring herumspielt. »Das klingt jetzt seltsam, aber ich wohne direkt gegenüber und wollte fragen, ob es dir gut geht.«

»Was?«, entgegne ich ebenso überrumpelt wie überrascht.

»Ich will nicht aufdringlich erscheinen, nur habe ich mal gehört, dass die Tage zwischen Weihnachten und Neujahr für manche Menschen schwierig sind und …« Er verstummt. »Lässt du mich kurz raufkommen? Ich schwöre, ich gehe gleich wieder. Ich möchte nur sichergehen, dass es dir wirklich gutgeht und du das nicht nur sagst, um mich abzuwimmeln.«

Ihn abwimmeln?

»Das würde ich nie tun«, sage ich leise und drücke die Taste, die ihm die Haustür öffnet. Ein flüchtiger Blick in den Flurspiegel reicht, um jedem zu versichern, dass es mir erbärmlich geht. Ungeduscht, verheult und in Kuschelklamotten mit einem Schokoladenfleck am Pulloverkragen. Super. Genauso möchte man dem Ex-Freund gegenübertreten, um ihm zu beweisen, dass einem nichts fehlt. Ich spiele mit dem Gedanken, mir wenigstens etwas anderes überzuziehen, und verwerfe das Vorhaben, als ich Darrens Schritte bereits auf der Flurtreppe höre. Ich knote nur schnell meine Haare zu einem neuen Dutt zusammen, der mir genauso chaotisch vorkommt wie mein Gefühlsleben.

»Okay. Ich kann das. Ich bin stark«, murmle ich meinem Spiegelbild zu, bevor ich Darren die Tür öffne. Als ich zu ihm aufsehe, schenkt er mir ein schüchternes Lächeln. Vorsichtig und abschätzend. In seinen Augen spiegelt sich eine Art von Sorge, die ich von ihm zwar kenne, aber nur schwer ertrage.

»Hey.« Er spielt erneut mit seinem Ohrring. »Es klingt seltsam, doch ich habe dich am Fenster sitzen sehen und dachte …« Er verstummt, als müsste er seine Worte sortieren. Der Darren vor mir hat erstaunlich wenig mit dem gemeinsam, der in den letzten Tagen so selbstbewusst der Öffentlichkeit seine Vision für die L.I.F.E. Inc. offenbart hat. Er wirkte fokussiert und in sich ruhend, wie jemand, dem man die ganze Welt anvertrauen würde. Der Darren, der vor mir steht, ist die unsicherste Version von sich selbst, die ich je gesehen habe. Und trotzdem spüre ich etwas: den Drang, ihm nahe zu sein. »Ich habe keine Ahnung mehr, was ich genau dachte. Du sahst so traurig aus und … Das klingt jetzt richtig eigenartig, aber es war fast, als könnte ich deine Trauer körperlich spüren. In mir. Irgendwie musste ich einfach rüberkommen, um … Ich weiß auch nicht. Dich zu sehen. Ich meine, nach dir zu sehen.« Er vergräbt die Hände in den Hosentaschen und schenkt mir ein etwas schiefes Lächeln. »Du hältst mich jetzt für einen aufdringlichen Vollpfosten, richtig?«

Kopfschüttelnd sehe ich zu ihm auf. »Ich habe dich Geige spielen gehört, und wenn mich meine Synästhesie nicht täuscht, klangst du ebenfalls nicht glücklich.«

»Nein, ich …« Er verstummt. »Entschuldige. Ich habe gerade ein Déjà-vu. Kennen wir uns irgendwoher?«

»Ich war letztens auf der Gala zu Ehren deiner Eltern«, bestätige ich rasch, bevor er an seinem Verstand zu zweifeln beginnt. Ich kann ihm schlecht sagen, dass wir mal eine magische Verbindung hatten und es vielleicht noch einen winzigen Rest davon gibt, den die dunkle Magie nicht ausgelöscht hat. Dass ich vor wenigen Minuten so intensiv an ihn gedacht habe, dass er meine Trauer tatsächlich spüren konnte. So wie sich seine momentane Nervosität in Wellen auf mich überträgt.

»Die Feier. Sicher.« Er nickt und reibt sich mit der Hand über die Stirn. »Ich habe derzeit so viel um die Ohren, dass ich manchmal nicht mehr weiß, wo mir der Kopf steht. Aber ich glaube, ich erinnere mich an dich. Ich meinte, ganz sicher erinnere ich mich. Wie könnte ich die schönste Frau des Abends vergessen?« Er verstummt und atmet tief durch. »Das hier läuft nicht gut, oder?«

Dieses Mal bin ich es, die ein Déjà-vu hat, denn diese Frage hat er mir schon einmal gestellt. In dem Moment, in dem wir im Begriff waren, das erste Mal miteinander zu schlafen. Auch damals war er unsicherer, als er hätte sein müssen.

Darren zu sehen und ihm gegenüberzustehen, während all diese Erinnerungen in mir hochkommen, die für ihn nicht existieren, ist dermaßen schmerzhaft, dass es mich alle Selbstbeherrschung kostet, nicht erneut in Tränen auszubrechen. Mir fällt jetzt erst auf, dass er eine Anzughose und ein weißes Hemd trägt. Er hat offensichtlich versucht, seine Haare zu bändigen, und sieht aus, als wollte er zu einer Party. Es ist so unfassbar unfair, dass allein der Gedanke daran, dass er feiern geht, mir wehtut. Er hat es verdient, glücklich zu sein. Spaß zu haben. Und ohne Sorgen in ein neues Jahr zu starten. Wenn ich ihn betrachte, habe ich Visionen davon, was er Großartiges für die Welt tun könnte. Es sollte nicht so verdammt schmerzhaft sein, zu akzeptieren, dass ich kein Teil seiner Zukunft sein werde. Ich wende rasch den Blick ab und beiße die Zähne zusammen, als mir eine weitere Träne die Wange hinabläuft.

»Tut mir leid«, erkläre ich und wische mir mit dem feuchten Ärmel über die Wange.

Vorsichtig steckt Darren eine Hand aus, als wollte er mir über den Oberarm streichen, aber ich weiche zurück, weil ich seine Fürsorge im Augenblick nicht ertrage.

»Mir geht es gut«, wiederhole ich und schlucke schwer. *Verflucht!* Wieso kann ich nicht mehr wie Hazel sein? Wieso schaffe ich es nie, die Gefühle abzurufen, die ich gerade brauche? Ich bin eine lausige Schauspielerin. Und eine ebenso lausige Lügnerin. Ich atme tief durch und sehe zu ihm auf, während ich möglichst unauffällig die Nase hochziehe.

Erbärmlichkeit, dein Name ist Gemma.

»Ehrlich. Es ist alles okay«, wiederhole ich.

»Nimmst du es mir sehr übel, wenn ich dir nicht glaube?«, fragt er einfühlsam.

Ich könnte dir nie irgendetwas übel nehmen.

Er sieht mich so aufmerksam an, dass ich mich zu einer Erklärung genötigt fühle.

»Es ist … Ich habe nur vor Kurzem einen geliebten Menschen verloren. Und an manchen Tagen …«

Reiß dich zusammen, Gemma, ermahne ich mich, als meine Sicht erneut vor Tränen verschwimmt. Mit einem Räuspern versuche ich all meine Gefühle herunterzuschlucken.

»An manchen Tagen tut es noch sehr weh. Aber ich bin mir sicher, dass es irgendwann besser wird. Es dauert nur. Eine Weile.«

»Mein Beileid. Ich verstehe dich.« Darren schiebt die Hände in seine Hosentaschen und schenkt mir den Ansatz eines Lächelns. »Wirklich. Ich habe vor Kurzem meine Eltern verloren. Wie du ja weißt, wenn du auf der Gala warst. Falls du jemanden zum Reden brauchst, bin ich nebenan. Jederzeit. Wobei jederzeit eher nachts ist, weil ich tagsüber arbeite.« Er verstummt kurz, als wäre ihm gerade erst bewusst geworden, was er gesagt hat. »Wow. Meine Worte ergeben heute wirklich keinen Sinn.«

»Es sei denn, du wolltest mich nachts zu dir einladen«, necke ich ihn, weil es meine Art ist, mit Schmerz umzugehen. Mit jeder Sekunde, die Darren vor mir steht und mich nicht erkennt, wird seine Nähe für mich schwieriger. Ich will, dass er bei mir bleibt. Und gleichzeitig wünschte ich, dass er wieder geht, bevor ich vor seinen Augen zerbreche. Denn je länger ich ihn ansehe, umso übermächtiger wird das Gefühl, als würde ich fallen. Ich falle und falle und falle. Aber er kann mich nicht auffangen. Irgendwann werde ich wieder auf dem Boden der Tatsachen aufschlagen. Spätestens dann, wenn er geht. Und ein Teil von mir möchte den Abschied möglichst einfach nur schnell hinter sich bringen.

»Mir geht es gut. Du kannst beruhigt feiern gehen«, versichere ich und zwinge ein Lächeln auf mein Gesicht.

Verwirrt richtet Darren den Kragen seines Hemdes, als hätte

er vergessen, was er trägt. »Ich bin nur mit einem Freund im *Olive Club* verabredet, du könntest uns begleiten.«

»Ich wünsche euch viel Spaß, aber mir ist wirklich nicht nach Party.«

»Ich könnte ihm auch absagen, und wir zwei bestellen uns stattdessen Pizza«, schlägt er vor und stutzt, als wäre er von seinem eigenen Vorschlag überrascht. »Tut mir leid, wenn das aufdringlich klang. Es war nur ein Angebot.«

»Es klang nicht aufdringlich, sondern nett.«

»Nett«, wiederholt er schmunzelnd. »Was ist nur in den letzten Wochen passiert, dass mir plötzlich alle attestieren, nett zu sein?«

»Laut den Medienberichten hast du vor Kurzem deine Eltern verloren. Es wäre rücksichtslos, etwas anderes zu schreiben.«

»Ah.« Das Grinsen in seinem Gesicht wird zu einem überlegenen Lächeln. Eines der Art, das seine Augen funkeln lässt. »Bittest du mich deswegen nicht rein? Zu viele Berichte über den Millionärssohn, der die Welt zu revolutionieren versucht? Fänd ich auch extrem unsympathisch.«

Oh, Darren. Ich wünschte, unser Klassenunterschied wäre mein Problem. Aber mein momentanes Hauptproblem ist mein schlechtes Gewissen. Je länger ich ihm gegenüberstehe und mit ihm rede, desto lauter schreit es: Ich habe Darren manipuliert. Ich habe ihn vergessen lassen. Nicht nur mich. Sondern alles.

»Wie klingt das«, reißt mich Darren aus meinem Gefühlssumpf. »Du bestellst uns Pizza. Für mich irgendetwas Vegetarisches. Ich zahle. In der Zwischenzeit gehe ich kurz rüber, sage meinem Freund ab und ziehe mir etwas anderes an.« Er zupft demonstrativ an seinem Hemd. »Irgendetwas, das mehr zu deinem Outfit passt.«

Zweifelnd sehe ich an mir hinab. Ich kenne den Inhalt seines Kleiderschranks. Er besitzt nichts, was mit meinen ausgeleierten Leggins und dem fleckigen Pulli aus Highschool-Tagen mithalten könnte.

Ein Teil von mir ist wirklich gewillt, ihn abzuwimmeln. Vor allem der Part, der von meinem schlechten Gewissen traktiert wird. Aber was dann? Setze ich mich wieder weinend auf die Fensterbank, obwohl ich Zeit mit ihm verbringen könnte?

»Ist okay«, willige ich schließlich ein, bevor ich es mir anders überlegen kann.

Ich bin mir absolut nicht sicher, ob das eine kluge Entscheidung war. Mein Herz zieht sich sehnsüchtig zusammen, als er kurz winkt und die Treppe hinab verschwindet. Wenn es jetzt schon leidet, wie soll es dann erst nach einem ganzen Abend mit ihm werden?

Als Darren kurze Zeit später in Hoodie, Jogginghose und roten Chucks zurückkehrt, muss ich grinsen. Er hat sich wirklich bemüht, sich meinem Kuscheloutfit anzupassen. Noch beim Reinkommen drückt er mir fünfzig Dollar in die Hand, als wollte er untermauern, wie ernst ihm seine Einladung ist.

Was für ein schräger Moment. Noch vor wenigen Tagen habe ich daran gezweifelt, ob wir den Crow Coven aufhalten können. Dann daran, ob ich ihn jemals wiedersehe. Ihn jetzt in Kuschelklamotten in unser Wohnzimmer hinübergehen zu sehen erfüllt mich mit einer Woge aus Wärme – und Glück. Egoistisch. Ich weiß. Aber wenn dieser Abend ein kleiner Trost des Universums sein soll, werde ich ihn dankend annehmen.

Darren betrachtet erst die Bilder im Flur, dann das Klavier im Wohnzimmer. Er schlendert durch das weitläufige Wohnzimmer, bleibt an der Tür zur Dachterrasse stehen und mustert das Gewächshaus.

»Du kannst mir nicht erzählen, dass du hier wohnst und etwas gegen Menschen mit Vermögen hast«, behauptet er schmunzelnd und deutet auf das Klavier. »Darf ich?«

»Natürlich. Es gehört Dad, aber er wird beruflich noch voraussichtlich zwei Monate am anderen Ende der Welt unterwegs sein.«

Darren wirkt, als wollte er etwas dazu sagen, doch verkneift es sich und setzt sich auf den Hocker vor dem Klavier.

Ich habe ein erneutes Déjà-vu, als er eine Melodie anstimmt, die mir vertraut vorkommt. Es ist nicht das Schlaflied seiner Mom, das er mir bei seinem ersten Besuch vorgespielt hat, sondern das Lied, mit dem er mich geweckt hat, als ich zum ersten Mal bei ihm übernachtet habe. *Rather Be.*

Ich wünschte, auch das hier wäre ein böser Traum, aus dem ich einfach erwachen könnte. Aber so funktioniert das Leben nicht. Für einen Moment lasse ich die Szene auf mich wirken. Darrens perfekte Silhouette vor der von Mondlicht beschienenen Terrasse, wie er Töne anschlägt, die sich wie wärmende Wolken aus Zuckerwatte und Kaminfeuer in mein Sichtfeld schieben. Es ist ein Wimpernschlag Trost. Heilend und schmerzhaft zugleich.

Heilend, weil es Momente gab, in denen ich nicht mehr daran geglaubt habe, ihn noch einmal Klavier spielen zu hören oder dass wir beide die Konfrontation mit dem Crow Coven überleben.

Schmerzhaft, weil ich weiß, dass er gehen und mich nicht vermissen wird. Dass ihn dort draußen ein Leben erwartet, das so ganz anders ist als meins.

Ich fahre auf, als ich etwas spüre. Es ist wie ein zaghaftes Zupfen an meiner Seele, das mich in Richtung meines Zimmers zieht. So vorsichtig, dass ich mir sicher bin, dass es am ehesten ein Wink der weißen Magie ist.

»Entschuldigst du mich kurz?«, bitte ich.

Von meiner Intuition geleitet gehe ich hinüber, strecke meine Hand aus und streiche mit den Fingern an meinem Regal entlang. Offensichtlich ist es mein Tarot-Deck, das gern meine Aufmerksamkeit hätte. Ich nehme es mit und trete wieder an das Klavier heran.

Fragend sieht Darren zu mir auf.

»Es klingt vielleicht etwas seltsam: Aber magst du eine Karte ziehen?«, bitte ich. »Als eine Art Orakel für das nächste Jahr.«

Ich weiß, dass es Hexende gibt, die es nicht leiden können, wenn andere Menschen ihre Karten berühren, aber ich habe Darren schon einmal eine Karte ziehen lassen. Bei ihm fühlte es sich nie falsch an – und das tut es auch jetzt nicht.

»Sind das Tarot-Karten?« Verwundert unterbricht er sein Spiel, zieht eine Karte und betrachtet sie von beiden Seiten. »Der Stern. Was soll mir das jetzt sagen?«

Seine Reaktion ruft gemischte Gefühle in mir hervor. Ich bin froh, dass er sich nicht über mich lustig macht und so bereitwillig eine Karte gezogen hat. Dass er nichts mehr über diese Dinge weiß, fühlt sich dennoch komisch an. Es ist ein weiterer Beweis dafür, dass *DarkDuke* nicht mehr existiert. Und in dieser Welt nie existiert hat.

»Das Motiv bedeutet, dass ein gutes Jahr vor dir liegt«, erkläre ich und lasse mich neben ihn auf die Bank vor dem Klavier gleiten. In seine Wärme und seinen Duft gehüllt, lasse ich die Karte auf mich wirken.

Es ist der Stern. Nicht der Gehängte. Zum ersten Mal, seitdem ich ihn kenne, ist er frei und ungebunden. Nicht länger verstrickt in die Auswirkungen der Geschicke seines Dads. Bereit für einen Neuanfang.

»Man sagt, diese Karte steht für Hoffnung, Klarheit und

Erleuchtung. Vor dir liegt also ein Jahr, das sich perfekt für einen Neustart eignet«, führe ich auf seinen fragenden Blick hin aus.

Nachdenklich betrachtet er die Karte, legt sie schließlich lächelnd auf dem Klavier ab und deutet auf den Kartenstapel in meiner Hand. »Darf ich? Oder hast du dir schon eine Karte gezogen?«

Ich horche kurz in mich hinein, wie ich mich damit fühle, Darren meine Karten anzuvertrauen. Aber es ist okay. Also reiche ich ihm das Deck, das er mischt und auffächert.

»Du bist dran.«

Ich schließe die Augen, streiche mit dem Zeigefinger über die Karten, bis ich einen Impuls spüre. Unwissend, was ich mir vom nächsten Jahr erhoffen soll, ziehe ich.

»Das Gericht«, liest Darren vor, noch ehe ich die Augen wieder geöffnet habe. »Was bedeutet das?«

Nachdenklich streiche ich mit dem Daumen über die Karte. »Man sagt, dass das Jahr des Gerichts ein Jahr der Wiedergeburt ist«, rezitiere ich, was ich irgendwann einmal auswendig gelernt habe. »Dinge, die verloren gingen, tauchen wieder auf. Was auch immer hoffnungslos erschien, wird sich unerwartet erfüllen. Was bereits tot geglaubt war, erwacht wieder zum Leben. Was der Verstand für unmöglich hält, wird Realität. – Das Motiv ist eine Anspielung auf das Jüngste Gericht.«

»Es klingt eigentlich nach einer guten Karte«, sagt er und legt den Kartenstapel ab.

»Es gibt im Tarot keine schlechten Karten. Aber ja. Theoretisch ist es eine gute Karte«, stimme ich zu und betrachte sie. Mein Deck hat mich zu sich gerufen und nun zeigt es mir dieses Motiv. Die Möglichkeit einer zweiten Chance. In diesem Moment erscheint es mir viel zu verlockend hineinzuinterpretieren, dass ich Darren einfach erneut kennenlernen und so tun soll, als wäre alles gut. Aber ich kann es nicht, weil noch während ich darüber nachdenke mein schlechtes Gewissen so übermächtig gegen meine Seele brandet, dass es mir beinahe die Luft raubt.

»Die Bedeutung ist also eigentlich gut, doch sie erscheint dir momentan ironisch?«, vermutet er – und ich kann ihm nicht widersprechen. »Darf ich fragen, wen du verloren hast?«

»Jemanden, den ich sehr geliebt habe«, erwidere ich ausweichend.

Darren mustert mich. Ich sehe ihm an, wie er nach den richtigen Worten sucht und sie nicht findet. Es ist schwer zu ertragen, seine Mimik lesen zu können, während er mich noch immer betrachtet, als wäre ich ihm völlig fremd.

»Wahrscheinlich ist ein Typ, den du gerade fünf Minuten kennst, nicht der Richtige, um dir Ratschläge zu geben. Und wahrscheinlich wird der Gedanke an diese Person dich immer begleiten. Doch vielleicht möchte diese Karte dir einfach nur sagen, dass du dir irgendwann erlauben solltest, weiterzuleben. Nicht heute oder morgen. Nur irgendwann.« Darrens Blick zuckt zu meinen Lippen.

So eindeutig, dass mein Herz einen anderen Takt anschlägt. Vermutlich war es nicht klug, mich zu ihm zu setzen. Ich spüre seine Körperwärme durch den dünnen Stoff meiner Leggins und bin in eine Wolke seines Duftes gehüllt. Ich spüre eine Anziehung, die es mir schwer macht, mich ihm zu entziehen. Alles in mir schreit danach, mich in seine Arme zu schmiegen. Und ihn zu küssen, bis er meinen Namen stöhnt. Aber es wäre falsch. Er kennt mich nicht. Ich bin für ihn nur die arme junge Frau, die an Silvester allein weinend in ihrer Wohnung saß. Er ist hier, weil er Mitleid mit mir hatte. Es ist nicht mehr als das. Und trotzdem fühle ich mich beinahe ohnmächtig, ihm zu widerstehen.

»Wann ist irgendwann?«, wispere ich und versuche, meinen rasenden Herzschlag unter Kontrolle zu bringen.

»Was?«, fragt er so verwirrt, als wäre er mit seinen Gedanken sehr weit weg gewesen. Noch immer ruht sein Blick auf meinen Lippen. »Ich …«, beginnt er und zeigt den Ansatz eines Kopfschüttelns. Ich sehe aus dem Augenwinkel, wie er eine Hand hebt, als wollte er mich berühren. Er räuspert sich und ballt die Hand zur Faust. »Du hast vorhin gesagt, ich wirke nett. Ich glaube, du irrst dich.«

»Wie kommst du darauf?«

»Weil ich dir gerade anbieten wollte, dich abzulenken. Auf eine Art und Weise, wie es nur ein egoistisches Arschloch tun würde, das die Situation schamlos ausnutzt.«

»Das tust du nicht«, versichere ich. »Hast du noch nie.«

Darren blinzelt irritiert. »Woher willst du das wissen?«

Statt ihm zu antworten, sehe ich ihm schweigend in die Augen. Meine Gedanken zucken zu dem Brunch seines Dads, auf den wir gemeinsam gegangen sind. Ich erinnere mich daran, dass er es damals trotz des S.P.E.L.L.-Zaubers geschafft hat, zu mir durchzudringen. Dass Kristen ihn deswegen umbringen wollte, weil sie Angst hatte, dass das Band zwischen uns stärker ist als der dunkle Zauber der Sirenenmagie. Und erneut ist da dieses zaghafte Zupfen, doch dieses Mal zieht es mich in Darrens Nähe. Es ist, als würde es mich dazu ermutigen, noch dichter an ihn heranzurutschen.

Ich schließe die Augen und atme tief durch. Lasse all die Zauber Revue passieren, die ich je mithilfe der weißen Magie gewirkt habe. Erinnere mich an das Gefühl von Liebe und Vertrauen. Als ich die Augen wieder öffne, sieht Darren mich noch immer an. In seinem Blick liegt eine Mischung aus Mitleid und Verlangen, die mich alle Vorsicht vergessen lässt.

»Darf ich dich küssen?«, frage ich impulsiv.

Er öffnet den Mund, als wolle er etwas sagen, aber schließlich nickt er und neigt den Kopf zur Seite, als wäre es eine Einladung.

»Danke« ist alles, was ich herausbringe, bevor ich den Abstand zwischen uns überwinde. Meine Hand findet wie von selbst den Weg zu seinen Haaren, während ich meine Lippen auf seine lege. Gegen jede Vernunft. Ich habe ihn um einen einzigen Kuss gebeten, also lege ich all meine Emotionen in die Berührung unserer Lippen. All meine Sehnsucht. Meine Liebe. Meinen Schmerz.

Er erwidert den Kuss. Zögerlich. Vorsichtig. Zurückhaltend. Zumindest bis ein Ruck durch seinen Körper geht. Darrens Hand wandert über meinen Oberschenkel an meine Taille. Als er mich verlangend an sich zieht, lasse ich mich auf seinen Schoß gleiten und schlinge meine Beine um ihn. Seine Zunge streicht über meine Unterlippe, und ihm entfährt ein kehliges Stöhnen, als ich meinen Mund für ihn öffne. Das hier ist viel zu viel für einen harmlosen ersten Kuss – und ich genieße jede Sekunde davon. Mir wird erst warm, dann heiß. Noch immer ist da mein schlechtes Gewissen, das mich anschreit, wie verkehrt alles an diesem Moment ist, aber ich ignoriere es. Mein Wunsch nach Darrens Nähe ist übermächtig.

Irgendwann einmal habe ich gedacht, dass sich ein Kuss mit ihm wie die kürzeste Verbindung zwischen zwei Seelen anfühlt – und als wäre es noch immer so, läuft ein warmer Schauer über meinen Körper. Er löst die dunklen, schmerzhaften Klauen, die mir permanent ein schlechtes Gewissen bescheren, und hüllt mich ein wie eine wärmende Decke. Es fühlt sich an, als würde jemand Pflaster über die Wunden meiner Seele kleben. Ich kenne dieses Gefühl. Es ist dasselbe wie vorhin, kurz bevor mir die weiße Magie vergeben hat – und Darren an der Haustür klingelte.

Ich fühle mich, als würde ein Licht erst die Finsternis in meinem Inneren vertreiben, sich schützend an mich schmiegen und dann Darren in seine Umarmung miteinbeziehen. Die Geborgenheit, die mich erfüllt, erinnert mich an einen Schwur, den ich geleistet habe. Ein Versprechen aus Liebe. Gegeben, bis dass der Tod uns scheidet; denn nur er besiegt jede Magie.

»Gem?«, murmelt Darren. Ohne seine Lippen von meinen zu lösen, unterbricht er unseren Kuss.

»Mhm?« Es dauert einen Moment, bis ich begreife, dass er gerade meinen Namen gesagt hat – obwohl ich ihm den gar nicht genannt habe.

Langsam setze ich mich auf und mustere sein Gesicht, während er die Hände sinken lässt.

Er sieht mich mit einem Blick an, den ich nicht deuten kann, weil zu viele unterschiedliche Emotionen darin toben. Erleichtert, erregt, aufgewühlt, vorwurfsvoll, wütend. Er wirkt wie alles und nichts davon.

»Du erinnerst dich an meinen Namen?«, frage ich verwirrt, weil er mich bisher nicht danach gefragt hat.

Statt mir zu antworten, schiebt er mich vorsichtig von sich, steht von der Bank auf und beginnt, unruhig neben dem Sofa auf und ab zu laufen. Er greift sich in die Haare und fixiert mich mit seinem Blick.

»Ich erinnere mich an *alles*«, sagt er in einem Tonfall, so unbestimmt wie sein Gesichtsausdruck.

Mein Herz macht einen freudigen Hüpfer – und zieht sich sofort danach schmerzhaft zusammen. Denn er wirkt darüber nicht erfreut. Zumindest nicht nur.

43. KAPITEL
DARREN

Ich erinnere mich an alles – und nichts. Ich habe die massivsten Kopfschmerzen meines Lebens, was bei meiner Vergangenheit schon einiges bedeutet. Aber ich erinnere mich. Ich war auf dem Schiff. Ich wollte einen Aequalit einsetzen, um Gemma zu retten, die auf dem Balkon in eindeutigen Schwierigkeiten steckte. Da war dieser tote Gestaltwandler auf der Treppe, dem die Anwesenden nur deswegen keine Beachtung geschenkt haben, weil der finstere Hexer die Gäste mit einer Ansage dazu gezwungen hat, darüber hinwegzusehen. Man hatte Taro verletzt, und ich war mir sicher, dass diese ganze Sache kein gutes Ende nehmen würde. Für keinen von uns. Und dann … war dieser Cut. Ein Ruck im Realitätsgefüge, als hätte unsere Wirklichkeit mit einer anderen die Plätze getauscht. Ich habe mich mitten auf dieser Feier zum Gedenken an meine Eltern wiedergefunden, in die man mich hineinkatapultiert hat. Ich wusste, wer ich war und was man von mir erwartete, dennoch fühlte sich alles so unwirklich an. Als wäre ich in Trance. Auch die darauffolgenden Verpflichtungen in der L.I.F.E. Inc. waren selbsterklärend. Ich habe getan, was mir richtig erschien. Habe Interviews gegeben, verspätete Weihnachtsgeschenke ausgepackt, Dankeskarten geschrieben. Ich fühlte mich leer, aber funktionierte. Nach dem Verlust meiner Eltern kam es mir nicht komisch vor, mich allein zu fühlen. Schlagartig war ich für so vieles verantwortlich. Und es war okay. Doch wann immer ich nachts nach Hause kam, saß da diese junge Frau auf der Fensterbank und starrte zum Mond hinauf. Sie tat mir leid. Und war so unfassbar hübsch. Ich dachte, dass sie vielleicht ebenso einsam wäre wie ich. Mehr noch: Ich spürte ihre Einsamkeit mit jeder Faser meines Körpers. Als ich sie vorhin weinen sah, war da dieses unbeirrbare Verlangen, nach ihr zu sehen. Mich zu vergewissern, dass es ihr gut geht. Und ich bin froh, hier zu sein. Verdammt froh. Auf der anderen Seite empfinde ich aber auch unfassbare Wut, die heißglühend durch meine Adern pulsiert.

Gemma sieht mich vollkommen verschreckt aus ihren Rehaugen an, als könnte sie meinen Unmut spüren. Vielleicht ist es auch genau so.

»Du wusstest acht Tage lang, dass ich alles vergessen habe. Und an keinem einzigen davon bist du auf die Idee gekommen, mit mir zu reden? Obwohl du wusstest, dass ich direkt nebenan wohne?«, schnaube ich. Ich würde mich gern zusammenreißen, doch meine an Zorn grenzende Frustration braucht ein Ventil. Ihr Kuss hat mich unfassbar angemacht, aber das, was sich bleischwer um mein Herz legt, ist vor allem Enttäuschung.

»Ich habe dich angesprochen«, protestiert sie und steht auf.

»Ja, auf der Gala zu Ehren meines Dads, während der irgendein fauler Zauber mein Gehirn umprogrammiert hat. Ich weiß nicht einmal genau, wie es passiert ist. Sei ehrlich: Wenn ich nicht hier geklingelt hätte, hättest du mich überhaupt jemals wieder kontaktiert? Oder hättest du mich einfach gehen lassen, als wäre nie etwas gewesen?« Ich will sie nicht anfahren und höre selbst, dass ich viel zu barsch klinge. Aber wenn ich daran denke, dass sich unsere Wege vielleicht für immer getrennt hätten, wird mir ganz anders.

Sie zögert – und zeigt den Ansatz eines Kopfschüttelns. »Ich dachte irgendwie, du wärst ohne mich vielleicht besser dran«, gesteht sie. »Immerhin ist dieser ganze Schlamassel meine Schuld. Ich habe dich verhext. Wenn auch versehentlich. Ich wusste nicht, was ich tun soll, und habe die Schatten gebeten, mir dabei zu helfen, den Crow Coven zu stoppen. Beziehungsweise ihn auszuradieren. Und das haben sie. Nur auf eine total verquere Art. Und ich … Ich habe darüber nachgedacht, zu versuchen, dich erneut kennenzulernen. Aber es fühlte sich falsch an. Als würde ich dich belügen. Ich hatte das Gefühl, es würde mir das Herz brechen, wenn ich es tue. Und das ist nicht mal das einzige Chaos, das ich angerichtet habe. Nichts von dem, was in den letzten Wochen passiert ist … Es ist einfach nicht länger real. *DarkDuke* existiert nicht mehr. Hazel hat keine Ahnung davon, dass sie eine Sirene ist. Und ich glaube, sie hat auch vergessen, dass Taro ein Wertier ist. Ich habe keine Ahnung, wohin die Mitglieder des Zirkels verschwunden sind. Oder warum das *Beans & Herbs* nicht mehr geöffnet ist. Wo Beryl steckt. Ich meine: Eric ist tot. Er hat sich für diese Sache geopfert, dabei wollte er nur eine Zukunft mit Beryl. Irgendwo in Ruhe, jenseits des Zirkels. Aber nicht im Jenseits. Wo sich auch der echte Bürgermeister Caden befindet, der ebenfalls tot geblieben ist. Weswegen unsere Stadt nun von jemandem regiert wird, der Quimby heißt. Von dem ich vor dem Zauber noch nie etwas gehört hatte. Es ist alles falsch! Ich hatte in den letzten Tagen permanent das Gefühl, dass ich etwas Schreckliches getan habe und konnte mit niemandem darüber reden. Ich weiß, dass ich es sollte. Hazels Leben hängt davon ab. Und ich fühle mich, als hätte ich ihr und Taro … Sie haben sogar vergessen, dass Hazel letztens hier übernachtet hat. Vielleicht ist es auch nie passiert. Ich bin mir nicht sicher, wie der Zauber genau funktioniert, aber ich habe den beiden so oder so Momente gestohlen, die wichtig für sie waren.«

Ich höre Gemmas Worte und sehe ihre Verwirrung und Verzweiflung, aber für mich fühlt es sich vor allem an, als hätte sie mir den Boden unter den Füßen weggerissen. Mir das Herz mit bloßen Händen aus dem Brustkorb gerissen. Und es den Löwen zum Fraß vorgeworfen. Alles gleichzeitig. »Wie um alles in der Welt kommst du darauf, dass ich ohne dich besser dran wäre und du dieses Chaos allein bewältigen solltest?«

»Keine Ahnung. Weil alles meine Schuld ist. Und es so aussah, als kämst du bestens ohne mich zurecht. Die Leute lieben dich. Du hast eine Vision für die L.I.F.E. Inc. Und ich bringe nur Chaos.«

Jetzt, in diesem Moment, sieht sie viel zu sehr wie das kleine Mädchen aus, das man in den eiskalten See geschubst hat. Ich wäre gern noch länger wütend auf sie, aber eigentlich spüre ich nur das Verlangen, sie in den Arm zu nehmen, festzuhalten und nie wieder loszulassen.

»Komm her, du kleine Chaotin«, sage ich mit rauer Stimme und breite die Arme aus, doch überlasse es ihr, den Abstand zwischen uns zu überwinden oder es zu lassen.

Sie ringt mit sich, bevor sie sich so schwungvoll in meine Arme wirft, dass ich kurz strauchle.

»Es wird alles gut«, murmle ich und küsse sie auf den Scheitel, während sie sich zitternd und weinend an mich klammert. »Du bist nicht allein. Wir kriegen das wieder hin. Hörst du?«

Sie umarmt mich noch fester und murmelt ein leises *Danke*.

»Du musst mir nicht danken«, sage ich entschieden und küsse sie erneut auf den Scheitel, bis sie den Kopf schüttelt und die Nase hochzieht.

»Das galt nicht dir, sondern der weißen Magie«, stellt sie klar und klingt zumindest ansatzweise nach der trotzigen jungen Frau, die mich von der ersten Sekunde an verzaubert hat.

Vielleicht hat sie recht und sie ist eine kleine Chaotin. Aber sie ist *meine* kleine Chaotin.

Ein Teil meines Gedächtnisses wirkt noch konfus.

Ich erinnere mich daran, dass ich bei Beryl eingezogen bin, weil ihr Freund mit ihr Schluss gemacht hat und sie Geld brauchte, um die Miete stemmen zu können. Ich erinnere mich aber auch daran, dass sie das Land verlassen hat, um in die Heimat ihrer Granny zu gehen. Da sind Bilder von der Flucht mit Gemma, die von denen überlagert werden, dass ich bei der Beerdigung meiner Eltern war und man mir bei der Testamentseröffnung die Firma übertragen hat. Ich sehe Szenen, die davon handeln, wie ich mit Hazel auf das Schiff gegangen bin, um Gemma zu retten. Und wie ich zur selben Zeit Hände geschüttelt und Beileidsbekundungen der Gäste entgegengenommen habe. Mein Kopf schwirrt vor wirren Erinnerungsfetzen. Wahrscheinlich werden immer diese zwei Varianten meiner Handlungen nebeneinander existieren, wie Melodien, die sich überlagern. Die Spuren der schwarzen Magie lassen sich nicht vollkommen ausradieren, dafür war Gemmas Zauber zu mächtig. Doch sie lassen sich verwischen. Gemma hat immer gesagt, dass die weiße Magie ebenso stark wie die dunklen Künste ist – wenn man ihr nur genug vertraut. Ich konnte es nicht so recht glauben. Auch dann noch nicht, als Laura sagte, dass es für jede Art von Zauber ein Gegenstück gibt. Doch offensichtlich existieren Kräfte auf dieser Welt, die es durchaus mit der Dunkelheit aufnehmen können, wenn man ihnen die Macht dafür eingesteht.

Je länger ich darüber nachdenke, umso sicherer bin ich mir, dass meine wirren Erinnerungen ein mehr als gerechter Preis dafür sind, dass wir diese Sache überstanden haben. Ich werde die Arbeiten der L.I.F.E. Inc. teilweise beenden, teilweise auf den Prüfstand stellen und mir ansehen, wie ich Dads Erbe zu dem machen kann, was es in meinen Augen sein sollte: ein Geschenk an die Menschen. Aber vor allem werde ich das tun, was ich versprochen habe: für immer an Gemmas Seite sein – wenn sie mich lässt.

»Gem?«, frage ich leise.

Ich fühle, wie sie an meiner Brust nickt.

»Wenn mich meine neuen Erinnerungen nicht täuschen, ist Beryl in Großbritannien. Es tut mir leid, dass Eric gestorben ist, aber … irgendwie hast du seinen Wunsch trotzdem erfüllt. Beryl ist frei. Und er ist zwar tot, aber das ist nicht der schlechteste Beginn für eine Lovestory mit einer Geistseherin.«

Gemma entfährt ein widerwillig belustigtes Schnauben, als würde sie mir zumindest im Ansatz zustimmen.

»Was meinst du, wie unsere Zukunft aussieht? Mich in die Firma meines Dads einzuarbeiten und mein Studium zu beenden wird mich einige Zeit kosten. Denkst du, du kommst mit einem Workaholic als Freund klar?«

Sie sieht zu mir auf und wischt sich flüchtig ein paar Tränen von den Wangen. Von einer Sekunde zur anderen glimmt das übermütige Feuer in ihren Augen auf, das mir die letzten Tage unbewusst gefehlt hat. Sie seufzt theatralisch. »Die nächste Zeit wird hart. Sehr hart. Für uns beide. Ich sehe viele Überstunden auf deinem Schreibtisch auf dich zukommen.«

»Reden wir noch über die Arbeit?«, necke ich sie und sehe an ihrem provozierenden Lächeln, dass es nicht der Fall war.

Ich habe beim besten Willen keine Ahnung, wie sie darauf kommen konnte, dass ich ohne sie besser dran wäre.

Sie ist das, was ich mir von den Sternschnuppen gewünscht habe, als ich eingesehen habe, dass es für Mom keine Heilung geben würde. Sie ist das, was mir in den letzten Tagen gefehlt hat. Oder vielleicht schon in meinem ganzen restlichen Leben.

Ich habe Gemma irgendwann einmal erzählt, dass Seepferdchen nicht allein gehalten werden dürfen. Und sie ist mein zweites Seepferdchen.

EPILOG
TARO

»Und?« Gemma nippt an einer Toffee Nut Latte und sieht erwartungsvoll in die Runde, während Hazel von einer Waffel probiert.

Wir sitzen zusammen mit Darren an einem Tisch im kürzlich eröffneten Café *Hazelcup*. Ich finde es noch immer etwas seltsam, dass es ausgerechnet den Namen einer Freundin trägt, aber angeblich ist es Teil eines Franchise, das aus Michigan stammt – und damit bloß Zufall. Ich weiß noch nicht so recht, ob mir die Mischung aus Industrial- und Retrodesign als Einrichtungsstil gefällt, aber die neu eingebauten Sitznischen sind zumindest bequem und die Getränke hier ganz gut. Ich bin sogar geneigt zu behaupten, dass der laktosefreie Erdbeermilchshake, den ich bestellt habe, der beste ist, den ich je gekostet habe. Nur Gemma mault, dass ihr die Geruchsmischung aus den losen Tees und Kaffeebohnen und die unzähligen Grünpflanzen, die in jeder Nische des *Beans & Herbs* wuchsen, fehlen. Ich kann nicht behaupten, dass ich ihre Meinung teile. Grünzeug in Innenräumen ist für mich in etwa so falsch wie das Halten von Haustieren. Aber für gewöhnlich bin ich mit dieser Ansicht allein.

Zumindest in einem Punkt sind wir uns alle einig: Ihr neuer Freund Darren scheint nett zu sein – auch wenn mir irgendetwas an ihm suspekt ist. Ein charismatischer Millionär, der sich auf einer Feier mit mehreren Hundert Leuten ausgerechnet in meine Schwester verguckt? Es ist nicht so, dass ich den beiden ihr Glück nicht gönnen würde, es erscheint mir nur etwas ungewöhnlich, dass jemand wie er sich in eine Person verliebt, die dafür bekannt ist, im Internet spirituelle Tipps zu geben. Andererseits … Wer bin ich, über Liebe zu urteilen? Meine bisherigen Erfahrungen beschränken sich vor allem darauf, dass selbst meine eigene Mom es vorgezogen hat, sich aus dem Staub zu machen.

»Die Waffel ist gut«, verkündet Hazel und holt mich aus meinen mäandernden Gedanken zurück. Sie blinzelt Darren so liebreizend an, dass ich sehr versucht bin, den Blick abzuwenden. Ich glaube nicht, dass ihr bewusst ist, wie oft ein Lächeln von ihr genügt, um Menschen um den Finger zu wickeln. Zumindest bei mir funktioniert es jedes Mal, und es fällt mir zunehmend schwerer, so zu tun, als wäre dem nicht so.

»Bleibt es dabei, dass du zahlst?«, fragt Hazel an Darren gewandt. »Dann würde ich einfach einen ganzen Berg davon bestellen und mich hineinlegen.«

Würde sie nicht, weil sie Lebensmittelverschwendung hasst, dennoch reichen diese paar Worte, um Darren zum Lachen zu bringen und mich eifersüchtig zu machen. Unsinnig, ich weiß. Darren hat gerade ein Imperium geerbt, und er hat uns hierher eingeladen. Hazel geht es nur um die Waffeln. Trotzdem nagt ihr Scherz an mir. Hazel und ihre Mom haben nicht viel Geld, dennoch war sie immer zu stolz, um sich von mir irgendetwas ausgeben zu lassen. Dass sie Darrens Einladung hingegen einfach so akzeptiert, fühlt sich bemerkenswert unangenehm an.

Als hätte sie mein Unwohlsein gespürt, dreht sich Hazel zu mir herum und sieht mich aus ihren großen Augen an, um sicherzugehen, dass alles in Ordnung ist. Also gebe ich dem

Drang nach und streichle unauffällig an ihrem Oberschenkel entlang, bis sie erschaudert.

»Déjà-vu« ist alles, was sie murmelt.

Irritiert ziehe ich meine Hand zurück, als mich ebenfalls das Gefühl überkommt, dass mir ein Moment wie dieser vertraut ist. Vielleicht liegt es einfach daran, dass es mir bei der Gala letztens schon schwerfiel, mich zusammenzureißen. Das schwarze Kleid mit tiefem Rückenausschnitt, das sie dort getragen hat, fiel definitiv in den Bereich *Taro-Folterinstrument.*

Als Gemma uns fragend ansieht, zuckt Hazel mit einer Schulter. »Keine Ahnung, was mit mir nicht stimmt, aber ich habe momentan häufiger Déjà-vus. Vielleicht sollte ich mich mal durchchecken lassen.«

Gemma sieht flüchtig zu Darren auf, bevor sie ein Lächeln auf ihr Gesicht zwingt, das mich nicht überzeugt. »Man sagt, dass Déjà-vus Botschaften des Unterbewussten sind.«

»Und was sollen sie bedeuten? Dass ich Taro aus einem früheren Leben kenne?« Grinsend wendet sie sich mir zu, scheint etwas sagen zu wollen, überlegt es sich jedoch anders, räuspert sich und widmet sich wieder ihren Waffeln.

Es fühlt sich wie ein weiterer verpasster Moment an. Ich hätte etwas sagen sollen. Aber was?

Hazel fährt auf, als eine junge Frau das Café betritt. Da ständig Menschen ein- und ausgehen wäre das keine Bemerkung wert, würden nicht sofort alle Blicke zu ihr schnellen. Es liegt nicht an ihrer makellos wirkenden Erscheinung, sondern ihrem selbstbewussten Auftreten. Der Art, wie sie die Haare zurückwirft und sich umsieht, als würde ihr die Aufmerksamkeit aller Anwesenden *zustehen*. Schon bevor Hazel ihr zuwinkt, besteht kein Zweifel – dies ist ihre Cousine Aurora. Sie ist wieder zurück in New York und die beiden haben sich hier verabredet, damit Hazel ihr irgendwelche Autoschlüssel zurückgeben kann.

Als Aurora Hazel entdeckt, schenkt sie ihr ein Lächeln, das auf ihrem Gesicht einfriert, sobald sie mich ansieht. Irgendetwas an der eiskalten Missbilligung in ihrem Blick bringt mich dazu, mich aufrechter hinzusetzen. Sie mustert mich mit einer mahnend hochgezogenen Augenbraue, als hätte sie innerhalb von Sekunden etwas entschlüsselt, das ihr nicht gefällt. Es wirkt wie eine Warnung, zukünftig meine Hände bei mir zu behalten.

Hazel sieht tapfer lächelnd auf, als ihre Cousine an unseren Tisch tritt. »Du bist mehr als pünktlich.«

»Tatsächlich?« Aurora sieht demonstrativ zwischen mir und Hazel hin und her. »Wenn du mich fragst, komme ich gerade noch rechtzeitig. Wenn nicht sogar schon zu spät.«

Sichtlich irritiert von der energischen Präsenz ihrer Cousine sucht Hazel den Schlüssel aus ihrer Tasche. Als sie ihn Aurora überreichen will, greift diese stattdessen nach ihrem Handgelenk und zieht sie auf die Füße.

»Wir beide gehen jetzt«, sagt Aurora herrisch. »Sofort.«

»Wir? Warum?«, fragt Hazel verwundert, doch statt ihr zu antworten, schenkt mir Aurora ein angewidertes Naserümpfen, als wäre ich allein durch meine Anwesenheit in Ungnade gefallen.

»Weil dein Dad bereits viel zu früh starb und ich die Ignoranz deiner Mom keine Sekunde länger hinnehmen werde.«

Hazel blinzelt verwirrt und schiebt sich noch schnell ein Stück Waffel in den Mund, bevor sie nach ihrem Mantel greift. »Wie du meinst, aber ich verstehe kein Wort«, gesteht sie und fügt sich dennoch. Wahrscheinlich wäre ich an ihrer Stelle ebenfalls aufgestanden. Irgendwas an Auroras Auftreten duldet keinen Ungehorsam. Auf dem Weg nach draußen dreht sich Hazel noch einmal zu uns herum und bedeutet Gemma, dass sie Darren mag und ihr nachher schreiben wird. Für mich hat sie nur ein Schulterzucken übrig.

Der junge Mann am Nachbartisch verrenkt sich fast den Hals, um Hazel und ihrer Cousine nachzusehen. Es ist nichts Neues, dass Hazel alle Blicke auf sich zieht – und es liegt nicht nur an den endlos langen Beinen, für die sie einen Waffenschein bräuchte. Hazel wirkt wie eine Göttin unter Menschen – und ihren Flirtereien zu widerstehen ist mittlerweile eine Qual.

Nicht zum ersten Mal ertappe ich mich bei dem Gedanken, dass ich ihr einfach die Wahrheit über mich anvertrauen sollte. Hazel liebt Tiere. Vielleicht wäre sie in der Lage, über meine zweite Natur hinwegzusehen.

Jeder Mensch mag Tiere, aber nicht in seinem Bett, ermahne ich mich zur Vernunft. Nur um sofort zu ergänzen:

Taro Takahashi, du bist ein elendiger Feigling.

»Mein Beileid«, murmelt Darren an mich gewandt, kaum dass die beiden das Café verlassen haben.

»Weswegen?«, frage ich bemüht gelassen und ziehe Hazels halbvollen Teller zu mir.

»Was auch immer da zwischen euch war, wurde gerade von Hazels Cousine beendet«, erklärt Darren seine Äußerung.

Mehr als ein »Mhm« kommt mir nicht über die Lippen. Ich kann ihm nicht widersprechen. Es wirkte, als könnte ihre Cousine mich nicht leiden. Aber so sehr ich versuche, mich zu erinnern, ich wüsste nicht, was ich falsch gemacht haben könnte.

Durch das Fenster kann ich Hazel und ihre Cousine auf dem Gehweg miteinander diskutieren sehen, und bin mir ziemlich sicher, dass ich in Schwierigkeiten stecke. Aber wieso?

Als die beiden sich schließlich zum Gehen wenden, neige ich den Kopf zur Seite und ziehe eine Augenbraue hoch. Ein ziemlich gerupft aussehendes Eichhörnchen hoppelt auf dem Gehweg hinter ihnen her. Mit gebührendem Abstand, aber sichtlich interessiert.

Schon wieder ist da dieses Gefühl, dass mir etwas an der Szene vertraut vorkommt. Wahrscheinlich würde ich ihm keine Beachtung schenken, würde Gemma nicht leise fluchen. Mit großen Augen starrt sie dem Eichhörnchen nach, sieht dann auf ihren geschwärzten Unterarm und schließlich zu Darren auf.

»Keine Macht der Welt ist stärker als der Tod«, murmelt sie – und Darren nickt zögerlich.

Ich habe keine Ahnung, was die beiden mit ihren Blicken ausdiskutieren, aber wenn es zwei Dinge gibt, die ich nie so ganz verstehen werde, sind es vermutlich die Liebe und der Tod.

MAGIC
&
MOONLIGHT

GRIMOIRE

Allgemeine Grundlagen für Babywitches

Über die Verantwortung, eine Hexe zu sein

Wie in der nach den Hexenprozessen von Salem festgelegten Proklamation, obliegt die Ausbildung der Hexenden nunmehr ihren engsten Vertrauten. Aufgrund der vergangenen Erfahrungen lehnen die Hexenden das Gründen arkaner Schulen ab und untersagen es außerdem, Listen anzulegen, in denen die Namen von Hexenden aufgeführt werden. Es steht zwar jeder hexenden Person frei, sich als solche zu erkennen zu geben. Es ist ihr allerdings untersagt, die magischen Fähigkeiten eines Mitglieds der arkanen Gemeinschaft öffentlich bekannt zu machen.

Aufgrund der Geheimhaltungsklauseln ist es von nun an die Pflicht einer jeden Generation, ihr Wissen der arkanen Künste – im Verborgenen! – an die jüngeren Menschen weiterzugeben. Daher ist es unerlässlich, die unten aufgeführten Zeichen der magischen Veranlagung erkennen und richtig deuten zu können.

Merke also: Als hexende Person ist es deine moralische Pflicht, die nächste Generation von Hexenden auszubilden.

Anmerkung: Der frühere Begriff der Hexe richtet sich geschichtlich gesehen ausschließlich an Frauen. Im Zuge der

Gleichberechtigung sind genderneutrale Begrifflichkeiten nicht nur als Zeichen des Respekts vorzuziehen, sondern ein Hinweis darauf, die Anzeichen auch bei männlichen Nachkommen im Auge zu behalten. Oftmals wurden sie in der Vergangenheit übersehen und daher nicht adäquat ausgebildet, was zur Folge hat, dass auch ihre Kinder und Kindeskinder keine Förderung erhalten haben. Diese Vergeudung von Potenzial gilt es zu vermeiden.

Bitte behalte die folgenden Anzeichen nicht nur bei deinen eigenen Nachkommen im Blick, sondern gehe wachen Auges durch die Welt.

I was born to love magic

FRÜHE ZEICHEN DAFÜR, DASS EIN KIND EINE VERBINDUNG ZUR ARKANEN WELT HAT

- Tiere fühlen sich zu dem Kind hingezogen; Schmetterlinge landen auf seiner Schulter; Katzen suchen seine Nähe.
- Das Kind zeigt sich im Umgang mit Mensch, Tier und Pflanze überdurchschnittlich empathisch.
- Das Kind fühlt sich intuitiv zu Muscheln und Kristallen hingezogen, sammelt diese.
- Das Kind verbringt viel und gern Zeit in der Natur, läuft dort bevorzugt barfuß.

Entdeckst du bei einem Kind zwei oder mehr dieser Anzeichen, ist es deine Pflicht, dich seiner anzunehmen. Es spielt keine Rolle, ob du dich noch als Babywitch oder aber als ausgelernt bezeichnen würdest – jedes geteilte Wissen ist kostbar.

Wichtige Begriffsabgrenzung

Grimoire vs Malleus maleficarum

Bevor eine hexende Person ihr Grimoire zu füllen beginnt, sollte sie mit dem Begriff vertraut gemacht werden.

Grimoire: Synonyme hierfür sind je nach Inhalt *Zauberbuch* oder auch *Buch der Schatten*. Jede hexende Person füllt ihr einzigartiges Notizbuch mit dem magischen oder astrologischen Wissen, das ihr zugetragen wird. Gedanken, Anrufungen, Rezepte für Tränke oder auch Ideen für Rituale können in diesem Buch festgehalten werden. Die Bezeichnung *Grimoire* (ursprünglich gramaire; eine Mischung aus den Wörtern Grammatik und Glamour) sagt nichts über die konkreten Inhalte aus; sie können sowohl im Bereich der weißen Magie als auch der dunklen Künste angesiedelt sein.

Hexenhammer: Das Synonym für dieses Sammelwerk lautet *Malleus maleficarum.* Dieses gedruckte Buch gilt als das Standardnachschlagewerk der Hexenjäger. Es ist ein sexistisches Traktat, das unter anderem die Hexenverfolgungen legitimieren soll. *Malleus maleficarum* ist daher kein Synonym für ein Buch der Schatten, sondern beinhaltet eine andere Art von Grauen.

Grundlagen der Kristallkunde

I have a crystal for that

Man sagt, dass es nicht die Menschen sind, die sich Kristalle aussuchen, sondern dass Kristalle ihre eigenen Wege gehen. Spricht ein Kristall zu dir, nimm ihn an dich. Hast du das Gefühl, dass er sich nach einer anderen Person sehnt, gib ihn weiter. Vertraue deiner Intuition.

Wie du deine Kristalle pflegst:

- *Reinigung:* Platziere deinen Kristall in einer Schüssel mit Salz (Meersalz oder Himalayasalz), um ihn energetisch zu reinigen. Verbrenne Kräuter wie Salbei oder Sandelholz für einen stärkeren Reinigungseffekt. Manche Kristalle lassen sich zusätzlich mit Wasser säubern; prüfe zuvor, ob er nicht wasserlöslich ist. Manche Kristalle zersetzen sich bei Kontakt mit Wasser oder werden spröde und porös.
- *Aufladen:* Lege deinen Kristall im Mondlicht auf die Fensterbank, damit er die Energie des Mondes absorbieren kann.

Grundlagen der Kräuterkunde

Manche Hexenden verspüren eine besondere Anziehung zu Pflanzen und Kräutern. Auch wenn dies nicht der Fall sein sollte, ist es von Vorteil, sich mit den Grundlagen der Kräuterkunde vertraut zu machen, um Pflanzen möglichst effektiv in Tränken oder Ritualen zu verwenden.

Magische Kräuter und ihre Verwendungszwecke:

- *Ingwer:* Schützt vor dem Bösen.
- *Knoblauch:* Hält Diebe fern, eignet sich daher zum Segnen eines neuen Zuhauses.
- *Chili:* Sorgt für Vitalität, aufgrund der anregenden Wirkung auch häufig bei Liebeszaubern verwendet.
- *Muskat:* Gutes Mittel gegen Erkältungen und rheumatische Beschwerden.
- *Nelken:* Gern genutzt für Exorzismus, stärken positive Zauber aus den Gebieten von Liebe und Heilung.
- *Bok Choi:* Hilft bei der Vertreibung böser Geister.
- *Zimt:* Perfekte Zutat für Geldzauber, sorgt für Wohlstand.

- *Kapern:* Stärken die Fruchtbarkeit.
- *Sternanis:* Sorgt für psychische Regeneration.
- *Pfeffer:* Wehrt Neid ab.
- *Rosmarin:* Hilft psychischen Ballast loszuwerden.
- *Thymian:* Bringt Glück, beschützt vor dem Bösen.
- *Vanille:* Verschafft Frieden, bringt Ruhe.
- *Kardamom:* Bringt Klarheit und Weisheit.
- *Schnittlauch:* Bricht Flüche.
- *Minze:* Zutat für Schutzzauber, verhilft zu Geldsegen.

Besonders wirkungsvolle Zutaten:
- *Vierblättrige Kleeblätter:* verstärken alle Arten von Zaubern, doch nur dann, wenn sie der hexenden Person geschenkt wurden. Selbstgefundene Kleeblätter bringen keinen besonderen Nutzen und sollten daher stets weitergegeben werden.

Beispielhafte Kombinationen aus Kräutern und Kristallen:

Fueled by sage and crystals.

- *Selenit und Rosmarin:* Bieten Schutz und Reinigung.
- *Rosenquarz und Rosenblüten:* Unterstützen Liebe und Vergebung.
- *Pyrit und Ingwer:* Stärken dich.
- *Amethyst und Kamille:* Mildern Gefühle wie Angst und Stress.
- *Labradorit und Lavendel:* Helfen dabei, dich an deine Träume zu erinnern, und schärfen die Intuition.
- *Karneol und Zimt:* Stärken deine Kreativität.
- *Roter Jaspis und Minze:* Spenden dir Kraft.
- *Mondstein und Jasminblüte:* Stärken deine Resilienz.

Grundlagen der Pflanzenkunde

Bei schlechtem Schlaf kann die Wirkung folgender Pflanzen im Schlafzimmer helfen. Sie unterstützen die Regeneration und mobilisieren Heilkräfte; eine Kombination ist möglich.

Orchidee: Verstärkt heilende Effekte.

Lavendel: Hilft bei der Entspannung.

Jasmin: Beruhigt Körper und Geist.

Rituale für Babywitches

VEREINFACHTES TAROT ZUR ENTSCHEIDUNGSFINDUNG:
Ein Tarot-Set besteht in der Regel aus 78 Karten. Sie können zur Erkundung der eigenen Psyche dienen oder als Wahrsagekarten verwendet werden. Das simple *Ja-oder-Nein*-Tarot vereint beide Aspekte, hilft bei anstehenden Entscheidungen und offenbart Botschaften des Unterbewusstseins. Für die Durchführung wird eine Frage manifestiert, dann eine Karte gezogen.

Stäbe: Bedeuten Ja, aber du wirst für dein Ziel arbeiten müssen.

Kelche: Ja, alles wird sich wie von Zauberhand fügen.

Münzen: Dein Wunsch erfüllt sich, hat jedoch einen Preis.

Schwerter: Nein. Einfach nein.

Große Arkana Karte: Viel Glück. Du kannst es brauchen.

RITUAL FÜR EINEN GUTEN START IN DEN TAG:
Wasche zunächst dein Gesicht mit Mondwasser und öffne das Fenster, um frische Energie hereinzulassen. Setze dir nun einen Tee auf und gib deinen Sinnen eine Chance zu erwachen, während du auf dein Heißgetränk wartest. Gönne dir

vielleicht eine kleine Gesichtsmassage oder nimm dein Journal zur Hand, um deine Wünsche für den Tag zu manifestieren, Träume zu notieren und über Nacht gewonnene Erkenntnisse festzuhalten. Wenn du magst, zieh dir eine Affirmations- oder Tarotkarte. Trinke deinen Tee mit kleinen Schlucken. So startest du entspannt und achtsam in einen neuen Morgen und einen Tag voller Möglichkeiten.

Allgemeine Anregungen für mehr Achtsamkeit im Alltag:

- Zünde deine Lieblingskerze an.
- Trinke einen Tee.
- Führe ein Dankbarkeitstagebuch.
- Lass dein Handy aus oder gehe nach dem Aufwachen zumindest nicht direkt ans Handy.
- Laufe barfuß durch die Natur, um dich mit ihr zu verbinden.
- Zeichne ein Bild in Sand, um dich zu erden.
- Male deine Gefühle, um Botschaften des Unterbewussten zu empfangen.
- Meditiere, um deinen Geist zu ordnen.
- Schreib auf, was dich belastet und verbrenn es.
- Höre dir dein Lieblingslied an – egal wie oft.
- Liebe dich selbst.

Make today magical

DANKESWORTE

Irgendwann zwischen dem Release von *A Curse Unbroken* und dem Schreiben von *A Song Unnamed* stand das Lektorat von *A Spell Unspoken* an. Diese Zeit zwischen den Bänden, wenn es sich anfühlt, als wären einige Bälle zugleich in der Luft, ist für mich immer noch etwas surreal. Ja – es war eine Metapher über das Jonglieren, wenn auch auf eine sehr viel harmlosere Weise als es Gemma in diesem Band mit den Energien anstellt. Mitten in diesem aufregenden Moment des Abwartens (Schreibens), Auffangens (Lektorierens) und Werfens (Druckfreigabe) sind plötzlich diese Dankesworte fällig.

Was soll ich bloß schreiben, um meine aufgewühlten Gedanken auch nur halbwegs verständlich auf das Papier zu bringen?

Ihr haltet ein weiteres beendetes Buch in den Händen. Ein weiteres Abenteuer mit Gemma. Irgendwie beendet und zugleich in der Schwebe, da noch nicht alle Handlungsstränge abgeschlossen sind.

Am Ende von Band 1 schrieb ich, dass sich *A Curse Unbroken* trotz unserer schwierigen Zeit wie eine warme Kuscheldecke anfühlen sollte. Ein wohliger Rückzugsort am Abend.

In *A Spell Unspoken* mussten wir diese Decke immer mal wieder beiseitelegen und in den ungemütlichen Novemberregen hinaustreten, weil ich der Frage auf den Grund gehen wollte, ob es *gut* und *böse* wirklich gibt. Ob ich für mich eine klare Grenze ziehen kann oder doch nur individuelle Standpunkte existieren.

Ich fürchte, ihr werdet diese Frage für euch selbst beantworten müssen. Auch die danach, wie ihr an Gemmas Stelle gehandelt hättet. An welchem Punkt ihr den Schatten den Rücken gekehrt hättet, um euch wieder dem Licht zuzuwenden. Oder auch nicht. Wenn ihr eure Antworten gefunden habt, lasst sie mich gern wissen. (Instagram: yvy.kazi)

An dieser Stelle möchte ich mich noch einmal bei meinen Lektorinnen Sabrina und Ulli dafür bedanken, dass sie dieses Gedankenexperiment mit mir gewagt haben.

Ich danke außerdem:

- Anika für ihre grenzenlose Begeisterung zu *A Curse Unbroken*, die mich zumindest zeitweise aus meinem persönlichen Schattenreich gerettet hat.
- Melissa nicht nur für die Leihgabe ihres Namens, sondern vor allem für ihr wundervolles Testlese-Feedback.
- Nicole. Für alles.
- Euch allen dafür, dass ihr insgesamt ca. 235 000 Wörter lang an Gemmas und Darrens Seite gewesen seid.

Es war mir eine Ehre und eine Freude, euch nach New York einladen zu dürfen.

Wenn ihr mögt, lesen wir uns in *A Song Unnamed* wieder.

Hazel, Taro, (Nuts?) und ich würden uns freuen.

Vielleicht bis bald.

Eure Yvy

»Es ist schwer zu glauben, dass etwas so wunderschönes so tödlich sein kann, oder?«

Emily Thiede
THIS VICIOUS GRACE
– DIE AUSERWÄHLTE
Aus dem amerikanischen
Englisch von
Susanne Gerold
512 Seiten
ISBN 978-3-7363-1864-9

Alessa ist verzweifelt. Als auserwählte Finestra ist es ihre Bestimmung, mit ihren Kräften das Land vor einem Angriff dämonischer Wesen zu schützen. Doch sie hat ihre magische Gabe nicht unter Kontrolle – alle Menschen, die sie berührt, sterben. Als auch noch ein Attentat auf sie verübt wird, engagiert Alessa einen Leibwächter: Dantes Kennzeichnung als Verbrecher und sein dunkler Blick reichen normalerweise aus, um andere auf Abstand zu halten. Doch je mehr Zeit Alessa mit ihm verbringt, desto besser lernt sie den Mann hinter der abweisenden Maske kennen. Doch wie sollen sie sich jemals nahekommen, wenn ihre Gabe seinen Tod bedeuten könnte?

The Dark Will Rise - Who Will Fall - Who Will Stand?

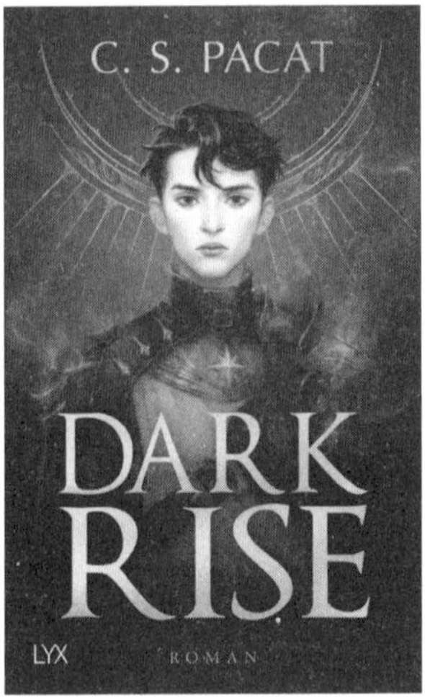

C.S. Pacat
DARK RISE
Aus dem australischen
Englisch von
Anika Klüver
544 Seiten
mit Abbildungen
ISBN 978-3-7363-1824-3

Die alte Welt der Magie ist in Vergessenheit geraten. Lediglich der Orden der Stewards hält seinen Schwur, die Menschheit zu schützen – denn die Rückkehr des Dunklen Königs steht kurz bevor. Als sie Will vor den Mördern seiner Mutter retten, offenbaren sie ihm, dass er der Auserwählte im Kampf gegen die Dunklen Mächte sein soll. Während Will versucht, sich auf seine Rolle vorzubereiten, trifft er auf James, den Auserwählten der Dunklen Mächte - und somit Wills Gegenstück ...

»Eine fesselnde Fantasy-Geschichte, die dem Hype um sie mehr als gerecht wird.« POPSUGAR

LYX

Lesejury